KB090612

개미언덕

ANTHILL

by E. O. Wilson

Anthill

개미언덕

에드워드 윌슨

임지원 옮김

사이언스
SCIENCE 북스
BOOKS

높은 나무에서 일개 개미까지,

미국 자연 유산의 은인인

M. C. 데이비스와 샘 샤인에게

Anthill[ME *ante hil*, fr. *ante*+hil hill] 1. 개미나 흰개미가 둥지를 파면서 쌓인 언덕 2. 끊임없이 움직이느라 바쁜 사람들로 붐비는 공동체 / the human ~ — H. G. Wells

— 『웹스터 신국제 영어 사전 3판』

소설가 윌슨의 탄생

　나는 알았다. 그가 언젠가 소설을 쓰리라는 걸. 2002년 그의 책 『생명의 미래』의 첫 단원 「책을 시작하며」에서 그가 헨리 데이비드 소로에게 부치는 편지를 읽으며 나는 왠지 그가 언젠가 소설을 쓸 것 같다는 생각이 들었다. 생물 다양성의 중요성을 논하는 과학책의 서문치고는 좀 지나칠 정도로 긴 그 편지에서 그는 과학적 글쓰기를 넘어 창조적 글쓰기를 시험하고 있었다.

　『개미언덕』은 자전적 소설이다. 앨라배마 시골에서 뱀과 곤충을 잡으며 자라나 플로리다 주립 대학교를 거쳐 명문 하버드 로스쿨에 진학하는 주인공 라파엘("래프") 셈스 코디는 역시 앨라배마 촌놈으로 태어나 앨라배마 대학교를 거쳐 하버드 대학교에서 박사 학위를 한 에드워드 오스본 윌슨 자신의 이야기이다. 차이가 있다면 래프는 변호사가 되고 에드는 생물학 교수가 되었다는 것인데, 나는 윌슨 교수가 변호사에 대해 각별한 애정을 갖고 있었다는 사실도 잘 알고 있다. 내가 하버드에서 박사 학위를 하던 시절 어느 날 도대체 왜 그가 생물학과에서는 거의 수업을 하지 않고 허구한 날 인문 사회 계열 학생들만 가르치는지 따져 묻기 위해 나와 몇몇 대학원생들이 그를 항의 방문한 적이 있었다. 그의 대답은 간단명료했다. "생물학과에는 나 말고도 너희를 가르칠 훌륭한 교수들이 많다. 나라도 장차 변호사가 될 녀석들에게 과학의 중요성에 대해 가르쳐야 그들이 이 다음에 우리를 위해 법도 만들고 정책도 세울 게 아닌가?"라고.

미국 사회에서 변호사는 그냥 단순한 직업이 아니다. 정치인, 기업의 대표, 혹은 시민 단체의 리더가 되려면 일단 변호사가 돼야 한다. 나는 왜 그가 래프를 변호사로 만들어 문제투성이인 회사에 침투시켰는지 알 것 같다. 법치 사회 미국에서는 생태학자가 되거나 시민 단체의 선봉에 서서 피켓을 드는 것보다 노련한 법률가가 되어 나한테 유리하게 법을 요리하는 게 훨씬 효과적이다. 좀 더 극적인 법정 드라마가 펼쳐졌더라면 하는 아쉬움이 남지만, 그는 이 소설에서 우리에게 자연 생태계를 보전하는 깨끗하고 숭고한 일도 어쩔 수 없이 타협의 과정을 거칠 수밖에 없는 현실을 그리고 있다.

소설의 백미는 단연 가운데 토막을 차지하고 있는 「개미언덕 연대기」다. 여기서 작가 윌슨은 개미 제국의 흥망성쇠를 기록하며 인간 사회에도 비슷한 일이 벌어질 수 있음을 은유적으로 충고한다. 「잠언」 6장 6절에서 솔로몬 대왕은 질타한다. "게으른 자여, 개미에게로 가서 그 하는 것을 보고 지혜를 얻으라." 그러나 윌슨은 개미의 지혜도 지나치면 스스로 해가 될 수 있다고 경고한다. 인간은 '도구를 사용하는 인간' 호모 하빌리스, '직립한 인간' 호모 에렉투스 등을 거치더니 급기야 '지혜로운 인간'을 자처하며 스스로 호모 사피엔스라 부르기 시작했다. 그러나 지나치게 성공한 동물 인간은 그 지혜로움의 결과로 오히려 자멸의 길을 걷고 있다. 그래서 나는 10여 년 전부터 호모 사피엔스라는 자화자찬을 접고 지구에 함께 사는 모든 다른 생물들과 공생하려는 호모 심비우스(Homo symbious)로 거듭나자고 부르짖고 있다. 래프는 바로 호모 심비우스가 가장 발붙이기 어려운 곳인 자본의 세계에서 그 정신을 구현해 낸다. 작가는 우리에게 겸손한 심비우스의 삶을 살다 보면 어느덧 사피엔스가 되어 있는 자신을 발견할지도 모른다고 은근하고도 확실하게 부추기고 있다.

《뉴욕 타임스》 서평가로부터 "과학책의 진수"라는 최고의 칭송을 얻은 『곤충 사회들』, 퓰리처상에 빛나는 『인간 본성에 대하여』와 『개미』, 『통섭: 지식의 대통합』 등 20여 권에 달하는 걸출한 과학책을 써 낸 그는 왜 팔순의 나이에 전혀 새로운 장르인 소설에 도전했을까? 그건 다름 아닌 문학의 힘을 알기 때문이다. 어언 30년 동안 생물 다양성 보전에 투신한 그로서는 과학책보다 훨씬 많은 독자들을 만날 수 있는 매체인 소설의 힘을 빌리려 했던 것이다. 나는 이 소설이 늘 과학책을 읽어 온 독자들은 물론, 과학책을 잘 읽지 않던 문학 독자들의 손에도 쥐어지기 바란다. 생물 다양성의 보전은 이제 더 이상 과학자들의 부르짖음만으로 이룰 수 있는 단계를 넘어섰다. 생명의 소중함을 아는, 또는 생명의 신비로움을 만끽하며 사는 사람이라면 누구나 나를 둘러싼 이 모든 생명을 보전할 의무를 지닌다. 『개미언덕』이 작가 윌슨의 처음이자 마지막 소설이 아니길 바란다.

최재천(이화 여자 대학교 석좌 교수)

이것은 한 공간과 시간 속에 놓여 있는 서로 평행한 세 개의 세계에 관한 이야기이다. 세 가지 세계는 함께 자라나 흥하고, 망하고, 또 흥하는 길을 걸어가지만 각각의 주기는 규모에 있어 너무나 크게 차이가 나서 서로에게는 거의 보이지도 않는다.

그중 가장 작은 세계는 흙 속에 문명을 건설한 개미들이다. 그들의 역사는 소풍 장소에서 펼쳐지는 대서사시이다. 그들의 군락은 인간의 군락과 마찬가지로 끊임없는 갈등과 충돌 속에 놓여 있다. 개미 군락은 성장하고 투쟁하며 이따금씩 이웃 군락과의 경쟁에서 승리를 거두기도 한다. 그런 다음 그들은 예외 없이 죽어 사라진다.

인간 사회가 두 번째 세계이다. 물론 개미와 인간 사이에는 엄청난 차이가 있다. 그러나 근본적인 면에서 두 세계의 주기는 동일하다. 그 유사점에는 어딘가 유전적인 측면이 있다. 그렇기 때문에 우리의 삶을 개미에 비유할 수 있고 또 개미의 삶을 우리에게 비유할 수 있다. 호메로스의 시는 인간이나 개미에게 똑같이 적용될 수 있을 것

11

이다. "제우스는 우리에게 우리 삶이 고통스러운 전쟁 속에서 펼쳐질 운명을 주었다. 어린아이 시절부터 죽을 때까지, 한 사람 한 사람 모두."

시간과 공간에 있어서 수천 배 더 큰 세 번째 세계는 바로 생물권 전체이다. 지구 위를 하나의 막처럼 둘러싸고 있는 모든 생명의 집합체. 생물권은 그 자체의 장대한 주기를 지니고 있다. 생물권을 형성하는 무수히 많은 생물 종 가운데 하나인 인류는 생물권 전체를 뒤흔들고 어지럽힐 수 있다. 그러나 우리는 우리 자신을 해치지 않고서 생물권을 떠나거나 파괴할 수는 없다. 다른 종의 생명 주기를 파괴할 수도 있고 생물권을 타락시킬 수도 있다. 그러나 우리가 부주의하게 밟아 나가는 한 걸음, 한 걸음은 궁극적으로 우리에게 달갑지 않은 값을 예외 없이 치르도록 할 것이다.

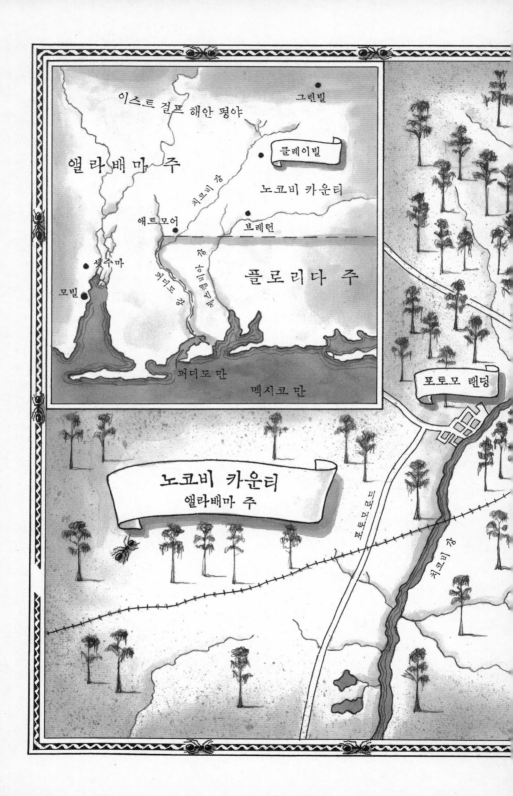

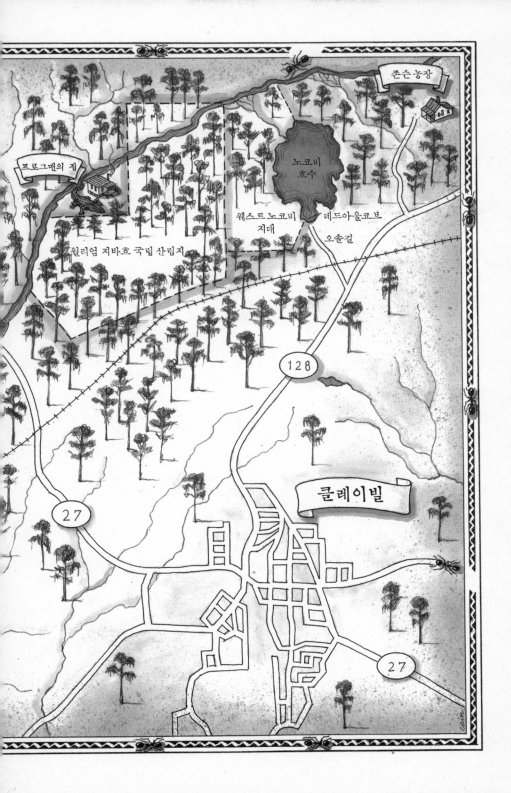

1부

프로그맨

I

노동절을 2주일 앞둔 어느 날 라파엘 셈스 코디는 사촌 주니어 코디와 함께 록시 아이스크림 팰리스에 앉아 있었다. 두 소년은 버터스카치 시럽을 듬뿍 넣고 잘게 다진 호두를 뿌린 아몬드 크런치 아이스크림을 퍼먹고 있었다. 멕시코 만을 지나면서 축축해지고 플로리다 반도에서 뿜어져 나오는 열기로 뜨겁게 달구어진 공기가 가게 주변 클레이빌의 작은 마을에 무겁게 내려앉아 있었다. 완전무결하게 청명한 앨라배마의 하늘에는 오후 소나기라도 내릴 낌새가 전혀 없었다. 가게에 들어오는 손님들은 땀에 젖어 몸에 달라붙은 셔츠나 블라우스를 떼어 내기 바빴다.

"이거 원, 바깥은 찜통이에요." 아마포 셔츠를 걸친 회사원이 가게 문을 열고 들어오며 말했다.

가게 의자에 앉은 농부가 웃었다. "그러게, 불개미를 뒤집어쓴 것보다 더 따갑지 뭐요."

주니어는 그들의 대화에 신경 쓰지 않았다. 그는 래프(라파엘은 대개 래프라고 불렸다.)에게 말했다. "나한테 좋은 생각이 있어. 우리 치코비 왕뱀 보러 가지 않을래?" 그가 말한 치코비 왕뱀은 말하자면 앨라배마 주의 네스 호 괴물이었다. 지난 100년 동안 이 지역 사람들 수백 명이 근처의 치코비 강의 깊은 물속에서 엄청나게 큰 뱀처럼 생긴 신비스러운 생물이 나오는 것을 봤다고 주장해 왔다.

"그건 바보 같은 짓이야." 래프가 대답했다. "사람들이 지어 낸 이야기야. 치코비 왕뱀 따위는 실제로 없어."

주니어는 래프가 그렇게 나올 것을 예상했다. "아냐. 있어. 본 사람이 얼마나 많은데! 아주 조용히 다가가면 돼. 배에 달린 모터를 켜지 않고서 물살을 따라 떠내려가는 거지. 배를 물 위에 떠 있는 통나무처럼 보이도록 하고 말이야."

"그래? 그렇게 많은 사람들이 봤다면 왜 사진 한 장 없지?" 래프가 말했다.

"왕뱀을 봤을 때 카메라를 갖고 있지 않았으니까 그렇겠지. 사람들은 그냥 낚시를 하러 갔다가 우연히 목격했던 거야. 그러니까 우리가 카메라를 가지고 가 보자. 나한테 카메라가 있어. 만약 사진을 찍어 온다면 우리는 엄청 유명해질 거야."

"그 괴물이 대체 어떻게 생겼대?" 래프가 물었다.

"엄청나게 큰 뱀처럼 생겼고 구불구불하대. 머리를 본 사람은 아무도 없어. 그냥 몸의 일부만 봤을 뿐이지."

래프가 고개를 흔들었다. "별로 좋은 생각은 아닌 거 같아. 우리 엄마랑 아빠가……."

"야, 겁쟁이처럼 굴지 마!" 주니어가 혀를 찼다. "손해 볼 게 뭐 있어? 엄청 재미있을 거야. 가는 길에 프로그맨 집에도 들러 보자. 어쩌면 우리한테 올드 벤을 보여 줄지도 몰라. 너 세상에서 가장 큰 악어 보고 싶지 않니?"

래프는 아까보다도 더 크게 고개를 흔들었다. "이제 보니 형 정말 제정신이 아니구나. 프로그맨의 땅에 들어가면 그 사람은 우릴 죽여 버릴 거야. 사람들이 그러는데 그 사람이 로운스 카운티에서 사람을 죽이고도 그냥 넘어갔대. 그 사람 땅에 가까이 다가가거나 모르고 근처에서 낚시를 하거나 하면 그 자가 나와서 버럭버럭 소리를 지르며 죽여 버리겠다고 위협한대."

"야, 그런 말을 믿어?" 주니어가 대답했다. "늙다리 프로그맨은 말만 그렇게 하지 실제로는 파리 한 마리 못 죽여. 그 아저씨네 집에 가면 정말 재미있을 거야. 애들한테 자랑할 수도 있고. 어쩌면 프로그맨이 우리한테 올드 벤 사진을 찍게 해 줄지도 몰라. 그 사진을 사람들한테 보여 주면 다들 얼마나 우릴 부러워하겠냐?"

"흥, 그래? 난 치코비 근처에서 실종되어 시체도 찾지 못한 사람들 이야기를 많이 들었는데?"

"넌 그 사람들을 프로그맨이 죽였다고 생각하는 거야? 말도 안 돼. 만일 프로그맨한테 조금이라도 수상한 데가 있었다면 클레이빌 경찰서에 불려가고 경찰들이 시체를 찾으려고 그 사람 땅을 샅샅이 파헤쳤을 거야."

"좋아. 그럼 대체 없어진 사람들을 누가 죽였다는 거야?"

"내가 어떻게 아냐? 어쩌면 치코비 왕뱀한테 잡혀 먹혔나 보지. 아니면 배가 뒤집혀서 물에 빠져 죽었거나. 시체는 강물에 휩쓸려 멕시코까지 떠내려갔을 거고. 어쩌면 없어졌다는 사람들이 실제 인물이 아닐지도 모르고. 아마 다 사람들이 지어 낸 이야기일 거야."

"그리고 사람들이 그러는데 프로그맨은 변태래." 래프가 다시 반격했다. "어린 남자애들한테 이상한 짓을 한다던데?"

"무슨 이상한 짓?"

"형도 알잖아. 변태 같은 짓."

"어휴, 래프. 정말 미치겠다." 래프보다 한 살 더 먹어 열여섯 살이

된 주니어는 사촌에게 어린아이는 어쩔 수 없다는 식의 태도를 취하기로 했다. 그는 화 난 표정을 지으면서 사촌 동생의 무지에 할 말을 잃은 것처럼 머리를 절레절레 흔들었다. "어디서 그런 소리를 주워들었는지 모르지만 그건 다 뻥이야. 만약 사실이라면 지금쯤 프로그맨이 먼로빌 교도소에 처박혀 있을 거라는 생각은 안 해봤냐?"

래프는 가만히 있고 주니어가 말을 이었다. "겁쟁이처럼 굴지 마. 내일 아침 일찍 존슨 농장을 통해서 강으로 가자. 거기서 강둑에 대 놓은 배를 빌릴 수 있거든. 그런 다음 물살을 타고 몇 킬로미터 내려 가면 포토모 랜딩에 닿을 거야. 우린 저녁 먹기 전까지 집에 돌아올 거고. 별거 아냐."

"아빠랑 엄마가 아시면 난 죽어. 예전부터 형이랑 다니다가 사고를 칠거라고 이야기하셨어. 그래서 내가 형이랑 노는 걸 싫어하신다고."

"야, 그냥 나랑 노코비 호수에서 하루 놀다 온다고 그래. 도미 잡으러 간다고 말이야. 그럼 별 걱정 안하실 거야."

이틀 뒤 주니어가 아침 8시에 래프를 데리러 왔다. 두 소년은 래프의 어머니에게 여러 차례 약속을 한 후 자전거를 타고 클레이빌 외곽 북동쪽으로 나갔다. 그들은 128번 주도를 타고 가다가 좀 더 좁은 길로 접어들었다. 통행이 거의 없는 한적한 길이었다. 소년들이 그곳을 지나는 동안 반대 방향에서 초록색 토마토를 가득 실은 트럭 두 대만을 마주쳤을 뿐이었다. 그들은 존슨 농장 가장자리서 숲과 인접해 있는 냇물에 도달했다. 아이들은 도로 근처의 우거진 수풀 뒤에 자전거를 숨겨 놓았다. 그리고 물가로 내려가 신발을 벗고 바지를 무릎 위로 걷어 올리고 잔잔하게 흘러가는 맑은 물속으로 걸어 들어갔다. 그러고는 발가락 사이에 끼어드는 모래의 감촉을 기분 좋게 느끼면서 발바닥으로 조약돌을 이리저리 헤쳤다.

아이들은 치코비 강으로 흘러들어가는 냇물의 하류 쪽으로 걸어 내려갔다. 아이들이 지나가자 작은 물고기 떼가 강둑의 움푹 팬 곳의 거머리말 속으로 휙 도망쳤다. 한편 온몸에 물이끼 띠를 두른 흙탕거북 한 마리는 강바닥에 납작 엎드려 꼼짝도 하지 않았다. 강 위로 드리워진 나뭇가지에서 가터뱀 한 마리가 풀썩 강물 속으로 떨어지더니 재빨리 헤엄쳐 도망가 버렸다. 어깻죽지가 붉은 빛깔을 띠는 매 한 마리가 날카로운 소리를 지르며 하늘로 솟구쳐 올라갔다. 아이들이 고개를 들어 보니 머리 위에 드리워진 빽빽한 나뭇가지 사이로 매의 둥지가 눈에 들어왔다.

"둥지 트는 시기가 조금 지났는데." 래프가 말했다.

조금 걸어 내려가니 물이 더 잔잔하고 깊어져서 아이들의 무릎 위까지 올라왔다. 소년들은 다시 둑으로 올라가 신발을 신고 잡초가 무성하게 자란 둑길을 따라 걸었다. 길이 점점 좁아지다가 사라지자 소년들은 빽빽하게 자란 관목과 풀숲을 헤치며 냇물과 나란히 걸어 내려갔다.

3~4킬로미터 더 내려가자 다시 냇물이 넓고 얕아졌다. 물줄기가 옆으로 삐져나와 부들로 빽빽하게 둘러싸인 작은 연못을 이루었다. 물가의 풍경은 어느덧 범람원 숲으로 바뀌어 많은 습지성 떡갈나무와 사이프러스 등의 나무들이 펼쳐졌다. 시내 바닥도 점점 더 질척거리는 진흙탕으로 변해 가서 소년들은 조심스레 대각선 방향으로 바

끝을 향해 걸어갔다.

"모래수렁 조심해." 주니어가 주의를 주었다.

주니어의 뒤를 따라가던 래프는 '만일 모래수렁 따위가 있더라도 주니어가 먼저 빠질 텐데……'라고 생각했다. 그렇게 둘은 일렬로 줄을 지어서 물을 향해 다가가기도 하고, 작은 물웅덩이들을 폴짝 건너뛰기도 하고, 질척대는 진흙탕을 돌아가기도 하면서 걸었다.

마침내 치코비 강이 모습을 드러냈다. 강물은 오전의 청명한 햇빛을 받아 은빛이 도는 청록색으로 은은히 빛났다. 강물은 아이들의 시야 내에서는 범람원에 무성하게 자라는 수목으로 온통 둘러싸여 있었다. 강물에 드리워진 나뭇가지들이 마치 초록색 파도처럼 보였다.

강의 물살은 부드럽고 완만했다. 둥둥 떠내려오는 죽은 나뭇가지 조각들의 움직임으로 미루어 짐작컨대, 물이 흐르는 속도는 천천히 산보하는 사람의 발걸음과 비슷한 속도였다.

이 부근에 이르자 강둑이 강물을 면한 쪽으로 약간 솟아올랐다. 더욱 무성하고 종류가 다른 수목 너머 강둑 절벽은 상류에 폭우가 올 때 가장 심한 홍수를 간신히 면할 정도의 높이인 것으로 보였다. 강물을 마주한 쪽 절벽은 가파르고 식물이 자라지 않으며 모래 점토가 많이 섞여 연한 노란색을 띠고 있었다. 절벽 양쪽으로는 경사가 완만해지면서 점차로 강물과 부드럽게 이어지는 진흙 강둑으로 연결되었다.

강둑에는 노 젓는 배가 대여섯 척 정박하고 있었다. 길이가 3미터쯤 되고 색을 칠하지 않은 배들로 작은 월계수 줄기에 묶여 있었다. 강물이 불어 넘치게 되면(치코비 강과 같이 해안에 인접한 강에서는 흔히 있는 일이다.) 배들이 물과 함께 떠올라 이리저리 움직일 수는 있지만 어지간한 홍수에는 줄이 끊어져 강 하류로 쏠려가지 않도록 해 둔 것 같았다.

주니어가 그 배 중 하나를 향해 성큼성큼 걸어가서 줄을 풀기 시작했다. 래프도 가까이 다가갔다. 배 안을 들여다보니 걸터앉을 수 있도록 배의 양쪽을 가로질러 판자가 놓여 있고 두 개의 노가 기대어 있었다.

"이 보트는 누구 거야?" 래프가 물었다.

"알 게 뭐야." 주니어가 배를 묶어 둔 밧줄을 풀면서 대답했다.

래프가 주니어의 팔에 손을 얹으며 말했다. "잠깐만! 설마 지금 이 배를 훔치려는 건 아니겠지? 그럼 정말 난리가 날 거야."

"어이구, 걱정 좀 작작하셔." 주니어가 대답했다. "훔치긴 뭘 훔쳐? 그냥 잠깐 빌려 쓰는 거지. 포토모 랜딩까지 타고 가서 거기에 놔둘 거야. 그럼 배 주인이 그곳에서 이 배를 찾으면 되지. 여기서 배를 빌리면 포토모 랜딩에 가져다 둔다는 사실은 누구나 알고 있다고."

래프는 주니어의 말을 한 마디도 믿지 않았다. 평소 자신의 사촌에 대해 잘 알고 있는 래프는 주니어가 하는 짓이 순전히 배를 훔치는 것이라는 사실을 명확하게 짐작할 수 있었다. 또한 치코비 강처럼 물살이 센 곳에서 누군가가 하류에서 상류로 배를 다시 저어 올 수 있을지도 의문이었다. 배의 고물 위의 노를 걸어 두는 곳 옆에 외장 모터를 달 수 있는 자리가 있기는 하다. 하지만 물론 그들은 그런 모터 따위는 갖고 있지 않았다. 래프와 주니어가 어떻게 배를 제자리에 가져다 놓을 수 있을까?

그러나 결국 그런 고민은 접어 두기로 했다. 래프 역시 순간의 흥분에 휩쓸리고 말았다. 바로 옆에서 반짝이는 강물이 깊고 유유히 흐르고 있었고 어쩌면 치코비 왕뱀이 그들을 기다리고 있을지도 모른다! 래프는 만약 그들이 남의 배를 타고 있다가 걸리더라도 주니어가 괜찮다고 했다고 변명을 하려고 궁리했다. 자신은 주니어보다 어리므로 주니어 뒤에 숨어 비난을 피해 갈 수 있을지도 모른다. 어찌되었든 주니어가 설명을 할 테지.

주니어가 마침내 보트에 묶인 줄을 풀었다. 두 소년은 배를 밀고 끌고 해서 진흙 둑에서 얕은 물 위로 옮겼다. 그런 다음 배의 한 쪽으로 올라타고 여행을 시작했다. 그들은 노를 집어 들고 하류 쪽으로 배를 저어갔다. 가능한 한 수풀에서 가까운 강물 가장자리 쪽을 벗어나지 않도록 했다. 강에서는 그들 외에 다른 아무도 볼 수 없었고 상류에서든 하류에서든 그들을 향해 다가오는 모터보트 소리도 들리지 않았다.

"여기서는 하루에 기껏해야 낚시꾼 두셋을 마주치는 게 보통이래." 주니어가 말했다. "우리 아빠가 전에 나랑 누나를 여기 데려오신 적이 있거든. 그때 이야기하셨어."

"그래? 그거 이상한데. 이렇게 아름다운 곳에 왜 사람들이 안 오지? 게다가 고기도 아주 잘 잡힐 거 같은데."

"그러게 말이야." 주니어가 맞장구를 쳤다. "하지만 진흙탕을 헤치고 여기까지 오기가 무척 힘들기 때문에 그럴 거야. 게다가 물이 차오를 때면 아주 위험하거든. 그래서 사람들은 대개 훨씬 아래쪽의 물에 가서 고기를 잡지. 대부분 낚시꾼들은 치코비는 지나쳐서 더 남쪽으로 내려가 에스캠비아 강에서 낚시를 하나 봐. 거기엔 배를 댈 곳도 더 많고."

래프는 눈이 닿는 곳까지 최대한 멀리 강가의 숲을 관찰했다. 강 주위의 숲은 사람 손이 닿지 않는 황무지처럼 보였다. 그들은 낚시꾼들이 쉬어가는 오두막을 지나쳤다. 작은 방 하나로 이루어진 오두막은 나무 막대 위에 고정되어 물 위를 내다보도록 지어졌는데 아무도 사용하지 않는 버려진 집처럼 보였다. 하류로 더 내려가자 커다란 니사나무 가지에 매달린 밧줄이 보였다.

"아이들이 저 줄을 그네처럼 타고 물속으로 뛰어들지." 주니어가 말했다.

"하지만 어떻게 저 나무까지 접근하는데? 거기까지 길도 없잖아."

"아마 근처까지 닿는 길이 있을 거야. 아니면 배를 타고 여기까지 오거나."

어른의 손 둘을 합쳐 놓은 크기의 늪거북과 청거북이 통나무와 낮게 드리워진 나뭇가지 위에서 햇볕을 쬐고 있다가 아이들이 탄 배가 가까이 다가오자 물속으로 미끄러지듯 들어가 버렸다.

"저 놈들은 맛이 없어." 주니어가 말했다. "뭐 어차피 잡을 수도 없겠지만 말이야."

소년들은 물가를 향해 헤엄치는 물뱀과 마주쳤다. 커다란 푸른 왜가리가 물가의 모래톱 위에 꼿꼿이 서서 물고기가 지나가기를 기다리고 있었다. 오리 두 마리가 소년들의 머리 위로 날아올라 날개를 힘차게 펄럭이며 화살처럼 똑바로 강물을 향해 날아갔다. 칠면조수리와 큰 날개를 펼친 매가 따뜻한 공기를 뚫고서 조그맣게 보일 때까지 높이, 높이 나선을 그리며 솟구쳐 날아올랐다.

반대쪽 물가에서는 꼬리 끝이 갈라진, 매처럼 보이는 새 두 마리가 나뭇가지 위로 천천히 활공했다.

"저 녀석들 분명히 제비꼬리 솔개일 거야." 래프가 말했다. "저 새를 실제로 본 건 지금이 처음인데." 래프는 설명을 덧붙였다. "나뭇가지 위에서 뱀을 잡아먹고 살아."

소년들은 종종 눈을 들어 하늘과 나뭇가지를 바라보았다. 서로 말은 하지 않아도 치코비 왕뱀이 나타나지 않을까 해서 경계를 늦추지 않고 있었다. 그러나 왕뱀 비슷한 것도 나타나지 않았다. 하지만 두 소년 모두 이렇게 환한 백주 대낮의 고요한 강물 위로 왕뱀이 모습을 드러내리라는 기대를 진짜로 품지는 않고 있었다. 그저 혹시나 요행을 바랄 뿐이었다.

어느 순간 마치 문을 활짝 열어젖힌 것처럼 숲이 끝나고 모래가 깔린 선착장이 나타났다. 그곳에는 그들이 타고 온 것과 비슷한 배가 한 척 정박되어 있었다. 풀과 나뭇잎을 쓸어 내서 만든 흙길이 수십 미터 뻗어 나간 곳에 양철 지붕을 얹은 상자 모양의 작은 집이 서 있었다. 집과 주변은 깨끗하게 손질되어 있었고, 건물은 칠을 하지는 않았지만 튼튼해 보였고 쇠락의 흔적이라고는 찾아볼 수 없었다. 집의 한쪽 면의 널빤지 몇 개는 다른 면보다 색이 밝은 것으로 미루어 새로 덧댄 것처럼 보였다. 현관 앞에는 계단 셋이 놓여 있고 문 옆으로는 강물을 마주보고 창문이 나 있었다. 창문은 차양으로 반쯤 가려져 있었고 커튼은 보이지 않았다.

배가 강바닥에 닿자 소년들은 배에서 내려 선착장까지 배를 끌고 왔다.

배를 대고 나서 주위를 둘러보자 3미터쯤 떨어진 곳에 프로그맨이 서 있었다. 집 근처에 나타난 소년들을 보고, 그들이 배를 끌고 오는 동안 집 밖으로 나온 것이 분명했다.

프로그맨은 키가 180센티미터가 조금 넘었고 얼굴도 몸도 가늘고 길쭉길쭉했다. 나이는 마흔 살가량이었지만 열 살은 더 들어 보였다. 얼굴은 검게 타고 눈과 입 주변에 깊은 주름이 패여 있었다. 그는 소매에 단추가 달린 베이지색 셔츠에, 앞쪽에 공구 주머니와 멜빵이 달린 낡은 푸른색 작업복을 입고 "플로메이턴(앨라배마 주 에스캠비아 카운티의 도시 ─ 옮긴이) 목재"라는 글씨가 박힌 야구 모자를 쓰고 있었다. 짧게 손질된 턱수염과 긴 말총머리에 맨발이었다.

그리고 그의 오른손에 들린 펌프액션 산탄총의 총구가 두 소년을 겨누고 있었다.

웃음기라고는 없었다.

"네놈들 대체 뭘 하는 거야?" 그가 불분명한 발음으로 소리쳤다.

어른들과 맞서는 데 이골이 난 주니어 코디는 거짓말을 술술 늘어놓았다. "선생님, 저희는 특별 답사 중인 보이 스카우트 대원입니다. 인사라도 드리려고 잠시 들렀습니다."

프로그맨은 아무런 표정 변화 없이 가만히 선 채 총을 살짝 고쳐 잡았다. 그러더니 총구를 휙 돌려 강물 쪽을 가리켰다. 이야기는 끝났다는 신호였다.

순간 래프에게 한 가지 생각이 떠올랐다. "아저씨, 여기 이 땅은 정말 아름다워요. 나무들도 엄청 크고 온갖 새와 나비가 살고 있어요. 지나오면서 봤어요."

프로그맨은 30초쯤 가만히 서 있더니 큰 소리로 대답했다. "네놈 말이 맞다. 그리고 내 땅에 얼씬거리는 새끼들은 어떤 놈이고 다 죽여 버리겠어."

다시 입을 다문 프로그맨은 여전히 총을 단단히 쥐고 소년들을 겨눈 채였다.

래프의 시도 역시 아무 소용없는 것이 분명했지만 주니어는 한 번 더 말을 꺼냈다. "바로 가려고 했어요. 그전에 딱 한 번만 올드 벤을 볼 수 있을까요? 사람들이 그러는데, 올드 벤은 세계에서 가장 큰 악어라고, 길이가 3미터도 넘는다던데요."

"4!" 프로그맨이 쏘아붙이고 총을 약간 내리더니 보통 목소리로 말하기 시작했다.

주니어의 시도가 드디어 먹혔다. 악어에 대한 자부심이 열쇠였던 것이다.

"4미터다." 프로그맨이 말을 이었다. "예전에는 여기에 그보다도 큰 악어들이 있었지. 하지만 모두 총에 맞아 죽었어. 너희는 올드 벤을 볼 수 없다. 밤에만 물 밖으로 나오니까. 물 밖으로 나와서 나한테 다가와 머물곤 하지. 나는 그 녀석을 돌봐주고 메기나 다리를 떼어 낸 개구리를 먹이로 주고."

프로그맨이 밤에 강물에 비춘 헤드라이트 불빛으로 황소개구리를 유인해 잡고 다리를 떼어 내 다음날 아침 포토모 랜딩에서 가장 가까운 주유소에 가져다가 판다는 사실은 널리 알려져 있었다. 프로그맨은 배를 타지 않고 꼭 걸어서 주유소까지 가서 개구리 다리를 팔아서 필요한 일용품을 사오고는 했다. 주유소 주인 말에 따르면, 그는 거의 아무 말도 하지 않고 몇 분도 머무르지 않고 재빨리 돌아가 버린다고 한다. 그가 떠날 때면 주인도 다른 손님들도 안도하곤 했다.

프로그맨은 다시 침묵에 빠졌다.

이제 진짜로 떠나야 할 시간인 듯했다. 그런데 발걸음을 돌리려던 주니어가 마지막으로 자신의 운을 시험해 보았다.

"지금 바로 가 보겠습니다. 그런데 아저씨, 궁금한 게 하나 있는데요. 혹시 치코비 왕뱀을 보신 적이 있나요?"

프로그맨은 여전히 소년들을 빤히 쳐다보고 있었지만 래프는 무엇인가 미묘하게 변화가 일어났음을 알아챘다. 프로그맨은 마치 무슨 말을 하려는 듯 재빨리 혀로 입술을 핥았다. 그는 입을 약간 실룩거리다가 마침내 말을 뱉었다. "봤을 수도 있고, 아닐 수도 있고."

그는 잠시 멈췄다가 갑자기 진지한 연설을 쏟아내기 시작했다. "저 물에서 뭔가 엄청 커다란 놈을 본 일이 있지. 항상 어두워질 무렵이었어. 이상한 소리도 나고. 그놈은 확실히 악어는 아니었어. 철갑상어도 아니고. 물 밖으로 사람만큼 커다란 놈이 펄쩍 뛰어 나오는 거야. 어쩌면 멕시코 만 어딘가에서 강을 따라 헤엄쳐 올라온 커다란 황소상어일지도 모르지. 새로 자른 통나무만큼 길고 큰 놈 말이야. 하지만 내 생각에 황소상어도 아닐 거야. 그런 상어는 물 밖으로 나오지 않거든. 물속에서 사람을 공격하지."

주니어는 몰랐겠지만 래프는 황소상어가 바다에서 강으로 헤엄쳐 올라오는 세계에 몇 안 되는 상어이며, 그중에서도 때때로 사람을 공격하는 극히 드문 종류라는 것을 알고 있었다.

프로그맨은 소년들 너머로 시선을 던지고 혼잣말처럼 중얼거렸다. "하지만 난 분명히 봤어. 소리도 들었고."

주니어와 래프는 못 박힌 듯 서 있었다. 그들은 프로그맨이 말을 잇기를 기다렸지만 그의 연설은 이미 끝이었다. 입을 굳게 닫고 미간을 찌푸린 그는 다시 치코비의 괴물이 되어 있었다.

"자, 네놈들 당장 꺼져 버려. 그리고 한 놈이라도 또 내 땅에서 얼씬거리다가 내 눈에 띄는 날이면 아주 후회하게 만들어 줄 테다!"

"네, 네!" 소년들은 연방 고개를 끄덕이고 굽실거리며 배를 대 놓은 곳까지 뒷걸음쳤다. 그런 다음 재빨리 배를 풀고 올라타 노를 저었다.

포토모 랜딩에서 그들은 배를 기슭으로 끌어올려 놓고 강둑으로 올라가 다리 근처 커다란 참나무 그늘에 자리를 잡고 앉았다. 래프가 배낭을 열고 어머니가 둘을 위해 준비한 도시락을 꺼냈다. 땅콩버터와 딸기잼을 바른 식빵, 사과, 허쉬 아몬드 초콜릿바였다.

그런 다음 래프와 주니어는 일차선 아스팔트 도로인 포토모 로드를 따라 걸어갔다. 작은 편의점과 주유소를 지나 20분쯤 걸어가니 오래된 토머스빌 철도 건널목이 나왔다. 아이들은 철로의 침목에서 침목으로 건너뛰기도 하고 둑 옆의 빽빽한 갈대숲을 쑤시며 길을 따라 계속해서 남쪽으로 걸어갔다. 27번 주도에 이르자 아이들은 이 길을 따라 클레이빌로 향했다. 도중에 주니어와 래프는 존슨 농장에서 자전거를 가져오는 것은 다음날 하기로 했다. 그런 다음 그날 그들이 벌인 모험을 부모들에게 절대로 말하지 않기로 엄숙하게 맹세했다. 이야기했다가는 호되게 혼날 것이 뻔했기 때문이었다.

오랫동안 걸은 끝에 저녁 식사 시간 무렵 녹초가 되었지만 여전히 흥분한 상태로 래프의 집에 도착했다. 주니어는 자신의 집까지 계속 걸어갔다. 구운 닭고기와 오크라 튀김, 옥수수빵이 올라온 저녁 식탁에서 래프의 어머니는 노코비 오솔길에서 보낸 하루가 어땠는지 물었다.

"재미있었어요." 래프가 대답했다. "형도 좀 더 자연 연구에 관심이 있었으면 좋겠다는 생각이 들기는 했지만요. 그리고 형은 뱀을 무서워하는데요?"

다음날 래프와 주니어는 학교에서 치코비 모험담을 자세히 묘사해 들려주었다. 모험에서 각자 자신의 역할을 부풀리면서 말이다. 보트를 빌린, 아니 사실상 훔친 이야기는 가장 친한 친구 두어 명에게만 털어놓았다.

2부

노코비의 시민

2

플로리다 주립 대학교에서 평생 학생들을 가르치면서 나는 라파엘 셈스 코디보다 더 열정적인 학생을 만나 보지 못했다. 열여덟 살에 학교에 들어올 때 이미 그는 숙련된 동식물 연구가였다. 한 세대 정도 나이 차이가 났지만 우리는 절친한 친구가 되었다. 사실상 나는 래프가 코흘리개일 때부터 알아 왔다고 말할 수 있다. 우리가 처음 만난 곳은 앨라배마 주 남부, 플로리다 주와의 경계 근처에 있는 사람의 손때가 묻지 않은 아름다운 노코비 호수의 자연이었다. 이런 곳이 존재한다는 사실을 아는 이도 얼마 되지 않고, 이곳에 대해 자신 있게 이야기할 수 있는 사람은 더더욱 찾아보기 어려웠다. 이곳은 오직 우리 몇몇 사람들만이 공유하고 사랑한 세계였다. 나는 그곳을 연구하고 기록하는 과학자이자 역사학자였고, 래프는 어떤 면에서 그곳에서 자라난 소년이라고 할 수 있다. 어린 시절의 노코비에 대한 친근감은 훗날 그의 남다른 인생을 이끌어 준 일종의 도덕적 나침반과 같은 역할을 하게 된다. 나는 그의 조언자였지만 사실상 많은 면에서 그가 나보다, 그리고 다른 어떤 사람들보다 노코비에 대해 훨씬 더 잘 알고 있었고 노코비를 누구보다도 사랑하고 아꼈다.

내 이름은 프레더릭 노빌이다. 플로리다 주립 대학교에서 생태학을 가르쳤으며 지금은 명예 교수로 있다. 30년 동안 나는 해마다 여름이면 연구와 휴식을 위해 아내인 얼리셔와 함께 탤러해시에서 노코비로 여행을 떠났다. 나의 과학적 관심의 대상은 노코비 호수 자체가 아니라 호숫가로부터 서쪽으로 1.6킬로미터 떨어진 윌리엄 지바흐 국립 산림지(William Ziebach National Forest)의 경계까지 걸쳐 있는 오래된 대왕송 초원이다. 노코비는 개인 소유의 자연 보호 구역으로 멕시코 만 주변의 해안 평야 지역에 얼마 남아 있지 않은, 천연 그대로의 모습을 간직한 처녀림이다.

내가 에인슬리 코디와 그의 아내 마샤를 처음 만난 곳이 바로 그곳이다. 근처의 클레이빌에 살고 있는 그들이 어린 아들 래프를 데리고 주말 피크닉을 왔던 것이다. 날씨가 좋고 짬이 날 때마다 우리는 간이 탁자 주변에 접이 의자를 펴놓고 앉아 샌드위치와 감자칩, 문파이(Moon Pie)를 나눠 먹으며 차가운 맥주를 마시고는 했다. 시간이 흐름에 따라서 우리는 가족처럼 서로를 잘 알게 되었다.

한편 걸음마를 떼고 아장아장 걸어 다닐 무렵부터 래프는 노코비의 야생 동물에 열광하기 시작했다. 같이 놀 또래 친구도 없고 텔레비전이나 그밖에 관심을 끌 만한 다른 방해물이 없는 상태에서 래프는 노코비의 자연의 신비에 마음을 빼앗겼던 것이다. 래프의 부모는 그가 자유롭게 숲 속을 탐험하다가 작은 동물을 잡아 와서 나에게 물어보는 것을 허락했다. 물속에 들어가지 말고 뱀을 조심하라는 경고를 덧붙여서. 어린아이가 숲 속에서 마주칠 수 있는 위험은 그 두 가지 정도였다.

래프가 수집한 보물 중에는 띠나 줄무늬 또는 점박이무늬를 가진 여러 종류의 도롱뇽, 짝짓기를 할 때면 손톱으로 빗살을 긁는 소리를 내는 코러스청개구리, 물가에서 금속성의 푸른빛을 내며 마치 줄에 꿴 보석처럼 아름답게 반짝거리는 실잠자리, 손 위에 앉도록 길들일 수 있는 느림보메뚜기 등이 있었다.

래프는 중학생이 되자 노코비 오솔길을 따라 더욱더 먼 곳까지 탐험을 하기 시작했다. 점점 겁이 없어졌다. 그는 나에게 다양한 종류의 거미들을 가져왔다. 대개의 경우 작고 독이 없는 녀석들로 거미줄에서 떼어 낸 다음 손으로 살짝 감싸서 들고 왔다. 그런데 한번은 거의 자신의 손만큼 커다란 무당거미를 잡아 온 일이 있었다. 거미줄로 반쯤 싸여 있는 거미는 다리를 버둥거리고 독이빨을 날카롭게 드러내고 있었다. 래프는 엄지와 검지로 이 괴물의 배를 꽉 잡고 있었다. 으르렁거리는 개에게 손을 내밀지 않는 것처럼 본능적으로 거미의 독니가 피부에 닿지 않도록 잡고 있었던 것이다. 나는 래프의 부모에게 이 사건을 이야기하지 않았다. 어쩌면 그것이 잘못된 일인지도 모르겠지만, 만약 이야기를 했다가는 래프의 탐험 자체가 금지될까 봐 걱정이 되었던 것이다. 대신 나는 래프에게 거미나 지네 따위를 손을 대지 않고 잡아서 유리병에 넣는 방법을 보여 주었다.

래프를 가르치는 것은 무척 즐거운 일이었다. 그는 착한 소년이었고 빠르게 지식을 흡수했으며 열성을 보였다. 그가 동식물 연구가의 자질을 타고난 것인지 어떤지는 확실하게 말할 수 없다. 어쩌면 처음부터 동식물 연구의 재능을 가지고 태어나는 사람이 따로 있는 것이 아닌지도 모르겠다. 그러나 분명한 것은 그가 뛰어난 동식물 연구가가 되는 데 필요한 어떤 경향을 갖고 태어났다고 하더라도 그 경향을 풍부하게 북돋우고 키워 낸 것은 노코비 호숫가의 야생의 자연이라는 점이었다. 남자아이들은 모두 자라면서 벌레에 열광하는 시기를 거친다. 벌레에 물리거나 부모가 그런 경향을 일부러 막고 꺾지 않는다면 말이다. 나의 경우 관심과 열정이 식물 쪽으로 옮겨 가면서 벌레에 열중하는 시기를 졸업했다. 그런데 래프는 결코 그 시기를 벗어나지 않았다. 그는 벌레에 대한 열광을 조금도 버리지 않고서 단순히 그의 관심과 주의를 벌레 주변으로 조금씩 넓혀 점차로 다방면을 아우르는 자연학자가 되어 갔다. 그는 특히 곤충과 무척추동물, 더 나아가 노코비 호수 주변의 모든 동식물을 아우르는 자연 전반에 깊은 관심을 보였다.

얼리셔와 나는 아이가 없었기 때문에 래프를 마치 양자처럼 여겼다. 흐뭇하게도 래프의 부모는 래프로 하여금 우리를 프레드 삼촌과 얼리셔 이모라고 부르도록 했다. 이 고장에서 그것은 특별한 우정과 신뢰를 나타내는 것이었다. 플로리다 주립 대학교에서 학생들을 가르치느라 떠나 있다가 매해 여름 래프를 다시 만날 때마다, 나는 마치 저속 촬영 영상에서 꽃이 피어나는 모습을 보듯 그의 정신이 성장해 가는 것을 볼 수 있었다.

래프가 아주 어릴 때부터 나는 그가 다른 아이들과 조금 다르다는 것을 느꼈다. 그는 남자아이치고는 드문 침착한 성정이었다. 거기에 더하여 그는 한 주제에 오랫동안 집중할 수 있는 능력을 지녔다.

래프는 노코비 숲길을 그의 고향이자 비밀스러운 자기만의 공간으로 여겼다. 고등학교를 졸업할 무렵에 그는 그가 살고 있는 지역의 동물상과 식물상에 포함된 수많은 종들에 대한 아마추어 전문가가 되어 있었다. 그 나이 소년으로서 남다른 경험을 지니게 되었던 것이다. 나는 그가 틀림없이 과학자, 그것도 아주 뛰어난 과학자가 될 것이라고 생각했다.

그러나 나의 예상과 달리 래프는 의외의 길을 가게 된다. 누군가의 미래를 예측하는 것은 불가능한 일인지도 모른다. 어쩌면 자기 자신의 미래도 말이다. 그러나 래프는 설사 과학이 아니더라도 다른 분야, 아마도 환경과 관련되어 있는 분야에서 필연적으로 높은 수준의 성취를 이루게 되었을 것이라는 생각이 든다. 내가 알고 있던, 그에게 영향을 미쳤을 모든 요소들을 좀 더 논리적으로 끼워 맞춰 보았더라면 나는 그가 어떤 사람이 될 것이며 왜 그렇게 될 수밖에 없었는지를 정확하게 예측할 수 있었을 것이다. 물론 이미 지나고 난후에야 그런 생각이 드는 것일지도 모르겠다. 어찌되었든 여러 층위에서 그의 삶에 중요한 영향을 미쳤던 몇몇 사건들을 여러분에게 이야기하는 것이 좋을 듯하다.

3

래프가 대학생이 되어 우리가 어느 정도 동등한 위치에서 교류하게 되었을 때 그는 나에게 '칠면조 사냥' 이야기를 들려주었다. 그는 저녁 식사 후의 대화에 어울리는 약간 재미있는 우화 정도로 그 추억을 이야기했다. 그러나 그의 어조에는 씁쓸함이 배어 있었고 그 기억이 그에게 깊은 영향을 주었음을 눈치챌 수 있었다. 그 후에도 그는 종종 그 이야기를 꺼냈고 그때마다 조금씩 관련된 이야기들이 덧붙여졌다. 시간이 지남에 따라서 그 사건이 그의 어린 시절의 한 장을 여는 사건이었으며 부모와의 관계를 형성하고 궁극적으로 그의 인생 전체를 규정하는 사건이었음이 분명해 보였다.

그 이야기는 어느 일요일 아침에 시작되었다. 에인슬리는 래프와 그의 사촌 리 코디 주니어(가족들이 부르는 애칭은 각각 스쿠터와 주니어였다.)를 데리고 체리 빛깔 픽업 트럭을 몰고 클레이빌을 빠져나와 북쪽의 젭슨 카운티를 향해 달렸다. 래프와 주니어는 각각 열 살, 열한 살이었다. 주니어는 막 사춘기의 문턱에 들어선 건장한 소년이었다. 길을 나선 후로 주니어는 흥분해서 예정된 모험에 대해 이야기하고 에인슬리에게 칠면조 사냥에 대한 질문을 퍼부었다. 반면 래프는 나이에 비해 키가 작고 비쩍 마른 왜소한 소년이었다. 그는 곧이어 벌어질 일에 대한 두려움에 질려 잠자코 앉아 있었다.

이 남부의 작은 시골 마을에서 예나 지금이나 소년의 첫 번째 사냥 여행은 매우 중요한 통과의례였다. 이런 전통이 언제 시작되었는지는 아무도 알지 못한다. 어쩌면 구석기 시대까지 거슬러 올라가지 않을까? 이 의례에서는 소년들은 아주 강렬하고 본능적인 감정을 드러내고 성인 남성과 깊고 단단한 유대감을 형성하게 된다. 동물을 잡는 순간 모두 기쁨의 함성을 내지르고 함께 간 어른은 총을 쏜 소년의 등과 팔을 장하다는 듯 두드린다. 사냥을 나간 무리가 모두 총을 손에 들고, 동물을 잡은 소년은 자랑스럽게 동물의 몸의 일부를 들고 사진을 찍는다. 마지막으로 밤새 모닥불 주위에 둘러앉아서 무용담을 늘어놓는 것으로 마무리된다. 요즘은 사람들이 더 이상 입 밖에 내놓고 말하지는 않지만 여전히 이렇게 생각한다. 진짜 사나이라면 사냥을 한다. 진짜 사나이라면 먹잇감을 찾는다. 진짜 사나이라면 방아쇠를 당긴다. 캠프에 남아 잡아 온 고기를 요리하는 남자는 계집애 같은 남자거나 어디 시원치 않은 남자들뿐이다.

그날 아침 에인슬리의 트럭은 카운티 경계를 넘어서면서 128번 주도에서 빠져나와 잡초가 무성한 비포장도로로 들어섰다. 대부분의 지도에는 나오지도 않은 이 길은 소나무와 참나무 잡목으로 덮인 땅에 걸쳐 5킬로미터가량 구불구불하게 나 있다. 길 양 옆으로는 소작농들이 살다가 버리고 떠난 집들이 몇 채 보였다. 그 집에 살던 사람들은 대부분 거의 반세기 전, 제2차 세계 대전 무렵 남부의 도시에 많이 생긴 조선소같이 더 나은 일거리를 찾아 떠나 버렸다. 흑인, 백인, 너나 할 것 없이 무심한 땅을 탈출하듯 떠나갔다.

가난한 이민자들은 기회가 주어지자 지긋지긋한 소작 계약의 굴레를 벗어던졌다. 땅 한 뙈기도, 살던 집도 자기 소유의 것이라고는 없는 그들은 조금도 주저하지 않고 떠났던 것이다. 이제 집의 지붕들은 부서져서 안으로 움푹 들어가고 현관은 바닥으로 주저앉았다. 버려진 땅에 뿌리를 내린 묘목들은 이제 상당한 크기로 자라났다. 마지막 소작인이 앞마당에 버리고 간 차는 누군가가 고물상으로 끌고 갔다. 뒷마당의 별채와 닭장에는 이제는 더 이상 파리와 쇠똥벌레조차 살지 않았다.

"이런 곳은 사슴 사냥이나 칠면조 사냥을 하기에는 그만이지." 에인슬리가 말했다.

그들은 예전에 벌채한 나무를 실어 나르던 도로를 통해 그 땅에 들어갔다. 도로는 잡초가 무성하게 나서 겨우 흔적만 남아 있는 상태였다. 이런 길들은 뚜렷한 목적지 없이 비가 오면 졸졸 흐르는 실개천 근처에서 서서히 사라져 버렸다. 원래 이 땅에 살던 야생 칠면조와 흰꼬리사슴은 마구잡이식 사냥으로 수가 크게 줄었지만 여전히 하루 사냥의 즐거움을 선사할 만큼은 남아 있다.

울퉁불퉁한 길을 1~2킬로미터 달린 다음 트럭은 속도를 늦추더니 거의 보이지 않을 정도로 좁은 오솔길로 접어들었다. 에인슬리는 차를 천천히 움직여 50미터 정도 더 가서 차를 세웠다. 그는 문을 열고 트럭에서 내려 헛기침을 하고, 침을 퉤 뱉고 바지춤을 추켰다.

"괜찮네." 소년들을 향해 말했다. "오늘 제대로 한 건 할 수 있을 거 같아. 하지만 준비를 잘 해야 된다. 자, 이제 빨랑빨랑 움직여라."

소년들도 트럭에서 내렸다. 에인슬리는 오솔길 위쪽을 바라보며 사냥꾼들 사이에 전해 오는 격언을 말해 주었다.

"자, 너희 눈에는 아무것도 안 보이지? 하지만 저기 동물들이 있다. 별 볼 일 없는 사냥꾼이 갈 때만 숲이 비어 있다는 말이 있지."

"삼촌, 오줌 마려워요." 주니어가 말했다.

"저도요, 아빠." 래프가 말했다.

에인슬리는 고개를 끄덕이고 담배에 불을 붙여 트럭 옆에 기대서서 몇 미터 떨어진 수풀에서 소변을 보는 소년들을 기다렸다. 소년들이 돌아오자 에인슬리는 불을 끄지도 않은 담배꽁초를 길옆에 던져 버리고 트럭 뒤로 돌아갔다. 그는 방수포를 풀고 브레이크액션 후장식 산탄총을 꺼냈다. 총은 조상 대대로 물려 오는 가보처럼 오래되고 낡아 보였다.

"자, 이제 너희들이 제일 먼저 배워야 할 것은 무기를 안전하게 다루는 법이다."

래프는 듣는 둥 마는 둥했다. 에인슬리가 버린 담배꽁초를 바라보고 있었던 것이다. 다행히도 꽁초 주위의 죽은 떡갈나무 잎에 담뱃불이 옮겨 붙지 않는 것을 확인한 후에야 그는 다시 아버지에게로 주의를 돌렸다.

"먼저 총신을 이렇게 꺾어서 모든 것이 제대로 되어 있는지 확인해야 한다. 자, 이리 와서 내가 지난번 사냥을 마치고 나서 얼마나 총신을 깨끗이 닦고 기름을 쳐 놨는지 좀 봐라."

뒤로 물러나 있는 래프에게 에인슬리가 짜증을 냈다. "거기서 뭐 하는 거야? 주니어랑 같이 이리 가까이 와서 들여다보라니까."

소년들은 고개를 숙여서 총개머리를 통해 들여다보았다. 래프는 방아쇠 주변을 훑어보며 총알이 어디에 들어 있을까 상상해 보았다.

"자, 이제 총알을 장전한다."

에인슬리는 방수천으로 만들어진 노란색 사냥복 주머니에서 원통형의 5번 산탄 두 개를 꺼냈다. 그러고는 그것을 높이 들어서 소년들에게 보여 준 후 총에 장전했다. "자, 그 다음 총신을 닫는다." 그러고는 찰칵하고 총을 닫았다. 그는 총을 들어 올려 천천히 오른쪽으로 반원을 그리도록 총신을 이동했다. 마치 앞에 지나가는 칠면조를 겨누기라도 하는 것처럼.

"좋아! 이제 총을 쏠 준비가 되었다. 봐, 정말 쉽지 않니? 하나, 둘, 셋, 탕! 하면 칠면조가 툭 고꾸라지지."

래프가 보기에는 모든 것이 그렇게 쉬워 보이지 않았다. 매 순간 그는 점점 더 닥쳐올 일에 불안감을 느꼈다.

에인슬리는 총신을 아래쪽 약간 앞을 향하게 한 채로 오른쪽 팔로 총을 감아 들었다. 그러고는 오솔길을 천천히 걸어가기 시작했다. 뒤를 돌아보지도 않은 채로 소년들에게 강의를 계속했다. 아이들은 그를 따라잡느라 분주히 걸어갔다.

"항상 지금 내가 하는 것처럼 총을 들어야 한다. 만에 하나 넘어지거나 누군가와 부딪치는 경우에도 너 자신이나 부딪친 사람의 머리를 날려 버리지 않도록 말이지."

그는 잠시 멈추었다가 말을 이었다. "이것도 기억해 둬라. 정말 중요한 이야기야. 한 걸음 한 걸음 조심하고 또 조심해야 해."

오솔길을 따라 몇백 미터 더 내려가자 길 주변에는 오래전 벌채를 한 후 다시 돋아난 소나무와 참나무가 빽빽하게 자라났다. 한참 후에 그들은 풀로 뒤덮이고 썩어 가는 소나무 그루터기가 군데군데 보이는 얕은 물구덩이에 도달했다. 그러자 갑자기 그중 한 그루터기 뒤에서 메추라기 두 마리가 활짝 날아올라 반대편 나무 뒤로 사라졌다.

"요즘은 메추라기를 잘 볼 수가 없지." 에인슬리가 말했다. "코요테니 말똥가리니 하는 못된 녀석들까지 보호하네 어쩌네 하면서 말이야. 덕분에 메추라기들은 둥지에서 채 나오기도 전에 다 잡아먹혀 버린다니까."

1~2킬로미터 떨어진 곳의 나무 꼭대기에서 까마귀의 울음소리가 들려왔다. 머리 위에는 칠면조를 잡아먹는 독수리가 원을 그리며 날고 있었다. 독수리의 날개는 움직임 없이 단단해 보였고 끝부분의 깃털이 살짝 위로 구부러져 있었다. 바람 한 점 없이 메마른 공기가 주변을 채우고 있었다. 오솔길 위쪽의 헐벗은 땅에 해의 열기가 그대로 반사되어 주변의 공기는 불편할 정도로 뜨거웠다.

에인슬리는 주니어에게로 몸을 돌리더니 엽총을 옆으로 해서 건

네주었다. 주니어는 팔을 멀리 뻗어서 총을 받았다.

"좋아, 바로 그렇게 하는 거야. 그래야 총이 손에서 미끄러지거나 떨어지지 않지. 자, 그 다음에는 총을 한번 쏴 봐라."

주니어는 당황한 표정을 지었다. "어떻게요?"

"긴장할 것 없다. 자, 천천히 해봐. 총신을 이렇게 왼손으로 잡아라. 그러면 오른손으로는 방아쇠울(trigger guard) 뒤쪽을 잡고. 이제 아주 주의해서 총을 들어 올려서 앞쪽을 똑바로 겨눠라. 총개머리를 오른쪽 어깨에다가 이렇게 단단하게 붙이고. 그래야 총을 발사했을 때 몸이 살짝 밀리기만 하고 어깨뼈가 부서지지 않는다. 너 오른손잡이지? 자. 이제 됐다."

주니어는 왼손잡이였다. 그러나 그는 이 긴장된 순간에 말씨름을 벌여 더 상황을 복잡하게 만들고 싶지 않았다. 주니어는 난생 처음 총을 만져 보는 것이었다. 주니어의 아버지는 사냥을 하지 않는다. 비록 오래된 38구경 경찰용 리볼버를 가지고 있지만 자물쇠를 채워 놓은 상자에 보관하고 총알은 따로 빼서 서랍 깊숙이 넣어 두었다. 주니어는 최선을 다해서, 하지만 한편으로는 죽은 뱀을 만지듯 조심스럽게 엽총을 다루었다.

"자, 이제 아주 살살 오른손 검지를 방아쇠에 걸쳐라. 아직 당기지는 말고! 총을 계속 그대로 잡고 있어. 자, 이제 저기 오래된 소나무 그루터기를 겨냥해 보자." 주니어는 눈을 감았다. 입술을 꽉 다물고 호흡은 빠르고 얕아졌다.

에인슬리가 주니어의 왼쪽 어깨 위에 부드럽게 손을 올리고 강의를 계속했다.

"자, 총을 쏘기 전에 마지막으로 주의를 주겠다. 소리가 아주 크게 나고 어깨가 심하게 흔들릴 거다. 하지만 걱정 말아라. 그런다고 다치지는 않으니까. 절대로 겁을 먹지 마라. 너 병신 같은 겁쟁이 아니지? 그리고 무슨 일이 있어도 절대로 총을 떨어뜨려서는 안 된다."

래프는 자신이 아니라 주니어가 먼저 시작하게 된 것에 감사했다. 엽총은 거의 자신의 키만큼이나 커 보였다. 래프는 마음속으로 요행을 빌었다. 어쩌면 아버지는 그냥 주니어에게만 총 쏘기 실습을 시켜 보고 지나갈지도 모른다. 만약 칠면조가 나타나면 아버지가 직접 쏠 것이다. 그렇다면 래프는 그냥 보기만 하면서 지나가게 될 수도 있다. 그동안 최대한 눈에 띄지 않도록 할 참이다. 그는 조심스럽게 근처의 작은 소나무를 향해 뒷걸음질쳐서 소나무에 반쯤 몸을 숨기고 서 있었다.

에인슬리는 주니어의 어깨에 팔을 둘러 총을 잡았다. 총이 발사될 때 주니어가 모르고 떨어뜨리지 않도록 하기 위해서였다.

"좋다. 이제 천천히 방아쇠를 당겨 봐."

갑자기 굉음이 숲의 정적을 뒤흔들었다. 그리고 나무껍질의 일부가 그루터기에서 튀어 올라 근처의 땅에 떨어졌다.

주니어는 잠시 어리둥절한 채 서 있었다. 그런 다음 갑작스럽게 팔을 뻗어 총신이 에인슬리를 향한 채로 총을 건넸다. 에인슬리는 부드럽게 총신을 옆으로 돌렸다.

에인슬리는 총을 받아들고서 나무 뒤에서 나와 오솔길로 들어오는 래프에게 향했다.

"좋아. 스쿠터, 이제 네 차례다."

래프는 얼어붙어 아무 말도 할 수 없었다. 아침 내내 두려워하던 일이 눈앞에 닥치자 그는 꼼짝도 할 수 없었다. 아무런 말도 하지 못했지만 그의 머릿속에는 끔찍한 이미지들이 우글거렸다. 폭력, 알 수 없는 크고 위험한 기계를 다룬다. 집에서 기르는 개만큼이나 큰 짐승을 죽인다. 피가 사방에 튀고, 으깨진 머리통. 그만, 그만, 아빠, 제발 그만요. 그는 아버지의 얼굴로부터 시선을 돌렸다.

"자, 얼른." 에인슬리가 말했다. "계집애처럼 굴지 말고. 아들아. 무서워할 것 없단다. 다치지 않아. 언젠가 해야 할 일이야. 그리고 지금이 바로 그때고. 일단 해내고 나면 기분이 아주 좋아질 거다. 주니어형을 봐라. 진짜 잘 했어. 형이 한 것처럼 총을 쏘면 돼. 그저 방아쇠를 당기는 게 다야. 자, 이리와. 너도 사내대장부임을 보여 줘야지."

래프는 꼼짝 않고 서서 마치 덫에 걸린 동물처럼 몸을 움츠리고 이 모든 것이 빨리 지나가기만을 바랐다. 주니어 역시 침묵을 지켰다. 그러나 팔짱을 끼고 여유 있는 자세로 서 있었다. 그 역시 처음에는 도망가고 싶은 마음이었다. 그러나 이제 그는 삼촌의 칭찬을 받으며 햇볕을 쬐고 서 있었다. 라파엘 코디가 아니라 사촌 주니어 코디야말로 그날의 주인공이었다.

에인슬리는 아들의 거부에 몸이 뻣뻣하게 굳었다. 화가 났을 때항상 그렇듯 이를 악물고 굳게 다문 입술을 가끔씩 씰룩거렸다. 그는 아무 말 없이 래프에게서 몸을 돌려 오솔길을 걸어 내려갔다. 소년들은 서둘러 그의 뒤를 쫓아갔다. 마치 엄마 오리 뒤를 졸졸 따라가는 새끼 오리 두 마리처럼.

사냥꾼들은 소나무 관목과 바랭이 덤불을 헤치면서 1~2킬로미터 걸어갔다. 마침내 그들은 풀밭에 도달했다. 풀밭 저편에는 더욱 빽빽한 나무숲이 펼쳐져 있었다.

"여기가 바로 칠면조의 땅이다." 에인슬리가 쾌활한 목소리로 말했다. 그는 나무 그루터기에 앉아서 엽총을 한번 꺾고, 담배 한 개비에 불을 붙이고 다시 이야기하기 시작했다.

"사냥을 할 때는 조용히 해야 한다. 안 그러면 칠면조든 사슴이든 1킬로미터 밖에서도 사람 기척을 들을 수 있거든. 그러면 녀석들은 죄다 도망가 버려서 여기에 있었는지조차 알 수 없게 되지. 동물 소리를 듣고 살금살금 다가가서 잽싸게 총을 쏴야 해. 어떤 경우에는 제법 먼 곳에서 쏴야 할 때도 있지. 딱 한 방으로 결정된다. 잡거나 놓치거나. 사냥을 한답시고 나선 작자들 중에서 한심한 인간들도 많지. 그저 가만히 앉아서 맥주나 홀짝거리고 잡담이나 하면서 칠면조가 다가오기를 기다리는 작자들 말이야. 무슨 이상한 물건을 가지고 칠면조 소리를 내서 칠면조를 부른다는 자들도 있더구나. 그건 진짜 사냥꾼들이 할 짓이 아니지. 죽치고 앉아서 동물이 다가오기를 기다리는 게 무슨 사냥이냐고? 직접 동물을 찾아 숲 속으로 들어가는 것이 진짜 사냥이지. 동물이 날 찾아오도록 기다리는 게 아니고 말이야. 그렇게 숲 속을 찾아다니면서 사냥을 하다가 어떤 날은 하루에 칠면조를 두 마리나 잡은 일도 있단다. 대가리가 몸통에서 덜렁덜렁 매달린 몸집이 커다란 수컷 두 마리를 집에 들고 갔지."

에인슬리는 일어나서 쳐다보지도 않고서 마른 잎이 쌓인 무더기 위에 담배꽁초를 휙 던지고는 소년들을 재촉했다. 래프는 이번에는 담배꽁초가 꺼지는 것을 확인하지 않았다. 만일 불이 붙더라도 아마 돌아오는 길에 끌 수 있겠지. 불 끄는 데 공을 세운다면 아까 아버지를 실망시킨 것을 조금쯤 만회할 수 있지 않을까?

그들은 계속해서 1킬로미터쯤 걸었다. 에인슬리는 계속해서 이쪽저쪽을 두리번거렸지만 동물들은 눈에 띄지 않았다. 지루해진 래프는 오솔길 주변에서 작은 동물들을 찾아보기 시작했다. 노코비에서 수없이 마주하고 관찰한, 그에게 친숙한 크기의 작은 동물들을. 동그랗게 뭉친 똥 덩어리를 굴리며 오솔길을 가로질러 가고 있는 밝은 초록색과 구릿빛의 작은 장수풍뎅이가 눈에 띄었다. 어디에서 나타났는지 모를 이 놀라운 숲 속의 보석은 래프가 상상할 수 없는 곳을 향해 바삐 기어가고 있는 듯했다. 에인슬리와 주니어는 이 곤충을 보지 못했고 주니어는 하마터면 녀석을 밟을 뻔했다.

그 다음에는 큰채찍뱀이 래프를 놀라게 했다. 길이가 1미터도 넘는, 우아한 황갈색의 몸에 검정색 머리를 가진 이 뱀은 오솔길 옆의 발목까지 오는 풀숲을 따라 휙 지나가 버렸다. 뱀은 생쥐 같은 먹이를 사냥할 때처럼 머리를 쳐들고 있더니, 사람들이 가까이 가자 머리를 내리고는 휙 사라져 버렸다. 이번에도 역시 아버지와 주니어는 전혀 알아채지 못했고 래프는 다행이라고 생각했다. 만일 아버지에게 이야기했다면 총을 쏴서 뱀을 날려 버렸을 테니 말이다.

셋은 계속해서 또 1킬로미터쯤 걸어갔다. 에인슬리가 앞장서서 나가며 이쪽저쪽을 바라보았다. 여전히 사냥감은 한 마리도 눈에 띄지 않았다. 에인슬리는 갑자기 오솔길 옆에 길게 쓰러져 있는 소나무 줄기 위에 털썩 주저앉았다. 그가 숨을 헐떡거리자 래프는 깜짝 놀라 바라보았다.

"이제 아무래도 되돌아가야 할 것 같다." 에인슬리가 혼잣말처럼 말했다. "어째 오늘은 컨디션이 좋지 않아. 그리고 여기에는 예전처럼 칠면조가 많지 않구나. 빌어먹을, 이게 다 외지에서 사냥하러 오는 놈들이 너무 많아서 그래. 아주 사냥감을 죄다 쓸어가 버렸군. 이거, 원, 주 정부에서 칠면조 새끼를 길러서 숲에다 풀어놓든지 해야지. 송어나 다른 물고기 새끼들을 길러서 호수에 풀어놓는 것처럼 말이다. 그러면 내가 낸 세금이 좀 제대로 쓰이는 느낌이 들 것 같군."

그런 다음 에인슬리는 왔던 쪽으로 되돌아 걸어가기 시작했다. 올 때보다 눈에 띄게 느린 속도였다. 래프는 긴장을 풀고 길가의 솔방울 따위를 발로 걷어차면서 가까이 뒤따라갔다. 아빠도 오늘 그리 대단한 활약을 보여 주신 건 아니네, 뭐. 어쩌면 나한테 그리 많이 화를 내시지 않을지도 몰라.

픽업 트럭을 세워 놓은 곳에 도착하자 에인슬리는 소년들에게 길을 떠나기 전에 미리 소변을 보라고 했다. 그런 다음 엽총을 뒤에 싣고 아이들이 돌아오기를 기다리며 마지막 남은 한 개비의 담배를 입에 물었다. 담배를 다 피운 후 모두 트럭에 올라 128번 주도를 타고 클레이빌까지 한 시간에 이르는 여정을 시작했다.

그런데 반쯤 갔을 무렵 에인슬리가 근처의 뿔닭 농장에 들를 것이라고 말했다. 그는 농장 주인의 새로 칠한 멋진 집 앞에 차를 세웠다. 집의 바로 왼쪽에는 옥수수 밭이 있었다. 앞마당에는 닭들이 돌아다니고 집 현관 앞에는 바셋하운드 두 마리가 늘어져 있었다. 그리고 길 끝에는 "예수 구원"이라는 커다란 표지판이 보였다.

"자, 여기서 저녁거리를 잡아가자." 에인슬리가 말했다. 그는 운전석에서 내려 마당을 가로질러 걸어갔다. 그가 현관으로 다가가자 두 마리의 개 중 한 녀석이 일어나서 멍하고 한번 짖더니 다시 앉았다. 에인슬리가 현관문을 두드렸다. 안에서 들어오라는 목소리가 들리자 그는 문을 밀고 들어섰다.

10분쯤 뒤 에인슬리는 60대로 보이는 단단한 몸집의 남자와 함께 나왔다. 그는 반바지에 색 바랜 야자수 로고와 "아루바(Aruba, 카리브 해의 섬 — 옮긴이)" 글자가 박힌 티셔츠를 입고 발목까지 올라오는 신발을 신고 있었다.

에인슬리가 트럭 뒤로 가더니 다시 방수포를 열고 이번에는 볼트액션 단발식 22구경 소총을 꺼냈다.

"자, 따라와라." 에인슬리가 래프와 주니어를 향해 말했다. "먹을 것을 어떻게 얻는지 보여 주마."

주인을 따라 공구 창고와 버려진 트럭, 낮은 하얀 말뚝으로 둘러친 작은 땅덩어리를 지나갔다. 울타리 안에는 "사랑을 담아(Beloved)"라고만 새겨진 비석이 있었다.

엄지로 가리키면서 주인이 말했다. "내 개들을 묻은 데야."

곧 그들은 철사 울타리로 둘러싸인 야외 닭장에 도착했다. 주인은 8000제곱미터라고 말했지만 그보다는 훨씬 작아 보였다. 울타리 안으로 30미터 들어간 곳에 뿔닭 여남은 마리가 떡갈나무 그늘 아래에 쉬고 있었다. 주인이 검지로 닭들을 가리키며 말했다. "저기 남쪽으로 모빌까지 뿔닭을 찾을 수 있는 곳은 여기밖에 없을 거요."

에인슬리는 소총의 볼트를 뒤쪽 아래로 당기고 가느다란 카트리지를 채운 다음 다시 볼트를 원래 위치로 밀어 넣었다. 그런 다음 안전장치를 풀었다.

"자, 이걸 기억해야 한다. 이런 작은 동물을 쏠 때는 반드시 머리를 맞춰야 해. 정확히 겨냥하고 제대로 쏴야 하지. 집에 가져가서 닭을 손질할 때 제일 맛있는 부위에서 총알을 빼내야 한다면 쓰겠어?"

새들은 사람이 다가오자 불안해하며 우왕좌왕하기 시작했다. 에인슬러는 수탉 한 마리를 겨누었다.

라파엘의 몸이 굳어졌다. 자기도 모르게 이를 꽉 물고 주먹을 꽉 쥐었다. 그리고 눈을 반쯤 감았다. 그는 지금까지 생쥐보다 큰 동물이 죽는 광경을 본 일이 없었다. 더구나 눈앞에서 총으로 쏴 죽이는 광경은 처음이었다.

총알이 펑하고 발사되었다. 엽총에 비해서 놀라울 정도로 소리가 작았다. 새의 머리가 뒤로 젖혀지더니 몸의 나머지 부분이 털썩 바닥에 쓰러졌다. 주인이 울타리 안으로 들어가자 닭들이 뿔뿔이 흩어졌다. 그는 죽은 새를 신문지로 싸서 집어 들고 나와서 에인슬리에게 건넸다.

농장을 나와 소나무 농장을 지나 클레이빌의 작은 마을에 도착할 무렵 에인슬리의 기분은 나아졌다. 그는 트럭 안에 놓아둔, 종이봉지에 든 잭 대니얼 위스키를 한 모금을 마시고 헛기침을 하더니 사냥꾼의 삶에 대한 강의를 이어 갔다. "자, 내가 닭을 어떻게 쏘는지 잘 봤지? 남부에서는 총을 잘 쏘는 것을 아주 중요하게 생각하지. 오래전 이곳에 온 조상들은 대개 자기가 먹을 고기를 숲에서 직접 구해야 했으니까. 게다가 총알 한 개도 낭비할 여유가 없었지. 그렇기 때문에 남북 전쟁 때 샤일로나 앤티탐 같은 곳에서 남군이 북군 보병들을 떼로 죽일 수 있었던 거지. 우리 코디 가문의 조상들도 남군에서 용맹을 떨쳤단다. 진짜라고. 우리 남부의 군인들은 하나같이 명사수였어. 뿐만 아니라 남부 사람들이 미군에서도 항상 최고의 군인이었지."

조금 후에 그는 남부 남자들의 사격 솜씨에 대한 일장 연설을 이어갔다. "바로 이 근처에서 예전에는 해마다 사격 경합을 열곤 했지. 예를 들어서 총알로 촛불을 끄는 대회도 있었단다. 50미터 떨어진 곳에서 총알로 양초의 심지를 살짝 스쳐 지나가야 하는 거지. 그런데 중요한 것은 정말 심지 끝부분만 맞춰야 한다는 거야. 그래서 불이 꺼졌다가 바로 다시 켜져야 이기는 거지."

"너희 할아버지가 이야기해 주신 대회 중에 '다람쥐 떨어뜨리기 대회'라는 것도 있었단다. 당시에는 다람쥐 사냥이 유행이었다더라. 이곳 사람들 중에는 아직도 다람쥐 스튜를 만들어 먹는 사람도 있지. 그게 오크라랑 토마토랑 그밖에 재료를 넣고서 제대로 끓이면 맛이 끝내주거든."

그러고는 낄낄 웃으며 덧붙였다. "다람쥐 고기를 좋아하기만 한다면야." 그는 술병을 들어 한 모금 더 마시고 소매로 입을 닦았다.

"어쨌든 그 쪼끄만 놈의 몸을 갈가리 찢어 버리면 뭐가 먹을 게 있겠니? 그래서 다람쥐 쏘기가 아니라 다람쥐 떨어뜨리기를 하는 거다. 다람쥐란 놈은 나무에 올라가다가 멈춰서 뒤를 돌아보곤 하지. 바로 그때 그놈을 옆에서 볼 수 있도록 아주 천천히 움직여서 총을 발사하는 거야. 그런데 다람쥐를 쏘는 게 아니라 녀석의 바로 밑에 있는 나무 껍데기를 쏘는 게 요령이다. 제대로 바로 밑을 맞추면 나무 껍데기 조각이 튀어나가고 다람쥐가 놀라서 기절해 떨어지거든. 그럼 스튜거리를 주워 들기만 하면 돼."

주니어를 집에 바래다주고 클레이빌에 있는 작은 집에 돌아올 무렵에는 이미 어둠이 깔리기 시작했다. 멕시코 만에서 올라온 구름이 그들의 머리위로 드리워져서 어둠을 재촉했다. 부드러운 바람과 함께 따뜻하고 부드러운 비가 떨어지기 시작했다.

4

저녁을 먹은 후 래프는 근심에 잠긴 채 침대에 누워 있었다. 그는 멍하니 텔레비전 화면에 시선을 던지고 있었다. 지난 크리스마스 때 사이러스 외삼촌이 선물해 준 12인치 텔레비전이었다. 두 방 건너에서 에인슬리와 마샤가 큰 소리로 대화를 나누고 있었다. 무슨 이야기인지는 알아들을 수 없었지만 어조로 보아 두 사람이 싸우고 있는 것이 확실했다. 과거의 경험으로 미루어 이번에도 래프 자신이 싸움의 주제일 것이 뻔했다.

송아지 간 구이와 순무 잎 샐러드와 비스킷이 오른 저녁 식탁에서 래프는 아버지와 어머니의 시선을 피하고 한 마디도 하지 않았다. 외동아이로 살아가는 것은 녹록한 일이 아니다. 식사 후 설거지까지 끝나자 아버지는 클레이빌의 델챔프 슈퍼마켓에 장을 보러 나섰다. 그러자 곧 마샤가 래프를 데려다 살살 구슬려 그날 있었던 일을 털어놓게 했다. 엽총 쏘기 교육과 뿔닭을 죽인 이야기를 들려주자 그녀의 자그맣고 상냥한 얼굴이 점점 굳어져 갔다.

여러 해 동안 그래 왔듯 부모는 래프를 어떻게 키워야 하는지를 놓고 싸움을 벌여 왔다. 아버지와 어머니는 정확히 왜 그런지 이해할수는 없지만 각기 다른 입장에서 서로를 바라보는 듯했다. 단순히칠면조 사냥의 문제가 아니라 그 바탕에는 근원적 문제가 도사리고있음을 래프도 감지할 수 있었다. 두 사람의 갈등으로 열 살 소년의부모에 대한 사랑 역시 둘로 쪼개져야만 했다. 안타까운 일이었다.아버지와 어머니 사이의 틈새는 메워질 수 없는 듯 보였고 래프는 어느 쪽에 충실해야 할지 알 수 없었다.

래프는 아버지와 어머니가 이혼을 해서 자신이 아빠 없는 아이나엄마 없는 아이가 될까 봐 두려웠다. 어쩌면 친척집에 맡겨지거나 낯선 사람들과 살아야 할지도 모른다. 그런 상황에 놓인 아이들을 학교에서 가끔 보았다. 그 친구들은 대개 그럭저럭 지내는 듯했지만,만일 그런 일이 자신에게 닥친다면 그의 삶은 송두리째 흔들릴 것같았다. 래프는 두려운 상상을 하며 잠이 들었다.

자정을 넘겨 래프가 잠이 들자 비도 그쳤다. 아침 식사를 할 무렵에는 바람이 불어 축축한 공기에는 선선한 기운이 감돌았다. 모빌텔레비전 채널 5번에서는 금발의 기상 캐스터가 딱 부러지는 중서부 지방 악센트로 앨라배마 주와 미시시피 주의 해안 지방에 구름은 많이 끼겠지만 비는 더 이상 오지 않을 것이라고 예고했다. 그런데도 마샤는 래프에게 모자까지 달린 비옷을 입으라고 했다. 래프는그 비옷을 싫어했다. 그것을 입으면 정말 계집아이 같이 보일 것이라고 생각했다. 아버지 역시 그렇게 생각했다. 마샤가 억지로 래프에게 비옷을 입힐 때마다 몇 번 그의 의견을 드러내고는 했다.

래프는 찰스턴 스트리트를 따라 자전거를 타고 내려가 마틴 루서 킹 주니어 중학교에 도착했다. 예전에 이 학교는 로버트 E. 리 학교였다가 몇 년 전 이름이 바뀌었다. 그날 하루 종일 래프는 아무 생각도 할 수가 없었다. 기하학, 영어, 역사 수업의 내용이 마치 쇼핑몰에서 다른 사람들이 나누는 대화처럼 그의 귀를 스쳐 지나갔다. 점심 시간과 쉬는 시간에 그는 친한 친구들과 떨어져 있었다. 그는 계속해서 아버지에 대해 생각했다. 그의 불같은 성미가 폭발할까 봐 걱정이 되었다. 이따금씩 아버지가 노발대발하며 마치 때릴 듯 손을 쳐드는 것이 너무나 두려웠다. 비록 실제로 때린 적은 없었지만 말이다. 그냥 아버지가 하라는 대로 총을 들고 방아쇠를 당기는 것을 왜 주저했을까? 게다가 어머니에게 그날 있었던 일을 이야기한 것에 죄책감을 느꼈다.

나는 계집아이 같은 놈일까? 래프가 생각했다. 하지만 나도 가끔 다른 남자아이들과 싸움을 하기도 하는데? 도망가지 않고서 맞서서 싸웠다고. 래프는 아버지를 실망시켰다는 사실에 더욱 기분이 나빠졌다. 그동안의 말과 행동으로 미루어 아버지가 자신을 특별하고 소중한 존재이며 또한 작은 사나이로 여기고 있다는 것을 알고 있었기 때문이었다. 한번은 에인슬리가 이웃 친구들과의 대화 도중에 "누가 100만 달러를 준다고 해도 저 애를 내주지 않을 거야. 물론 저 애가 아닌 다른 아이라면 내가 한 푼을 주고도 데려올 생각이 없고." 라고 말하는 것을 들은 적이 있었다.

학교가 끝나 집에 돌아온 래프는 아버지가 자신을 기다리고 있는 것을 보고 깜짝 놀랐다. 공구점에서 일찍 퇴근한 에인슬리는 담배를 들고 현관의 흔들의자에 앉아 있었다.

"차에 타라. 너한테 할 말이 있다."

에인슬리는 단정하게 깎은 나무 울타리와 떡갈나무가 늘어선 도로를 따라 클레이빌 시내로 트럭을 몰았다. 그러고는 노코비 카운티 법원을 지나 록시 아이스크림 팰리스에 도달했다. 이곳은 코디 가족의 집을 포함하여 사실상 클레이빌의 중심가라고 할 수 있었다. 왜냐하면 거기서 5분만 더 내려가면 클레이빌의 경계를 지나치게 되기 때문이다. 록시에 들어서서 그들은 칸막이 자리에 앉았다. 에인슬리는 아들에게 제일 좋아하는 것을 시키라고 말했다. 물론 호두를 얹은 버터스카치 선디였다.

래프가 먹기 시작하자 에인슬리가 말했다. "아들아, 어제 너에게 무섭게 굴어서 미안하다. 암만 해도 너는 아직 총을 쏘기에는 어린 나이지. 네 나이의 아이가 칠면조를 쏘는 데 큰 재미를 느끼기는 어려울 거야. 주니어는 아무 소리 하지 않고 총을 잘 쐈다만, 뭐 그거 가지고 너와 비교하고 싶지는 않구나. 그 녀석은 너보다 나이도 더 먹었고 몸집도 훨씬 더 크잖아? 하지만 따지고 보면 너에 비해서 그 녀석은 엄청 멍청하고 아둔하지, 안 그래?"

입에 아이스크림을 가득 문 래프는 가만히 고개를 끄덕이며 생각했다. 맞아! 주니어 형은 작년에 유급을 당해서 아직도 4학년이지. 1년이나 더 4학년 담임인 매든 선생님에게 고문을 당해야 하다니! 매든 선생님은 회색 머리를 쪽을 지어 올리고, 안경 뒤의 눈이 차갑게 반짝거리는 중년의 여선생님으로 엄격하면서 한편 성미가 불과 같았다. 아이들은 뒤에서는 매든 선생님을 "매드 옥스(미친 소)"라고 불렀다.

"내가 어제 너를 거기에 데려갔던 건 꼭 짐승을 사냥하는 법을 가르쳐 주려고 그랬던 건 아니다. 네가 나이를 더 먹더라도 사냥에 재미를 못 붙일 수도 있지. 그건 나도 모르겠다. 아버지는 단지 네가 나이가 들어서 진짜 사내대장부가 되기 위해 알아야 할 것을 가르쳐 주고 싶었던 거다. 요즘 이 근처에서도 잔뜩 볼 수 있는 그런 계집애 같은 남자들 말고 진짜 사나이 말이다."

에인슬리는 잠시 말을 멈추고 아들이 자신의 말을 되새기도록 기다렸다. 그리고 그는, 래프가 예상했듯, 담배에 불을 붙였다. 물론 아버지는 할 말이 더 있으실 거다. 하지만 공포와 죄책감이 서서히 밀물처럼 빠져나갔다. 래프는 그날 처음으로 고개를 들고 아버지의 얼굴을 똑바로 바라보았다. 검게 그을린 피부, 입 주변에 깊게 패인 주름, 그리고 왠지 슬픈 빛을 띠고 있는 푸른 눈을.

에인슬리는 담배를 폐까지 깊숙이 빨아들이고 연기를 내뱉기 위해 고개를 옆으로 돌렸다. 그는 입가의 담뱃가루를 손가락으로 털어내고 말을 이었다. "너는 어쩌면 지금 내가 한 말을 이해하지 못할지도 모른다. 그러니까 그게 무슨 말인지 조금 더 설명해 주마. 그리고 나중에도 우리가 함께 시간을 보내게 되면 그때마다 조금씩 이야기해 주마. 그럼 너는 내가 지금 어떤 느낌인지 알 수 있을 거다."

아버지가 어떤 느낌인지? 그게 무슨 말이지? 래프는 또다시 불안해지기 시작했다.

"너도 알다시피 나는 네 어머니나 외삼촌처럼 교육을 잘 받지 못했다. 물론 너는 그 사람들처럼 대학에 가야지. 반드시 그래야지. 네가 대학에 가면 아버지도 정말 기쁠 거다. 하지만 나는 또 네가 한 가지 중요한 측면에서는 나를 닮아 주었으면 한다. 네가 자라서 너 스스로 살아가게 될 때, 나는 네가 어깨를 쭉 펴고 당당하게 남들 앞에 설 수 있는 남자가 되기를 바란다. 돈이 있든 없든, 그 잘난 간판을 갖고 있든 없든 그런 것과 상관없이 다른 사람들이 존경하는 그런 남자가 되었으면 한다."

"자, 그게 무슨 말이냐고? 그건 명예를 지키라는 말이다. 네가 한 약속을 반드시 지키고, 빚을 졌으면 반드시 갚고, 너에게 맡겨진 책임을 다 하고, 하는 일에 최선을 다 하는 거다. 살다 보면 그렇게 하기 어려워질 때도 있지만 말이다. 그리고 그렇게 하는 걸 입으로 떠벌이지 마라. 그저 마음속으로만 그런 생각을 지니고 있으면 돼. 그러면 네가 말로 하지 않아도 너의 친구들, 같이 일하는 사람들은 네가 믿을 만한 사람이라는 것을 다 알게 되지. 그저 좋은 맘을 먹었을 때만 그런 게 아니라 언제든 믿을 수 있는 사람이라는 것을 말이야. 아버지 말 알아듣겠니?"

"네, 아버지." 래프는 아이스크림을 또 한 숟가락 퍼서 입에 집어넣고 달콤한 버터스카치의 맛을 즐겼다.

"하지만 진짜 남자가 되려면 거기서 또 한 걸음 더 나아가야 한다." 에인슬리가 말을 이었다. "신사가 되어야 한다는 거지. 이곳 남부의 남자들에게는 지켜야 할 암묵적 규칙이 있다. 큰 저택에 살면서 휴가 때면 이탈리아 같은 곳으로 날아가는 사람들은 이런 규칙

따위에 코웃음을 칠지도 모르지. 아, 물론 네 외삼촌 사이러스를 이야기하는 건 아니다. 나도 네 외삼촌을 존경한다. 하지만 내가 사는 세계에서는 무엇보다 중요한 게 바로 이 규칙이야. 너무 뻔하고 너무 단순한 규칙이라고 생각할지도 모르겠다. 하지만 이 규칙은 누구에게나 보란 듯 모든 것의 표면에 딱 버티고 있어. 그리고 나는 이 규칙을 진지하게 생각한다. 규칙은 이거다. 거짓말을 하거나 남을 속이지 마라. 여자를 때리지 마라. 가능한 한 자기보다 몸집이 작은 남자를 때리지 마라. 다른 사람을 먼저 때리지 마라. 그러나 맞서야 하는 상황에서는 결코 뒤로 물러나지 마라."

그는 말을 멈추고 커피를 한 모금 마시고 반쯤 피운 담배개비를 비벼 끄고 새 담배에 불을 붙였다. 래프는 아버지처럼 체격이 왜소한 남자가 다른 사람, 특히 몸집이 큰 사람에게 맞을 때는 어떻게 해야 하나 잠시 생각했다. 아버지는 키가 170센티미터쯤 되었고 몸무게는 60킬로그램이 채 되지 않았다. 그가 종종 말하듯 "물에 쫄딱 젖은 생쥐"처럼 마르고 왜소했다.

그러나 래프는 얼마 되지 않아 그것은 물어보나 마나 한 질문이라는 사실을 알게 되었다. 아버지는 언제나 주머니에 길쭉한 잭나이프를 넣고 다녔고 틈이 날 때마다 강박적으로 칼날을 숫돌에 갈아 날카롭게 만들었다. 또한 픽업 트럭 앞좌석 사물함에는 22구경 권총이 놓여 있었다. 그가 "비장의 무기"라고 부르는 것이었다. 그는 또한 마술사처럼 어디에선가 곤봉을 만들어 내기도 했다. 에인슬리가 실제로 자신을 방어해야 했던 경우가 있다고 하더라도 그 이야기를 래프에게 들려줄 일은 없을 것이다.

아버지가 말을 멈춘 것이 곧 일어서자는 의미로 해석하고 래프는 그릇 바닥을 긁어 아이스크림을 크게 한 숟가락 떠 올렸다. 그러나 에인슬리는 다시 말을 이었다.

"그리고 또 한 가지 알아 둘 게 있다. 다른 사람들에게 존중하는 태도를 보여라. 다른 곳에서는 그렇지 않겠지만 이곳의 제대로 된 신사들이 갖춘 태도가 있다. 주유소에 가서 일하는 사람에게 길을 묻는다 치자. 그럼 그 사람은 손님에게 공손하기는 하지만 결코 굽실거리지 않는다. 그는 누군가의 하인이 아니기 때문이지. 또한 손님도 그런 곳에서 일하는 사람들을 자기와 동등한 사람으로 존중하는 태도를 보이고. 하지만 특별히 대접을 받아야 하는 사람들에게는 더더욱 공손하고 존경하는 태도를 취해야 한다. 너희 엄마와 내가 너에게 항상 어른들에게 존댓말을 쓰라는 것도 바로 그런 이유야. 또 우리가 나이든 어르신들에게 공손하게 대하는 것도 마찬가지고."

에인슬리는 담배 세 대째 불을 붙였다. 그러고는 다시 침묵에 빠져들어 래프에게 이야기가 끝났다는 듯이 손짓을 했다. 마치 그의 장광설이 지나친 감이 있고 그것 때문에 래프가 오히려 아버지에 대한 존경심을 잃었으면 어떡하나 살짝 걱정하는 듯 보였다. 그는 주머니를 뒤져 동전을 몇 개 꺼내 식탁 위에 팁으로 올려놓고 담배를 재떨이에 비벼 끄고 일어섰다. 그런 다음 의자 등받이를 잡고서 식당의 창문 너머 주차장을 바라보았다. 가까이 세워진 트럭 아래의 기름이 무지갯빛으로 빛나는 것 말고는 아무것도 특별할 것이 없는 광경이었다. 그리고 조용히 말했다. 이번에는 약간 씁쓸한 어조였다.

"자, 네게 정말로 말해 주고픈 것은 이거다. 스쿠터. 살다 보면 남들이 네 돈을 빼앗아 갈 수도 있고, 자유를 빼앗아 갈 수도 있다. 또한 등 뒤에서 너를 비웃을 수도 있다. 하지만 네가 정말 남자다운 남자가 된다면, 여기저기서 징징거리고, 닥친 문제를 피해 다니는 겁쟁이, 계집애 같은 남자가 아니라 내가 원하는 진짜 사나이가 된다면, 남들이 네게서 아무것도 빼앗을 수가 없어. 그래서 내가 계속 잔소리를 하고 가르치려고 하는 거야. 그러다보니 가끔은 네게 너무 심하게 굴게 되지만 말이다."

래프는 아버지의 말을 믿고도 남았다. 좀 더 어릴 때 넘어져서 무릎이 까져 울음을 터뜨리자 아버지는 말했다. "당장 그쳐, 사내답게."

그리고 또 다른 기억도 가까스로 떠올랐다. 그가 세 살 때인가 아버지 옆에서 잠을 잘 때 한밤중에 일어나서 화장실에 가고 싶다고 말했을 때 아버지는 이렇게 말했다. "아침까지 참아. 사내대장부가 그것도 못 참아서 쓰겠나?"

5

다음 일요일은 마샤의 차례였다. 그녀는 늦잠을 자는 아들의 방문을 소리 내어 열고 들어갔다. 그녀는 콧노래를 부르며 햇살이 침대에 비치도록 창문의 차양을 걷어 올렸다. 그러고는 잠시 멈추어 창밖으로 몸을 내밀고 창가의 백일홍 나무에 설치한 새 모이통을 바라보았다. 아니나 다를까 정원의 나무에 사는 다람쥐가 새 모이통 바닥을 떡 차지하고 앉아 있고 새들은 주위의 나뭇가지에 앉아서 이 괴물이 떠나 주기만을 기다리고 있었다. 래프는 학교에 가거나 나가 놀지 않을 때 가끔 방 안의 의자에 앉아서 새 모이통에 날아드는 새들을 바라보고는 했다. 대부분 참새, 큰어치, 홍관조였고 이따금 찌르레기도 날아들었다. 에인슬리는 다람쥐를 총으로 쏴 죽여 새들이 좀 더 자유롭게 모이를 먹을 수 있게 하면 어떻겠느냐고 제안했지만 마샤가 집에 사는 다람쥐를 죽이는 끔찍한 짓은 절대로 안 된다고 말했다.

마샤가 침대를 흔들면서 웅크리고 있는 래프의 얇은 양털 담요를 잡아당겼다.

"일어날 시간이다, 스쿠터. 교회에 갔다가 모빌에 가서 가족 저녁 식사에 참석해야지?"

래프 가족은 클레이빌 중심가에 있는 감리 교회를 다녔다. 래프의 어머니와 외가 친척들은 모두 성공회 신도였지만 그들 집에서 가장 가까운 성공회 교회는 30분 이상 가야 하는 브레턴에 있기 때문에 특별한 주일에만 그곳을 찾았다. 에인슬리는 한때 남부 침례교도였지만 지금은 마음속으로 침례교 목사들을 신통치 않게 생각하는 비밀스러운 무신론자였다. 그러나 그는 가게에 나가지 않아도 되는 일요일이면 마샤와 래프를 꼬박꼬박 교회에 데려다 주었다. 대개 아내와 아들을 교회 앞에 내려 주고 예배가 끝나면 다시 데리러 오고는 했지만 이따금씩 그 역시 아내와 아들 옆에 앉아서 예배를 들을 때도 있었다. 오르간 소리와 아름다운 찬송가의 합창을 들으면 마음이 편안해지기 때문이었다. 하지만 성경 강독이나 끝이 날 것 같지 않은 설교 시간에는 좀이 쑤셔 왔다. 가장 견디기 힘든 것은 200여 명의 경건한 앨라배마 주민들 사이에 앉아서 내내 담배도 피울 수 없고, 술을 홀짝홀짝 마실 수도 없이 한참을 참아야 한다는 사실이었다.

마샤에게 가족이란 자신의 친정인 셈스 가족을 뜻했다. 그녀의 이름은 마샤 셈스 코디였다. 그리고 자신의 아들에게는 라파엘 셈스 코디라는 거창한 이름을 지어 주었다. 라파엘 셈스는 남북 전쟁 당시 유명한 남부의 해군 제독이었다. 그가 지휘한 군함 앨라배마 호는 나중에 보급품을 운반하다가 영국 해안 근처에서 북부군 군함에 의해 침몰할 때까지 대서양 해안 지대에서 북부 연방 소속 선박들을 무참히 공격하여 수많은 승리를 거두었다.

셈스는 앨라배마 부근에서는 이름난 가문이었다. 모빌 북쪽에 셈스라는 이름의 작은 마을이 있을 정도다. 또한 모빌 시 다운타운의 비엔빌 광장 근처에는 셈스 제독 호텔과 그의 동상이 서 있다. 뿐만 아니라 모빌의 부유한 지역을 지나는 도로 중 하나에도 셈스 제독의 이름이 붙어 있다. 모빌 시의 셈스 가문이 있는가 하면, 또 미국 전역의 셈스 가문이 있다. 방계와 배우자들까지 가문의 계통을 추적해 보면 마치 미국 전역으로 가지를 치고 뻗어 나가는 거대한 떡갈나무와 같은 모습을 하고 있다. 이 가문의 계통은 위로는 3세기, 거의 미국의 역사와 궤를 같이 한다.

물론 코디 가문도 있다. 코디 가문 역시 앨라배마 남부를 중심으로 미시시피 주와 플로리다 주, 그리고 그 외의 지역까지 뻗어 나가 있다. 그리고 코디 가문 중 한 계통은 최근에 오스트레일리아에 뿌리를 내렸다. 그들은 성공적인 남부 침례교도이고 모든 면에서 나무랄 데 없는 사람들이다. 코디 가문 사람 중에는 주 경계 너머의 미시시피 주 파스카굴라에 살고 있는 의사도 있지만 오늘날 세대의 대부분은 견실한 노동계층 시민들, 예컨대 트럭 운전사, 간호사, 부동산 중개업자 등이다. 마샤의 눈에는 그런 그들이 셈스 가문 사람들과 어깨를 나란히 하기 어려워 보였고 그녀나 라파엘에게 자랑거리가 될 만한 구석을 찾아볼 수도 없었다. 코디 집안 사람들 중에는 해군 제독도, 육군 장성도, 주지사도, 상원 의원도, 골프 챔피언도 하나 없었다. 물려받은 집안 재산도, 별장도, 남들이 알아줄 만한 기부 협회의 회원증도 없었고, 주지사 취임식 때 초대 받는 일도 없었다.

비록 마샤가 이런 생각을 에인슬리 면전에서 입에 올린 적은 없었지만 에인슬리는 그녀가 어떤 생각을 갖고 있는지 알고 있었다. 아내가 철없고 고집불통이던 처녀 시절, 자신과 결혼하겠다는 성급한 결심을 밀어붙였던 것을 살면서 때때로 후회하고 있는 것도 느낄 수 있었다. 그것은 두 사람의 결혼생활에 끈질기게 따라다니는 공공연한 긴장감이었다. 그러나 에인슬리는 자신의 사회적 출신이 어떠하든, 아내가 그것을 어떻게 생각하든 개의치 않고 거리낌 없이 아내와 아들을 사랑하고자 했다. 어차피 자신의 친척들에 대해 별다른 애착도 없었고 신경도 쓰지 않았다. 그는 잘 배우지도 못했고 약점도 많은 사내였지만 남의 도움 없이 독립적으로 자신의 삶을 꾸려 왔다. 그는 똑똑하고 이따금씩 열정적이었으며 앞서 이야기했듯 자신만의 규칙을 가지고 있었다. 그를 잘 아는 사람이라면 누구든 그 앞에서 그의 규칙에 이의를 제기하지 않을 것이다. 에인슬리는 에픽테토스(고대 그리스의 스토아 학파의 대표자 — 옮긴이)가 누군지도 들어 보지도 못했고, 따지고 보면 사실 고대 그리스의 철학에 대해 아는 것이 없었지만 진정한 스토아 철학자라고 할 만했다. 그는 아들에게 이야기해 준 규칙을 스스로 내면화시켜 그것에 맞추어 살아 왔으며, 그 안에 담긴 뜻에 대해 깊이 생각하고는 했다. 마샤는 남편의 인격에 이런 굳은 심지가 들어 있음을 알고 있었고 그것을 중요하게 생각했다.

그러나 그날 마샤의 마음은 온통 모빌에 향해 있었다. 친정 부모와 가족들, 그리고 자신이 나고 자랐던 집에 말이다. 그날만큼은 기꺼이 셈스 일원으로서의 위엄과 자부심을 한껏 느껴 볼 준비가 되어 있었다.

에인슬리는 대문 앞에 서 있었다. 픽업 트럭 내부를 청소하고 휘발유를 가득 채운 후에 안절부절못하며 기다리고 있었다.

마샤가 아들에게 소리쳤다. "빨리 좀 나와라. 준비하고 나서는 데 하루 종일 걸리겠다!" 마샤는 대개 항상 예민하고 신경질적인 상태였지만 그날은 더욱더 초조해 보였다. 그녀는 거실과 부엌을 오가며 조금이라도 제자리에서 벗어난 물건들을 정리 정돈하는 한편 흘끗흘끗 거울을 바라보며 머리 모양을 고쳤다.

유난히 길고 지루하게 느껴졌던 예배가 끝난 후 코디 가족은 교회에 남아 느긋하게 이야기를 주고받는 신도들 사이를 비집고 나와 서둘러 집으로 향했다. 그들은 부엌 식탁에 앉아서 가벼운 점심을 재빨리 먹어 치웠다. 어차피 그날은 저녁에 외가에서 거하게 먹을 예정이었기 때문이다. 코디 가족은 교회 갈 때 입었던 정장을 그대로 입고 다시 픽업 트럭을 타고 남쪽으로 한 시간 거리의 모빌로 향했다.

그러나 아잘리아 트레일에 있는 외가로 곧장 가는 것은 아니었다.

"먼저 제시카 할머니 댁에 들려서 인사를 하고 갈 거야." 마샤가 래프에게 말했다.

"어이쿠, 역시나." 에인슬리가 혼잣말을 했다. 나는 절대 안 들어가야지, 속으로 생각했다. 어디 그늘에 차 세워 놓고 앉아서 맥주나 한두 병 까야겠다. 그는 주도면밀하게 전날 밤 냉동실에 넣어 차갑게 해 두었던 맥주를 트럭의 방수포 안에 넣어 왔던 것이다.

마샤의 지시대로 트럭은 모빌 바로 위에 위치한 셋수마(Satsuma)로 들어선 다음 몇 번 길을 바꾸어 구시가지에 있는 서배너 스트리트로 접어들었다. 떡갈나무와 목련나무가 오래된 동네를 아름답게 장식하고 있었다. 에인슬리는 다른 집에서 좀 떨어진 곳에 쑥 들어가 있는 낡은 집 앞에 차를 댔다. 단층으로 된 집은 현관 바닥이 살짝 아래로 처지고 지붕은 너무 오래되어 손을 봐야만 할 듯 보였다. 마당에는 온갖 잡초들이 자리를 차지하기 위해 싸우고 있었다. 아무렇게나 자란 가지 가득히 예쁜 꽃을 피우고 있는 진달래 관목과 백일홍 나무가 쇠락해 가는 우아함을 상징하는 듯했다.

"이 집도 100년 전에는 근사했을 거야." 에인슬리가 말했다.

그런 다음 미리 계획했던 탈출 계획을 펼쳤다. "자, 당신과 래프가 들어가는 걸 보고 두 시간 후에 데리러 올게. 고모님께는 바쁜 일이 있어서 그렇다고 말씀드려 줘." 그는 반발을 피하고자 똑바로 앞을 쳐다보며 말한 다음 아내와 아들이 차에서 내리기를 기다렸다.

마샤가 현관문을 두드리자마자 문이 열렸다. 눈처럼 흰 머리카락에 이가 여기저기 빠지고 발목까지 내려오는 꽃무늬 원피스를 입은 제시카 할머니가 나타났다. 할머니는 창가에 앉아서 그들이 오는 것을 보고 있었던 것이 틀림없다. 아마도 그녀는 언제나 그렇게 앉아서 누구든 방문해 줄 사람을 기다리고 있을 것이다. 사람들이 말하길 제시카 할머니는 거의 집밖으로 나가지 않는다고 한다.

"아이고 하느님 아버지, 세상에 누가 왔나 좀 보세요. 자, 자, 모두들 얼른 들어오려무나."

제시카 할머니는 아흔 살하고도 몇 년 더 나이를 먹었다. 20세기가 되기 직전에 태어난 그녀는 평생을 이 서배너 스트리트에 있는 집에서 살아왔으며 젊어서도 동쪽으로는 페어호프, 서쪽으로는 빌록시 너머로 가 본 일이 없다. 그녀의 어머니는 남북 전쟁 당시 젊은 아가씨로 낸시 코브에 살았는데 그곳에서 포트모건의 대포 소리를 직접 듣고 패러거트 제독이 남부 측의 방어를 뚫고 모빌 만으로 진격해 들어오는 것을 직접 목격했다고 한다. 적군의 대포알이 요새에 퍼부어지고 군인이 안마당으로 쳐들어오는 일을 직접 경험했던 것이다.

전쟁이 끝난 후에 제시카 할머니의 할아버지가 당시 올드 서배너 로드라고 불리는 길가에 있던 작은 농장을 사들였다. 북군의 점령 기간에 대해 회상하면서 그녀의 어머니는 "양키들이 우리를 해치지는 않았단다."라고 말했다. 한번은 포병 한 명이 뒷마당의 닭을 훔쳤다가 상관에게 크게 혼나고 그 상관이 가족들에게 와서 사과를 했다고 한다. "양키 병사들은 대개 착한 청년들이었어. 그자들도 그저 빨리 자기 집으로 돌아가고 싶은 어린 청년들이었을 뿐이야." 그러나 전쟁은 이 지역의 경제를 황폐하게 만들었고 땅값은 똥값이 되었다. 모빌 만 건너의 포트모건 반도의 해안 땅을 1에이커(4.8제곱미터)당

10달러에 살 수 있었다.

제시카 할머니도 10대 시절에 남부의 퇴역 군인들을 직접 만나 볼 기회가 있었다. 그 무렵에 퇴역 군인들은 이미 노인이었고 당시 멕시코 만 근처 지역에서는 그들에게 존경을 표하는 의미에서 모두 "대령님"이라고 부르고는 했다. 제시카 할머니는 대공황도 몸소 겪었다. 당시 앨라배마의 시골 지역 대부분은 그렇지 않아도 개발의 손길이 미치지 못한 가난한 촌에 지나지 않았고, 모빌조차도 서배너나 뉴올리언스에 비교하면 후미진 소읍에 지나지 않던 시절에 대공황은 이 지역 사람들에게 또 한 번 깊은 타격을 주었다. 할머니는 또한 제2차 세계 대전이 벌어지는 동안 흑인, 백인 할 것 없이 엄청난 수의 이민자들이 소작농으로 일하기 위해 몰려들었고 그 후 그들이 조선소와 모빌의 브루클리필드 공업 단지 건설을 위해 도시로 몰려가는 것을 목격했다.

제시카 할머니와 가족들은 "우리 남부 토박이들"이 세상 누구보다도 우월하다고 믿었다. 이 지역의 문화는 그런 생각을 노골적으로 젊은이들에게 주입했다. 그들은 북쪽에서 내려온 소작농 백인들이 "백인 쓰레기"와 "콩 줍는 사람들(pea-picker, 대공황기에 떠돌아 다니며 농장 수확일 등을 하던 이주 노동자들을 낮추어 부르던 표현 — 옮긴이)"로서 "아마색 머리 어린애들"을 주렁주렁 달고 다닌다고 경멸했다. 아마색 머리는 금발을 뜻하면서, 일부 하류층이 대부분 스코틀랜드와 아일랜드 이민자 출신이라고 멸시적으로 구분하는 기묘한 역설이었다.

흑인은 적어도 제시카 할머니의 시대에 이르러서는 어느 정도 존중을 받았다. 사람들은 정중한 대화에서도 흑인을 검둥이로 지칭했다. 또한 인종적 순수성을 옹호하는 백인들은 계층을 막론하고 철저하게 그 개념을 지지했다. "한 방울 법칙"이 예외 없이 적용되었다. 그러니까 조상들 가운데 한 사람이라도 흑인이 있을 경우 그는 검둥이가 되는 것이었다. 노동자 계층의 백인들은 그들이 생득권이라 여기는 인종적 우월성을 잃어버리는 것을 몹시 두려워했기 때문에 "검둥이 애호가"라는 말을 듣는 것을 엄청난 모욕으로 여겼다.

제시카 할머니는 모빌 너머의 세계가 어떻게 돌아가든지 간에 당시 그녀의 친척들의 관습에 따라 거의 교육을 받지 못했다. 신문도 책도 거의 읽지 않았다. 오늘날까지도 집에 텔레비전을 들여놓지 않았다. 하지만 그녀는 지역의 전해 내려오는 이야기나 남부의 전통에 관한 한 살아 있는 백과사전이나 마찬가지였다.

제시카 할머니는 사실 마샤의 고모가 아니었다. 남부에서는 백인이든 흑인이든 좋아하는 가까운 친지에게 고모나 이모, 삼촌과 같은 호칭으로 부르는 전통이 있었다. 어쨌거나 제시카는 적어도 셈스 가문의 일원이었고 몇 촌인지는 모르지만 마샤의 먼 친척뻘이 되는 것도 사실이었다. 마샤가 어린아이였을 무렵 그녀의 아버지가 제시카에게 인사를 시켰고 마샤는 자라면서 차츰 제시카를 모빌의 셈스 가문의 공식 계보학자로 인정하게 되었다.

제시카 할머니가 마샤, 래프를 이끌고 거실로 들어서자 일흔 살쯤으로 보이는 창백한 아주머니가 인사도 없이 서 있었다. 그녀의 이름은 시시로 언제부터 제시카 할머니와 살아왔는지 아무도 모른다. 그녀의 성이 무엇인지 정확히 아는 사람도 없다. 뒤프레나 그와 비슷한 성이었다고 말하는 사람이 있기는 했다. 사람들의 혈통에 일가견이 있는 셈스 가족 중 누군가는 시시의 조상이 모빌에 처음 정착한 프랑스계 사람들까지 거슬러 올라간다고 주장하기도 했다. 하지만 좀 더 신빙성 있는 주장은 농사일을 거들어 주며 떠돌아다니는 날품팔이 가족의 일원으로 이곳에 왔다가 제시카가 집안일을 돕도록 고용한 이후로 쭉 얹혀서 살아왔다는 것이다. 셈스 가문의 여자들 중 아무도 제시카 할머니 면전에서 이런 이야기를 한 적이 없었다. 집에 공간만 있다면 노후 대책이 없는 늙은 친척이나 가족의 친구를 집안에 받아들여 함께 사는 것은 남부의 오래된 전통 중 하나였다.

제시카 할머니에게는 자녀가 없었기 때문에 그 문제나 그밖에 다른 문제에 대해 이러쿵저러쿵 할 사람도 없었다. 제시카에게 돈이 있더라도(어느 정도는 있는 것이 분명했다.) 얼마나 되는지 아무도 몰랐다. 사람들이 기억하는 한 그녀는 누구에게도 조금이나마 값어치가 나가는 선물을 한 일이 없었고, 한편 누구에게도 어떤 종류의 부탁을 한 일도 없었다.

제시카 할머니는 시시에게 레모네이드와 크래커를 가져오도록 했다. 마샤와 래프가 거실에 들어서자 제대로 보살핌을 받지 못하는 노인 특유의 냄새에 약간 충격을 받았다. 잘 씻지 않는 노인에게서 나는 체취와 쿠션 등의 찌든 냄새, 그리고 살짝 소변 냄새도 섞여 있었다. 마샤가 그 냄새에 당황했더라도 얼굴에 나타내지는 않았다. 자리를 잡고 앉은 마샤는 래프를 쿡 찌르며 "자, 할머니에게 뽀뽀해 드려야지?"라고 말했다.

열 살 난 래프는 이런 훈련에 익숙해져 있었다. 래프는 제시카 할머니에게 다가가 이마에 살짝 입술을 가져다 댔다. 할머니 코에 난

털이 있는 사마귀에 닿지 않도록 조심하면서.

제시카 할머니는 얼굴 가득 웃음을 띠었다. "고맙구나, 우리 라파엘 군." 래프는 "네, 할머니."라고 대답하고 창가에 있는 의자에 가서 앉았다. 플라스틱 화초가 담긴 화분 뒤에서 고양이 한 마리가 나오더니 래프의 다리에 몸을 비볐다. 그러고는 살짝 물러나 앉아서 뭔가를 애원하는 눈초리로 래프를 바라보았다.

마샤는 의자를 당겨 제시카 할머니에게 가까이 다가앉았다. 그리고 둘은 곧 화기애애하고 흥미 넘치는 대화를 시작했다. 제시카 할머니는 17세기까지 거슬러 올라가는 셈스 가문의 계통을 방계까지 포함해서 완전히 기억하고 있는 듯했다. 특히 모빌 지역의 셈스 가 사람들에 대한 그녀의 지식은 완벽에 가까웠다. 두 여인은 친척들과 조상들에 얽힌 일화에 대해, 시시콜콜한 세부사항까지, 이리 저리 가지를 쳐 가며 시간 가는 줄 모르고 이야기를 나눴다. 래프는 대화의 작은 일부만 간신히 따라잡을 수 있었다.

"네 몇 촌 고모뻘인 세라 아주머니네 토미 말이다……. 아니, 아니야. 그건 내가 확실하게 기억해. 그 분은 매그놀리아 묘지의 서쪽 끝에 어린 메리 조 옆에 묻혔지……. 그래, 알아. 그때는 정말 끔찍한 시대였지. 모두들 죽지 못해 살 만큼 고생들을 했단다……. 믿기 어렵겠지만 나는 그 사람을 내 눈으로 직접 본 일이 있어. 내가 다섯 살이나 여섯 살 정도였을 거야……. 아니, 그 가족이 텍사스로 간 후에는 어떻게 되었는지 나도 잘 몰라. 너무 오래전의 일이었으니 말이야……. 대령이라고? 아냐, 그가 그때 대령이었을 리가 없어. 물론 사촌 로잘리는 대령이라고 우기지만. 그때 그는 고작 열여덟 살이었던 걸?……

그래. 맞아. 이혼을 한 번도 아니고 두 번씩이나 했지 뭐니……. 그래. 네 말대로 체포되었지. 하지만 바로 다음날 아침에 모빌로 돌아왔단다……. 이제 남부 침례교도라고? 세상에 맙소사……."

마샤는 신이 났다. 가문의 역사 전문가와 그 조수라도 되는 양 두 사람의 대화는 열기를 띠었다.

래프는 어머니가 미리 지시한 대로 외가 조상들에 대해 뭔가 배우기 위해 두 사람의 이야기에 집중하려고 노력했다. 그러나 도저히 집중이 되지 않았고 어느 한 이야기도 끝까지 따라잡을 수가 없었다. 차라리 만화책이라도 읽고 싶었다. 그는 계보학자도 아니고 먼 친척의 촌수나 사건이 일어난 햇수를 따지는 데 필요한 산수에도 흥미가 없었다. 집중하려는 노력을 포기하고 지루해서 몸을 비비 틀기 시작했다. 고양이를 만져 보기도 하고 다리를 이리 꼬았다 저리 꼬았다 하고, 의자를 이리 밀었다 저리 밀었다 했다. 그런 다음 집안 여기저기를 둘러보았다. 복도 옆의 어두컴컴한 벽에 남부의 군함 앨라배마 호를 그린 유화가 눈에 띄었다. 그 그림 옆에는 군함을 지휘했던 라파엘 셈스 제독의 흐릿한 사진이 걸려 있었다. 그 외에도 방 전체의 모든 벽에 사진 액자가 빽빽하게 걸려 있었다. 누군가의 독사진도 있고 여럿이 함께 찍은 사진도 있었다. 낡고 오래된 사진들이었고 상당수는 손으로 채색된 것이었다. 인물들의 옷으로 미루어 사진들은 적어도 100년은 된 것으로 보였다. 아마도 1800년대 말이나 20세기가 시작될 무렵에 찍은 것들이리라. 사진들 사이사이에 누렇게 바랜 신문 기사를 오려 놓은 액자가 보였고 그 위로는 역시 액자에 넣은 군대의 메달이 걸려 있었다. 옆에는 금테를 두른 "남부 연맹 여성 협회 모빌 지부" 회원증이 걸려 있었다. 그리고 이 액자들 한가운데에는 붉은색이 빛바래서 분홍색이 된 남부 연맹의 깃발이 걸려 있었다. 액자들 중 어느 것도 글씨로 표시가 되어 있지 않았다.

얼마 후 시시가 레모네이드와 크래커를 들고 돌아왔다. "스쿠터." 어머니가 불렀다. "레모네이드를 들고서 시시 할머니를 따라가서 닭 장 구경을 하면 어떻겠니?"

래프의 얼굴이 밝아졌다. 래프는 의자에서 튀어 올라 공처럼 몸을 웅크린 채 잠이 든 고양이를 돌아 나와 시시 할머니를 따라서 복도를 걸어갔다. 그들은 잼 병과 금이 간 에나멜 냄비들이 가득한 부엌을 지나 뒷마당으로 나갔다. 자그마한 마당을 둘러싼 울타리를 따라 구부러진 개오동나무들이 죽 서 있었다. 활엽수인 개오동나무는 메마른 도시 지역의 땅에서도 잘 자라는 나무 중 하나이다. 맨땅 위에는 닭똥과 깃털이 흩어져 있었다. 마당 한 쪽에는 주철 지붕에 철망으로 벽을 두른 닭장이 있었다. 횃대와 둥지 상자들로 가득한 닭장 안에서 암탉들이 시끄러운 소리를 내고 있었다. 암모니아 냄새가 코를 찔렀다. 수탉 한 마리와 암탉 대여섯 마리가 닭장 밖의 마당에서 노닐고 있었다. 시시가 닭들이 있는 쪽으로 걸어가며 팔을 휘젓자 닭들이 흩어졌다.

닭들을 쫓아가면서 시시 할머니가 웃기 시작했다. 이 닭 저 닭을 가리키며 "이놈 봐라, 아니, 저놈 좀 봐. 아니면 이놈은 어때?" 하고 말했다. 평소에 시시 할머니는 거의 말이 없는 사람이었다. 래프는 할머니가 가리키는 쪽을 봤지만 아무것도 특별한 것이 없었다. 닭장 끝까지 걸어갔다가 되돌아오면서 시시는 계속해서 닭들을 가리켰고 점점 더 크게 웃어댔다. 래프는 왠지 불안해져서 집 쪽으로 걸음을 재촉했다. 그러자 시시는 갑자기 웃음과 걸음을 멈추었다. 마치 래프를 붙잡기라도 하듯. 그러더니 갑자기 몸을 돌려 마당에 풀려 있던 암탉 중 한 마리를 향해 달려갔다. 마당 구석으로 닭을 몰더니 버둥거리고 시끄럽게 울어 대는 암탉을 손으로 잡았다. 양손으로 닭의 다리를 잡고 닭을 거꾸로 집어 올렸다. 그러고는 아래로 축 늘어진 닭 머리와 넓게 펼쳐져 펄럭거리는 날개를 래프의 눈앞에 들이댔다. 그러더니 닭장 옆에 놓인 나무 탁자를 향해 걸어갔다. 시시 할머니는 닭을 한 손으로 잡고 다른 손으로는 탁자 위에 있던 도끼를 집어 들었다. 래프가 잘 볼 수 있게 몸을 돌려 닭과 도끼를 위로 들어 올리더니 그날의 마지막 한 마디를 말했다.

"저녁거리야."

래프는 곧 이어 일어날 일에 충격과 공포를 느꼈다. 곧 정신을 수습한 래프는 또 한 번 커다란 새가 살육당하는 장면을 목격하지 않기로 결심했다. 이번 주에만 벌써 두 번째라니! 게다가 이번에는 상상할 수도 없을 만큼 끔찍한 방법으로 죽이는 것이었다. 래프가 큰 소리로 외쳤다. "아, 고맙습니다. 시시 할머니. 닭 구경 재미있었어요." 그런 다음 집 쪽으로 걸음을 돌려 재빨리 집으로 들어가 버렸다. 그의 등 뒤로 수탉의 꼬끼오하는 울음소리가 들렸다. 시시는 돌처럼 멍하니 서서 래프가 들어가는 것을 바라보았다.

에인슬리가 약속한 시간에 딱 맞추어 돌아왔다. 혹시라도 일찍 오면 집에 들어오라고 할까 봐 두려웠기 때문이었다. 한참 동안 작별 인사를 나누고(이번에는 다행히도 키스는 생략되었다.) 래프 가족은 픽업 트럭에 올라탔다. 그리고 모빌 시내를 향해 예정된 길을 떠났다. 마샤는 조용히 앉아서 제시카 고모와 나누었던 즐거운 시간의 여운을 맛보았다. 셋수마를 지나가면서 에인슬리가 눈에 주름을 잡고 입가에는 짓궂은 미소를 띠며 래프를 향해 물었다.

"어이, 스쿠터. 즐거운 시간을 보냈니?"

마샤가 곁눈으로 아들을 바라보며 남편을 쏘아보았다. 래프는 우물쭈물했다. 이 작은 위기 상황을 빠져나가기 위해서는 최선의 외교적 술책이 필요했다.

"네, 뭐, 괜찮았어요."

마샤가 물었다. "시시 할머니랑 닭 구경은 재미있었니?"

래프는 똑바로 앞쪽을 바라보았다. 그저 빨리 이 함정에서 벗어나고 싶을 뿐이었다.

"네, 그럭저럭. 그런데 시시 할머니는 조금 이상한 것 같아요."

"머리가 돈 거 같다 이거지?" 에인슬리가 말했다.

마치 용수철 장치를 해 놓은 덫과도 같이 마샤가 재빨리 훌륭한 상류층의 예의범절로 되받았다. "여보. 단지 사람들이 당신과 다르다고 해서 그 사람들에게 편견을 가져선 안 된다고 제가 전에도 이야기하지 않았나요?"

6

셈스 가족이 조상 대대로 살아온 집은 모빌의 중심지의 올드 셸

로드에서 뻗어 나온 아잘리아 트레일 옆에 5000제곱미터에 걸쳐 자리 잡고 있다. 집의 내부에 나선형의 계단이 2층에 있는 가족용 거실로 이어져 있는, 남북 전쟁 전에 지어진 고풍스러운 저택이었다. 심지어 집에 이름도 붙어 있다. 이 집은 1840년대 번졌던 황열병으로 죽은 저택의 첫 번째 소유자의 아내의 이름을 따서 메리벨이라고 불렸다. 집을 지은 사람은 리처드 스터턴이라는 가구 제조업자로 보스턴 남쪽 도시 프로비던스에서 가족을 이끌고 이 지역으로 내려와 성공적으로 사업을 일구었다. 당시 모빌은 호황기를 맞았다. 모빌 분지에서 생산되는 풍부한 면화와 담배를 실어 나르는 가장 중요한, 아니 사실상 유일한 항구였다. 네거리가 열 개나 될까 말까 하던 작은 마을이 40년이 채 못 되어 작은 도시로 성장했다.

1861년 앨라배마 주 의회가 투표를 통해 미연방에서 탈퇴하기로 결정하자 스터턴은 전쟁이 불가피하게 일어날 것이라고 예상했다. 그는 서둘러 모든 자금을 뉴욕의 은행으로 송금했다. 그것은 사실은 남부 연합의 법을 위반하는 행위인 것으로 드러났다. 그는 자신 소유의 메리벨과 강 상류 주위의 넓은 토지를 관리인에게 맡기고 가족을 이끌고 다시 프로비던스로 돌아갔다. 그 후 전쟁이 수많은 남부의 위대한 저택들을 잿더미로 만들었지만 메리벨은 용케도 그 모습 그대로 아무런 피해 없이 살아남았다. 모빌은 북군의 군함에 의해 봉쇄되었지만 전쟁이 일어나던 대부분의 기간 동안 전쟁의 포화를 비껴갔다. 모빌 만 전투 이후에야 북군의 보병들이 모빌에 들어왔다. 무기와 그밖에 수입품이 공급되지 못하도록 항구를 봉쇄해 목줄을 당겨 놓은 상태에서 모빌은 북쪽의 전선에서 움직이는 북군에게 별다른 위협이 되지 못했고 덕분에 애틀랜타나 서배너와 달리 치명적인 운명을 비껴갔다. 이 작은 도시는 남부의 다른 거점 도시들이 겪은 것과 같은 약탈과 방화를 면할 수 있었던 것이다. 비록 모빌의 시민들은 가난해졌고 전쟁이 끝날 때까지 엄중한 감시를 받았지만 대체로 정상적인 삶을 영위할 수 있었다. 메리벨의 내부는 크게 약탈을 당했지만 구조는 손상되지 않고 남아 있었다. 더구나 전쟁 후 재건 기간 초기 몇 년 동안 북군 부대의 본부로 사용되면서 더욱더 보호를 받을 수 있었다. 가족의 친구들 중 몇몇은 농담 삼아 이 집을 "양키들의 사랑방" 또는 좀 더 신랄하게 "파란 도마뱀(bluebelly, 파란색 군복을 입은 북군을 비하한 표현 ― 옮긴이)의 안식처"라고 불렀다.

스터턴 씨는 모빌로 다시 돌아오지 못한 채 1867년에 죽었다. 그리고 프로비던스에 편안하게 정착한 그의 후손들은 그곳을 떠날 생각이 없었다. 그들은 옛 고향의 미래가 암울하다고 믿었다. 실제로 남부에서의 삶 구석구석에 어둠이 드리워 있었다. 비록 남부 연합에 속하던 주들은 다시 미국 연방에 포함되게 되었지만 실제로는 점령지와 같은 대우를 받았다. 산업 기반은 결코 전쟁 전의 규모와 모습을 되찾지 못하고 폐허로 변해 버렸다. 면화, 담배, 목재의 생산이 조금씩 늘어났지만 그 속도는 느리고 불규칙적이었다. 자유의 몸이 된 노예들이 어떤 삶을 살아가게 될지, 그들이 어디로 갈지, 어떤 종류의 노동을 받아들일지 아무도 예측할 수 없었다. 과거에 노예 주인이었던 백인들은 재건 시대의 처벌적 법률로 고통을 받았고 그들의 희망은 그들에게 가해진 급격한 변화에 대한 분노로 얼룩졌다. 이와 같은 상황은 인종 갈등과 사회 갈등을 예고했다.

프로비던스에 살고 있던 스터턴 가족들은 변절한 남부인이 집으로 돌아가기에 좋은 때가 아니라고 판단했다. 모빌로 돌아갈 경우 그곳에 남아 전쟁과 전후의 고통을 겪었던 충실한 남부인들에게 적대적인 대접을 받을 것이라고 생각했다.

스터턴 가족은 여전히 메리벨과 도시 북쪽에 있는 경작지들을 소유하고 있었다. 그들은 재건된 연방 지방 법원에서 그들의 소유권을 확실히 해 두었다. 그러나 이제 메리벨은 그들에게 골칫덩이가 되었다. 아무런 수익도 창출하지 못하면서 한편으로 약탈이나 파괴를 당할 높은 위험에 처해 있었다.

스터턴 가족은 손실을 털어 버리고 남부에서 완전히 빠져나오기로 결정했다. 그리고 메리벨을 매물로 내놓았다. 그러자 앨라배마 주의 투자자로 전쟁 전과 도중에 큰 재산을 모은 토머스 셈스가 즉각 이 집을 사들였다. 그는 전쟁 동안 올린 수익으로 분별 있게도 모빌 주변의 바닷가 땅을 사들였다. 모빌이 뉴올리언스 동쪽의 주요 항구로 되살아남에 따라서 땅값이 급격하게 올랐다.

현재 메리벨에 거주하고 있는 토머스 셈스의 운 좋은 후손들이 마치 옛 귀족과도 같이 저택의 현관 앞에 모여 서서 클레이빌의 코디 가족을 맞았다. 마샤의 오빠인 사이러스 셈스와 그의 부인인 앤이 맨 앞에 서 있었다.

"아, 이렇게 와 주어서 너무 기뻐요. 다들 얼굴이 얼마나 좋아 보이는지 모르겠네!" 앤이 마샤를 껴안으며 호들갑스럽게 외쳤다. 사이러스와 에인슬리는 사업상 만난 사람들처럼 악수를 나누었다.

"네, 언니. 친정에 오니 너무 기뻐요." 마샤가 말했다.

사이러스는 조카인 래프를 향해 돌아서며 특별한 관심을 보였다. 그는 어린 소년의 손을 잡아 악수를 한 뒤 몸을 구부려 소년을 껴안 았다.

"어이, 우리 사내대장부. 얼굴이 좋아졌구나. 정말 보기 좋아. 우리 는 모두 널 자랑스럽게 여긴단다. 그랜도그(Grandog)도 마찬가지야."

그랜도그란 어린 아기였던 래프가 할아버지를 처음 봤을 때 부르 던 명칭이었다.

사이러스가 래프에게 따뜻한 애정을 보이는 것은 이해할 만하다. 그의 앞에 서 있는 어린 소년은 그의 직계 가문의 다음 세대의 유일 한 남자 후손이었기 때문이다. 사이러스의 큰딸인 샬럿은 에모리 대 학교의 2학년생인데 주니어 리그(Junior League, 봉사 활동과 자선 활동을 주로 하는 전통적인 여성 단체 — 옮긴이)에 가입하지 않겠다고 해서 부모들을 크 게 놀라게 했다. 샬럿은 대학을 졸업하고 평화 봉사단에 들어가서 다시는 이 "지루하고, 지루하고 또 지루한 구닥다리 동네 모빌"에서 살지 않겠노라고 선언했다. 샬럿의 동생인 버지니아는 고등학교 2학 년생으로 언니와는 또 완전히 딴판이었다. 보면 혁할 만큼 예쁘게 생긴 금발 소녀였지만 머리는 좋지 않은 편으로 주된 관심사는 남자 아이들이었고, 소녀 탐정 낸시 드루 시리즈 소설과 록 콘서트 정도 가 그녀에게는 고품격 문화 생활이었다. 공부에 있어서는 샬럿의 근 처에도 미치기 어려울 것이 분명해 보였다.

그들은 모두 웅장한 메리벨 저택 안으로 들어섰다. 에인슬리는 다 시 한 번, 그리고 이번에는 마샤조차도 메리벨의 크기보다도 실내의 가구와 장식에 감탄했다. 150여 년에 걸친 애정 어린 노력으로 조금씩 보수되고 보완되어 온 결과물이었다. 주 거실과 계단 벽에는 가족의 모습을 담은 거대한 유화들이 걸려 있었다. 거실 바닥에는 서인도산 마호가니 진품이 깔려 있었다. 계단 난간은 흑단을 조각한 명품으로《서던 리빙(*Southern Living*)》잡지에 두 번이나 기사가 난 적이 있다. 가족들이 식사에 사용할 은식기는 19세기부터 대대로 물려온 셈스 가의 가보였다.

그들은 식당의 긴 식탁으로 곧장 걸어갔다. 순탄치 못한 결혼 생활을 겪어 온 어느 주니어 리그 회원 중 하나가 차린 케이터링 회사에서 파견된 요리사와 보조 두 명이 저녁 식사를 준비했고 셈스 가의 하인 두 사람이 준비된 음식을 식탁으로 날랐다. 모빌 스타일로 양념한 게를 넣은 검보(루이지애나 주의 전통적 요리로 해산물이나 닭고기 등을 넣은 진한 수프 또는 스튜와 비슷한 음식으로 쌀밥에 곁들여 먹는다. — 옮긴이)가 전채로 나왔고 그 다음 샐러드와 주 요리인 사슴고기와 메추리알, 껍질째 먹는 완두콩 요리가 나왔다. 어른들에게는 캘리포니아산 포도주를 대접했다. 포도주 중에는 최근 사이러스의 사업 동료 중 하나가 추천한 나파밸리 메를로 포도주도 있었다. 래프와 버지니아는 닥터페퍼를 마셨다. 디저트는 아이스크림을 곁들인 피칸 파이였다.

대화는 식탁을 사이에 두고 양편이 주거니 받거니 오갔고 한 사람이 말할 동안 다른 모든 사람들이 경청했다. 사교적인 인사가 오간 후 곧 가족과 친척들의 소식, 소문, 최근 여행이나 우스꽝스러운 실수담 등이 이어졌다. 앨라배마 대학교를 졸업한 사이러스는 올해 크림슨 타이드(앨라배마 대학교 풋볼팀)가 평균 이상의 성적을 거두었다는 화제를 꺼냈다. 얼마 후 벌어질 클래식 매치에서 앨라배마 대학교가 최대 라이벌인 오번 대학교를 이긴다면 남동부 주의 리그인 SEC(Southeastern Conference) 챔피언 자리에 크게 한발 다가서게 될 것이다. 풋볼은 사이러스가 열정을 보이는 대상 중 하나였다. 그는 종종 중요한 홈경기를 관람하러 모빌에 사는 대학 동창들과 함께 투스칼로사까지 올라가고는 했다.

"만일 이번에 오번한테 진다면 해리슨 코치는 목이 달아날 거야." 사이러스가 농담으로 말했다. "하지만 이긴다면 우리는 모두 그를 앨라배마 주지사로 추대할 걸세."

그런데 에인슬리가 분위기를 확 깨는 발언을 했다.

"아마 형님은 모르실 텐데요. 제 사촌 중 하나인 바비 코디, 우리는 그 녀석을 부바라고 부릅니다만, 암튼 그 녀석이 오번 팀의 레프트 태클이에요. 부바 녀석이 이번 시즌에 엄청 잘 뛰었어요. 사람들 말로 올해 전미 최우수 선수로 뽑힐 수도 있다더군요."

조너선 할아버지는 그쯤에서 자리에서 일어났다. 오번 팀에 대한 이야기에 기분이 상하기도 했고 넉 달 전 두 번째로 겪은 심장 발작 이후로 눈에 띄게 쇠약해져서 피로를 금방 느꼈기 때문이었다.

"자, 늙은이가 자리를 먼저 뜨는 걸 모두 이해해 줄 거라 믿는다. 오늘은 무척 피곤한 하루였거든. 뭐 요즘은 매일 피곤하긴 하다만. 마샤, 에인슬리, 스쿠터, 곧 다시 놀러 오려무나."

버지니아 역시 기회를 놓치지 않고 식탁에서 일어났다. 기하학 시험 공부를 해야 한다는 핑계를 댔지만 사실은 자기 방에 가서 텔레비전에서 하는 베첼러 리얼리티 쇼 프로그램을 보기 위해서였다. 가정 교육을 잘 받은 소녀답게 버지니아는 마샤 고모의 뺨에 입을 맞추고 에인슬리에게는 교육 받은 대로 예절바르게 인사를 했다. "코디 고모부, 고모부랑 스쿠터를 만나서 너무 기뻤어요. 곧 다시 뵐 수 있겠죠?"

셈스 가족과 코디 가족은 곧 식탁에서 일어나 서재로 옮겨 커피를 마셨다. 그냥 커피와 디카페인 커피, 치커리가 든 커피와 들지 않은 커피가 있었고 핫 초콜릿은 라파엘을 위한 것이었다. 미시시피 주 경계 윌머 근처에 사이러스가 소유한 땅에서 수확한 피칸으로 만든 다양한 종류의 피칸 캔디가 쟁반 위에 놓인 채로 나왔다. 라파엘은 크게 한줌 집어서 일부를 호주머니에 슬쩍하고 자리를 떠나 서가의 책을 둘러보며 재미있는 정글 탐험 이야기가 없는지 살펴보았다. 그는 윌리엄 비비가 쓴 『하이 정글(*High Jungle*)』을 집어 들고 폭신한 쿠션이 달린 의자 위에 안착했다.

세 여자들, 앤과 마샤와 샬럿은 의자를 끌어당겨 서로 가까이 앉아 가족에 대한 이야기를 계속 나누었다. 마샤는 이 대화를 위해 만반의 준비를 갖추고 있었다. 셈스 가문의 전해 오는 이야기에 관해서라면 젊은 세대 중 전문가라고 할 수 있는 마샤는 그날 오후 그녀의 스승격인 제시카 할머니에게 들은 이야기를 신나게 펼쳐 놓았다.

사이러스와 에인슬리 둘만 남게 되었다. 서로 판이한 사회적 배경, 마샤와 래프의 미래에 대한 모빌의 셈스 가족의 계속되는 불안은 두 남자 사이에 피치 못할 긴장감을 조성했다. 그러나 계속 좋은 분위기가 유지되었다. 누가 말이나 글로 상기시키거나 넌지시 귀띔해 주지 않더라도 두 사람은 본능적으로 사회적 계급이나 특권과 관련된 주제나 언어를 피해야 한다는 사실을 알고 있었다. 그들은 사슴 사냥이 이번 시즌에 훌륭했다는 이야기라든지, 활로 사냥하는 것이 다시 유행을 한다든지, 도핀 섬 근처의 붉돔 낚시가 요즘 들어 별로라든지, 멕시코 만 파스카굴라 근처의 새우 잡이 어부들과 베트남 사람들 사이의 갈등에 대해서 이야기를 나눴다. 에인슬리는 이런 주제에 대해 아주 잘 알고 있었고 대화를 능숙하게 끌고 나가다가 요즘 아시아 사람들이 너무 많이 이 나라로 들어오고 있다는 의견을 덧붙였다.

저녁 시간이 저물어 갈 무렵 메리벨에는 평온이 깃들었다. 서재에서의 대화는 조용한 속삭임과 부드러운 웃음으로 잦아들었다. 에인슬리는 사이러스가 나무랄 데 없는 남자임을 스스로 인정하지 않을 수 없었다. 이 근방에서 나무랄 데 없는 남자란 건실하고 정직하며 성공을 이룬 남자를 말한다. 한편 사이러스 역시 에인슬리가 책임감 있고 성실하며 어찌되었든 고된 삶을 묵묵히 잘 견뎌 왔음을 인정했고 에인슬리가 진정으로 잘 되고 행복하기를 바랐다. 물론 그럼으로써 코디 가문에 있는 그의 핏줄들이 행복하기를 염원했다.

에인슬리의 판단은 틀리지 않았다. 마흔두 살의 사이러스 셈스는 대부분의 사람들이 '모범적'이라고 부를 만한 삶을 영위해 왔다. 여동생 마샤보다 열 살 위인 그는 어릴 때부터 이른바 가문의 장남의 역할을 충실하게 체화해 왔다. 에인슬리는 그날 저녁 식사 때 사이러스가 가장의 자리인 긴 식탁의 머리 부분에 앉고 병든 아버지가 옆 자리에 앉은 것을 보고 살짝 놀랐다.

사이러스의 풍채가 당당하다고는 할 수 없었다. 왜소한 에인슬리보다 손가락 한 마디쯤 더 클까 말까한 사이러스는 본디 땅딸막한 체형에 나이가 들면서 군살이 붙기 시작해 그날 입은 모노그램 무늬 셔츠의 허리 부분 단추가 팽팽하게 당겨져 있었다. 또한 전통적인 미남이라고 보기도 어려웠다. 얇은 입술은 생각에 잠길 때면 더욱 앙다문 듯 보였고, 눈이 약간 움푹 들어갔다. 가늘고 숱이 적은 갈색 머리는 요즘 들어 눈에 띄게 벗어져 가기 시작했다. 또한 강박적으로 연필을 깨무는 습관과 턱을 긁는 버릇이 있었다. 그는 크게 웃는 법이 없었고 고개를 끄덕이며 잠시 빙그레 미소를 띨 뿐이었다. 환하고 시원시원한 미소라고 보기는 어려웠다. 대개 인사를 나누거나 칭찬해 줄 때 미소를 지었고 그것도 잠깐이었다. 그러나 그는 세련된 언변을 갖고 있었다. 무엇보다 그의 특기는 상대방의 말을 잘 듣는 것이었다. 그는 온화하고 친절한 자세로 상대방의 이야기에 집중했고 경청했다. 그것은 상대방을 편안하게 만들어 주었다. 한편 세부 사항까지 아우르는 그의 기억력은 혀를 내두를 만했다. 그는 두 시간에 걸친 사업상의 회의에서 오간 내용을 단번에 몇 문단으로 요약해서 마치 미리 준비된 원고를 읽듯 말할 수 있다. 그는 완성된 문장으로 말했다. 그것은 대개 대화 도중 상대방이 말을 끊고 치고 들어오지 못하도록 하는 효과를 발휘했다.

앨라배마 대학교를 다닐 때 1967년 가을부터 시작해서 학생 군사 교육단(ROTC)의 전 과정을 마쳤고 대학을 졸업한 후 보병 소위로 3년간 복무했다. 그런 다음 중위로 진급해 베트남에서 임기를 마쳤다. 그는 인생의 이 시기에 대해 거의 말하는 법이 없었다. 그러나 퇴역 군인의 날이나 독립 기념일이면 옷깃에 삼색 리본에 달린 청동 별 모양 메달을 달았다. 그는 결코 베트남 전쟁에 참전한 것을 유감

으로 여기지 않았다. 다만 전쟁을 벌인 방식과 전쟁에서 패했다는
사실에 유감을 보낼 뿐이었다.

베트남에서 돌아온 후 사이러스는 앨라배마 대학교 로스쿨에 진
학했다. 로스쿨을 졸업한 후에는 아버지의 주식 중개 회사에 입사했
다. 그 후 몇 차례 조심스러운 데이트를 시도하고 1년이 되지 않아 앤
을 만났다. 매력적이고 품위 있는 좋은 혈통(1890년대에는 주지사를, 제1차
세계 대전 때에는 대령을 배출한 모빌과 몽고메리의 볼드윈 가문) 출신의 규수였다.

사이러스와 앤은 만난 지 여섯 달 안에 혼인을 올렸고 그들의 결
혼 소식은《모빌 뉴스 레지스터》사회면의 주요 기사로 실렸다. 조나
단이 처음으로 심장 발작을 겪은 후 사이러스가 회사를 물려받아
경영해 왔다. 그 후 1년 안에 "셈스 걸프 어소시에이츠"라는 투자 자
문 회사를 새로 설립하고 플로리다에서 루이지애나에 이르는 남동
부의 주로 확장할 계획을 추진해 나갔다. 셈스 걸프 어소시에이츠는
1980년대 급속한 남부의 경제 성장의 흐름에 올라타 순조로운 성장
을 이루어 왔다.

젊은 보수주의자 공화당원에 독실한 성공회 교도이며 거기에 더
해 퇴역 군인이라는 영예까지 더해진 사이러스 셈스는 종종 미래의
앨라배마 주지사감으로 거론되고는 했다. 이런 이야기를 들으면 기
뻐하기는 했지만 사이러스는 정치적 야심은 없었다. 그의 관심은 온
통 셈스 걸프 어소시에이츠에 있었다.

밤이 깊어가자 대화는 차츰 느려지고 간간히 침묵이 끼어들었으
며 웅얼거리듯 조용한 대답과 고개 끄덕임이 이어졌다. 사이러스는
어떻게 마무리를 해야 하는지 알고 있었다. 그는 손목시계를 흘낏

보더니 1분쯤 후에 다시 손목을 약간 틀어 시계를 봤다.

그것을 신호로 에인슬리가 일어나서 말했다. "자, 이제 저희는 가 봐야겠습니다. 내일 아침 일찍 가게에 나가야 하거든요. 형님도 또 바쁘실 테고……."

마샤가 말을 받았다. "그러네요. 떠나기 싫지만 내일 스쿠터가 학교에 늦을까 봐요."

"네, 일요일 저녁에는 차가 막히거든요. 클레이빌까지 가는 길의 반은 차가 꽉꽉 막힌답니다." 에인슬리가 말했다.

집에 오는 길에 마샤는 에인슬리의 운전이 심상치 않음을 알아챘다. 나파밸리산 최고급 포도주 여러 잔과 쿠앵트로(오렌지 껍질로 만든 술 — 옮긴이) 한 잔 분의 알코올이 이미 제시카 할머니댁 앞에서 맘을 가라앉히기 위해 마신 세 병의 밀러 위에 더해진 상태였다. 몇 번이나 트럭이 중앙선을 넘어섰다가 다시금 급격히 제 차선으로 돌아오기를 반복했다.

그러자 씁쓸한 감정이 마샤의 마음을 침범했다. 그 감정은 마치 오염된 공기와도 같이 어둡게 내려앉았다. 모빌을 방문할 때마다 마샤는 자신의 딱한 처지를 실감하고, 또 실감할 수밖에 없었다. 타고난 사회적 지위와 경제적 안정을 모두 뒤로 한 채 술주정뱅이의 손에 이끌려 작고 구석진 마을의 방 네 개짜리 오두막에 안착한 메리벨의 마샤 셈스, 그것이 그녀의 적나라한 모습이었다. 그리고 아마도 그녀의 남은 생 내내 그 모습은 크게 달라지지 않을 것으로 보였다. 결혼이라는 단 한 번의 재앙과도 같은 결정을 통해서 그녀는 자신이 가지고 있던 모든 특권을 버리고 더 이상은 거의 선택권이 남아 있지 않은 가혹한 세계를 스스로 선택했다.

그렇다고 해서 그 후미진 구석으로부터 벗어나기 위해 스스로 지난한 노력을 기울인다든지, 아니면 변화한 환경에 적응하며 좀 더 충만한 삶의 의미를 다른 곳에서 찾는다든지 하는 것은 그녀의 본성과 맞지 않았다. 비록 그녀는 투쟁심이나 상상력과 같은 자질을 갖지 못한 수동적인 여인이었으나 그녀에게는 한 가지 희망, 그녀의 과거와 연결된 하나의 끈이 있었다. 픽업 트럭 앞자리 운전석과 조수석 사이에 좁게 끼어 앉아 있는 어린 라파엘이 바로 그 희망의 끈이었다. 어린 아들은 셈스의 혈통을 물려받은, 타락하지 않은 그녀의 진정한 정체성이었다. 다시 앞에서 마주 오는 차들의 전조등의 흐름으로 시선을 돌리면서 그녀는 조용히 마음속으로 기도를 올렸다. 그녀의 아들이 언젠가, 어떤 식으로든 그녀의 생득권을 다시 찾게 해 달라고.

7

에인슬리가 10여 년 전 플로라배마라는 식당에서 처음 본 마샤는 아이처럼 작고 날씬한 몸매에 아버지로부터 물려받은 푸른 눈을 가진 스물한 살의 아리따운 소녀였다. 그녀는 재빨리 따뜻한 미소를 짓고는 했지만 오직 그녀에게 먼저 다가오는 사람들에게만 그 미소를 보였다. 그녀는 선천적으로 수줍음을 타는 편이었고 온실의 화초처럼 자라난 환경은 더욱더 그녀를 소심하게 만들었다.

마샤는 모빌에서 차를 타고 가면 그리 멀지 않은 미시시피 경계 너머의 해티스버그에 위치한, 부유층 소녀들에게 신부 교육을 전문적으로 시키는 하트필드 아카데미라는 사립 학교를 2년 다녔다. 모범생이었던 마샤는 그곳에서 흠잡을 데 없는 예의범절을 익혔고 저녁 식사의 차림과 순서에 대해서는 거의 전문적 식견을 갖추게 되었다. 그녀는 그녀가 속한 지역과 계층의 틀에 잘 맞았다. 오래된 부자들은 다른 이들보다 높은 수준의 예의범절을 갖추고 있다. 또한 남부 사람들은 다른 지역 사람들보다 예의범절을 숭상한다. 따라서 남부의 오래된 부자들은 미국에서 가장 품위 있는 사람들이다. 또한 지독할 정도로 자부심이 강하다. 남부의 신사나 신사연하는 남자들은 세상에서 가장 예의가 바르며 동시에 가장 중무장을 하고 있는 (총을 소지하고 있다는 의미 ― 옮긴이) 남자들이라고 사람들이 종종 말한다.

마샤가 에인슬리를 만났을 때 그녀는 스프링힐 대학 2학년생이었다. 스프링힐 대학은 평판 좋은 가톨릭계 인문 대학으로 메리벨에서 걸어갈 수 있을 만큼 가까운 거리에 위치하고 있었다. 교정의 길 양옆에는 떡갈나무가 늘어섰고《모빌 뉴스 레지스터》의 일요판《홈 앤 가든》섹션에 주기적으로 다루어질 정도로 아름다운 정원을 갖춘 학교였다.

스프링힐에서의 그녀의 사교 생활은 그때까지 전적으로 아직 남자친구가 없는 다른 여학생 친구들에 국한되었다. 천성에 있어서든 훈육에 의해서든 규칙을 잘 따르고 순종적인 마샤는 대부분의 과목에서 A나 B를 받는 성실한 학생이었다. 음악이나 미술에서는 별다른 재능을 보이지 못했지만 대신 그것을 벌충할 만큼 미국 역사에 대한 커다란 지적 열성을 보였다. 그녀의 부모인 조너선과 엘리자베스는 딸이 어린 시절부터 셈스 가문의 조상과 친척들 이야기, 그 다음 모빌 시, 거기에서 더 나아가 남부 전체의 역사에 대해 남다른 관심을 보이는 것에 대해 매우 고무되었다. 마샤가 10대 소녀였을 때 남북 전쟁 이전의 셈스 가문의 계보에 대한 보고서를 위해서 제시카 아주머니를 세 번이나 찾아가 면담을 하기도 했다.

마샤가 대학생이 될 무렵인 1970년대 중반에는 미국의 거대한 사회 혁명의 분위기가 남부까지 퍼져 갔다. 그와 같은 분위기는 모빌 시에도 이르렀고 스프링힐의 교수와 학생들의 관심을 온통 사로잡았다. 비록 여학생들이 브래지어를 불태우거나 집회를 여는 일은 일어나지 않았지만 여성들은 점점 직업적으로나 경제적으로 남성과 동등한 자격을 갖고 있다는 인식이 확산되었다. 그러나 이와 같은 변화에 의해 여성들에게 새롭게 열린 길을 마샤가 걸어가기를 그녀 자신도 그녀의 부모도 원하지 않았다. 마샤는 남부의 숙녀로 자라도록 양육되었다. 그녀가 생각하는 적절한 삶의 양식은 오래된 남부의 전통을 따르는 것이었다. 중상류층의 여성은 가정의 관리자라는 역할을 수행하고 남성이 가정 경제를 부양하는 것이 그 전통이었다.

가장 좋은 가문들이 선호하는 직업은 법률가나 의사, 군인이 되는 것이었고 각각의 분야에서 지위와 수입에 따라 등급이 매겨졌다. 거기에 집안의 장남이 나중에 가족의 재산을 관리하게 되면 금상첨화였다. 사업도 괜찮다. 특히 집안 대대로 물려 내려온 회사일 경우라면 더 좋다. 정치가로서의 경력도 좋게 보았다. 충분히 높은 지위에 오른다면 말이다. 하원 의원이나 상원 의원, 주지사 정도라면 선망할 만하다. 적당한 크기의 도시라면 시장도 괜찮다. 거기에 코스모폴리탄 클럽이나 그와 비슷한 수준의 엘리트 집단의 회원이라는 자격이 곁들여지면 더욱 좋다.

마샤가 생각하는 그녀 자신의 미래 역시 드높았다. 적어도 그녀가 어느 날 빽빽이 들어찬 토끼장 같은 노동자 계급의 삶터로 추락하게 될 것이라는 생각은 해본 적이 없었다. 그녀는 남부를 휩쓸고 지나가는 거대한 변화의 바람을 직접 목격했다. 역사를 공부하면서 얼마나 많은 지역들이 제2차 세계 대전을 지날 무렵에야 지독한 가난을 딛고 일어나 현대의 미국의 대열에 동참하게 되었는지도 알고 있었다.

마샤는 그녀 주변에서 일어나는 변화를 완전히 인식하고 있었다. 도시 주변의 고속도로변에는 판에 박은 듯한 종합 쇼핑몰이 들어서서 모빌 시의 교외는 이를테면 피츠버그나 인디애나폴리스와 같은 도시들의 남부판 복제품처럼 보이게 되었다. 남부의 시골 지역은 질병이 정복되면서 새로운 모습으로 변모하게 되었다. 예전에 시골 사람들을 괴롭히던 천형인 기생충, 이질, 펠라그라와 같은 병의 이야기를 거의 들어 볼 수 없게 되었다.

마샤의 부모는 식수대에 "백인 전용" 표지가 붙어 있던 것을 기억했다. 또한 언제부터 패스트푸드 식당들이 카페를 밀어내고 그 자리를 차지하게 되었는지, 현대적인 종합 쇼핑몰이 싸구려 잡화점 대신 들어서기 시작했는지 마샤에게 이야기해 주고는 했다. 그들의 부모가 어렸을 때에는 토요일 아침이면 백인과 흑인 소작농들이 노새가 끄는 수레를 타고 시장에 가느라 도로가 붐비는 모습을 볼 수 있었다고 한다. 이제 월급을 두둑이 받은 직장인들이 신용카드를 들고 제일 성능 좋은 위성 안테나를 사려고 몰고 나온 차들로 고속도로가 가득하다.

앨라배마의 유권자들은 오늘날 정치적으로 가장 보수적인 성향을 보인다. 고작 한 세대 만에 대중 친화적인 루스벨트의 민주당에서 극우파 보수당을 지지하는 쪽으로 완전히 돌아선 것이었다. 마샤는 이런 자동차 범퍼 스티커를 보는 데 익숙했다. "신(God)과 용기(Guts)와 총(Gun)이 미국을 세웠다. 이 셋이여, 영원하라!" 반대편에는 "보행자는 너무 많고 시간은 너무 없네."라든지 "내 운전 스타일이 맘에 안 들면 전화 1-800-엿.먹.어.라."가 붙어 있었다.

이런 거친 태도도 요즘에는 많이 누그러졌다. 이제 모빌의 고급 주택가와 멕시코 만 건너편 예술과 문학의 거점인 페어호프 지역에는 스탠포드 출신의 신경 외과 의사나 시카고에서 온 건축가 등이 남부의 오래된 부자들의 자손들 틈새에 섞여 있는 것을 볼 수 있다. 타지에서 온 이들은 남부 앨라배마에서 태어난 그들과 비슷한 부류의 사람들과 어깨를 맞대고 섞여 살아간다. 앨라배마는 그들을 환영했다. 그들은 새로운 남부의 첨단이었다.

그러나 대를 물려 내려온 특권과 특유의 분위기는 사라지지 않았다. 마샤와 그녀의 부모들, 그리고 그들과 같은 계층에 속하는 많은 사람들의 마음속에는 남북 전쟁 이전의 남부의 영광의 잔재가 그대로 남아 있었다. 그것은 남부 귀족층의 세 가지 영예로 요약할 수 있다. 오래된 가문과 돈이 첫 번째이다. 그 다음은 품격 있는 삶의 양식이다. 보기 좋은 꽃을 활짝 피우는 호화로운 정원으로 둘러싸인 널찍한 저택, 그리고 그 안을 가득 채우는, 새로 구입한 것이 아닌 조상으로부터 물려받은 골동품 가구들이 기본이다. 세 번째 조건은 남부 연합의 회색 군복이다. 가문의 조상이 남부군의 장교였을 경우 더욱 자랑스럽게 기억된다. 그런 경우에 그 조상의 모습을 그린 초상화가 거실이나 서재에 대문짝만 하게 걸려 있곤 하다. 장군일 경우 자손대대로 가문의 영광거리로 추앙된다. 그보다 낮은 계급의 장교들도 좋다. 그러나 사병의 경우에는 그저 식후의 가벼운 대화에서 화젯거리로 잠시 언급되는 정도이다.

마샤 셈스는 현대적인 젊은 여성이었으나 실제로는 남북 전쟁 이전의 유령 마을에 깊이 뿌리를 내리고 있었다. 그곳에 사는 사람들은 누군가와 친해지면 기꺼이 자신의 가문의 역사에 대해 이야기해 줄 것이다. 미국의 다른 어떤 지역과 계층의 사람들보다도 그들은 자신의 집안 사람에 대해 이야기하기를 즐긴다. 증조, 고조 이전으로 거슬러 올라가 각각의 중요한 전쟁에 참전한 조상들에 대한 이야기, 만일 계통이 입증될 수만 있다면 더욱더 거슬러 올라가 최초로 미국에 정착했던 조상까지도 거슬러 올라간다. 그리고 그들은 친한 사람들에게 자신의 집을 보여 주기를 즐긴다. 집이 충분히 넓고 장엄하며 그들 대에서 지은 것이 아니라 오래전 조상이 지은 집일 경우에 더욱더 그렇다.

마샤가 속한 모빌의 셈스 가문은 남부군의 영웅인 "바다의 늑대" 라파엘 셈스 제독의 사촌 중 한 사람의 자손이다. 비록 셈스 제독의 직계 자손들도 따로 존재하고 마샤의 집안은 방계일 뿐이지만 그녀는 나중에 래프에게 수차례 이야기했다. "기억해 두어라, 얘야. 사람은 어디에 속하는지에 따라 정해지는 거다. 네가 살다 보면 비빌 언덕이 있는 게 얼마나 도움이 되는지 모른단다. 여기 남부에서는 훌륭한 가문의 성씨가 아주 큰 의미를 지니고 있어." 그녀는 래프가 자라나서 남부가 아닌 세상의 다른 곳에서 살아가게 될 것이라는 생각을 해본 적도 없었다. 예컨대 보통 사람들처럼 일자리를 찾아 북부로 간다거나 그가 이름을 딴 위대한 인물에 대한 소중한 기억이 마치 별과 막대가 그려진 남부 연합 깃발처럼 고이 접힌 채 집안 한 구석에 처박히게 될 가능성에 대해서 말이다.

8

플로라배마는 플로리다 주와 앨라배마 주의 경계에 위치한 유명한 식당이었다. 식당 뒤쪽으로는 설탕처럼 하얀 모래밭과 동쪽으로는 퍼디도 만, 서쪽으로는 모빌 만 입구인 포트 모건까지 터키석 빛깔의 얕은 바닷물이 펼쳐져 있다. 이곳은 1970년대부터 멋쟁이 레드넥(redneck, 남부 시골의 백인들을 부르는 별명. 농사일로 목이 빨갛게 탄 데서 기인한다. ─옮긴이)의 중심지로 유명세를 떨쳤다. 가족들이 들러서 종이 접시에 가득 쌓인 새우를 까먹기도 하고 남자들이 맥주를 병째 들고 마시기도 하는 곳이었다. 젊은 변호사와 주식 중개인이 트럭 운전사와 굴 따는 사람들과 같은 '진짜 사람'들, 그러니까 생계를 위해 직접 뭔가를 만들어 내고 고치는 사람들과 뒤섞이는 장소였다.

어느 토요일 오후 마샤는 스프링힐의 친구들과 함께 플로라배마에 놀러왔다. 마샤가 식당에 들어섰을 때 그곳에 앉아 있던 '진짜 사람' 중 하나가 바로 에인슬리 코디였다. 앨라배마 주 파이어릿 비치에 살고 있는 그는 페어호프 고등학교를 졸업한 후 자동차 정비공이자 부업으로 감과 딸기 따는 일을 하는 청년이었다. 그는 친구들 넷과 함께 바 옆의 테이블에 앉아서 맥주를 홀짝거리며 식당에 들어오는 젊은 여성들의 점수를 매기고 있었다. 여성의 전반적인 매력도에 따라 0점에서 10점까지 점수를 부여하고 최초로 만장일치로 10점을 받은 여성에게 가짜 금메달을 수여할 계획이었다. 한 시간 반이 지나도록 금메달 수상자가 나타나지 않자 조급해진 심사 위원들은 금메달의 조건을 10점에서 9점으로 낮추는 것에 대해 논의하기 시작했다.

마샤가 들어서자 에인슬리는 깜짝 놀라 시선을 그녀에게 고정했다. 무엇보다 눈에 띄는 것은 에인슬리 자신에게 꼭 어울리는 그녀의 작은 체구였다. 그녀는 에인슬리보다도 훨씬 작고 말랐다. 워낙 기름지게 잘 먹는 남부 지역에서 점점 찾아보기 드문 체형이었다. 대부분의 젊은 여성들이 에인슬리와 키가 비슷하거나 더 컸고 발도 큼직했다. 마샤의 발은 자그마했다. 나중에 알게 되었지만 그녀는 가장 작은 사이즈의 옷을 입었다. 그런 다음 그는 수컷의 뇌에 배선되어 있는 2초간의 조사 순서에 따라 보기 좋은 몸매, 사랑스러운 얼굴, 잘 손질한 머리, 단정한 옷차림, 우아한 걸음걸이를 훑어보았다. 결론은 정말로 맘에 드는 아름다운 아가씨였다. 게다가 그녀는 이야기할 때 활기에 넘치고, 하얗게 빛나는 고른 치열을 내보이는 완벽한 미소를 짓고 있다!

"야, 저기 저 왼쪽에 있는 여자 어때?" 그가 곁에 있는 꾀죄죄한 친구들에게 말했다. "잘 봐 봐. 완벽한 10점이야. 자, 어때? 너희도 10점이지? 나 저 여자한테 말을 걸어 봐야겠어."

에인슬리는 일어나서 식당을 가로질러 막 테이블에 자리를 잡고 앉으려는 소녀들에게 다가갔다. 다른 소녀들은 무시하고 어깨를 당당하게 펴고서 똑바로 마샤의 눈을 들여다보며 예전부터 거울을 보며 연습해 온 매력적인 미소를 지었다.

"실례합니다. 저는 에인슬리 코디라고 하고 이 근처에 살아서 여기에 자주 오곤 합니다. 그런데 지금 저와 친구들이 이야기를 나누었는데 아가씨가 오늘 이곳에 들어선 여성 중에서 가장 예쁘다고 결론을 내렸습니다. 정말……아름다우십니다."

마샤는 초조한 표정으로 양 옆을 둘러보고 다시 놀란 표정으로 에인슬리를 바라보았다. 마치 "저요?"라고 묻는 듯했다. 소녀들이 킥킥대기 시작했다. 그들 중 몇 명은 미모에 있어서라면 자기가 마샤보다 못하지 않다고 생각했다.

사람을 구워삶는 말재주의 소유자인 에인슬리는 갑자기 분위기를 바꿨다. 갑자기 슬픈 표정이 그의 얼굴에 드리우더니 머리를 천천히 저으며 짐짓 후회 조로 말했다.

"음, 제가 바보 같은 짓을 했군요. 하지만 믿어 주세요. 제가 이런 식으로 누군가에게 다짜고짜 말을 건 적은 처음입니다. 모두 저를 용서해 주시기 바랍니다. 아가씨, 그리고 친구분 모두에게 진심으로 사과드립니다."

마샤는 너무 놀라서 뻣뻣하게 굳어 버렸다. 마샤 오른쪽의 친구가 웃음을 터뜨리더니 에인슬리에게 몸을 돌렸다. "저 말인가요?"

에인슬리는 대답하지 않고 돌아서서 자신의 테이블로 돌아갔다. 진지하고도 염려하는 듯한 표정과 몸짓을 보이면서. 그는 다른 친구들에게도 웃거나 큰 소리로 떠들지 말라고 부탁했다. 그는 마샤와 친구들이 그가 있는 쪽을 바라보면서 열띤 대화를 나누고 있음을 알고 있었다. 그는 엉큼하게 곁눈질로 마샤의 테이블을 바라보았다.

시간이 흘러 아무도 금메달을 목에 걸지 못한 채로 마샤의 일행이 식당을 나서려고 하자 에인슬리는 마샤에게 다가갔다. 간청하는 듯 손을 내밀며 말했다.

"잠깐만요, 아가씨." 그러더니 그는 잠시 망설였다. 뭐라고 말을 걸지 이미 다 생각해 두었지만 갑자기 평소의 그와 전혀 다른 상태가 되어 말문을 잃어버렸다. 여자를 꼬시는 데 일가견이 있는 바람둥이의 가슴에 갑자기 찌르르한 고통처럼 진실의 순간이 밀려왔다.

"잠깐, 한 마디만 하게 해 주시겠어요?"

마샤는 예의 바르게 잠시 걸음을 멈췄다. 에인슬리가 할 말을 찾을 때까지 그녀 곁에 두 명의 친구도 기다려 주었다.

"제가 아까 그런 말을 한 것이 무례했다면 용서해 주세요. 하지만 당신이 너무 아름다워서 그냥 지나칠 수가 없었어요. 혹시 언젠가 잠깐 이야기를 나눌 수 없을까요? 영화에서 나오는 것처럼 커피라도 한 잔 같이 하고 싶어요. 그게 다예요." 그는 겸손하게 머리를 숙이고 덧붙였다. "저의 이름과 전화번호를 드릴게요. 받아 주시겠어요? 그리고 당신 이름과 전화번호도 알 수 있을까요? 다음에 전화로 1~2분 이야기라도 나눌 수 있도록 말입니다. 제가 바라는 건 그게 다예요. 그럼 가 보겠습니다. 약속해요."

에인슬리는 초조한 몸짓으로 마샤에게 연필과 식탁 위의 종이 매트에서 잘라 낸 작은 종잇조각 두 장을 내밀었다. 한 장에는 그의 이름과 전화번호가 쓰여 있었고 다른 한 장에 그녀의 이름과 전화번호를 적어 달라는 의미였다. 마샤는 당황해서 허둥댔다. 그녀가 다녔던 사립 학교의 예의범절 교육 시간에 이런 상황에서 어떻게 대처해야 할지는 배운 일이 없었다. 무례를 범하지 않도록 그녀는 종잇조각들을 받아들고 말했다. "고맙습니다. 하지만 지금 가 봐야 해요." 그리고 밖에서 기다리고 있는 밴을 향해 재빨리 걸어갔다.

마샤는 생각했다. 하트필드 스쿨의 로데스 선생님이 보셨다면 그녀의 매너에 A를 주지 않으셨을까? 아니, 어쩌면 아닐지도 몰라. 내가 뭔가 실수를 저지른 것은 아닐까?

에인슬리는 마샤 곁에서 기다려 주던 친구 중 한 사람을 붙잡고 말했다. "잠깐만요. 저 아가씨 이름이 뭔가요? 제발 부탁이에요. 저는 좋은 사람입니다. 걱정 마세요. 하지만 꼭 알고 싶어요."

"마샤 셈스예요."

이 아무런 악의 없는 친구의 배신으로 마샤 셈스의 운명은 결정되었다.

며칠 후 에인슬리는 모빌과 펜사콜라 지역의 전화번호부에서 마샤 셈스의 이름을 찾았다. 셈스라는 성이 몇 되지 않기에 쉽게 찾을 수 있었다.

"여보세요? 마샤 있나요?"

"아니요. 지금 학교에 있는데요?" 어머니인 엘리자베스 셈스가 대답했다.

"아, 스프링힐 대학이죠?"

"네, 학교로 전화하면 바꿔 줄 거예요. 누구한테 전화 왔었다고 전할까요?"

"마샤의 친구입니다. 학교로 전화를 걸게요. 감사합니다."

학교로 전화를 걸어도 그녀를 바꿔 주지 않을 거라고 생각한 그는 주말이 되기까지 기다렸다가 집으로 다시 걸었다. 이번에는 마샤가 직접 전화를 받았다.

"여보세요?"

"안녕하세요? 마샤 셈스 맞죠?"

"네, 그쪽은 누구시죠?"

"저는 에인슬리 코디입니다. 한 달쯤 전에 플로라배마에서 만난 적 있는데……저를 기억하시면 했어요. 저는 펜사콜라에 있는 웨스트 플로리다 대학교 졸업반에 다니는 학생입니다." 그는 거짓말을 했다. "지난번에 무례하게 군 것 죄송합니다. 당황스럽게 해 드리려는 의도는 아니었어요. 저는 다만 꼭 이야기를 나눠 보고 싶었어요. 1~2분 정도라도 말입니다." 그는 가볍게 들리도록 애쓰며 말했다. "그래서 전화를 건 겁니다. 귀찮게 쫓아다니거나 괴롭히지 않을 거예요."

마샤는 흥미를 느꼈다. 들어 보니 괜찮은 청년 같았고 무엇보다 그녀에게 정말로, 진지하게 관심을 보이고 있지 않은가? 마샤가 말했다. "네, 좋아요. 1~2분이라면."

할 때마다 조금씩 더 길어지고 더 화기애애해진 몇 번의 전화 통화 끝에 2주일 후 주말에 이 가짜 웨스트 플로리다 대학생이 첫 데이트를 위해 셈스 가의 저택 앞에 나타났다. 그는 1976년형 시보레를 몰고 왔다. 바로 전날 계약금을 치른 새 차였다. 갖고 있는 가장 좋은 옷을 차려입고 머리는 새로 깎아서 말끔히 빗은 상태였다. 그의 주머니에는 그곳에서 가까운 치카소에서 열리는 황소 타기 경기의 입장권 두 장이 들어 있었다.

에인슬리는 장엄한 돌기둥과 널찍한 정원, 둥근 진입로를 갖춘 메리벨의 위용에 놀랐다. 그는 차에서 내려 번지수가 적힌 팻말을 찾았다. 이런 대저택은 대문 옆에 번지수를 적어 놓지 않는다는 사실을 몰랐기 때문이었다. 번지수 대신 메리벨이 사적임을 명시하는 앨라배마 역사 협회의 청동으로 만든 명판을 발견했다.

마샤가 나선형 계단으로 내려오기를 초조하게 기다리는 동안 그녀의 아버지인 조녀선이 서재 문을 열고 나와 그에게 말을 걸었다.

"이보게 청년, 황소 타기 경기는 젊은 숙녀에게 너무 거친 구경거리 아닌가?"

에인슬리는 이런 질문에 대한 대답을 이미 준비해 놓았다.

"네, 어르신. 무슨 말씀인지 알겠습니다. 하지만 제 경험상 제 또래의 젊은 아가씨들이 많은 경우에 음악회니 뭐니 하는 것에 지루해져 있는 것 같습니다. 그래서 가끔 이런 구경을 하는 것도 기분 전환에 도움이 될 것 같습니다. 또 황소 타기 경기를 통해서 꽤 많은 것들을 배울 수 있답니다."

조녀선은 이런 반응이 걱정스러웠다. 그는 이 청년을 좀 더 몰아붙여 볼까 생각했다가 그만두었다. 읽어 봐야 할 서류도 있고 그날 오후에는 몽고메리에서 열릴 주의회의 상원 의원들과의 중요한 약속에 참석해야 하기 때문이었다.

바로 그때 마샤가 내려왔다. 청바지에 짧은 부츠를 신고 카우걸처럼 목에 스카프를 두른 차림이었다.

"아빠, 너무나 기대가 되어요. 진짜 로데오를 본 적 있으세요?"

"보십시오. 진짜 볼 만한 경기가 될 겁니다." 에인슬리가 말했다.

마샤가 에인슬리에게 끌린 것은 그의 활력과 자신감 때문이었다. 비록 체구는 작았지만 그는 강하고 당당해 보였다. 그녀의 아버지에게도 조금도 주눅 들지 않고 대등한 어른처럼 대화를 나누었다. 그날 저녁과 또 그 다음에 에인슬리는 이야기하고 싶지 않은 그의 과거의 어두운 구석에 대해 언뜻 내비쳤다. 그가 들려준 이야기들에는 모두 진실의 씨앗이 들어 있었다. 다만 그가 아닌 다른 누군가를 주인공으로 만든 이야기였지만. 모든 이야기들은 아름답고 풍부하게 윤색되었다. 마샤의 눈에 에인슬리는 그녀가 알던 유치한 또래 남자들보다 우월해 보였다. 그녀 자신의 빈약한 경험에 비할 때 에인슬리는 심원하고 중요한 역사를 지닌 남자처럼 보였다. 그의 눈에는 길고 긴 길이 뻗어 있는 듯했다. 그는 도달해야 할 목적지를 지녔고, 그에 도달하기 위한 계획을 갖고 있었고 또한 확실히 밝히지는 않았지만 그에 도움을 줄 수 있는 연줄도 가진 듯 보였다. 마샤는 그의 곁에서 그 모험에 동참하면 어떨까 하는 상상을 하기 시작했다. 에인슬리가 의도한 대로였다.

에인슬리가 만들어 낸 그의 모습은 완전히 거짓은 아니었다. 그 중심에는 그의 성스러운 규칙이 있었고 그 주변으로 여러 가지 이야기와 허풍의 살을 붙인 것이었다. 핵심이 되는 그의 규칙만은 누구도 침해할 수 없는 것이었다. 거기까지는 그는 변함없는 있는 그대로의 에인슬리 코디였다. 그는 할 수만 있다면 자신에게 주어진 의무를 다 할 것이고, 그의 가족과 친구들의 명예를 더럽힐 거짓말을 하지 않을 것이다. 또한 자신을 방어하기 위한 경우가 아니라면 남을 공격하지 않을 것이다. 하지만 일단 다툼이 벌어지게 되면, 자신이 옳다는 확신이 있을 경우 결코 굽히지 않을 것이다.

에인슬리의 인생에서 다른 것이 모두 산산이 부서진다고 하더라도 이 규칙만은 남아 있을 것이다. 그것은 그가 생각하는 사내다움의 근본이었고 그 자신의 존엄을 보장하는 최후의 보루였다.

마샤나 그녀의 부모가 에인슬리에 대해 제대로 알지 못한 점은 그가 자신의 속한 특정 사회적 계층의 구성원 중 흔히 찾아볼 수 있는 인간형 중 하나였으며 에인슬리는 그에 적합한 인물상을 구현해 나가고 있다는 사실이었다. 그는 언젠가 자리를 잡을 것이다. 하지만 그가 모빌의 셈스 가족들에게 심어 주려고 노력했던 그런 모습은 아닐 것이다. 에인슬리는 강력한 자존감을 타고났다. 하지만 그는 하루하루 순간에 충실한 삶을 살았다. 매 순간 그를 기다리고 있는 쾌락을 추구했다. 그는 보상을 뒤로 미루는 부류의 인간이 아니었다. 그는 10대 시절부터 줄담배를 피워 왔다. 지금은 마샤나 그녀의 부모 앞에서 흡연량을 조금 줄일 수 있게 되었지만. 그는 독한 술을 마시거나 가지고 다니는 것을 남성적인 미덕이라고 생각했다. 이따금씩 주말에 폭음을 즐겼지만 마샤는 알 길이 없었다.

그가 속한 계층의 문화에 충실하게 그는 총에 열광했다. 그의 아버지와 할아버지는 법과 집의 공간이 허락하는 한도 내에서 방대한 양의 총기를 수집해 왔다. 웨스트 파이어릿 비치에 있는 그의 집에는 그의 할아버지가 두 형제와 함께 죽어 넘어진 검은 곰 뒤에서 엽총을 들고 서 있는 사진이 있다. 그들이 에스캠비아 카운티에서 잡은 이 곰은 멸종 위기에 처한 플로리다산 아종의 마지막 몇 마리 중 하나였다.

에인슬리는 어릴 때부터 아버지와 함께 사냥과 낚시 여행을 떠나기를 즐겼다. 그들 부자는 젭슨 카운티의 버려진 농장에 방문해 대대로 물려 온 집안의 총기류를 시험해 보기를 즐겼다. 그와 같은 여행에서 에인슬리는 예전에 군대에서 사용하던 콜트 45구경 총이나 먼 친척 중 한 사람이 스페인 전쟁 때 사용했던 엽총을 쏠 수 있었다. 그 후로 에인슬리는 자신이 방아쇠를 당기면 목표물이 산산조각 나는 놀라운 광경에 경외심을 품게 되었다.

에인슬리는 애국자였다. 소년 시절에 그는 기관총이나 수류탄으로 적군의 진지를 쓸어버리고 가슴에 메달을 잔뜩 단 채 거버먼트 스트리트에서 벌어지는 승전 가두 행진에 참가하는 환상을 마음에 품고는 했다. 베트남 전쟁이 벌어지자 열일곱 살이었던 그는 해병대에 지원했으나 그가 밝히기 꺼려하는 이유로 입대를 거부당했다.

마지막으로 에인슬리는 인종차별주의자였다. 그러나 그는 자신의 그 규칙으로 그 감정을 누그러뜨리고는 했다. 그는 흑백 분리주의자였다. 정중한 자리에서는 이렇게 말하고는 했다. "나는 유색인들을 싫어하는 것이 아니요. 다만 나와 같은 종족 사이에서 살고 싶은 것뿐이지." 그 외의 경우에는 비슷한 부류의 백인 친구들과 어울려 술집에서 술을 마시거나 낚시를 하러 갈 때를 제외하고는 이 문제에 대해 입을 다물거나 모호한 태도를 취했다.

에인슬리는 적어도 내세울 만한 혈통을 지녔다. 그와 가까운 친척들은 미국 역사상 모든 전쟁에 코디 가 사람들이 참전했다고 자랑한다. 그리고 그 말은 아마도 사실일 것이다. 그의 조상 중 일부는 호지스에 살았고 한 일족은 모빌 시가 아직 진흙 덮인 작은 마을이었을 무렵 모빌 만 건너편의 블레이클리와 나중에 볼드윈 카운티가 된 지역의 비옥한 농토에 정착했다. 또 다른 조상인 존 톰 코디와 리 코디 형제는 성미가 급하기로 유명해서 섬터 요새(For Sumter, 남북 전쟁의 시발을 알렸던 최초의 포격이 발사된 역사적 요새 — 옮긴이) 소식을 듣자마자 앨라배마 주 포병대에 입대했다. 제대할 때까지 이등병에 머물렀지만 그들은 샤일로에서 집중적으로 포탄을 퍼부어 북군이 물러나게 하는 데 일조했다. 리는 머프리스보로에서 북군에 잡혀 포로가 되었으나 존 톰은 오른쪽 다리에 부상을 입고도 꿋꿋이 계속 싸웠다. 그는 남북 전쟁의 마지막 전투에서 적군의 포로가 되었다. 로버트 리 장군이 어포마톡스에서 북군에게 항복한 다음날이었으나 그 소식을 듣지 못한 채 싸우다가 붙잡혔던 것이다. 전투가 벌어진 장소가 마침 앨라배마 주 남부의 블레이클리 요새였기 때문에 존 톰은 전쟁이 끝난 후 그저 소총과 소지품을 어깨에 짊어지고 하루를 걸어서 집에 돌아올 수 있었다. 모빌에 정착한 그는 결혼을 해서 대가족의 가장이 되었다.

에인슬리와 마샤의 연애는 셈스가 부모의 감시 속에 불안하게 진행되었다. 마샤의 부모는 마샤만큼이나 에인슬리의 매력과 예의바른 태도에 매료되었다. 그는 데이트를 할 때마다 언제나 정해진 시간에 마샤를 데려다 주었다. 그는 마샤의 부모에게 아버지의 사업을 도우며 경영 수업을 받고 있고 웨스트 플로리다 대학교를 청강생으로 다니고 있다고 소개했다.

에인슬리에 대한 마샤 부모의 감시는 허술했다. 그들은 에인슬리가 보여 주고자 한 이미지를 그대로 보았을 뿐 이면에 숨어 있는 젊은이의 진짜 모습은 보지 못했다. 꼭 필요한 질문을 던지고 그에 대한 에인슬리의 대답을 있는 그대로 받아들이고 그것을 토대로 한 추측으로 만족했다.

"그 녀석 집안이 어떤 사람들이지? 볼드윈 카운티의 코디 집안인가? 괜찮은 집안이지." 조녀선이 엘리자베스에게 말했다.

그는 그곳에서 그리 멀지 않은 퍼디도 만의 웨스트 파이어릿 비치의 코디 가 사람들이 아니라 페어호프에 살고 있는 상대적으로 상류층에 속하는 코디 가 사람들을 떠올린 것이었다.

에인슬리는 셈스 가족 사람들에게 그가 스스로 가장 진실하고 인상적이라고 생각하는 자신의 세 가지 자질을 내보였다. 그는 자신을 믿었고, 자신이 한 말을 믿었으며, 자신이 믿는 것에 대해 강렬한 열정을 보였다. 진실이란 바로 그 순간 에인슬리 자신이 사실이라고 믿는 것, 그러니까 확실한 사실이거나 거의 대부분 사실하거나, 적어도 사실일 가능성이 높은 것이었다. 그의 자만심에 찬 자신감은 마샤가 속한 계층의 과장된 예의범절과 모호한 점잖음의 방패를 뚫고 들어갔다. 에인슬리는 그의 모든 에너지를 마샤라는 한 여인을 갈망하는 데 집중했다. 그는 성적으로 열정적이었으나 결코 그녀의 의도에 반해 다가가지 않았다. 그는 마샤나 그녀의 가족을 이용해 신분을 상승하려는 욕구를 전혀 보이지 않았다. 그녀의 부모에게 정중하게 대하기는 했으나 대개의 경우 그들에게 무관심했다. 그는 단순히 마샤 이외의 다른 것에는 아무런 관심이 없었으며 그 점이 마샤 셈스에게 더욱 호감을 심어 주었다.

조녀선 역시 에인슬리의 의도에 대해 마샤와 같은 시각으로 바라보았다. 그는 이 젊은이가 지금은 보잘 것 없지만 앞으로 장래성이 있다고 생각했다. 마샤의 어머니인 엘리자베스만이 의구심을 가졌다. 그녀는 에인슬리를 "진흙 속의 지르콘"이라고 불렀다.

하지만 무슨 상관이랴. 마샤는 이 열정적인 사내와 사랑에 빠졌다.

마샤의 부모는 딸의 감정이 그토록 깊고 진지한 것인지 너무 늦게 눈치챘다. 그들은 두 사람의 만남에 불안한 마음을 가졌지만 열정적인 로맨틱한 감정에 공공연하게 적대감을 보일 정도는 아니었다. 무엇보다도 그들은 대부분의 야심을 장남인 사이러스에게 집중하고 있었다. 마샤보다 열 살 위인 사이러스는 이미 가족이 운영하는 회사의 이사직을 맡고 있었다. 그들은 다만 마샤가 스스로 조만간 이 연애 사건에 종지부를 찍고 다시 자유의 몸으로 돌아와 다른 젊은이를, 이번에는 그녀와 같은 계층에 속한 남자를 만나기를 희망했다. 아니 사실상 그렇게 될 것이라고 기대했다고 말하는 편이 옳다.

따라서 어느 날 저녁 데이트를 마치고 돌아온 딸이 에인슬리와 결혼을 약속했다고 말했을 때 두 사람은 놀라서 자빠질 지경이었다. 마샤는 서재에 있는 부모님께 다가가 그날 에인슬리에게 받은 다이아몬드 반지가 보이도록 왼손을 치켜들었다.

"저희는 되도록 빨리 식을 올리기로 했어요."

마샤는 잠시 말을 멈추고 부모의 표정을 살폈다. 그녀의 얼굴은 긴장으로 굳어졌다. 부모와 에인슬리에 대한 사랑과 신뢰 사이에서 갈가리 찢어지는 기분이었다.

조녀선이 일어나더니 입을 열었다. "너 혹시……."

마샤가 재빨리 말을 막았다. "아니, 아니에요, 아빠. 아빠가 생각하시는 그런 거……혹시라도 임신을 했다든가 그 비슷한 그런 것 때문은 절대 아니에요. 단지 우리는 서로 사랑하고 그래서 둘이서 함께 인생을 새롭게 시작하고 싶어요."

그녀는 왼손을 내리는 것을 잊어버렸고 때문에 약혼반지는 마치 허공에서 휘날리는 깃발처럼 빛났다.

엘리자베스는 의자의 팔걸이를 잡고 가까스로 자리에 앉았다. 조녀선이 다시 말을 이으려고 했다.

"자, 그러니까 무슨 말인지 좀 제대로 이야기해 보자……."

그러나 마샤가 다시 말을 잘랐다. "결혼식은 간단하게 치르고 싶어요. 화려하지 않게요. 아빠 엄마가 충격을 받으신 건 아니죠? 저 지금 무척 피곤한데 자세한 이야기는 내일 하면 안 될까요?"

피할 수 없는 절차를 마쳤으니 이제 빠져나갈 차례다. 마샤는 손을 내리고 잠시 핸드백을 뒤지는 척하더니 돌아서서 위층에 있는 자신의 방으로 올라갔다.

조녀선은 가까이에 있는 전화기 찾아들고서 메리벨의 서쪽 건물에서 아내와 어린 딸과 함께 살고 있는 사이러스에게 전화를 걸었다.

"사이, 긴급한 일이 생겼다. 지금 서재로 좀 빨리 와 줬으면 해."

3분 후 사이러스는 즐겨 입는 초록색 중국식 목욕 가운을 걸친 채 서재에 당도했다. 조너선이 지금 막 일어난 일을 설명했다.

"그 개자식은 아버지께 직접 한 마디도 하지 않았죠? 당연히 허락을 구할 리가 없지." 사이러스가 말했다.

"네가 이 문제를 맡아 줬으면 한다, 사이. 내일 아침에 일단 사설탐정부터 고용하도록 해라. 오크 스트리트 쪽에도 한 번 연락해 봐라. 그들의 변호사 짐 홀덴이 평판이 좋은 것 같더구나. 에인슬리 코디라는 자가 어떤 인물인지, 그자의 가족들은 어떤 사람인지 보고서를 작성하도록 해. 친척들 모두에 대해 샅샅이 알아야겠다. 되도록 빨리 말이야. 아마 그자들은 볼드윈 카운티에 사는 것 같더라. 아니, 젠장, 사실은 그것조차 확실하지 않아."

모빌 시의 부유한 엘리트 중 한 사람이 명령을 내렸다. 일주일 후 사이러스는 70장에 걸친 보고서를 조너선의 책상 위에 올려놓았다.

조너선과, 점점 흥분해서 제정신을 잃어 가는 엘리자베스가 두려워하던 것만큼 나쁘지는 않았다. 적어도 웨스트 파이어릿 비치의 코디 가족은 존중받을 만한 시민이었다. 에인슬리의 아버지인 조지 코디는 공인 회계사로 에메랄드 해변을 따라 포트 월튼 비치를 아우르는 지역의 고객을 상대로 회계 업무를 수행했다. 그는 이혼한 지 10년 되었고 전처는 재혼해서 잭슨빌에 살고 있다. 조지에게는 사귀는 여자가 있는데 아들을 혼자 키우는 마흔 살가량의 쾌활한 이혼녀로 걸프 쇼어스라는 식당의 웨이트리스로 일하고 있었다. 에인슬리에게는 형이 두 명 있는데 둘 다 결혼을 했고 주로 플로리다 주에서 건축 관련 일을 하고 있다. 코디 삼 형제는 모두 세금을 성실하게 납부하고 특별히 문제를 일으키지 않는 건실한 시민이었다. 에인슬리의 형 중 하나가 술집에서 시비가 붙어 싸우다가 형사 고발된 일이 있었지만 고소는 취하되었다. 에인슬리는 그중 특히 예측하기 어려운 사람이었다. 10대 시절에 재물 파괴와 사소한 절도에 연루된 적도 있었지만 스물다섯 살인 지금까지는 어떤 전과도 없었다. 그는 거짓말에 능숙한 자로 알려져 있다. 하지만 조사의 범위가 미치는 한도 내에서 그는 자신의 재능을 이용해 사기 범죄 따위를 저지른 일은 없는 것으로 나타났다. 그저 여자들을 유혹하고 남자 동료들에게 멋있게 보이기 위해 큰소리치고 허세를 부리는 허풍쟁이에 불과했다. 그 점을 빼고는 에인슬리에게 별 문제는 없어 보였다. 결혼한 적이 있는 것도 아니고 임신한 여자 친구를 차 버린 적도 없었다. 그는 레드넥 친구들 사이에서 '머리가 비상한 놈'으로 알려져 있다. 자동차를 엄청나게 좋아하고 자동차 부품에 대한 식견이 풍부했다. 여러 직업을 전전했지만 우려할 만한 일을 한 적은 없었고 맡은 일은 책임감 있게 수행한다는 평을 받고 있다. 그는 고등학교만 졸업하고 상급 학교에 진학할 뜻은 없었다.

"음……" 조녀선이 사이러스에게 말했다. "일단 최악의 시나리오에 대해 가정해 보자. 만일 우리가 작으나마 발판을 마련해 준다면 그 녀석은 그럭저럭 해 나갈 수 있지 않을까 싶다. 적어도 그는 집안의 불명예가 되지는 않을 듯해. 그렇지는 않을 거야. 그렇지만 그쪽으로 더 이야기를 진행하기 전에 일단 마샤에게 얼마 동안 일을 미루자고 말해 볼 생각이다. 그러니까 반년 정도 기다렸다가 결혼식을 올리자고 말이지. 가족들을 위해서 충분한 약혼 기간을 갖도록 하자고 말이야. 어쩌면 마샤가 시간을 가지고 좀 더 생각해 본다면 마음을 바꿀 수도 있지 않을까?"

그러나 마샤는 이 제안을 받아들이려 하지 않았다. 조너선이 "체면과 예절에 따라" 혼인을 늦추자고 제안하자 바로 그가 두려워하던 반응이 되돌아왔다.

"싫어요, 아빠. 우리는 서로 사랑해요. 함께 할 인생을 모두 계획했다고요. 기다릴 이유가 없어요. 미루고 싶지 않아요. 아빠와 엄마도 결혼식을 억지로 미루셨나요?"

조너선은 아니었다고 시인할 수밖에 없었다. 그는 딸과 의절하지는 않기로 이미 마음을 먹은 터였다. 그는 마샤의 결정을 받아들이고 그로부터 최선의 결과를 만들어 내기로 했다. 어찌되었든 마샤나 장래의 사위에게 자신의 사업을 물려줄 생각은 없었으니 말이다.

마샤와 만나고 나서 한 시간 뒤에 로딩 빌딩에 도착한 그는 사이러스를 다시 사무실로 불러들였다.

"사이, 또 위기를 맞았구나. 마샤가 말을 들으려고 하지 않아. 혼인을 미룰 수 없다는구나. 그 아이를 더 이상 설득할 수가 없었어. 가능한 한 빨리 식을 올리고 싶다는구나. 너희 어머니가 결혼식 준비를 하려면 시간이 필요하다고 해서 어느 정도 늦출 수는 있겠지만 그래 봐야 한두 달 정도나 먹힐까 싶다."

"그렇다면 뭐가 위기인 거죠?" 사이러스가 물었다.

"사이, 너 지금 농담하는 거냐? 나는 내 딸을 웨스트 파이어릿 비치의 구질구질한 아파트에서 부업 삼아 가끔 자동차 수리나 하는 백수 남편과 살게 할 수는 없어. 아, 세상에 어떻게 이런……."

"음, 그러면 어떻게 해야 할까요?" 사이러스는 여전히 헷갈렸다. "그래도 적어도 다른 인종이라거나 더 나쁜 경우는 아니잖아요."

"자, 이제 너는, 그리고 필요하다면 직원 몇 명이라도 동원해서, 당장 하던 일을 놔두고, 그러니까 다른 직원에게 맡겨 놓고 말이다, 코디에게 더 나은 직장을 찾아 주도록 해라. 꼭 필요하다면 자동차 정비업체를 하나 차려 주든지. 그리고 녀석이 다닐 사업장에서 가까운 곳에 너무 비싸지 않은 자그마한 집을 하나 구해 보도록 해라. 직장도 집도 여기에서 너무 멀지 않은 곳에 말이다. 그러니까 모빌 시내나 근교에 있으면 한다. 그렇게 할 수 있겠지?"

그는 이 말을 하며 자리에서 일어나 책상 위의 부저를 눌러 비서를 불렀다.

"네, 알겠습니다. 아버지." 사이러스가 말했다. "구할 수 있을 겁니다. 당장 착수하겠습니다."

"아일린," 조너선이 사무실로 들어오는 잿빛 머리 여성에게 말했다. "사이러스와 함께 가서 내가 지금 지시한 일을 시작하는 것을 도와주도록 해요. 무엇보다 가장 중요한 사안이고 또 밖에 알려지지 않도록 보안에 신경 써주세요. 알겠습니까?"

여드레 후 에인슬리는 조너선의 책상 맞은편에 있는 의자에 앉아 있었다. 그는 아직 방을 가로질러 와서 벽난로 옆에 있는 소파에 조너선과 함께 앉을 자격은 갖추지 못했다.

"에인슬리, 와 줘서 고맙네." 조너선이 말을 잠시 멈추었다.

"제가 감사드립니다. 셈스 씨. 불러 주셔서 진심으로 감사합니다."

"무엇보다 오늘 여기로 오라고 한 것은 자네가 우리 가족의 일원이 되는 것을 환영한다는 뜻을 전하고 싶어서야."

"네, 감사합니다. 아버님. 셈스 가문의 일원이 되는 것을 큰 영광으로 생각합니다."

"에인슬리, 내가 내 딸이 누구보다 행복하고 잘 되길 바란다는 것을 자네가 이해할 거라고 믿네. 모든 아버지들이 그렇지 않겠나. 물론 자네 역시 행복하고 잘 되기를 바라네."

에인슬리는 열심히 고개를 끄덕였다. "네, 아버님." 그는 머리를 매만지고 넥타이를 바로잡았다.

조너선이 말을 이었다. "사람들이 그러는데 자네가 자동차나 자동차 부품에 관해 전문가라며?"

에인슬리는 계속해서 고개를 끄덕거렸다. 그리고 초조한 듯 입술을 핥았다. "네, 아버님. 제가 그쪽으로 재주가 좀 있는 듯합니다. 경험도 꽤 있고요."

조너선은 미소를 띠면서 고개를 끄덕여 보였다. "자, 내 계획은 이걸세. 우리 회사가 클레이빌에 꽤 괜찮은 공구와 자동차 부품 사업장을 가지고 있다네. 그리고 거기에 보조 관리자가 필요한 상태야. 임금도 나쁘지 않을 걸세. 적어도 신혼부부가 살아가는 데는 부족함이 없을 거야. 무엇보다 안정적이고 미래가 보장된 자리지. 내가 관리자인 제스 니콜스와 이야기를 나눴는데 그 사람이 기꺼이 자네를 받아들일 생각이 있다고 하네. 일을 시작하면 일단 마케팅 등의 분야에서 직무 훈련을 받아서 자네가 스스로 작은 사업체를 꾸려 갈 수 있는 소양을 쌓아 나가게 될 걸세. 물론 모든 것이 계획대로 된다면 말이지."

에인슬리가 손을 들고 말을 꺼냈다. "네, 아버님, 하지만⋯⋯."

"잠깐, 또 중요한 사실이 있네. 제스 니콜스는 거의 은퇴할 나이가 다 되었어. 그러니 1~2년 안에 관리자 자리가 공석이 될 거야. 그러면 자연스럽게 자네가 그 자리를 이어받을 수 있을 거고. 어쩌면 나중에 사업체를 사들여서 자네 것으로 만들 수도 있고 또 장차 사업을 점점 확대해 나갈 수도 있지."

"셈스 씨⋯⋯." 에인슬리가 다시 손을 내리며 말했다.

"그리고 한 가지 더 있네. 아내와 내가 마샤에게 결혼 선물로 무엇을 해 줄까 생각한 끝에 이렇게 결정했네. 우리가 클레이빌에 신혼부부가 살기에 딱 적당한 좋은 집을 발견했다네. 자네와 마샤에게 딱 맞을 거야. 자네가 출근할 가게에서 몇 블록 떨어지지 않은 곳에 위치하고 있으니까. 화려한 집은 아니지만 정말 좋은 집이라네. 우리가 계약금을 치르고 왔는데 만일 내가 제안한 일자리를 자네가 받아들인다면 우리는 그 집을 사서 마샤에게 결혼 선물로 줄 생각이야. 자네와 그 아이가 안락한 신혼생활을 시작할 수 있도록 말이지."

조너선 셈스는 말을 멈추었다. 에인슬리 역시 조용해졌다. 이 모든 후한 제의에 그는 어안이 벙벙해졌다. 새로운 가능성들이 그의 풍부한 상상력의 세계로 흘러들어 오기 시작했다. 멋진 인생이 그의 손아귀 안으로 들어왔다. 친척과 친구들 사이에서 돈과 지위와 특권을 가지고 살아가게 될 인생.

조너선은 밝게 웃으면서 양 손을 들어올렸다. 마치 자신의 제안에 스스로 놀란 듯한 표정을 지으며. 그것은 그가 사업에서 거래를 마무리할 때 즐겨 쓰는 몸짓이었다.

"자, 어떤가? 자네도 마음에 드나? 마시도 분명히 좋아할 걸세."
사실 그는 아직 마샤에게는 이야기하지 않았다. 일단 에인슬리를 먼저 설득할 생각이었다.

에인슬리는 기회를 향해 열린 문을 그냥 지나칠 사람이 아니었다. 그의 삶에 기회의 문이 열리는 순간은 흔치 않았고 열렸다가도 곧 닫히고는 했다.

"아, 정말 굉장합니다, 셈스 씨. 마시도 좋아할 테고요."

그로부터 두 달 후 세인트폴 성공회 교회에서 결혼식이 열렸다. 마샤는 가족의 정장을 주문해 온 도핀 스트리트의 톰슨에서 맞춘 발목까지 내려오는 길이의 흰 드레스를 입었다. 빌린 검정 넥타이와 빛나는 가죽 구두를 신은 에인슬리는 말쑥해 보였다. 조너선이 딸을 신랑에게 넘겨주었고 에인슬리의 두 형이 신랑 들러리였다. 마샤의 친한 친구 다섯 명, 그러니까 동네 친구 둘과 스프링힐 대학 동창 셋이 신부 들러리를 섰다. 에인슬리의 사촌들, 친구들과 그들의 가족들을 포함해 30명이 넘는 하객이 참석했고 셈스와 볼드윈 가문의 하객은 그보다도 더 많았다.

양쪽 집안과 친구들은 서로 악수를 나누고 젊은 한 쌍에게 찬사를 보냈다. 엘리자베스는 아침 식사 후 마음을 가라앉히기 위해 마신 버번 위스키 때문에 정신이 혼미한 상태였다. 그러나 그녀는 미소를 잃지 않고 하객들의 축하를 받았다. 교육을 잘 받은 숙녀답게 그녀는 감정을 절제하지 못하고 무너지거나 사람들의 무리를 떠나는 일 없이 꿋꿋이 자리를 지켰다. 식이 거행되는 동안에만 잠시 울었을 뿐이다. 끝까지 체면을 잃지 않고서 가장자리에 레이스를 댄 손

수건으로 눈가를 누르면서 조용히 눈물을 흘렸을 뿐이었다.

9

새롭게 부부가 된 두 사람은 신혼여행에서 돌아와 클레이빌에 있는 새로 구입한 단층집에 살림을 차렸다. 셈스 걸프 어소시에이츠에서 파견된 두 명의 여직원이 대부분은 마샤의 취향에 맞춰 새로 꾸밀 수 있는 여지를 두고 기본적인 가전제품과 가구만 들여놓았다. 작은 집의 냉장고와 선반에는 식료품을 가득 채워 놓았다. 나중에 차츰 마샤가 자신이 원하는 것으로 바꿔 나갈 것을 예상하고 비싸지 않은 조리 기구와 그릇, 접시 역시 갖추어 놓았다. 식탁 위는 환한 빛깔의 꽃으로 장식되어 있었다. 또한 에인슬리 코디 이름으로 개통된 전화기가 부엌 싱크대 위에 놓여 있었다.

결혼식을 올리고 새니벨 섬으로 신혼여행을 떠나기 전에 엘리자베스가 몰래 마샤에게 그녀의 이름이 새겨진 가죽 핸드백을 내밀었다. 그 안에는 4만 2000달러가 찍힌 수표책이 들어 있었다.

한편 조너선이 에인슬리에게 건넨 두꺼운 흰색 리넨지 봉투에는 조너선의 이름과 메리벨 주소가 금박으로 새겨져 있었다.

"이건 우리 가족이 자네에게 주는 개인적인 선물일세." 조너선이 말했다. 봉투 안에는 정확한 팔머식 필기체로 직접 쓴 메모가 들어 있었다.

친애하는 에인슬리,

우리 가족이 되는 것을 환영하네. 우리는 자네에게 줄 결혼 선물에 대해 의논한 끝에 자네의 새로운 일과 가정생활에 도움이 될 만한 것이 가장 좋은 선물일 것이라고 결론을 내렸다네. (마시에게는 비밀로 했다네!) 따라서 자네가 가장 마음에 드는 픽업 트럭을 고르면 엘리자베스와 내가 그걸 자네에게 선물할 생각이네.

진심을 담아,

조너선 셈스

신혼여행에서 돌아온 다음 주 월요일 마샤는 행복한 마음으로 자리에 앉아 해야 할 일의 목록을 만들고 친구들에게 전화를 걸었다. 에인슬리는 그의 새 직장인 클레이빌 공구 및 자동차 부품 상회로 출근했다. 그는 8시 정각에 시간을 딱 맞춰 가게에 걸어 들어가서 제스 니콜스와 화기애애한 악수를 나누었다. 그들은 자리에 앉아 잠시 이야기를 나눴다. 그런 다음 니콜스가 에인슬리를 데리고 사업장 구내와 물품이 쌓여 있는 선반들을 쭉 둘러보며 설명을 해 주었다. 몇 분마다 가게에 들어서는 손님들 때문에 설명이 중단되었고 이미 공구나 부품에 대해 해박한 지식을 갖추고 있던 에인슬리는 쾌활하게 손님을 상대하는 일을 도왔다.

그는 가게 안에 다른 직원이 없다는 사실을 알아챘다. 그러나 정오가 되기 직전 몸집이 큰 50대 여자가 가게에 들어서서 에인슬리에게 인사를 청했다. 그녀의 이름은 돌로레스라고 했다. 그녀는 커피

메이커로 다가가 커피 한 잔을 우려낸 뒤 설탕이나 크림을 넣지 않은 채 들고서 현금 출납기 옆에 자리를 잡고 앉았다. 이때 즈음에 에인슬리는 이 사업장이 푼돈이 오가는 구멍가게 수준이라는 사실을 알게 되었다. 그러나 어쩌랴. 먹고 사는 일이 어디 만만하던가. 앞으로 1~2년이면 내가 직접 운영할 수 있게 될 거고, 그때는 어떻게 궁리를 좀 해 보자. 나는 분명히 여기서 큰돈을 벌고 말테다.

3주일 후 니콜스가 조너선 셈스에게 전화를 걸어 말했다. "셈스 씨, 에인슬리 군은 아주 잘 하고 있습니다. 정시에 출근을 하고 열심히 일하고 또 이 일을 좋아하는 것 같아요. 확실히 제가 전보다 편해졌습니다."

그런 다음 그는 웃으면서 덧붙였다. "이제야 제가 가끔 화장실에 갈 틈이 생겼다니까요."

조너선은 이 좋은 소식을 사이러스에게 전했다. "자, 앞으로도 계속 지금과 같기를 빌어 보자꾸나. 분명히 에인슬리는 심각한 한계가 있기는 하다. 하지만 언젠가는 회사의 중간 관리자 자리를 맡겨 볼 수 있으리라 생각해. 아, 그리고 감사하게도 너희 어머니 말이 마샤가 정신없이 행복해한다고 하더구나."

그러나 에인슬리가 바닥부터 셈스 가의 일원으로 다시 태어날 수 있으리라는 조너선과 사이러스의 예상은 잘못된 것으로 드러났다.

결혼식을 올리고 몇 년 동안 그는 젊은 아내에게 충실했지만 래프가 태어나고 난 뒤에는 총각 시절의 쾌락으로 되돌아가 버렸다. 공부를 더 한다든지 경제적 안정을 추구하는 일은 그의 우선순위 목록에서 저 아래로 밀려 내려가 버렸다. 일주일에 한번쯤 옛 친구들과 모여 흥청망청 노는 것은 에인슬리에게 행복한 삶의 필수 조건으로 보였다. 술집에서 만난 여자와 하룻밤 보내기, 법이 허락하는 한도 내에서 움직이는 것이라면 무엇이든 사냥하기, 물고기라면 종류를 가리지 않고 아무것이나 낚아오기 등도 마찬가지였다. 그의 마음속에서 일이란 인생의 삶의 일부로서 의무인 만큼 열심히 하려고 노력해야 할 것이지만 결코 삶의 목적이 될 수는 없는 것이었다. 상사의 명령에 충실하게 순응하는 것은 그의 영예로운 규칙에 속하는 것이었다. 그러나 자신의 잠재력을 실현하기 위해 애쓰는 것은 그 규칙에 포함되지 않았다.

40대 초반이 되었을 때 에인슬리의 흡연량은 하루 두 갑에 이르게 되었다. 거기에 맥주 세 병 정도가 더해졌고 위스키 잭 대니얼 한 병이 추가되는 날도 많았다. 오른손 검지와 중지는 담뱃진으로 누렇게 물이 들었다. 푼돈을 걸고 하는 포커에 많은 시간을 보내고 건강에 꼭 필요한 신체 활동을 소홀히 하다 보니 배도 상당히 나오게 되었다. 해가 갈수록 에인슬리가 건강하게 노년기까지 살 확률이 점점 줄어들어 갔다. 한편 점점 더 성미가 급해지고 화를 잘 내는 성격으로 변해 갔다. 만성 기관지염을 앓게 되어 기침을 자주 하고 호흡도 가빠졌다. 병원에 다녀야 할 만한 정도임에도 에인슬리는 병원을 싫어하고 의사들을 불신했다. 그러다가 빨리 죽으면 어떻게 하냐고 마샤가 한탄하자 에인슬리는 말했다. "나는 언제든 하늘에 계신 주님이 부르시면 갈 거야."

IO

매해 여름마다 노코비 호숫가에서 코디 가족을 만나고 그들과 대화를 나누다 보니 에인슬리와 마샤가 신분 차이를 극복하고 맺은 이 혼인을 간신히 유지하기 위해 안간힘을 쓰고 있는 단계에 이르렀음을 느낄 수 있었다. 래프의 충성심을 둘러싸고 벌이는 부모의 갈등은 래프를 불안하고 불행한 아이로 만들었다. 열두 살이 되자 래프는 더 이상 술주정뱅이 아버지의 호언장담을 믿지 않게 되었다. 한편 그는 메리벨에 사는 친척들의 특권과 경제적 안정을 상대적으로 궁핍하고 초라한 클레이빌의 자신의 가족과 비교하지 않을 수 없었다. 셈스 가문의 영광에 대한 어머니의 집착은 셈스 가의 특권이 그를 거부해 왔다는 사실과 불쾌하게 충돌했다. 그는 어머니의 환상을 거부하게 되었고 평민으로서의 현실에서 모든 것을 추구했다. 셈스 가문의 계보는 영국 왕실의 계보만큼이나 그의 관심 밖이었다.

무엇보다 래프는 그의 부모가 이혼을 할지도 모른다는 가능성 때문에 두려움에 떨었다. 마틴 루서 킹 주니어 중학교에 다니는 그의 동급생 중 몇 명의 부모가 이혼을 했다. 그 아이들은 겉으로는 아무렇지도 않아보였지만 이야기하는 것을 들어 보면 혼란과 갈등에 빠져있고 많은 경우 깊이 분노하고 있다는 사실을 느낄 수 있었다. 이혼한 부모가 각기 재혼을 해서 두 세트의 부모에다가 어머니 다른 형제자매나 아버지 다른 형제자매, 또는 법적인 형제자매들이 여기저기에 살고 있는 경우도 흔했다. 때로는 남들 눈에는 보이지 않지만 이 방이나 저 방에서 또는 이 마을이나 저 마을에서 싸움을 벌이는 경우도 많았다. 그와 같은 일이 자신에게 일어난다는 것은 악몽 같았다. 래프는 단지 에인슬리와 마샤가 적어도 헤어지지만은 않기를 바랐다. 지금처럼 툭하면 싸우더라도 자신에게 그와 같은 악몽을 안겨 주지만은 않기를 바랐다.

과거를 돌아볼 때, 끊임없이 계속되는 가정불화의 스트레스에 노출된 아이들이 집이 아닌 다른 곳에서 안식처를 찾는 일은 매우 자연스럽다. 어떤 아이들은 불행으로부터 탈출해 살아남을 수 있는 환상의 장소를 발명해 낸다. 멀리 떨어진 곳에 있는 꿈의 세계이다. 그 세계들은 이를테면 타잔과 제인처럼 나무 꼭대기에 산다든지, 지구 중심부의 공간에 있는 마술의 세계라든지, 마법에 걸린 숲 속에서 졸졸 흐르는 시냇가에 있는 감춰진 요새라든지 등의 형태로 나타난다. 그러다가 특정 연령, 그러니까 대개 여덟 살에서 열두 살 사이 아이들은 잘라 낸 작은 나무나 밧줄 따위로 나무 위의 집이나 천막, 또는 집에 덧대어 만든 별채 등 상상의 세계 속의 자신의 보금자리를 현실 세계에 직접 건설하기도 한다.

래프는 일요일 부모와 함께 클레이빌 주변의 구불구불한 샛길들을 드라이브할 때마다 이 해안가 지역의 시내와 강 주변 범람원의 삼림 지대를 넋을 놓고 바라보고는 했다. 그는 시선이 닿는 한 깊숙이 이 정글과 비슷한 숲 속의 내부를 들여다보았다. 래프의 눈에 그 숲 속은 책에서 읽은 아마존과 콩고의 밀림 지대였다. 그는 부드럽고 맑은 강을 따라 멀리 멀리 걸어가 다른 이들이 결코 본 일 없는 완전한 야생 세계로 들어가 한동안 그곳에서 사는 것을 상상하고는 했다.

시간이 흐르자 래프는 그가 이미 그와 같은 피난처를 갖고 있음을 깨닫게 되었다. 코디 가족의 집에서 차로 10분 정도 거리에 있는, 앨라배마 주도 128번에서 북쪽으로 빠지는 길가에 노코비 호수가 있었다. 호수의 남쪽 해안에는 종종 근처에 사는 사람들과 낚시꾼들이 놀러오고는 했다. 래프의 부모는 래프가 아기 때부터 주말 피크닉으로 이곳을 찾고는 했다. 거의 사람 손이 닿지 않은 활엽수 삼림이 띠처럼 호수의 서쪽 해안을 두르고 있다. 이 활엽수림의 안쪽으로는 대왕송 초원이 펼쳐져 있으며 간간히 활엽수 잡목림이 끼어들어 있다. 근방 100킬로미터 안에 사는 사람들 대부분은 이 노코비 지역의 삼림 지대에 대해 알고 있었지만 그것이 사유지이고 출입 금지 지역이라고 생각했다. 어찌되었든 사람들의 눈에 이곳은 지저분한 침엽수림이자 벌레와 뱀이 출몰하는 접근하기 어려운 덤불에 지나지 않았다. 사람들은 벌레와 독사와 옷을 찢어 놓는 가시덤불이 이 숲의 주요 요소라고 생각했다. 노코비에서 더 나가면 윌리엄 지바흐 국립 산림지가 있었다. 이 숲은 더욱더 멀고 북서쪽에 있는 단 하나의 벌목용 도로를 통해서만 접근할 수 있기 때문에 찾는 사람의 수가 노코비 지역보다도 더 적었다.

이 장소야말로 라파엘 셈스 코디가 자신의 꿈을 만족시키기 위해 필요한 모든 것이었다. 열두 살이 되자 래프는 노코비 지역을 혼자서 탐험하기 시작했다. 그는 반나절 정도 자유 시간이 날 때마다 언제든 그곳으로 갔다. 부모에게는 아무 말도 하지 않았다. 래프의 부모는 아들이 친구들과 함께 클레이빌 시내의 가게들이나 고등학교 운동장에 놀러 가는 것이라고 생각했다.

래프는 어린아이 시절에 장난삼아 유쾌한 기분으로, 아무런 두려움 없이 노코비 세계로 들어갔다. 그의 앞길을 막는 어른의 손길도 없었다. 하늘까지 치솟은 대왕송들과 그 아래에 펼쳐진 야생의 식물상은 래프에게 클레이빌의 관목과 정원만큼이나 친근한 것이 되었다. 숲에 갈 때마다 뱀 한두 마리가 그의 앞을 지나갔다. 그는 뱀을 잡아서 면밀히 조사하고 다시 놓아주었다. 래프는 곤충과 거미와 그밖에 다양한 종의 절지동물들을 잡아서 잠시 단지에 넣고 관찰했다. 봄과 여름이면 어디서든 새 둥지를 찾아볼 수 있었다. 어떤 새 둥지는 래프가 들여다볼 수 있을 만큼 낮은 곳에 자리 잡고 있어서 알과 어린 새들을 관찰할 수 있었다. 매와 다른 커다란 새들이 머리 위를 날아다니다가 알 수 없는 목적지를 향해 천천히 멀어져갔다. 대여섯 종의 왜가리들이 호수의 얕은 물에서 뾰족한 부리를 창처럼 이용해 개구리와 물고기를 잡아먹는 것도 볼 수 있었다. 방울뱀, 늪살무사, 검은과부거미를 볼 때마다 래프는 흥분했지만 이 녀석들은 피해 가는 것이 상책이었다. 적어도 다른 뱀들처럼 나뭇가지로 찌르는 일 따위는 하지 않아야 했다.

래프는 자신의 모험을 에인슬리나 마샤에게 감히 이야기하지 못했다. 만일 그랬더라면 그가 예전에 놀러가는 구실로 여러 차례 거짓말한 것이 들통 날 것이고 크게 혼날 것이 분명했기 때문이었다. 그러나 래프는 언제나 그의 명예 삼촌격인 나에게는 털어놓았다. 뭐니뭐니해도 그가 하는 일이나 내가 하는 일이나 사실상 다를 것이 없었다. 나의 경우 과학 저널에 발표할 수 있는 새로운 대상을 발견하고 입증하기 위해 미리 정확하게 규정된 연구 프로젝트 범위에서 일을 하는 것이 그와 다르다면 다르다고 할 만한 점이다. 나는 직업적 과학자의 꼬리에 꼬리를 무는 고리 안에 갇혀 있었다. 발견을 하기 위해 연구비를 필요로 하고, 또 연구비를 타기 위해 발견을 해야 하는 고리 말이다. 나 역시 어린 시절로 돌아가 래프와 같은 진정한 탐험가가 되고 싶었다. 어린 아마추어 탐험가가 찾아내는 것 중 과학계에 알려지지 않은 진정 새로운 것은 별로 없을 것이다. 그러나 그 하나하나가 래프에게는 한없이 새롭고 신기한 것이었고 그는 끊임없는 흥분 상태에 놓여 있었다.

"저는 지도에 나와 있는 노코비 지역 전체를 샅샅이 탐험하고 싶어요." 래프가 말했다. "그런 다음에는 지바흐 숲까지 가서 그곳에 있는 모든 종류의 식물과 동물에 대한 목록을 만들고 싶어요. 어쩌면 새로운 종을 발견할지도 모르고, 또 뱀 사진을 찍을 수 있을지도 모르죠!"

나는 래프와의 대화 초기에 그의 탐험 활동을 별 생각 없이 묵인했던 것 때문에 나 자신이 덫에 걸린 것과 같은 상황이 되었음을 깨달았다. 나는 래프와의 약속을 깨고 그의 부모에게 고자질할 수는 없었다. 그렇게 했더라면 래프는 다시는 나를 신뢰하지 않을 것이다. 그렇다고 해서 열두 살 난 아이가 노코비 지대나 지바흐 국립 산림지와 같은 야생의 자연 속을 몰래 혼자서 돌아다니는 것을 간과할 수도 없었다. 따라서 한동안 마음속으로 이 문제를 놓고 갈등한 끝에 나는 심사숙고한 답변을 래프에게 내놓았다.

"너희 부모님에게 말씀드리지는 않겠다. 하지만 그 대신 너에게 몇 가지 약속을 받아야겠다. 네가 가는 숲에서 얼마나 길을 잃어버리기 쉬운지 네가 잘 깨닫지 못하는 것 같구나. 그런 곳에서는 만약 다쳐서 꼼짝도 못하고 누워 있거나 심지어 목숨을 잃더라도 아무도 발견하지 못하고 며칠이 지나갈 수도 있어. 자, 무슨 일이 있어도 오솔길이 시작되는 곳과 너희 가족들이 피크닉을 갔던 곳 이상으로 더 깊이 들어가지 않겠다고 약속해라. 그리고 네가 숲에 갈 때마다 엄마 아빠께 말씀드리고 정확히 어디에 있을 건지, 그리고 몇 시에 돌아올 건지도 말씀드리기로 약속하자. 자……너……약속할 수 있겠니?"

"네." 래프가 말했다.

그의 즉각적인 대답에 나는 놀랐다. 어쩌면 그는 누군가 어른이 그의 계획을 승인해 주고 그의 비밀스러운 삶에 약간이나마 질서를 부여해 주기를 기다려왔는지도 모르겠다.

"래프, 이제 너의 탐험 활동에 조금 더 조언을 들려주고 싶다. 천천히 해라. 너는 아직 매우 어리다. 어쩌면 숲에 새로운 종의 생물이 있을지도 모르지. 좋다. 하지만 한 번에 하나씩, 한 걸음씩 차근차근 나가도록 하자. 먼저 네가 가는 곳의 동물상과 식물상에 대해 알아보도록 하렴. 그리고 무엇보다 정말 조심해야 한다. 독사 근처에 가지 말고 물에도 들어가서는 안 된다. 되도록 누군가와 함께 가도록 하고. 사촌인 주니어나 학교 친구들 말이다. 노코비는 정말 멋진 곳이지. 다만 네가 살아남아서 그 아름다운 곳을 오래오래 즐기길 바랄 뿐이다. 자, 여기까지 약속해 줄 수 있겠니?"

"네, 약속할게요."

이번 대답은 약간 형식적인 듯했다. 나는 래프의 대답을 반만 믿었다. 하지만 그것이 내가 할 수 있는 최선이었고 그 다음은 운에 맡겨두었다.

II

노코비 호수는 그 무렵 멕시코 만의 해안 평야에서 가장 개발되지 않은 수자원이었다. 중간 정도 크기, 그러니까 면적이 5제곱킬로미터 되는 이 호수는 사람들 사는 곳에서 멀리 떨어져 있고 사유지로 둘러싸여 있어서 슬금슬금 확장되어 가는 교외 지역의 개발의 손길로부터 보호되었고 호수의 동쪽으로는 오두막이 몇 채 있었다. 작은 강의 지류들과 암반의 갈라진 틈으로 새어 나오는 지하수로 공급되는 호수의 물은 오염되지 않은 청정수였다. 환한 햇빛 속에서 물에 잠긴 거머리말 사이사이로 헤엄치는 도미류 민물고기들, 그 옆을 활강하듯 스치고 지나가는 동갈치와 가시자라를 볼 수도 있다. 한편 호숫가에서 멀찍이 떨어진 곳에서 살아가는 중간 크기의 악어 대여섯 마리가 호숫가 둑으로 올라와 햇볕을 쬐고 있었다. 몇 세기에 걸친 박해를 통해 교훈을 얻은 이들은 아주 멀리에서라도 사람들이 다가오는 기척이 나면 잽싸게 물속으로 들어가 자취를 감추었다. 비가 많이 오고난 뒤의 밤이면 거대한 수생 도롱뇽의 일종인 콩고장어가 흘러넘친 물을 따라 가재를 잡아먹으려고 기어 나오기도 한다. 독이 있는 늪살무사를 포함한 여섯 종의 물뱀이 호숫가의 풀숲과 고여 있는 얕은 물에서 개구리와 작은 물고기를 사냥하러 돌아다녔다. 노코비 호수는 5000년 전의 모습을 그대로 간직한 손상되지 않은 수중 생태계이다.

노코비 호수의 북쪽 끝에는 작은 개울이 활엽수 부들개지와 여뀌 바늘속 덤불을 따라 호수 밖으로 흘러 나갔다. 이 이름조차 없는 작은 개울은 십여 종의 관목이 드리운 그늘과 활엽수의 넓게 뻗은 가지들이 촘촘히 서로 엮여 만들어진 자연의 덮개 아래로 구불구불 북쪽으로 흘러가 퍼디도 강의 지류인 치코비 강으로 흘러들어 간다. 넓고 힘차게 흘러가는 치코비 강은 앨라배마 주와 플로리다 주의 경계를 가르며 남쪽으로 똑바로 흘러내려 가 퍼디도 만으로 이어진다.

노코비 호수의 가장자리는 여남은 곳에서 밖으로 불룩 튀어나와 작은 만을 이루고 있다. 각각의 만은 물풀과 골풀, 약간의 활엽수 덤불로 둘러싸여 있다. 호수의 남쪽 끝에 불룩 튀어나온 그중 가장 큰 만이 데드아울코브(Dead Owl Cove, 죽은 올빼미 만. 코브는 작은 만을 가리킨다.—옮긴이)였다. 늙은 사람들은 지금도 데드아울 물구덩이라고 부르기도 한다. 데드아울코브는 남부의 지명치고도 특이한 이름인데 아마도 초기의 지도 제작자가 장난스럽게 붙인 이름이거나 그보다는 데일 아를 또는 데일 에럴의 오타일 것이라고 사람들은 생각한다. 실제로 아를이나 에럴이라는 성을 가진 집안이 젭슨 카운티 근처에서 오래전부터, 그러니까 이곳 사람들이 앞뒤를 떼고 그냥 "전쟁"이라고 부르는 남북 전쟁 이전부터 살아오고 있었다. 데일 아를(또는 에럴)이라는 사람 자체가 어딘가 신비스러운 인물로 1700년대 후반에 멕시코 만 해안에서부터 작은 보트를 타고 에스캠비아 강 동쪽으로 나란히 흘러가는 블랙워터 강을 따라 북쪽으로 올라가며 범람원의 숲 지대를 탐험했다. 그에 관한 기록이 있었다고 하더라도 1883년에 일어난 젭슨 카운티 청사의 화재 사건으로 소실되었을 테고, 사람들의 입으로 전해 내려오는 이야기에 따르면 그가 노코비 호수의 남단에서 한동안 야영을 했다고 한다. 그것이 사실이라고 하더라도 어째서 그가 그곳에 갔는지, 무엇을 찾으려고 했는지는 아무도 알지 못한다.

이제 다른 이름으로 불리기에는 너무 늦어 버린 데드아울코브는 옥수수밭에서 시작되어 훼손되지 않고 남아 있는 마지막 대왕송 지대 중 하나로 이어지는 흙길의 끝에 위치하고 있다.

데드아울코브 주변의 야생 동물 중 가장 눈에 띄는 것은 호숫가 둑을 따라 불룩한 작은 언덕들을 쌓아 놓은 개미들이었다. 이 종의 개미는 널리 퍼져 있지만 이 지역에서는 단지 멕시코 만 해안가 평야에 걸쳐 국지적으로만 분포되어 있다. 이들은 노코비 호수 근처, 특히 데드아울코브 주변에 가장 밀집해 있는 대왕송 주변에서 흔히 발견된다. 공기가 잘 통하는 모래와 진흙과 썩은 유기물의 혼합물로 이루어진 호수 주변의 흙은 자생하는 식물과 곤충의 생장에 이상적인 환경이다. 그늘이 지지 않아 따뜻한 햇볕을 받을 수 있기 때문에 개미들로 하여금 이른 봄부터 활동을 시작할 수 있게 해 주었다.

이 개미언덕들은 내가 이 책에서 기록하고자 하는 역사에서 매우 특별하다. 그것들은 라파엘 셈스 코디의 인생, 그리고 더 나아가 궁극적으로 노코비 지대의 환경 그 자체의 생존과 파괴에서 중심적인 역할을 하고 있다.

데드아울코브 주변이 훤히 트여 있는 것은 인간의 활동 때문이 아니다. 자연적으로 오래전부터 그런 모습이었다. 데드아울코브 주변의 지대는 호수의 서쪽으로 윌리엄 지바흐 국립 산림지까지 쭉 뻗어 있는 넓은 대왕송 서식지의 일부이다. 이 풀로 덮인 대왕송 지대는 숲이라기보다는 초원 지대에 가깝다. 꼭대기 부분이 편평한 오래 된 나무부터 한 곳에 오밀조밀 무리지어 서 있는 어린 나무들까지 다양한 굵기의 대왕송들이 여기 저기 흩어져 있다. 그렇게 떨어져 있는 대왕송 사이에는 바랭이를 비롯해 온갖 종류의 풀의 정원이 펼쳐진다. 크로톤, 나도기름새, 개꽃, 포아풀, 실유카, 플로리다 층층나무 등 영어를 사용하는 초기의 정착자들이 기쁜 마음으로 이름을 붙여 주었던 풀들이 빽빽하게 자라났다. 한편 "돔(반구)"이라고 불리는, 평소에는 물이 질척질척한 정도로 차 있다가 비가 많이 오는 계절이면 잠기는 작고 둥근 섬에는 세로티나 소나무, 머틀감탕나무, 키릴라과 관목들, 키 큰 감탕나무, 연못 사이프러스 등이 무리지어 자라고 있다. 언뜻 보면 나무가 띄엄띄엄 서 있는 빈약한 숲처럼 보이지만 대왕송 초원 지대는 북아메리카에서 가장 풍부한 식물 생태계 중 하나다. 1헥타르당 많게는 150종류의 식물이 살고 있다. 그중 대부분은 지표면을 덮고 있다. 그리고 이들 중 상당 종의 식물들은 지구상의 다른 어떤 곳도 아닌 오직 이 서식지에서만 발견된다.

노코비 지대는 대왕송 초원 지대에서만 발견되는 다양한 종류의 특징적인 동물의 종을 포함하고 있었다. 리트리버를 데리고 엽총을 가지고 다니는 사냥꾼들이 사랑하는 콜린 메추라기도 그중 하나이다. 이 새의 숫자가 줄어들고 있지만 아이러니하게도 그것은 사냥으로 많이 잡아서가 아니라 사람들이 사는 곳 주변에서 번성하며 점점 수가 늘어나고 있는 코요테나 다른 포식 동물들 때문이다. 그리고 북아메리카 쟁기발 개구리도 있다. 밤눈이 밝은 이 동물은 야간에 매복하고 있다가 땅 위를 돌아다니는 곤충을 잡아먹는다. 이들은 짧은 번식기에 빗물이 고인 물웅덩이에 모여 마치 죽은 자의 합창처럼 들리는 음산한 울음으로 상대를 부른다. 뒤쥐거북은 긴 땅굴을 파서 그들 고유의 작은 생태계를 조성한다. 이 땅굴은 또한 인디고뱀, 고퍼 개구리, 그리고 지하에 사는 거미가 낳은 알을 먹고 사는 개미와 같은 특이한 종의 보금자리 역할을 한다.

노코비 지대의 서식자 가운데에는 매우 드물거나 심지어 멸종 위기에 있는 종들도 있다. 가장 유명한 동물은 붉은벼슬 딱따구리다. 이 새는 커다란 대왕송의 위쪽에 있는 나무 구멍에 보금자리를 짓는다. 가끔 출몰하는 곰을 제외하고 몸의 크기나 생김새에 있어서 가장 위압적인 동물은 단단한 근육질의 인디고뱀이다. 큰 것은 길이가 2미터가 넘고 색깔은 검은빛이 도는 청회색이다. 이 뱀은 거북이 파놓은 땅굴에서 기어 나와 다양한 종류의 먹이를 잡아먹는데 그중에는 자기보다 몸이 작은 같은 종의 뱀도 포함된다. 몸 크기나 생김새에 있어서 이 녀석과 반대쪽 극단에 있는 파충류로는 두더지 도마뱀이 있다. 땅속에 사는 이 도마뱀은 흔적 기관에 가까운 다리를 가지고 있으며 길이는 길어야 15센티미터를 넘지 않고 마치 단단한 피부를 두른 지렁이처럼 보인다.

이 독특한 대왕송 지대의 동물상에는 또 세 종의 개미들이 추가된다. 거북이 파놓은 땅굴에 살면서 거미의 알을 먹는 개미, 대왕송 줄기와 가지에 살면서 붉은벼슬 딱따구리의 주된 먹잇감 역할을 하는 개미, 드리고 마지막으로 노코비 호숫가에 땅위로 둔덕을 쌓아 놓는 개미들이 그 셋이다.

　풍부한 생물 종이 서식하고 있는 정교하고 아름다운 노코비 호숫가의 초원 지대는 한때 멕시코 만 주변의 해안 지역의 주된 서식지였으나 이제는 얼마 남지 않은 땅의 작은 일부이다. 수천 년 동안 이 대왕송 초원은 노스캐롤라이나 및 사우스캐롤라이나에서부터 텍사스에 이르는 지역의 평야의 60퍼센트를 뒤덮고 있었다. 사방으로 넓게 펼쳐진 대왕송 숲은 강의 지류나 냇물 주변의 협곡이나 지하수가 솟아오른 곳 주변의 패인 땅을 중심으로 간간이 끼어든 활엽수림과 큰 강 주변 범람원의 사이프러스 숲으로 인해 군데군데 중단되어 있을 뿐이었다. 또한 겨울이면 빗물에 잠겼다가 늦은 봄이면 말라 버리는 축축한 구덩이 안과 주변의 셀 수 없이 많은 돔도 있었다. 또한 베어 낸 대왕송의 남은 그루터기가 썩어들어 가면서 그 자체로 작은 동물상의 보금자리 역할을 하고 있다.

　인디언 부족들에게 대왕송 초원은 삶의 젖줄이었다. 그들은 초원에 무리지어 돌아다니는 버팔로와 흰꼬리사슴을 사냥했다. 갑옷을 입고 말을 타고 플로리다에서 시작해서 북서쪽으로 밀고나간 최초의 스페인의 탐험가들에게 대왕송 초원은 고속도로와 같았다. 18세기와 19세기 초에 걸쳐 영국과 미국의 농부들이 초원의 상당 부분을 잠식해 들어왔다. 그런 다음 남북 전쟁 후 반세기에 걸쳐서 이 숲을 떠받치던 대들보와 같은 거대하고 튼실한 나무들의 대부분이 벌목되었다. 대왕송은 불행히도 벌목이 쉬운데다가 미국삼나무, 사이프러스, 스트로부스소나무와 더불어 북아메리카의 목재 중 최상급에 속한다는 특징을 가지고 있었다. 대왕송 숲은 파괴되어 갔고, 땅의 소유자와 제재소를 운영하는 자들은 떼돈을 벌었다. 뿐만 아니라 이 목재 재벌들에게 투자한 남부와 북부 도시의 투자자들의 주머니 역시 두둑해져 갔다. 그들은 플랜테이션 스타일의 대저택을 지었고 남부가 깊은 가난의 수렁에서 빠져나오는 데 도움을 주었다. 그러나 그 과정이 지나간 자리에는 나무를 베어 낸 그루터기들과 곁에 웃자란 슬래시소나무와 테다소나무, 그리고 여기저기에 빽빽하게 자란 활엽수 수풀로 이루어진 황무지만이 남아 있었다. 데드아울코브와 노코비 호수 동쪽의 원래 모습 그대로의 대왕송 지대 역시 이런 황무지로 둘러싸여 있다. 그러나 호수 서쪽의 노코비 지대에서 지바흐 국립 산림지까지 거의 3킬로미터에 이르는 지대는 대왕송 숲이 원래의 모습을 거의 그대로 간직하고 있다.

이상하게 들리겠지만 산불은 태고의 모습 그대로를 간직한 대왕송 초원의 좋은 친구였다. 사람이 개입하지 않는 상태에서 초원에서는 번개로 인한 산불이 빈번하게 일어난다. 그리고 그 불은 표면의 죽은 잎 등을 통해 천천히 퍼져 나간다. 땅 위의 풍부하고 다양한 천연의 식물들은 약한 정도의 산불을 견뎌 낼 수 있을 뿐만 아니라 성장하고 우위를 유지하기 위해서는 몇 년에 한 번씩 산불이 일어나 주어야 한다. 그것이 바로 나와 아내 얼리셔(그녀 역시 풍부한 경험을 지닌 생태학자이다.)가 노코비 지대에서 오랜 기간 동안 연구해 온 주제이다. 자연적으로 일어나는 산불을 억제할 경우 외부에서 침입해 들어온 나무와 관목의 씨앗이 뿌리를 내리고 왕성하게 자라나 원래 초원에 자리 잡고 있던 식물들을 압도한다는 사실을 우리는 자세한 기록을 통해 입증할 수 있었다. 10년 안에 슬래시소나무와 테다소나무, 검

참나무, 월계관참나무, 소합향과 수많은 다른 종류의 관목들이 일대를 뒤덮었다. 이렇게 새롭게 형성된 초원에는 떨어진 잎과 나뭇가지들이 두껍게 쌓였다. 그러다 보니 땅위에 쌓인 잎과 가지의 위층은 공기가 잘 통해 바싹 마르게 된다. 그것은 훌륭한 불쏘시개 역할을 할 수 있다. 그렇기 때문에 일단 산불이 일어나면 엄청난 기세로 번져 나가며 거대한 불길은 키가 작은 나무의 꼭대기까지 모두 집어삼키고, 도로와 하천까지 뛰어넘어 가 광대한 영역에 생물학적 파괴를 가져온다.

끊임없이 번개에 의해 불이 붙고 그 불길이 바닥 부분만 살짝 태움으로써 새롭게 청소가 되는 대왕송 초원은 수천 년, 어쩌면 수백만 년 동안 존재해 온 생태계이다. 이 생태계의 안정적이고 공정한 조건은 이곳에 적응해 온 엄청나게 다양한 지상 식물과 동물들의 진화를 가능하게 했다. 자연적인 산불과 새로운 성장의 순환 과정이 깨지게 되면 생태계 역시 무너지고 복구가 어려워진다. 이 깨지기 쉽고 연약한 생태계의 마지막 남은 조각은 쉽게 사라져 버릴 수도 있다.

12

노코비 지대에 대한 라파엘 셈스 코디의 애착은 어린 시절 부모님과 함께 데드아울코브로 주말 소풍을 오면서부터 시작되었다. 에인슬리와 마샤는 호숫가에 자리를 펴고 앉아 이야기를 나누거나 담배를 피우고 이따금씩 낚싯대를 드리워 도미류나 큰입배스를 잡기도 했다. 대개의 경우 어린 래프는 혼자서 자유롭게 돌아다닐 수 있었다. 어머니는 래프가 주변을 탐험하는 것을 허락해 주었지만 매번 다짐을 받고서야 보내 주었다.

"아빠 엄마 눈에 보이는 곳에만 가야 해. 그리고 부르면 즉시 돌아오고. 알았지? 물속에 들어가거나 수풀 속에 들어가서도 안 된다. 그리고 뱀을 조심해야 해! 뱀을 보면 즉시 돌아서서 달려와야 한다."

래프는 걸리지 않을 범위에서 이 모든 명령을 무시해 버렸다고 나중에 나와 얼리셔에게 말해 주었다. 래프는 움직이는 장난감도 놀이 친구도 없이 자연 그대로의 환경 속에 풀어놓은 어린아이가 할 만한 행동을 실행에 옮겼다. 바로 자연을 탐험하는 일이 그것이다. 그는 원시 시대의 수렵 채집인으로 되돌아갔다. 두려움만 없다면(래프는 순진무구하기 때문에 두려움이 없었다.) 동물원이나 그림책이나 텔레비전에서 보지 못한 수많은 이름 없는 생물들을 발견할 수 있었다. 래프에게는 눈앞에 마주하는 각각의 식물과 동물들이 온통 새롭고 신비하게 보였고 무한한 가능성을 약속하는 존재였다.

래프는 노코비에서의 우연한 경험을 자연사 분야의 풍부한 독학의 기회로 삼았다. 걸음마를 뗀 지 얼마 되지도 않는 어린아이 무렵에 래프는 숲의 끝자락에 떨어진 나뭇잎 위를 직선으로 가로질러 쏜살같이 지나가는 개미벌 한 마리를 발견했다. 크기가 말벌만 한 이 곤충은 빨간색과 노란색의 두툼한 털로 뒤덮여 있다. 래프는 알지 못했지만 사실 개미처럼 생긴 이 곤충은 개미가 아니었다. 기생해 살아가는 날개가 없는 말벌의 일종인 개미벌의 암컷은 마침 희생양으로 삼을 딱정벌레의 유충을 찾아 돌아다니던 참이었다. 딱정벌레의 애벌레에 알을 낳고 부화된 개미벌의 애벌레가 그것을 숙주로 삼아 자라나는 것이다. 래프는 이 신기한 곤충을 보고 잽싸게 달려가 허리를 굽히고 손으로 덥석 잡았다. 그런데 잡자마자 5~6밀리미터의 독침에 쏘였다. 래프는 즉시 개미벌을 떨어뜨렸고 떨어진 곤충은 마치 아무 일도 없었던 것처럼 유유히 가던 길을 갔다. 침에 쏘인 부분은 마치 불에 덴 것처럼 아팠다. 래프는 너무나 아파서 주저앉아서 울었다. 그러나 부모님이 듣지 못하도록 소리를 낮추고 울었다. 한 시간쯤 후에 돌아갔을 때에도 손은 여전히 욱신거리고 아팠다. 하지만 래프는 아무 말도 하지 않았다. 만일 이야기를 했다가는 다음부터는 곁에 바싹 붙어 있도록 할 것이 분명하기 때문이었다.

개미벌 사건은 래프에게 동식물을 연구하는 사람들에게 기본적인 원칙 하나를 가르쳐 주었다. 사람을 보고도 무서워하지 않는 화려한 색깔의 동물은 건드리지 말라! 나중에 코디 가족이 기르는 테리어 종의 개 역시 자신감 넘치는 태도로 래프의 집 안마당을 가로지르는 검정색과 흰색의 눈에 띄는 줄무늬 털가죽을 둘러쓴 스컹크한 마리로부터 이 교훈을 배웠다. 토끼만 한 크기의 이 동물은 백주 대낮에 풀밭과 떨어진 잎 사이사이에 코를 킁킁거리며 먹을 것을 찾아 다녔다. 이들은 야생 동물치고는 매우 침착하게 움직였다. 마치 적의 존재를 까맣게 잊은 듯이 말이다. 개가 스컹크 한 마리를 잡으려고 하면 스컹크는 날카로운 이로 개를 물려고 들지도 않고, 면도칼 같은 발톱으로 개를 할퀴려 들지도 않는다. 대신 녀석은 긴 꼬리를 들고 항문 근처의 샘에서 분비되는 사향 냄새가 나는 메르캅탄을 개에게 분사한다. 악취는 며칠 동안 사라지지 않는다. 어떤 개의 주인은 개를 토마토 주스로 목욕을 시키면 냄새가 덜하다고 이야기하기도 하지만 나는 잘 모르겠다. 개를 길러 본 적도 없고 또 언제나 스컹크를 보면 멀찍이 피해 왔으니까.

어느 여름 날 래프가 조금 더 나이가 들었을 때, 또다시 두 가족이 모여서 의자를 등그렇게 놓고 함께 점심 식사를 하게 되었다. 그때 래프가 개미벌에 대한 흥미로운 질문을 나에게 던졌다.

"프레드 삼촌, 화려한 색깔을 가진 곤충은 독침을 갖고 있기 때문에 가까이 가지 말라고 하셨잖아요? 그런데 왜 나비는 침을 쏘지 않죠?"

그런 종류의 질문에 재빨리 대답을 내놓기란 쉬운 일이 아니었다.

"나비는 말이다. 네가 가까이 다가가면 언제든 날아서 도망갈 수 있기 때문이지." 이것이 내가 생각해 낸 대답이었다. "개미벌은 날 수가 없지 않니? 그 녀석이 할 수 있는 일이라곤 너에게 독침을 쏴서 교훈을 주는 것뿐이지. 아, 물론 새들은 나비를 잡아먹을 수 있지. 하지만 나비들은 조금 다른 방식으로 새들에게 교훈을 준단다. 어떤 종류의 나비들은 아주 지독한 맛이 난단다. 심지어 독이 있는 경우도 있고. 따라서 새들은 그런 종류의 나비를 멀리해야 한다는 교훈을 배우게 된단다. 네가 이 데드아울코브 주변에서 볼 수 있는 가장 예쁜 나비 중 일부가 바로 그런 나비에 속한단다."

개미벌에 쏘였던 해의 어느 여름 날, 래프는 어깻죽지가 붉은빛을 띤 매 한 마리가 한쪽 발의 발톱으로 죽은 들쥐를 꽉 쥔 채 머리 위로 날아가는 모습을 보고 깜짝 놀랐다. 그 다음 주에는 물뱀이 개구리를 한 입에 삼키는 장면을 목격했다. 동물들이 자연 속에서 죽어

간다는 사실을, 그리고 어떤 동물은 다른 동물이 살기 위해 죽어야 한다는 사실을 배웠다.

래프가 썩은 통나무를 뒤집어 보자 수백 마리의 곤충과 작은 동물들이 그 속에 숨어 있었다는 사실을 발견했다. 그들의 은신처가 백일하에 드러나자 어떤 동물은 얼어붙은 듯 꼼짝하지 않았고 어떤 녀석들은 재빨리 튀어 달아나거나 기어가서 근처에 떨어져 있는 나뭇잎 아래로 들어가 숨었다. 작은 갑각류인 쥐며느리와 배각류인 노래기는 단단한 갑옷을 두른 구슬 모양으로 몸을 구부려 말았다. 지네는 자신의 몸을 가릴 수 있는 물체를 만나 그 속에 숨을 때까지 마치 작은 뱀처럼 스르륵 스르륵 기어갔다. 이 작은 동물 중 어떤 것도 래프를 공격하지 않았다. 모두 래프를 두려워하는 듯했다.

래프는 어떤 동물을 보고도 징그러워서 뒤로 물러나는 일은 없었다. 끈끈한 점액을 뚝뚝 흘리는 민달팽이를 보고도 아무렇지도 않았다. 오히려 그는 이런 썩은 나뭇조각과 같은 것을 들춰 보는 일에 결코 싫증을 느끼지 않았다. 새로운 시도는 언제나 새로운 발견을 가져다주었다. 그는 자연 속의 대부분의 동물들은 대부분 매우 작으며 땅속에 살고 있다는 사실을 깨달았다. 그는 거미를 잡아 작은 유리병에 넣고 거미가 그물을 만드는 것을 관찰했다. 지하의 샛길을 점유하고 있는 가장 흔한 동물은 바로 개미였다. 개미는 몸의 크기나 색깔에 있어 여러 종류로 구분되었다. 그는 흙이 담긴 단지에 개미들을 넣고 녀석들이 땅굴을 파는 것을 관찰했다.

자연이 유지되는 것은 질서를 가지고 있기 때문임을 그는 깨달았다. 그리고 그 질서에서 아름다움을 보았다. 작은 새들은 아침마다 노래한다. 매미는 오후에 울고 여치는 밤에 운다. 귀뚜라미는 땅거미가 질 무렵에 나와 풀밭에서 노래하기 시작한다. 반딧불이는 검은 밤하늘을 날아다니며 배에서 나오는 빛을 켰다 껐다 하면서 모스 부호와 같은 신호를 보낸다. 달이 뜨지 않는 밤이면 이 벌레는 별빛보다 환하게 빛난다. 이 모든 동물들은 생체 시계를 갖고 있음을 래프는 깨달았다. 시간이 흐름에 따라 공연을 펼치던 한 무리의 동물들이 물러나고 또 다른 동물들이 자연의 무대를 채운다.

한 가지 중요한 측면에 있어서 래프의 학습 과정은 평범한 것이었다. 또한 그것은 태고부터 이어져 내려오는 방식이기도 했다. 20만 년이나 그 이상 되는 선사 시대에 사람들은 자연 속에서 생존하기 위해서 마치 래프가 배운 것과 같은 방식으로 학습해 나갔다. 석기 시대의 부모들은 그들이 알고 있는 지식을 자식들에게 이야기해 줄 수는 있었지만 기록으로 남겨 둘 수는 없었다. 그들의 수학적 능력은 물건을 세는 데 있어서 "하나, 둘" 그 다음 둘을 넘어가면 "많다"라고 표현하는 데 그쳤다. 부족이 사는 곳을 넘어서 먼 곳으로 여행하는 일은 매우 드물었고 엄청난 위험을 감수해야 했다. 그들의 지리학적 지식은 땅을 가로막은 강가, 산등성이, 길게 줄지어 늘어선 빽빽한 숲의 경계에 가로막혀 있었다. 또한 그 경계 바깥에 살며 그들과 다른 언어를 쓰고 다른 옷차림을 한 사람들은 믿을 수 없는 사기꾼이고, 살인자이며 식인종이라고 전해져 왔다.

그와 같은 무지는 살아 있는 생명의 세계까지 확장되지는 않았다. 선사 시대의 부족들은 그들의 삶의 터전 안에 살고 있는 동식물에 대해 거의 백과사전만큼이나 방대한 지식을 갖추고 있었다. 그와 같은 지식은 생존을 위해 필수적인 것이었다. 모든 동식물들을 명확하게 정리하기 위해서 수백, 수천 가지 종에 이름을 붙였다. 평범한 사람들이 이 모든 지식을 머리에 넣을 수 없었다고 하더라도 적어도 부족의 장로나 주술사와 같은 사람들이 부족의 살아 있는 도서관 역할을 했다.

비록 수많은 식물과 동물 종에 영혼이나 신비스러운 이야기 따위가 덧붙기도 했지만 실용적인 정보 역시 포함되었다. 그리고 그와 같은 지식은 경험에 의해 정기적으로 재확인되고는 했다. 잘못된 정보 하나가 커다란 재앙을 불러올 수 있었다. 그 시절의 모든 아이들은 현대의 아이들이 들어 보지 못한 질문에 대한 답을 알고 있었다. 주변의 색과 같은 색으로 몸을 숨긴 독사가 숨어서 먹잇감을 노리는 장소는 어디일까? 수많은 종류의 버섯 중에서 먹을 수 있는 것은 어떤 것이고 치명적인 독이 든 것은 어떤 것일까? 가뭄이 들었을 때 연명할 수 있게 해 주는, 땅속 깊은 곳에서 자라는 덩이줄기 식물을 어디에서 캘 수 있을까? 어디를 파야 물이 나올까? 어린아이들은 어른들의 가르침과 모방을 통해 이와 같은 원형 과학(原形科學, protoscience) 지식을 획득하고 그 다음 스스로 주의 깊게 자연을 탐구함으로써 한층 더 깊은 지식을 체화하게 된다.

래프가 노코비에서 한 일이, 비록 그의 부모는 단지 경솔한 어린 아이의 장난질이라고 생각했지만, 바로 이와 같은 학습이었다. 이러한 학습은 재미있고 즐겁기 때문에 우리의 뇌에 자연스럽게 흡수된다. 오늘날의 학교 수업이나 교과서와 달리 이러한 방법이야말로 우리의 유전자가 명하는 진정한 학습 방식이다.

래프의 학습은 동적인 것이었다. 다시 말해 오감이 관여하고 본능에 따라 이루어지는 학습이었다. 그의 조언자이자 삼촌으로서 나는 래프에게 물었다. "개구리에 대해 배우는 가장 좋은 방법이 무엇일까?" "책에서 읽는 것도 아니고 사진으로 보는 것도 아니다. 심지어 손에 올려놓고 관찰하는 것도 아니지. 개구리에 대해 완전하게 알고 또 그 지식을 오래도록 간직하려면 일단 자연 속에서 개구리가 사는 곳을 찾아봐야 한단다. 그런 다음 개구리의 모습을 관찰하고 우는 소리에 귀를 기울여라. 개구리의 서식지에 대해 탐구해 보고 개구리가 주로 어디에 앉는지 살펴봐라. 그런 다음 몰래 다가가서 녀석을 잡아서 단지에 넣어라. 잡은 개구리를 자세히 관찰하고 그런 다음 원래 있던 물가 근처에 놔 주거라. 개구리가 뒷다리를 차며 높이 뛰어올라 사라지는 것을 바라보고. 그러면 개구리에 대한 개념이 너에게 영원히 남게 될 것이다. 그것이 바로 이와 같은 학습법의 장점이지. 그런 다음 과학책이나 문학책, 신화에 관한 책 등 학교에서 찾아볼 수 있는 자료를 통해 추가적인 정보를 얻을 수 있을 것이다. 하지만 현실 속의 개구리에 뿌리내리고 있는 지식은 너를 훨씬 더 현명하게 만들어 줄 것이다. 또한 너는 다른 사람들과 달리 진정으로 개구리에게 관심을 갖게 될 거야."

우리는 라파엘 셈스 코디가 그와 같은 방식으로 세상을 바라보는 사람들과 교류하고 싶어 할 거라고 예상할 수 있다. 그리고 나 역시 그에게 그렇게 할 것을 부추겼다. 그리하여 래프는 열두 번째 생일이 되자마자 보이 스카우트에 가입했다.

래프의 부모 모두 그의 결정에 기뻐했다. 그리고 나 역시 잘했다고 칭찬해 주었다.

"보이 스카우트 활동을 통해 다른 사람들과 어울리는 법을 배울 수 있을 거다." 에인슬리가 말했다. "너는 혼자 보내는 시간이 너무 많아. 나이 많은 형들이랑 어울리게 되면 어른들 세계를 조금씩 배울 기회가 되겠지. 또 고등학교를 졸업하고 웨스트포인트 같은 학교에 입학하는 데에도 도움이 될 거고. 네가 나중에 군인이 되고 싶다면 말이야."

마샤는 래프가 군인이 되는 가능성에 그리 열광하지 않았다. 하지만 아들이 그와 같은 야심을 품는 것에 대해서는 기쁘게 생각했고 그것이 래프의 앞길을 이끌어 주는 원동력이 되기를 바랐다.

예전에 보이 스카우트 대원이었으며 10대 후반까지 계속 활동하며 이글스카우트까지 올라간 경험이 있는 나로서는 래프의 결정을 누구보다 반겼다.

나는 노코비 호숫가에서 에인슬리와 마샤를 만났을 때 그들에게 말했다. "확실한 것은 이 단체가 래프와 같은 아이들을 위해 만들어졌다고 해도 과언이 아니라는 겁니다. 자연과 야외 활동을 좋아하는 소년들 말이죠. 래프는 또래 아이들 치고는 동식물 연구 활동이 이미 놀라운 수준에 이른 상태지요. 래프는 보이 스카우트 활동에 금방 적응할 것이고 아주 잘 해낼 겁니다."

내가 인간의 행동을 예측하는 데 있어서 높은 점수를 기록한다고 보기는 어렵지만, 이번에는 나의 예측이 맞는 것으로 드러났다. 미국의 보이 스카우트는 엄격한 분위기가 아니다. 그랬더라면 래프는 거부감을 느꼈을 것이다. 모든 소년들이 기겁을 하는 필기시험 따위도 보지 않는다. 또한 단원들을 지능이나 재능 그밖에 타고난 특질에 따라 차별하거나 분류하지도 않는다. 윗 단계로 승급하는 데에는 오직 성실한 노력과 성취만이 필요하며 각자의 속도에 맞추어 올라갈 수 있다. 텐더풋(아무도 이 단계에 머무르고 싶어 하지 않는다.)에서 시작해서 세컨드클래스(이 단계 역시 마찬가지다.)를 지나 퍼스트클래스, 스타, 라이프, 마지막으로 이글스카우트에 이르게 된다. 각자 원하는 속도에 맞춰 승급 시험을 볼 수 있다. 그리고 처음 시도에서 떨어지더라도 상관없다. 스카우트 지도자 중 한 사람의 도움을 받아 조금 더 노력한 다음 다시 시도하면 된다.

래프는 혼자서 또는 몇몇 동료 대원들과 조를 이루어 활동을 하고 그 결과 빠르게 승급하며 각 계급에서의 발전 모습을 스카우트 단장에게 보고해 나갔다. 승급의 기준이 되는 공로 배지는 청소년의 정신적 성장 단계에 맞는 각각의 성취에 대한 보상이었다. 래프에게 너무나 잘 된 것이, 그의 재능과 열정에 부합하는 야외 활동이 그러한 성취의 목표 중 상당 부분을 차지하고 있었다. 래프는 수영, 구조 활동, 등산, 야영, 개척 활동, 응급처치, 동물학, 식물학, 곤충학 등의 분야의 배지들을 하나씩 하나씩 단복의 띠에 추가했다.

보이 스카우트는 또 다른 면에서 래프에게 중요한 역할을 했다. 보이 스카우트는 래프가 무의식적으로 준비해 오고 있는 삶에 정당성을 부여해 주었다. 보이 스카우트는 노코비 호수 주변 야생의 세계를 영적으로 또 사회적으로 축복해 주었던 것이다.

13

만일 인류의 일원 중 누군가가 노코비 호수가 야생 세계의 시민이될 수 있다면 라파엘 셈스 코디야말로 첫 번째 후보라고 나는 그의부모에게 말해 주었다. 래프는 자신이 사는 동네나 다니는 학교의 교실이나 운동장보다도 노코비 지대를 더 잘 알고 친숙하게 느꼈다. 그는 그 땅이 마치 자신의 것인 양 사랑했다. 그리고 그는 만일 평범한삶의 길에서 실패하게 된다고 하더라도 그는 언제든 이 노코비 야생세계의 일원으로서의 고즈넉한 삶으로 돌아올 수 있다는 사실을 마음속 깊은 곳 한 구석에 품고 있었다.

래프가 자라남에 따라서 그는 동식물 연구가이자 탐험가이며 또한 과학자가 되어 갔다. 그는 야생 철쭉이 언제 피어나는지 알게 되었다. 병사나비나 큰표범나비, 그밖에 다른 나비들이 어떤 꽃을 좋아하는지, 또 어떤 종류의 도롱뇽이 봄의 연못에 나타나는지도 알게 되었다. 그는 또한 모래밭에 거북이가 파 놓은 깊은 구멍 속에 살고 있는 신기한 동물들의 습성에도 친숙해졌다. 한편 독사인 살무사와 똑같이 생겼지만 실은 썩은 나무토막만큼이나 사람에게 아무런해를 끼칠 수 없는, 두꺼비를 잡아먹는 돼지코뱀의 비밀도 알게 되었다. 빨강꼬리도마뱀을 비롯한 도마뱀들 역시 사람에게 아무런 해를 주지 못한다는 사실도 배우게 되었다. 하지만 이런 녀석들을 만져 볼 수는 없다. 왜냐하면 사람 눈에 띄자마자 녀석들은 땅 위에 쌓여 있는 떨어진 나뭇가지가 아래의 은신처로 바람같이 도망가 버리기 때문이다. 대왕송의 높은 가지 위에서는 붉은벼슬딱따구리가 역시 나무 위에 살고 있는 무수히 많은 개미들을 잡아먹는다. 호수의 얕은 물에 떼 지어 몰려다니는 피라미로부터 먹이 사슬에서 두 개의 고리를 거슬러 올라가면 호숫가를 어슬렁거리며 순찰하는 다섯 마리의 악어들로 이어진다.

바크만휘파람새는 한때 남부의 늪지대의 물대숲에 둥지를 틀었지만 지금은 멸종한 것으로 알려졌다. 이 동물을 마지막으로 목격한 것이 1965년으로 기록되어 있다. 그러나 어쩌면 완전히 사라지지 않았을지도 모른다. 래프는 어딘가에 이 새가 살고 있을지도 모른다고 믿었다. 어쩌면 그 자신과 같이 운 좋은 동물 연구가가 노코비 숲에서 오랜 시간을 보내다 보면 마치 곤충의 윙윙대는 소리와 같은 이 새의 울음소리를 듣거나 모습을 볼 수 있지도 않을까?

미국에 사는 가장 큰 딱따구리인 상아부리딱따구리 역시 멸종된 것으로 생각된다. 그러나 누가 확신할 수 있으랴? 비록 확인되지는 않았지만 노코비 동쪽의 범람원인 초크타와치에서 이 새를 보았다는 사람들이 있다. 래프는 나에게 장난감 플루트의 "핏, 핏" 소리와 비슷한 이 새의 울음소리와 새가 말려 있던 길고 뾰족한 혀를 쭉 펼쳐서 나무껍질 속에 숨어 있던 딱정벌레의 유충을 잡아먹기 위해 부리로 나무를 망치처럼 두드리는 큰 소리를 들은 것 같다고 말했다. 그래서 고개를 들어 위쪽을 바라보니 한 쌍의 새가 죽은 활엽수에 앉아서 길고 흰 부리를 마치 드릴처럼 사용해 구멍을 뚫고 있었다고 한다. 도감에 나와 있는 대로 날갯죽지 윗부분의 깃털이 흰 빛을 띠고 있었다. 그 새들을 보자 래프는 왜 사람들이 이 새를 "조물주 새(Lord God Bird)"라고 부르는지 이해할 수 있을 듯했다. 이 새를 처음 본 정착자들이 "신이시여, 대체 이것은 무슨 피조물입니까?"라고 소리쳤다고 전해진다.

래프에게 물어본다면 노코비 숲은 어느 도시의 거리보다 안전하다고 말할 것이다. 그렇다고 해서 이곳이 현실 속의 디즈니 랜드와 같은 곳은 아니다. 이곳에는 꾸며진 것이라고는 아무것도 없다. 사람의 손으로 만들어진 것도 전혀 없다. 북아메리카 대륙에 사람의 발길이 닿기 전 수천 년 동안 남부 전역에 걸쳐 이와 같은 서식지가 존재했다. 사람의 손이나 사람의 마음으로는 아주 작은 규모로도 이와 같은 장소를 그대로 조성할 수는 없다.

래프의 열세 번째 생일에 에인슬리는 1938년형 모델의 레버액션 공기총, 레드라이더를 선물했다. 이것은 래프가 노코비 숲의 동물들과 맺고 있는 관계를 180도 바꿀 수 있는 물건이었다. 소총은 비비탄(작고 동글동글한 금속 구슬) 650개를 장전할 수 있으며 레버를 작동시킬 때 생기는 기압에 의해 한 번에 한 알씩 총알을 발사하게 되어 있다. 총을 보자마자 래프는 자신만의 무기를 갖게 되었다는 사실에 흥분했다. 비록 3년 전 래프를 잔뜩 겁먹게 했던 아버지의 대포만 한 산탄총에 비할 바는 아니었으나 레드라이더는 딱 그에게 알맞은 크기이고 바로 그에게 온전히 속하는 것이었다. 그는 낯선 감정이 온몸에 솟구치는 것을 느꼈다. 그것은 태고부터 이어져 내려오는 감정이었다. 총은 힘이다. 노력으로 얻어지는 것도 아니고, 기약된 것도 아니고, 어느 순간 이 손에서 저 손으로 건네지는 그런 종류의 힘이다.

마샤가 레드라이더를 처음 본 것은 래프가 앞에총 자세로 총을 쥐고서 총의 무게와 균형을 가늠하고 있을 때였다. 마샤는 손으로 자신의 관자놀이를 철석 치면서 소리를 질렀다. "에인슬리, 대체 무슨 짓을 한 거예요?"

래프는 어머니의 성질을 건드린 물건을 눈에 보이지 않게 치우기 위해 슬쩍 자리를 떴다.

"당신 나에게 약속했잖아요? 기억 안 나요? 당신은 래프가 총에 맞아 죽기라도 바라는 거예요? 아니면 실수로 누굴 쏘아 죽이든지?"

에인슬리는 아내를 진정시키기 위해 손바닥을 위로 해 손을 올리고는 기가 막힌다는 듯 고개를 흔들었다.

"아니, 아니야. 당신은 뭘 잘못 알고 있어. 이건 진짜 총이 아니야. 아무도 해칠 수 없다고. 진짜 총알도 아니라 쬐끄만 비비탄을 표적에다가 쏘는 것뿐이야. 설사 사람을 맞춘다고 해도 피부가 약간 부풀어 오르는 게 다라고."

마샤가 즉각 반격했다. "눈에 맞으면 실명할 수도 있어요."

"아니, 아니, 그런 일은 일어나지 않을 거야. 이봐. 그렇게 따지자면 뭘 가지고든 사람을 다치게 할 수 있어. 드라이버나 심지어 연필을 가지고도 말이지. 아, 이거 참 내. 래프가 할 일은 그저 약간 주의를 하는 것뿐이야. 이제 래프도 총에 대해 좀 배워야 할 때가 됐어. 이제 녀석도 이런 종류의 일에 대해 스스로 책임감을 가져야 할 나이라고."

래프는 살짝 방을 나서서 부모님의 논쟁 결과가 그에게 불리하게 나올 때를 대비해서 그의 보물을 어디에 숨겨야 할지를 생각했다.

"내가 한 번 더 말하면 100번쯤 되겠지만," 마샤가 에인슬리에게 공격의 날을 늦추지 않았다. "나는 래프가 야만인처럼 자라기를 바라지 않아요. 비록 나는 이런 곳에서 이런 꼴로 살고 있지만 래프는 더 나이가 들면 여기보다 나은 곳에서, 좀 더 안전한 곳에서 살기를 바란다고요."

"그러니까 당신은 모빌에 있는 그 잘난 당신 가족들과 살고 싶은 거지? 내 가족들은 당신 눈에는 같잖아 보인다 이거지?"

에인슬리는 여기에서 더 이상 나가지 않고 자제했다. 래프가 듣는 곳에서, 게다가 래프를 주제로 해 싸움을 벌일 수는 없다.

"당신이 어떤 생각을 하는지 알아." 에인슬리가 누그러뜨리며 말했다. "그리고 기분 나쁘게 생각하지 않아. 하지만 상식적으로 생각해 봐. 우리는 모빌에서 살고 있는 게 아니야. 내가 돈을 벌어 우리가 먹고 사는 곳은 바로 여기 클레이빌이라고."

마샤는 입을 꾹 다물고 평정심을 찾으려고, 또 적당한 반격의 말을 찾으려고 노력했다.

에인슬리는 마샤가 잠시 멈춘 것을 보고 주도권을 잡고 밀어붙였다. "여보, 클레이빌에 있는 래프 또래의 사내아이들 중 절반 이상이 저것과 비슷한 비비총을 가지고 있어. 만일 우리가 모빌 시내에 산다면 이야기가 다르겠지. 하지만 우리는 여기 클레이빌에 살고 있고 스쿠터는 이곳의 다른 아이들과 같은 정상적인 방식으로 자라날 권리가 있어."

에인슬리와 마샤는 이런 식으로 한동안 설전을 벌이다가 서서히 가라앉았다. 그 무렵 래프는 부모님의 목소리가 들리지 않는 자신의 방으로 돌아가 레드라이더를 면밀히 조사하고 있었다. 그가 이 총을 갖게 되리라고 예상하고 그것이 어떤 의미인지를 곰곰이 생각했다. 이제 나는 군인이 되는 거야. 라파엘 코디 병장, 아니 라파엘 코디 대령으로 하자! 덜그럭거리는 기관총을 옆에 끼고 돌격하는 적의 군사들을 쓰러뜨리는 백발백중의 저격수! 아니면 커다란 수사슴의 명중 거리에 접근한 위대한 사냥꾼 라파엘 코디! 동료 사냥꾼들의 존경이 담긴 시선을 한 몸에 받으며 목표물을 향해 주의 깊게 총을 겨눈다. 힘을 가진 남자! 영웅……!

부부싸움은 30분쯤 더 계속되었다. 언성이 높아졌다가 잠잠해지기도 하고 한참의 논쟁을 주고받은 끝에 두 사람은 타협안에 도달하고 래프를 불렀다. 아버지의 감시, 감독을 받으며 뒷마당에 설치한 표적만 쏜다는 조건 아래 래프는 총을 가질 수 있게 되었다.

저녁 식사를 하자마자 래프는 레드라이더를 가지고 뒷마당으로 갔다. 에인슬리는 공기총을 쏘는 간단한 방법을 시범을 보여 주었다. 비비탄을 탄창에 넣고, 레버를 작동하고, 총을 겨누고, 쏘고, 다시 레버, 조준, 발사……탄알을 재장전할 때까지 이 과정을 반복했다.

래프는 이 과정에 금세 익숙해졌다. 아버지에게 총 쏘기를 배우면서 칠면조 사냥 때 느꼈던 굴욕의 흔적은 차츰 사라져 갔다. 그때 느꼈던 공포의 느낌도 완전히 사라졌다. 단순히 방아쇠를 당김으로써 멀리 떨어진 곳에 물리적 충격을 줄 수 있다는 사실에 깊은 즐거움을 느꼈다. 그것은 과거에 경험해 본 일이 없는 종류의 통제력이었다. 매우 정교하며 새총으로 돌을 쏘는 것과 비교도 안 되는 경험이었다.

래프는 다음날에도 계속해서 총을 쏘러 나갔다. 이번에는 에인슬리 없이 혼자였다. 어머니가 뭔가로 바빠서 뒷마당에 시선이 미치지 못할 때마다 몰래 빠져나가 총을 쐈다. 그의 사격 실력은 점차로 향상되었다. 알고 보니 래프는 타고난 명사수였다. 그는 자신을 에인슬리의 이야기에 종종 등장하던 매운 눈을 가진 남부의 전설적 명사수라고 상상하고는 했다.

래프의 상상력은 뒷마당의 레드라이더에서 만족하지 못하고 곧 노코비의 레드라이더를 꿈꾸었다. 그는 '진짜' 사냥꾼이 될 수도 있다! 어쩌면 동물을 진짜로 죽이지는 않고 살짝 기절시켰다가 나중에 회복되도록 둘 수 있을지도 모른다. 노코비에 사는 작은 동물들은 어찌나 빠르고 도망을 잘 가는지 손으로 잡는 것이 거의 불가능한 경우가 많다. 다섯줄도마뱀이나 채찍꼬리도마뱀 등 도마뱀 세계의 단거리 주자들은 어찌나 빠른지 눈앞에 나타났는가 하면 금방 사라져 버리곤 한다. 나뭇조각 아래나 덤불 속으로 들어가 버리는 것이다. 초록색아놀도마뱀은 대개 나무줄기에 앉아 있다. 이 녀석들은 마치 다람쥐처럼 사람을 보면 재빨리 나무 뒤편이나 사람손이 닿지 않는 높은 곳으로 도망쳐 버린다. 물뱀 역시 3미터 이내로 접근하기도 전에 재빨리 호수의 물속으로 도망쳐서 다시는 나오지 않는다.

이러한 동물들의 회피 전략은 조상으로부터 유전된 것이다. 수백만 년 동안 이 동물들의 조상들은 래프보다 훨씬 빠른 포식자들의 공격을 요리조리 피하며 살아왔다. 감시와 도망의 명수인 이들 동물들 가운데 아무런 도구 없이 맨손으로 용을 쓰는 사람에게 잡힐 만한 녀석은 거의 없었다. 그런데 어쩌면 이제부터 래프는 녀석들을 마음 내키는 대로 잡아서 손 위에 올려놓고 자세히 관찰할 수 있을지도 모른다.

래프는 어머니에게 레드라이더를 클레이빌 센터에 가져가서 친구들에게 보여 주고 싶다고 졸랐다. 어머니를 안심시키기 위해 비비탄을 어머니에게 맡겨 놓고 가겠다고 제안했다. 하지만 여분의 비비탄이 든 통이 바지 주머니 안에 들어 있다는 사실은 말하지 않았다.

어머니가 억지로 허락을 해 주자 래프는 총을 자전거 핸들에 걸쳐놓고 페달을 밟아 밖으로 나갔다. 그는 애트모어 스트리트와 클레이빌 센터 방향으로 자전거를 몰았다. 혹시나 마샤가 창문을 통해 그가 가는 것을 바라볼지도 모른다는 우려에서였다. 그는 첫 번째 모퉁이로 접어든 후 어머니의 시야를 완전히 벗어나자 다음 모퉁이에서 90도로 방향을 돌려 그 길을 타고 쭉 달리다가 계속해서 노코비를 향해 나갔다. 25분 동안 쉬지 않고 힘차게 달린 끝에 그는 오솔길이 시작되는 곳에 도착했다.

하루 이 시간 무렵이면 늘 그렇듯 데드아울코브에는 그 외에 아무도 없었다. 래프는 오솔길을 따라 호수의 서쪽 지대를 향해 걸어가다가 숲 속으로 들어섰다. 그는 머리를 꼿꼿이 쳐들고 주변을 둘러보았다. 공기총을 양손으로 꼭 잡고 발사할 준비를 갖추고 있었다. 양 옆과 위아래를 끊임없이 훑어보는 래프는 사냥꾼의 도취 상태에 빠져들었다. 그의 모든 감각은 목표물이 될 만한 동물의 신호를 향해 열려 있었다. 맨손은 물론 그물망으로도 잡기 힘든 커다란 노랑나비한 마리가 오솔길을 가로질러 그의 눈앞을 지나가 꽃이 핀 덤불 위에 살짝 앉았다. 크고 눈에 띄는 나비였지만 래프는 주의를 기울이지 않았다. 한 떼의 까마귀들이 싸움을 벌이려는 듯했다. 그들의 소란스러운 울음소리도 이 소총을 맨 어린 사냥꾼의 관심을 끌지 못했다.

도마뱀 한 마리가 오솔길 앞쪽에서 짧은 거리를 재빨리 달려와 잠시 멈추었다. '목표물이다!' 래프가 걸음을 멈추었다. 그는 총을 천천히 주의 깊게 들어올렸다. 그러나 그 작은 도마뱀은 그의 움직임을 주의 깊게 보더니 옆에 있는 풀숲으로 뛰어들어 가 사라져 버렸다.

오솔길을 따라 더욱 들어가던 래프는 초록색아놀도마뱀이 작은 소나무 줄기에 앉아 쉬고 있는 것을 보았다. 녀석은 커다란 수컷으로 목 아래 주홍색 주머니를 부풀려 올렸다 내렸다 하기를 반복했다. 그것은 자신의 영역에 침입하는 다른 수컷에게 보이는 본능적인 반응이었다. 4.5미터 떨어진 곳에 있는 이 녀석은 완벽한 표적이었다. 래프는 팔의 움직임을 목표물인 도마뱀에게 보이지 않도록 몸을 돌려 등을 보인 채 총의 레버를 작동했다. 그런 다음 다시 천천히 몸을 돌려 도마뱀의 앞다리 바로 뒷부분을 겨누고 총을 발사했다. 도마뱀은 줄기에서 펄쩍 떨어져 나와 땅으로 떨어졌다. 래프는 달려가서 도마뱀을 주워 올려 손바닥 위에 놓았다. 그러고는 도마뱀을 자세히 관찰했다. 목 부분의 주머니 같이 생긴 살을 잡아당겨 봤다가 다시 접어 넣었다. 도마뱀의 왼쪽 어깨 뒤쪽이 살짝 찢어져 피부가 위로 들렸다. 총알이 이 부분을 비스듬히 맞춘 후 다시 튕겨나간 것이 분명했다. 래프는 도마뱀이 죽었는지 아니면 그냥 기절한 것인지 알 수 없었다. 그는 도마뱀을 다시 부드럽게 땅 위에 놓아두고 다음 목표물을 찾아 발걸음을 옮겼다. 더 이상 적당한 후보가 눈에 띄지 않았고 한 시간쯤 후에 집으로 돌아갔다.

그 후 몇 차례에 걸쳐 노코비에 행차할 때마다 래프는 하루 종일 숲을 돌아다니면서 도마뱀이나 작은 뱀 여남은 마리를 죽이든지 기절시켰다. 너무 높은 가지에 앉아 있어서 손이 닿지 않는 청개구리 한 마리도 역시 총을 쏘아 떨어뜨렸다. 래프는 자신이 쏘아 맞춘 동물들을 집에 있는 도감에서 찾아보았다. 그리고 마침내 이런 수준의 야생 동물 살육에 싫증이 난 그는 참새나 다른 작은 새들로 목표물을 바꿨다. 그러나 이번에는 그의 노력이 계속해서 수포로 돌아갔다. 새로운 목표물들은 대개 끊임없이 움직이고 있었다. 래프가 접근할 수 있는 거리에서는 너무 멀리 떨어져 있는데다 두꺼운 깃털이 몸을 감싸고 있어서 비비탄 총알이 별 영향을 주지 못했다.

래프는 새를 한 마리 죽이거나 적어도 잡으려는 노력에 몰두했다. 마침내 그는 이상적인 목표물을 찾았다. 작은 황금빛 새가 호숫가 늪지대 덤불의 낮은 가지에 앉아 있었다. 새는 얼어붙은 듯 가만히 앉아서 단조로운 "스윗, 스윗, 스윗" 하는 울음만을 내고 있었다. 래프는 소총을 들어 올려 쏠 자세를 취하고 천천히 새에게 다가갔다. 5미터 안의 거리에 도달하자 래프는 주의 깊게 총을 새의 머리에 겨누었다. 몇 년 전 아버지가 뿔닭을 죽일 때 했던 말이 떠올랐다. 언제나 머리를 쏘아라. 래프는 방아쇠를 당겼다. 그러자 펑 하는 소리와 함께 새가 옆으로 기울어지더니 땅으로 떨어졌다.

래프는 걸어가서 자신의 전리품을 집어 들었다. 손바닥 위에 놓인 새가 무표정한 눈으로 그를 올려다보았다. 새는 안간힘을 썼지만 제 발로 일어서지 못했다. 왼쪽 날갯죽지가 축 처진 것이 분명히 부러진 것 같았다. 그는 새의 어깨를 톡 쳐 보았다. 다리를 덜덜덜 떨고 있는데 아마도 마비된 듯했다.

래프는 불쾌한 문제에 봉착했다. 만일 새를 집으로 데려가 다시 건강해지도록 돌보자면 부모님의 눈을 피할 수 없고 결국 그동안 총에 대해 거짓말을 한 것이 들통 나게 될 것이다. 하지만 그냥 새를 땅바닥 위에 올려놓는다면 오랜 시간동안 고통을 겪으며 죽어 갈 것이다. 결국 해결책은 하나밖에 없었다. 새를 죽여 고통으로부터 구하는 것이다.

래프는 새를 땅바닥에 놓고 국립 공원에서 받은 수첩을 주머니에서 꺼냈다. 그는 새의 모습을 대충 스케치하고 색깔을 적어 넣었다. 진한 노란색에 청회색이 섞인 날개. 그런 다음 공기총의 총구를 새의 눈으로부터 20센티미터쯤 떨어진 곳에 놓고 방아쇠를 당겼다. 그런 다음 시선을 낮추어 새의 머리가 완전히 꺾인 것을 보았다. 이제 새의 몸은 완전히 움직임을 멈추었다. 래프는 새를 건드리지 않고 갑자기 방향을 획 돌려서 걸어가서 자전거에 올라타고 집으로 돌아왔다.

그의 방에서 도감을 찾아보고는 방금 자신이 죽인 동물과 정확히 일치하는 항목을 찾아냈다. 수컷 노란머리버들솔새였다. 내가 노란머리버들솔새를 죽였다! 나뭇가지에 앉아 노래 부르는 녀석을, 나를 빤히 쳐다보는 녀석을 내가 죽였다! 위대한 사냥꾼 라파엘 셈스 코디가 노란머리버들솔새를 죽였다!

저녁 식사 시간이 될 무렵 새를 성공적으로 잡은 흥분은 썰물처럼 빠져나갔다. 그리고 부끄러운 감정이 마음을 채웠다. 그 감정과 싸우면서 그는 갑자기 어떤 깨달음에 도달했다. 그의 작은 총을 가지고도 그는 노코비를 제압할 수 있었다. 그것은 너무 쉬운 일이었다. 그렇다면 만일 더 나은 무기를 갖고 온다면? 예컨대 22구경 소총 같은 무기를? 래프 자신보다 한두 살 더 먹은 소년들 중에 그런 총을 가진 아이도 있다. 그런 총을 가지고서는 새를 손쉽게 죽일 수 있을 것이다. 원하는 어떤 동물이든 나무에서 맞혀 떨어뜨릴 수 있을 것이다. 어슬렁거리며 숲길을 돌아다니면서 거의 모든 새들과 그밖에 움직이는 동물들을 모조리 죽여 버릴 수도 있을 것이다. 누구든 할 수 있다. 어떤 소년이든 숲의 동물들의 일부를, 혹은 전부를 몰살시킬 수 있다.

그러자 노코비 숲이 그가 어린 시절 생각했던 무한한 자연이 아니라는 진실이 괴롭게 드러났다. 노코비 숲은 한 시간이면 끝에서 끝까지 걸어서 도달할 수 있는 그저 작은 땅덩어리에 불과하다. 그가 사랑하는 노코비 숲은 깨질 듯 연약한 실체이며 오늘 그는 아무 생각 없이 숲의 아름답고 우아한 조화를 깨뜨렸던 것이다.

14

래프가 노코비의 동물들을 사랑했을지 몰라도, 노코비 숲에 사는 생물들은 래프를 전혀 좋아하지 않았다. 모든 새와 도마뱀과 포유류들은 래프가 살금살금 다가가기만 해도 질겁했다. 그들은 계속 가던 방향으로 속력을 내서 전력질주하든지 아니면 즉각 안전한 곳으로 달려가거나 날아가기 위해 잠시 멈추고는 했다. 겨울의 추위 때문에 무기력해진 거북이나 물풀 뒤에 숨어 있는 개구리 따위를 제외하고 어떤 동물이든지 래프가 살금살금 다가가 손으로 잡거나 만질 수 있는 경우는 거의 없다는 사실을 깨닫게 되었다. 아마도 이 동물들은 래프라는 거대한 침입자가 펄썩 쓰러져 죽는 것을 보면 기뻐할 것이 분명했다. 그리고 만일 진짜로 래프가 노코비에서 죽는다면 여남은 종류의 시체 처리반 동물들이 나타나 마지막 살 한 점, 피부 한 조각에 이르기까지 조금이라도 더 차지하고자 아귀다툼을 벌일 것이다. 그리하여 뼈만 남게 될 것이고 그 뼈조차 시간이 흐르면 생물에 의해 분해되고 흩어진 뒤 졸졸 흐르는 빗물이 실어 온 썩은 나뭇잎과 흙속에 덮일 것이다.

그렇지만 노코비는 사람에게 완벽하게 안전한 장소이다. 아니, 거의 완벽하게 안전하다고 해두는 편이 옳을 것이다. 만일 당신이 노코비 숲 구석구석을 며칠, 몇 주에 걸쳐 돌아다니며 시선을 끄는 동물이나 사물에 가까이 다가가 관찰한다고 해도 아무런 해를 입지는 않을 것이다. 그러나 통계적으로 볼 때, 만일 당신이 노코비 숲에 엄청나게 자주 찾아오고 숲에서 보낸 시간이 누적되어 충분히 긴 시간이 되고, 계속해서 주의하지 않고 이리 뛰고 저리 뛰다 보면 어느 순간 별로 특별하지 않은 이유로 노코비가 당신을 죽이거나 불구로 만들 수도 있다.

래프가 열다섯 살이었던 해 어느 날, 주니어와 치코비 강을 따라 내려간 사건이 있은 지 몇 주 후 래프는 이 누적 확률 분포의 뼈아픈 교훈을 체험하게 되었다. 늘 그렇듯 호수 주변을 산책하던 래프는 물가에서 30센티미터 정도 안쪽 물속에서 특이하게 생긴 동물 한 마리를 발견했다. 중간 정도 크기의 개구리로 보이는데 등에 어두운 색의 줄무늬가 가로로 나 있었다. 이것이야말로 래프가 꿈꾸어 온 발견이었다. 완전히 몰입한 그는 천천히 다가가서 이 낯선 종류의 동물을 향해 주의 깊게 손을 뻗었다. 그런데 마지막 순간 그는 개구리로부터 30센티미터도 떨어지지 않은 거리에 거대한 늪살무사 한 마리가 또아리를 틀고 있는 것을 발견했다. 이 뱀 역시 개구리를 노리고 있는 것이 분명했다.

눈 깜짝할 사이에 갑자기 나타난 이 뱀은 평소에도 여러 번 본 친숙한 모양이었지만 이 새로운 상황에서는 엄청나게 위압적이고 두렵게 느껴졌다. 가까이에서 본 뱀의 몸뚱이는 괴물처럼 크게 느껴졌다. 물풀 사이사이로 드러나는 몸은 짙은 갈색에 황갈색의 무늬가 옆구리에 나 있다. 마치 갑옷처럼 거친 비늘이 몸의 위쪽 표면에 빽빽이 덮여 있어서 몸의 표면은 젖어 있거나 미끈미끈하기보다는 메말라 보였다. 세모꼴의 머리의 뒤쪽에는 독이 가득 든 샘이 있어 부풀어 올라 있었고 입가에는 냉정한 미소가 걸려 있었다. 또 한 번 눈깜짝 할 사이에 뱀이 돌진해 왔다. 몸을 쭉 뻗어 재빨리 다가오는 머리는 마치 휙 던진 돌처럼 그에게 날아왔다. 크게 벌린 아가리의 안쪽은 눈처럼 창백했다. 무서운 송곳니가 드러나면서 뱀은 완벽한 포식자이자 살인무기로 변신했다. 래프는 반사적으로 손을 빼려고 했으나 뱀이 달려들기까지 채 5~6센티미터도 움직이지 못했다.

뱀의 송곳니는 래프를 직접 가격하지 못했다. 송곳니는 셔츠의 접어올린 소매의 맨 윗겹을 뚫고서 래프의 살이 아닌 옷 위에 독을 뿌렸다. 그런 후 뱀이 송곳니들을 빼려고 하는데 옷에 걸렸다. 뱀은 또한 번 힘을 주어 턱을 다물어 물려고 했고 래프는 온 힘을 다 해 그의 팔을 한껏 뒤로 뺐다. 그때 뱀이 나가떨어지면서 두 개의 송곳니가 래프의 손목 부분을 할퀴었다.

그 다음 풍덩 소리와 물세례가 이어졌고 뱀과 개구리는 제각기 다른 방향으로 사라져 버렸다. 래프는 엉덩방아를 찧으며 넘어졌다. 그러고는 미친 듯이 팔과 다리로 땅을 밀며 뒤로 엉금엉금 기어갔다. 방금, 다 해서 5초도 안 되는 짧은 시간 동안 일어난 어마어마한 일은 그의 마음에 선명하게 각인되어 영원히 남게 되었다. 래프는 아드레날린이 솟구치는 것을 느꼈고 그의 마음은 혼란스러운 생각들로 어지러워졌다. 아, 내가 치명적인 독을 가진 뱀에게 물렸다! 제대로 물린 것은 아니지만 어쨌든 독이 든 송곳니가 피부를 뚫고 생채기를 냈다. 그 다음에 어떤 일이 일어나게 될 지 알 수 없었다. 어쩌면 노코비 숲을 빠져나가 도움을 청하기 전에 정신을 잃게 될지도 모른다. 어쩌면 죽을지도 모른다. 그는 일어서서 오솔길이 시작되는 곳까지 걸어가기 시작했다. 이럴 때는 달려서는 안 된다는 사실을 기억해 냈다. 그럴 경우 심장 박동과 혈액 순환이 빨라져서 뱀의 독이 더 빨리 온몸에 퍼지게 될 수 있다. 독을 빼내는 것은 어떨까? 그는 잠시 멈추어 몇 초 동안 상처 부분을 입으로 빨았다. 칼을 가지고 있으니 어쩌면 상처를 칼로 베고 그 부근의 피를 빨아낼 수도 있을 것이다. 그러나 그와 같은 오래된 방법이 그다지 효과를 거두지 못한다는 이야기를 책에서 읽은 생각이 났다. 그 방법 역시 뱀의 독을 순환하는 혈액 속에 더 깊이 퍼지게 할 수 있다고 한다.

비록 뱀에 물려서 실제로 죽는 경우는 매우 적지만, 걸프 해안 주변 평야의 황무지에서 큰 독사에게 물리는 것은 물에 빠져 죽는 것

다음으로 흔히 일어나는 자연에 의해 야기된 죽음의 형태이다. 래프
는 종종 자신이 그와 같은 사고를 당하는 가능성에 대해 생각해 보
았다. 그의 상상 속에서는 주로 다이아몬드방울뱀이 등장했다. 똬리
를 틀고 몸 색과 같은 나뭇잎 위에 몸을 숨기고 있다가 찰나에 나타
나 무는 것이다! 하지만 그런 일이 실제로 일어날 것이라고는 생각하
지 않았다.

그는 천천히 주의 깊게 오솔길로 되돌아가면서 최대한 담담한 마
음을 유지하려고 애쓰면서 손목 부근에 난 5센티미터 정도 되는 상
처를 바라보았다. 거의 매분마다 래프는 팔을 내밀어 혹시 부풀어
오르는 징후는 없는지 살펴보았다. 그의 손부터 시작해서 팔과 몸
통이 마비되며 마침내 그의 숨통마저 막아 질식할 것을 기다렸다.
그러나 아무 일도 일어나지 않았다. 어쩌면 늪살무사가 그의 혈관에
독을 주입하지 못했을지도 모른다는 생각이 들었다. 마침내 오솔길
이 시작되는 부근에 도달해 세워 두었던 자전거에 올라탔다. 여전히
심장은 쿵쿵 뛰었고 손은 떨렸지만 기절할 것 같은 기분이나 구역질
이나 그밖에 다른 증상은 나타나지 않았다. 래프는 클레이빌까지 자
전거를 몰고 가면서 방금 일어난 일을 마음속으로 되짚어 보았다.
집에 도착할 무렵에는 거의 침착성을 되찾았다. 그는 그날이나 그 후
로도 그날 있었던 사건을 부모님에게 말하지 않았다.

래프는 늪살무사와의 만남을 평생에 걸친 노코비에서의 추억의
한 부분으로 접어 넣었다. 시간이 흐르자 이 사건도 그저 수많은 추
억거리 중 하나가 되었다. 이런 저런 사건과 추억들이 겹겹이 쌓여
감에 따라서 노코비 숲에 대한 그의 애정은 더욱 견고해지고 한편

으로 현실적인 것이 되어 갔다. 노코비의 야생 생물에 대한 애정으로부터 래프는 그 땅에 대한 그만의 윤리 의식을 만들어 나갔다. 농부는 땅이 주는 산물 때문에 자신의 땅을 사랑하고, 사냥꾼은 자신이 죽이는 사냥감을 사랑한다. 하지만 래프는 아무런 대가 없이 그저 노코비 숲 그 자체를 사랑하는 법을 배우게 되었다. 그것은 그가 학교나 부모로부터 배운 것과 다르게 세상을 바라보는 새로운 관점이 되었다. 그는 인류와 그 자신을 좀 더 넓은 배경 안에서 바라보게 되었다. 그 이미지는 처음에는 모호한 것이었으나 시간이 흐름에 따라 점차로 명확해져 갔다. 결국 그는 자연이란 인간 세상 밖에 있는 어떤 것이 아님을 깨닫게 되었다. 오히려 진실은 그 반대이다. 자연이 진짜 세계이며 인간의 세계는 그 안에 있는 작은 섬에 불과하다는 것을.

3부

착수

15

래프가 고등학교의 마지막 학년을 앞둔 어느 여름 날 사이러스 셈스가 여동생에게 전화를 걸었다.

"마시, 언제 이곳에 내려와서 저녁 식사를 같이 하지 않겠니? 너와 네 남편과 함께 의논할 중요한 이야기가 있다."

"물론이에요, 오빠. 언제든 말씀만 하세요. 제가 집에 가서 오빠와 가족들을 만나는 걸 얼마나 좋아하는지 아시잖아요? 그런데 이야기할 일이란 뭔가요?"

"오면 이야기해 주마. 이번 주 일요일은 어떻겠니?"

"에인슬리가 아침에 친구들이랑 낚시를 간다고 약속하는 것 같기는 하지만 저녁 식사에 맞춰서 갈 수 있을 거예요. 그날 갈게요. 보통 때와 같은 시간이면 되겠죠?"

"그래. 그렇게 하려무나. 참, 그리고 스쿠터를 꼭 데려와라. 확실히 데려올 수 있겠지?"

수화기를 내려놓는 마샤의 가슴이 뛰었다. 스쿠터를 꼭 데려오라고. 오빠가 스쿠터에 대한 이야기를 할 것이 분명하다. 오빠의 건강에는 아무 문제가 없으니 유언장에 대한 이야기는 아닐 것이다. 딸들이 집을 떠나서 집에 빈 방들이 생기기는 했지만 우리 가족을 메리벨에 들어와 살라고 초청하려는 것도 아닐 것이다. 사이러스는 에인슬리를 클레이빌보다 더 가까운 곳에 두고서 보고픈 마음이 전혀 없다. 또 에인슬리에게 더 나은 일자리를 주려는 생각도 없다. 그러니 이건 분명히 스쿠터에 대한 이야기일 것이다.

마샤는 오빠가 무슨 이야기를 하려는지에 대해서, 그리고 현재 모빌의 셈스 가족의 상태에 대해서 생각해 보았다. 친정아버지 조녀선은 5년 전에 세상을 떠났다. 제2차 세계 대전에 참전했던 조녀선은 매그놀리아 묘지 참전 용사 구역에 안장되었다. 그의 무덤 위에는 참전 시의 부대 이름과 사망 날짜만 적힌 단순한 비석이 세워져 있었다. 셈스 가족에게 이 비석은 미사여구의 묘비명이나 돌을 조각한 천사 따위로 장식된 화려한 비석 이상의 의미를 지녔다. 장례 행사에서는 예포 발사가 있었고 그의 관을 덮었던 미국 국기가 예법에 따라 접힌 채 미망인인 엘리자베스에게 수여되었다.

일요일 저녁 식사에서 사이러스는 그의 관심을 래프에게 집중했다. 마샤는 다시 한 번 그녀의 추측이 맞았다고 생각했다. 그래, 스쿠터에 관한 이야기야. 식사 시간 내내 그녀의 흥분은 점점 고조되었다.

사이러스가 오크라와 케이준 잠발라야(Cajun jambalaya, 프랑스와 스페인의 영향을 받은 남부식 요리로 고기와 야채 등을 볶다가 쌀과 육수를 넣고 끓인다. — 옮긴이)가 담긴 접시에서 머리를 들어 래프를 향해 말을 걸자 그녀의 확신은 더욱 강해졌다. "스쿠터, 이제 너도 다 컸구나. 이렇게 잘 자란 네가 자랑스럽다. 앞으로 무엇을 할 건지에 대해 생각해 봤니?"

래프는 즉각 대답했다. 그는 작년에 이미 부모에게 자신의 진로에 대해 설명한 일이 있었다.

"제가 앞으로 하고 싶은 일은, 만일 대학에 갈 수 있다면, 자연 공원의 관리자나 동식물 연구가가 되는 것입니다. 아니면 어딘가에서 학생을 가르치든지요. 무엇이든 야외에서 많은 시간을 보낼 수 있는 직업을 갖고 싶어요. 그런 일이라면 제가 잘 해낼 수 있을 듯하고요."

마샤의 계획은 달랐다. 그녀는 자신의 아들이 좀 더 야심찬 진로를 향해 나가도록 권유할 생각이었다. 그것이 래프를 위해서도 좋은 일이라고 생각했다. 또한 그것은 래프의 생득권이라고 생각했다. 래프는 언젠가 어린 시절의 관심사를 졸업하고 그의 사회적 계급에 부합하는 길을 목표로 삼게 될 것이라 생각했다. 마샤는 래프가 보이 스카우트에서 거둔 성과에 크게 기뻐하고 래프가 승급할 때마다 크게 칭찬해 주었다. 또한 보이 스카우트 조직 안에서 래프가 보였던 진취적 사업가 기질은 앞으로 래프가 모빌의 셈스 가문에서 높이 평가할 만한 직업에서 그가 보여 줄 성과의 전조라고 믿었다. 그러나 지금 이 순간에는 저녁 식사의 분위기를 깨지 않기 위해 그냥 가만히 앉아 있었다.

그러나 에인슬리는 참지 않고 끼어들었다.

"이 애 엄마와 저의 생각은 좀 다릅니다, 형님. 제가 스쿠터에게 골 백번도 넘게 말했지만, 아 물론 야외 활동이 나쁠 것은 없지요. 저 역시 구질구질한 공구점에서 일생을 보내야 하는 처지만 아니라면 래프와 같은 꿈을 꾸었을 거예요. 하지만 그런 직업으로는 돈푼을 모을 수가 없죠. 제가 래프라면 어딘가 큰 회사에 들어가서 열심히 일해 승진하는 길을 택하겠어요. 아마 여기 모빌 같은 곳에서라면 그런 괜찮은 회사를 다닐 수 있지 않겠습니까? 게다가 형님께서 도와주신다면야……."

마샤가 얼굴을 찡그리고 살짝 고개를 흔들며 에인슬리를 말리려고 했다. 그러나 에인슬리는 모른 척했다. 래프는 그의 아들이기도 하니까.

"제가 생각하는 또 다른 길은 군인이 되는 겁니다. 남자라면 군대에서 훌륭한 인생을 찾을 수 있죠. 돈을 많이 벌지는 못하겠지만 안정적인 직업이고요. 에글린 공군 기지에 있는 해리와 버지니아 부부처럼 말입니다. 만일 스쿠터가 군인이 되고자 한다면 물론 사관 학교에 가야지요."

코디네 가족이 클레이빌에 있는 그들의 작은 집과 낡은 픽업 트럭을 유지하는 것 외에 달리 뭔가를 할 수 있는 여유라고는 없다는 사실을 그 자리에 있는 모든 사람들이 명백히 알고 있었다. 래프가 대학에 가게 되면 어쩌면 집을 저당 잡혀 입학금을 내줄 수는 있을지 모르겠다. 그러나 그들은 래프가 어느 대학이든 장학금을 받을 수 있기를 바랐다. 어쩌면 래프는 학기 중이나 방학 때 일을 해서 학비를 보탤 수 있을지도 모른다. 아니면 학자금 대출을 받을 수도 있다. 이러한 가능성을 염두에 두고 그들은 래프에게 어떻게 해서든 대학을 갈 수 있을 거라고 말해 왔다. 그들은 외아들 래프를 꼭 대학에 보내고 싶었다.

에인슬리의 말을 들은 후 사이러스는 미소를 지으며 말했다. "자, 이제 커피를 마시도록 합시다. 원하는 사람은 디저트도 좀 들고, 또 내가 좋아하는 술도 같이 맛을 보고. 스쿠터, 너는 서재에 가서 잠시 기다렸으면 한다. 너희 어머니 아버지와 나눌 이야기가 있거든. 네가 아주 좋아하는 피칸 파이가 곧 나올 거다. 네 것은 코코아와 함께 서재로 보내 주마."

래프는 자리에서 일어나 식당 문을 열고 나가 느긋하게 복도를 걸어 내려갔다. 그는 잠시 멈추어 은빛 떡갈나무 잎 모양의 중령 견장이 붙은 제1차 세계 대전 때의 제복을 입고 있는 외증조할아버지 조슈아 셈스의 훤하게 빛나는 초상화를 바라보았다. 래프는 서재로 들어가 스위치를 켜고 벽난로 옆에 놓인 말총으로 만든 소파 위에 앉았다. 몇 분이 지나자 메리벨의 요리사인 엘 리가 코코아와 피칸 파이가 담긴 쟁반을 들고 들어왔다. 디저트를 먹은 후에 래프는 일어서서 서재 안을 둘러보았다. 그는 서가 한쪽에 꽂혀 있는 오래된《내셔널 지오그래픽》잡지를 잡히는 대로 다섯 권 뽑아들었다. 소파로 돌아와서 잡지를 획획 넘기며 훑어보았다. 외부에 알려지지 않았던 신비한 아시아의 왕국 부탄, 루마니아 왕실의 예술 작품들, 열대 지방의 날아다니는 보석인 청회색의 모로코 나비, 루이 파스퇴르와 박테리아의 비밀스러운 세계 등이 차례로 눈에 들어왔다. 그 다음, 브라질 판타나우 지역의 놀라운 야생 생물에 대한 기사가 눈에 띄었다. 기사 전체에 걸쳐 천연의 서식지에서 살고 있는 야생 동물들의 생생한 모습을 담은 사진들이 가득했다. 야생 사진 작가. 이것이야말로 내가 하고 싶은 일이다! 노코비에는 사진에 담을 만한 멋진 야생 동물들이 널려 있다. 그리고 노코비에서 그리 멀지 않은 곳에 있는 약 800제곱킬로미터의 늪지대인 모빌-텐소 삼각주 지대에는 곰과 사슴이 살고 있다. 사람들 말에 따르면 이곳은 거의 사람의 발길이 닿을 수 없는 정글이라고 한다.

사이러스는 한 시간쯤 뒤 마샤와 에인슬리와 함께 서재로 들어왔다. 그들은 래프 앞에 의자를 끌어놓고 앉았다. 래프는 불안해졌다. 노코비와 치코비 일대의 비밀스러운 탐험에 대해 어른들이 뭔가 알게 된 것이 아닐까? 그동안 그가 했던 거짓말과 금지된 행동들에 대해 심문이 벌어질 것인가?

"스쿠터, 우리는 너에 대해 이야기를 나누었다. 그리고 너의 장래에 대해서 말이다." 사이러스가 말했다. "혹시 말이다. 대학을 졸업한 후에 로스쿨(law school, 법학 전문 대학원 — 옮긴이)에 진학할 생각을 해본 적은 없니? 그러니까 내가 앨라배마 대학교 로스쿨에 갔던 것처럼 말이다."

래프는 안심이 되었다. 뭔가 그의 잘못에 대해 다그치고 벌을 주려는 것은 아닌 듯했다.

"한 번도 생각해 본 적이 없는데요, 삼촌? 저는 변호사라든지 그런 사람이 되고 싶다는 생각을 해보지는 않았어요."

"글세, 그 진로에 대해 조금만 더 생각을 해보자." 사이러스가 말을 이었다. "네가 잘 모르고 있겠지만 말이다. 로스쿨을 나왔다고 해서 모두 변호사가 될 필요는 없단다. 네가 원하지 않는다면 말이야. 하지만 로스쿨에서 배운 지식을 가지고 할 수 있는 일은 아주 많단다. 기업에서 높은 임금을 받는 일자리를 구할 수도 있고, 공직에 진출해서 정부에서 일할 수도 있단다. 군대에서 장교직을 얻을 수도 있다. 군인이라는 직업에 대해서는 너희 아버지 생각에 찬성한다. 로스쿨을 나와서 군대에 들어가면 법률 고문이나 법무관과 같은 일을 하게 되지. 전쟁이 나더라도 직접 전투에 나갈 필요도 없고 말이야."

에인슬리가 고개를 끄덕이면서 말을 꺼냈다. "내가 여러 번 말했지, 래프……."

그러자 사이러스가 손을 들어 에인슬리의 말을 자르더니 미소를 지으며 래프를 향해 손가락을 흔들며 말했다.

"자, 그리고 네가 무척 좋아할 만한 가능성도 있지. 로스쿨을 나온 후에 너는 환경 단체에서 일하면서 숲이나 야생 동물을 보호하는 일에 기여할 수도 있어. 그러니까 다시 말하자면 로스쿨을 나와서 할 수 있는 일은 무궁무진하다고 할 수 있어. 어떤 일이든 나는 네가 잘 해낼 수 있고 또 행복해할 거라고 믿는다."

"저는 정말이지 그런 가능성에 대해 전혀 생각해 보지 않았어요. 제 생각에……."

백전노장의 협상가인 사이러스가 재빨리 상황을 정리했다. "그렇다면 좋다. 내가 지금 너에게 제안을 한 가지 하겠다. 아주 좋은 제안이라는 데 너도 아마 동의할 거야. 하지만 조건이 있다. 그게 무엇인가 하니, 만일 네가 대학을 졸업한 후에 로스쿨에 간다고 약속한다면 네가 대학을 다닐 동안 드는 비용과 또 거기에 더해 로스쿨 학비까지 외삼촌이 대 주마."

래프는 놀라서 잠시 동안 가만히 앉아 있었다. 그런 다음 손으로 의자를 잡고 허리를 꼿꼿이 세워 등을 뒤로 붙여 앉았다. 그의 무릎 위에 놓여 있던 《내셔널 지오그래픽》 두 권이 바닥으로 떨어졌다. 잠시 허리를 구부려 그걸 주울까 하다가 마음을 바꿔 다시 등을 세우고 앉아 눈에 놀라움을 가득 담고서 그의 눈앞에서 미소 짓고 있는 현명하고도 힘있는 사이러스 외삼촌을 바라보았다. 그러고는 고개를 돌려 에인슬리와 마샤를 보았다. 아버지와 어머니도 그를 향해 미소를 지으며 천천히 고개를 끄덕였다. '외삼촌의 제안을 받아들여, 어서.'라고 말하는 듯했다.

사이러스는 약간 실망한 듯한 표정을 짓고서 말했다. "뭐 지금 당장 너의 마음을 정하지는 않아도 좋다. 썩 내키지 않는다면 말이야. 그래. 이건 정말 중대한 결정이니까. 집에 돌아가서 천천히 시간을 가지고 생각해 본 다음 나중에 마음이 정해지면 나에게 알려 주려무나."

래프는 꼼짝도 할 수 없었다. 한 1분 동안 그대로 앉아 있었다. 간간이 입술을 핥으며, 시선을 바닥에 고정시킨 채. 그의 마음이 온통 소용돌이쳤다. 그는 이 순간을 그냥 지나치게 하고 싶지 않았다. 그는 이와 비슷한 환상을 마음에 그려 본 일이 있었다. 클레이빌 일대에서는 노코비 호수와 호수 주변 일대를 땅 주인이 팔려고 내놓았고 그 땅을 사들인 회사가 주택지로 개발하게 될 것이라는 소문이 떠돌았다. 그 소문을 듣고서 래프는 자신이 환경 운동의 영웅이 되는 장면을 상상하고는 했다. 앨라배마 주의 주지사가 되어 노코비 주립 공원으로 만든다든지, 아니면 아주 부자가 되어 일대의 땅을 몽땅 사들여 그곳을 영구히 천연의 상태로 보존할 것이라 선언을 한다든지, 자연 보호 협회의 회장이 되어 노코비 지대를 구하는 데 혁혁한 공을 세운다든지…….

그런데 이제 이러한 꿈 중 하나가 현실로 이루어질 수 있는 가능성이 그에게 다가오고 있는 것이다.

래프는 고개를 들어 외삼촌을 바라보고 갑작스럽게 말했다. "시간을 더 주지 않으셔도 돼요, 외삼촌. 제안을 해 주셔서 정말 감사합니다. 그리고 도와주신 학비는 나중에 꼭 갚을게요. 여름 방학 때 일을 해서 돈을 벌 수 있고 어쩌면 학기 중에도 아르바이트를 할 수도 있을 거예요."

사이러스는 고개를 젓더니 다시 따뜻한 미소를 지었다. "네가 외삼촌 말을 제대로 이해하지 못한 것 같구나. 스쿠터, 학비를 빌려주겠다고 말하지 않았다. 되갚으라는 이야기가 아니야. 나의 제안은 네 학비를 내가 준다는 것이다. 나중에 단돈 1센트도 갚을 필요가 없어. 언제라도 말이지. 네가 갚으려고 해도 내가 받지 않을 거다. 왜냐하면 나는 네가 학교에 다닐 동안에는 완전히 학업에 집중하기를 바라기 때문이야. 그 다음에는 또 직업 경력에 집중하고. 나는 네가 훌륭한 사람이 되기를 바란다. 그리고 분명히 그렇게 될 수 있고. 잘 자라서 우리 집안의 자랑거리가 되어라."

사이러스는 말을 마치고 일어나서 어깨와 등을 쫙 폈다. "시간이 꽤 늦었구나. 이제 어머니 아버지와 함께 집에 돌아가고 나중에 여기에 대해 다시 이야기하는 것이 어떨까? 하지만 분명히 말하건대, 네가 그렇게 결정해서 외삼촌은 무척 기쁘구나." 사이러스는 래프에게 재고의 여지를 주지 않았다. 완전히 결정된 것이다.

클레이빌로 돌아오는 길에 에인슬리가 래프에게 말했다. "스쿠터, 외삼촌 제안을 그 자리에서 받아들이기를 잘했다. 네가 망설였다가 네 삼촌이 혹시라도 맘을 바꿀지도 모르니까 말이야."

"시끄러워요, 여보." 마샤가 부드럽게 핀잔을 주었다. "이번 일은 지금껏 스쿠터에게 일어난 가장 좋은 일이에요. 사실 당신과 나에게도 일어난 가장 좋은 일이기도 하고요."

마샤는 자신의 감정을 거의 숨길 수가 없었다. 그녀는 거의 미칠 듯이 행복했다. 그날 저녁 일어난 일은 그녀에게 개인적으로 너무나 중대한 순간이었다. 그녀는 그것이 단순히 래프의 교육 기회 이상의 사건임을 알아차렸다. 사이러스가 그동안 닫혀 있던 문을 열고 래프를 초대한 것이다. 그럼으로써 그녀 역시 모빌의 셈스 가족의 일원으로 되돌아오라고 초대 받은 것이다. 그들은 이제 원래 태어났으나 자의로 인해 추방되었던 계층으로 돌아가 그곳에 머물게 될 것이다.

픽업 트럭이 밤길을 달리다가 커다란 방울뱀 한 마리를 치고 지나갔다.

에인슬리가 소리를 질렀다 "지금 방금 내가 깔아뭉갠 거대한 뱀 봤어?" 에인슬리 역시 행복감에 취해 있었다. 하룻저녁에 아들을 대학에 보내게 되고 방울뱀도 치어 죽이다니! 복이 터졌구나.

그로부터 10분도 채 되지 않아 이리저리 흔들흔들하며 달리던 픽업 트럭이 이번에는 도로 곁을 어슬렁거리며 돌아다니던 개를 치었다. 개의 몸이 휙 날아올라 길가 도랑의 수풀 속에 떨어졌다.

"이게 웬 횡재냐!" 에인슬리가 소리를 질렀다. "오늘 내가 앨라배마 주에서 로드킬 기록을 세우겠는 걸!"

에인슬리는 술에 취한 상태였다. 메리벨에서 마신 샤또 그뤼오 라 로즈의 이국적인 맛을 조금 지나치게 음미한데다 사이러스의 제안은 그의 술에 취한 흥분을 한층 더 고조시켰다.

그러나 래프는 방울뱀이나 개나 부모의 이야기에 거의 주의를 기울이지 않고 있었다. 그의 시선은 트럭의 라이트가 검은 어둠을 가르는 도로 앞쪽 허공에 고정되어 있었다. 그의 마음은 저 멀리 어둠 속을 떠돌고 있었다. 이제 그는 다른 곳을 향하고 있었다. 저 멀리에 있는 다른 어떤 곳을…….

16

　라파엘 셈스 코디가 클레이빌의 서쪽 끝에 자리잡은 노코비 카운티 고등학교를 다닐 무렵, 학교에는 훌륭하고 헌신적인 선생들이 몇 명있었다. 그러나 이 학교는 앨라배마 주 남쪽 끝자락에 자리 잡은 카운티의 다른 고등학교들과 비교하더라도 그다지 명성 높은 학교라고 할 수는 없었다. 게다가 노코비 고등학교의 전반적으로 낮은 학업 성취도 수준에서도 래프는 뛰어난 학생이라고 보기 어려웠다. 그의 점수는 평균 B 정도에 머물렀고 간혹 A나 C를 받는 경우가 있었다. 마음만 먹으면 그보다 훨씬 잘 해낼 수 있다는 사실을 래프 자신도 알고 있었다. 그러나 그는 전통적인 학교의 학습 내용에 거의 흥미를 갖지 못했다. 그의 마음은 노코비의 자연 속에서 스스로 얻는 교육과 보이 스카우트 활동에 주로 가 있었다. 그러나 불행히도 두 곳 모두 래프를 위해 상급 학교 진학에 필요한 추천서를 써 줄 수는 없었다. 따라서 그는 남부의 아이비리그에 해당되는 듀크, 에모리, 밴더빌트와 같은 명문 사립 대학들을 일찌감치 제쳐 놓았다. 같은 이유로 남부 여기저기에 흩어져 있는 20개쯤 되는 명문 인문 대학 역시 논외로 했다.

　그러나 그와 같은 대학들은 이 열일곱 살 난 소년에게는 그다지 큰 의미가 없었다. 설사 외삼촌이 비싼 사립 대학교 학비 걱정을 덜어 준다고 해도 그는 대학의 서열이나 명성 등에 큰 관심이 없었다. 그가 가고 싶은 대학은 오직 하나였다. 바로 내가 재직하고 있는 플로리다 주립 대학교. 여름마다 함께 시간을 보내면서 래프는 이미 플로리다 주립 대학교에 대해 상당히 많이 알게 되었다. 플로리다 주립 대학교는 주립 대학교 가운데 전국적 명성을 지닌 학교로 대학 순위에서 최상위에 속하지는 않지만 충분히 높은 자리에 있고 꾸준히 상승하고 있다. 그런데 래프에게 더욱 중요한 점은 플로리다 주립 대학교의 캠퍼스가 클레이빌이나 노코비 호수로부터 몇 시간 정도 운전해서 갈 만한 거리에 있다는 사실이다. 뿐만 아니라 글자 그대로 몇 분만 가면 대왕송 숲과 활엽수림이 우거진 애팔래치콜라 국립 공원이 자리 잡고 있다. 그에게 있어서 애팔래치콜라 국립 공원은 좀 더 규모가 큰 노코비 지대와 다름없었고 그에게 살아 있는 거대한 도서관 역할을 해 줄 것이라고 생각했다.

사이러스 외삼촌을 만난 지 한 달 후 래프는 플로리다 주립 대학교에 원서를 넣었다. 그가 가진 모든 카드를 테이블 위에 내놓았다. 내놓고 말은 안했지만 그는 마음속으로 플로리다 주립 대학교가 아니면 어느 학교도 가지 않으려고 결심하고 있었다. 적어도 이 첫 해에는 말이다. 보통의 지원 서류에 더해 그는 스스로 얻은 자연사 탐구 경험과 노코비에서 나에게 비공식적으로 생태학에 대한 지식을 배웠다는 사실을 추가했다. 그는 또한 법률을 공부해서 환경 운동에 기여하고 싶은 희망도 피력했다.

> (그의 지원 서류의 에세이에 쓴 구절에 따르면) 저는 특히 파충류학에 관심이 있습니다. 클레이빌에 있는 저희 집 근처의 숲에서 저는 14종의 뱀을 발견하고 잡을 수 있었습니다.

큰 동물에 대한 전문적 경험을 보여 준 후 그는 곤충학에 대한 사랑과 생태학 및 야생 생태계 보존에 대한 폭넓은 관심을 피력했다.

저는 특히 노코비 호수 주변에 사는 탑을 쌓는 다양한 종의 개미들에 특히 관심을 가지고 있습니다. 그곳에 자주 방문하다 보니 그 개미들을 자세히 관찰할 수 있었고 지난 6년 동안 관찰 내용을 기록해 왔습니다. 플로리다 주립 대학교의 노빌 교수님이 저의 개미 탐구에 커다란 도움을 주셨습니다. 또한 이 개미들이 독특하며 어쩌면 지금까지 보고되지 않은 새로운 종일 수도 있다고 말씀해 주셨습니다.

개미는 우리의 환경에 매우 중요한 동물이라고 배웠습니다. 무게로 환산할 때 지구상의 모든 곤충들 가운데 3분의 2를 개미가 차지하고 있으며, 또한 개미의 무게를 모두 합하면 모든 종의 새와 포유류와 파충류와 양서류를 합한 것보다 네 배나 더 무겁다고 합니다.

저는 대왕송 초원 지대를 보존하는 데 큰 관심을 가지고 있습니다. 저는 대학을 졸업한 후 로스쿨에 진학해 법률을 공부한 후 환경 보존에 기여하는 일을 하고 싶습니다.

마지막으로 래프는 나에게 개인적인 편지를 썼다. 입학 사정관들의 눈을 의식한 듯 형식에 맞추어 쓴 편지였다.

노빌 박사님께,

박사님께서 잘 아시다시피 저는 지금 노코비 카운티 고등학교 3학년에 재학하고 있습니다. 저는 지금까지 계속해서 보이 스카우트 활동을 해 오며 이곳 노코비 카운티의 이글 스카우트와 10대대의 보조 스카우트 단장으로 활동하고 있습니다. 저는 지금까지 대부분의 시간을 노코비 호수와 주변의 대왕송 초원 지대를 탐구하는 데 바쳐 왔으며 앞으로도 계속해서 연구할 수 있기를 희망합니다. 지난여름 박사님을 만난 이후로 저의 관심은 초원 지대에 언덕을 만드는 개미에 집중되었습니다. 그리고 저는 이 개미들의 생활 주기의 비밀을 발견해 냈다고 믿고 있습니다. 저는 대학에 진학해서도 계속해서 이 개미들의 생태에 대해 연구하고 싶습니다.

저는 박사님이 계신 플로리다 주립 대학교를 지원했으며 이 학교에 진학하게 되면 내년에 생태학과 곤충학을 공부하고 싶습니다. 지금까지 박사님께서 저에게 베풀어 주신 은혜에 진심으로 감사드립니다. 제가 입학하게 되어 박사님의 지도 아래 연구를 할 수 있게 된다면 더없이 좋은 기회가 될 것으로 생각합니다. 다시 한 번 감사드립니다.

라파엘 셈스 코디

순진하고 솔직한 편지였다. 약간 덜 순진한 구석이 있다고 해도 봐 줄 만한 이유에서였다. 래프의 글은 적절한 어조에 적절한 단어가 사용되어 있었다. 나중에야 알게 되었지만 그의 에세이와 편지는 노코비 카운티 고등학교의 영어 교사인 루이스 시몬스 선생의 교정을 받은 것이었다. 플로리다 주립 대학교의 교육 대학원에서 석사 학위를 받은 시몬스 선생은 정확한 문법과 문장 구조 사용의 열성적인 지지자였다.

나는 그가 지원서에서 주장한 내용에 열렬히 동의하지 않을 수 없었다. 내가 직접 입학 사정 위원회에 편지를 써서 래프가 고등학교에서 받은 점수는 무시해야 한다고 제안했다.

라파엘 셈스 코디는 분명히 팀 스포츠나 그밖에 어떤 종류의 체육 활동을 꾸준히 해 오지 않았습니다. 또한 어떤 악기도 연주하지 못합니다. 앨라배마 주 클레이빌에서 300킬로미터 밖으로 나가 본 일도 없습니다. 하지만 헨리 데이비드 소로 역시 그와 같은 한계를 지니고 있었음을 기억해야 할 것입니다. 마치 소로처럼 어린 코디 소년은 다른 이들과 다른 목적을 추구해 왔습니다. 이글 스카우트 기록이 보여 주듯 그는 자기만의 독특한 방식으로, 자신이 스스로 선택한 목표에 이르는 과정에서 진취성과 근면성을 입증해 왔습니다. 나는 올해 FSU에 입학하는 1만 명의 신입생 중 라파엘 셈스 코디야말로 언젠가 우리 대학이 가장 자랑스럽게 여길 동문이 될 것이라고 예상합니다.

차고 넘칠 정도의 이러한 노력의 결과 이듬해 2월 래프는 조기 입학 결정을 알리는 두꺼운 봉투를 받아들고 기쁨에 떨게 되었다. 봉투 안의 편지는 래프를 플로리다 주립 대학교 아너 프로그램(Honors Program)에 초대한다는 내용을 담고 있었다. 그것은 재능을 가진 학생들이 창의적인 연구를 할 수 있는 기회를 주는 프로그램이다.

마샤와 에인슬리 역시 아들이 집과 가까운 곳에 있는 대학에 다니게 되어 매우 기뻐했다. 오직 사이러스 외삼촌만이 약간 불만을 내비쳤다. "왜 나의 모교인 앨라배마 대학교를 가지 않고?" 그러나 사이러스는 곧 누그러졌다. 플로리다 주립 대학교는 모든 면에서 괜찮은 선택이었다. 그리고 무엇보다 중요한 것은 래프가 대학을 졸업한 후 로스쿨에 진학하겠다는 약속이었다. 사이러스는 적어도 그가 모빌의 셈스 가문에서 쓸 만한 남자 후계자를 한 명 키워 냈다는 생각에 만족했다.

9월 둘째 주에 에인슬리와 마샤는 새로 산 빨간색 픽업 트럭에 래프를 태우고 탤러해시로 내려가 래프가 혼잡한 학생들 틈에서 정해진 기숙사로 찾아가는 것을 도와주었다. 래프는 집에 자주 가겠다고 약속했다. 그 약속만은 믿을 만했다. 왜냐하면 그들의 집 곁에는 래프를 끌어당기는 강력한 유인물, 바로 노코비 숲이 있었으니까.

얼리셔와 나는 코디 가족과 함께 길가에 있는 작은 식당에서 저녁 식사를 했다. 사람들이 보통 그냥 카페라고 부르는, 탤러해시 바로 외곽에 있는 숍코피(Sopchoppy, 미국 플로리다 주 와쿨라 카운티에 있는 도시 이름이기도 하다. ─옮긴이)라는 식당이었다. 우리는 무한정 나오는 튀긴 생선과 순무, 옥수수가루와 다진 양파를 둥글게 빚어 튀긴 허시퍼피를 먹고 달콤한 아이스티를 마셨다. 진짜 남부에서는 따로 주문하지 않으면 홍차에 시럽을 넣어 준다. 에인슬리는 맥주나 다른 알코올 음료를 자제했다. 어둠이 깔리자 식당 창밖으로 멕시코큰귀박쥐가 불이 켜진 주차장으로 날아들었다가 다시 날아오르곤 하는 모습이 보였다. 박쥐들은 가로등 아래 몰려든 곤충들을 휘익 지나가며 휩쓸어 갔다. 그들의 먹잇감에는 고맙게도 모기도 포함되어 있었다. 완벽한 남부 특유의 분위기 속에서 나는 래프의 부모에게 아들이 학교에 잘 적응하도록 도울 것이며 래프에게 문제가 있으면 알려 주겠다고 약속했다.

플로리다 주립 대학교에 도착한 래프는 학교 자체가 4만 명에 이르는 학생과 2500명의 교수들, 수천 명의 직원들로 이루어진 하나의 도시와 같은 규모였지만 풍부하고 울창한 자연이 학교를 둘러싸고 있음을 알게 되었다. 노코비 숲에서 래프와 대화를 나눌 때 나는 플로리다 주립 대학교의 중심에서 어느 방향으로 운전해 나가든 30분 안에 플로리다 주에 분포하는 온갖 식물상과 동물상을 포함하는 다양하고 광활한 자연 환경을 만날 수 있다는 이야기를 그에게 들려주고는 했다. 북쪽으로는 대왕송 중습성 저지 삼림 지대, 대왕송과 체리참나무 저지대, 체리참나무 모래언덕, 활엽수로 덮인 스티프헤드 협곡 등이 있다. 서쪽으로 나가면 멕시코 만으로 흘러내려가는 강가에 조성된 일련의 범람원 숲지대가 펼쳐진다. 남쪽에는 가장 보존이 잘 된 미국 남부의 해안가 습지대를 만날 수 있다. 또한 플로리다 주립 대학교 바로 옆에는 거대한 애팔래치콜라 국립 산림지가 있으며 이곳에는 중부 해안 평야의 주요 서식지를 거의 포함하고 있다.

래프는 플로리다 주립 대학교에 들어와 처음 2주일 동안은 환영식이나 오리엔테이션, 각 수업의 안내를 위한 모임 등으로 바쁘게 돌아다니다가 틈이 나는 대로 즉시 나와의 면담을 신청했다.

약속 시간이 되자마자 연구실 문을 부드럽게 두드리는 소리가 들렸다. 그 문을 들어선 라파엘 셈스 코디는 내가 전에 알던 소년과 달라 보였다. 그는 마치 임무 보고를 하는 군인과 같이 꼿꼿하게 몸을 펴고 굳은 표정으로 들어섰다. 악수를 하는데 손바닥이 땀으로 젖어 있었다. 그는 내가 노코비에서 알던 느긋하고 편안한 소년이 아니었다. 아마도 낯설고 위압적인 환경 속에서 나의 직업적 페르소나에 반응하고 있는 것 같았다.

그는 내가 하는 말끝마다 "예, 교수님."이라고 깍듯이 존칭을 쓰며 대답했다. 이런 분위기는 내가 원하는 것이 아니었다. 그래서 나는 그를 덥석 끌어안고 앉도록 의자를 가리킨 다음 내 의자도 그를 마주보도록 끌어다 놓았다.

"플로리다 주립 대학교에 온 것을 환영한다. 래프!" 나는 최대한 부드럽고 따뜻한 목소리로 말했다. "네가 여기에 와서 정말 좋구나. 내가 얼마나 기쁜지 모를 거야."

나는 그에게 가족이니 학교의 첫 인상 따위에 대한 질문을 퍼부었다. 그를 좀 더 편안하게 만들어 주기 위해서였다. 그리고 또한 그가 우수 학생을 위한 아너 프로그램에 들어가게 된 것을 축하해 주었다.

"아, 그리고 말이다. 올해 계획된 특별 강연과 심포지엄에 참여해 주었으면 한다. 1학년이라고 해도 상관없어. 모두 너를 진심으로 환영해 줄 거다. 물론 네가 시간을 낼 수 있다면 말이지."

나는 대화를 나누는 동안 그를 자세히 관찰했다. 아버지 에인슬리와 비슷한 자그마한 키, 약 175센티미터에 아버지보다는 좀 더 체중이 나갈 듯 싶었다. 아마도 63킬로그램? 래프와 같은 이름을 가진 위인의 전기를 읽어 본 일이 있는데 주인공인 셈스 제독의 체격 역시 우연히도 래프와 거의 같은 정도이다. 래프의 얼굴은 에인슬리보다는 마샤를 닮아 갸름하고 길었다. 새로 이발을 하고 정확히 가르마를 타서 잘 빗은 머리는 노코비에서 결코 볼 수 없었던 모습이었다. 머리카락은 거의 금발에 가까운 엷은 갈색이었는데 아마도 플로리다 여름 햇빛 아래 좀 더 엷어진 것으로 보였다.

내가 보기에 그가 가진 옷 중 가장 좋은 옷을 입고 있는 듯했다. 어두운 빛깔의 얇은 모직 바지에 연보랏빛 면셔츠, 새로 다린 아마포 재킷을 입고 있었다. 그 재킷은 처음 보는 옷이었다. 옷깃에는 은색의 작은 이글 스카우트 배지가 달려 있었다. 그 배지를 보니 미소가 지어졌다. 흰색의 두꺼운 면양말에 역시 흰색 신발을 신고 있었다. 재킷과 옷깃의 배지만 아니라면 캠퍼스 곳곳을 돌아다니는 학생들 중 하나처럼 보였다. 그의 동안을 고려한다면 그는 플로리다의 어느 고등학교의 학생이라고 해도 어울릴 듯했다.

30분쯤 시간이 흐르자 나의 노력 덕분에 래프는 긴장을 풀기 시작했다. "노빌 교수님" 대신 내가 더 좋아하는 호칭인 "프레드 삼촌"으로 되돌아갔다. 나는 동식물 연구에 대한 그의 깊은 지식을 염두에 두고 있었기 때문에 우리의 관계는 곧 교수와 신입생의 관계에서 선후배 동료와 같은 관계로 변했다.

동식물 연구가들은 야외 현장 연구에서 겪은 무용담을 통해 유대감을 형성한다. 서로 공유할 무용담 없이는 유대감이 생겨나지 않는다. 걸프 해안 평야 지역에서 무용담의 좋은 출발점은 온갖 종류의 다양한 독사들이다. 모든 이들이 독사 이야기를 한다. 마치 남부 시골에서 자란 사람들은 누구나 할 것 없이 독사에 얽힌 개인적 경험담을 가지고 있는 듯하다. 특히나 동식물 연구가의 경우에는 그와 같은 이야기는 이상적인 무용담이 될 뿐만 아니라 과학적 무용담이다. 래프가 이미 알고 있듯 나는 두 번이나 다이아몬드방울뱀에게 물리고도 살아남았다. 특히 두 번째 물렸을 때 나는 거의 목숨을 잃을 뻔했다. 나의 두려운 경험은 거의 독니가 빗나간 것과 마찬가지인 래프의 경험과는 비교할 수도 없는 것이었다.

"래프, 네가 명심할 것은 방울뱀에게 물리려거든 다른 놈은 몰라도 다이아몬드방울뱀만은 절대로 피하라는 거다. 뭐 난쟁이방울뱀 정도라면 괜찮겠지. 방울뱀 중에 제일 작은 녀석 말이다. 심해 봤자 팔이나 다리가 일주일 정도 부풀어 오르는 정도일 테니. 하지만 독사라는 녀석들을 가볍게 보아서는 절대 안 되지. 너나 다른 모든 사람들에게 해 주고 싶은 충고는 아예 독사를 건드리지 말라는 것이다. 어떤 이유에서 뱀을 꼭 다루어야만 한다면 독이 없는지 확인하고 반드시 뱀을 집어 올리는 막대와 봉지를 사용해야 한다."

"저는 아예 독이 있는 동물 근처에 얼씬하지 않으려고 해요." 래프가 말했다.

하지만 래프가 나와 비슷한 데가 많다는 점을, 또한 내가 그의 나이였을 때 어땠는지를 생각해 볼 때 나는 그의 말을 믿지는 않았지만 잠자코 있었다.

"좋다. 그리고 야외 연구를 나갈 때는 반드시 누군가와 동행하는 것이 좋다. 아, 그리고 뱀의 독에 대한 해독제를 갖추고 있는 가장 가까운 병원이 어디인지도 꼭 알아 두도록 하고."

잠시 거대한 잔디 깎는 기계가 나의 연구실 창밖으로 지나가는 바람에 대화가 끊겼다. 새로 깎은 잔디 냄새가 창문을 타고 흘러들어왔다. 기계가 지나가기를 잠시 기다리면서 소음과 잔디, 이 두 가지야말로 중산층의 문화를 대변하는 쌍둥이 상징물이며 그나마 남아 있는 자연의 세계마저 야금야금 파먹어 들어가고 있다는 생각이 들었다.

잔디 깎는 기계가 지나가는 덕분에 우리의 대화도 점점 줄어들어갔다. 나는 손목시계를 바라보았다. 하지만 래프는 떠나려고 들지 않았다.

"뱀만 있는 게 아니에요." 그가 말했다. "엄청난 수의 개구리와 도롱뇽이 노코비에 살고 있어요. 저는 낭상엽 식물(벌레잡이 통풀과 같이 주머니 모양의 잎을 가진 식물―옮긴이)이 사는 습지에 특별한 종류의 개구리나 도롱뇽이 살고 있는지 알아보려고 생각했어요. 노코비에 있는 것과 같은 것들 말이죠. 하지만 아직까지는 실행에 옮기지 못하고 있네요."

"그래, 흥미로운 계획인 것 같구나. 아주 좋아. 거기에 갈 기회가 있으면 잎 주머니 안의 물속을 살펴보고 올챙이들이 있는지 확인해보려무나. 어쩌면 청개구리들이 그곳에서 번식하고 있을지 몰라. 아마 멋진 발견이 될 거다."

어린 여학생 한 명이 책을 한 아름 안은 채 활짝 웃으며 나의 연구실 입구에 서 있었다. 다음 면담이 예정된 학생이었다. 평균 체중보다 10킬로그램쯤 더 나가는 체격에 안경을 쓰고 물 빠진 청바지와 헐렁한 티셔츠에 브래지어를 착용하지 않은, 한 마디로 자유로운 미국 학생의 전형적인 모습이었다. 나는 자리에서 일어나 여학생을 들어오게 했다. 래프도 나를 따라 일어났다. 하지만 함께 연구실 문 쪽으로 걸어가면서도 계속해서 이야기를 했다.

"또 제가 조사해 보고 싶은 것은 애팔래치콜라 절벽에 있는 비자나무들이에요. 야생의 비자나무가 자라는 유일한 곳이라고 들었어요. 또한 그 나무들이 죽어 가고 있다는 사실도요."

"그래, 그래." 나는 약간 초조해졌다. "그건 곰팡이 때문이지. 미국의 밤나무를 죄다 몰아내 버린 주범인 곰팡이."

그 목재에서 나는 냄새 때문에 '악취주목'이라고 불리는 비자나무는 1만 년 전 아메리카 대륙에서 빙하가 물러날 때 그 자리에 남겨졌다. 추위에 잘 견디는 수목들은 대부분 빙하와 함께 물러났지만 비자나무는 그냥 남아 있기로 했던 것이다.

"클레이빌 주변의 묘목원에서 이 나무들을 기르고 있어요." 내가 다른 학생을 들어오라고 하고 악수를 하는 동안에도 래프는 계속 말을 이어 나갔다. "장식용 나무로 인기가 있거든요. 그리고 묘목장에서 길러 낸 비자나무에는 곰팡이가 없어요."

"그래, 그래. 학교에서 애팔래치콜라 절벽으로 종종 현장 학습을 나간단다. 다음 현장 연구 때 다른 학생들이랑 나와 함께 그곳에 가 보면 어떻겠니? 종종 찾아오려무나."

마침내 래프는 포기하고 걸어나섰다. 녀석이 진정 자신에게 꼭 맞는 곳에 찾아왔구나 하는 생각이 들었다.

I7

라파엘 셈스 코디가 플로리다 주립 대학교에 들어온 만큼 나는 그의 맞춤형 조언자가 되었다. 그런데 래프가 학부생을 위한 곤충학 강의를 청강하면서부터 그에게 두 번째 조언자가 생겼다. 그는 바로 윌리엄 에버트 니덤이라는 딱정벌레 분야의 세계적인 권위자이다. 딱정벌레의 세계적 권위자라는 영예는 결코 사소한 것이 아니다. 왜냐하면 지금까지 알려진 딱정벌레의 종류는 4만 종이 넘는데다 아직 발견되지 않은 종이 그 두 배가량 존재할 것으로 생각되기 때문이다. 그는 또한 1900년대 초 남부의 목화밭을 초토화시켰던 목화바구미에 대한 최고의 권위자이기도 하다. 학문 분야에 대한 열정과 학자로서의 명성 때문에 그는 항상 그를 교주처럼 떠받드는 열성적인 대학원생 한 무리를 끌고 다녔다. 학생들은 그의 앞에서는 그를 니덤 교수님이라고 지칭했지만 그들끼리 있을 때는 빌 아저씨라고 불렀다. 그걸 듣더라도 니덤은 개의치 않았다.

당시 40대 후반이었던 빌 니덤은 매와 같이 마르고 날카로운 얼굴을 하고 있었다. 사람들이 숙련된 야외 생물학자의 전형적인 모습으로 기대하는, 하지만 실제로는 쉽게 찾아볼 수 없는 바로 그런 모습이다. 그는 낮은 목소리로 차분하게 이야기하고 학명이나 과학적 명칭 따위를 정확한 그리스 어나 라틴 어 발음으로 말하는 것을 즐겼다. 어지간한 일에는 동요되지 않는 침착한 성정과 주의 깊은 매너 뒤에는 뜨거운 열정이 감춰져 있었다.

야외 활동을 나갈 때마다 그는 특별 제작한 중절모를 썼다. 모자의 윗부분이 망사로 만들어져서 공기가 잘 통해서 머리가 시원했다. 또한 모자챙 아래에는 잘 접어 올린 모기장 그물이 달려 있다가 줄을 당기면 아래로 드리워져 피를 빨아먹는 곤충으로부터 얼굴과 목을 보호할 수 있게 되어 있었다. 그의 말에 따르면 그는 모기에 알레르기가 있다고 한다. 그가 늘 매고 다니는 밝은 주황색의 가방 안에는 노트와 원고 외에도 곤충 채집병과 작게 접은 곤충 채집망이 들어 있다. 이 채집망도 그가 발명한 것인데 꺼내자마자 우산 펴듯 버튼을 누르면 쫙 펴지게 되어 있다. 니덤은 어디에서든, 심지어 사람이 우글우글한 곳에서도, 그의 관심을 끄는 날아다니는 곤충을 발견하면 재빨리 이 '니덤 채집망'을 꺼내 곤충을 잡아 면밀히 관찰하곤 한다.

니덤은 타고난 괴짜였다. 그러니까 일부러 이상하게 행동하는 사람이 아니라 그의 기행은 세상을 바라보고 즐기는 그만의 고유한 방식이었던 것이다. 사람들로 북적이는 탤러허시의 도심이든, 플로리다 주립 대학교 캠퍼스든, 세상 어느 곳이든 그에게는 죄다 곤충의 서식지일 뿐이다. 그가 마주치는 대부분의 곤충들의 이름과 서식처를 알고 있었으며 새로운 종류의 곤충을 발견하면 흥분을 감추지 못했다. 곤충에 대한 열정을 공유하는 그의 세 번째 부인이 종종 그를 도왔다. 그녀는 과거에 니덤의 지도를 받는 대학원생이었는데 그의 두 전 부인이 떠난 후 반려자가 되었다.

이 온화한 성품의 과학자이자 남부의 신사는 제자들로부터 사랑과 존경을 받았다. 대부분의 대학교수들은 그저 자신의 전공 과목에 자부심을 느끼고 그것을 학생들에게 가르치는 데 열성을 보이지만 퇴근 후 집에 가서는 가족들과 식사를 하고 그밖에 다른 일들로 관심을 돌린다. 그러나 니덤은 그의 모든 시간과 삶을 연구에 바쳤다. 그의 충실한 제자들 역시 하루 24시간을 연구 일정에 맞추어 움직일 수밖에 없었다. 그와 제자들에게 있어서 사람들이 만든 인공물들은 그저 수없이 많은 곤충들이 신비로운 방식으로 각자의 삶의 목적을 추구해 나가는 터전에 불과했다. 그의 세계에 완전히 들어간 학생은 몇 되지 않았다. 설사 그렇다 하더라도 그저 몇 학기 정도에 그칠 뿐이었다. 그러나 그들은 적어도 남은 일생 내내 곤충학에 대한 기초적인 지식과 함께 그것을 가르쳐 준 스승의 정신을 마음에 새기고 살아가게 될 것이다. 니덤은 그의 분야에서 보석과 같은 존재였다. 미국 곤충 학회는 그에게 금메달을 수여했고 미국 남부 대학 협회에서는 1994년 올해의 스승 상을 수여했다.

니덤은 매주 수요일 오후 네 시에 자신의 연구실을 개방하고 관심 있는 학생들을 초대해 자유로운 분위기의 세미나를 열었다. 이른바 벌레 파티라고 부르는 시간이었다. 그는 학생들에게 스티로폼 컵에 담긴 따뜻한 홍차와 슈퍼마켓에서 파는 쿠키를 대접했다. 대개의 경우 대화는 신문이나 텔레비전 뉴스에 오르는 주요 사건이나 아니면 《네이처》나 《사이언스》 최신호에 발표된 논문에 대한 이야기로 시작되었다. 경우에 따라 학교 내에 떠도는 재미난 소문이나 정치에 관련된 이야기가 끼어들기도 하지만 곧 광대하고 신비로운 곤충학의 세계로 화제가 넘어가게 되어 있다. 항상 니덤이 대화를 시작하고 이끌었지만 그는 사실상 다른 이의 말을 경청하기를 더 좋아했다. 그는 이 시간이 자신에게 중요한 교육의 기회가 된다고 늘상 말하곤 했다.

학생들의 발언에 니덤은 격려와 자극이 담긴 대답을 들려주었다. 대답이 항상 친절하지만은 않았다. "자네 그걸 입증할 근거가 있나?"라든지 "글쎄, 지금 자네 이야기는 대답 같은데 대체 질문은 어디 있지?" 라든지 "자, 여기 집게벌이 있네. 여러분 중에 예전에 집게벌을 본 사람이 있나? 장담컨대 자네들 모두 이걸 보면 개미라고 생각할 거야." 같은 식이었다. 그런 다음 유리 시험관에서 집게벌을 풀어 주어 녀석이 탁자 위를 가로질러 기어가 탁자 끝에서 펄쩍 뛰어내리게 했다.

그는 또한 친절했다. 그는 소심한 학생으로부터 발언을 이끌어 내려고 애썼다. "이봐, 조지, 자네 지난여름 스프링스 동굴에 갔을 때 눈먼 동굴 딱정벌레를 잡지 않았나? 내 생각에 자네가 잡은 녀석은 Pseudanophthalmus 종인듯 해. 그 종을 살아 있는 상태로 직접 목격하는 것은 대단한 일이야. 자네 그때 잡은 녀석들을 아직도 유리 온실에 가지고 있지? 그걸 좀 여기 모인 사람들에게 보여 줄 수 있겠나?"

아너 프로그램에 뽑힌 덕분에 래프는 고작 1학년 2학기인데도 곤충학 수업을 들을 수 있었다. 뿐만 아니라 그는 어느덧 수요일 오후의 벌레 파티 시간에도 슬그머니 끼어들기 시작했다. 처음에는 그저 연구실로 찾아와 탁자 끄트머리에 자리를 잡고 앉아 있었다. 그러다가 얼마 후 그는 질문을 던지기 시작했다. 또한 자신이 노코비 숲에서 얻은 흥미로운 곤충에 대한 경험을 이야기하기 시작했다. 벌레에 대한 무용담이라면 얼마든지 꺼내 놓을 수 있었다. 거대한 장수풍뎅이가 나타난 이야기, 판도라표범나비(의 치열한 공중전을 목격한 이야기), 버려진 딱따구리 둥지에 꿀벌떼가 이주해 터를 잡은 이야기 등등…….

래프는 선배들에게 들려줄 수 있는 그런 이야기들이 산더미처럼 있지만 그중 무엇보다 중요한 이야기는 데드아울코브의 개미언덕에 대한 이야기였다. 그는 자신이 찾아낸 개미언덕을 모두 지도에 그려 넣었다. 그것은 보이 스카우트에서 곤충 생활 부문의 공로 배지를 얻기 위한 작업의 일부였다. 그는 또한 두 개의 개미집의 개미들을 면밀히 관찰하고 그 결과를 노트에 기록했다. 또한 일개미들이 집으로 물어오는 먹잇감의 종류 역시 기록했다. 뿐만 아니라 운 좋게도 지난여름 그는 개미들의 혼인 비행을 관찰할 기회가 있었다. 여러 군데에 흩어져 있는 개미집에서 날개 달린 여왕개미들과 수개미들이 동시에 하늘로 날아올라 공중에서 짝짓기를 하는 장면을 직접 목격한 것이다.

니덤은 특히 개미에 관심이 많았다. 나 역시 그랬듯이.

"나 역시 예전에 다른 대왕송 초원에서 그런 종류의 개미를 본 일이 있는 듯 해. 어쩌면 그 개미는 새로운 종일지도 몰라. 그렇게 언덕을 만드는 개미들은 미국의 이 일대에서는 상당히 드물거든. 하지만 내가 기억하듯, 그 대왕송 초원 지대에서는 상당히 높은 밀도로 분포하고 있는 듯 해. 아마도 각각의 언덕은 각기 다른 군락에 속하는 것으로 보이네. 하지만 확실하지는 않아."

래프가 열성을 다해 대답했다. "네, 제 생각에도 각 언덕에 속하는 개미집들은 서로 분리되어 있는 것 같습니다. 서로 다른 개미집에서 나온 일개미들끼리 서로 싸우는 걸 몇 번 봤거든요."

"여러분, 우리 언제 토요일에 다 같이 노코비에 가서 직접 개미집들을 찾아보면 어떨까?" 니덤이 말했다. "몇 명이 팀을 짜서 연구 여행을 떠나 보자고."

그로부터 2주일 후 토요일 니덤의 연구팀은 노코비 원정에 나섰다. 래프는 그 주말에 집에서 머물렀다. 그는 니덤 교수에게 노코비 호수까지 오는 길을 알려 주고 약도를 그려 주었다.

그날 아침 일찍 에인슬리가 래프를 노코비 오솔길이 시작되는 곳까지 차로 태워다 주었다. 래프가 그곳에서 탤러해시에서 올라오는 팀을 맞아 그들과 합류하기로 되어 있었다. 니덤 교수와 벌레 파티의 멤버 여섯 명이 도착하자마자 래프는 그들을 데드아울코브 주변의 개미언덕이 있는 곳으로 안내했다. 그런 다음 그곳에서부터 호수의 서쪽 지대를 걸어다니면서 다른 개미집들을 찾아보았다. 여남은 개의 개미집을 더 찾아냈지만 데드아울코브 주변에 있는 것만큼 많은 개미들이 살지는 않았다. 학생들은 모두 채집망을 들고 다니며 개미나 다른 곤충을 잡아서 나중에 연구하기 위해 채아병(killing jar, 곤충을 잡아서 표본을 만들거나 관찰하기 위해 넣어 두는 병으로 투명한 병에 에틸 아세테이트와 같은 시약에 적신 솜을 깔아서 사용한다. ─옮긴이)이나 알코올이 든 작은 병에 넣었다.

밖으로 나오는 길에 래프는 개미집 표면에서의 개미의 활동을 좀더 관찰하기 위해 니덤 교수와 잠시 머물렀다. 그런 다음 일행은 다 같이 탤러해시의 플로리다 주립 대학교 캠퍼스로 돌아갔다. 니덤은 돌아가는 길에 래프를 자신의 옆자리에 앉으라고 했다.

"래프, 너에게 한 가지 제안을 하고 싶다. 물론 네가 흥미가 없다면 꼭 따를 필요는 없어. 우리가 오늘 본 개미의 종은 예전에 한 번도 연구된 일이 없는 종이 확실해 보인다. 만일 제대로 연구에 착수해 그 결과를 네가 이미 가지고 있는 노트와 합친다면 아주 훌륭한 아너 프로그램의 논문이 될 수 있을 거야. 게다가 너는 이 근처에 사니까 연구하기에 편리할 테고."

래프는 열심히 고개를 끄덕였다. "네, 교수님."

"물론 네가 졸업하려면 아직 멀었다는 것을 안다. 하지만 말이다. 훌륭한 학부 논문을 쓰기 위해서는 시간을 아무리 들여도 충분하지 않단다. 게다가 어쩌면 너는 그 결과를 곤충학 저널 중 하나에 발표할 수도 있을 거야. 만일 네가 시도해 보겠다면 내가 기꺼이 너의 연구를 지도해 주고 싶구나. 하지만 물론 이건 그냥 나의 제안일 뿐이다. 여기 노코비에서, 아니 여기가 아니라 다른 어느 곳에서든 네가 하고 싶은 다른 일들이 얼마든지 있을 수 있을 테니까. 자, 어떠냐? 내가 한 제안에 관심이 좀 있나?"

래프가 말했다. "네, 교수님. 물론입니다. 저는 계속해서 개미언덕에 대해 연구하고 싶어요."

나중에 그들이 연구실에서 다시 만났을 때 니덤 교수는 예전의 제안을 더욱 밀어붙였다. "그 개미는 정말 흥미로운 종이야. 개미에 대한 연구는 이제 막 시작이라고 해도 과언이 아니란다. 개미 따위가 뭐가 중요하냐는 사람들 이야기에 귀를 기울이지 마라. 개미가 곤충 세계의 왕일뿐만 아니라 노코비에 있는 것과 같은 개미 군락은 지구상에서 인간 사회 다음으로 복잡한 사회를 이루고 있다는 점을 기억해 두렴."

니덤 교수가 소년 래프에게 한 말은 마치 옛날 유럽의 왕과 여왕들이 탐험가에게 내린 명령과 비슷한 것이었다. '자, 세계로 나가서 새로운 것을 찾고 탐험하라. 그대가 발견하는 모든 것들은 중요하고 귀중한 것이다. 잘 기록하라. 그런 다음 돌아와 짐과 온 백성에게 보고 듣고 기록한 것을 보고하라.'

니덤은 자신이 하는 일이 어떤 것인지 잘 알고 있었다. 사춘기를 막 지난 소년의 마음에는 권위를 가진 사람의 말 한 마디 한 마디가 어떤 영향을 미치는지 잘 알고 있었다. 너 정말 이 일을 잘 하는구나. 또 정말로 이걸 좋아하고 있구나. 이건 아주 흥미롭고 중요한 것이다. 그러니 지금 너에게 임무를 부여하마. 최선을 다해서 이 특별한 임무를 수행하도록 하거라.

그러한 정신이야말로 생물학의 역사를 이끌어 온 원동력이었음을 니덤은 알고 있었다. 18세기의 위대한 스웨덴의 식물학자이자 생물 분류 체계의 창시자인 칼 린네우스 역시 그와 같은 정신의 혜택을 보았다. 그는(스스로 자신의 사도들이라고 불렀던) 애제자들에게 새로운 땅을 방문할 때마다 자신의 눈과 손이 되어 달라고 부탁했다. 그리하여 열일곱 명의 재능 있는 젊은이들이 레반트, 일본, 그리고 남아메리카와 북아메리카의 식민지 등 다양한 곳으로 길을 떠났다. 낯선 땅의 새로운 식물을 최초로 채집하고 연구하는 영광의 주인공이 되기 위해서였다. 그들은 채집한 표본을 유럽으로 가져와 그 후 모든 세대의 연구자들이 계속해서 연구를 할 수 있도록 했다.

스물두 살의 찰스 다윈이 들은 이야기도 비슷한 것이었다. "찰스, 자네가 자연사에 관심이 많다는 사실을 알고 있네. HMS 비글 호에 박물학자 자리가 하나 있는데 원한다면 자네가 그 임무를 맡을 수 있다네. 이 배를 타고 남아메리카를 여행하면서 지질학, 식물과 동물, 사람들에 대해 조사하는 것이 자네의 임무야. 그런 다음 돌아와서 자네가 발견한 것을 우리에게 말해 주게."(케임브리지 대학교의 식물학자이자 다윈의 스승이었던 존 스티븐스 헨슬로의 편지이다. — 옮긴이) 그로부터 5년 동안 이 위대한 박물학자는 환형 산호초가 생기는 지질학적 원리를 추론해 내고, 셀 수 없이 많은 새로운 종의 식물과 동물의 표본을 수집하고, 무엇보다도 자연 선택에 의한 진화라는 이론으로 과학계에 어마어마한 공헌을 했다.

아들이 노코비의 개미들에 대해 연구하겠다고 말했을 때, 그의 부모는 이와 같은 도제 제도의 원리에 대해 전혀 아는 바가 없었다. 사실 마샤는 아들이 선택한 연구 주제에 당혹감을 보였다.

"엄마는 이해가 잘 안 되는구나, 래프. 너의 교육 과정이라는 것도 알겠고 또 프레드 노빌 박사와 니덤 교수님이 너를 잘 지도해 주시니 무척 기쁘기는 하다만……대체 개미가 무슨 소용이 있니? 차라리 의학이나 아니면 농학 같은 주제를 선택하는 편이 낫지 않겠니?"

"엄마, 제가 개미를 선택한 데에는 아주 많은 이유가 있어요. 저는 노코비에서 진짜 연구를 해보고 싶었어요. 엄마도 아시다시피 저는 그 숲을 누구보다 잘 알고요. 데드아울코브에 사는 개미들을 오랫동안 관찰해 왔어요. 이 연구가 정말 중요한 것이 될 거라고 프레드 삼촌이 아빠 엄마께 전해 달라고 하셨어요. 개미는 작고 보잘것없는 동물같이 보이지만 사실 우리 환경의 아주 커다란 일부예요. 또한 세계에서 가장 사회적인 동물이기도 하고요. 우리가 이런 사회적 동물들을 연구함으로써 인간의 행동에 대해 많은 지식을 얻었다는 사실을 알 만한 사람들은 다 알고 있어요."

"그래? 교수님들이 그렇게 말씀하셨으면 그게 맞겠지. 그 사람들이 아니면 누가 알겠니? 그리고 무엇보다 네가 바로 여기, 집 근처에서 연구를 한다니 엄마는 아주 기쁘구나."

에인슬리는 래프가 뭘 하든 크게 관심이 없었다. 그에게 중요한 사실은 자신의 아들이 대학에 다니고 있으며 앞으로 밝은 앞날을 눈앞에 두고 있다는 사실이었다.

"젠장, 스쿠터. 네 연구인지 뭔지는 잘 모르겠다만, 네가 원한다면 아빠가 너랑 같이 노코비 숲에 나가서 도와주마. 가게에서 조금이라도 짬을 낼 수 있을 때 말이지. 삽도 같이 가져갈까?"

곧 래프는 진짜 연구를 시작했다. 그리고 벌레 파티의 동료들은 그이 연구를 「개미언덕 연대기」라고 부르기 시작했다. 시간이 흐를수록 니덤 교수는 데드아울코브의 개미 군락에서 펼쳐지는 사건에 그자신의 전문적 지식과 통찰을 동원하면서 더욱더 이 프로젝트에 관여하게 되었다. 매달 래프가 새로운 관찰 결과를 가져올 때마다 니덤은 다른 종의 개미들에게서 알려진 사회적 행동에 대한 단서를 가지고 단편적인 사실의 조각들을 하나로 꿰어 맞추는 래프의 작업을 도왔다.

18

래프가 클레이빌과 탤러해시를 오가며 연구를 진행하는 동안에 3년이라는 시간이 흘렀다. 졸업을 두 달 앞두고 졸업 논문을 제출할 무렵 「개미언덕 연대기」는 작은 문명의 서사시로 무르익어 갔다. 개미의 약점은 단지 조금 더 단순한 문법으로 쓰인 인간의 약점임을 래프는 깨달았다. 인간과 비교할 때 개미의 역사는 주기가 더 짧고, 모든 행위와 결정이 본능에 의해 이루어지며 따라서 진정 운명에 따라 좌지우지된다. 개미 사회는 물론 인간 사회와 가장 근본적인 면에서 차이를 보인다. 하지만 한편으로 중요한 면에서 두 사회는 한곳으로 수렴한다.

생물학과의 여섯 명의 논문 심사 위원들은 래프가 제출한 논문을 보고 연구의 구상이나 독창성에 있어서나 연구의 실행 과정에 있어서 그들이 지금까지 심사한 최고의 논문 중 하나라고 판단했다. 래프는 지금까지 그의 연구를 후원해 준 두 사람에게 논문을 바쳤다.

> 너그러운 도움과 헌신으로 이 연구를 가능하게 해 주신
> 윌리엄 A. 니덤 교수님과 프레더릭 노빌 교수님께

니덤과 나는 이 단순한 헌사를 우리의 동료 과학자들의 헌사만큼이나 가치 있는 것으로 여겼다.

나는 래프가 졸업하고 나서 얼마 후 니덤의 도움을 받아 래프가 보존하고 싶어 했던 것을 영원히 남기는 작업에 착수하기 시작했다.

우리는 래프의 논문에서 측정치나 표 등을 빼고 딱딱하고 형식적인 어투를 좀 더 부드러운 형태로 바꾸었다. 이 이야기의 가치는 그 개미언덕에서 일어난 끊임없는 투쟁과 전쟁을 있는 그대로 기록한 것이라는 점이다. 그것은 가능한 한 개미의 시점에서 그들 자신에게 일어난 사건을 바라보는 것과 같은 효과를 준다.

또 다른 차원에서 바라볼 때 이 개미언덕의 서사시는 그 어느 것보다 노코비 숲 속의 모든 생명의 에너지와 역동성을 잘 나타내 준다. 따지고 보면 노코비 숲뿐만 아니라 우리가 관찰할 수 있는 살아 있는 자연의 세계의 어느 부분에서도 같은 형태의 에너지와 역동성을 찾아볼 수 있을 것이다.

연구의 시작 무렵 래프는 노코비 호수의 오솔길이 시작되는 곳에 있는 거대한 개미 군락에 주의를 집중했다. 그것은 호숫가를 찾아온 사람들이 가장 먼저 마주하게 되는 개미집이며 래프가 과거에 관찰하고 기록한 주된 개미집이기도 했다. 래프는 그 군락에 '오솔길 개미 군락'이라는 이름을 붙이고 그것을 그의 연구의 원형으로 삼기로 했다. 그는 이 오솔길 개미 군락을 파헤치거나 어떤 방식으로든 개미들의 삶을 방해하지 않으면서 개미들의 습성과 사회적 행동을 최대한 자세히 관찰하고 기록하기로 했다. 그와 같은 관찰은 데드아울코브 전역에 흩어져 있는 다른 개미집들을 포함한 차후의 연구 과정의 기초가 될 것이라고 니덤은 조언했다.

래프의 가장 오래된 어린 시절의 기억 중 하나는 평평하게 펼쳐진 호숫가 피크닉 장소에 눈에 띄게 불룩 솟아오른 오솔길 개미 군락의 언덕이었다. 비가 오지 않는 따뜻한 날이면 일개미들이 개미언덕에서 10미터 반경의 구역을 샅샅이 순찰하고는 했다. 그리고 한 시간에 몇 번씩 그 개미 중 일부는 죽은 곤충에서 떼어 낸 고기 조각이나 꽃의 꿀물, 또는 식물의 수액을 빨아먹고 사는 작은 벌레들이 내놓은 달콤한 배설물 따위의 다양한 종류의 신선한 먹이를 입에 물고 개미집 입구로 되돌아가고는 했다.

래프는 플로리다 주립 대학교에 입학하기 1년 전부터 본격적으로 개미집들을 관찰하기 시작했을 때 그는 오솔길 개미 군락에서 과거의 활력이 눈에 띄게 수그러들기 시작한 것을 알아챘다. 개미집 밖으로 먹이를 구하러 나오는 개미들의 수가 현저히 줄었고 그에 따라 개미집으로 들어가는 먹이의 양도 줄어들었다. 래프가 모종삽으로 개미언덕 표면을 살짝 찔러보았을 때도 개미집을 방어하기 위해 나오는 병정개미의 수도 역시 과거에 비해 적었다. 이 강력한 오솔길 개미 군락에 뭔가 이상이 생겼다는 의미였다.

"마치 개미집이 병을 앓고 있는 것처럼 보였습니다. 점점 병세가 악화되어 가는 듯했고요. 하지만 그 이유를 모르겠어요." 래프가 벌레 파티에서 말했다.

니덤이 고개를 끄덕였다. "이야기를 들어 보니 아마도 여왕개미가 죽은 것 같네. 여왕이 없으면 알도 나오지 않고 애벌레도 더 이상 생기지 않지. 그러니까 개미집은 더 이상 예전처럼 많은 음식이 필요 없게 되고 따라서 일개미들이 하릴없이 개미집 안에 머무는 거야. 마치 은퇴자 주거 지역에 사는 노인들처럼 말이지."

"하지만 그렇다고 해서 개미 군락 전체가 그런 식으로 끝나 버리는 건가요?" 래프가 물었다. "여왕이 죽었는데 장례식조차도 없단

말입니까?" 래프의 말에 벌레 파티에 모인 학생들이 웃음을 터뜨렸다. 래프를 인정해 주는 따뜻한 반응이었다. 래프와 같은 풋내기 신입생에게 그것은 상당한 찬사나 다름없었다.

"글쎄, 여왕이 일개미들에게 얼마나 강력한 자극제 역할을 해 왔는지를 이해해야 해. 여왕이 죽으면 일개미들은 점차로 아무것에도 반응하지 않게 된단다. 쉽게 설명하자면 마치 그들의 영혼에서 뭔가가 빠져나간 것과 같은 상태가 되는 거지." 니덤이 설명했다.

그가 새로운 개념을 소개할 때 종종 하듯 검지로 허공에 동그라미를 그리면서 니덤이 질문을 던졌다. "그런데 래프 자네가 그 개미군락을 처음 본 지 얼마나 되었나?"

"믿기 어려우시겠지만 제가 어린 소년이었을 무렵부터입니다. 그러니까 아마 열 살쯤 되었을 거예요. 오솔길이 시작되는 부근에 가게 되면 그 개미언덕을 못 보고 지나치기 어렵죠."

니덤은 그의 책상 옆에 있는 책꽂이에서 책을 하나 꺼내들더니 색인을 쭉 훑어보고는 해당 장을 펼쳐 그 항목을 손가락으로 짚으면서 말했다. "놀랄 일이 아니구나. 네가 본 것과 비슷한 종의 개미들 가운데 여왕개미가 20년 넘게 살았다는 기록이 있어."

"20년이요? 저보다 더 나이가 많은 셈이군요."

"그래. 과연 곤충치고는 놀랄 만큼 긴 수명이지." 니덤이 말했다.

"17년을 사는 메뚜기보다도 더 긴 수명이지. 그렇지만 몇몇 종의 개미의 여왕개미에게서는 더러 일어나는 일이야. 내가 알기로는 그 정도가 곤충 세계에서는 가장 긴 수명일 거야. 한편 일개미들 중에서는 2~3년을 넘겨 사는 경우가 아주 드물지. 일개미들이 모두 여왕개미의 딸들이고 어미의 유전자를 그대로 물려받았는데도 말이지. 그러니 그 개미집은 정말 기묘한 상황에 처해 있는 셈이야. 일개미들에게 있어서 2~3년 이상의 세월은 영겁이나 마찬가지야. 그러니까 개미들은 시작도 없고 끝도 없는 정신세계 속에서 살아가고 있다고 해도 과언이 아니지. 그러니까 어머니 여왕개미가 죽는다는 개념은 그들에게는 존재하지 않아. 그래서 마침내 그런 일이 닥쳐오더라도, 심지어 여왕개미를 지근에서 수행하던 개미들조차 처음에는 여왕이 죽었다는 사실을 알지 못하지. 래프, 더 바짝 신경 써서 그 개미집을 관찰해 보면 좋겠구나."

　여왕개미의 죽음은 데드아울코브 지역의 개미들의 운명에 중대한 영향을 미쳤으며 그로부터 다섯 계절에 걸쳐서 래프는 개미들의 역사를 자세히 기록했다. 그렇기 때문에 니덤과 나는 그 사건을 「개미언덕 연대기」의 출발점으로 삼기로 결정했다.

4부

개미언덕 연대기

19

그렇다. 그것은 사실이었다. 오솔길 개미 군락의 여왕이 서거했다.

첫 날에는 여왕이 긴 생애에 종지부를 찍었다는 징후를 어디에서도 찾을 수 없었다. 여왕의 몸에서 열이나 경련 따위가 나지도 않았고, 유언도 작별 인사도 없었다. 여왕은 그저 자신의 침실 바닥에 앉은 채로 조용히 목숨을 거두었다. 평소와 마찬가지로 여왕은 다리와 더듬이를 편안하게 늘어뜨린 채 꼼짝 않고 엎드려 있을 뿐이었다. 이처럼 고요한 정적은 여왕의 딸들에게 무서운 재앙이 닥쳐왔음을 경고하지 못했다. 여왕은 마치 아무 일도 일어나지 않은 듯 그대로, 가만히 앉아 있었다. 그녀의 죽은 몸이 그 자체로서 생전의 자신을 기리는 동상이 되어 버린 셈이었다.

그런 속임수가 가능했던 것은 죽은 곤충의 몸이 썩어 가는 방식 때문이다. 사람을 비롯한 척추동물은 뼈가 안쪽에 있고 그 주위를 금방 부패해 버리는 연조직이 둘러싸고 있다. 반면 곤충은 단단한 외골격으로 둘러싸여 있다. 곤충이 죽은 후 이 부드러운 조직은 안쪽에서 실과 덩어리로 말라 비틀어져 가지만 외골격은 그대로 남아 있다. 기사가 죽은 후에도 기사의 갑옷은 남아 있듯이.

따라서 일개미들은 처음에는 어머니의 죽음을 알아차리지 못했다. 어머니의 침묵은 아무것도 말해 주지 않았고 그녀의 몸에서 나는 살아 있을 때와 같은 냄새는 일개미들에게 "내가 너희와 함께 있노라."라고 말해 주었다.

그녀에게서는 생명의 냄새가 났다.

일개미들이 속기 쉬웠던 것은 여왕이 한 번도 일개미들에게 이래라 저래라 명령을 내린 적이 없었기 때문이다. 비록 여왕의 두뇌에는 일개미들이 수행해야 할 일들이 완전하게 프로그램되어 있었지만 말이다.

여왕개미는 모든 면에서 볼 때 거세되고 날개 없는 곤충들의 사회에 살고 있는 한 머리의 말벌과 같았다. 그러나 그녀는 일생 동안 딱 한 번 주도권을 휘둘렀을 뿐이다. 그것은 거의 20년 전 그녀의 성인기가 시작될 무렵, 어머니와 자매들을 버리고 자신이 태어난 개미집을 떠날 때였다. 친정 개미집을 뒤로하고 그녀는 일생 단 한 번의 짝짓기를 하고(그녀의 삶에 더 이상의 성관계는 없었다.) 자기 자신의 개미집을 새로이 개척해 냈다. 매우 짧은 시간 동안 그녀는 맹렬한 기세로 그녀와 같은 종의 암컷에게 부여된 모든 본능적 행동과 더불어 개미집의 거세된 일개미들이 함직한 힘든 노동을 수행했다.

오솔길 여왕개미의 감각 기관과 신경계에 있는 선천적으로 타고난 프로그램이 정확한 순서의 행동으로 발현되었다. 이 프로그램은 수억 년 전 공룡이 어슬렁거리고 다닐 무렵 최초의 사회적 개미로 진화한 말벌 조상이 수행했던 것과 동일한 과정을 담고 있다.

이 과정의 처음으로서 여왕은 먼저 자신이 태어난 개미집을 떠나 네 개의 얇은 막으로 이루어진 날개를 펴고 공중으로 날아오른다. 공중에서 그녀는 함께 날아오른 수컷과 다른 처녀 여왕개미들의 무리와 만나게 된다. 수컷 개미 한 마리가 그녀를 따라잡는다. 수개미는 다리로 여왕의 몸을 꼭 붙들고 둘은 나선을 그리며 땅으로 떨어진다. 땅에 떨어지면 수개미는 몸의 뒷부분에 있는 커다란 교미기(交

尾器)로 여왕개미와 자신의 생식기가 떨어지지 않고 잘 결합하도록 지지하고 정자를 방출한다.

이 과정은 5분 안에 끝난다. 그러면 여왕개미는 수개미를 흔들어 떨어뜨린다. 수개미의 몸에서 온 정자들은 여왕개미의 배에 있는 주머니 모양의 특별한 기관으로 흘러가서 그곳에서 머물면서 필요할 때마다 나와서 여왕의 난자를 수정시킨다. 정자는 자기 차례가 올 때까지 몇 년이고 여왕의 저정낭 속에서 머무를 수 있다. 각각의 정자들은 여왕개미만큼이나 긴 수명을 부여 받았다.

반면 여왕의 모든 자녀들의 아버지는 짝짓기 직후 바로 죽어 버리도록 프로그램되어 있다. 수개미가 일생 동안 하는 일이라고는 개미집에서 누이들이 먹었다 게워 낸 음식을 받아먹으며 때가 오기를 기다리고, 기다리고, 또 기다리는 것뿐이다. 그리고 마침내 때가 왔을 때, 단 한 번 하늘 위로 날아오르고 5분 동안 교미를 하는 것이다.

수개미의 일생은 어머니 개미집의 여왕이 낳은 알에서 시작된다. 알에서 구더기 모양의 애벌레가 부화되고, 암컷인 일개미들이 이 애벌레를 먹이고 돌본다. 완전한 크기로 커지면 애벌레는 변태 과정을 겪어 번데기가 된다. 이 성장기의 마지막 단계에서 수개미는 부드러운 왁스질의 임시 외골격에 둘러싸여 있으며 머리, 가슴, 배 세 부분으로 이루어진 성체의 모습을 띠고 있다. 또한 한 쌍의 더듬이와 세 쌍의 다리가 몸에서 돋아난다. 왁스질의 외골격으로 보호를 받는 몸의 내부에서는 미분화된 조직들이 최종적인 내부 기관들로 발달해 나간다.

이와 같은 과정이 완료되면 맨 바깥에 있는 껍질이 벗겨져 나가 일개미들이 먹어치우게 되고 다 자란 수개미가 나온다. 이 수개미는 날개와 커다란 눈, 거대한 생식기, 발달되지 않은 작은 턱, 작은 뇌를 갖추고 있다. 그리고 이 작은 뇌에는 단 하나의 거대한 목표와 그것을 이룬 후의 급격한 죽음이 프로그램되어 있다.

간단히 말해서 수개미는 정자를 가득 실은 유도 미사일이나 마찬가지다. 그의 일생일대의 사명은 단 한 번의 사정이다. 이 절정의 순간 전까지 그는 어머니 개미집의 기생충과 같은 존재일 뿐이다. 집단을 위해 아무것도 기여하지 않고 빈둥거리며 누이들이 먹여 주고 돌봐주어야 하는 기생충. 세상을 바꾸어 놓는 위대한 5분이 지난 후, 필요하다면 누이들이 그에게 심어 주었을 법한 단 하나의 명령만이 그에게 남아 있다. "여기로 돌아오지 말고 나가 죽어라."

그는 자신의 개미집으로 돌아갈 생각조차 하지 못한다. 그에게는 목숨을 부지할 가능성이 전혀 없다. 약하디 약한 생명체인 수개미는 아무런 방어 수단을 타고나지 못했다. 또한 먹이를 찾을 줄도 모르고 설사 먹이에 걸려 넘어진다고 하더라도 먹을 줄도 모른다. 여행을 떠나올 때 그는 편도 차표만을 끊었던 것이다. 그는 탈수로 죽을 수도 있고, 새의 부리에 으깨질 수도 있고, 적군 개미의 턱에 의해 조각조각 분해될 수도 있고, 아니면 침노린재의 길쭉한 주둥이에 즙을 쪽쪽 빨려 죽을 수도 있다.

이와 같은 운명을 피하기 위해, 잘 발달된 뇌와 강력한 근육을 지닌 미래의 오솔길 여왕개미는 짝짓기를 마치고 나서 몸을 보호할 피난처를 찾기 위해 서두른다. 정자를 몸에 채운 후에는 되도록 빨리 땅 밑으로 다시 들어가야 한다. 그러나 일단 몇 분 동안 네 장의 날개

를 떼어 내야 한다. 날개를 떼어 내기 위해서 여왕개미는 그저 가운
데 다리를 앞으로 구부려 날개의 받침을 툭 하고 떨어뜨리면 된다.
이 신체 절단은 몸의 나머지 부분에 아무런 상처를 남기지 않는다.
통증도 없다. 처음부터 날개는 생명 없는 얇은 막이었고 키틴질의
받침대로 몸에 고정되어 있어서 고통 없이 떼어 내 버릴 수 있게 되
어 있다.

여왕개미는 마치 낙하산 장병과 같이 착륙한 후에 장비를 떼어 버
린다. 그런 다음 풀뿌리 정글에서 그녀를 노리는 다른 개미나 거미
그밖에 포식자들을 피해 재빨리 움직여야 한다. 다행히도 그녀는 노
코비의 오솔길이 시작되는 부분 근처, 풀이 뭉쳐서 나 있는 사이사이
에 개미에게 알맞은 크기의 텅 빈 맨 땅 위에 떨어졌다. 운 좋게도 그
녀는 이곳이 개미집을 건설하기에 이상적인 장소임을 알아차렸다.
일단 개미집을 짓게 되면 그것은 향후 20년 동안 그녀의 집이 될 것
이다. 오솔길 여왕개미는 모래가 섞인 진흙으로 이루어진 땅에 수직
의 갱도를 파는 데 착수했다. 그녀의 움직임은 재빠르고 정확했다.
몇 분 안에 그녀는 자신의 몸길이보다 더 깊이 파 내려갔다. 이 공간
은 그녀를 어느 정도 보호해 줄 수 있었다. 하지만 되도록 빨리 일을
마무리해야 한다. 서둘러야 한다. 그녀의 삶은 끊임없는 위험 속에
놓여 있으며 1분도 낭비할 여유가 없다.

여왕은 땅굴을 오르내리는 데 걸리는 시간을 통해 갱도의 깊이를
측정하다가 미리 예정된 깊이만큼 파 내려간 뒤 이제 옆으로 굴을
파서 공간을 넓히기 시작했다. 수직 갱도의 폭보다 세 배쯤 되는 넓
이의 둥근 방을 만들었다. 이제 그녀는 전보다 더 안전해졌다. 하지

만 역시 안심할 형편은 못된다. 천적들과 약탈자 개미들이 갱도를 통해 내려와 그녀를 공격할 수 있으니 말이다. 하지만 이제 최소한 적은 좁은 공간에 갇힌 채로 젊은 여왕과 정면 대결을 펼쳐야만 한다. 그녀의 여린 속살에 도달하기 전에 날카로운 침과 강력한 턱을 먼저 상대해야 하는 것이다.

주변의 소나무들이 오솔길을 가로질러 긴 그림자를 드리울 무렵에 이 정도의 성취를 이루어 낸 것은 약 100대 1의 확률을 뚫은 셈이다. 짝짓기를 하고 새로운 군락을 시작하기 위해 자신이 태어난 보금자리를 떠난 여왕개미 100마리 중에서 오직 한 마리만이 그날 저녁에 시초의 개미집의 첫 번째 방에 들어앉을 수 있다.

이것이 얼마나 큰 성취이든, 또한 그녀가 새로운 집을 얼마나 안전하게 지었든 간에 최종 성공에 도달하기까지는 아직도 엄청난 역경과 고난이 아직도 그녀 앞에 쌓여 있다. 개미집의 시초가 될 땅굴의 건축가에서 대규모의 성숙한 개미 군락의 여왕으로 등극할 확률이 또 100분의 1이다. 따라서 통계적으로 볼 때 어미 군락을 떠난 1만 마리의 여왕개미 중 오직 한 마리만이 이 과정을 완료하는 셈이며 우리의 오솔길 여왕개미가 바로 그 1만 대 1의 확률을 뚫은 여왕인 것이다. 1만 마리 중 오직 그녀만이 불룩한 개미집 깊숙이 자리 잡은 여왕 침소에서 오래 오래 살아갈 것이다. 용맹스러운 딸 군단의 보호를 받으며 전 세계의 어느 곤충보다 안전한 삶을 누릴 것이다.

첫 번째 방을 짓는 일을 완수했지만 여왕에게는 할 일이 쌓여 있었다. 먼저 흙바닥에 한 무더기의 알을 낳았다. 이 작은 알들을 그녀는 핥고 또 핥았다. 그것은 매우 중요한 작업이었다. 왜냐하면 외부의 적의 공격이라는 위험에 더해 이제 여왕과 알을 둘러싼 주위의 흙에 살고 있는 세균과 곰팡이의 위협이 새롭게 더해졌기 때문이다. 알들을 정기적으로 깨끗이 닦고 항균 성분이 들어 있는 침을 발라 주지 않을 경우 곧 곰팡이에 뒤덮여 곰팡이의 밥이 되고 말 것이다. 또한 굴 안에 세균이 단 한 마리만 있다 하더라도 보호받지 못한 개미의 조직을 양분으로 삼아 순식간에 수백만 마리로 불어날 수 있다.

오솔길 여왕 주변의 다른 여왕들 역시 제각기 땅을 파고 들어갔다. 그러나 모두 개미집을 건설하는 데 실패했다. 한 마리, 한 마리씩 천적에게 잡아먹히고 말았다. 오솔길 여왕과 더불어 개미 제국을 건설할 동료는 존재하지 않았다. 그녀를 도울 일꾼 개미는 아직 태어나지 않았다. 자매애로 똘똘 뭉친 친정 군락 바깥의 자연은 무자비한 전쟁터이고 매순간이 전면전이었다. 침입자들이 작은 둥지 속의 살아남은 여왕개미들을 밖으로 나오게 해 잡아먹었다. 둥지 안에도 다른 위험들이 도사리고 있었다. 알이 제대로 수정되지 않았을 수도 있고, 정자가 유전적 결함을 갖고 있는 경우도 있었다.

그러나 미래의 오솔길 개미 군락의 여왕에게는 모든 경우의 주사위가 제대로 떨어졌다. 그녀가 낳은 알에서 작은 애벌레가 부화되자 여왕은 머리 부근에 있는 커다란 샘에서 만들어진 영양가 많은 액체를 입을 통해 뱉어 내서 애벌레들을 먹였다. 이 유아식은 여왕개미의 몸 뒤쪽에 저장되어 있던 지방을 가지고 만든 것이다. 이것은 또한 이제 쓸모없어진 날개 근육의 대사를 통해 만들어졌다.

자신의 몸 안에 비축되었던 영양분을 가지고 여왕개미는 열두 마리의 일개미를 길러 냈다. 모두 암컷이었다. 이 개미들은 작고 약해서 초기의 개미 군락이 살아남는 데 필요한 과업을 간신히 수행할 수 있었다. 이 개미들은 어쩔 수 없이 난쟁이로 태어났다. 만일 각각의 개미들의 몸이 더 컸다면 여왕개미는 아마 더 적은 수만을 길러 낼 수 있었을 것이다. 그럴 경우 갓 태어난 개미 군락이 생존하는 데 필요한 노동을 제공하기에 부족했을 것이다.

이 개척자 개미 중 일부는 가르쳐 줄 이가 아무도 없는 만큼 전적으로 본능에 의존해서 먹이 사냥에 나선다. 다른 일부는 여왕을 돌보면서 다음 세대의 일개미들이 성숙하도록 돌본다. 또 다른 일부는 개미집을 확장해 나가는 공사에 온 시간을 바친다. 이 모든 업무를 정밀하게 수행해 내는 데 실패하는 것은 곧 개미 군락 전체의 죽음을 의미한다. 젊은 여왕개미는 이제 더 이상 도움을 주지 못한다. 오히려 그녀 자신이 계속해서 살아가기 위해 다른 이의 도움을 절실하게 필요로 한다. 소모할 수 있는 신체 조직은 이미 다 고갈되었다. 그 조직들은 거의 대부분 애벌레 상태의 딸들을 먹이는 데 쓰였고 이제 여왕 자신이 굶주린 상태에 빠지게 되었다. 이제 그녀의 몸은 자신의 생명을 유지하는 데 꼭 필요한 조직들만 들어 있는 키틴질의 껍데기일 뿐이다.

최초의 먹이 채집자들은 개미집 바깥세상을 조심스레 탐험한 끝에 얼마 되지 않는 먹이 부스러기를 주워 온다. 떨어진 모기 사체, 애벌레의 피부 껍데기 한 조각, 갓 부화된 새끼 거미 따위가 그것이다. 그러나 이 먹이는 개미 군락 전체의 목숨을 부지하고 여왕개미로 하여금 약간의 체중과 기력을 회복하도록 하기에 충분하다.

개미집 바깥에서 가져온 먹이를 먹고 자란 다음 세대의 일개미들은 제1세대 일개미들에 비해서 몸집이 더 크고 힘도 더 세다. 이들은 점점 늘어나는 식구들을 수용할 수 있도록 더 많은 터널을 파기 시작한다. 개미집이 커지고 개미의 수가 불어남에 따라서 위태위태하던 초기의 개미집이 점점 수많은 방과 그 방들을 연결하는 통로로 이루어진 거대한 미로의 형태를 띠게 된다. 개미집은 이제 적의 공격에 끄떡없는 요새가 되었다. 터널을 만드는 과정에서 파낸 흙은 입구 주변에 둔덕을 이루며 쌓여서 마치 지붕과 같이 햇빛의 온기를 붙잡아 두는 역할을 하게 된다.

몇 달이 지나자 알이 가득한 난소로 몸이 무거워진 여왕개미는 아직도 다소 위험한 외부와 가까운 입구에서 멀리 떨어진 더 깊은 안쪽으로 들어간다. 여왕개미는 고도로 특화된 업무만을 수행하는 전문가가 된다. 오직 그녀만이 알을 낳고 오직 그녀만이 급성장하는 군락의 생장점 역할을 한다. 일개미들이 여왕의 아이들, 즉 그들의 자매를 길러 내는 데 필요한 모든 노동을 수행한다. 일개미들은 여왕개미의 손이자 발이며 턱 역할을 했고 점점 더 여왕개미의 뇌의 역할마저 떠맡게 되었다. 일개미들은 서로에게 이타적이었고 자신의 몸을 돌보지 않으며 노동을 분담했다. 오솔길 군락은 점차로 거대하고 점점 확산되어 가는 생물을 닮아 갔다. 어떤 면에서 개미 군락은 하나의 초유기체가 되었다.

여왕개미의 혼인 비행으로부터 2년 정도 흐르자 개미집이 최대 규모로 성장해 1만 마리가 넘는 일개미가 살아가게 되었다. 그러자 이듬해부터 처녀 여왕개미와 수개미를 길러 낼 수 있게 되었고 그들로부터 또 새로운 군락이 출발하게 되었다. 이 무렵이 되자 여왕개미는 평균 15분에 한 개씩 알을 낳았다. 둔하고 무기력한 여왕개미는 지하로 개미집 맨 아래쪽에 있는 자신의 침소에서 알을 낳는다. 지표면에서 1.5미터 정도, 그러니까 개미 몸길이의 약 400배 지하로 내려간 곳이다. 사람으로 따지자면 지하 200층 정도라고 하겠다. 개미집에서 파낸 흙으로 입구 주변에 만들어진 둔덕이 또 사람으로 치면 지상 50층 높이다.

여왕개미를 이 축소판 문명의 지도자라고 부르기는 어려울지 모르지만 그녀가 모든 에너지와 성장의 근원임은 틀림없었다. 그녀는 개미집 사회의 성공과 실패의 열쇠였다. 메트로놈처럼 정확하게 20개의 난소에서 분출되어 나오는 수정란은 군락의 심장 박동이었다. 이 박동이 강하고 틀림없이 계속되도록 하는 것이 모든 일개미들의 노동의 궁극적 목적이었다. 일개미들이 주의 깊게 미로 같은 개미집을 건설해 나가는 것, 매일매일 바깥세상으로 나가 목숨을 걸고 먹이를 찾아다니는 것, 개미집 입구에서 자신의 목숨을 버리며 적을 막는 것, 이 모든 희생이 여왕개미를 위해서, 자신들처럼 이타적인 자매들을 창조해 내는 그녀의 위업을 위해서 이루어지는 것이었다.

일개미 한 마리, 아니 1000마리가 죽어도 군락은 계속해서 유지될 것이다. 손실을 메워 나가면서 말이다. 하지만 여왕개미가 잘못될 경우, 그리고 그것을 바로잡지 못할 경우 개미 군락은 치명적인 운명을 맞게 된다.

이제 20여 년이 흐른 시점에서 바로 그와 같은 재앙이 일어났다. 여왕의 죽음은 개미집이 건설된 날 이래로 그들에게 닥친 가장 큰 도전이었다. 그러나 일개미들은 여왕이 죽었다는 사실을 확실하게 알기 전까지 아무런 행동도 취할 수 없었다. 뭔가가 잘못되어 가고 있음을 알았다. 사상초유의 상황이 그들에게 닥쳐왔음을 느낄 수 있었다. 그러나 여왕개미의 문제가 어느 정도인지는 아직 깨닫지 못했다. 죽음의 징후가 아직 충분히 강하지 못했기 때문이다. 그래서 오솔길 개미 군락은 한동안 계속해서 예전과 같이 정확한 방식으로 부지런히 움직였다. 모래톱이 바로 앞에 다가오더라도 금방 방향을 돌릴 수 없는 바다 위의 거대한 배와도 같이.

오솔길 군락의 계속되는 추진력의 원인은 개미들이 의사소통하는 방식에 있었다. 개미들은 대부분의 시간을 지하의 어둠 속에서 살아가기 때문에 시각이나 청각을 이용해서 대화를 주고받을 수 없다. 그들은 화학적 신호를 가지고 이야기할 수밖에 없다. 인간은 소리와 시각적 이미지를 가지고 생각한다. 그런데 페로몬으로 의사소통하는 개미는 맛과 냄새로 사고한다. 일개미의 뇌 속에 가득 찬 화학적 감각을 인간은 절대로 이해할 수 없다. 개미가 인지하는 것의 실체를, 또는 개미의 마음속을 스쳐 지나가는 의미의 어조나 내용이나 그 조합을 결코 이해할 수 없다. 오솔길 개미 군락이 인간의 감각으로는 그저 고요하게 느껴지지만 실제로는 우레와 같이 시끄러운 개미들의 페로몬 대화로 가득 차 있다.

오솔길 개미 군락은 약 열두 가지 화학적 신호를 이용해서 의사소통을 한다. 죽은 어머니 곁에 오글오글 모여 있는 수행원 일개미들은 여전히 어머니의 몸에서 풍겨 나오고 있는 몇 가지 페로몬의 영향 안에 갇혀 있었다. 유령과 같은 그 속삭임은 인간의 언어로 번역하자면 다음과 같다. "이리 오너라. 여기에 모여라. 자, 내 곁에 가까이

다가오렴."

시종 개미들은 넓적한 혀로 여왕의 몸을 음탕하게 핥고 또 핥았다. 그들은 열심히 여왕의 몸을 핥고 떨어져 나오는 피부의 부스러기를 바깥쪽에 있는 다른 개미들에게 나누어 주었다. 이와 같은 친밀한 시중을 촉발하는 페로몬이 맛과 냄새를 통해 수행원 개미들에게 명령을 내리고 있는 것이다. "내 몸을 핥아서 닦아라. 떨어진 살 껍질을 먹어라. 그 조각들을 네 자매들과 나누어 먹어라."

시종 개미들에게 명령을 내리는 물질은 각 개미들의 내장의 앞쪽에 있는 작은 방에 저장된다. 그곳에서 이 물질은 액체 음식과 섞인다. 개미들은 끊임없이 머리에 있는 더듬이 또는 촉수를 문지르면서 상대방의 냄새를 맡는다. 이 더듬이는 인간의 코에 해당되는 기관이다. 만일 어떤 개미가 배불리 먹어서 음식이 뱃속에 가득한 상태라면 굶주린 동료에게 이렇게 말한다. "(내 뱃속의 음식) 냄새를 맡아봐. 그리고 배가 고프다면 와서 먹어." 배고픈 개미가 실제로 다가와서 혀를 내밀면 배부른 개미는 자신의 뱃속에 있던 음식을 게워 내 배고픈 개미의 입에 직접 넣어 준다.

자매들 간의 소통과 교환은 이런 식으로 계속된다. 개미 군락의 통합된 지능은 군락을 구성하는 개미들 사이의 의사소통에 귀를 기울인다. 개미들은 그들이 주고받도록 프로그램된 모든 메시지를 페로몬을 통해 주고받는다. 개미 군락의 내부에서 의사소통하는 방식은 마치 한 마리의 개미, 또는 한 사람, 또는 어느 한 생물의 몸 안의 각 부분이 호르몬을 통해 의사소통하는 것과 흡사하다. 이 초유기체의 호르몬은 제안하고, 요청하고, 명령을 내린다.

어느 날 개미집 바깥에서 개똥지빠귀 한 마리가 메뚜기를 물고 제 둥지로 날아갔다. 그런데 이 으깨진 곤충의 몸 일부가 떨어져나가 땅에 떨어졌다. 그러자 1분 안에 순찰병 일개미가 그것을 발견하고 일련의 행동의 개시를 촉발했다. 꼬리를 물고 일어나는 그 행동은 오솔길 개미 군락에서 과거에도 무수히 반복되었던 과정이다.

정찰병 개미는 메뚜기 사체를 면밀히 조사했다. 잠깐 맛을 본 후 개미집 입구로 되돌아갔다. 가는 길에 정찰병은 배의 끝을 땅에 스쳐서 흐릿하게나마 화학 물질의 자국을 남겨 놓았다. 입구로 들어가는 길에 만나는 개미들에게 다가가 얼굴을 가까이하고 문질렀다. 냄새에 민감한 동료 개미들의 더듬이는 곧 정찰병 개미에게서 메뚜기의 냄새와 길에 남겨 놓은 화학 물질 자국의 냄새를 맡았다. 그 신호는 이렇게 번역될 수 있으리라. "먹이야! 먹이! 내가 먹이를 발견했어! 내가 남겨 놓은 자국을 따라가 봐!"

곧이어 한 떼의 개미들이 개미집 밖으로 몰려나왔다. 개미들은 자국을 따라가서 맛있는 메뚜기 살덩어리 주위에 모였다. 맨 처음 도착한 개미 중 일부는 개미집으로 되돌아가며 다시 한 번 자국을 남겼다. "빨리 와. 빨리 와. 도움이 필요해!"라는 메시지를 강조하면서.

메뚜기 사체에 매달린 개미들은 그 덩어리를 개미집 입구로 힘을 합쳐 운반했다. 그런데 나뭇가지에 앉아 있던 또 다른 개똥지빠귀 한 마리가 이 움직임을 간파하고 즉각 다가왔다. 개똥지빠귀는 메뚜기 조각을 부리로 쪼아 개미들을 흩어 버리고 이 과정에서 몇 마리의 개미는 부상을 입었다. 개미들은 턱 아래에 있는 샘에서 새로운 페로몬을 뿜어냈다. 화학 물질이 빠르게 확산되었다. 이번에는 "위험하다! 긴급 상황이다! 도망쳐라! 여기에서 빠져나가라!"였다.

오솔길 개미 군락의 일상 역시 냄새와 맛의 어휘에 따라 이루어졌다. 개미들은 일차적으로 페로몬을 가지고 의사소통을 했고 접촉의 도움을 받기도 했다. 어떤 경우에는 단 한 가지 화학 물질로 메시지를 만들고, 같은 물질이라고 하더라도 각기 다른 농도가 다른 의미를 갖는다. 어떤 경우에는 두 가지나 그 이상의 화학 물질의 조합으로 의사소통을 한다. 또한 화학 물질이 전달되는 장소에 따라 의미가 변하기도 했다. 어휘가 점점 늘어나고 다양한 메시지가 전달된다.

자, 내가 너의 몸을 핥아서 깨끗이 해 줄게.

빨리 작업에 착수해라. 여기 다른 개미들이 하는 것처럼.

이것이 내가 속한 계급이고, 내가 처한 상황이야.

여기가 우리 영토임을 알리는 페로몬을 뿌리자. 경쟁자들에게 우리가 이 땅의 지배자임을 알리자.

군사가 부족하니 양육실에서 더 많은 병정들을 길러 내 주시오.

군사의 수가 너무 많으니 양육실에서 병정개미 공급을 줄이시오.

새로운 여왕이 되기 위한 투쟁에서 누가 앞서고 있지?

오솔길 개미 군락의 구성원들은 그들 삶의 매분 매초를 그들을 안개처럼 둘러싸고 있고 때로는 파도처럼 밀려오는 페로몬의 명령에 따라 살았다. 경고 페로몬과 같은 일부 신호는 재빨리 확산되고 또금방 사라져 버린다. 필요한 만큼 국지적으로 일부 개미의 주의를 끌기에는 충분하지만 개미 군락 전체를 패닉 상태로 몰아넣어 우왕좌

왕하게 만들지는 않을 정도로 말이다. 반면 어떤 냄새는 천천히 확산되어 오래도록 머물기도 한다. 오솔길 여왕의 몸에서 풍겨져 나오는 페로몬도 그런 신호 중 하나다. 여왕개미의 몸이 썩어 가기 시작했지만 그녀가 살아 있을 때 만들어 낸 페로몬이 개미 군락 구성원들의 몸과 마음에 여전히 남아 있었다.

여왕의 존재는 오솔길 개미 군락의 페로몬의 삶에 또 다른 방식으로 엮어져 들어간다. 여왕의 몸에서 분비되는 물질은 다른 물질들과 섞여서 개미 군락 전체의 독특한 냄새를 만들어 낸다. 이 냄새 성분은 개미 군락 구성원 하나하나의 왁스질의 단단한 피부층에 흡수된다. 구성원 개미들은 개체 고유의 냄새의 조합을 가지고 있는데 개미 군락 안의 모든 개미들이 이 냄새의 조합을 공유하고 인지하고 절대적 믿음을 보낸다. 두 마리의 개미가 만났을 때 출신을 막론하고 두 개미는 더듬이를 앞뒤로 쓸어서 상대방을 확인한다. 이 움직임은 너무나 빨리 일어나기 때문에 인간의 맨눈으로는 확인하기조차 어렵다. 하지만 각 개미의 뇌에서는 더듬이를 통해 받아들인 정보를 거의 실시간으로 처리해 낸다. 만일 두 개미가 같은 냄새를 갖고 있을 경우 "이자는 나와 같은 군락에 속한다."라는 메시지로 해석된다. 그러면 각 개미들은 각자 가던 길을 계속 가거나 잠시 멈추어 서로의 몸을 닦아 주거나 음식을 주고받는다. 그런데 만일 둘의 냄새가 약간이라도 다를 경우 "다른 군락이다. 조심하라!"라는 메시지가 된다. 길에서 만난 두 마리의 낯선 개처럼 각기 다른 군락에 속한 두 개미는 잠시 멈추어 상대방을 좀 더 면밀히 조사한다. 그런 다음 공격을 하거나 도망가 버린다.

개미의 부족을 확인하는 데는 말도, 동작 신호도 사용되지 않는다. 아무것도 필요치 않다. 오솔길 군락은 단순히, 전적으로 냄새를 공유한다는 사실만으로 통합되어 있다. 만일 그들을 하나로 묶어 주는 냄새가 사라질 경우 초유기체는 금방 방향을 잃은 각각의 작은 생물들로 해체되어 버릴 것이다. 구성원들은 서로 싸움을 벌일 것이다. 적은 금방 그들을 흩어 놓을 수 있을 것이다. 천적들은 손쉬운 먹잇감에 달려들 것이다.

오솔길 여왕개미는 당당한 자세로 엎드려 있다. 그러나 영원히 계속될 수는 없다. 결국 여왕개미의 몸의 일부는 개미들에게 먹히고 나머지 부분은 묘지로 옮겨지게 될 터였다. 일주일 동안 남아 있는 몸을 핥을 때 나온 페로몬은 여전히 여왕의 메시지를 전달했다. 그러나 그 후에는 화학 물질은 점차로 확산되어 갔고 마침내 메시지는 사라져 버렸다.

몇몇 화학적 신호들은 일찍부터 나타나기 시작했다. 하지만 희미한 죽음의 증거가 여왕의 페로몬을 누르고 그 자리를 대신하기 시작한 것은 여왕이 죽은 지 사흘째 되는 날이었다. 여왕에게서 나는 냄새가 전반적으로 모호해졌고 그녀가 보내는 신호도 마찬가지였다. 그러나 썩는 냄새 말고는 그녀의 죽음을 알려 줄 것이 아무것도 없었다. 겉모습이나 움직이지 않는 것 따위는 아무것도 알려 주지 못했다. 설사 여왕이 뒤집어져서 다리를 허공으로 뻗고 발랑 누워 있어도 상관없다. 빨간색이나 금색이나 검정색이나 그밖에 어떤 색으로 변해도 상관없다. 여왕이 죽은 것으로 간주되기 위해서는 죽음의 냄새가 나야만 했다. 그 냄새는 사람들의 코에 역겹게 느껴지는 시체 냄새와도 다르다. 예컨대 사람의 변의 특징적인 냄새 성분인 역겨운 스카톨이나 인돌도 아니고 상한 생선에서 엄청난 양으로 발견되는 트리메틸아민도 아니다. 이러한 화학 물질 각각은 개미에게 경고를 주고 물러나도록 할 것이다. 다른 독성을 가진 휘발성 화학 물질들도 마찬가지다. 그러나 오직 지방의 분해산물인 올레산과 올레산의 에스테르 형태만이 죽음을 알려 주는 효과적인 메신저 역할을 한다. 이 물질은 사람에게는 별 의미가 없다. 하지만 개미에게는 '죽음'을 의미한다. 죽은 동료의 몸에서 이 화학 물질을 마주하게 되면 개미들은 동료의 시체를 들어다가 버린다.

시종 개미들이 오솔길 여왕개미의 죽은 몸을 계속 핥다 보니 일주일 안에 사체가 조각조각 분해되기 시작했다. 올레산을 내뿜는 조각들은 하나하나 여왕 침소 바깥으로 운반되어 나갔다. 개미들은 자기도 모르게 어머니에게 작별 인사를 고하고 있었다. 장례 의식이 거행된 것은 아니었다. 그저 어머니의 몸의 조각을 운반하는 일개미는 홀로 지하의 긴 회랑을 방황하며 묘지를 찾아갈 뿐이었다. 오솔길 묘지에는 특별한 장식도 표지도 없다. 모양이 별다른 것도 아니고 추모와 회상을 위한 기념물이 있는 것도 아니었다. 여왕의 경우도 마찬가지였다. 이곳은 단지 개미집 가장자리에 있는 하나의 방일 뿐이었다. 개미들은 온갖 종류의 잡동사니를 이곳에 갖다 버렸다. 새로 성체가 된 개미들의 번데기 껍데기, 먹이로 끌고 온 동물의 몸에서 먹을 수 없는 부분, 죽은 동료의 사체들 등등.

여왕의 시체 조각을 물고 온 개미는 묘지 내지는 쓰레기장 근처에 도달하자 이곳을 담당하는 일개미에게 물고 온 조각을 넘겼다. 폐기물 처리 담당 개미는 계속해서 쓰레기나 시체 더미를 정리하고 쌓아 올렸다. 이들은 대개 쓰레기 근처에 머물렀고 대부분의 경우 동료들은 이들을 피했다.

묘지 내지는 쓰레기 처리장 업무뿐만 아니라 다른 모든 활동에 있어서 오솔길 개미 군락은 이타주의적 분업 규칙에 입각해 업무를 조직했다. 개미들의 모든 활동은 어느 정도 자신을 희생하는 이타주의에 의해 제한되었다. 무엇보다 일개미들은 번식의 기회를 포기했다. 적어도 여왕개미가 살아 있고 건강한 동안에는 말이다. 일개미들은 먹이 채취, 군사 활동, 그밖에 자신의 목숨에 대한 위협을 증가시키는 위험한 직업들을 기꺼이 떠맡는다. 그것은 종종 얼마 살아보지도 못하고 일찍 죽는 결과로 이어지기도 한다. 오솔길 개미 군락 전체가 각 개미 개체에게 드리운 지배력은 절대적이다. 개미 군락이라는 초유기체의 복지는 지상절명의 과제고 각각의 개미의 삶은 이 초유기체의 요구에 부응하도록 프로그램되어 있다. 만일 일개미 한 마리가 죽으면 군락에 약간의 손실을 가져오겠지만 그 영향은 미미하다. 양육실에서 새로운 일개미를 길러 냄으로써 결손을 금방 메울 수가 있다. 그러나 개미 한 마리가 이기적인 방식으로 행동한다면, 예컨대 일생 중 상당 부분을 자신이 공동체에 기여하는 것보다 더 많은 자원을 소모한다면, 그것은 그 개미가 집을 떠나거나 죽는 것과 같이 체면을 차리는 행동을 하는 것보다 공동체를 더 약화시킨다.

불구가 될 경우 개미집을 떠나서 자매들에게 더 이상 짐이 되지 않는 것이 개미의 체면 차리는 행동이다. 오솔길 개미 군락 전체의 성공을 위해 각 구성원들이 스스로를 희생하는 정신은 일개미들이 수행하는 모든 일상적 작업, 모든 상황에서 거듭해서 확인할 수 있다. 병이 들거나 부상당한 개미는 보살핌을 받지 못한다. 실제로 아프거나 다친 개미들은 동료들의 주의를 끌지 않기 위해 스스로 개미집의 가장 바깥쪽에 위치한 가장자리의 방들로 이동한다. 불구가 된 개미는 전쟁터에서 가장 맹렬하게 싸운다. 죽어 가는 일개미는 많은 경우에 개미집을 완전히 떠나 버린다. 혹시나 자신의 병이 동료들에게 전염되는 것을 막기 위해서이다.

건강하지만 자연적인 수명이 다해 가는 늙은 일개미들 역시 개미집의 가장자리로 옮겨간다. 이곳에 있는 개미들은 대개 먹이 채집에 나서는 것이 보통이다. 적의 공격을 받을 위험에 스스로를 노출시키며 개미집 구성원들을 위해 먹이를 물어 오는 일을 기꺼이 떠맡는 것이다. 적의 공격으로부터 개미집을 방어할 때 늙은 개미들은 기꺼이 적진에 몸을 던져 가며 격렬하게 싸운다. 그들은 개미와 인간, 두 종을 가르는 단순한 진리에 순응하는 셈이다. 개미는 늙은 여자를 전쟁터에 보내는 반면, 인간은 젊은 남자를 전쟁터에 보낸다는 사실이 바로 그 진리다.

여왕개미는 개미 군락의 독점적 생식자였다. 군락 구성원 전체의 어머니이자 여기서 새끼를 쳐서 만들어진 새로운 개미 군락 구성원들의 어머니이다. 일개미들의 모든 희생은 여왕개미의 생명을 보호하고 그녀의 생식 능력을 강화하기 위한 것이었다. 이제 오솔길 개미 군락이 죽느냐 사느냐 하는 문제는 어머니 여왕개미의 역할을 누군가가 대신할 수 있느냐 없느냐에 달려 있다. 새로운 여왕이 등극하기 전까지 남은 힘을 보유하기 위해 가능한 모든 기술이 필요했다.

20

지금 이 상황에서 이 오래된 개미 군락의 운명은 어두워 보였다. 그들 역시 성장 아니면 파멸이라는 철칙을 피해갈 수는 없을 것이다. 어떤 개미집이든 개체수가 양의 성장을 하느냐, 음의 성장을 하느냐, 즉 늘어나느냐 줄어드느냐 하는 것은 죽고 사는 중차대한 문제다. 계속해서 개체수가 증가하고 육아실의 생산성이 활발하게 유지되는 것은 초유기체의 생존을 위한 기본적 조건이다. 따라서 구성원 개체와 전체의 삶은 이 중심적인 목적에 이바지하도록 설계되어 있다. 그 이유는 자명하다. 군락이 크면 클수록 성장 규모도 더 클 것이고 그 결과 새로운 세대의 군락을 만들어 낼 여왕개미와 수개미도 더 많이 생산할 수 있게 된다. 이처럼 원기왕성한 군락의 성장을 이뤄 내도록 하는 유전자는 더 많은 영토로, 그리고 나아가서 종 전체에 걸쳐서 퍼져 나가게 될 것이다. 이처럼 원기 왕성한 성장을 담보하지 못하는 유전자는 점차로 확산되어 나가는 다윈주의적 승자 앞에서 점차로 움츠러들고 줄어들다가 마침내 사라져 버릴 것이다.

오솔길 개미 군락의 백성들도 뭔가 문제가 생겼다는 사실을 본능적으로 알게 되었다. 시간이 흐름에 따라서 개미집의 가장자리 부근에서는 화학적 신호가 점차로 흐려져 거의 감지할 수 없게 되었다. 일개미들은 여왕이 제 기능을 하지 못하고 있음을 알아채기 시작했다.

그러나 여전히 본능 기계는 꺼지지 않았다. 페로몬 메시지는 계속되었다. 그 메시지는 이 개미에서 저 개미로 전달되면서 공동체의 건강과 부의 상태에 대한 최신 뉴스와 소문 따위를 퍼뜨렸다. 일개미의 계급은 예전과 같이 유지되었고 먹이 채집자들은 아침 일찍 먹이를 찾아 개미집을 나섰다. 그러나 알게 모르게 미묘한 방식으로 오솔길 일개미들이 변해 가기 시작했다. 빈틈없이 공동체를 결속시키고 조절해 온 보이지 않는 끈이 조금씩, 조금씩 느슨해져 갔다.

여왕개미가 죽기 몇 주 전부터 건강에 적신호가 왔다. 여왕 주변 어디에서도 그 증거를 찾아볼 수 있었다. 낳는 알의 수가 급격히 줄어들다가 어느 순간 산란이 멈추어 버렸다. 이제 육아실에서는 돌봐야 할 애벌레의 수가 점차로 줄어들었다. 유모 개미들은 할 일이 줄어들었고 개미 군락의 인구 성장이 완만해졌다. 먹이를 구하러 나서는 일개미들의 수도 줄어들었다.

그러나 군락에는 희망이 남아 있었다. 여왕이 아직 살아 있을 때에도 그녀의 페로몬이 점차로 약해지자 개미집에 주둔하고 있던 젊은 병정개미들의 몸에 미묘한 변화가 생기기 시작했다. 일개미 계급 중 가장 많은 수의 구성원으로 이루어져 있는 병정개미는 강력한 근육으로 가득 찬 커다란 머리를 가지고 있으며 이 근육으로 톱니 달린 펜치처럼 날카로운 이가 난 턱을 움직여 덥석 상대를 물 수 있다. 이들이야말로 개미 군락의 무력이자 철퇴요 본능적 잔인함이었다. 이들은 대개 침입자로부터 개미집을 방어하는 일만을 수행한다. 이따금씩 그들은 보통의 일개미들과 함께 냄새 자국을 따라 길을 나서기도 한다. 일개미들이 커다란 먹이 조각을 실어 나를 때 경쟁 군락의 개미들로부터 수송되는 음식을 보호하기 위해서이다. 그런데 이 병정개미들은 생식 능력을 가지고 있다. 이들의 커다란 배에는 여섯 개의 난소가 들어 있으며 이 난소가 커지게 되면 부화 가능한 알을 낳을 수 있다. 아마존 부족의 여성과 같이 전사에서 어머니로 탈바꿈할 수 있는 것이다.

여왕개미의 페로몬이 점차로 줄어들자 병정개미들의 몸에 변화가 일어나기 시작했다. 그들의 더듬이의 바깥쪽 부분에 있는 감각 세포들이 그 변화를 감지한다. 그 정보는 병정개미의 신경 세포를 따라 뇌로 전달된다. 병정개미의 뇌에 있는 회로는 머리의 다른 곳에 위치한 내분비샘에 명령을 내린다. 이 내분비샘에서 방출된 호르몬이 젊은 병정개미의 난소의 성장을 촉진한다. 그러면 난소 안에 여러 개의 알들이 나타나기 시작한다. 알들은 처음에는 난소의 맨 바깥쪽 끝 부분에 미세하게 작은 덩어리로 관찰된다. 그 후 난소의 입구 쪽으로 내려오면서 알들이 점점 커지고 산란 직전에 최대 크기에 도달한다.

오솔길 개미 군락의 새로운 여왕이 될 가능성을 지니고 있으며, 더 이상 어머니 여왕의 페로몬으로 방해받지 않는 젊은 병정개미들은 이제 과거에 수행하던 임무를 집어던져 버린다. 난소가 알들로 부풀어 오르게 되면 이 병정개미들은 개미집 안쪽 깊은 곳에 위치한 애벌레와 번데기가 들어 있는 방 근처로 이동한다. 어머니 여왕개미의 사체의 마지막 조각이 묘지로 운반되자 그녀의 후계자 후보 몇 마리가 알을 낳기 시작한다. 이들은 새로운 군사-여왕이며 다시금 성장을 재개할 군락의 마지막 희망이다.

이 군사-여왕 후보 주변의 보통 일개미들은 이들의 새로운 지위를 받아들인다. 후계자 후보 개미들에 대한 용인은 개미 군락의 행동 전체에 커다란 변화가 일어났음을 의미한다. 만일 어머니 여왕이 건강하게 살아 있다면 그녀는 계속해서 자신의 특별한 냄새를 방출할 것이고 그런 상황에서는 왕위 찬탈을 노리는 자에게는 신속하고 잔인한 반응이 되돌아갔다. 오솔길 개미 군락은 과거에는 개미 제국의 기본 법칙을 준수했다. 건강한 여왕 앞에서 알을 낳는 행위는 엄격히 금지되어 있다는 것이 바로 그 기본 법칙이다. 그와 같은 권위에 대한 도전이 성공할 확률은 극히 적었다. 그것은 위험한 도박이었고 아주 적은 수의 개미들만이 그런 도박을 시도한다. 잠재적 왕위 찬탈자인 병정개미가 여왕이 낳은 알 사이에 자기 자신의 알을 낳기 시작하거나 알을 낳을 수 있는 상태가 되기만 해도 개미집의 동료 개미들의 괴롭힘에 시달려야 한다. 자매들은 더 이상 그녀에게 먹이를 토해서 나눠 주지도 않는다. 그녀의 몸 위로 기어올라가 밟아 짓누르거나 다리와 더듬이를 잡아당긴다. 침을 쏘거나 독이 든 분비물을 뿜어 그녀를 죽이거나 불구로 만들기도 한다. 뿐만 아니라 가까스로 낳은 알을 모조리 먹어 버린다. 오직 여왕이 서거한 후에야 개미 제국의 기본 법칙인 터부가 거두어진다. 그 예외도 오직 소수의 개미에게만 적용된다.

오솔길 개미 군락에서 금기가 사라지자 새로운 위기가 나타났다. 여왕 후보자들이 지배권을 놓고 서로 싸움을 벌이기 시작한 것이다. 그들은 산란실로 모여들어 몸싸움을 벌였다. 경쟁자의 몸을 밟고 맨 위로 올라가려고 아귀다툼을 벌였다. 이 싸움의 승리자는 경쟁자들의 다리와 더듬이를 잡아끌어 산란실 밖으로 내쫓아 버린다.

개미 군락의 수천 마리의 다른 보통 개미들과 달리 이들은 서로를 각각의 개체로서 인지한다. 곧 그들 사이에 닭들의 먹이 쪼기 순서 나 늑대들의 서열과 비슷한 지배 서열이 정해진다. 오솔길 개미 군락 의 우두머리 암컷, 다시 말해 모든 경쟁자들을 물리치고 쫓아내는 데 성공한 한 마리의 병정개미가 생식이라는 역할을 독점하게 된다. 알의 생산과 애벌레의 성장이 예전보다는 줄어들었지만 보통의 상 태로 재개된다. 경쟁자들 간의 전투는 위기에 마침표를 찍었다.

그런데 오솔길 개미 군락이 자신의 종의 역사를 알지 못한다면 현 재의 상황에 대해 얼마나 이해할 수 있을까? 그들이 어떻게 생존을 위한 올바른 의사 결정을 내릴 수 있을까? 실은 오솔길 개미 군락은 상당한 이해력을 갖추고 있다. 일개미들은 단순히 땅 위에서 이리저 리 움직이는 자동화된 까만 점들이 아니다. 비록 개미는 사람 뇌의 100만 분의 일이나 될까 말까하는 작은 뇌를 가지고 있지만 단순한 미로의 길을 익히는 데 실험실 쥐보다 절반 정도 시간이 덜 걸리고 먹이를 찾으러 나설 때 많게는 다섯 개의 각기 다른 목적지의 방향 을 기억할 수 있다. 새로운 땅을 탐험한 후 거기에 이르기까지 이리 저리 빙빙 돌아서 거쳐 간 위험한 경로들을 모두 통합해 개미집으로 돌아갈 때에는 시행착오를 거치지 않고 곧장 지름길로 간다. 개미들 은 자신이 속한 군락의 특별한 냄새를 배우고 기억할 수 있다. 어떤 종의 개미들은 냄새 자국 속에서 자신이 남겨 놓은 자신만의 냄새 를 인식할 수도 있다.

오솔길 개미 군락은 그 구성원들의 학습과 사고를 모두 합쳐 놓고 볼 때 곤충의 기준으로서 매우 영리한 존재라고 할 만하다. 군락을 하나로 통합하는 구심력인 여왕이 사라지고 개체수가 점차로 줄어들고 있는 마당에 균형을 되찾기 위해서는 그들이 가진 집단 지능의 최고치를 발휘해야만했다.

군사-여왕 중 한 마리가 경쟁자들을 압도하고 새로운 여왕으로 등극하자 개미 군락은 회복의 길로 들어선 것처럼 보였다. 새로운 여왕은 줄줄이 알을 낳았고 그 알들에서 애벌레가 깨어나 비어 있던 양육실을 채워 갔다. 애벌레들이 방출하는 배고픔의 신호와 냄새는 새로운 군사-여왕의 페로몬과 결합되어 개미집 전체로 확산되어 나갔다. 권력이 되돌아왔다. 일개미들은 새로운 에너지를 발견했다. 더 많은 일개미들이 먹을 것을 찾아 나섰다.

개미집의 질서를 다시 세우는 일에 앞장선 개미 중 하나는 여왕이 죽기 전에 여왕을 수행했던 엘리트 일개미였다. 일개미 중 약 10퍼센트가 이러한 지위를 누릴 수 있으며 평생 동안 그 역할을 수행한다. 이 지위는 노동을 통해 얻어지며 개미 군락이 위협을 받을 때에만 전투 임무를 수행하는 병정개미와는 다르다. 엘리트 일개미들은 다른 개미들보다 예민하고 활발한 움직임을 보이고 더 많은 작업에 착수한다. 다른 개미들보다 더 열심히, 끈질기게 일하고 일이 완수될 때까지 현장에 머무른다. 대개의 경우 엘리트 일개미들이 먼저 일을 시작하면 다른 일개미들이 합류하는 식이다. 이 특별한 개미들은 단순히 통계적으로 개미들의 활동 곡선의 상위에 위치하는 것에 그치지 않는다. 이들은 곡선의 위쪽에서 불룩 튀어나오는 뚜렷이 구분되는 그들만의 집단을 형성하며 심지어 개미 군락의 생명을 일시적으로나마 연장하는 데 있어서도 매우 중요한 역할을 수행한다.

이 특별한 엘리트 일개미 중 한 마리는 자신이 속한 계급 특유의 특별한 진취성과 활력을 보였다. 죽은 여왕을 떠난 뒤 이 개미는 새로운 일거리를 찾아 개미집 입구를 향해 나아갔다. 비축된 식량이 점차로 줄어들어 가는데 먹이를 찾아 나서는 보통 일개미의 수도 전보다 줄어들었다. 개미집의 방어력도 예전 같지 않았다. 개미집 주변을 돌아다니는 보초 병력의 수가 적어졌기 때문이다. 동료 개미들의 태만한 상태를 감지한 엘리트 개미는 혼자서 정찰에 나섰다. 처음에는 개미집 주변 가까운 곳을 이리저리 돌아다니다가 점차로 더 먼 곳까지 탐험해 나갔다.

이처럼 엘리트 일개미들이 새로운 활동을 개시했지만 그것은 오래가지 못했다. 어차피 개미 군락은 소멸할 수밖에 없는 운명이었다. 그 운명은 일개미들의 이타주의나 개미 구성원들을 하나로 묶어 주는 페로몬의 힘과 같은 특징보다도 더 기본적인 유전적 특징 때문이었다. 오솔길 개미 군락의 개미들은 쥐라기 후기에 처음 생겨난 태초의 개미 이래로 존재해 온 모든 다른 개미들과 마찬가지로 태어나는 개미의 성별을 결정하는 기묘하면서도 멋진 유전적 법칙을 따르게 되어 있었다. 수정된 알은 여왕개미나 일개미로 자라나는 암컷으로 부화되고 수정되지 않은 알은 암컷을 임신시키는 것 외에 아무것도 할 줄 모르는 수컷으로 부화되는 것이 바로 그 법칙이다.

그런데 군사-여왕은 결코 짝짓기를 한 적이 없다. 따라서 그녀가 낳은 아이들은 모두 수정되지 않은 알에서 부화된 수개미로 개미 군락 전체의 복지에 아무것도 기여하지 못한다. 그들은 약한 턱과 작은 뇌를 갖고 있고 오직 눈과 생식기만 엄청나게 크다. 그들은 하늘로 날아올라 짝짓기를 하는 데에는 경이적인 수준으로 적응했지만 그런 능력은 오솔길 개미 군락에 아무런 도움이 되지 못한다. 군사-여왕의 몸에서 태어난 수개미들은 어미인 군사-여왕 또는 개미집 안의 다른 잠재적 군사-여왕과 짝짓기를 할 수 없다. 그들은 오직 개미집을 떠나 저 하늘로 밀월여행을 떠난 후에야 짝짓기를 할 수가 있다.

오솔길 개미 군락의 개미들은 출구가 없는 곤경에 빠졌다. 그들의 구심점인 존재가 사라졌고 아무도 그 존재를 대체할 수 없다. 마치 그리스 비극에 나오는 인물처럼 그들은 변치 않는 천성에 의해 예정된 사건들이 전개됨에 따라 소멸될 운명에 처해졌다. 개미집 초기의 성공의 비결이 이제 치명적인 결점이 되었다. 군락은 한동안은 수개미를 생산함으로써 데드아울코브 주변의 개미 개체의 유전자 풀에 어느 정도 기여할 수 있을 것이며 그렇게 함으로써 아주 약간이나마 다윈주의적 이점을 더 얻어 낼 수 있을 것이다. 그러나 오솔길 개미 군락 자체의 물리적 생존을 위해서는 더 이상 아무 것도 할 수가 없다. 하루, 하루 날이 흘러갈 때마다 이 초유기체는 점점 더 쇠약해져 갔다.

오솔길 개미 군락이 이 무자비한 세계에서 생존을 위해 몸부림치고 있을 때 한편으로는 그들의 영토, 그리고 어쩌면 그들의 살점까지도 노리는 자들이 있다. 오솔길 개미 군락은 그냥 조금씩 쇠락해지다가 마지막 일개미 한 마리가 조용히 개미집 바닥에서 죽음으로써 소멸해 버리는 식의 평화로운 최후를 맞이할 처지가 못 되었다. 이웃의 개미 군락들이 그들의 쇠락을 알아채게 될 것이고 그 경우 전쟁이 벌어질 것이다. 그리고 전쟁이 벌어지게 되면 여왕이 없는 오솔길 개미 군락이 이길 확률은 거의 없었다.

21

한동안 오솔길 개미 군락은 곤경에 처하기는 했지만 군사력의 대부분을 그대로 보유하고 있었다. 개미집의 다 자란 구성원 중 15퍼센트가 병정개미이다. 이들은 중무장한 장갑 보병에 해당된다. 몸집이 보통 일개미의 두 배 정도 크고 몸에는 철갑을 두른 것과 같다. 이들의 외골격은 두껍고 단단하고 마치 방패처럼 곳곳에 흠이 나 있어서 강도와 탄성을 더한다. 몸의 중간 부분에서 아래쪽으로 한 쌍의 가시가 나 있어서 허리를 보호한다. 또한 이 몸의 중간 부분에서 앞쪽으로도 한 쌍의 가시가 뻗쳐서 목을 보호하고 있다. 또한 머리의 뒷부분의 가장자리가 앞쪽으로 튀어나와서 헬멧과 같이 머리를 보호한다. 이 장갑 부대의 병사들은 공격을 받으면 다리와 더듬이를 끌어당기고 몸의 각 부분을 뭉쳐서 몸 전체의 표면을 방패로 만들수 있다.

한편 오솔길 개미 군락의 보통 일개미들의 경우 몸의 구조가 보통의 노동을 하도록 만들어지기는 했지만 전투가 벌어졌을 때에는 역시 적과 맞서 싸울 수 있다. 보통 일개미들은 사람의 군대로 따지자면 경보병대 역할을 수행한다. 이들의 외골격은 병정개미에 비해 훨씬 얇기 때문에 전선의 선봉에서 치열하게 적과 몸싸움을 벌이는 일에 나서지는 않는다. 대신 유연한 몸이 제공하는 신속함과 민첩함을 주무기로 내세운다. 적 주변을 돌아다니다가 재빨리 치고 빠지면서 적의 허점을 노리다가 드러난 적의 더듬이나 다리를 붙들고 동료들이 와서 적의 몸의 다른 부분에 달려들 때까지 시간을 끈다. 마침내 같은 편의 개미들이 적의 다리와 더듬이를 잡고 몸을 쫙 펼치면 또 다른 아군들이 와서 적을 물거나 침으로 찌르거나 독이 있는 액체를 뿌린다. 이처럼 여럿이 떼 지어 공격하는 방식은 늑대들이 큰 사슴을 사냥하거나 보병들이 적의 무기고를 공격할 때 쓰는 전술이다.

이와 같은 1만 마리의 군사들이 오솔길 개미 군락을 방어해 왔다. 그러나 이제 어른 몫을 하는 다 자란 개미의 수가 점차 줄어들고 있고 그나마 그들도 점차로 늙어 가고 있는 상황이었다.

오솔길 개미 군락의 쇠락을 눈여겨보는 자들이 있었으니 그것은 이웃인 냇가 개미 군락의 개미들이었다. 오솔길 개미 군락보다 더 젊고, 이제 더 강성해진 초유기체는 이웃의 불행을 자신의 행운으로 삼을 만반의 준비를 갖추고 있었다.

어느 날 아침 냇가 개미 군락의 엘리트 일개미 중 하나가 그들의 적인 오솔길 개미 군락의 상태를 가늠하기 위해 한 무리의 동료들을 이끌고 개미집을 떠나 길을 나섰다. 적의 힘이 어느 정도인지 정확하게 감시하는 일은 그리 어렵지 않았다. 두 개미집은 개미 몸길이의 2000배, 또는 20미터 정도 떨어져 있었다. 만일 정찰대가 돌지 않고 곧바로 죽 나아간다면 6분이면 도착할 거리였다. 하지만 그렇게 직선 경로를 밟아 가는 것은 불가능하다. 왜냐하면 그 사이에 수많은 장애물들이 놓여 있기 때문이다. 그 장애물들은 사람의 눈에는 잘 보이지도 않지만 신장이 고작 10밀리미터밖에 되지 않는 개미들에게는 어마어마한 걸림돌들이었다. 소인국 개미 나라에서 풀 한 뭉치는 빽빽한 숲이고, 떨어진 나뭇잎이나 작은 나뭇가지 한 조각은 베어져 쓰러진 거대한 나무와 같다. 사람의 눈에는 평평하고 매끄러운 모래밭은 개미에게는 바윗돌이 가득한 돌밭이고 조약돌은 집채만 한 바위다. 비는 치명적인 위협거리였다. 개미 몸 위로 떨어진 빗물 한 방울을 맞는 것은 사람으로 치자면 소방용 제트기로 뿜어내는 물을 몸에 맞는 것과 같은 강도이다. 땅의 파인 곳을 따라 졸졸 흘러가는 빗물은 개미에게는 홍수가 나서 사막의 협곡을 맹렬하게 흘러내려 가는 강물과 같다.

순찰에 나선 엘리트 일개미는 자신이 갈 길을 어느 정도 정확하게 기억하고 있었다. 그녀는 예전에 오솔길 개미들의 영토에 가 본 일이 있었고 그 길을 기억하고 있다. 개미는 머릿속에 나침반을 지니고 있으며 태양을 북극성 삼아 길을 찾는다. 그런데 태양을 기준으로 삼는 것은 심각한 오류를 일으킬 수 있다. 왜냐하면 태양은 하늘을 가로질러 움직이고 따라서 태양의 각도는 계속해서 변화하기 때문이다. 그런데 개미들은 또한 머릿속에 생물학적 시계가 장착되어 있어서 하루 24시간의 주기를 정확하게 감지한다. 인간의 뇌는 다른 장치의 도움을 받지 않고서는 개미의 이러한 능력을 따라잡지 못한다. 정찰 개미는 머릿속의 시계를 이용해 태양과 이루는 각도를 보정해서 올바른 경로를 따라간다.

태양의 궤도 자체가 완전히 공간과 시간에 의존하고 있다. 노코비에서 태양은 완벽한 호를 그리면서 동쪽 호숫가 소나무 숲에서 떠올라 데드아울코브의 개미집 바로 위를 지나서 서쪽의 숲으로 사라진다. 그러나 개미가 읽는 방위각은 태양의 궤도만큼 완벽하지 못하다. 그렇기 때문에 정찰 개미는 때때로 멈춰 서서 지난번 왔을 때 기억해둔 눈에 띄는 지형물들을 찾아본다. 나란히 서 있는 두 그루의 어린 소나무가 첫 번째 이정표였고, 머리 위를 지붕처럼 가리고 있는 나뭇잎 사이로 둥그렇게 뚫려 있는 부분이 두 번째, 그 다음 호랑가시나무 관목 아래의 어두운 그림자 세 번째 이정표였다.

뿐만 아니라 냄새의 지형도도 있다. 정찰 개미는 예전에 왔을 때 마주쳤던 화학적 신호들을 통해 이 지형도의 일부를 기억하고 있다. 개미들의 이런 능력은 인간이 상상하기조차 힘들 만큼 인간과 다른 특성이다. 정찰 개미는 기어가면서 끊임없이, 그리고 정확하게 자신 몸에서 2밀리미터 아래에 있는 땅의 냄새를 맡는다. 개미의 코는 한 쌍의 머리에 달린 더듬이의 맨 바깥 부분이다. 개미는 극도로 민감한 이 도구들을 거의 땅에 닿을 정도로 아래로 향한 채로 그것을 좌우로 흔들면서 기어간다. 각기 다른 냄새 성분의 혼합 비율, 냄새의 강도, 냄새의 차이 등 개미가 지나가면서 감지한 냄새의 고유의 특성은 개미에게 위치와 방향에 대한 자세한 정보를 제공한다. 이러한 요소들이 합쳐져서 개미에게 휴대용 도감이자 지형도 역할을 한다.

개미들이 먹이를 구하러 다니는 곳의 부엽토의 풍부한 냄새와 섞인 근처에 떨어져 있는 솔잎의 매캐한 향이 확 몰려왔다. 이곳에서는 특정 냄새의 혼합물이 정찰 개미를 반기고 또 저곳에서는 새로운 종류의 혼합된 냄새가 다가왔다. 전체적인 배경 냄새가 있는가 하면 이따금씩 그와 완전히 다른 무언가의 냄새가 확 다가왔다가 금방 사라졌다. 하지만 그 기억은 한동안 남았다.

기어가는 정찰 개미가 마주하는 후각 세계는 보이지 않는 지도 이상이었다. 개미의 몸 아래와 사방에서 개미에게 냄새의 폭격을 가하는 것은 바로 땅에 사는 생물들이다. 어찌나 많은 수의 생물이 살고 있는지 이들은 물리적으로 토양의 상당 부분을 차지하고 있을 정도이다. 곰팡이의 균사와 세균이 그중 상당 부분을 차지하고 있다. 이 미생물들은 제각기 특유의 냄새를 뿜어내고 있다. 또한 1제곱미터당 약 25만 마리가 살고 있는, 개미와 비슷하거나 더 작은 동물들이 풍기는 냄새도 있다. 곤충, 거미, 쥐며느리, 선충, 회충 그밖에 무수히 많은 무척추동물들이 있다. 땅을 샅샅이 훑고 다니는 개미의 더듬이에 감지되는 냄새의 혼합물 중 어느 한 성분은 잠재적 먹잇감의 존재를 알려 줄 수도 있고 또는 덫을 쳐 놓고 기다리는 거미나 그밖에 수풀에 매복하고 있는 포식자를 경고해 주기도 한다.

인간의 마음은 매 순간 개미가 가는 길을 안내해 주고 그로써 생존할 수 있게 해 주는 이 화학적 자극들의 소란스러운 아우성을 결코 이해할 수가 없다. 또한 개미가 매순간마다 조금도 지체하지 않고 솜씨 있게 피해야 할 치명적인 위험의 막대함을 헤아릴 수도 없다.

냇가 개미 군락의 정찰 개미는 이 혼란스러운 후각적 우주 안에서 다른 자극에 주의를 빼앗기지 않고 곧장 제 갈 길을 갔다. 정찰 개미의 목적지는 적군의 개미집 방향이기는 했지만 개미집 자체는 아니었다. 개미집까지 가는 거리의 중간 정도에 있는 평평한 공터가 그녀가 의식적으로 향하고 있는 목적지였다. 그곳에 이르러 정찰 개미는 앞서 도착한 동료들에 합류했다. 뿐만 아니라 개미 세계에서는 매우 특이한 현상으로서, 오솔길 개미 군락에서 나온 정찰 개미들과도 자유롭게 뒤섞였다. 방금 도착한 적군 중 하나는 오솔길 개미 군락의 여왕을 수행하던 엘리트 개미였다.

얼마 되지 않아 두 개미집에서 파견된 대표 개미들은 마치 춤을 추는 것처럼 보였다. 하지만 어느 모로 보아도 그것을 춤이라고 할 수는 없었다. 양쪽 개미집의 대표들이 이곳에 나온 것은 일종의 경합을 벌이기 위해서였다. 냇가 개미 군락의 정찰대 개미들은 적인 오솔길 개미 군락의 힘을 가늠할 수 있는 정보를 모으는 중이었다. 그들은 이러한 정보를 얻는 것과 동시에 다치거나 죽을 위험 없이 그들의 힘을 상대방에게 과시하고 있었다. 간단히 말해서 개미들의 춤은 두 개미집의 안전을 강화시키는 매우 공식적인 조사 및 의사소통 수단이었던 것이다.

경합이 열리던 그날, 냇가 개미 군락은 초유기체로서 절정에 이른 시기였다. 그들은 이웃의 다른 개미집, 더구나 쇠락해 가는 오솔길 개미 군락을 무력으로 도전하기에 충분한 힘을 갖추고 있었다. 냇가 개미 군락의 여왕은 이제 겨우 여섯 살이었는데 그것은 일생주기에서 사람으로 치면 서른 살 정도이다. 생의 정점에 이른 그녀의 몸에는 건강한 알이 터질 듯 가득 들어 있었고 달콤한 향이 나는 페로몬을 뿜어냈다. 그녀의 개미왕국은 고요한 삼림 지대의 낙엽수 숲의 끝자락의 단단하고 생산성 높은 땅에 터를 잡고 있다. 근처의 숲 안쪽에 흐르는 작은 냇물은 그들의 영토의 한 쪽을 막아 주었고 반대편에는 잠재적 경쟁자들이 개미집을 짓기에는 너무 가파른 작은 절벽이 장벽이 되어 주었다. 물론 냇가 개미 군락의 개미들이 스스로 자신의 영토를 보호하기 좋은 요새와 같은 터를 고른 것은 아니었다. 단지 운 좋게도 어머니인 여왕이 그런 땅에 떨어졌을 뿐이다.

냇가 개미 군락의 정찰대가 경합이 벌어지는 경연장에 도착했을 때 그들은 오솔길 개미 군락의 대표 선수들도 비슷한 수로 나와 있는 것을 발견했다. 몇 마리의 개미들이 자갈 위로 올라가 보초병 역할을 했다. 양쪽 개미집의 정찰대원 중 맨 처음에 도착했던 무리들은 적과 마주친 다음 전력을 보강하기 위해 각자의 개미집으로 돌아갔다. 그들은 동료들을 흥분시키고 길을 안내하기 위해 가는 길에 냄새 자국을 남겨 놓았다. 또한 희미한 적의 냄새를 자신의 몸 표면에 묻혀서 동료들로 하여금 적이 누구인지 알 수 있도록 했다. 한 시간이 채 못 되어 공터에는 양쪽 개미집에서 몰려든 수백 마리의 개미들이 장사진을 이루었다. 상대적으로 몸이 작고 여윈 애초의 정찰 개미들은 더욱 체격이 크고 단단한 병정개미 부대에 둘러싸였다.

양편은 전투를 벌이려는 것이 아니었다. 오히려 그들은 우발적으로 전투가 시작되지 않도록 조심했다. 말하자면 인간 군대의 열병식처럼 자신의 힘을 상대방에게 과시하려는 전략이었다.

경합이 시작되자 참가한 개미들은 각자 자신의 몸을 최대한 부풀려 크게 보이도록 만들었다. 체액을 가득 채워 배를 부풀어 오르게 한다. 다리를 쭉 뻗어 기둥처럼 몸을 높이 떠받치게 하고 상대편의 일개미 주변을 뽐내며 돌아다니고 이따금씩 몸으로 밀치기도 했다. 어떤 개미들은 자갈 위로 기어올라가서 자신의 몸 크기를 더욱 과장되게 드러냈다. 어느 쪽도 상대방에게 공격을 암시하는 위협을 가하지는 않았다. 단지 자신의 개미집은 용맹하고 튼튼한 병사들을 잔뜩 가지고 있음을 상대방에게 알리고자 하는 것이었다. 몸집이 작은 일개미 몇 마리는 힘을 과시하는 경합에 참여하지 않고 참가자들의 머리수를 세는 역할을 맡는다. 그들은 경합을 하는 개미들 사이를 돌아다니면서 대략적인 군사의 수를 가늠한다. 적의 군사력이 크면 클수록 이 개미들은 더욱 부지런히 돌아다니면서 경합에 참가할 자기편 동료들을 충원한다. 이러한 인원 충원이 원활하게 이루어지지 않는 것은 자신의 약점을 적에게 드러내는 꼴이 된다. 그것은 또한 상대편 개미집의 공격 의도를 부추기게 된다.

오솔길 개미 군락의 여왕이 죽기 전에도, 그리고 여왕의 서거 이후에는 더더욱, 오솔길 개미들의 열병식의 기세는 눈에 띄게 약해졌다. 일주일에 걸쳐서 점차적으로 오솔길 개미 군락의 영토 경계선이 조금씩 안쪽으로 밀려들어오게 되었다. 그것은 엘리트 정찰 개미와 그 동료들의 주의 깊은 신호에 따른 것이었다. 그들은 세를 과시하는 경합을 좀 더 자신의 개미집에서 가까운 곳에서 벌이려고 했다. 왜냐하면 그렇게 함으로써 자기편의 병정개미들과 진짜 병정개미는 아니면서 군사력의 일부를 보충하고 있는 작은 개미들을 좀 더 신속하게 불러 모으기 위해서이다. 그러나 이러한 전술은 냇가 개미 군락의 엘리트 정찰 개미와 그녀의 동료들을 속일 수 없었다. 냇가 개미 군락의 개미들은 더욱 강한 기세로 경계를 밀고 들어왔고 더욱 눈에 띄게 그들의 세를 과시했다. 오솔길 개미 군락의 개미들은 그저 날마다 조금씩 그들의 영토를 넘겨주면서 개미집에 더욱 가까운 곳으로 경합 장소를 옮기는 수밖에 아무것도 할 수가 없었다.

그러나 그와 같은 후퇴가 패배를 의미하는 것은 아니었다. 아직까지는 그들이 가까스로 승리를 거두거나 적어도 무승부를 만들 수 있는 가능성이 남아 있었다. 경합 장소가 그들의 개미집에서 가까우면 가까울수록 방어군이 더 빨리 그 자리에 도착할 수 있기 때문이다. 그들은 몇 분 만에 필요한 전력을 보강할 수 있었다. 한편 냇가 개미 군락의 경우 거리상의 불리함을 떠안게 되었다. 경합을 계속 하기 위해서 거의 두 개미집 사이의 거리에 해당되는 거리를 왔다 갔다 해야 했으니 말이다. 거리가 멀어짐에 따라서 전술의 수정이나 그밖에 의사소통이 더 느리고 부정확해질 수밖에 없었다. 힘이 약한 오솔길 개미 군락의 개미들은 조금씩, 조금씩 뒤로 물러남으로써 균형에 도달하려고 노력했다. 만일 그 균형이 달성된다면 그들은 적을 계속해서 그 자리에 묶어 둘 수 있을 것이다. 적어도 먹이를 구하러 다니는 계절이 끝날 때까지 말이다. 그들의 영토를 상당히 내주었지만 어차피 개체수가 줄어들고 있는 마당에 그 정도 손실은 감수할 만했다.

오솔길 개미들은 이제 그들의 개미집의 동쪽, 즉 냇가 개미 군락 방향에 있는 영토 대부분을 넘겨주게 되었다. 냇가 개미들이 이만큼의 정복 결과에 만족하고 돌아갈 가능성도 있었다. 그들은 양쪽의 사상자 하나 내지 않고서 굉장한 승리를 거둔 셈이었다. 이제 경합을 그만두고 두 개미집의 영토에 팍스 포미카나(Fax Formicana, '개미 제국의 평화'라는 의미 — 옮긴이)라고 부를 만한 길고 긴 평화의 시대가 도래할 수도 있었다.

그러나 노코비 개미언덕의 사전에는 이런 명예로운 평화란 개념은 존재하지 않았다. 3주일에 걸쳐 냇가 개미들이 전진에 전진을 거듭한 끝에 마침내 오솔길 개미 군락 바로 가장자리에서 공략이 정점을 이루던 날, 갑자기 춤을 추던 냇가 개미들이 재빨리 총공격 태세로 돌변했다. 이제 선전이나 허세는 끝났다. 전면전이 시작되었다.

총공격은 냇가 개미들 사이에서 미리 계획되지 않았던 어떤 행위로 촉발되어 연쇄 반응을 거치며 퍼져 나갔다. 날마다 경합이 거듭되면서 냇가 개미들 사이에서 점차로 흥분이 고조되었다. 그러다가 그날 그들은 적대적 세 겨루기와 전면전 사이의 문턱에 거의 도달한 듯했다. 그들은 오솔길 개미들을 더욱 가까이 둘러싸며 압박했고 더욱더 난폭하고 빈번하게 몸을 부딪쳐 왔다.

경합이 시작되기 직전 오솔길 개미들이 자신의 개미집 둔덕에서 고작 몇 미터 떨어진 곳에 모여 있을 때 엘리트 정찰 개미이자 대결 전문가인 냇가 개미 군락의 일개미가 공격의 문턱을 넘어 전쟁을 개시했다. 그녀는 처음 만난 오솔길 개미에게 경고의 의미를 띤 페로몬과 독이 섞인 액체를 뿌렸다. 이 액체의 냄새가 신호가 되어 그녀 가까이에 있는 냇가 개미 군락의 동료들은 마치 전류가 통하기라도 하듯 일제히 행동에 들어갔다. 그들 역시 문턱을 넘어서서 공격을 감행했다. 두 마리에서 세 마리로, 세 마리에서 네 마리로, 밀집해 있던 냇가 개미들 사이로 폭력성이 지수적으로 퍼져 나갔다. 그러자 오솔길 개미 중 일부는 재빨리 전선에서 빠져나와 자신의 개미집으로 달려갔다. 군사들을 보강하기 위해서였다. 다른 개미들은 그 자리에 서서 적의 공격에 맞서 싸웠다.

갑자기 전투는 격렬한 죽음의 아수라장으로 변했다. 오솔길 개미들은 전선을 지키기에 터무니없이 약했다. 냇가 개미들은 와해되는 적의 진영을 뚫고서 잡히는 대로 한 마리 한 마리 공격했다. 양측의 개미들은 이제 모두 경합 태세를 버렸다. 부풀렸던 배는 다시 본래대로 납작하게 만들었고 기둥처럼 꼿꼿이 뻗치고 있던 다리도 평상시처럼 이완했다. 대신 양측의 군사들은 적의 몸 위로 기어올라 톱날처럼 날카로운 이가 난 턱으로 상대방의 다리와 더듬이를 꽉 물어잡아당기고 상대방 신체의 연약한 부분을 이로 갉거나 침으로 찔렀다. 두 마리 이상의 냇가 개미들이 한 마리의 오솔길 개미를 동시에 붙잡게 되면 다리와 더듬이를 바깥쪽으로 잡아당겨 납작하게 쭉 편다. 그러면 다른 냇가 개미가 다가와 최후의 물어뜯기나 독침 쏘기로 처리해 버린다. 얼마 지나지 않아 양쪽의 죽은 개미와 죽어 가는 개미가 전쟁터 곳곳에 널브러졌다. 사상자의 대부분은 오솔길 개미였다. 그중에는 예전에 여왕을 수행했던 엘리트 일개미도 포함되었다. 침에 쏘여 죽은 뒤 몸이 갈기갈기 찢겨졌다.

살아남은 오솔길 개미들은 전투를 포기하고 개미집 입구로 퇴각했다. 망설이던 개미들은 공격을 받아 죽은 후 마치 먹잇감처럼 사체가 훼손되었다.

실제로 그들은 적의 먹잇감이다. 냇가 개미들은 죽은 적군을 메뚜기나 애벌레와 똑같이 다루었다. 전투가 끝난 후 정복자들은 죽거나 부상당한 적의 몸뚱이를 그러모아 먹이로 삼는다. 정복 활동과 먹이 사냥이라는 일석이조의 열매를 거두는 셈이다.

오솔길 개미 군락의 방어선은 한 시간도 못되어 완전히 무너졌다. 오솔길 편의 생존자 중 몇 마리는 적의 공격을 요리조리 피하면서 전쟁터와 개미집 입구 사이를 왔다 갔다 하기를 반복했다. 마치 그들에게 닥친 재앙의 크기를 측정하기라도 하듯이. 그들 중 마지막으로 남은 몇 마리가 마침내 개미집 안으로 완전히 퇴각했다. 입구 근처에 가까이 오자 그들 중 몇 마리는 다시 적과 맞붙어 싸웠다. 입구 근처의 얼마 되지 않는 영역에 적군이 발을 붙이지 못하게 하기 위해서였다. 다른 개미들은 힘을 합쳐서 주변의 흙덩어리, 숯 조각, 떨어진 나뭇잎 따위를 그러모아 개미집 입구를 가리고 막았다.

이제 오솔길 개미 군락은 입구가 봉해진 지하 벙커가 되었다. 승리에 취한 냇가 개미 부대는 그들이 정복한 개미집 둔덕 위로 기어올라가고 일부 정찰대는 새로 정복한 영토의 구석구석을 돌아보기 위해 나섰다.

이제 오솔길 개미 군락의 포위가 시작되었다. 그 다음날부터 이어지는 며칠 동안 오솔길 개미 군락의 먹이 채집자들은 아주 잠깐씩만 밖에 나가서 냇가 개미 정찰대가 빗으로 빗듯 먹잇감을 쓸어가 버린 땅에 그나마 남아 있는 얼마 되지 않는 먹을 것이나마 주워 가야 했다. 물론 그러다가 냇가 개미에게 잡혀서 죽음을 당하기도 했다. 하지만 가까스로 퇴각해서 먹이를 가져오는 개미도 있었다.

일주일이 되지 않아 오솔길 군락은 기아 상태에 빠졌다. 육아 담당 개미들은 그들의 어린 동생뻘인 남아 있는 애벌레와 번데기를 잡아먹은 후에 그들이 섭취한 액체와 체조직을 토해 내 다른 동료 개미들의 입에 넣어 주었다. 마침내 개미집 안의 영양분이라고는 옹송그리며 모여 있는 생존자들의 몸에 들어 있는 점점 줄어들어 가는 지방 조직뿐인 상황이 되었다.

냇가 개미들은 가차 없이 압박해 왔다. 일개미들은 오솔길 군락의 옛 영토의 가장자리까지 탐험해 나갔다. 그들은 스러져 가는 오솔길 군락의 흔적조차 용인할 생각이 없었다. 만일 냇가 개미 정찰대가 숨겨 놓은 개미집 입구를 찾아낸다면 그들은 즉각 병사들을 소환해 안으로 침입해 들어갔을 것이다. 두 군락 사이의 최후의 격전이 벌어지고 그 싸움은 얼마 안 가서 종지부를 찍게 될 것이다.

이런 상황에서 오솔길 개미 군락이 오랫동안 자신의 존재를 숨기는 것은 불가능했다. 개미집 안쪽에 모여 있는 살아남은 개체수가 너무 많았고 그들이 내뿜는 냄새 역시 강했다. 전쟁이 발발하기 전에 오솔길 개미들이 개미집 주변에 뿌려 놓았던 영토 표시 냄새는 입구 주변에 가장 진하게 남아 있다. 이제 이 냄새는 마치 입구를 가리키는 표지판과 같은 역할을 할 것이다. 예전에는 집에 돌아오는 일개미들을 안내하고 침입자들을 경고하는 역할을 하던 화학적 표지판은 이제 오솔길 개미 군락의 멸망을 부추기는 역할을 할 참이었다.

이처럼 오솔길 개미 군락의 경우에 파멸을 불러온 전략은 약하고 규모가 작아 숨어 지내다시피 하는 이웃의 또 다른 개미 군락인 수풀 개미집의 경우에 그 반대로 나타났다. 오솔길 개미 군락에서 이 개미집은 사실 냇가 개미 군락보다도 더 가까웠다. 오솔길 개미 군락과의 경쟁에서 밀린 수풀 개미집의 개미들은 숨겨진 작은 영역에 머물렀다. 그들은 개체수를 늘릴 수가 없었다. 수가 늘게 되면 적에게 발각되어 패망하게 될 가능성만 더욱 커지기 때문이었다.

반면 오솔길 개미 군락은 개체수가 늘어나게 되자 그들의 자원의 상당 부분을 군사력과 선전 활동에 투자했다. 대규모 병력을 유지했고 경합에 많은 공을 들였다. 영역 표시 페로몬을 이용해서 그들의 개미집을 광고했다. 이제 쇠락에 접어든 오솔길 개미 군락에게 과거의 영광과 권세는 치명적인 부담이 되어 그들의 목을 졸랐다.

오솔길 개미 군락은 사라져 갔지만 수풀 개미집은 살아남았다. 그들은 개미 리그에 참가하기에 너무 수가 적었다. 살아남기 위해서 그들은 깊숙이 숨겨진 개미집의 위치와 먹이 사냥을 나설 때에도 조심 또 조심하는 소심한 행동에 의존할 수밖에 없었다. 바로 옆에서 전쟁이 벌어지는 동안에도 그들은 발각되지 않았다. 수풀 개미들은 아무와도 싸우지 않았다. 그들은 승리로부터도 패배로부터도 모두 면제를 받은 셈이었다. 그들의 약함이 이제 강점이 되었다. 적어도 한동안은 말이다.

이렇게 수풀 개미집의 개미들이 잘 버티고 있는 동안 오솔길 개미 군락에는 마지막이 다가오고 있었다. 냇가 개미들이 큰 승리를 거둔 날로부터 3주일이 지난 날, 냇가 개미의 정찰대가 오솔길 개미 군락의 가려진 입구 주변에 모여들어 즉각 공격할 태세를 갖추었다. 일부 개미들은 동료들을 불러오기 위해 재빨리 기어갔다. 오솔길 개미들은 입구를 지키기 위한 마지막 필사적 시도로서 개미집 바깥으로 한꺼번에 쏟아져 나왔다. 아수라장의 혼란과 격동 끝에 양측의 군사 모두 많은 사상자와 부상자를 냈다. 마침내 열세에 몰린 오솔길 개미들이 뒤로 물러나기 시작했다. 일부 개미들은 한 마리 한 마리씩 저항을 포기하고 개미집 안쪽을 향해 도망쳤다. 중심 복도를 타고 내려가 옆으로 뻗은 회랑을 통해 개미집 안쪽 깊숙이 자리 잡은 방들로 향했다.

그러나 병정개미들은 결코 퇴각하지 않았다. 그들은 다시 전열을 가다듬어 개미집 입구 주변을 둥글게 둘러쌌다. 머리를 바깥쪽으로 향한 채 촘촘히 모여선 그들은 마지막 한 마리까지 목숨을 바칠 각

오였다. 그들의 무시무시한 펜치와 같은 턱이 오후 늦도록 적의 공격을 저지했다. 그러자 처음에는 전세가 역전되는 것처럼 보였다. 해가 저물어 가자 냇가 개미들은 그들의 몸속에 들어 있는 시계의 지침에 따라 뒤로 물러나 집으로 향하기 시작했다. 어떤 상황에서든, 심지어 전장에서조차 이 생체 시계의 명령은 유효했던 것이다.

그러나 그들이 물러나는 것은 퇴각을 의미하지 않았다. 물론 오솔길 개미들의 승리를 의미하는 것은 더더욱 아니었다. 밤새 지속된 혼란 속에서 오솔길 개미들은 그들이 극도의 어려움에 처해 있음을 느꼈다. 그들은 패배가 무엇인지 몰랐다. 왜냐하면 이전에 한 번도 패배를 겪어 본 일이 없었기 때문이다. 개미집 안은 경고와 병력 충원을 호소하는 냄새 신호들로 가득했다. 냇가 개미들이 입구를 뚫고 안으로 침입하려고 할 때 양측의 개미들이 뿜어낸 냄새들이었다. 병사들은 침입자들의 낯선 몸 냄새로 얼룩져 있었다. 말하자면 개미집 안의 여기저기에 적의 깃발이 꽂혀 있고 스피커에서 끊임없이 새된 알람소리가 밤새 울려 퍼지는 것과 같았다.

개미집 구성원 전체가 공황 상태에 빠지기 일보직전이었다. 동요된 개미들은 뚜렷한 목표 없이 개미집 안을 이리저리 헤매고 다녔다. 개미 군락은 아직 지금 그들의 상태와 그들의 행동이 무엇을 의미하는지 알지 못했다. 하지만 그들은 본능적으로 마지막 기동 작전을 준비하고 있었다. 그것은 최후의 카드이자 자살 행위와 다름없는 시도지만 적어도 구성원 중 일부의 목숨을 구할 수는 있을지 모른다. 그들에게 남겨진 카드는 마지막 개미 한 마리까지 밖으로 몰려나가 도망치는 것이다. 운이 좋으면 몇 마리쯤 살아남을 수 있을 것이고 생존자들이 다시 모여 다른 곳에 새로운 개미집을 건설하는 것이다. 그러나 그것은 여왕이 살아 있을 때에나 의미 있는 이야기이다. 물론 그들에게는 부적합한 군사-여왕이 있을 뿐이었다.

절망적인 순간에 가장 나이 많은 오솔길 개미들은 지난여름에 일어났던 특별한 사건을 기억해 냈다. 그들이 아직 젊었고 현재의 동료들 대부분이 아직 태어나기 전이었다. 해가 눈부시게 빛나던 날이었다. 오솔길 개미 군락의 여왕이 강건하고 육아실의 바닥과 벽에는 잘 먹어 오동통한 애벌레들이 가득하던 시절이었다. 많은 수의 일개미들이 개미집을 떠나 먹이 사냥에 나섰다. 그중에는 이제 막 육아실 근무를 마치고 먹이 채집 업무에 뛰어들어 처음으로 사냥에 따라 나서는 젊은 개미들도 포함되어 있었다.

태양이 구름 한 점 없는 하늘의 정중앙에 오를 무렵 갑자기 무언가가 해를 가렸다. 그런데 금방 다시 해가 나왔다가 또다시 가려졌다. 한동안 그런 식으로 뭔가가 해를 가렸다가 비켰다가를 반복했다. 개미의 약한 시력으로 파악한 것은 뭔가 거대하고 긴 물체들이 태양과 개미 사이에서 그림자를 드리웠던 것이다. 그들은 마치 하늘로 뻗쳐오른 나무처럼 보였다. 그런데 신기하게도 그것들이 움직인다! 그런데 어디에선가 높은 곳에서 아래쪽으로 기묘하고 큰 소리가 들려왔다. 그것은 새나 다람쥐, 또는 벌레의 울음소리와 완전히 다른 소리였다. 쉿쉿대는 소리와 그르렁대는 소리 따위가 서로 주거니 받거니 오가고, 한데 섞이고, 커졌다 작아지기를 반복했다. 뿐만 아니라 이상한 냄새 역시 흘러내려와 땅 위를 덮었다. 오솔길 개미 군락의 나이든 구성원들은 뚜렷하게 동요하는 모습을 보였다. 그것은 그들이 겪은 큰 바람이나 폭풍만큼이나 폭력적이고 위험한 경험이었다. 먹이 사냥에 나섰던 개미 대부분은 다시 개미집으로 돌아갔다. 몇 마리 정도는 이 움직이는 나무들을 쫓아가 그 위로 기어올라 공격을 시도했다.

우연히 오솔길 개미 군락 근처에 소풍을 나와 자리를 펴고 점심을 먹은 인간 가족의 방문은 오후까지 계속되다가 갑자기 끝을 맺었다. 이상한 소리가 점점 멀어져 갔다. 그들의 냄새도 차츰차츰 옅어져 갔다. 오솔길 일개미들이 용기를 내어 다시 밖으로 나왔을 때 그들은 조금 전 머물렀던 기묘한 거인들만큼이나 낯설고 이상한 광경을 마주했다. 일찍이 밖에 나왔던 동료 중 일부가 납작하게 몸이 눌려 죽은 채 널브러져 있었다. 그런데 더욱 이상한 것은 개미집 주변에 음식 조각들이 여기저기 흩어져 있는 것이다. 개미들이 과거에 본 적이 없는 종류의 음식들이었다. 어떤 조각들은 일개미 자신의 몸 크기만 했고 또 어떤 조각은 개미 몸의 수백, 수천 배에 이르는 것도 있었다. 그런데 그 음식들은 죽은 곤충이나 식물의 일부나 그밖에 오솔길 개미들의 기억에 남아 있는 어떤 것과도 다른 것이었다. 어쨌든 그 조각들은 단백질과 지방과 당분이 풍부하게 함유된 순수한 음식물이었다. 개미들은 이 하늘이 내려 준 음식들이 심지어 진딧물의 엉덩이에서 나오는 꿀맛 나는 똥보다 더 맛있고 신선한 바퀴벌레 사체에서 갓 잘라 낸 살덩어리보다 더 영양이 풍부하다는 사실을 깨달았다. 운 좋게도 인간들은 점심을 먹고 난 음식 쓰레기를 오솔길 개미 군락 근처에 버리고 갔던 것이다.

그날의 기억은 단순한 본능이나 감정과 구분되는 개미집의 분산

된 지능인 나이 많은 개미들의 기억 속에 남아 있었다. 올해 태어난 젊은 개미들의 마음에는 작년에 일어난 사건에 대한 늙은 개미들의 기억은 존재하지 않는 과거의 유물일 뿐이었다.

그러나 오솔길 개미 군락이라는 초유기체에 속한 나이 든 개미들에게 움직이는 나무라는 존재는 개미 우주 바깥에 있는 강력한 힘을 의미했다. 그러니까 인간의 마음속에 있는 신과 비슷한 존재라고 할 수 있다. 마치 우리 뇌의 일부의 사고가 뇌 전체의 사고를 반영하듯 오솔길 개미 군락은 늙은 개미들의 생각을 통해서 그 움직이는 나무 신들이 설명할 수 없는 방법으로 그들을 염려하고 보살피고 있다고 생각할 수도 있다. 어쩌면 그들은 단지 몸집이 큰 그들의 동료, 오솔길 군락의 일원일지도 모른다. 어쩌면 오솔길 군락의 최후를 목전에 둔 이 위기의 상황에 그들이 다시금 자비를 베풀어 줄지도 모른다.

늙은 개미들 중 일부는 그런 식으로 생각하지 않았다. 그들이 보기에 신이란 단지 매우 희귀하게 나타난다 뿐이지 그들이 일상적으로 경험하는 다른 현상들, 이를테면 호수에서 불어오는 강력한 바람이나 무시무시한 천둥 번개와 다를 바 없다. 적어도 개미들의 운명에 관심을 갖고 있는 살아 있는 존재는 아니라는 것이다. 늙은 개미 중 몇 안 되는 나머지는 신이라는 것이 존재하는지 여부에 의심을 품는다. 그들은 신이란 오래전(개미의 기준으로 볼 때 인간 세상의 수십 년 전)에 시작된 강력한 망상에 지나지 않는다고 생각한다.

오솔길 개미들 사이에서는 탄식과 희망이 오갔다. 그들은 마치 포위된 도시의 주민과 같았다. 하나의 목적 아래 일치단결하던 모습도 사라지고, 유기적으로 맞물려 돌아가던 사회 구조도 와해되었다. 먹이를 찾으러 나가는 일도, 애벌레를 닦아 주고 먹이는 일도 중단되었다. 구심점이 될 여왕도 그들에게는 없었다. 여왕의 대체물인 군사-여왕의 페로몬은 개미 군락 식구들을 하나로 묶어 주는 역할을 하기에 너무나 약했다. 개미집의 질서는 무너져 버렸다. 개미집 입구 밖에는 사납고 모질고 강력한 냇가 개미떼가 진을 치고 기다리고 있다. 마침내 오솔길 개미들은 온통 공포에 사로잡혔다. 싸우다 죽든지 공포로부터 도망치든지 양자택일해야만 했다. 그들의 집단적 마음속에는 그 외에 아무것도 남지 않게 되었다.

적을 속이고 겁을 준다든지 요새를 더욱 튼튼히 한다든지, 효과적인 작전을 짠다든지, 전력을 강화한다든지, 안전한 방어책을 세운다든지, 미리 이런 재난을 예방한다든지, 더 나은 보금자리로 이주한다든지 하는 행동이 어쩌면 오솔길 개미들을 구해 낼 수 있었을지도 모른다. 그러나 이 모든 기회는 이미 지나간 후였다.

22

다음날 아침 일찍 데드아울코브의 풀밭에 맺힌 이슬이 햇볕에 말라가고, 노코비 개미 언덕과 주변의 모든 것이 잠에서 깨어날 무렵 냇가 개미 군대는 공격을 재개했다. 오솔길 개미 군락의 병정들은 다시 한 번 입구 주변에 빙 둘러서서 고리 모양 방어벽을 만들었다. 지난번에 몸집이 작은 일개미들이 병정개미가 만든 튼튼한 고리 바깥을 한층 더 에워싸 완충 지대를 형성했던 것과 달리 이번에는 오솔길 개미 군락의 일개미들은 참여하지 않았다. 냇가 개미들의 공격은 집중적이고, 강력하고, 무자비했다. 한 시간이 채 되지 않아 전투력이 최고조에 이르렀다. 쇠약해진 오솔길 병정개미들은 한 마리씩 한 마리씩 쓰러져 갔다. 쓰러진 개미를 대신할 보충 병력은 공급되지 않았고 얼마 안가서 방어벽은 무너지고 말았다. 냇가 개미 군락의 병정개미와 일개미들은 엘리트 정찰 개미들을 앞세운 채 개미집의 중앙 통로로 물밀듯 쏟아져 내려갔다.

아래로 밀고 내려가면서 한편으로 옆으로 뻗은 복도와 방으로 흩어져 나가는 동안 냇가 개미들은 거의 아무런 저항도 받지 않았다. 점점 더 강해지는 경고 페로몬과 개미집 내부를 가득 채워 가는 냇가 개미들 자신의 냄새 속에서 그들은 계속 전진했다. 한편 오솔길 개미 군락은 대혼란에 빠졌다. 개미집을 방어하던 일개미들은 이제 자신의 목숨에만 신경을 썼다. 살아남은 일개미 군단은 그저 공포에 빠진 구제불능의 오합지졸에 지나지 않았다. 그들은 정신없이 위로 기어올라 입구 주위에 모여 있는 적군들 사이로 도망치려고 시도했다. 그들 중 상당수는 반대 방향으로 몰려오는 냇가 개미떼에 포위되어 목숨을 잃었다. 이제 오솔길 개미들은 더 이상 의사소통을 시도조차 하지 않았다. 이제 그들이 잘 정비된 조직으로 되돌아갈 가망은 없었다. 여왕개미도 없고 개미집도 없는 상황에서 오솔길 개미 군락은 더 이상 존재할 수가 없었다. 그들의 땅은 그 아래에 있는 개미집까지 포함해서 이제 모두 냇가 개미의 영토가 되었다.

개미집을 탈출한 오솔길 개미 대다수는 땅위에서 일시적 피난처를 찾았다. 떨어진 나뭇잎 아래나 갈라진 땅의 틈 사이에 몸을 숨겼다. 우연히 마주친 오솔길 개미 생존자들은 잠시 함께 머무르기도 했다. 그러나 결국 오솔길 개미들은 차례로 포식자나 적군 개미들에게 목숨을 잃었다. 공격을 피해 도망쳐 다시 몸을 숨기려고 해도 그들을 인도해 줄 냄새 자국이나 시각적 표지물도 없었고 궁극적 목적지인 개미집도 더 이상 존재하지 않았다. 그들은 사회성 곤충이라는 개미의 가장 중요한 특성을 잃어버렸다. 각각의 개미들은 고작 몇 시간, 길어야 며칠 동안 생존했다. 어떤 개미는 독거미의 덫에 걸렸고 어떤 개미는 빗물에 쓸려가 버렸다. 또 어떤 개미는 줄을 지어 이동하는 군대개미(army ant)떼에 너무 가까이 다가갔다가 붙잡혀서 온몸이 조각조각 분해된 다음 잡아먹혔다.

　침입자들은 버려진 개미집 내부를 탐험하다가 번데기에서 갓 나온 어린 일개미들을 인질로 잡았다. 이들은 더 나이든 다른 동료들을 따라 개미집 바깥으로 도망치기에는 너무 어리고도 약했다. 냇가 개미 군락의 개미들은 인질들을 다치지 않게 조심해서 자신의 개미집으로 데려간다. 그리고 그중 일부는 먹이로 삼지만 대부분은 노예로 부린다. 냇가 개미들은 모든 종류의 개미들에게 공통적으로 나타나는 기본적인 속성을 이용해서 인질을 노예로 길들인다. 개미가 번데기에서 성충으로 우화된 후 며칠 동안 지낸 개미 군락의 냄새를 자신의 냄새로 받아들이는 것이 바로 그 속성이다. 그 짧은 며칠 동안 오솔길 개미 군락의 풋내기 일개미들은 냇가 개미 군락의 냄새를 받아들인다. 그리하여 냇가 개미 군락으로 붙잡혀 온 어린 일개미 중 잡아먹히지 않은 녀석들은 냇가 개미 군락의 일원이 된다. 그때부터 그들은 다른 냇가 개미들과 동일한 조건으로 살아가게 되고 냇가 개미 군락과 다른 냄새를 풍기는 개미들을 적으로 간주해 공격하게 된다.

군락의 냄새를 학습해 나가는 시기의 어린 일개미들을 입양함으로써 냇가 개미들은 별다른 수고 없이 노동력을 확충하게 된 셈이다. 노예로 잡아 온 개미들은 전쟁에서 죽은 냇가 개미들의 머릿수를 보충해 주는 역할을 한다.

만일 전쟁이 일어났을 때 오솔길 개미 군락의 여왕이 살아 있었고 냇가 개미들에게 붙잡혔다면 어떻게 되었을까? 침입자들은 즉각 여왕을 갈기갈기 찢어 죽였을 것이다. 전쟁에서 패배한 개미집의 여왕에게는 일분일초라도 목숨을 부지할 자비가 허락되지 않았다. 개미들의 마음은 절대 왕권을 고수하는 데 있어서 한 치의 양보도 없었다. 다른 군주의 통치를 받는 군락, 특히나 그 군주는 절대로 용인되지 않았다. 자신의 왕권에 위협이 되는 존재이기 때문이다. 따라서 서로 다른 개미 군락 사이에 제휴나 연맹을 맺는 것 역시 상상할 수도 없는 일이다. 개미집을 둘러싼 영토에 대한 절대절명의 요구는 이 초유기체의 삶의 정수였다. 개미 군락의 생존의 첫 번째 법칙은 어떤 값을 치르고서도 자신의 영토를 지켜 내야 한다는 것이다.

그러나 개미 군락의 준거의 틀 바깥에 있는 힘도 존재한다. 냇가 개미 군락이 오솔길 군락을 상대로 승리를 거두기 3주일 전, 그들 역시 움직이는 나무들의 방문을 받았다. 그 경험은 오솔길 개미들이 작년에 겪은 것과 유사했다. 거인들이 갑자기 어디에선가 나타났다가 또한 알 수 없는 이유로 갑자기 어디론가 사라져 버렸다. 그리고 그 자리에 엄청난 양의 낯선 음식물이 남겨져 있었다. 기묘한 사건들의 결합과 선물의 엄청난 규모는 냇가 개미들로 하여금 그 불가해한 방문자들을 자비로운 신과 같은 존재로 여기게끔 만들었다. 개미들은 신이 그들을 찾아온 것을 매우 특별한 사건으로, 엄청난 축복으로 여겼다. 개미뿐만 아니라 사람에게도 적용되는 연상에 의한 학습의 법칙에 충실하게 그들은 또한 신을 그들의 확장된 사회의 일부로 간주했다. 신 역시 우리처럼 생각할 것이고(그것 외에 생각하는 법에 대해 생각할 다른 방법을 생각할 수 없다.) 신 역시 우리의 힘의 일부라고 말이다.

냇가 개미들은 승리를 거둔 후에 마치 패배한 종족을 몰살시키는 구약 성서에 나오는 사람들처럼 종족 말살을 자행했다. 로마의 정복자들이 카르타고를 쑥밭을 만들듯 패배자를 완전히 파괴해 버리는 것은 경쟁자가 언젠가 다시 일어날 가능성의 불씨를 밟아 꺼뜨리는 것이다. 이제 냇가 개미들은 새로 정복한 영토 전역으로 퍼져 나가서 그들의 냄새 자국과 액체 상태의 배설물을 여기저기에 남겨 놓았다. 배설물에는 냇가 개미 군락 고유의 성분이 든 영토 페로몬이 포함되어 있다. 그러나 그들은 오솔길 개미들이 살던 널찍한 지하의 개미집은 사용하지 않았다. 당분간은 원래의 냇가 개미 군락에서 사는 것에 만족했다. 그들은 새로운 영토를 순찰하면서 작은 곤충이나 달콤한 진딧물의 분비물, 거미의 사체 등 다양한 먹잇감을 거두어 들였다. 이처럼 풍부한 수확물은 냇가 개미 군락이 더욱 왕성하게 성장하는 밑거름이 되었다.

그들은 싸우기 위해 모여들었고, 기꺼이 목숨을 던졌다. 새 영토를 정복하고 잡은 인질을 노예로 삼고 탐내던 땅을 자신의 것으로 만들었다. 그들은 본능에 충실했고 그들 종의 생존에 필수 불가결한 하나의 주기를 성공적으로 완성해 냈다.

23

바로 이 무렵, 승리에 도취된 냇가 개미 군락으로부터 데드아울코브 해안을 따라 동쪽으로 더 올라간 곳에서는 환경 전체에 불길한 변화가 드리우고 있었다. 냇가 개미들은 이러한 변화를 알지 못했다. 이곳에서는 새의 지저귀는 소리나 벌레 울음소리가 더 이상 들리지 않았다. 다람쥐나 들쥐, 그밖에 근처에서 먹이를 찾던 포유류들도 차츰 모습을 감추었다. 땅 위의 식물들의 꽃가루받이를 돕는 나비나 다른 곤충들도 거의 씨가 말랐다.

이러한 변화의 원인은 바로 폭발적인 개미의 개체수 증가였다. 이 개미들은 원래 냇가 개미나 그밖에 노코비 호수 주변에 개미언덕을 만드는 개미들과 같은 종이었다. 그런데 이들의 유전자에 아주 간단한 변화가 일어났을 뿐인데 그 결과는 엄청난 사회적 파장을 일으켰다. 돌연변이의 영향이 어찌나 큰지 이 개미들을 원래의 종과 완전히 다른 종처럼 보이게 할 정도였다. 원래의 개미들이 하나의 군락이 대략 1만 마리의 일개미와 한 마리의 여왕개미로 이루어졌다면 이 새로운 슈퍼 군락은 수백만 마리의 일개미와 수천 마리의 여왕개미로 이루어진 하나의 거대한 사회를 형성하고 있다. 이들에게는 특별히 방어할 영토도 없고 경합을 벌일 이유도 없으며 그들의 광대한 영토에서 먹이를 놓고 경쟁을 벌이지도 않았다. 슈퍼 군락은 서식할 수 있는 모든 땅을 차지하고서 구석구석에 여러 개의 서로 연결된 개미집을 지었다.

슈퍼 군락의 일개미들은 광대한 영역 안의 땅 한 뼘 한 뼘을 샅샅이 순찰했다. 땅에 난 모든 구멍과 틈을 비집고 들어갔다. 그들은 지렁이나 딱정벌레의 애벌레가 들어 있는 모든 땅굴을 샅샅이 훑어 냈다. 거미줄에서 떼어 낼 수 있는 거미들은 모조리 다 먹어 치웠다. 그들은 그 영역 안에 다른 종류의 개미가 발을 붙이지 못하도록 했다. 냇가 개미와 같은 종의 개미들과 달리 그들은 영토를 둘러싸고 있는 대왕송 줄기 위까지 기어올라가 낮은 가지들을 돌아다니며 먹을 것을 찾았다. 역시 개미언덕을 만드는 종의 다른 개미들과 달리 이 슈퍼 군락에 속한 개미들은 우거진 관목 사이사이의 좁은 틈과 높이 치솟은 상록수까지 순찰을 다녔다. 한 마디로 말해서 이 개미들은 노코비 호수 주변의 대왕송 초원의 상당 부분을 다른 생명은 찾아볼 수 없는 개미 융단으로 변모시켰던 것이다.

이와 같은 종류의 개미 제국이 멀리 떨어진 세계의 구석구석에서 이따금씩 출현하고는 했다. 남아메리카에서 유입된 돌연변이 군락이 미국 남부 대부분의 지역을 점유하고 있던 불개미를 싹 쓸어버린 적이 있었다. 노코비 호숫가의 슈퍼 군락은 개미에게 나타난 단 하나의 유전자의 돌연변이의 결과물이었다. 이 돌연변이는 개미의 뇌나 감각 기관에 이전에 없던 새로운 절차를 창조해 낸 것이 아니었다. 오히려 기존의 절차 중 한두 가지를 막아 버렸다고 할 수 있다. 슈퍼 군락의 개미들은 같은 종의 다른 개미들에 비해 자신의 군락의 냄새에 훨씬 민감성이 떨어진다. 이 개미들 역시 다른 종의 개미나 아니면 같은 종이지만 돌연변이를 일으키지 않은 개미들의 냄새를 자신의 냄새와 구별할 수는 있지만 전체의 경계 안에서 각 군락의 영역을 구별하거나 나누지는 못한다.

슈퍼 군락 개미들은 후각의 예민도가 낮아짐에 따라 어머니인 여왕의 냄새 역시 명확히 구별하지 못한다. 돌연변이가 일어나지 않은 개미들은 단 한 마리의 여왕개미만을 인정하는 반면, 이제 여러 마리의 여왕개미를 수용할 수 있게 되었다. 그 결과 슈퍼 군락의 서로 얽히고설킨 방과 복도의 그물 여기저기에 여러 마리의 여왕들이 분산되어 살아간다. 이 여왕개미들은 돌연변이가 일어나지 않은 개미 군락의 여왕에 비해 몸집이 더 작다. 이들은 짝짓기를 하기 위해 공중으로 날아오르지도 않고, 자신만의 새로운 왕국을 세우기 위한 노력을 기울이지도 않는다. 그 대신 짝짓기를 할 때가 되면 개미집 입구 근처에서 만나는 수개미와 교미를 한다. 그 수개미는 자신의 남매일 수도 있고 다양한 촌수의 친척뻘 개미일 수도 있다. 교미를 마치고서는 다시 개미집 안쪽으로 들어가서 알 낳기를 시작해 슈퍼 군락의 규모를 더욱 늘리는 데 일조한다.

유전자의 이상과 신체적 장애는 아이러니하게도 슈퍼 군락의 성공의 비결이 되었다. 내부의 영토 경계가 사라지고 계속해서 여왕개미가 공급됨에 따라 슈퍼 군락은 규모가 무한히 커질 수 있게 되었고 또한 잠재적으로 영속할 수 있게 되었다. 또한 돌연변이는 그들에게 같은 종의 보통 개미들보다 환경으로부터 훨씬 더 많은 자원을 끌어낼 수 있는 힘을 부여했다. 슈퍼 군락의 개미들은 더 넓은 영토에 걸쳐 개미집을 지을 수 있게 되었다. 개체수 밀도가 높아 떼로 몰려다니다 보니 더 많은 곤충과 절지동물들을 굴복시켜 먹잇감으로 삼을 수 있게 되었다. 또한 먹잇감을 놓고 그들과 경쟁할 다른 종류의 개미들을 모두 몰아낼 수 있었다.

유전자의 돌연변이는 개미들의 사회 구조만을 변화시킨 것이 아니라 전쟁을 벌이는 방식도 바꾸어 놓았다. 슈퍼 군락의 개미들은 마치 몽골의 기마 부대와 같이 다른 군락을 덮쳤다. 냇가 개미 군락이 오솔길 개미 군락을 상대로 승리를 거둔 이듬해 봄, 슈퍼 군락의 정찰 개미들이 처음으로 냇가 개미들의 새로운 영토의 동쪽 경계선에 이르렀다. 이 정찰 개미를 처음 마주한 냇가 군락의 일개미들은 상대의 정체를 전혀 알지 못했다. 그들이 상상할 수 있는 가장 강력한 자연적 위협이 될 것이라는 사실을 전혀 눈치채지 못했던 것이다. 슈퍼 군락의 군대는 단순히 새로 정복한 땅에 개미집을 짓고 그로부터 또 새로운 경계 너머로 정찰대를 보내는 식으로 영토를 확장해 왔다. 충분한 수의 병력을 영토의 경계에 집결시킬 수만 있다면 그들이 뻗어 나가는 길에 걸리적거리는 어떤 군락이든 가차 없이 바로 공격해 버렸다.

슈퍼 군락의 정찰 개미들이 점점 더 자주 모습을 드러내자 냇가 군락의 개미들은 경합을 제안했다. 그들 종의 태고부터 전해 오는 관습에 따라 그들은 배를 부풀리고 다리를 기둥처럼 쭉 뻗은 다음 침입자 주위를 과시하듯 돌아다녔다. 그런데 슈퍼 군락의 정찰 개미들은 같은 방식으로 경합에 응하지 않았다. 한 마리만 있을 경우 자신의 개미집 쪽으로 냅다 도망치면서 그 길에 냄새를 남겨 두어 나중에 증강된 병력이 다시 길을 찾아올 수 있도록 했다. 이미 슈퍼 군락의 개미들이 무리를 이루고 있을 경우 그들은 즉시 공격을 개시했다.

그와 같은 생뚱맞은 반응과 짧은 돌격이 며칠 반복된 후 경계에서 가장 가까운 곳에 위치한 슈퍼 군락의 개미들은 대대적 군사적 원정에 나서기에 충분할 만큼 사기가 고취되었다. 이 무렵 정찰 개미중 일부는 이미 적진으로 깊숙이 들어서 냇가 개미 군락의 위치를 발견하게 되었다. 그들이 남겨 놓은 냄새 표지와 경보 페로몬, 그리고 정찰 개미들이 몸에 묻혀 들어온 적의 냄새 등에 촉발되어 점점더 많은 일개미들이 경계 쪽으로 탐험을 나가게 되었다. 출동할 수있는 슈퍼 군락의 병사들의 수 역시 빠르게 늘어났다. 잠시 동안 냇가 개미들은 경합 시도를 계속했다. 그러나 그때마다 번번이 가차 없는 공격이 돌아올 뿐이었다.

마침내 냇가 개미들 역시 외교적 노력을 집어던지고 접촉하자마자 바로 반격하기 시작했다. 그러나 이미 때는 너무 늦었고 그들의수는 너무 적었다. 이 무렵 침입자들은 이미 막을 수 없는 거대한 물결처럼 밀려들어 오기에 이르렀다. 단 하루에 걸쳐 치열한 전투가 벌어지는 전선이 점점 냇가 개미 군락 입구 쪽으로 다가왔다. 평화와 번영기에는 개미의 손 역할을 하는 턱이 이제 칼날이 되어 상대방을 베어 냈다. 조상뻘인 말벌들에게는 알을 낳는 통로였던 침은 이제독을 뿜어내는 무기가 되었다.

몇 시간 안에 잘라진 사지와 양편의 죽거나 부상당한 개미들이 바닥에 수북하게 깔렸다. 냇가 개미 군락의 경우 그 종의 대부분의 개미 군락이 그렇듯 전투병의 공급에 제한이 있었다. 그러나 슈퍼 군락의 병력은 무제한이었다. 전장에서 냇가 개미 군락의 군사들의 수가 줄어들어 가고 슈퍼 군락의 군대는 점점 늘어났다. 냇가 개미들 가운데 작은 일개미들은 개미집 안으로 퇴각하기 시작하고 대부분의 병정개미들은 개미집 입구에 쭉 둘러서 머리를 바깥으로 향한 채 둥그렇게 방어벽을 형성했다. 강력한 개미 군락이 또 다른 강력한 개미 군락을 만나 싸울 때 종종 사용되는 이 전술은 이번에는 완전히 수포로 돌아갔다. 슈퍼 군락의 개미들은 노코비 호숫가의 개미들의 역사에서 한 번도 찾아볼 수 없었던 수준으로 점점 규모가 증대되었다.

공격자들은 입구의 방어벽을 깨뜨리고 개미집 내부로 쏟아져 들어갔다. 그들은 미로와 같은 지하의 복도와 방들을 가로지르며 아래로 아래로 진격하며 가는 길에 만나는 모든 냇가 개미들을 진압하고 죽여 버렸다. 그들은 가장 아래에 있는 방에서 여왕개미를 찾아냈다. 한 무리의 근위병 개미들과 여왕의 시중을 들던 일개미들이 촘촘하게 무리지어 여왕의 몸을 뒤덮어 보호하고자 했다. 그러나 침입자들은 방어자들을 하나하나 잡아 끌어내 죽여 버렸다. 열두어 마리의 침입자들의 여왕의 팔다리를 잡고 쫙 펼쳤다. 병정개미 한 마리가 여왕의 머리를 베어 내고 나머지는 여왕의 몸을 질질 끌고 개미집 위로 올라가 슈퍼 군락의 개미집으로 운반해 먹이로 삼았다. 슈퍼 군락 개미들이 냇가 개미 군락 입구에 최종 공격을 단행한 지 한 시간도 지나지 않아 전투는 끝이 났다.

정복자들은 냇가 개미 군락의 번데기나 갓 태어난 일개미들을 산 채로 잡아가지 않았다. 그들 군락 자체의 어마어마한 번식 능력 때문에(특히나 새로 정복한 영토의 새로운 자원들을 맘껏 이용할 수 있게 된 터라 번식 능력은 더욱 증대될 터였다.) 그들에게는 노예가 필요 없었다. 따라서 정복자들은 냇가 군락의 어린 구성원들을 그 자리에서 죽여서 먹잇감으로 가져갔다.

냇가 개미 중 고작 몇 마리 정도만이 마지막 전투에서 가까스로 도망쳐 근처의 수풀이나 나뭇잎 아래에 몸을 숨길 수 있었다. 그러나 오솔길 개미들이 그러했듯, 자신의 개미집으로 돌아갈 수 없는 난민 개미들은 대개 몇 시간 안에 죽음을 맞았다.

그 해 여름 남은 기간 동안 노코비 호수 둘레의 다른 개미 군락들도 냇가 개미 군락과 같은 운명을 겪었다. 한 여름이 될 무렵, 데드아울코브 주변 400~500미터 반경에서 그들과 같은 종의 개미들과 또 다른 종류의 개미들의 군락은 연속적으로 이어진 거대한 슈퍼 군락에 자리를 내주고 자취를 감추게 되었다. 개미 제국이 주변 모든 땅을 정복해 버린 것이다. 이제 이 지역에는 기묘한 느낌의 고요가 깃들게 되었다.

이 대왕송 초원의 작은 땅덩어리에 제국의 평화와 안정이 도래했다. 이제 같은 종의 개미들의 사이에 싸움을 벌이는 일이 사라졌다. 군락들 사이의 전쟁도 없고, 군락 내에서 누가 알을 낳을 것인지를 놓고 벌이는 싸움도 없어졌다. 이제 개미집의 영토의 경계라는 것도 사라졌다. 어머니 여왕개미에게 모든 운명이 달려 있던 과거의 구습은 깨끗이 잊어버리자. 이제 절대자인 여왕이라는 개념을 대신하는 다수의 여왕들이 존재하며 그중 어느 한 마리가 죽어도 전체 개미 사회에 아무런 영향을 미치지 못한다. 개미 제국 전체에 걸쳐 평화가 자리 잡고, 모든 제국 구성원 사이에 평등이 이룩되었으며 이러한 사회 구조의 변화에는 잠재적으로 제국이 영속할 수 있는 가능성이라는 보상이 주어졌다.

하나의 작고 작은 유전자에 일어난 변화에 의해 하나의 시대가 거하고 새로운 시대가 도래했다. 노코비 생태계의 한 부분의 지배 관계와 구성원의 삶의 질에 심대한 변화가 생긴 것이다.

24

슈퍼 군락은 눈부신 승리를 거두며 승승장구해 왔지만 그들이 세운 제국은 건강하지 못했다. 그들의 제국은 자연과 조화에 뭔가 어긋나기 시작했다. 슈퍼 군락의 한없이 늘어나는 개체수와 밀도는 그들의 서식지에 감당하기 힘든 부담이 되고 있었던 것이다. 일개미 떼의 발걸음이 미치는 곳에 살던 많은 종류의 식물과 동물들이 점점 줄어들어갔고 일부는 아예 사라져 버렸다. 가장 먼저 고통을 당한 것은 다른 종류의 개미들이었다. 슈퍼 군락과 비슷하게 땅속에 개미집을 짓고 살던 개미들은 모두 쫓겨나거나 죽거나 잡아먹혔다. 슈퍼 군락 개미들과 비슷한 종류의 먹이를 먹고 살던 개미들은 먹잇감이 줄어드는 상황에 직면했다. 정찰 개미와 먹이를 물어오는 일개미들은 어디에나 깔린 슈퍼 군락의 개미들을 피해 계속해서 새로운 곳으로 먹이를 찾아나서야 했다. 거미와 땅 위에 사는 딱정벌레들은 한때 노코비 호수 주변에 개미언덕을 쌓는 개미들의 주된 포식자였으나 이제 그들이 슈퍼 군락 개미들의 먹잇감으로 전락했다.

슈퍼 군락의 일개미들은 여러 마리의 여왕개미들의 무제한적인 산란과 거대한 개미집 곳곳에 위치한 육아실에서 자라고 있는 배고픈 애벌레들의 요구를 채워 주기 위해 점점 더 많은 먹이를 물어 날라야 했다. 그리하여 이 개미들은 한때 위험하고 별로 소득이 없다고 여겨져 같은 종의 개미들이 기피했던 환경까지도 침투해 들어가 먹이를 찾았다. 그들은 개미에게 위험한 물가까지 바싹 내려갔다. 또한 나무줄기 위로 올라가 낮은 가지들을 샅샅이 훑어서 애벌레나 잎벌의 유충, 긴꼬리귀뚜라미, 그밖에 잡아먹을 수 있는 모든 생물들을 죽여서 실어 날랐다. 한때 이 지역에 온통 날아들었던 다양한 종류의 나비, 나방, 벌, 말벌, 꽃등에, 꽃무지 등 꽃의 수분을 돕는 곤충들 역시 개미떼에게 잡아먹히거나 쫓겨 나갔다.

개중 몇몇 종은 이 새로운 부대의 대학살을 견뎌 내고 살아남았다. 가장 단단한 껍데기를 가진 딱정벌레들, 지네, 노래기 등이 그들이었다. 또한 진드기, 톡토기, 그밖에 너무 작아서 먹잇감조차 되지 못하는 절지동물들도 별 영향을 받지 않았다. 지렁이 역시 잘 피해 다니는 데다 온 몸이 두터운 점액질로 뒤덮여 있어 개미의 공격을 버텨 냈다. 이러한 생존자들은 인간의 거주지에서 나름대로 번성하며 살아가고 있는 참새, 비둘기, 쥐와 같은 운명이었다. 잡아먹기에 적합지 않거나 아니면 여간해서 잡히지 않는 덕에 살아남은 것이다.

그 와중에 이 슈퍼 군락 개미들을 사랑하고 또 그들로부터 사랑을 받았던 극히 일부의 동물들이 있었으니 바로 개각충, 진딧물, 벚나무깍지벌레 등이었다. 이 섬세하고 느릿느릿 움직이는 작은 벌레들은 빨대 같은 주둥이를 식물에 꽂아 수액을 빨아먹고 산다. 이들은 마치 사람이 가축을 기르는 것과 비슷한 방식으로, 또한 비슷한 이유로 개미들에게 보호를 받는다. 슈퍼 군락의 개미들은 그들의 광대한 영토에 걸쳐서 많은 수의 수액을 빨아먹는 벌레들을 돌보고 보살폈다. 이 벌레들의 몸에 알을 낳는 맵시벌이나 이 벌레들을 그 자리에서 날름 잡아먹는 무당벌레와 같은 천적들을 개미들이 처리해주자 수액을 빨아먹는 벌레들은 비정상적으로 크게 번성하게 되었다. 이 벌레들이 들끓는 나무와 식물들은 잎이 누렇게 되어 떨어지고 성장이 저해되었다.

개미를 잡아먹는 포식자들이 소수만 남고 모두 사라지게 되자 슈퍼 군락의 개미들은 그 수가 늘어날 뿐만 아니라 밀도 역시 점점 증가하게 되었다. 어느 순간 단위면적당 노코비 호수 주변 환경이 지탱할 수 있는 개미의 수를 넘어서 과밀한 상태에 이르게 되었다. 예전에는 여기저기 뚝 떨어져서 존재하던 개미집들이 이제는 거의 중단되지 않고 서로 연결된 거대한 개미 도시가 되었다. 이 슈퍼 군락의 탐욕스러운 요구를 충족하는 것은 근본적으로 인간 세계에서 인구 과잉에 시달리는 거대 도시의 요구에 부응하는 것과 같은 문제였다.

늦여름에 접어들자 슈퍼 군락의 성장은 이미 불안정해지기 시작했다. 슈퍼 군락의 삶을 지탱해 주는 주변의 생태계 전체가 커다란 고통을 겪게 되었다. 살아남은 식물 중 상당수는 너무 약해져서 씨앗을 맺기도 힘들었다. 갈색지빠귀사촌, 쇠부리딱따구리, 다람쥐, 토끼, 들쥐, 도마뱀, 뱀 등 땅 위에서 먹이를 찾는 동물들은 이 지역을 슬슬 피해 다녔다. 먹이의 부족도 큰 이유였지만 어쩌다 이 땅에 발을 디뎠다가는 사나운 개미들이 떼로 달려들어 물어뜯고 침을 쏘는 것을 견뎌야 했기 때문이었다.

슈퍼 군락은 마침내 사람들 사이에서도 이야깃거리가 되기 시작했다. 데드아울코브에 소풍 온 사람들이나 낚시꾼들은 수백 개의 개미집 흙무덤 사이를 이리저리 피해 다녀야 했다. 지금은 모두 사라져 버린 오솔길 개미 군락이나 냇가 개미 군락 등 예전에 이곳에 있던 개미집들은 모두 띄엄띄엄 뚝 떨어져서 자리 잡고 있어서 사람들 눈에 거의 띄지 않았다. 몇몇 사람들, 대개 아이들만이 어쩌다 마주친 불룩 솟아오른 개미언덕을 유심히 살펴볼 뿐이었다. 그러나 이제 모든 사람들이 이 놀라운 슈퍼 개미 군락을 알아채지 않을 수 없게 되었다. "여기 새로운 종류의 개미가 나타났군. 이놈들은 불개미보다 더 심각한 거 같은데." 사람들이 이야기했다. 어떤 사람들은 이렇게 덧붙였다. "죄다 박멸해 버리는 것 외에 다른 수가 없겠어."

슈퍼 군락은 주위 환경을 지배했다. 경쟁자와 천적들을 무릎 꿇리고, 그들의 영토를 확장했으며, 새로운 종류의 에너지를 개발해 내고, 개미의 육신을 기록적인 양으로 생산해 냈다.

그러나 진실은 그것과 달랐다. 슈퍼 군락은 데드아울코브 지역을 영구적으로 지배할 수 없었다. 기나긴 생태학적 시간 속에서 그들은 잘 해야 몇 계절 동안 승리를 거둘 수 있을 뿐이었다. 그들의 삶의 터전의 지속 가능성을 더욱 광대한 지배력과 맞바꾼 것은 그들 유전자의 크나큰 실수였다. 그 거래의 대가는 반드시 치러야만 했다. 처음에는 그들 주변의 생태계가 대가를 치렀고 그 다음 그들을 지탱해 주는 시스템이 붕괴함에 따라서 슈퍼 군락 스스로가 대가를 치르게 되었다. 슈퍼 군락의 생명력은 그 해 여름에 최고조에 이르렀으나 삶의 질은 떨어지기 시작했다. 그들은 과잉 소비를 통해 자연에 에너지와 물질의 빚을 졌다. 얼마 동안 부채의 상환을 연기할 수는 있을 것이다. 특히 그들이 더 넓은 영토를 정복해 나간다면 말이다. 그러나 그 상황을 유지하기 위해서는 더욱더 넓은 영토를 계속해서 정복해 나가야만 했다. 일개미들이 새로 점령한 영토에서 새로운 먹이를 물어 온다면 역시 빚을 갚아야 할 시점을 조금 더 미룰 수도 있을 것이다. 그러나 그 경우에도 역시 개체수의 과밀을 더욱 부추기게 되고 그것은 부채의 상환이 아니라 부채의 증가를 가져올 뿐이다.

슈퍼 군락의 운명에 먹구름이 닥쳐오고 있는 것은 전혀 놀라운 일이 아니다. 길고 긴 생태학적 시간 속에서 모든 종들은 아슬아슬한 외줄타기를 하는 셈이다. 일단 그 줄에 발을 내딛으면 계속 나아길 길은 단 하나이되 떨어질 길은 1000가지이다. 그것이 바로 진화의 본질이며 자연 세계가 운영되는 법칙이다. 개미 군락의 행동을 추진해 온 본능은 과거에는 성공의 열쇠였다. 그들의 행동을 프로그램하고 있는 유전자는 과거의 특정 사건 속에서 선택되었다. 그러나 그들의 본능이나 유전자는 미래에 대한 계획을 갖고 있지 않다. 주변 환경에 일어난 커다란 변화나 슈퍼 군락 개미들에게 일어난 것과 같은 종류의 돌연변이는 재빨리 재앙을 불러일으킬 수 있다. 어떤 종이 특정 환경 속에서 계속해서 살아남기 위해서는 정확성과 행운이 필요하다.

슈퍼 군락은 외줄에서 떨어졌다. 그들의 치명적인 행보는 그들의 땅 너머에 펼쳐진 거대한 인간 개미언덕과 닮았다. 그들에게 마지막이 왔을 때 그것은 움직이는 나무 신의 손에 의해서였다.

25

어느 늦은 8월 구름 한 점 없는 오후에 슈퍼 군락의 주민들은 그들에게 닥쳐올 위험에는 아랑곳하지 않은 채 최대의 연중 행사를 준비하는 데 열중하고 있었다. 곧 개미들의 짝짓기 행사가 벌어질 예정이었다. 이 행사는 개미들의 모든 활동의 정점이자 개미 군락의 존재의 중심적 목적이었다. 짝짓기는 종족의 영속을 가능하게 해 주는 가장 신성한 절차이다. 짝짓기에 딱 적합한 계절, 적합한 날씨였다. 이틀 전에 멕시코 만으로부터 북동쪽으로 불어온 폭풍이 5~6센티미터의 비를 노코비 지대에 뿌려 놓았다. 그날 아침 대지는 여전히 촉촉했고 한여름의 가뭄으로 시들어 가던 식물들도 다시금 봄철의 싱그러움과 초록빛을 되찾기 시작했다. 태양은 뻗어 나가는 개미집들로 들어찬 땅을 따뜻하게 데웠고 물기를 품은 축축한 공기가 땅의 표면 위에 무겁게 드리워져 있었다.

아침나절이 되자 슈퍼 군락 개미들의 뇌 속의 생체 시계가 결혼식의 거행을 촉발했다. 일개미 수천 마리가 개미집 입구로 쏟아져 나왔다. 개미집 주변의 땅 위에 흩어진 개미떼는 흥분과 혼동 속에서 이리저리 서성댔다. 몇 분가량 흐르자 한 떼의 날개 달린 처녀 여왕들과 수개미들이 나왔다. 이들은 공중으로 날아오르지 않았다. 땅 표면에서 즉각적으로 짝짓기가 이루어졌다. 처녀 여왕 한 마리당 여러 마리의 수개미들이 달려들어 겹겹이 에워쌌다. 수개미들은 서로 격렬하게 밀치면서 자신의 욕망의 표적에 조금이라도 더 가까이 가기 위해, 영광스러운 교미의 주인공이 되기 위해 애썼다. 어느 한 수개미가 자신의 생식기를 여왕의 생식기에 확고하게 결합시킨 후에도 그 커플을 둘러싼 소란과 소동은 잦아들지 않았다. 교미에 실패한 수컷들은 광란에 빠졌다. 바로 이곳에서, 이 순간에 여왕개미와 짝짓기를 하는 것이 그들 존재의 유일무이한 목적인 것이다. 다른 수개미보다 몇초가량 여왕개미를 늦게 발견하거나 죽기 아니면 살기 식의 격렬한 투쟁에서 이기지 못하는 것은 패배와 자손을 보지 못하고 죽는 운명을 의미했다.

곧 수개미들은 승자나 패자 모두 같이 날아오른다. 죽을 자리를 찾아가는 죽음의 비행이었다. 그날 밤 노코비 호수길 근처의 농장의 현관 전등불 아래 수개미 수천 마리의 시체가 쌓였다. 새벽이 되자 작은 새들이 날아와 만찬을 즐겼다. 조금 후 아침이 되자 농장 주인인 나이 든 아주머니가 현관문을 밖의 광경을 보고는 혼자 중얼거렸다. "세상에 이게 다 뭐야? 대체 무슨 일이람?" 그러고는 현관 바닥에 남아 있는 수개미의 사체를 빗자루로 쓸어버렸다.

반면 여왕들은 필사적으로 이리 뛰고 저리 뛸 이유가 없었다. 모든 여왕개미들은 확실히 짝짓기를 할 것이 보장되었다. 한 마리 또는 그 이상의 수개미들과 교미를 마친 후 여왕개미들은 얇은 막으로 이루어진 날개를 떼어 버리고 다시 개미집 안쪽으로 기어 내려간다. 운이 좋다면 그들은 곧 슈퍼 군락의 자손 생산 활동의 일익을 담당하게 될 것이다.

그러나 그날 짝짓기를 한 불행한 여왕들에게는 그런 기회가 주어 지지 않았다. 전적으로 우연에 의해, 움직이는 나무들이 바로 그날 그 시간을 병들어 가는 환경을 바로잡을 시간으로 골랐던 것이다. 이 신과 같은 존재들이 숲에 나타났을 때 결혼식의 광기는 차츰 잦 아들고 있었다. 바로 전만 해도 움직이는 나무 신들의 징후는 어디 에도 없었으나 갑자기 눈 깜박할 사이에 그들이 나타났다. 하늘까지 치솟은 몸통, 나무줄기같이 생긴 휙휙 움직이는 기둥들이 시야에 들어왔다. 그들의 그림자와 냄새가 슈퍼 군락 개미집 주변을 뒤덮었 다. 이번에는 움직이는 나무들의 수가 꽤 많았다. 그리고 그들 옆에 커다란 물체가 둥둥 떠다녔다. 땅바닥은 그들의 발걸음으로 쿵쿵 울 렸다. 이상한 소음이 위에서 들려왔다. 천둥소리와도 다르고 오히려 나뭇가지 사이로 부는 강한 바람 소리와 비슷했다.

그들은 계속해서 걸어가 슈퍼 군락의 영토의 동쪽으로 빠져나갔 다. 잠시 후 그들이 지나간 자취는 사라졌다.

개미집 바깥에 있던 개미들은 한 시간 뒤 신들이 그들을 향해 되 돌아오고 있음을 감지했다. 그러나 이번에는 거인들을 직접 보지는 못했다. 대신 이상하고 불쾌한 냄새를 맡은 개미들은 경고 신호를 보 냈다. 그들은 그 냄새가 마치 그들 고유의 경보 페로몬, 임박한 재앙 을 알리는 냄새의 외침인 것처럼 반응했다. 개미들은 원을 그리며 빙 빙 돌면서 적을 찾아 바삐 돌아다니기 시작했다. 그러나 아무것도 찾을 수 없었다. 그런데 채 1분도 되지 않아 엷은 화학 물질의 구름 이 조용해 그들 머리 위를 지나가며 독극물의 바다를 펼쳐 놓았다. 땅 위에 남아 있던 개미들은 호기심에 머리를 들고 촉수를 흔들었다. 몇 초 안에 개미들은 몸이 마비되어 푹 쓰러졌다. 몇분 안에 개미들은 모두 죽었다. 안개가 점점 더 가까이 땅 위로 가라앉자 신들은 그들의 몸 옆에 매달려 둥둥 떠다니는 장비를 가지고 다가오더니 개미집 입구마다 치명적인 독성을 지닌 액체를 들이부었다.

다음날 아침 광대한 개미 제국은 생명의 징후 없이 적막한 죽음의 지대, 킬링필드, 대량 학살의 장, 거대한 공동묘지가 되었다. 글자 그대로 개미 새끼 한 마리 찾아볼 수 없었고 어떤 종류의 작은 생물도 살아 움직이지 않았다. 경계 너머에 있는 옆의 숲에는 풍부하게 찾아볼 수 있는 새와 도마뱀과 다람쥐도 이 죽음의 땅에는 발을 들여놓지 않았다. 이 땅을 초토화시킨 신들이 손대지 않은 식물들은 그대로 남아 있지만 그 주위에는 곤충 한 마리 찾아볼 수 없었다. 호수에서 부는 바람이 물 표면을 스치며 작은 물결을 만들어 내고 주변에 둘러선 소나무 가지들을 스치는 소리만이 이 공간을 채우는 유일한 소리였다.

26

감탕나무 관목의 두 가닥의 뿌리 사이에 난 자연적인 구멍에 자리를 잡은 작고 작은 수풀 개미 군락의 개미들은 위압적인 이웃 제국의 파괴 속에서 살아남았다. 슈퍼 군락을 싹 쓸어 낸 후 이제 고요하고 잠잠해진 죽음의 지대는 데드아울코브의 물가를 따라 펼쳐지다가 수풀 개미집의 은신처 근처에서 딱 멈추었다. 처음에는 오솔길 개미들이, 그 다음에는 냇가 개미들이 이 지역을 지배했다. 두 개미집의 정찰대는 이따금씩 숲 속 깊숙이까지 들어와 수풀 개미집의 입구 근처를 지나다니기도 했다. 정찰 개미들은 이 작은 군락을 한 번도 발견하지 못했다. 그러나 몇몇 개미들은 아주 가까이까지 침투해 수풀 개미집의 구성원들을 두려움에 떨게 했다. 수풀 개미들은 그들의 집 가까이에서 벗어나지 않았다. 그저 주변의 땅에서 구할 수 있는 약간의 먹이들, 대개의 경우 죽은 곤충들로 연명했다. 슈퍼 군락의 개미들이 주변을 장악하고 나서 그들의 상황은 더 나빠졌다. 슈퍼 군락의 정찰 개미들은 이전의 두 개미집의 정찰 개미보다 더욱 자주 출몰했다. 몇몇 개미들은 위험할 정도로 가까이 다가오기도 했다. 수풀 개미집의 일개미들은 더더욱 그들의 작은 개미집 입구 근처를 벗어날 수가 없었다. 그렇게 조심을 했음에도 몇몇 수풀 개미들은 슈퍼 군락의 정찰 개미들에게 발각되어 공격을 당했다.

슈퍼 군락이 파괴될 무렵 수풀 개미 군락 역시 거의 죽어 가고 있었다. 하지만 그 이유는 완전히 달랐다. 오솔길 개미 군락이 이웃하고 있을 때 100마리에 이르던 수풀 개미집의 일개미들의 수는 슈퍼 군락의 종말이 다가올 무렵에는 고작 스무 마리로 줄어들었다. 몇 안 되는 일개미들은 개미집 안에 옹기종기 모여들어 대부분의 시간을 보냈다. 병정개미는 아예 다 사라지고 없었다. 여왕개미는 굶주림 끝에 난소가 위축되어 더 이상 알을 낳지 못하는 상태가 되었다. 일개미의 사망률이 치솟는 반면 새로운 일개미의 출생률은 0을 기록했다. 무자비한 슈퍼 군락 옆에 자리 잡은 이 작은 군락은 그 해 따뜻한 계절이 끝날 때까지 살아남을 수 없을 듯했다.

바로 그 무렵 움직이는 나무 신이 찾아와서 기적처럼 슈퍼 군락을 쓸어내 버렸다. 그러자 수풀 개미 군락의 생존을 위협하던 치명적인 압력이 제거되어 버렸다. 개미 신이 찾아왔을 때, 상당수의 슈퍼 군락의 정찰 개미들은 죽음의 지대 바깥에서 돌아다니고 있었다. 그러나 그들은 이제 더 이상 위협이 되지 못했다. 아무것도 모르고 제 집으로 돌아가려던 슈퍼 군락의 정찰 개미들은 죽음의 지대에 발을 들여놓자마자 여전히 토양에 스며들어 있는 독에 접촉해 죽어 나갔다. 일주일도 채 되지 않아 수풀 개미집 근처에서는 슈퍼 군락 개미들의 냄새가 깨끗이 사라져 버렸다.

수풀 개미집의 일개미들은 예전보다 더 먼 거리까지 탐험에 나서게 되었다. 처음에는 한 걸음 한 걸음 조심스럽게 나갔다. 그들은 차츰차츰 더 풍부하고 좋은 먹이를 발견하게 되었다. 예전에는 모두 슈퍼 군락이 선점했던, 죽은 곤충이나 쉽게 잡을 수 있는 먹이들이었다. 또한 근처의 풀숲에 사는 진딧물이 내놓는 달콤한 배설물도 풍부한 양으로 채집할 수 있었다.

아직 날씨도 따뜻하고 수목도 푸르른 9월 말에 이르러 여왕개미의 난소 기능이 회복되었다. 여왕은 알을 낳기 시작했고 건강한 어린 애벌레들이 잘 숨겨진 수풀 개미집의 육아실을 그득그득 채우기 시작했다.

이듬해 4월이 되어 땅속 가장 깊은 곳에서부터 남아 있던 겨울의 한기가 모두 거두어지고 식물이 새 봄의 싱그러움을 머금고 쑥쑥 자라기 시작하자 수풀 개미집의 일개미들은 더욱 멀리까지 먹을 것을 찾아 탐험에 나서기 시작했다. 숲 속 군락은 예전보다 더욱 활기차게 성장을 재개했다. 며칠 만에 수풀 개미집의 최초의 정찰 개미가 과거 슈퍼 군락의 영토였던 황무지에 발을 들여놓았다. 이제 죽음의 지대에서 살충제의 독성은 사라지고 곤충과 작은 무척추동물들이 슬슬 침투해 들어가 각자의 방식으로 이 땅을 탐험하고 다녔다. 그리고 이들 중 상당수는 수풀 개미들의 좋은 먹잇감이었다.

몇 달 전에는 버려진 황무지였던 이 땅은 이제 새로 일군 정원과 같았다. 아이러니하게도 과거 슈퍼 군락의 지배 동안 이 땅은 더욱 풍요롭고 생산적인 토양으로 탈바꿈했다. 슈퍼 군락 개미들이 엄청난 규모로 땅굴과 작은 방들을 파는 과정에서 쟁기질을 하듯 공기가 잘 통하는 토양을 만들었던 것이다. 또한 많은 양의 개미의 사체가 분해되며 거름이 되어 식물이 잘 자랄 자양분을 제공했다. 본디 대왕송 초원 지대에서 잘 자라던 풀과 약초들이 대재앙에서 살아남은 종들 사이에 다시 모습을 드러냈다. 6월쯤 되자 새로 돋아난 풀들이 과거의 개미언덕 표면 위를 양탄자처럼 빽빽하게 뒤덮었다. 6월초에 이르자 빠르게 생장하는 여름의 허브가 활짝 꽃을 피웠다. 그러자 그 부름에 응하듯 온갖 종류의 곤충들이 날아와 꽃가루받이에 참여했다. 꽃무지, 꽃등에, 땀벌, 온갖 호랑나비, 호랑나비, 노랑나비, 흰나비, 파랑나비, 팔랑나비 등이었다. 마치 이 땅에 폭력과 죽음의 기억이 존재하지 않듯이…….

여름이 절정에 이르자 이 풀뿌리 정글에는 수백 가지 곤충의 종이 바글대며 제각기 자신에게 꼭 맞는 환경에 적응해 나갔다. 그리고 그 곤충들을 잡아먹기 위해 다양한 종류의 거미들이 자리를 잡았다. 각 종의 거미들은 둥근 방사상의 거미줄이나 이리저리 얽히고

설킨 거미줄을 쳐놓고 덫에 걸린 곤충들을 잡아먹거나, 실을 잦는 터널에서 갑자기 튀어나와 방심하고 지나가는 곤충을 급습했다. 몇몇 거미는 꽃 위에 꼼짝하지 않고 몸을 숨기고 있다가 꽃에 찾아오는 벌이나 다른 곤충들을 잡아먹는다. 깨알보다 작은 접시거미 새끼에서부터 사람 손바닥 절반 정도 크기의 늑대거미까지 다양한 모양과 크기의 거미들이 존재했다.

거미들은 날개도 없는데 신기하게 이 새로 태어난 땅에 가장 먼저 정착한 종 중 하나였다. 몇몇 거미들은 기어서 들어왔지만 또 다른 거미들은 열기구를 타고 공중에서 내려왔다. 그것은 거미류 사이에서 태고부터 전해 내려오는 널리 퍼진 방법이다. 이 방법을 습득한 어린 거미가 먼 길을 이동하고 싶을 때, 거미는 풀잎이나 관목의 잔가지 위의 가로막히지 않고 확 트인 곳으로 기어간다. 그런 후 몸의 뒤쪽에 있는 방적돌기를 위로 향해 발사 자세를 취한 다음 실 한 가닥을 공중으로 쏘아 올린다. 이 섬세하고 가느다란 실이 새끼 거미에게 연과 같은 역할을 한다. 공기의 흐름이 실을 위로 들어 올리면서 잡아당긴다. 잡아당겨지는 긴장감을 느낀 거미는 차츰차츰 실을 길게 늘인다. 위에서 잡아끄는 힘이 거미의 체중을 넘어서면 여덟 개의 다리를 풀잎이나 가지에서 떼어 내고 공기의 흐름에 몸을 맡긴다. 연줄을 타고 날아가는 새끼 거미는 수백 미터 고도까지 올라간 다음 하강 기류를 타고 몇 킬로미터나 여행할 수 있다. 착륙하고 싶으면 거미는 실을 조금씩 먹어 들어간다. 1밀리미터, 1밀리미터씩 천천히 실의 길이를 줄이면서 아슬아슬하게 착지를 노린다. 비록 위험이 따르기는 하지만 그만큼 큰 기회 역시 주어진다. 거미줄 열기구를 타고 멀리 날아간 새끼 거미는 다른 경쟁자가 없는 새로운 땅에 정착할 수도 있다. 비록 얼마동안이기는 했지만 새롭게 비워진 슈퍼 군락의 영토가 바로 그런 새로운 기회의 땅이 되었던 것이다.

27

수풀 개미들은 무인도에 상륙한 유럽의 탐험가와도 같은 상황을 마주했다. 버려진 슈퍼 군락의 영토는 굶주리고 있던 수풀 개미 군락에게 풍부하고 무제한적인 식량의 제공처가 되었다. 수풀 개미 군락과 경쟁할 다른 개미 군락조차 한동안 존재하지 않았다. 그러나 그들이 마주한 노다지를 수확하는 것이 그렇게 쉬운 일만은 아니었다. 움직이는 예민한 표적을 사냥하는 일은 나무 아래 입을 벌리고 누워 감이 떨어지기를 기다리는 것처럼 쉬운 일은 아니다. 노련한 솜씨와 민첩성을 가지고서야 먹잇감을 굴복시킬 수 있었다. 수풀 개미집의 정찰대가 땅 표면을 뚫고 침투하면 먹잇감인 동물들은 신체의 해부학적 구조가 제공하는 방어 수단이나 수백만 년에 걸친 진화 과정에서 습득한 방어 행동을 가지고 대응해 온다. 그와 같은 방어 수단은 엄청나게 다양하며, 일부는 정확하게 개미의 공격을 무력화시키기 위해 고안된 것이다. 그중에는 인간의 군사학적 기준에 비추어 보아도 천재적인 수단들도 있다. 수풀 개미 군락의 사냥꾼들이 천천히 기어가는 날개응애를 만났다. 날개응애는 거미와 거북이의 잡종 같이 생긴 작은 벌레로 언뜻 보아 손쉬운 먹잇감이 될 듯하지만 실은 개미의 강력한 턱으로도 쉽게 으깨지지 않는 단단한 껍데기로 온 몸을 두르고 있다. 노래기는 손쉬운 먹잇감이지만 다른 방식으로 무장을 하고 있다. 몸이 길쭉한 노래기는 중세의 기사들처럼 경첩으로 연결된 판 조각들로 이루어진 갑옷과 같은 껍데기로 제 몸을 보호하고 있다. 그것뿐이 아니다. 녀석은 공격자에게 시안화물 성분을 포함한 독을 내뿜는다. 육지에 사는 갑각류인 쥐며느리 역시 움직일 수 있도록 마디로 연결된 단단한 갑옷을 뒤집어쓰고 있으며 위기의 순간에는 몸을 돌돌 말아 침투할 수 없는 단단한 공으로 변신한다. 톡토기는 먹기에 좋은 부드럽고 작은 몸을 갖고 있지만 매우 재빠르고 조심스럽다. 녀석들은 몸의 뒷부분에 용수철과 같은 장치가 장착되어 위기의 순간에 공중으로 튀어 올라 멀리뛰기를 하는데 한 번에 사람으로 치면 풋볼 경연장 정도의 거리를 뜀뛰기를 한다. 지구 상 가장 흔히 존재하는 동물인 선충에 속하는 회충은 흙 속 어디에나 존재하지만 너무 작기 때문에 개미들이 효율적으로 채집하기 어렵다. 한편 먹잇감과 영토를 놓고 개미와 경쟁하는 최대의 경쟁자인 딱정벌레는 전천후 전사이다. 단단한 갑옷으로 무장을 하고 있을 뿐 아니라 독성 무기도 지녔다. 땅 위에서 기민하게 움직일 뿐만 아니라 위기의 순간에는 날아오를 수도 있다. 그리고 최후의 수단으로서 개미와 직접 몸싸움을 벌이게 되는 상황에서는 날카롭고 강력한 턱으로 개미를 두 동강 낼 수도 있다.

그리하여 수풀 개미집의 사냥꾼들은 되도록 맛이 좋고 살이 부드러우며 천천히 움직이는 먹잇감에 주력을 다했다. 수풀 개미가 땅바닥에 떨어진 애벌레나 그밖에 위의 조건에 부합하는, 그러니까 독이 없고, 낫과 같은 턱으로 개미의 몸을 뎅강뎅강 베어 내려 들지 않고, 총알 같은 속도로 도망치지 않고, 또 사냥한 품은 나올 만큼 먹을 구석이 있는 동물을 발견하게 되면 맹렬한 노력을 퍼부었다. 개미는 냄새의 자취를 남기며 개미집으로 돌아가 자신의 발견을 동료들에게 알렸다. 중간에 동료를 만나면 앞다리로 재빨리 톡톡 쳐서 정보를 전달했다. 그러면 개미집에서 동료 일개미들이 즉각 달려 나오고 보고 받은 먹잇감이 수고를 들일 만한 가치가 있다고 판단하면 바로 공격에 들어간다. 먹잇감인 동물의 몸집이 클 경우에는 일개미 한 마리가 혼자서 상대할 수 없다. 하지만 여러 마리의 일개미들이 동시에 떼로 달려들 경우 몸집이 큰 상대도 해치울 수가 있다.

수풀 개미들이 새로운 영토를 탐험하다가 땅강아지의 유충을 발견하고 떼 지어 몰려갔다. 이 애벌레는 비록 다 자라지는 않은 상태였지만 몸 크기를 놓고 볼 때 개미가 사람이라면 애벌레는 황소만한 크기였다. 그러나 맨 처음 도착한 열두어 마리의 개미들만으로도 승산이 있어 보였다. 몇 마리는 땅강아지의 유충에게 달려들어 다리를 잡고 쫙 펼쳤고 다른 몇 마리는 키틴질의 딱딱한 껍데기 판 사이의 부드러운 살에 독이 있는 침을 쏘았다.

수풀 개미의 정찰대가 발견한 또 다른 횡재는 멧누에나방 애벌레였다. 꽤 많이 자란 이 애벌레는 개미가 사람이라면 커다란 고래 정도 크기의 사냥감이었다. 이 괴물을 굴복시킨 후 개미집까지 끌고 가는 데에는 상당수의 병정개미까지 대동한 수백 마리의 일개미들이 동원되었다.

몸집이 큰 이미 죽은 동물의 사체를 경쟁자들에게 빼앗기지 않고

개미집까지 운반하는 데에도 그와 비슷한 전략과 협력이 필요했다. 그와 같은 노다지를 획득함으로써 얻을 수 있는 열량의 보상은 어마어마한 것이었다. 어느 날 일개미들은 갓 죽은 도마뱀의 사체 주위에 몰려들었다. 가장 진취적인 정찰 개미의 발견과 안내에 힘입은 것이었다. 이 정도의 먹이라면 수풀 개미 군락 전체가 며칠 동안 먹을 수 있는 양이었다. 그런데 갑자기 일단의 불개미들 역시 이 탐나는 먹이의 존재를 알아차렸다. 역시 정찰 개미의 보고를 받고 몰려온 불개미들은 그들 나름대로 최선을 다했다. 그들은 즉각 전력을 갖추고 움직이는 대상은 무엇이든 달려들어 공격했다. 불개미들은 용감무쌍한 전사들이었다. 특히 집단 공격에 강했다. 전투가 시작되었고 곧 양편의 사상자와 부상자가 널브러져 쌓여 갔다. 수풀 개미들이 가까스로 승기를 잡았다. 그들의 개미집이 좀 더 가까웠기 때문에 더 빨리 전력을 보충할 수 있었던 것이 승리의 주요 원인이었다. 병정개미들의 개입도 큰 힘이 되었다. 몸집이 큰 병정개미들은 불개미에게 치명적인 독침을 쏘고 면도칼같이 날카로운 턱으로 불개미의 몸을 조각조각 찢어 놓았다. 수풀 개미 군락의 전사들은 도마뱀의 사체에서 불개미들을 몰아내고 거대한 전리품을 천천히 한 걸음씩 개미집으로 끌고 갔다.

이 무렵 수풀 개미 군락은 적절한 병력을 갖추고 있었다. 장갑 보병 전사들은 가공할 만한 병기였다. 그들은 개미집을 방어할 뿐만 아니라 먹잇감을 끌고 오는 일개미들을 호위했다. 그들의 몸은 두껍고 근육질이었다. 몸에 비해 큰 머리는 하트 모양을 하고 있다. 부풀어 오른 후두엽에는 모음근(adductor, 한 부분을 다른 부분으로 끌어당기는 근육—옮긴이)이 가득 들어 있는데 이 근육은 대부분의 곤충의 키틴질 외골격과 근육을 잘라 내기에 충분한 힘으로 턱을 닫을 수 있다. 아래 위 턱의 안쪽 가장자리에는 여덟 개의 날카로운 이가 나 있다. 아래턱 끝에 나 있는 이가 가장 긴데 병정개미는 이 이빨을 단도처럼 휘둘러 상대를 찌르거나 갈고리처럼 이용해 상대를 꽉 붙들고 같은 편이 올 때까지 기다린다. 병정개미의 가슴의 윗부분에는 한 쌍의 등뼈와 같은 가시가 길게 뒤로 뻗어서 가느다란 허리를 보호해 준다. 전투를 벌일 때 상대가 취약한 허리 부분을 공격해 병정개미를 두 동강 내는 것을 조금이나마 어렵게 만들어 주는 것이다.

병정개미의 뇌는 전투에 맞게 배선되어 있다. 각각의 턱의 안쪽에 있는 샘에는 다량의 경보 페로몬이 들어 있는데 적을 만나면 이 페로몬이 공기 중으로 분사된다. 위기의 상황에서 병정개미는 이 물질을 보통의 일개미보다 더 많이 생산해 낼 뿐만 아니라 이 페로몬에 더 민감하다. 경고 물질이 아주 낮은 농도로 존재하는 경우에도 병정개미들이 즉각 몰려나와 적을 찾아다닌다. 전투에 참여한 병정개미들은 동료들을 불러 모은다. 병정개미들이 경보 페로몬 물질이 높은 농도로 존재하는 영역에 모이게 되면 그들은 미친 듯이 줄지어 고리모양으로 빙글빙글 돌다가 무엇이든 움직이는 낯선 존재를 맞닥뜨리면 온몸을 던져 공격한다. 목숨의 위협이나 적의 가공할 위력에도 그들은 전혀 위축되지 않는다. 병정개미들은 군락을 위한 자살 특공대이다.

수풀 개미 군락의 규모가 작을 때는 병정개미를 길러 낼 여력이 없었다. 병정개미의 양육에 대한 투자는 군락의 방어력을 향상시키고 위험한 적의 공격으로부터 전멸당할 위험을 줄일 수 있다. 그러나 노동력을 확충하는 것이 군락의 성장에는 더욱 시급한 과제였다. 그리고 빠른 성장 역시 개미 군락의 생존에 결정적으로 중요한 요소다. 개미 군락의 성장 초기에 치명적인 적이 나타나지 않는 요행을 기대할 수는 있지만 성장을 희생하는 것은 생존 자체를 포기하는 것이기 때문이다. 먹이를 모아오고 어린 애벌레를 기르는 일에 특화된 일개미들의 수를 확충하는 것이 개미 군락 전체가 더욱 오래 살아남는 길이다. 그러다 보면 언젠가 새로운 처녀여왕과 수개미를 생산해 낼 시간과 에너지가 생기게 되고 그리하여 그들과 같은 종류의 새로운 군락을 세상에 남길 수 있게 되는 것이다. 그 과정에서 병정개미들도 확충해 나간다. 하지만 오직 전투에만 특화된 이 특별한 계층의 수는 세심하게 조절할 필요가 있다. 병정개미의 수가 너무 적을 경우 개미 군락이 적에게 괴멸당할 위험이 커진다. 특히 같은 종의 다른 군락과의 전쟁에 패망할 가능성이 높아진다. 그러나 병정개미의 수가 지나치게 많을 경우 군락의 성장이 저해된다. 영토에서 거두어들이는 먹이의 양이 적어지고 그 파장이 즉시 나타난다. 군사력에 대한 투자에서 균형을 잃어버린 군락은 생존과 성장에 최적의 투자를 한 같은 종의 다른 군락과의 경쟁에서 이겨 낼 수가 없다. 방어력과 생산적인 노동력 사이에 적절한 균형을 이루는 일은 죽느냐 사느냐 하는 문제이다.

수풀 개미 군락은 일개미의 수가 약 200마리 되었을 때 처음으로 병정개미를 길러 내기 시작했다. 덥고 낮이 긴 여름철을 지나며 수풀 개미 군락은 빠르게 성장해 나갔다. 전체 개체수가 1000마리에 이르자 병정개미의 수 역시 확충했다. 슈퍼 군락이 재앙을 맞고 난 다음 해에 수풀 개미 군락의 개체수는 1만 마리에 이르렀다. 그리고 그중 약 500마리가 병정개미였다. 이들은 중무장을 하고 명을 받으면 달려 나갈 채비를 하고 있었다. 이러한 병정개미 군단의 존재는 불개미뿐만 아니라 아르마딜로나 독약을 뿌려 대는 움직이는 나무 신과 같은 존재를 제외하고는 어떤 적의 공격에도 끄덕없는 난공불락의 성으로 만들어 주었다.

한때는 약해 빠졌던 수풀 개미 군락은 그해 여름에 전성기를 맞았다. 그들은 신과 같은 존재가 슈퍼 군락을 싹 쓸어 내 버린 후 텅 빈 상태로 남아 있는 미지의 대륙에 발을 들여놓았다는 사실을 알게 되었다. 수풀 군락의 개미들이 자신의 개미집 주변으로 한 뼘, 한 뼘 영토를 넓혀 감에 따라서 군락 전체의 지적 능력도 점차로 성장해 나갔다. 개미 군락 전체의 정신적 삶을 모든 구성원 개미들이 똑같이 공유하는 것은 아니었다. 한 마리의 개미가 알고 있거나 생각하는 것은 군락 전체의 지식과 생각의 극히 작은 일부일 뿐이다. 군락의 지능은 전체 구성원들 사이에 골고루 분산되어 있다. 마치 인간의 지능이 뇌의 핵과 회와 엽에 다양하게 분포하고 있는 것처럼 말이다. 수풀 개미집의 일개미 한 마리는 개미집 바깥 영토 중 어느 특정 부분에 대해 알고 있고, 또 다른 개미는 영토의 다른 부분에 대한 지식을 가지고 있다. 개미집 건설을 도맡은 개미들은 개미집 가장자리의 복잡한 통로와 방들을 기억하고 있고 또 다른 일개미들은 어린 애벌레와 번데기들의 상태를 잘 알고 있다. 각각의 숙련된 사냥꾼 일개미들은 제각기 다양한 비가 오던 때의 경험, 적과의 전투 경험, 진드기와 같이 수액을 빨아먹는 벌레들이 내놓는 달콤한 즙을 거두어 들인 경험 따위를 보유하고 있다. 몇몇 정찰대원 개미들은 점점 확장되어 나가는 수풀 개미 군락의 영토의 경계와 변방에 대해 잘 알고 있다.

수풀 개미 군락 전체는 이런 식으로 흩어져 있는 지식의 조각들을 필요에 따라 하나로 그러모아 이용하고 페로몬의 언어를 이용해 각 부분들 사이에 의사소통이 이루어진다. 개미 군락이라는 초유기체는 그 어떤 구성원보다 더 많은 지식을 갖고 있으며 따라서 더 똑똑하다.

그들에게 주어진 엄청난 행운을 누려온 수풀 개미 군락은 번영을 누리는 데에는 대가를 치러야 한다는 사실을 배우게 되었다. 인구는 점점 늘어나는데 원래의 개미집이 너무 비좁아 불편해지기 시작한 것이다. 일개미들은 원래 개미집에서 아래로, 옆으로 부지런히 땅굴을 파냈다. 조금씩, 조금씩, 한 마리의 개미가 더듬이로 운반할 수 있는 양 만큼씩 흙을 퍼서 밖으로 실어 내며 개미집을 파 들어갔다. 그러나 그들 개미집이 자리 잡은 곳의 토양은 너무 메마르고 잘 부서져서 개미집을 짓기에 그다지 좋은 땅이 아니었으며 주변에 온통 뻗어 있는 관목의 잔뿌리들은 일개미가 잘라 내기에는 너무 두껍고 질겼다. 게다가 관목으로 우거지고 그늘진 수풀 지대는 먹이를 채집하기에 좋은 위치가 아니었다.

정찰 개미들이 슈퍼 군락이 사라진 유령 도시를 탐험하다가 곧 광범위하게 자리 잡고 있는, 예전의 거주자들이 남겨 놓은 거대한 터널 시스템을 발견했다. 슈퍼 군락의 지하 개미집에는 여러 개의 출입구가 있었지만 지금은 상당수가 흙으로 메워져 있는 상태였다. 새 땅을 탐험하던 정찰 개미 중 일부가 여전히 내부로 들어갈 수 있는 출입구를 몇 개 발견하고 그곳으로부터 수풀 개미집까지 냄새의 자국을 남겨 놓았다. 수풀 개미집의 몇몇 동료들이 그 자국을 따라가 보았다. 그러나 슈퍼 군락 개미집의 출입구에 당도한 그들은 마음이 썩 내키지 않은 듯했다. 그들은 자신이 온 자국에 약한 정도의 냄새를 덧붙여 남겨 놓거나 아니면 다른 동료들과 아무런 의사소통을 시도하지 않은 채 자신의 개미집으로 되돌아갔다.

한편 수풀 개미집의 주택 문제는 점점 심각해졌다. 수풀 개미 군락은 진지하게 새로운 집을 찾아 나서기 시작했다. 마음에 드는 잠재적 주택 후보지마다 제각기 냄새 자국을 남겨 놓음으로써 수풀 군락의 개미들은 일종의 투표를 실시했다. 어떤 주택 후보지는 몇 표밖에 얻지 못했다. 어떤 후보지는 아예 표를 하나도 얻지 못하기도 했다. 처음에는 어떤 후보지도 몰표를 얻지 못했고 그 결과 차츰차츰 후보에서 밀려나게 되었다. 그러다가 8월 중순 어느 아침에 몇몇 정찰 개미들이 특별히 마음에 드는 장소를 발견했다. 예전 오솔길 개미 군락의 영토 중간쯤에서였다. 오솔길 개미 군락의 입구를 막고 있던 흙을 파 들어가자 부분적으로 텅 비어 있는 개미집 통로들이 나타났다. 개미들은 흥분하기 시작했다. 개미들은 점차로 간격을 줄여 가며 이 좋은 소식을 제 집에 있는 동료들에게 전달하기 시작했다. 나중에 도착한 개미들도 원래의 냄새 자국 위에 자신의 냄새 자국을 보탰다. 개미들의 냄새 자국이 합쳐져서 점점 더 강렬한 냄새를 풍기기 시작했다. 흥분한 몇몇 정찰 개미들은 더듬이로 동료를 톡

톡 치기도 했다. 그 의미는 "자, 나를 따라와! 빨리 빨리!" 정도가 되겠다. 결국 주택지 투표에서 이 새로운 장소가 몰표를 받기 시작했다. 원래의 개미집에서 새로 발견된 오솔길 개미 군락 사이를 오가는 일개미의 수가 기하급수적으로 증가했다. 점점 더 많은 양의 냄새 물질이 그 길에 뿌려졌고 점점 더 많은 정찰 개미들이 더듬이로 동료들을 톡톡 두들겼고 더 많은 수풀 개미들이 원래의 개미집을 떠나 새로운 후보지를 점검하러 왔다. 개미들의 투표는 곧 결론이 났다. 그들 공동의 지적 능력은 "여기가 바로 우리가 살 집"이라고 판단했다. 곧 새로운 개미집을 정비하는 작업에 착수했다. 정오 무렵이 되자 지하로 1미터 정도 내려가는 수직 통로가 깨끗이 정비되었고 가로 방향으로 뻗어 나가는 터널들을 새로 건설하거나 원래 존재하던 방들을 새로 단장하는 일들이 진척되어 나갔다. 개미집은 마치 뱀의 골격과 비슷한 모양이었다. 중앙의 수직 통로가 뱀의 등뼈에 해당되고 옆으로 뻗은 통로들은 등뼈에서 뻗어 나간 갈비뼈같이 보인다.

처음 새 집의 후보를 발견하고 동료들을 불러 모아 파 내려가는 모든 과정에서 엘리트 일개미들이 주도적 역할을 담당했다. 지도자 일개미 한 마리가 터널을 파기 시작하면 근처에 있던 다른 개미들이 달려와 더 깊이 파 내려가거나 옆으로 새로운 길을 냈다. 엘리트 개미들은 추종자들에게 영감을 불어넣고 하나의 작업이 완수될 때까지 계속해서 새로운 업무를 개시하고 동료들에게 할당한다. 엘리트 개미들은 변화를 불러일으키고 동료들이 제 임무를 수행하도록 하는 데 결정적인 역할을 담당한다.

개미들이 와글대는 수풀 개미 군락 영토의 중심부에 대왕송 그림자가 길어지기 시작할 무렵 지하 개미집은 거의 완공에 이르렀고 이주가 시작되었다. 수풀 군락의 개미들은 서둘러야 했다. 옛 개미집에서 새 개미집으로 향하는 대장정의 중간에 어둠이 내리면 무시무시한 야행성 포식자들이 출몰하게 되고 수풀 개미들이 몰살당할 가능성이 높기 때문이었다. 처음에는 일개미들이 이주를 달갑게 생각지 않는 동료들을 끌고 나왔다. 게으름뱅이들은 군락 전체의 골칫거리였다. 개미 군락에는 앞장서서 무리를 이끄는 엘리트도 있지만 한편 엄청나게 밀고 당겨야 움직일까 말까 하는 지독한 게으름뱅이들도 있다.

각 개미를 운반하는 방식은 동일했다. 주도적인 일개미가 운반해야만 할 동료 개미를 발견하면 턱으로 살짝 잡아당긴다. 그러면 상대방 개미는 더욱 수동적인 자세를 취하며 주도적 개미로 하여금 자신의 턱이나 머리의 다른 부분을 꽉 잡도록 한다. 운반되는 개미는 자신의 발과 더듬이를 몸 가까이에 꽉 붙여서 전혀 움직일 수 없는 번데기와 비슷한 형태를 취한다. 그렇게 함으로써 주도적 개미가 자신의 몸을 들어 올려 등 위에 업을 수 있도록 하는 것이다. 이제 게으름뱅이 개미는 새 집으로 운반할 하나의 짐 덩어리로 변신한 셈이다.

이주 행렬이 한창일 때 대다수의 일개미들은 다른 동료들을 운반하는 데 활발히 참여한다. 그 다음 번데기와 구더기 비슷한 애벌레를 턱으로 살짝 물어 나른다. 여왕개미가 낳은 지 얼마 되지 않아 아직 부화되지 않은 알들 역시 조심스럽게 운반된다.

그런 다음 여왕의 행차가 시작된다. 여왕개미는 알로 터질듯이 부푼 배를 질질 끌며 느릿느릿 조심스럽게 움직였다. 여왕의 수행원 개미들이 여왕 주변과 몸 위에 몰려들어 여왕의 몸이 눈에 띄지 않도록 가렸다. 일부 개미는 여왕의 더듬이를 살짝 잡아당겨서 길을 안내했다. 여왕개미의 몸은 너무 크고도 무거워서 다른 게으름뱅이 일개미처럼 번쩍 들어 옮길 수가 없다. 심지어 여러 마리의 수행원 개미들이 힘을 합친다고 해도 어려운 일이었다. 여왕의 지겨울 정도로 느린 행보가 전체 개미 군락의 이주의 결정적인 단계였다. 만일 새나 도마뱀이 여왕을 발견하고 날름 물어가 버리거나 일단의 적의 개미 군단이 호위대를 뚫고 들어와 여왕을 죽인다면 수풀 개미 군락의 운명은 벼랑 아래로 떨어져 버리는 셈이 될 터였다. 이번에도 같은 종의 개미들이 드물게 보였던 경우와 같이 여왕개미는 새로운 개미집에 자신의 왕국을 다시 세웠다.

대왕송 숲에 황혼이 잦아들 무렵 여왕개미와 다른 대부분의 수풀 개미들이 새로운 둥지에 정착했다. 몇 마리의 개미들은 여전히 냄새 자국을 따라 줄지어 길을 오갔지만 별다른 의미는 없어 보였다.

지난여름 죽어 가는 난쟁이와 다름없었다가 이제는 거인으로 성장한 수풀 개미 군락은 곧 슈퍼 군락을 제외하고 그들 종의 개미들이 도달할 수 있는 가장 큰 규모에 도달하게 되었다. 신이 그들에게 선물한 땅은 그들이 다 채울 수 없을 만큼 넓은 영역으로 뻗어 나가 있다. 수풀 개미 군락의 정찰 개미들은 정기적으로 데드아울코브의 어떤 군락보다도 더 멀리 떨어진 곳까지 탐험을 나가고는 했다.

그러므로 이듬해 봄 어느 날 수풀 개미 군락의 엘리트 일개미 중 한 마리인 대담한 탐험가 개미가 다른 군락의 정찰 개미와 마주하게 된 것은 필연적인 일이었다. 수풀 개미집의 엘리트 정찰 개미는 한

번도 자신과 같은 종이면서 다른 군락의 냄새를 갖고 있는 개미를
만나 본 일이 없었다. 두 마리의 개미는 반복해서 더듬이로 상대의
몸을 쓸어 가며 탐색전에 들어갔다. 그런 다음 둘은 떨어져서 재빨
리 각자의 개미집 방향으로 되돌아갔다.

그 이후에 점점 더 많은 수의 수풀 개미들이 최초의 정찰 개미가
남겨 놓은 냄새 자국을 따라 낯선 개미와 조우한 장소를 찾아갔다.
그 개미들 역시 다른 개미집에서 온 낯선 개미들을 만났다. 이와 같
은 적대적 교류가 빈번해짐에 따라 그곳까지 더 길고 강한 냄새 자
국이 남게 되었다. 상대방 개미들의 경우에도 마찬가지였다. 곧 양쪽
개미집에서 파견된 다수의 정찰 개미들이 분쟁 지역을 순찰하기 시
작했다.

데드아울코브에서 치러졌던 이전의 전쟁들과 마찬가지로 정찰 개
미들은 마치 자신이 병정개미인 것처럼 보이도록 위장해 상대 개미
들을 겁주려고 시도했다. 배를 부풀리고 다리를 쭉 뻗어 키가 커보이
게 만들고 작은 돌 위에 올라가 더욱더 커보이도록 했다. 진짜 병정
개미들도 곧 시위에 동참했다. 원을 그리며 둘러서고, 쿵쿵 냄새를
맡고, 서로 몸을 밀치는 본능적인 경합 패턴이 이곳에서도 나타났
다. 양쪽 군락 모두 이 경합을 본격적인 공격으로 수위를 높이려고
들지 않았다. 양쪽 모두 시위를 벌이면서 상대방이 약점을 드러내기
를 기다렸다.

드디어 무한히 펼쳐진 듯 보이던 수풀 개미 군락의 영토에도 경계
가 그려졌다. 그러나 큰일은 아니었다. 수풀 개미 군락의 여왕은 아
직 젊고, 군락의 개체수는 그 종의 개미 군락의 평균 개체수보다 훨

씬 큰 편이며, 그들이 자리 잡은 땅은 풍요롭고 생산적이어서 그들은 웬만한 위협에 떨지 않을 만큼 강하고 튼튼했다.

그해 여름 수풀 개미 군락은 처녀 여왕개미와 수개미들을 생산해 내기 시작했다. 여왕개미들과 수개미들은 예정된 계획에 따라 결혼식을 올렸다. 생산력 넘치는 젊은 여왕개미들은 어머니 군락의 영토 경계를 넘어 멀고 먼 미지의 땅으로 날아갔다. 이제 수풀 개미 군락 자체가 번식을 하게 된 셈이다. 수풀 개미 군락은 다윈주의적 게임의 승자가 되었다.

수풀 개미 군락의 집단적 마음은 그들의 성공의 비결에 대해 오직 부분적으로만 파악할 수 있었다. 군락의 가장 나이 든 구성원들은 어느 날 갑자기 바람처럼 사라져 버린 무시무시한 적들의 존재를 기억하고 있었다. 그들은 광대한 땅의 풍부한 자원들이 어느 날 갑자기 그들에게 주어졌음을 기억했다. 그들과 더 어린 구성원들이 힘을 합쳐서 그렇게 주어진 땅과 자원의 대부분을 탐험하고 손에 넣었다. 그들의 집단적 마음에는 그 광대한 땅의 지도가 들어 있다. 그들이 만약에 움직이는 나무 신의 존재를 파악할 수 있다면 폭풍우나 번개로 일어난 들불만큼이나 강력한 그 신비로운 힘이 어떻게 그들에게 행운을 가져다주었는지도 추측할 수 있으리라.

이리하여 개미언덕 연대기는 끝을 맺게 되었다. 개미 제국 역사의 하나의 주기가 완성되었다. 데드아울코브의 작은 문명이 커다란 한 바퀴를 돌아 제자리로 왔다. 원래 오솔길 개미 군락의 것이었던 이 땅은 패배자의 몰살을 가져온 두 번의 전면전과 그에 이어 일어난 개미의 신에 의한 파괴적 재앙을 목격했다. 노코비 지대의 이 작은 땅덩어리는 이야기가 시작되었던 무렵의 상태로 되돌아갔다. 그동안의 모든 일은 과거로 흘러갔다. 이제 이 지역의 개미 특유의 개미언덕이 원래의 자리에 그대로 서 있다. 개미언덕의 거주자는 슈퍼 군락 개미들이 아니라 원래의 오솔길 개미 군락의 딸 군락이다. 길고 긴 세월을 이어 온 대왕송 숲의 생태계는 시험을 견뎌 내고 다시 굳건히 자리 잡았다.

수천 년 동안 꼬리를 물고 이어져 온 생태계의 주기가 또다시 반복되었다. 그런데 이제 이 모든 것이 변할 수도 있다. 움직이는 나무 신이 왕림해 이곳저곳에서 출현했다. 그들은 마음만 먹으면 모든 것을 단번에 쓸어버릴 수 있는 힘을 지니고 있다. 노코비의 역사상 처음으로 개미와 개미 군락, 그것을 둘러싼 생태계, 노코비 지대 전체가 위험에 처하게 되었다.

그해 겨울 세찬 비가 노코비의 대왕송 지대를 깊이 적셨다. 세 번 서리가 내리면서 수풀 개미 군락의 개미언덕 표면에 살얼음이 끼었다. 그동안 개미집의 거주자들은 가장 깊은 방에 몸을 움츠리고 겨울잠을 잤다. 그들의 머리 위에서는 그들이 모르는 사이에 움직이는 나무 신들이 이리저리 오가며 측량을 하고 계획을 세우고 특유의 쉭쉭대는 소리로 서로 이야기를 주고받았다.

28

모든 살아 있는 생물들의 운명은 이제 한 가족의 결정에 달려 있었다. 5대에 걸쳐 노코비 지대를 소유해 온 젭슨 카운티의 젭슨 가족은 150년 동안 이 땅을 야외의 가보라도 되듯 원래의 모습 그대로 간직해 왔다. 땅을 유지하는 데에는 그저 카운티 관청에 내는 가벼운 지방세 정도가 들었을 뿐이었다. 면화와 투자 등으로 부를 일궈낸 이 가문은 값어치 있는 목재인 대왕송을 조금도 베어 내지 않고 유지해 왔다. 그러나 20세기의 끝자락에 이르러 가문의 젊은 구성원들은(그 무렵 대부분은 젭슨 트러스트로 대표되었다.) 거의 걸프 해안 평야 지대를 떠난 상태였다. 그들은 애틀랜타, 마이애미, 뉴욕 등 미국 곳곳의 부유한 도시에 정착했다. 그런 만큼 노코비 지대의 땅값이 어느 정도 선에 이르면 그들은 가장 높은 값을 부르는 자에게 땅을 팔 것으로 보였다.

"언제쯤 그런 일이 일어날까요?" 래프는 외삼촌 사이러스 셈스의 사무실 소파에 앉아 있었다. 플로리다 주립 대학교 3학년에 올라간 래프는 자신의 미래에 대해서도 아무것도 확실한 것이 없었지만 노코비의 미래에 대해 점점 더 불안을 느꼈다.

"정확하게 이야기하기는 어렵단다." 사이러스가 대답했다.

그는 조카 쪽으로 의자를 돌려 앉아 하바나산 시가에 불을 붙였다. 그러고는 안경테 위로 조카를 바라보며 말했다. "그런데 그걸 왜 물어보는 거지? 네가 어디서 새로운 소식이라도 들은 게 있니?"

"아닙니다, 외삼촌. 저는 그저 그 땅에 일어나는 일에 대해 알고 싶어서요."

사이러스는 고개를 살짝 뒤로 젖히고 눈을 감고는 고리 모양의 담배 연기를 내뿜었다. 깊은 생각에 잠긴 듯 자세를 유지하던 그는 말문을 열었다. "내가 그 일에 대해 해 줄 수 있는 이야기는…… 글쎄다. 떠도는 이야기에 따르면 앞으로 2~3년 안에 카운티에서 노코비호수로 들어가는 길을 포장을 할 계획이라고 하더구나. 그렇게 되면노코비 지대의 땅값이 올라가겠지. 내 생각에 젭슨 가 사람들도 그사실을 알고 있고 따라서 도로를 포장할 때까지 기다릴 거라고 본다."

"그럼 그 땅을 사는 사람은 그곳을 개발할까요? 그러니까 나무들을 모두 베어 버리고 집을 짓는다든지 할까요?"

"그건 당연하지." 사이러스가 의자 뒤로 기대 시가를 재떨이에 놓았다. "그렇게 해야 어느 정도 수지를 맞출 수 있을 거다. 그렇다고 하더라도 큰돈이 되지는 않을 거고."

"하지만 그곳은 앨라배마 주 남부에서 가장 아름다운 땅 중 하나인걸요? 외삼촌도 그렇게 말씀하셨잖아요. 그런 만큼 그런 일이 일어나는 것을 그냥 지켜만 볼 수는."

"잠깐" 사이러스가 말을 잘랐다. "땅이 개발된다고 해서 그 땅의아름다움이 훼손되는 것은 아니다. 너도 부모님과 함께 데스틴에 가봤지? 멕시코 만을 따라서 리조트와 주택들을 얼마나 아름답게 지어놨는지 너도 봤을 거다. 새로 들어선 건물들은 주변 경관과 완벽하게 어울리지 않더냐?"

"하지만 그건 자연이 아니에요. 그곳에 있던 나무들과 동물들은어쩌고요?"

"스쿠터!" 사이러스가 다시 말을 잘랐다. 그의 얼굴은 온화한 삼촌의 표정에서 살짝 짜증 섞인 표정으로 바뀌어 있었다.

"노코비의 자연이 너에게, 또 네 아버지 어머니에게 얼마나 큰 의미가 있는 것인지 나도 잘 안다. 그리고 너희 가족의 그런 면을 나는 진심으로 존중한다. 만일 내가 아주 큰 부자라면 말이다, 내가 그 땅을 사들일 수도 있겠지. 가문을 위해서도 괜찮은 투자고 말이야. 하지만 내가 그럴 만한 형편은 못 된다. 네가 이 문제에 대해 어떻게 생각하는지, 어떻게 하고 싶은지는 잘 모르겠구나. 사실 네가 왜 그 이야기를 꺼내는지도 잘 모르겠다. 혹시 진로에 대한 너의 생각이 달라진 것은 아니겠지?"

"아닙니다. 외삼촌, 저는 단지……."

"그래, 바뀌지 않았다니 다행이다. 네가 계속 생물학을 공부한다거나 노코비 호수 근처의 야외 활동을 직업으로 삼으려는 게 아닌가 걱정했다. 나는 물론 네가 최고의 야생 동물 관리자나 교수가 될 거라고 믿는다. 하지만 그렇다고 해서 그게 노코비 지대나 그밖에 네가 지키고 싶어 하는 다른 땅들에 무슨 도움을 줄 수 있겠니?"

"하지만 우리가 뭔가 노력을 해봐야 하지 않을까요?"

"아마 너는 외삼촌이 처음 너에게 제안할 때 나눴던 이야기를 잊어버린 모양이구나. 네가 어떤 땅을 지키고 싶다면 너는 힘을 가져야 한다. 다시 말해서 엄청난 돈을 갖고 있든지 아니면 토지 거래나 사업 개발 등에 영향을 줄 수 있는 지위에 있어야 한다는 거지. 물론 그렇게 되려면 많은 노력이 필요하다. 그리고 거기에 이르기까지 네가 해야 할 공부나 수련 과정이 너에게 꼭 흥미롭고 즐거운 것은 아닐 수도 있다. 하지만 네가 진짜 힘 있는 사람이 되고 싶다면, 나는 진심으로 네가 그렇게 되기를 바란다만, 시스템 안에서 성공을 거두어야

해. 자, 이제 내 말을 잘 들어라. 너의 원래 계획대로 나가도록 해. 로 스쿨을 졸업하고 그 다음 할 수 있는 최선의 진로를 찾아라. 그런 다음에는 외삼촌이 너를 최대한 도와주마."

래프는 덫에 걸린 기분이었다. 어쩌면 서로 대립하는 두 힘 사이의 갈등을 해소하는 유일한 방법은 양쪽을 다 만족시켜 주는 것이라는 사실을 그 역시 알고 있지만 마주하고 싶지 않았던 것일지도 모른다. 그리고 외삼촌이 오래전에 그에게 제안한 해결 방법이야말로 그 길에 이르는 열쇠일지도 모른다. 장기적인 목표를 향해 오랜 시간을 걸쳐 힘들게 노력해야 하지만 어쨌든 불가능한 일은 아닐 것이다.

"네, 삼촌 말씀이 맞습니다. 물론 그렇죠.⋯⋯삼촌께 감사⋯⋯."

"잠깐, 네게 한 가지 더 이야기해 두고 싶구나." 사이러스가 다시 말을 시작했다. "네가 듣고 싶은 이야기는 아닐 게다. 하지만 노코비 지대는 누가 무엇을 하든 결국은 개발될 수밖에 없어. 언제가 될지는 모르지. 아무도 정확하게 이야기할 수는 없겠지만 아마도 빠르면 지금부터 5년 후, 늦어도 10년 후에는 확실히 시작될 거야."

래프는 얼어붙었다. 그는 숨을 죽이고 외삼촌을 바라보았다. 아, 그것이야말로 그가 두려워했던 나쁜 소식이었다.

"래프, 사실 너에게 이 이야기를 하지 않으려고 했단다. 그렇지만 너도 알고 있어야 할 것 같다. 선더랜드 사에서 데드아울코브 구획을 사들였단다. 그것도 상당한 값에 말이지. 드레이크 선더랜드는 차후에 노코비 지대의 서쪽 땅을 몽땅 사들일 것이 분명해. 그렇지 않고서야 그가 데드아울코브 구획에 투자할 이유가 없지. 젭슨 트러스트에서 분배에 관련된 몇 가지 문제만 해결하게 되면 곧 시장에 내놓을 것이고 그러면 선더랜드는 배추벌레를 발견한 닭처럼 냉큼 그 땅을 사들일 것이 분명해. 선더랜드는 꽤 높은 값을 지불해야 할 거고 일단 땅을 사들이게 되면 목재를 베어다 팔아서 착수금을 마련할 거야. 그 단계 역시 빠르게 진행될 거다. 그리고 그 돈을 그 땅 전체를 개발하는 데 투자할 거다."

"저는 정말 이해할 수가 없어요. 왜 노코비를 지금 그 모습 그대로 두면 안 되죠?" 어린아이 같은 질문이었다. 그러나 지금 래프는 지푸라기라도 붙잡고 싶은 심정이었다.

"그건 하나마나한 질문이다. 너도 알 거다. 젭슨 가 사람들이 돈을 원하기 때문이지."

"앨라배마 주에서 그 땅을 사들여 자연 보호 구역으로 만들 수는 없나요?"

"그렇게만 된다면야 아주 좋겠지. 하지만 얘야, 땅값이 2000만 달러, 아니 노코비 호숫가의 땅까지 포함하면 3000만 달러에 이른단다. 그것뿐이냐. 도로 정비니 공원 시설 유지 보수에도 돈이 들어가지. 그런데 유감이지만 지금 주 정부의 재정은 파산 직전 상태야. 게다가 이미 앨라배마 주에는 자연 공원들이 많이 있고. 따라서 앨라배마 주에서 시민들이 낸 세금으로 그런 막대한 비용을 치러 가며 공원을 또 하나 건설하는 일은 일어나지 않을 거다. 특히 여간해서 사람들 발길이 닿지 않는 노코비처럼 외진 곳에 말이지."

"그렇다면……어떻게 하면 좋을까요?"

"글쎄다. 솔직히 말하자면 할 수 있는 일은 아무것도 없단다. 선더랜드 사는 이런 식의 토지 매입과 개발에 있어서 아주 성공적인 역사를 갖고 있다는 사실을 알아야 해. 그리고 그들은 지금 노코비에 아주 큰 관심을 보이고 있어. 어쩌면 회사의 사활을 건 프로젝트가 될지도 몰라. 스쿠터, 삼촌을 봐라. 네가 그 숲을 얼마나 좋아하는지 나도 잘 알아. 정말 아름다운 숲이지. 또 네 아버지와 어머니가 즐겨 찾는 소풍 장소이기도 했고. 그렇지만 내가 너라면 말이다. 지키고 보호할 땅으로 그곳이 아닌 다른 곳을 찾아볼 것 같구나."

사이러스가 30초쯤 말을 멈추었다. 래프에게는 그 시간이 30분처럼 느껴졌다. 사이러스는 헛기침을 하고 손가락으로 이마의 벗어진 부분을 문질렀다. 치열한 사업적 토론을 벌일 때마다 무의식적으로 하는 버릇이었다.

"스쿠터, 나는 이 문제에 대해 너에게 솔직하고 싶구나. 그건 너를 위해서이기도 해. 요즘 나는 네 걱정을 많이 하고 있다. 외삼촌이 보기에 이 문제에 대해 너는 궤도를 이탈하고 있는 듯해. 나 역시 한때 젊고 이상주의에 빠진 적이 있었다. 진짜야. 그것 때문에 베트남에서 죽을 뻔도 했지. 네가 지금 어떤 느낌인지 나도 알 것 같아. 하지만 네가 이 문제에 대해 강박적이라는 사실을 깨달아야 해. 너는 지금 부분에 매몰되어 전체를 보지 못하고 있어. 외삼촌은 정말로 너의 감정을 상하게 하고 싶지 않다. 하지만 스쿠터, 나는 이 문제에 대해 드레이크 선더랜드의 편이다. 노코비와 젭슨 카운티는 앨라배마 주에서도 가장 가난한 지역이야. 진짜란다. 찢어지게 가난한 동네야."

"네, 외삼촌. 저도 알고 있어요." 래프가 동의했다.

"그곳에 있는 나무들은 대부분 쓸데없는 관목들이야. 잘게 잘라 나뭇조각을 만들거나 펄프로 만드는 것 외에는 별로 쓸모가 없지.

메추라기나 칠면조나 방울뱀 따위가 살 뿐이고. 예전에 브레턴의 밀브룩 같은 몇몇 사람들이 100년쯤 전에 대왕송 목재를 베어 내 큰돈을 벌었지. 지금은 모두 옛날 이야기야. 게다가 그 동네는 모빌에서 너무 멀리 떨어져 있어서 돈이 통 흘러들어가지 않아. 너희 아버지도 그런 이야기를 많이 했을 거다. 공구점을 운영하면서 뼈저리게 경험했을 테니. 그리고 네가 지금 대학 교육을 받고 있으니 너 스스로도 느끼겠지만 그 두 카운티 모두 지금보다 더 나은 학교가 들어서야만 해. 그렇지 않니? 노코비의 개발이 제대로 이루어지면, 분명히 제대로 이루어질 거라고 믿는다만, 그곳, 특히 클레이빌은 경제적 호황을 누리게 될 거야. 여기 모빌 주변에 사는 사람들은 클레이빌 주변 땅이 좋은 투자처라고 생각한단다."

"대체 왜 꼭 그렇게 해야만 하죠?" 외삼촌의 주장에서 빈틈을 발견했다고 생각한 래프가 약간 기운을 차리고 다시 반격했다. "그곳은 모빌이나 펜사콜라에서 꽤 멀리 떨어져 있어요. 게다가 모빌과 펜사콜라 주변과 멕시코 만 근처에도 이미 온갖 휴양 시설이 있잖아요."

"스쿠터, 너의 문제는 말이다. 물론 네가 아직 어린 만큼 충분히 이해할 수 있지만, 미래에 대한 전망이 없는 거야. 노코비는 지금 고립되어 있어. 그리고 거기에 위락 시설을 짓는다고 해도 지금 이곳 모빌이나 펜사콜라에 있는 시설들과는 경쟁이 되지 않을 거야. 심지어 노코비에 주택과 호숫가에 부두를 건설한 후에도 말이지. 하지만 걸프 해안의 이 부근에서는 지금 매우 빠르게 인구가 증가하고 있단다. 이곳으로 유입되는 사람들이 예전처럼 목화밭에서 나온 날품팔이 이주 노동자들도 아니고. 이곳으로 몰려드는 사람들은 대부분 교육을 잘 받고 근면하게 일하는 사람들이야. 확실한 수입을 가지고 있고."

래프는 자신이 찾아냈다고 생각한 빈틈을 한층 더 벌려보려고 애썼다. "하지만 그런 식으로 사람들이 유입되는 것이 뭐가 그리 좋은 일인가요?"

"스쿠터, 잘 봐라. 너는 노코비와 젭슨 카운티가 언제까지고 레드넥의 천국으로 남았으면 좋겠니? 그게 네가 원하는 거냐? 제발 정신 좀 차려라. 걸프 해안 지역이 개발되고 진보하는 흐름은 아무도 막을 수가 없어. 우리는 이미 선벨트(Sun Belt, 미국의 가장 남쪽, 위도 37~38도 아래에 있는 주들로 이루어진 지역 — 옮긴이)의 매우 중요한 부분으로 자리 잡았단다. 모빌과 펜사콜라는 선벨트 기준으로 볼 때도 특별히 빠르게 팽창하고 있어. 너도 알고 있겠지?"

래프는 잠시 망설이다가 거의 속삭이는 목소리로 말했다. "네, 삼촌. 알고 있어요." 삼촌의 말에 동의하고 싶지는 않았지만 달리 할 말을 찾지 못했고 또한 삼촌에게 예의를 지키고 싶었다.

"자, 예전에 이곳의 모습과 지금 우리가 누리는 것을 한 번 비교해 보자." 사이러스가 계속했다. "너의 외할아버지가 아이였을 때 모빌 남쪽의 거의 모든 땅이 개발되지 않은 숲과 늪지대였단다. 도그 강에서 시더 포인트까지 차를 타고 쭉 내려가는 동안에 고작 집 몇 채 정도나 볼 수 있을까 말까 했지. 도로의 끝부분은 포장조차 되지 않았고 말이야. 그리고 시더 포인트에 도달하면 바다 건너 도편 섬이 보이지. 아름다운 섬이야. 멋진 해변도 있고 옛날 남북 전쟁의 요새가 섬 한쪽에 남아 있지. 하지만 섬에 가려면 배를 빌려 타야만 했단다. 그와 같은 섬들 대부분이 아무도 살지 않고 텅 비어 있었어. 그런데 지금은 어떠냐? 여기 모빌과 도핀 섬 사이의 거의 대부분의 지역이 모두 개발되었어. 앨라배마 주에서 경제적으로 번영하는 지역 중 하나지. 지금은 도핀 섬까지 연결되는 다리도 생겨서 몇 분이면 차를 몰고 섬에 갈 수도 있지. 그것이 바로 '진보'라는 거다, 스쿠터. 그게 진짜 진보야. 모르겠니?"

외삼촌과의 전투는 래프의 패배로 끝난 듯했다. "네, 삼촌." 래프는 시선을 무릎 쪽으로 떨구었다가 다시 고개를 들었다.

그런데 외삼촌의 말이 아직 끝나지 않은 듯했다. 사이러스는 점점 흥분했다. 들고 있던 시가를 재떨이에 비벼 끄고 안경을 벗어들어 래프를 향해 흔들며 말했다.

"스쿠터, 이 미국이라는 나라가 그저 가만히 엉덩이 붙이고 앉아 있다가 지금 이 위대한 모습을 갖게 되었는 줄 아니? 우리 조상들은 거칠게 싸우고 힘들게 일했다. 아주 솔직하게 말하자면 전쟁이 우리에게 번영을 가져다주었다. 미국의 역사를 한 번 봐라. 학교에서 학생들에게 가르치는 계집아이 같은 좌파의 역사가 아니라 진짜 역사 말이다. 우리는 신이 우리에게 예정한 땅을 얻기 위해 인디언들을 몰아내야 했다. 이 나라의 영토를 두 배로 불리기 위해서 멕시코와 싸워야 했고. 그래서 결국 우리 영토는 태평양까지 뻗어 나가게 되었지. 우리가 한 짓이 잘 한 일이거나 옳은 일이라고 말하려는 게 아니다. 내가 말하고 싶은 것은 그게 바로 이 세상이 돌아가는 방식이라는 거야. 성장하거나 아니면 멸망하거나! 우리, 특히 셈스 가와 코디

가 그리고 이 남부의 오래된 가문들은 그 싸움에서 승리한 사람들이다. 승자가 있다면 어딘가에 패자도 있겠지. 우리가 자연 공원 어딘가에 주저앉아서 시나 읊고 있다가 승리를 거둔 것이 아니야. 스쿠터, 너는 셈스 가의 일원이다. 그리고 네가 셈스 가의 기질을 갖고 있다는 것을 알고 있어. 나는 네가 진보주의자처럼 아무것도 되도 않는 헛된 세계를 방황하는 꼴을 정말 보고 싶지 않구나."

래프는 교실의 학생처럼 손을 들며 말했다. "하지만……."

그러나 외삼촌은 래프에게 발언의 기회를 주지 않았다. "스쿠터, 여기 걸프 해안의 이 지역이 무엇을 향해 나가고 있는지 말해 주마. 펜사콜라는 점점 더 주변의 교외 지역을 흡수해 서쪽으로 팽창해 페어호프 주변과 볼드윈 카운티의 다른 지역의 개발지와 만나게 될 거다. 모빌은 북쪽으로는 셋수마 너머까지, 그리고 서쪽으로는 미시시피 주와의 경계까지 걸프 해안을 모두 포함해 팽창해 나갈 게 틀림없다. 50년쯤 지나면 모빌과 펜사콜라는 부유한 교외 거주지로 둘러싸인 하나의 도시로 성장하게 될 거야. 플로리다 주 저쪽 편의 골드 코스트나 세인트폴과 미네아폴리스가 합쳐진 트윈 시티와 같은 형태가 될 거라 생각한다."

사이러스가 연설을 마치자 그의 비서인 신디 수 라쇼가 문을 가볍게 두드리고 사무실 안으로 들어섰다. 그녀는 40대 중반의 키가 큰 밤색 머리 여성으로 밝은 황갈색 슬랙스와 프릴 달린 흰색 블라우스를 입고 있었다. 남부에서 여자의 이름을 이중으로 쓰는 것은 그녀가 둘째 딸임을 암시한다. 그녀의 성으로 미루어 케이준이거나 좀 더 가능성은 낮지만 모빌 지역의 오래된 프랑스계 가문 출신일지도 모른다. 그녀는 부드럽고 낮은 목소리로 천천히 말했다.

"실례합니다, 셈스 씨, 운동 트레이너에게 전화가 왔습니다. 오늘 네 시 예약 시간에 맞추어 오실 수 있는지 물어보는데요?"

사이러스가 손목시계를 흘끔 바라보더니 의자에서 일어났다. "지금 간다고 전해 줘요."

"스쿠터, 이제 가야겠다. 요즘 권투 수업을 받고 있거든. 권투는 최고의 운동이야. 나는 진짜 권투 선수처럼 훈련을 받는단다."

래프는 외삼촌을 따라 사무실을 나서면서 마지막으로 한 마디를 더 시도했다. "외삼촌, 그 새로운 트윈 시티에 자연 보호 구역이 들어설 가능성은 전혀 없나요?"

사이러스가 잠시 멈추어 뒤로 돌아 래프를 보았다. "물론 있겠지. 우리가 새로운 도시에 대한 계획을 적절히 잘 짠다면 말이야. 발전하는 도시 곳곳에 쉽게 찾아갈 수 있는 공원들이 많이 들어서게 될 거야. 가족들이 찾아가서 자연을 만날 수 있는 공원 말이다. 어쩌면 디즈니 월드에서처럼 가이드가 안내하는 투어를 마련할 수도 있겠지. 저기 남쪽의 벨링그래스에 있는 것과 같은 아름다운 정원들이 많이 생길 거야. 나는 바로 여기 모빌에서도 아잘리아 트레일이 좀더 확장되었으면 한다. 예전처럼 이 길을 다시 도시의 명물로 만들었으면 해. 그러면 관광 효과도 그만일 텐데 말이다."

"하지만 야생 생물을 위한 진짜 야생 보호 구역은요?"

사이러스가 잠시 멈추어 래프의 질문에 대해 곰곰이 생각하고 입을 열었다. "스쿠터, 외삼촌은 네가 지금 여기에서 일어나려고 하는 일이 매우 중요하고 또 아주 좋은 일이라는 사실을 이해할 만큼 철이 들었으리라 생각한다. 드레이크 선더랜드와 나, 그리고 그 외에 다른 모빌과 펜사콜라에서 경제적으로나 정치적으로 지도급 인사들 몇몇이 걸프 게이트웨이 협회라는 비영리 단체를 결성했단다. 우리의 목표는 이 지역의 성장을 장기적 비전을 가지고 바람직한 방향으로 이끄는 것이지. 우리는 자연 보호주의자들을 만족시켜 주려고 한다. 솔직히 나는 나중에 네가 우리의 계획에서 중요한 역할을 담당해 주었으면 하는 바람을 오래전부터 가져왔단다."

말을 마치고 그는 몸을 돌려 문 밖으로 나섰다. "내일 아침에 오겠네." 신디 수에게 말했다. 신디 수는 컴퓨터 스크린에서 눈을 떼지 않은 채 사이러스를 향해 손을 흔들었다.

래프는 사이러스를 뒤쫓아 가려다가 잠시 눈을 들어 문 위의 공간을 바라보았다. 사이러스의 사무실을 방문할 때마다 늘 하던 버릇이었다. 문 위에는 길이가 1.5미터쯤 되는 악어의 박제가 걸려 있었다. 외삼촌이 모빌-텐소 삼각주에 있는 늪에 사냥을 나갔을 때 잡은 악어였다. 악어의 노란색 유리 눈알이 래프의 시선을 되받았다.

래프는 치코비 강에서 보았던 프로그맨의 4~5미터는 됨직한 올드 벤을 떠올렸다. 그러고는 벽에 붙어 있는 표본을 향해 작은 소리로 중얼거렸다. "다 자라지도 못하고 잡혀 죽었다니 불쌍하기도 해라."

화강암으로 테두리를 두른 로딩 빌딩의 입구를 나선 래프는 외삼촌을 찾아 블레드소 스트리트를 내다보았다. 50미터 앞에 중심가를 향해 힘차게 걸어가는 사이러스의 모습이 보였다. 외삼촌을 따라 잡을 생각이 없는 래프는 잠시 그곳에 서 있었다. 뜨겁고 습기 찬 공기를 뚫고 내리쬐는 오후의 햇살을 느끼면서 래프는 좁은 길을 건너 커다란 목련 나무 그늘 아래에 섰다. 다시 블레드소 스트리트를 바라보자 로딩 빌딩 너머 멀리에 작은 주택들이 줄지어 서 있는 것을 보았다. 1800년대 중반에 지어진 이래로 모빌의 오래된 집안들이 살아온 집들이다. 대문 옆에는 역사적 가치를 지니고 있음을 나타내는 작은 메달 모양의 표시판이 붙어 있었다. 래프는 그 주택가로 걸어 내려가 첫 번째 집의 벤치에 앉았다.

자리에 앉자 머리 위에서 찍찍대는 소리가 들렸다. 눈을 들어 보니 도로를 가로지르는 전화선 위에 다람쥐가 한 마리 앉아 있었다. 마치 외줄타기를 하는 곡예사처럼 전화선 위에 가까스로 중심을 잡고서 반대편 나무를 향해 기어가려고 애쓰고 있었다. 그런데 그 울창한 나뭇가지 안에서도 똑같이 찍찍대는 소리가 들려왔다. 래프는 두 마리의 다람쥐에 주의를 기울였다. 녀석들이 지금 뭐 하는 거지?

래프는 재빨리 기억을 되살렸다. 영토 싸움! 두 마리의 다람쥐는 지금 영토 분쟁을 벌이고 있는 것이었다. 노코비 지대에서 들었던 다람쥐의 울음소리로 그 사실을 깨달을 수 있었다. 전선 위의 다람쥐가 침입자고 반대편 나뭇가지 위에 있는 녀석이 방어자였다. 래프는 벤치에서 일어나 다람쥐들을 좀 더 자세히 관찰했다. 그의 마음에는 방금 전 외삼촌과 나눴던 대화가 떠올랐다. 땅에 대한 소유권, 그리고 그 소유권이 가져다주는 권력과 안전함, 바로 그것이 다람쥐 전쟁을 일으킨 주요 원인이었다. 개미 군락의 역사도 같은 충동에 의해 추진되었고 사이러스 셈스가 비장한 목소리로 래프에게 들려준, 세상을 돌아가게 하는 법칙도 같은 맥락이었다.

그 힘은 노코비와 같은 땅을 보호하는 데 아무런 도움이 되지 않는다. 그 땅의 거주자들이 침입자를 저지할 아무런 위협도 내놓을 수 없다. 노코비는 아무런 저항 없이 개발업자들의 손에 떨어지게 될 터였다. 그 땅에서 사라져 가는 생명들이 끽소리 하나 내지 못하는데 대체 누가 그들의 목소리를 대변할 수 있을까? 래프는 다시 중심가를 향해 걸어가기 시작했다. 이제 마침내 적어도 어디에 가서 무엇을 해야 할지에 대한 아이디어가 떠올랐다.

29

그는 건물 5층에 자리 잡은 《모빌 뉴스 레지스터》의 초록색으로 칠해진 로비로 들어섰다. 래프는 새로운 서식지에 들어서는 동식물 연구가의 눈으로 주변을 꼼꼼히 관찰했다. 방의 맞은편에는 유리문이 달린 진열장이 서 있었고 그 안에 있는 두 줄의 선반에 명판과 작은 조각상 따위가 진열되어 있었다. 같은 벽의 왼쪽에는 누렇게 바랜 《모빌 뉴스 레지스터》 1면을 액자에 넣어 걸어 두었다. "나치 폴란드를 침공하다" 옆에 걸린 액자에는 "일본 항복하다"라는 헤드라인이었다.

진열장과 엘리베이터 사이에 리셉션 데스크와 전화대가 위치하고 있었다. 래프가 리셉션 데스크의 젊은 여성에게 빌 로빈스 씨를 만날 수 있겠냐고 물었다. 래프는 곧 환경 전문 기자이자 자연사 전문 에세이 작가와 연결이 되었다. 수화기 너머로 "로빈스입니다."라는 말이 들려오자마자 래프는 마치 경찰서에 전화한 사고 목격자처럼 다급한 목소리로 자신이 클레이빌에 살고 있고 플로리다 주립 대학교 학생이며 중요한 환경 문제 때문에 로빈스 씨와 의논하고 싶다고 말했다.

5분 뒤 로빈스가 로비로 걸어 들어왔다. 그는 래프를 엘리베이터로 안내해 위층의 기자실로 안내했다. 로빈스의 책상 맞은편에 앉은 래프는 그가 고등학생이 된 이래로 열심히 읽어 온 환경 기사들을 쓴 저널리스트의 모습을 처음으로 가까이에서 찬찬히 바라보았다. 로빈스는 그가 예상했던 모습 그대로였다. 중간 정도의 키에 보통 체격, 30대 후반으로 보이고 링컨 대통령 비슷한 턱수염을 짧게 기르고 있으며 갈색에 가까운 금발을 단정하게 빗은 모습이었다. 면바지에 회갈색의 야외용 셔츠를 입고 있는데 셔츠에 달린 두 개의 주머니 중 하나는 펜의 잉크로 얼룩져 있었다. 그는 넥타이를 매지 않고 있었다. 좋은 신호였다. 넥타이는 더 나이 어린 상대에게 위압감을 주는 경향이 있다.

래프가 조금 전 외삼촌과 이야기 나눈 내용을 포함해 노코비에 대한 모든 이야기를 쏟아 놓는 동안 로빈스는 주의 깊게 들었다. 그는 의자에 약간 기대어 눈을 반쯤 감고, 손으로는 연필을 퍼레이드의 지휘봉처럼 빙빙 돌리면서 무표정한 상태로 이야기를 들었다.

이야기를 마칠 무렵 래프의 목소리는 절망감에 젖어 들었다. 마치 울음이라도 터뜨릴 것 같은 분위기였다. "저는 이제 어떻게 해야 할지 모르겠어요. 외삼촌께 도움을 구하려고 간 거였는데 큰 실망만 얻게 되었어요. 제가 기자님을 잘 알지도 못하는데 이렇게 찾아와서 죄송합니다. 하지만 저는 기자님이 쓰신 기사를 모두 읽어 왔고, 또 이 문제에 대해 알고 싶어 하실 거라고 생각했어요. 그리고 제가 어떻게 해야 할지에 대해서도 조언을 주실 수 있을 거라고요. 제 생각에 사이러스 외삼촌은 이 문제를 이해하지 못하시는 거 같아요. 아니, 이해하신다고 하더라도 상관하지 않으실 거예요. 그게 더 나쁘죠. 외삼촌은 자연 환경이라는 것이 무엇인지 아무런 생각이 없으셔요. 아니 설사 알고 계신다고 하더라도 그 개발 계획에 너무나 열중하셔서 저를 도우려 하지 않으실 거예요."

이야기를 하는 동안 래프의 분노가 조금 사그라졌다. 이제 마음 한편에 죄책감이 번져 왔다. 그가 낯선 사람 앞에서 이런 이야기를 하는 것을 외삼촌이 알기를 물론 바라지 않았다. 그리하여 래프는 조심스럽게 덧붙였다. "지금 우리가 나눈 이야기를 비밀로 해 주실 수 있을까요?"

로빈스가 고개를 끄덕이며 조용히 말했다. "물론." 로빈스는 연필을 내려놓고 래프를 안심시키려는 듯 손을 들며 말했다.

"잘 듣게, 친구. 일단 진정하고. 자네는 지금 이 문제를 온통 자네의 어깨 위에 혼자 짊어져 왔는데 그러다 보면 그 무게에 짓눌려 자네가 무너지고 말거야. 일단 자네 혼자가 아니라는 사실을 말해 주고 싶네, 라파엘. 라파엘이라고 불러도 되겠지?"

"래프라고 부르는 걸 더 좋아합니다."

"좋아, 래프. 앨라배마 주에 환경보호주의자가 자네 혼자라고는 생각하지 않겠지? 지금 자네에게 내가 특별히 해 주고 싶은 말은 노코비에 대해 관심을 갖고 걱정하는 사람들이 많이 있다는 사실이라네. 그 사람들은 노코비 지대가 앨라배마 주의 이쪽 부근에 마지막으로 남아 있는, 그리고 가장 보존이 잘 된 오래된 대왕송 숲이라는 사실을 잘 알고 있다네. 자네도 어쩌면 알고 있겠지만 노코비 숲에는 몇몇 멸종 위기의 생물들이 살고 있기도 하지. 다시 말해서 그 숲은 생물 다양성 측면에서 볼 때 치열한 분쟁 지대나 마찬가지야. 또 노코비 호수 역시 수중 생물 다양성의 보고이고. 우리는 그 모든 것들을 보호해야만 하네. 상황을 잘 아는 사람들이라면 누구나 그 사실에 동의하지." 로빈스가 잠시 말을 멈추었다.

래프는 조용히 바닥을 바라보며 저널리스트가 좀 더 이야기하기를 기다렸다.

"하지만 그 모든 사실에도 불구하고 사이러스 씨의 말이 한 가지 면에서는 옳다는 것을 부인할 수 없네. 노코비 지대 전체가 눈 깜짝할 사이에 사라져 버릴 수 있다는 사실 말이지. 그저 그 거대한 벌채용 회전 톱날 몇 개와 불도저 두어 대면 싹 밀어 버릴 수 있어. 숙련된 일꾼들이라면 우리가 그곳에 도착하기도 전에 노코비 숲을 완전히 사라지게 만들 수 있지. 노코비 지대의 상황을 주시해 온 나와 같은 사람들은 젭슨 트러스트가 노코비 지대를 앨라배마 주에 자연보호 구역으로 기증하기를 바라고 있어. 그에 상응하는 세금 공제를 받고 말이지. 하지만 젭슨 가 사람들이 이제 더 이상 이 부근에 살지 않고, 따라서 노코비 숲에 대해서도 별반 관심을 두지 않는 게 문제라네. 게다가 더 큰 문제는 젭슨 트러스트의 핵심 구성원 중 두어 명이 최근 투자를 잘못해 엄청난 손실을 입은 터라 다급하게 현금을 필요로 하고 있다는 사실이야."

래프의 금방 부풀어 올랐던 마음은 또 그만큼 빨리 가라앉아 버렸다. "그렇다면 대체 누가 그 땅의 운명을 걱정한다는 말이죠?"

"많은 사람들이 걱정하고 있다네. 많은 사람들이. 래프, 자네가 이 문제에 대한 정보를 얻기 위해 제대로 찾아온 것 같네. 나는 지난 가을에 노코비 지대에 대해 상세한 기사를 썼지. 그리고 상당한 반향을 얻었고. 자네가 기사를 보지 못했다니 놀라운데? 아마 그때 학교에 가 있어서 그랬겠지. 그 기사로 미국 환경 저널리스트 협회에서 상을 받기도 했네. 뿐만 아니라 나는 여기 모빌과 또 걸프 해안 다른 곳에서 진행하는 '최후의 위대한 자연'이라는 강연을 하는데 그때마다 노코비 숲을 언급하고 있어. 노코비 숲을 보호하고자 하는 민간 단체들도 몇 개 있어. '앨라배마 자연 보호 협회'라든가 '대왕송 숲 보호 협회'라든지, '삼각주 보호 협회'…… 언제 자네를 그 사람들에게 소개해 주어야겠군. 그리고 여기 앨라배마 주와 플로리다 주에 사는 부유한 사람들 중에서 사태를 예의 주시하면서 혹시나 노코비 지대 전체가 위험에 빠질 것 같으면 그 땅을 사들이는 것까지도 고려하고 있는 사람들이 있지."

"여러 사람이 힘을 합치면 땅값을 마련할 수 있을까요? 제가 보기엔 엄청난 돈인 것 같던데요."

"내가 보기에 지금 이 상황에서 일이 어느 쪽으로 해결될지는 거의 50대 50이네. 가장 큰 문제는 수많은 개발업자들이 언제든 달려들 태세를 갖추고 그 땅 주위를 배회하고 있다는 거야. 솔직히 말하자면 그들은 노코비 숲이 죽기만을 기다리는 독수리 같아. 그중 중요한 인물이 바로 드레이크 선더랜드야. 자네도 이야기했지. 우리에게 가장 큰 위협이 되는 인물이라네. 게다가 문제는 그자가 몇 달 전에 데드아울코브 구획을 사들임으로써 문에 이미 한 발을 들여놓았다는 거지."

로빈스는 풀기 어려운 단단한 현실을 가리키기라도 하듯 검지로 책상 위를 탁탁 두드렸다.

"그리고 그는 걸프 게이트웨이 협회의 후원을 받고 있네. 자네 외삼촌이 이야기한 그 단체 말이야. 단체 회원들은 모두 이 지역의 정치 경제적 유지들이고 그들에게는 돈 외에도 그만큼 중요한 것이 있어. 바로 그들이 말하는 '전망'이라는 거지. 그건 일종의 신앙과도 같아. 사실 내가 보기에 그건 진짜로 그들의 종교나 마찬가지야."

"네, 사이러스 삼촌은 그 아이디어에 진짜로 열광하고 계신 듯해요."

"그래. 그들은 장대한 계획을 갖고 있다고 생각해. 미래의 사람들이 남부의 위대한 도시들을 언급할 때, 휴스턴, 뉴올리언스, 마이애미, 애틀랜타, 어쩌면 버밍햄, 그리고, 웃지 마라, 얘야. 모빌-펜사콜라 트윈 시티를 그들과 어깨를 나란히 하는 도시 중 하나로 꼽기를 바라는 거야. 그들은 심지어 제트블루(미국의 국내선 전용 항공사 — 옮긴이) 사에 이곳에 새로운 허브를 두면 어떻겠냐고 제안하기까지 했지."

"그들의 철학은," 로빈스는 살짝 얼굴을 찡그리고 고개를 흔들며 말을 이었다. "지구는 인간을 위해 창조되었고 자연을 지배하라는 성경 속의 말씀을 자연을 인간으로 대치하라는 뜻으로 해석하고 있어. 그 자들은 이 세계를 두 부분으로 나누지. 우리의 삶의 터전과 야생 동식물과 벌레 따위가 우글거리는 자연으로. 그리고 그들의 눈에 자연은 대체 가능한 것에 지나지 않아. 실제로 내가 만나 본 이 지역의 한 은행가는 노코비의 땅에 대해 내 면전에 대고 이렇게 말했지. 그 땅은 2000만 달러는 족히 될 것이며 멸종 위기 생물 두어 종은 그만한 값어치가 못된다고."

"교회들은 어떤가요? 교회에서는 환경에 대해 걱정하지 않나요?

로빈스는 다시 고개를 저었다. "믿기 어렵겠지만 이 근방의 독실한 기독교 신자인 극우파 보수주의자들이야말로 자연 보호 운동의 가장 큰 걸림돌이네. 그들은 야생의 자연 환경을 보호하는 것이 모든 면에서 나쁜 생각이라는 거야. 아, 물론 오해는 하지 마라. 내가 아는 대부분의 신도들은 자연 보호를 지지하지. 그 사람들은 우리에게 신의 창조물, 신이 만드신 푸른 지구 전체를 잘 보호하고 보존할 임무가 있다고 믿고 있어. 하지만 몇몇 극단주의자들은 신이 정확히 그 반대의 태도를 취하기를 바란다고 확고하게 믿고 있어. 그들이 뭐라고 말하는지 아나? '지구상의 모든 것을 남김없이 다 써 버려라. 빠르면 빠를수록 더 좋다. 왜냐하면 예수님이 오시고 계시기 때문이다. 종말의 날이 다가왔다. 우리가 지구를 조금만 더 망쳐 놓으면 바로 그날이 다가올 것이다. 악마는 우리를 이 땅에 붙들어 놓으려 하지만 예수님은 우리를 하늘나라로 데려가고자 하신다. 적어도 진정한 신도들은 예수님과 함께 천국에 오를지어다.' 그들은 그것이 모두 「계시록」에 쓰여 있다고 말한다네."

"네, 무서운 이야기예요. 저도 라디오에서 그와 비슷한 설교를 들어 본 일이 있어요. 끔찍하던데요."

"그래. 어찌되었든 그러한 경향이 적어도 잠재적으로 문제가 될 수 있어. 앨라배마 주와 플로리다 주의 이쪽 동네는 미국 어느 곳보다 정치나 종교 측면에서 극우파의 경향을 띠고 있네. 내 생각에 종교적 극단주의자들은 다행히도 소수에 지나지 않는 듯해. 시골의 작은 교회 같은 곳에서나 찾아볼 수 있지. 하지만 라디오를 통해 설교하는 몇몇 사람들은 그 소수의 신도를 넘어서는 강력한 영향력을 발휘하기도 한다네. 그리고 그들은 신의 이름으로 폭력을 부추기고 있네. 예컨대 이슬람교가 사악하다고 말한다든지, 미국이 카스트로나 그밖에 불경하고 맘에 안 드는 자들을 모조리 죽여야 한다고 주장하지. 그런 자들과는 되도록 얽히지 않는 게 좋아. 피할 수 있다면 맞서지 말고 피하는 편이 낫고 아예 말을 섞지 않는 게 좋다네."

"사이러스 외삼촌이 돈만 있다면 노코비 땅을 사고 싶다고 하셨어요."

"그래, 그렇겠지. 내 말을 오해 말게, 하지만 그 다음에는? 외삼촌이 그 땅을 가지고 무얼 하실까? 어쨌든 기운 내라. 내가 들은 바로는 아직 우리에게는 3년이나 4년쯤, 어쩌면 그보다 더 많은 시간이 남아 있는 것 같아. 젭슨 가 사람들 중 일부는 더 높은 값을 받을 수 있을 때까지 매각을 연기하고 싶어 한다는 이야기를 들었어. 그 정도의 시간이면 그동안 시민의 여론이 충분히 바뀔 수도 있지. 상황이 악화된다고 하더라도, 그러니까 만약 노코비 지대가 선더랜드나 그보다 더 높은 값을 부른 다른 개발업자 손에 떨어지게 되면, 이 지역의 자연 보호 운동가들이 특별한 단체를 구성해 여론을 조성하고 법정 투쟁을 벌일 생각이라네."

로빈스가 일어나며 래프에게 손을 내밀었다. "그동안 자네가 노코비를 위해 할 수 있는 최선의 일은 로스쿨에 진학하는 거라고 생각해. 자네 외삼촌이 옳아. 로스쿨을 졸업하고 다시 이곳에 올 계획을 세우면 어떻겠나? 자네가 법정에서 자연을 변호할 수도 있을 거야. 그동안 자연 보호에 대한 걱정은 잠시 접어 두게나. 그리고 오늘 대화는 아무에게도 말하지 않겠네. 자네 가족 내부에 갈등을 일으키고 싶지 않거든. 특히 자네 외삼촌 사이러스 씨와 말이지."

래프는 미소를 짓고 고개를 끄덕였다. "고맙습니다. 정말 감사드려요. 이제 기분이 한결 나아진 것 같아요."

"그래. 좋아." 로빈스가 대답했다. "어쨌든 자주 연락하세나. 진짜 개발이 시작될 것 같으면 자네에게 즉시 알려 주지. 그리고 나중에 자네가 돌아와 우리의 힘이 되어 주면 좋겠네."

30

사이러스 외삼촌과 빌 로빈스와 대화를 나눈 후 래프는 단순히 로스쿨에 진학하려는 것이 아니라 가능한 한 최고의, 가장 들어가기 힘든 학교로 진학하겠다는 결심을 굳히게 되었다. 남아 있는 선택 과목을 최대한 로스쿨 진학에 도움이 될 만한 과목들로 골라서 수강했다.

"프레드 삼촌, 솔직히 말씀드리자면 일단 대학에 들어온 후 공부하는 것은 상당히 쉬웠어요. 저는 플로리다 주립 대학교에서 공부하는 것이 굉장히 엄격하고 치열한 과정이 될 거라고 예상했어요. 예컨대 MIT나 칼텍 같은 학교들처럼 말이죠. 꽤 어려운 과목들이 있는 것도 사실이지만 학생들은 어떤 과목이 어려운지, 또 어떤 과목이 학점 따기 쉬운지 모두 잘 알고 있죠. 그래서 어려운 과목의 경우 정말 꼭 그 과목에 관심이 있는 경우에만 골라서 신청하는 게 보통이에요. 그러니까 제 말은, 노코비 고등학교와 같이 작은 학교에서는 대학 생활이라는 것이 어떨지 상상하기도 힘들었어요. 그런데 막상 대학에 오니까 여기에서는 무엇이든 가능하더군요. 원한다면 정말 쉽고 쉬운 길만 선택해 편하게 졸업할 수도 있고 아니면 힘든 과정을 일부러 선택해서 공부할 수도 있고요. 어느 길을 선택할지는 얼마나 야심을 갖고 있느냐에 달려 있겠죠. 저는 이곳에서의 생활이 정말 좋았어요. 그리고 이제 로스쿨에서도 잘 해낼 수 있으리라는 자신이 생겼습니다."

래프를 예전부터 잘 아는 사람들, 그러니까 그다지 공부하기 어렵지도 않은 노코비 고등학교에서도 그다지 신통한 점수를 받지 못했던 그의 학창 시절에 대해 잘 알고 있는 사람들은 그가 플로리다 주립 대학교에서 보여 준 성과에 놀라지 않을 수 없었다. 그는 파이베타카파(미국 대학의 우등생들의 모임 — 옮긴이)의 조기 선출 자격을 통과했다. 외삼촌은 그에 대해 축하의 편지와 함께 값비싼 오메가 시계를 선물로 보내왔다. 개미언덕 연대기에 대한 그의 학부 논문은 관련 교수들의 입에 회자되며 학부생이 쓴 논문 가운데 최고에 속한다는 평가를 들었다.

"자네가 원한다면 대학원은 이 나라의 어느 학교든 골라서 갈 수가 있어." 니덤 교수가 래프에게 말했다. "물론 생물학을 계속 공부한다고 한다면 말이지. 로스쿨에 대한 마음이 바뀐다면 우리가 여기에서 자네 자리를 마련해 줄 수도 있네. 자네는 3년, 길어도 4년 안에 박사 과정을 끝마칠 수 있을 거라 확신하네."

그러나 래프의 마음은 이제 다시 로스쿨에서 생물학으로 되돌아올 수 없었다. 생물학에 대한 꿈은 나중에 다시 펼칠 수도 있을 것이다. 4학년이 되던 해 가을 그는 여남은 개의 로스쿨에 지원했다. 절반 정도는 남부에 있는 학교들이었고 나머지는 다른 곳에 있는 학교들이었다. 래프의 학부 성적은 우수했고 과학을 전공했다는 사실은 독특한 장점으로 부각될 수 있을 터였다. 또한 법학부를 지원하는 데 필요한 과목들도 모두 이수했다. 그는 법률을 공부한 후 환경 문제를 위해 일하고 싶다고, 필요하다면 공익을 위한 활동을 펼치겠다고 밝혔다. 그의 지원서에는 플로리다 주립 대학교 교수들의 강력한 추천서가 첨부되어 있었다. 또한 교육적으로 낙후되어 있는 걸프 해안 중부 지역에서 그리 잘 배우지 못한 부모에게서 태어난 그가 지리적으로 소수자에 속한다는 사실이 입학 사정에 도움이 되었다.

4월이 되자 래프는 원서를 보냈던 대부분의 학교에서 합격 통지서를 받았다. 그를 거부한 학교 중에는 놀랍게도 에모리 대학교(남부의 하버드라고 불리는 조지아 주에 있는 명문 사립 대학교 — 옮긴이)가 포함되어 있었다. 하지만 기쁘게도 그가 가장 가고 싶어 했던 하버드 대학의 로스쿨에서 합격을 알려 왔다. 케임브리지(하버드 대학교가 위치한 메사추세츠 주의 도시 — 옮긴이)에서 온 좋은 소식을 듣고 친구들과 스승들은 래프를 위해 파티를 열어 주었다. 파티 참석자들은 모두 철사로 만든 개미더듬이 머리띠를 착용하고 나타났다. 사이러스 외삼촌도 축하 편지를 보냈다. 편지의 어조에는 점잖은 중년의 신사가 보일 수 있는 흥분과 기쁨의 최대치가 담겨 있었다.

한여름이 되자 래프는 북쪽으로 떠날 채비를 하면서 마지막으로 노코비 호수로 순례를 갔다. 그는 넓은 호수 둘레를 천천히 걷다가 악어들이 사는 곳 부근에서 발걸음을 멈추었다. 눈과 머리 윗부분만 물 위에 내놓고 몸의 나머지 부분은 좀개구리밥 아래에 담그고 있는 악어 한 마리를 발견했다. 래프는 여름을 맞아 한창 꽃을 피운 땅 위의 식물들을 머릿속에 새겨 놓았다. 그리고 주변의 대왕송들을 찬찬히 바라보았다. 한 나무에서 다른 나무로 날아가는 붉은벼슬딱따구리 한 마리가 그의 시선에 들어왔다. 노코비 숲을 떠나기 전에 그는 다시 한 번 이 사랑하는 장소를 지켜 내겠다는 그의 다짐을 마음속에 되새겼다.

노동절 휴일로부터 일주일 후 에인슬리와 마샤는 아들을 모빌 공항까지 태워다 주었다. 래프로서는 일생 처음으로 비행기를 타보는 경험이었다. 모빌 공항은 사이러스 셈스와 걸프 게이트웨이 협회 회원들이 꿈꾸는 국제 공항과는 거리가 먼 작은 공항이었지만 동쪽에서 터미널에 접근하기는 미국에서 가장 붐비는 공항 중 하나라 해도 과언이 아닐 정도로 시간이 걸렸다.

델타 항공의 비행기를 탄 래프는 애틀랜타에서 갈아탔다. (남부의 대표적 기업 중 하나인 델타 항공의 본사와 메인 허브가 조지아 주 애틀랜타에 있다. — 옮긴이) 어마어마한 공항의 규모에 놀란 나머지 그는 보스턴 발 출발 게이트를 찾지 못할 뻔 했다. 공항 안에서 한 터미널에서 다른 터미널로 이동하기 위해서 래프는 생애 처음으로 열차를 탔다.

보스턴의 로건 공항에서 나온 래프는 역시 생애 처음으로 지하철, MBTA를 마주했다. 플로리다 주립 대학교의 파이베타카파 졸업생이자 하버드 로스쿨 학생인 래프는 부끄럽게도 지하철 직원처럼 보이는 제복을 입은 사람들에게 연거푸 길을 물어야만 했다. 하버드 광장으로 가는 길을 묻는 래프에게 사람들은 하나같이 무뚝뚝하고 짜증스러워 보였다. 무거운 여행 가방을 질질 끌고 역시 꽉꽉 채워 넣은 커다란 배낭에 짓눌려 몸이 구부러진 래프는 지하철 출구에서 나온 후 옥스퍼드 스트리트에 있는 대학원생 기숙사로 찾아가기 위해서 또다시 여러 사람에게 길을 물어야만 했다. 그에게 길을 가르쳐 준 사람 중 하나는 강한 동인도 악센트로 말을 했고 초라한 행색에 래프가 다가가자 두려워하는 모습을 보였던 또 다른 사람은 스페인어밖에 말하지 못했다. 기숙사로 찾아가는 길에 래프는 그 유명한 하버드 악센트를 들을 수 있는지 지나가는 행인들의 대화에 귀를 기울였다.

"하버드 악센트 따위는 없어." 래프가 마침내 리처드홀에 도착했을 때 그의 룸메이트인 아프리카 가봉의 흑인 목사의 아들이 들려준 말이었다. "그런 것 따위는 여기에서 진짜 중요한 게 아니야. 하버드에 들어온 것을 환영한다!"

31

하버드. 세계 최고의 대학. 하버드 안에 있는 사람들은 모두 그렇게 말한다. 그것이 사실인지 여부는 차치하더라도 세계적인 대학인 것만은 틀림없다. 하버드의 문화는 같은 미국이라는 나라 안에 있다는 것이 믿기 힘들 만큼 앨라배마 주 클레이빌과는 극과 극으로 달랐다. 하버드 대학교 특유의 분위기는 수많은 박물관과 도서관을 갖고 있다는 사실이 아니라 수 세기의 역사를 대변해 주는 시공간을 압축해 놓은 곳이라는 사실에서 온다.

워싱턴이 식민지 군대를 지휘했던 광장인 케임브리지 커먼에서 엎드리면 코 닿을 곳에서 1969년 "시민에게 권력을!"이라 외치며 베트남전을 반대하는 학생들의 시위가 벌어졌던 하버드 야드가 있다. 이 작은 공간은 1766년 "봐라, 이 썩어서 냄새나는 버터를!"이라고 외치며 식량 폭동을 일으킨 곳이기도 하다. 1636년 대학이 처음 설립된 장소인 올드야드와 마주보고 있는 유니버시티홀에는 진홍색 바탕에 "진리"라고 새겨진 하버드 깃발과 이곳을 방문한 각국 정상들의 국기가 나란히 걸려 있었다. 유니버시티홀 뒤에는 300주년 기념 극장이라고 불리는 공터가 있고 그 왼쪽에는 메모리얼 처치가, 맞은편에는 각각 위대한 목사와 철학자의 보금자리였던 시버홀과 에머슨홀이, 오른편에는 타이타닉 호의 침몰로 죽은 자식을 기념하기 위해 부유한 가문에서 기부해 지어진 거대한 와이드너 도서관이 서 있다. 모든 학생들과 세계 최고 수준의 학자들이 모여드는 이 도서관에서 언젠가 도둑이 구텐베르크 활자로 인쇄된 성경을 훔쳐 나가다가 창문에서 떨어져 중상을 입은 일이 있다. 도서관 앞의 수많은 계단에는 매해 6월 300주년 무대에서 졸업식이 열릴 때마다 2만 4000명이 앉는다. 졸업식에서는 많게는 열 명의 유명인에게 명예 학위를 수여한다. 명예 학위를 받는 사람들이 누구인지는 졸업식 전날 메모리얼홀에서 축하연이 열릴 때까지 비밀에 싸여 있다. 메모리얼 홀은 1872년 남북 전쟁 때 죽은 하버드 졸업생들을 기리기 위해 지어진 건물이다. 래프는 명단을 보고서 오직 북부의 참전자만이 명시되어 있으며, 남부의 하버드 동문은 포함되어 있지 않았음을 확인했다. 빅토리아식 건물의 시계탑에는 지금은 살충제 중독으로 거의 멸종에 이른 붉은꼬리매가 한때 둥지를 틀기도 했다. 이 건물의 남동쪽으로는 미국 최고 수준의 미술관이 몇 개 있고 서쪽으로는 고층 건물인 사이언스 센터가 서 있다. 현대의 지구라트와 같은 디자인과 장엄한 분위기를 지닌 이 건물은 학부생의 과학 교육을 위한 장소이다. 메모리얼 홀에서 북동쪽으로 한 블록만 가면 사이언스 센터보다 더 높이 솟은 건물이 눈에 띈다. 사회 과학관인 윌리엄제임스홀이다. 겨울철이면 아무도 그 근처에 가려고 들지 않는다. 건물의 모양과 따로 뚝 떨어져 있는 위치 때문에 바람이 불어 나오는 터널 같은 형국이 되어 북극에서 날아온 돌풍과 같은 바람이 이 건물을 싸고돌며 매섭게 불기 때문이다. 그로부터 디비니티 애비뉴나 옥스퍼드 스트리트를 따라 북쪽으로 올라가면 사이언스 시티라고 불리는 곳이 나온다. 유리의 성과 같은 분자생물학 및 세포생물학과 건물은 19세기 위대한 사상가들의 보금자리였던 디비니티홀을 비롯해 다른 오랜 역사를 지닌 건물들을 작고 초라하게 보이도록 만든다. 이 오래된 건물들은 민간 연구소 가운데 세계에서 가장 큰 식물 및 동물 표본을 보유하고 있다. 비교 동물학 박물관은 뉴질랜드에서 온 길이가 3미터에 이르는 멸종된 새 모아의 뼈, 전 세계적으로 32개가 남아 있는 역시 멸종된 거대한 바다쇠오리의 뼈 표본 두 점, 세계에서 가장 큰 거북이 화석, 루이스와 클락(제퍼슨 대통령이 미국 영토의 북서쪽을 탐험하도록 파견한 사람들 — 옮긴이)이 수집한 새로운 조류 표본, 전 세계에서 수집한 500만 점의 곤충 표본 등을 소장하고 있다. 마지막으로 북동쪽으로 더 올라가면 비유적으로나 글자 그대로나 속세에서 멀찌감치 떨어져 하버드 대학교의 가장자리에 위치하고 있는 신학 대학이 있다. 신학 대학은 방대한 서적을 소장하고 있어서 주변의 회의주의적인 과학자들로부터 "계시된 지식의 보고"라는 별명으로 불리고 있다.

이 모든 것을 하나로 합치면 인간판 개미언덕, 공공의 선을 위한 봉사를 통해 자신의 안녕을 도모하는 삶을 살도록 규정된 전문가 집단의 만화경 세상이었다. 걸프 해안의 아들에게 가장 고통스러운 문제는 길고도 잔인한 겨울이었다. 매년 넉 달에 걸쳐, 뉴잉글랜드 지방에 해가 짧아지고 밤이 길어질 무렵이면 강한 회오리바람을 일으키는 북동풍이 주기적으로 찾아온다. 회오리바람은 북쪽을 향해 이동해 대서양을 빠져나가면서 사흘 동안 뉴잉글랜드 지방을 강타한다. 비교적 따뜻하고 습기가 많은 공기로 포화된 상태로 도착한 싸이클론은 많은 비나 진눈깨비나 눈, 그리고 강한 바람을 풀어놓는다. 보스턴은 미국에서 가장 바람이 많이 부는 세 도시 중 하나다. 북동풍이 북대서양으로 빠져나가면서 차가운 북극의 공기 덩어리를 이 지역에 끌어다 놓는다. 첫 날은 케임브리지의 도로와 인도에 물웅덩이나 진창으로 가득하게 된다. 다음날은 그 웅덩이와 진창이 얼어붙어 거무튀튀한 얼음으로 온통 뒤덮인다. 셋째 날 이후로는 보통 몬트리올 특급이라고 부르는 센 바람이 풍속 냉각 지수를 한층 더 아래로 떨어뜨린다. 그리고 더 많은 보행자들이 길에서 미끄러지고 넘어지게 된다.

이 끔찍한 계절 동안에는 두꺼운 옷을 껴입고 윙윙대는 바람 속을 힘겹게 돌아다니는 사람들과 비참한 비둘기나 참새 외에는 다른 생명의 흔적을 찾아볼 수 없다. 본래 이곳 태생이 아니라 유럽에서 온 비둘기와 참새들은 털을 잔뜩 부풀려 조금이나마 추위를 견디며 얼마 되지 않은 음식 조각을 찾아 종종거리고 돌아다녔다. 잔뜩 움츠러든 래프가 혼잣말로 투덜거렸다. "대체 왜 사람들은 이런 곳에 머무는 걸까? 더 나은 곳을 모른단 말인가?"

처음 도착해서 속임수처럼 맑고 청명했던 가을철에 느꼈던 고양된 기쁨은 텅 빈 소외감으로 차츰 가라앉게 되었다. 그 감정을 결코 떨쳐 버릴 수 없을 듯했다. 그는 언제나 자신이 이방인이라고 느낄 것이 분명했다. 시간이 흐른 후 래프는 하버드에서는 모든 사람이 이방인이며 적어도 한동안은 그렇게 느낀다는 사실을 알게 되었다.

급류와도 같은 하버드에서의 삶은 래프의 생활의 새로운 중심인 로스쿨의 회색 석조 건물 주위로 소용돌이처럼 정신없이 돌아갔다. 학업에서 한 걸음 떨어져 그의 삶을 관조하기란 마치 소방 호스에서 쏟아지는 물을 입에 대고 한 모금 마시려고 하는 것과 다름없었다. 똑똑하고 열성적인 학생 군단과 그들이 추구하는 아이디어들은 래프를 혼란스럽게 만들었다. 하버드의 학생 대부분은 이미 이곳에 도착하기 전에 남다른 지적 성취를 보여 준 경우가 대부분이었다. 학부생들 가운데에는 최우등 졸업생과 내셔널 메리트 장학금(미국에서 우수학생에게 지급하는 가장 명망 있는 장학금 — 옮긴이)을 받은 학생들이 흔했다. 대학원생의 경우는 파이베타카파 회원이 마치 자격 조건이라도 되는 것처럼 보일 지경이었다. 하버드에서 통용되는 화폐는 바로 아이디어였다. 또한 각기 다른 아이디어의 지지자들 사이의 경쟁은 살벌할 정도였다.

보스턴으로 떠나기 전 래프는 하버드 역시 플로리다 주립 대학교와 양적으로 다를 뿐 본질적으로는 똑같은 대학교일 것이라고 스스로를 위안했다. 그러니까 하버드는 플로리다 주립 대학교를 좀 더 확장하고 강화한 것과 같을 것이라고 상상했다. 그러나 그는 곧 그와 다른 진실을 깨닫게 되었다. 조직화된 시스템은, 그것이 대학이든 도시든 아니면 조직들의 집합체이든 간에 충분히 큰 규모와 구성원들 사이의 다양성이 확보되고, 진화해 나갈 시간이 주어질 경우 '질적인' 차이가 나타나게 된다는 사실이다. 그 이유는 간단하다. 상호 작용하는 각 부분의 수가 크면 클수록 그 안에서 새로운 현상들이 더 많이 일어나게 되고 그 결과 학생이든 교수든 일상 속에서 더욱 많은 경이를 마주하게 되고 그 결과 그들의 세계는 더욱더 새롭고 흥미로운 것이 되어 가게 된다. 각기 다른 종의 개미 군락들에 있어서도 이 진실이 통용된다. 플로리다 주립 대학교의 니덤 교수가 설명했던 것이 바로 그것이다. 노코비 숲에 있는 것과 같은 거대한 개미 군락은 한층 더 복잡한 노동의 분화 양상을 보이고 여왕개미와 일개미들 사이의 몸집 및 그밖에 신체적 차이가 더욱 크게 나타난다.

래프가 곧 캠퍼스에서 발견하게 된 그와 같은 원리에 충실한 현상 가운데 하나가 바로 "가이아 포스(Gaia Force)"라는 환경 관련 급진적

학생 운동 동아리였다. 이 동아리의 가을 학기 첫 번째 모임 공고가
대학 신문인《하버드 크림슨》에 실려 있었다.

가이아 포스

9월 25일 수요일 저녁 8시, 로웰 하우스 커먼룸에서 첫 모임이 열립니다.
환경 문제에 관심이 있는 학생들의 민주적 모임인 가이아 포스는
다음 논제로 토론을 벌일 예정입니다.
인류를 위해 환경을 최우선에!

앨라배마에서 온 소년은 이 단체야말로 바로 그를 위한 단체라고
생각했다. 바로 래프 그 자신이야말로 급진적 환경론자가 아닌가!
글쎄, 적어도 모빌에서는 그랬다.

로웰 하우스에서 열린 첫 모임에서 래프를 끌어당긴 가이아 포스
의 예기치 않았던 또 하나의 매력은 바로 졸레인 심슨이라는 여학
생이었다. 사회학을 전공하는 학부생인 졸레인은 하고많은 곳 중에
서 아칸소의 파이에트빌에서 온 소녀였다. 졸레인의 아버지는 예수
그리스도 어셈블리 교회의 목사로 나름 그 지역에서는 무신론, 동성
애, 진화론, 낙태, 사회주의, 비종교적 과학과의 투쟁에서 최선봉에
선 지도자로 유명한 사람이었다. 고등학교에서 전 과목 A학점을 받
아 장학금을 받으며 하버드에 입학한 졸레인은 1학년이 끝나갈 무
렵 독실한 기독교도 여성으로 양육되었던 어린 시절의 가치관을 버
리고 외유내강의 남부 여성 기질을 사회주의 혁명의 창칼로 벼려 냈

다. 정치적으로 그녀는 제정신으로 갈 수 있는 최대한의 왼쪽에 자리 잡았다. 여러분은 하버드에서는 제정신에 대한 기준이 다른 곳보다 느슨하다는 점도 감안해야 한다.

졸레인은 비록 파이에트빌이나 케임브리지의 부당한 권위에 대항해 혁명을 벌여 왔지만 한편으로 결코 희석되지 않는 도덕적 격분과 현란한 수사법에 있어서는 그 아버지의 그 딸이었다. 그녀는 온갖 종류의 쟁점에 대해 열정적인 견해를 내보였다. 하지만 그중 가장 열렬한 증오는 환경 파괴자들을 위해 아껴 두었다. 그녀의 고향에서 개발업자들이 공공연히 환경을 파괴해 온 것을 목격해 온 터였다.

졸레인은 결코 투표로 정치에 참여하지 않겠다고 선언했다. 어떤 정치 지도자도, 그녀와 같은 주 출신이며 당시 대통령직에서 막 물러난 빌 클린턴이든, 심지어 성자처럼 추앙받는 랠프 네이더(미국의 변호사, 저술가, 연사, 정치인으로 1960년대에 소비자 보호 운동을 주도하는 변호사로 유명해졌고 여러 대기업과 정부의 부정을 고발해 많은 성과를 올렸다. 그 후 정계에 진출해 미국 대통령 선거에 총 네 차례 출마했다. — 옮긴이)조차도 인류를 구할 수 있는 혁명을 주도할 능력이 없다고 판단했다. 그녀는 말투에서 남부 악센트를 지워 버리려고 애썼다. 남부 사투리를 쓰면 무식해 보이고, 그보다 더 나쁜 이유로서, 보수적으로 보이기 때문이었다. 하지만 창피하게도 여전히 'y'all'이라든지 'much obliged', 'fixin' to' 따위의 표현이 종종 튀어나오고는 했다. 'want' 대신 'wont', 'get' 대신 'git' 'ask' 대신 'ast'를 쓰는 것도 마찬가지였다.

래프가 가이아 포스 모임에 나타나자 졸레인이 곧바로 다가와 자신을 소개했다. 아칸소 주에서 처신 바른 젊은 처자라면 도저히 하지 않을 행동이었다. 하지만 케임브리지 인민 공화국의 해방된 젊은 여성이라면 거리낌 없이 할 수 있는 행동이었다.

"안녕? 난 졸레인 심슨이라고 해. 오늘 모임에 잘 왔어. 환영해!"

"아 네, 고맙습니다, 아가씨." 래프가 여전히 강하게 도드라지는 앨라배마 악센트로 대답했다. "저는 환경을 위해 일하는 단체라면 모두 관심이 있습니다."

남부 출신이로군. 졸레인이 생각했다. 그녀는 재빨리 래프의 팔을 붙들어 음료수를 대접하고 방의 구석으로 데려가 생생한 대화로 이끌었다. 졸레인은 한 사람의 세계 시민으로서 어디에서 온 어떤 사람이건 모두 환영하지만, 한편으로는 여전히 고향에 대한 그리움이 마음 한 구석을 찌르르 울린다는 사실을 인정해야만 했다. 게다가 래프는 로스쿨에 다니고 있지 않은가? 이 사람은 나중에 가이아 포스의 활동을 펴 나가는 데 정치적으로 이용 가치가 있을지도 모른다. 가이아 포스의 다른 회원들은 대부분 영문학도나 사회학도였다.

졸레인은 래프를 모임의 군중들로부터 살짝 떼어 내 단 둘이 대화를 나누었다. 둘은 서로의 성장 배경과 철학에 대해 흥미롭게 이야기를 주고받았다. 졸레인은 래프의 자질을 재빨리 가늠해 보고 호의적인 결론을 내렸다. 그는 단순히 환경 운동에 관심이 있는 자가 아니라 명확하고 구체적인 목적을 가지고 있다. 그는 진짜배기 남부 사람이었다. 비록 그녀 자신은 남부인의 정체성을 벗어던지겠다고 선언한 터였지만 래프의 남부 말투는 그녀에게 말할 수 없이 편안한 느낌을 주었다. 또한 그는 성숙했다. 경박하고 흥분하기 쉬운 또래 남학생들과는 달라 보였다. 재킷에 타이를 매고 머리는 짧고 단정하게 잘랐다. 그리고 무엇보다 중요한 사실로서 자신의 성공회 신앙에 대해 공개적으로 의심을 보였다.

한마디로 래프는 가이아 포스의 핵심 멤버이자 선봉대를 자처하는, 트레이닝복을 입고 돌아다니는 어린아이 같은 캘리포니아 출신들과 날카로운 대조를 이루었다. 래프는 지도자의 풍모를 갖고 있었고 어쩌면 바로 래프와 같은 인물이야말로 그들 단체가 가장 필요로 하는 사람일지도 모른다고 졸레인은 생각했다. 다른 가이아 포스 회원들은 대체로 1970년대 신좌파의 자식 세대로 그들 자신을 새로운 사회주의 혁명에 대한 신앙을 지키는 사람들이라고 생각했다. 그리고 그 새로운 좌파 혁명은 크메르 루즈(1970년대 후반 캄보디아에 집권한 공산 정권으로 독재자 폴 포트의 지도하에 인민의 3분의 1을 학살한 잔악한 정권 — 옮긴이)의 잔학 행위나 베를린 장벽과 같은 몇 가지 주름만 펴지면 새로이 불을 지피게 될 것이라고 믿고 있었다. 한편 그들의 믿음의 조항으로부터의 사소한 일탈도 용납되지 않았다. 그들이 신봉하는 이데올로기에 따라 동아리의 회장은 남성과 여성, 각기 다른 인종들 사이에 골고루 돌아가면서 맡았다. 그러나 사실상 누가 회장을 맡는지는 동아리의 활동에 거의 아무런 영향을 주지 않았다. 왜냐하면 모든 의사결정은 동아리 전체 회의를 통해 이루어지기 때문이었다.

가이아 포스의 목표는 구질서를 무너뜨리고 올바르게 설계된 새로운 질서를 세우는 것이었다. 그 새로운 질서가 어떤 것인지는 아직 토론 중에 있으며 이번에는 과거의 전철을 밟지 않고 제대로 된 질서를 만들어 내기 위해서 더더욱 많은 토론이 벌어져야 할 듯했다. 다만 지금까지 확고하게 굳어진 원칙 두 가지가 있다면 첫째는 성과 인종에 관계없는 완벽한 평등이고 둘째는 가이아 회원들 사이의 자유로운 성관계였다.

당연한 이야기지만 래프는 졸레인에게 끌렸다. 매력적인 여성이 그토록 공공연하게 딱 집어 그에게 관심을 표시하며 다가서는데 그라고 해서 관심을 갖지 않을 수 없었던 것이다. 래프는 동성애자가 아닌 남성이라면 누구나, 아무리 짧은 시간 동안이라도 괜찮게 생긴 여성이 시야에 들어왔을 때 하게 되는 행동에 따라 졸레인을 재빨리 평가했다. 그 절차는 유전적으로 프로그램된 일반적인 순서에 따라 진행되었다. 그의 눈앞에 있는 표본은 일단 래프만한 키, 젊고 소녀티가 나는 인상에 날씬한 몸매는 어쩌면 너무 말랐지만 기민하고 쉽게 흥분하는 태도와 잘 어울렸다. 또한 졸레인은 영민하고 지적인 얼굴을 가졌다. 그녀는 과학적으로 아름답게 느껴지는 것으로 입증된 얼굴의 두 가지 특질, 작은 턱과 양미간이 떨어진 눈을 가졌지만 세 번째 특질인 두드러진 광대뼈는 갖고 있지 않았다. 짙은 갈색 머리카락은 지나치게 짧게 잘랐는데 혁명적인 유니섹스를 추구하기 때문인지 혹은 여성스러운 장식을 싫어하기 때문인지는 알 수 없었다. 마지막으로 그녀의 목소리와 음조, 몸짓 따위를 통해 미루어볼 때 동성애자는 아닌 것으로 보였다.

그리고 지적인 남자인 래프에게 더욱 중요한 특질로서 두 사람 모두 매우 총명하며 뚜렷한 목표를 가지고 있었다. 그들은 각각 자신의 어린 시절 이야기를 상대방에게 들려주기에 바빴다. 두 사람 모두 편안한 마음으로 그들이 자라 온 과정과 가정 환경을 우스꽝스럽게 이야기할 수 있었다. 그날 저녁 두 사람은 30분 동안 단 둘이 이야기를 나눴고, 회의가 끝난 후에 또 둘의 대화는 30분 넘게 계속되면서 주위의 다른 회원들의 시선을 끌었다. 마침내 사람들이 돌아가기 시작했다. 래프는 다른 남학생이 그들의 대화에 끼어들어 방해하거나 마지막에 졸레인에게 다가와 "이리와, 졸레인. 내가 데려다 줄게."라고 말하며 졸레인을 채 가지 않아서 안도했다. 나중에 생각해 보니 다른 남성이 다가와 방해하지 않은 것은 성차별주의적 행동에 대한 터부 때문이며, 그 터부는 또한 테스토스테론에 의해 촉발되는 행동이야말로 환경에 해악을 가하는 무리들의 명백한 특성이라는 생각에 기반을 두고 있다는 사실을 깨닫게 되었다.

이틀 후 그들은 메모리얼홀 지하에 있는 학생회관에서 만나 커피를 마셨다. 이번에는 환경 운동에 대한 진지한 주제들과 시사적인 주제들이 화제로 등장했다. 이번에도 가이아 포스의 다른 남학생과 특별한 관계에 있다는 암시는 보이지 않았다. 그 주 토요일 그들은 로스쿨까지 함께 걸어가서 래프가 건물 이곳저곳을 보여 주고 더 이야기를 나눴다. 그 다음 주말에는 래프의 룸메이트가 가봉 해방 집회에 참여하느라 방을 비운 터라 두 사람은 침대 위에 앉아서 대화를 나눴다.

하버드에 오기 전 래프는 플로리다 주립 대학교의 대부분의 다른 학생들과 달리 성경험이 없었다. 그는 육체적으로 왜소하고 어려 보여서 대부분의 여자들은 그에게 별 관심을 보이지 않았다. 게다가 그는 기질적으로 수줍음을 탔다. 또한 그는 혹시나 실수로 여자 친구를 임신시킴으로써 자신의 인생 계획으로부터 빗나가도록 만들 심각한 관계에 빠질 것을 두려워했다. 무엇보다도 그는 차를 몰고 다니지 않았다. 자동차는 미국의 대부분의 지역에서 연애를 위한 필수 조건이나 마찬가지였다.

하지만 래프는 플로리다 주립 대학교에서 몇 명의 여학생들과 가벼운 데이트를 하기는 했다. 저녁 식사를 함께 하고 대화를 나누고 교정 안에서나 아니면 학교 근처에서 함께 영화를 보기도 했다. 그는 두 번 정도 여학생 기숙사 근처에서 주위의 다른 커플들의 행동에 고무되어 상당히 진전된 애무 단계까지 가기도 했다. 그때의 경험은 종종 그의 기억 속에 되살아나면서 일종의 환상으로 자리 잡아갔다. 환상 속에서는 거기서 더 나아가는 것을 꿈꾸었지만 현실 속에서는 자제하고 기다렸다.

따라서 졸레인이 신체적으로 접근해 올 때 래프는 아무런 준비가 되어 있지 않았다. 그와 같은 상황은 그가 꿈꾸어 왔던 경험과는 천양지차였다. 그가 플로리다 주립 대학교에서 알고 지내던 젊은 여성들은 대부분 정숙하고 조심스러웠다. 그들은 한 남자나 극히 적은 수의 남자들과만 성적 관계를 맺고자 했다. 그들의 성적 상대는 장차 남편이 될 사람이나 아니면 완곡한 어법으로 이른바 남자 친구, 그러니까 어찌되었든 일생의 사랑인 남자였던 것이다. 래프 역시 그들과 비슷한 가치관을 갖고 있었다.

반면 졸레인은 섹스로부터 가능한 모든 쾌락을 쥐어짜 내는 것이 목표인 듯했다. 그녀는 급진적 페미니즘의 영향을 받아 성에 대해 실험적이고 두려움 없는 태도를 취했다. 그녀에게 섹스는 순수한 육체적 욕구라기보다 정치적 선언에 가까운 것이었다. 그녀는 이데올로기에 의해 부여된 확신을 가지고 모든 한계의 개념들을 지워 버렸다.

마치 아침에 커피를 잔에 따르듯 아무렇지 않은 마음으로 섹스에 접근했다. 그녀는 야성에 사로잡혀 가능한 모든 체위와 가능한 모든 방법으로 섹스를 했다.

졸레인은 래프의 환상의 경계 너머로 그를 이끌었다. 그녀는 릴리트였고 아프로디테였으며 자연의 힘이었다. 그로서는 그들의 모험을 그의 논리가 지배하는 세계관 속에 끼워 넣을 여지가 없었다. 정상적인 젊은 남자로서 그는 자신을 풀어 헤치고 졸레인의 자유로운 실험에 동참했다. 이 모험이 궁극적으로 그들을 어디로 데려갈지 궁금해 하며…….

하버드와 같은 곳에서 벌이는 연애는 성적 에너지의 격렬함과 별개로 또 다른 특별함이 있다. 래프와 졸레인은 거대한 두뇌 집단의 개미언덕의 구석구석에서 행복하게 길을 잃었다. 끊임없이 변화하는 수업과 과제와 동아리 모임 등의 미로 속에서 단 둘만 있을 수 있는 시간을 한두 시간 찾아낼 수 있을 때마다 정신없이 사랑을 나눴다.

두 사람 모두에게 하버드와 그 주변의 케임브리지에서의 삶은 새로운 매혹으로 다가왔다. 로스쿨에서 주최하는 대법관의 '헌법과 국제 협상'이라는 강연에서 졸레인이 갑자기 킥킥 웃기 시작하자 래프가 그녀를 조용히 시키느라 혼났다. 그들은 포그 미술관에서 렘브란트의 스케치와 비잔틴의 성상들을 둘러보았다. 래프는 곧 이어질 섹스에 대해 생각했지만 한편으로 시간이 생기면 미술사를 공부해야겠다고 다짐했다. 다음날이면 잊힐 다짐이라는 것을 그 자신도 알았지만 말이다.

두 사람은 무조주의 음악(쇤베르크 등의 음악가에 의해 시도된 현대 음악의 한 사조로 조성을 갖지 않는 음악 — 옮긴이) 연주회에서 두 시간을 보냈다. 래프는 그 음악을 전혀 이해할 수 없었지만 졸레인을 포함한 모든 청중들은 제대로 음미하는 듯 보여서 그저 침묵을 지켰다. 그들은 손을 잡고 사이언스 센터에서 저명한 베이징 대학교 식물학 교수의 이해하기 힘든 '미스터리가 풀리다! 꽃식물의 기원과 계통발생론'이라는 강연을 들었다. 또한 버마 해방 운동 집회에 참석한 후에 군부 정권이 열대 우림에 무슨 짓을 할지 궁금해 했다. 두 사람은 쌍둥이 빌딩에 대한 테러 공격에 슬퍼했지만 그로 인해 아프가니스탄 사람들이 부당하게 고통을 받지 않기를 희망했다. 재미삼아 하버드 스퀘어에 있는 에티오피아 식당에 가기도 했는데 그것이 처음이자 마지막이었다.

그들은 주변에 득시글득시글한 하버드의 괴짜들을 비웃기도 했다. 《뉴욕 서평》에 글을 기고하는, 옥스퍼드 악센트로 이야기하는 옥스퍼드 대학교에서 온 방문 교수들과, 미국 교수이지만 옥스퍼드 악센트로 이야기하며 《런던 서평》에 기고하는 사람들, 하버드 풋볼팀에 대한 관심과 애정을 억지로 부추기는 대학의 공식 신문 《하버드 가제트》, 하버드 로고가 그려진 트레이닝이나 티셔츠를 거의 입지 않는 대신 오히려 보란 듯이 조지아 공과 대학이나 슬리퍼리록 대학교 등의 로고가 박힌 옷을 입고 다니는 하버드생들…….

졸레인을 제외하고 하버드에서 만난 사람들 중 라파엘 셈스 장군에 대해 들어 본 사람이 아무도 없다는 사실은 래프의 기분을 약간 상하게 했다. 심지어 졸레인 역시 잘 알지도 못했고 별 관심도 없는 듯했다. 그러나 그와 같은 미약한 모욕감은 하버드 로스쿨의 마술과 같은 분위기에 곧 잊혀 갔다. 첫 번째 학기가 끝날 무렵, 새롭게 사귄 친구들과 빠르게 진전되어 가는 졸레인과의 연애로 래프의 인생은 그 어느 때보다 균형 잡히고 충만하다는 느낌이 들었다. 심지어 래프는 가끔씩 모든 것을 포기해 버리고 하버드 백수가 되면 어떨까 생각하기도 했다. 공짜 강의를 청강하고 강당에서 이루어지는 강연이나 행사의 맨 뒷자리에 슬그머니 끼어들어 참석한다. 동아리 등의 모임에 참여해 공짜 음료와 간식을 얻어먹는다. 심지어 학생들이 참여하는 교수 회관의 행사에도 슬쩍 들어갈 수 있으리라. 이것저것 닥치는 대로 아르바이트를 해서 푼돈을 번다. 지속적인 애인, 아마도 졸레인과 관계를 갖는다. 그러면서 한가로이 나이를 먹어 얼룩덜룩한 턱수염을 기르고 머리는 뒤로 묶고 다닌다. 하버드 스퀘어에서 체스로 밥벌이를 하면서 살 수도 있겠지. ("체스 고수와 한 판에 5달러") 체스의 고전적인 수들을 모두 익혀 보통 사람들을 금방 무너뜨리고 돈을 따서 스퀘어 근처에서 맛있는 저녁을 사먹는 거다. 하지만 이런 것들은 그저 환상에 지나지 않았다. 라파엘 셈스 코디는 자신의 목표를 향해 발걸음을 내딛었다.

　래프와 졸레인의 관심사는 광범위한 부분에서 서로 겹쳐졌지만 두 사람의 성정은 크게 달랐다. 그 차이는 환경 운동의 핵심적인 문제들에서 극명하게 드러났다. 졸레인은 힘을 원했고 혁명에 목말라했다. 그녀가 선호하는 전략은 시위와 폭동으로 전면 공격을 가한 다음 대중에게 이념 선전의 폭격을 가하는 것이었다. 그녀는 법의 테두리 안에서 이루어지는 래프의 조심스러운 접근 방법에 만족할 수 없었다.

졸레인은 그들 사이의 긴장을 피하려고 노력했다. 둘 만의 대화 속에서는 그들이 자신의 생각을 표현하는 자유가 줄어들었다. 각자의 의견을 좀 더 부드럽게 표현했고 인종 문제나 경제 문제 등 몇 가지 문제는 아예 돌아갔다. 래프는 그들 사이의 부부와 같은 익숙한 친밀감이 지적 대화를 가로막고 섹스를 약간은 의무적인 것으로 만들지 않을까 우려했다.

마침내 어느 날 밤 그는 갈등 해결 방법 및 소송에 대해 이야기를 시작하자 졸레인이 폭발했다.

"부동산 개발업자들이 얼마나 강력한 힘을 가지고 있는지 알아, 래프? 그들과 협상해서는 아무것도 얻어 낼 수 없어. 그 자들은 돈도 있고 연줄도 있어. 그것뿐인 줄 알아? 그들은 자기네가 하는 일이 이 나라를 위해 이로운 일이라고 말하고 있어. 그래도 안 되면 그들은 자기네가 하는 일이 신의 뜻이라고 말하지. 야생 생물들의 궁극적 관리자인 신의 뜻이라고! 래프, 그자들에게 논리적으로 접근하는 것은 아무 소용이 없어. 그들은 그따위 시도를 몽땅 짓밟고 뭉개 버릴 거야. 그들을 상대할 유일한 방법은 정면 승부야. 내 말을 믿어. 나도 우리 아버지에게 배운 게 몇 가지 있어. 그건 바로 열정과 용기야. 래프, 넌 그걸 가져야 돼. 이기려면 어느 정도 피를 봐야만 해. 게다가 우리에게는 시간이 별로 없어, 래프!"

그는 이런 식으로 몰아붙이는 것이 싫었다. 설사 그의 남자다움이 시험대에 오른다고 하더라도 말이다. "졸레인, 너는 내가 법정 변호사가 되어 가이아 포스 회원들이나 또 다른 환경 운동 투사들이 법정에 서게 되면 감옥에서 빼 줄 수 있기를 바라는 것 같아. 하지만 나는 다른 계획을 가지고 있어."

"어떤 계획인데?" 졸레인이 갑자기 조용해졌다.

"언젠가 말해 줄게, 졸레인." 래프는 더 이상 말싸움을 벌이고 싶지 않았다.

졸레인은 기분이 상했다. 현란한 수사학적 고공 비행 중간에 이런 식으로 땅으로 내리꽂히는 경험은 처음이었다. 하지만 그녀도 그냥 덮었다.

래프는 더 이상 할 말이 없었다. 그는 이런 공격적인 논쟁에 익숙지 않았고 생태 전쟁(eco-war)이라는 개념에는 거부감을 느꼈다. 무엇보다도 그는 법을 어긴다는 생각을 참을 수 없었다. 용기가 부족해서가 아니었다. 그 결과가 얼마나 가혹하고 역효과를 가져올 수 있는지 잘 알기 때문이었다. 졸레인 역시 그 정도는 알고 있으리라고 확신했다. 나무를 베는 모터 톱을 망가뜨리기 위해 미송나무에 못을 박자고? 안 될 말이다. 불도저 앞에 드러눕고, 법원 명령장을 갈가리 찢고? 감옥에 갈 각오를 하고 법정에서 나서면서 카메라를 향해 반항적인 메시지를 외친다? 그에게는 맞지 않는 일이었다.

시민 불복종 운동과 경우에 따라 폭력적인 저항 운동이 이따금씩 필요한 때도 있다. 그는 헨리 데이비드 소로나 마틴 루서 킹 주니어, 그리고 렉싱턴과 콩코드에서 영국군과 싸우다 죽어 간 민병대원들의 영웅적 행동에 경의를 표했다. 하지만 그것은 그의 방식이 아니었다. 그는 졸레인이나 다른 가이아 포스 회원들이 좋아하는 방식에 대해 좀 더 심원한 철학적 문제점을 보았다. 그는 환경을 위한 운동을 민권 운동과 동등한 수준에 놓고 볼 수가 없었다. 여기는 미국이다. 혁명의 물결이 쓸고 지나가는 무지몽매한 나라가 아니다. 그리고 나무나 곰이 권리를 박탈당한 사람은 아니다. 어떤 식으로든 법의 테두리 안에서 목적을 달성해야 하고, 또 그럴 수 있을 것이라는 생각이 들었다.

래프는 그와 졸레인 심슨 사이의 깊은 균열을 메울 수 있는 지적·정서적 지지 수단을 찾아다녔다. 그리고 그 일환으로 조지프 불러드 석좌 교수인 환경법 전문가 러셀 존스와의 면담을 신청했다.

두 사람이 만난 존스의 연구실은 케임브리지 커먼을 내려다보는 널찍한 직사각형의 방이었다. 한쪽 벽에는 책이 가득 꽂혀 있는 서가가 있고 그 위로 19세기 서인도제도와 남아메리카의 새들의 모습을 담은 길쭉한 액자가 걸려 있었다. 다른 벽에는 각종 상장과 증서들, 그리고 코스타리카의 오스카 아리아스 대통령을 비롯한 라틴 아메리카의 환경 개혁 운동의 선구자들과 함께 찍은 사진들이 걸려 있었다.

존스는 예순 살가량의 키가 큰 남자로 아직까지도 장기간의 조류 관찰 여행을 다닐 만큼 잘 다듬어진 체격을 갖고 있었다. 숱이 많고 헝클어진 백발은 시인과 같은 풍모를 보여 주었다. 하버드의 부름을 받기 전 (엘리엇과 로웰의 시대에 하버드의 교수직 제안을 이런 식으로 표현하고는 했다.) 그는 국무부에서 라틴 아메리카 환경 및 무역 정책 담당관으로 일했으며 스페인 어와 포르투갈 어에 모두 능통했다.

두 사람은 검정색 바탕에 금색 하버드 로고가 새겨진, 당연히 불편한 의자 두 개를 찾아 소나무 마루를 큰 소리로 긁어 대며 방에 있는 유일한 창 옆으로 끌어다 놓았다.

"나는 환경법 전문 변호사다 보니 학생들의 면담 신청을 그리 많이 받지 않는 편인데……." 존스가 말했다. "요즘 학생들은 대개 양쪽 극단 중 한 쪽에서 일하기를 선호하는 것 같더군. 시민 운동을 위해 무료 법률 봉사를 하거나 월 스트리트에 진출해 큰돈을 벌거나."

래프는 면담에 응해 주어 감사하다고 인사를 한 후 노코비 숲의 상황에 대해 설명했다. 아무래도 이 싸움에서 개발업자들이 승리하고 값을 매길 수 없는 태고의 유산이 파괴될 것으로 보인다고 말했다. "저도 언젠가 환경법 전문 변호사로 활동하고 싶습니다. 하지만 지금 당장은 노코비 숲을 구하고 그 다음에 또 남부에 있는 그와 같은 지역들을 보존하는 데 힘쓰고 싶습니다. 남부에서 소중한 자연환경이 사라져 가고 있어요. 지체할 시간이 없습니다, 교수님."

"음, 자네는 확실히 이곳 로스쿨에 있는 다른 학생들과는 다른 종류의 진리의 탐구자 같군. 자네 질문에 대한 나의 대답은 일단 상황이 상당히 어렵다는 걸세. 특히 자네 고향과 같은 지역에서는 더 그렇지. 하지만 자네 말이 옳아. 법의 테두리 안에서 해결책을 찾을 수 있다고 생각하네."

"하지만 어떤 법을 말씀하시는 겁니까? 회사가 어떤 땅을 소유하고 있는데 그 땅이 자연 보호 구역이 되어야 마땅한 땅이라고 가정해 보죠. 그 땅은 사람들의 시야와 관심에서 멀리 떨어져 있고요. 그런 상황에서 그 회사가 땅 위의 모든 자연을 파괴해 버리는 것을 막을 수 있는 방법이 뭐가 있을까요?"

래프는 그 질문을 던지면서 스스로에게 약간 짜증이 났다. 그는 요즘 들어서 말할 때 앨라배마 악센트가 많이 없어졌다는 것을 알아차렸다. 특히 권위 있는 사람들 앞에서 이야기할 때 그렇다. 자신도 모르게 더 빠르게 말하고 단어의 마지막 음절을 일부러 짤막하게 발음하고는 했다. 하지만 고의로 그러는 것은 아니었다. 그래서 다시 남부 악센트를 사용하려고 시도하면 음절을 부드럽게 끄는 남부 악센트를 과장하고 있는 자신을 발견했다. 마치 사우스캐롤라이나 주 출신처럼 말한다는 느낌이 들었다.

"여러 가지 법률이 있고, 또 그 법률들을 해석하는 여러 가지 방법들이 있지." 존스 교수가 말하고는 잠시 뜸을 들였다. "만약 다양한 해석 중 어느 한 해석이 강력한 도덕적 전제를 가지고 있고 대중의 지지를 받게 된다면 그 해석은 법정에서 승리를 거둘 수가 있다네. 설사 기존의 사례가 그와 반대라고 하더라도 말이지. 자네들이 로스쿨에서 배웠으면 하는 것이 바로 그것이야. 땅을 보존하기 위해서 자네는 법률에 근거한 다양한 주장을 내세울 수 있네. 그 주장이 궁극적으로 법정에서 승리를 거둘 수도 있고. 항소를 해야 할 수도 있겠지만 말이지. 이론적으로는 연방 대법원까지 끌고 올라갈 수도 있어. 마치 유죄 판결이 걸린 형사 사건과 같이 말이야."

"맙소사!" 래프가 말했다. "법정에서 자연을 대변하는 것이 마치 형사 사건을 다루는 것과 같다니 생각만 해도 끔찍하네요."

"자네는 지금 여기서 관습법을 다루고 있음을 기억해야 하네. 관습법은 언제나 복잡하고 또한 어느 정도는 도덕적 추론에 근거하고 있지. 특히 자네가 이야기한 것과 같은 상황에서는 더 그렇다네. 왜냐하면 그와 같은 분쟁은 따지고 보면 우리 민주 공화국이 근거하고 있는 두 가지 신성한 철칙 사이의 갈등이기 때문이야. 사유 재산권과 미국의 자연 유산의 보존이 그 두 가지이지. 만일 누군가가 땅 한 조각을 갖고 있다면 그 땅을 가지고 뭘 하든 그것은 그 사람의 자유야. 다만 어느 한도까지만 자유가 주어지지. 땅을 공익에 반하는 형태로 변화시킬 수는 없어. 예컨대 우라늄 연료 폐기물을 땅에 묻는다거나 마음대로 강에 댐을 쌓아서도 안 되지. 그 땅의 자연이 보존할 가치가 크다면 그 땅을 개발하는 것은 공공의 이익에 반하는 행위가 될 수도 있어. 따라서 자네는 노코비 지대를 대변해서 그 땅을 개발하는 것이 자연 유산 보존에 해가 되며, 손해의 정도가 개발로 인해 증가되는 일자리나 수익보다 더 크다는 사실을 주장하고 입증해야 하네."

"하지만 그건 무척 주관적인 사실이지 않습니까?"

"그래. 매우 주관적이지. 게다가 자네도 알다시피 앨라배마 주와 같이 자연 보호 운동이 활발하지 않은 곳에서는 더욱 애매한 문제야. 게다가 지역 개발을 가장 중요한 공공의 선으로 홍보하고 밀어붙이는 걸프 게이트웨이 협회 같은 단체가 있는 경우에는 더 일이 어려워지지. 그러니까 결론은, 상황이 그리 낙관적이지만은 않다는 걸세."

"네, 저도 그렇게 생각합니다." 래프가 말했다.

그는 자리에서 일어나 교수에게 감사 인사를 하고 근처 리처드 홀에 있는 자신의 방으로 걸어갔다. 가봉 출신 룸메이트는 방에 없었다. 그와 그의 고향 친구들 몇 명은 거의 케네디 행정 대학원에서 살다시피 하는 듯했다. 혁명 모의라도 하는 걸까? 래프는 침대에 누워 잠시 천장을 바라보면서 조금 전 교수와 나눈 대화를 생각했다. 새로운 과목들을 좀 더 공부해야겠다는 생각이 들었다.

그는 갈등 해결 방법에 의해 해결된 사례들을 조사해 보기로 마음먹었다. 특히 주와 연방 법에 의해 결정된 종류의 사건들을. 그것은 어쩌면 강력한 방법이 될 수도 있다는 생각이 들었다. 그것은 도전과 갈등 해소를 통해 영향력을 행사하는 방법이었다. 자연 보존을 성취하면서 동시에 가능하다면 관련된 부동산 소유자와 개발업자의 이해관계 역시 만족시키는 방법이었다. 만일 그들을 만족시키는 것이 불가능하다면 뒤로 물러나 가이아 포스의 회원과 같은 환경 전사들과 손을 잡으면 될 것이다. 그때는 항의와 집단 소송 등의 수단을 강구해야 할 것이다. 하지만 특정 사례가 어떤 쪽으로 전개되든 결코 얼마 남지 않은 야생의 자연을 포기하려고 들어서는 안 될 것이다.

어느 날 저녁 래프는 로웰 하우스에서 자신의 철학을 가이아 포스 회원들에게 설명하기로 마음을 먹었다. 환경 운동의 전사를 자처하는 사람들 앞에서 협상이나 타협과 같은 방법을 이야기하는 것은 위험한 시도라는 사실을 알고 있었다. 그것은 마치 악마에게 눈덩이를 던지는 것과 같았다. 하지만 그는 회원들이 그의 생각에 어떤 반응을 보일지 보고 싶었다. 그리고 졸레인에게 깊은 인상을 주고 싶은 마음이 있었던 것도 사실이었다.

그러나 그것은 분명히 잘못된 판단이었다. 이야기를 듣는 청중들 사이에 동요가 일어나는 것을 느낄 수 있었다. 그가 강연을 마치기도 전에 맨 앞줄에 큰 대자로 눕듯이 사지를 쫙 펴고 앉아 있던 면바지를 입은 한 캘리포니아 출신 학생이 큰 소리로 끼어들었다.

"이런 제길. 대체 뭔 소리를 하는 거지? 네빌 체임벌린(2차 대전 직전 뮌헨 협정을 통해 독일의 체코슬로바키아 영토 찬탈을 승인하는 등 히틀러에게 유화책을 써서 비난을 받은 영국 수상 — 옮긴이)이 환생했나? 대체 무슨 소리를 하는지 알고 하는 거요? 부동산 개발업자들 밑에서 일하는 건가? 아니면 단순히 용기 없는 겁쟁이인가? 어느 쪽이든 재수 없는 건 똑같지만."

방 안에 있던 모든 사람들이 얼어붙었다. 래프는 잠시 할 말을 잃었다. 이것은 하버드 방식이 아니었다. 길가의 시정잡배들의 입에서 나 나올 법한 상스러운 말투였다.

거의 1분 동안 두 젊은이는 말없이 서로를 노려보았다. 래프의 놀라움은 곧 분노로 바뀌었다. 그러자 이상하게도 긴장이 풀렸다. 이런 상황은 전에도 겪어 본 적 있다. 래프는 소년 시절 보스턴보다 더욱 원시적인 클레이빌에서 몇 번 학교 급우들과 맞붙어 싸운 일이 있었다. 주먹깨나 쓴다는 녀석이 약한 아이를 괴롭히고 놀리다가 일어나는 그런 종류의 싸움 말이다. 그의 경우에는 대개 선생님이나 주위의 나이 든 학생들이 둘을 뜯어 말려서 끝나고는 했다. 하지만 지금과 같은 상황은 대개 서로 상대방을 자극하는 말을 내뱉지만 신체적 공격은 하지 않고서 끝나는 것이 보통이었다. 주위의 친구들이 몰려들어 "겁쟁이!"라고 야유를 퍼붓고.

래프는 다시 클레이빌로 되돌아간 느낌이었다. 그는 그 캘리포니아 소년을 향해 한 걸음 다가섰지만 거기에서 멈췄다.

'이것이 자연의 방식이다……'라고 래프는 생각했다. 동물들도 서로 적대적으로 마주했을 때 실제로 싸움을 벌이기보다는 많은 경우에 과시와 허세로 상대방을 겁주려고 시도한다. 심지어 개미들조차 영토 경계에서 서로 만나 경합을 벌임으로써 개미의 체액 한 방울 흘리지 않고 힘겨루기를 끝내지 않던가.

그들은 그런 상태로 또 30초쯤 서 있었다. 다른 회원들은 모두 침묵을 지켰다. 그것은 그의 지위를 지키기 위한 싸움이었다. 상대는 래프보다 몸집이 커 보이지만 힘은 그다지 세지 않을지도 모른다. 마리화나와 맥주가 그의 민첩성을 둔화시켰을지도 모른다.

래프는 원시적 감정의 원시적 명령에 의해 만일 그가 지금 몸을 돌려 걸어 나간다면 그가 가이아 포스에서 쌓아 올렸던 대단치 않은 지위마저 모두 잃게 될 것임을 알고 있었다. 더욱 중요한 사실은 그가 졸레인의 눈앞에서 모욕을 당한다는 것이었다. 졸레인은 무시하고 참은 것이 잘한 일이었고 폭력으로 이어지지 않아서 기쁘다고 말할지 모른다. 하지만 그녀의 진심은 그렇지 않을 것이다.

그 순간 래프에게 에인슬리의 목소리, 열 살 난 소년에게 들려주는 아버지의 목소리가 들렸다. "네가 옳다고 믿는다면 결코 뒤로 물러서지 마라." 모여 있던 청중들은 뒷자리에 앉은 사람들부터 자리에서 일어나기 시작했다. 그곳을 떠나려는 것인지 앞으로 나오려는 것인지는 알 수 없었지만. 그리고 래프의 귀에 아버지의 속삭임이 들리는 듯했다. 이제 마지막 패를 내놓을 때이다. 그는 코피쯤을 대가로 치를 각오를 하고 있었다. 래프는 다시 한 발 그에게 다가갔다. 두 사람은 이제 1미터 남짓 떨어진 상태였다. 래프는 두 손을 아래로 내리고 있었지만 주먹을 꽉 쥐고 있었다.

그런 다음 그는 허세 담긴 으름장을 놓았다. "아무것도 모르는 애송이 녀석. 네가 뭘 알아?" 래프가 으르렁거렸다. "너에게 충고 하나

해 주지. 계속 네가 가는 방향으로 나가 봐. 결국 어딘가 감옥에서 끝나게 될 거야. 그리고 너 같은 놈이 감옥에서 썩으면 모든 사람에게는 더 잘 된 일이고. 세상 물정도 모르는 떠벌이."

이제 캘리포니아 출신이 놀랄 차례였다. 그는 그대로 서 있었다. 하지만 그가 간신히 내놓은 반응은 "엿 먹어라."였다. 겁쟁이들이 싸움을 끝낼 때 쓰는 전형적인 대사였다. 래프는 상대방이 마지막 말을 하도록 두고 무승부로 싸움을 끝냈다.

두 사람은 어찌어찌해서 동시에 상대방으로부터 등을 돌려 멀어져갔다. 어이없다는 듯 고개를 내저으면서. 그날의 대결에서 테스토스테론은 큰 역할을 담당하지 않았다. 폭력은 일어나지 않았던 것이다. 하지만 그 대면은 단순한 성찰만으로 다가갈 수 없는 진실을 래프에게 보여 주었다. 그가 용기 없는 겁쟁이가 아니라는 사실. 그리고 면바지를 입은 캘리포니아 출신 소년이 완전히 바보도 아니라는 사실.

그때 래프는 마침내 상황의 어색함을 깨달았다. 하버드 대학교의 로웰 하우스 커먼룸에서는 어느 누구도, 어떤 상황에서도 주먹다짐을 하지 않는다는 사실이 떠올랐던 것이다. 하지만 래프는 그날의 결말이 마음에 들었다.

곧바로 래프는 안도감과 자랑스러움 속에서 졸레인을 레버렛 하우스에 있는 그녀의 방으로 데려다 주었다. 그는 캘리포니아 소년과의 대면에 대한 시시콜콜한 이야기를 졸레인에게 꺼내지 않는 것이 남자다운 일이라고 생각했다. 아, 그거? 아무것도 아니야. 그 정도는 쉽게 해결할 수 있어……. 그런 느낌을 주도록. 하지만 졸레인 역시 그 사건에 대해 아무 말도 하지 않는 것에 대해 그는 당혹감을 느꼈다. 심지어 그에게 신뢰와 지지를 보낸다는 신호마저 느껴지지 않았다. 이틀 후 메모리얼홀 식당에서 다시 만났을 때도 그녀는 아무 말도 하지 않았다. 그 무렵 래프는 그날의 사건을 마음속에서 거의 지워 버리고 있었다. 하지만 이번에도 졸레인이 아무 말도 하지 않는 것은 그의 마음을 어지럽혔다.

래프는 2주일 후 열린 가이아 포스 모임에 잠시 들렀다. 그가 캘리포니아 소년의 적대감에 겁을 먹지 않았음을 보여 주기 위해서, 또 그가 다른 몇 명의 회원들과 맺은 우정을 이어나가기 위해서였다. 그는 적이 어디에 있는지 확인하기 위해 방 안을 둘러보았다. 가능한 한 그로부터 떨어진 곳에 자리를 잡으려고 생각했기 때문이었다. 그러나 방을 샅샅이 둘러볼 필요도 없었다. 그가 찾던 남자는 졸레인과 누가 보아도 화기애애하게 대화를 나누고 있었다. 래프를 발견한 그녀는 대화를 멈추고 래프에게 다가왔다.

래프는 치밀어 오르는 질투심을 억누르며 졸레인에게 뭐라고 말해야 할지를 생각했다. 대체 왜, 왜 내 여자가 저 바보 같은 녀석과 이야기를 하고 있는 것인가? 격앙된 감정이 잦아들자 분노의 씁쓸한 뒷맛이 남았다.

날이 더 지나고 래프는 더욱 심란해졌다. 그와 더불어 신뢰가 차츰차츰 멀어져 갔다. 졸레인은 여전히 래프의 편이라는 확신을 주지 않았다. 얼마 후 그녀는 수업과 과제로 너무 바빠져서 섹스를 나눌 시간도 없었다. 래프는 그녀의 기분 변화를 합리화하려고 애썼다. 그는 졸레인의 바로 그런 거리낌 없고 거칠 것 없는 정신 때문에 그녀를 사랑했다. 그런데 왜 자신이 그녀를 소유하고 있다고 생각해야 하는가? 하지만 래프는 졸레인 생각으로 며칠씩 잠을 설쳤다. 그의 자존심을 유지하면서 이 문제를 해결할 방법을 찾을 수 없을 것 같았다.

그런데 졸레인이 먼저 이 모든 문제에 종지부를 찍었다. 레버렛 하우스 커먼룸에서 커피를 마신 후 그녀는 래프에게 찰스 강을 같이 걷자고 말했다. 연인들의 만남 장소 중 하나인 롱펠로 다리의 중간에서 걸음을 멈추고 나란히 강물을 내려다보았다. 그때 갑자기 졸레인이 몸을 돌리고 머리를 들어 래프의 입술에 입을 맞추었다.

"래프, 나 졸업하고 뭘 할지 결정했어. 나 미국 프렌즈 봉사단 아이티 모임에 가입했어. 하버드에도 지부가 있더라고. 나는 아이티에 가서 그곳 사람들을 도울 방법을 찾을 거야. 농업 분야가 될 수도 있고 숲을 다시 조성하는 운동을 할지도 몰라. 그러니까 뭐가 되었든 환경에 도움이 되는 일을 찾을 거야. 그곳에는 그런 노력이 절실히 필요해. 작은 노력도 도움이 될 거야. 그렇지 않아?"

그 말을 남기고 졸레인은 래프를 남겨 두고 하버드 쪽으로 걸어가 버렸다. 정말 졸레인답군. 래프는 생각했다. 갑작스럽고, 결단력 있고, 삶에 열정적인…… 래프는 졸레인과 같이 지성과 격렬한 영혼과 열정의 조합을 지닌 여성을 다시는 만날 수 없을 것임을 알았다.

그가 기대했던 것보다 훨씬 더 깊이 상처받은 래프는 그 후로는 다시 가이아 포스 모임에 나가지 않았다. 졸레인이 아이티로 갈 때 그 캘리포니아 출신의 성미 급한 녀석과 함께 갈지 아니면 결국은 그녀 혼자서 그곳으로 갈지 궁금했다. 하지만 상관없었다. 이제 스스로 균형을 찾아갔다. 래프는 법학 공부에 온 마음을 쏟았다.

32

하버드에서의 마지막 시간이 다가옴에 따라서 래프는 일류 대학의 최고의 로스쿨에 다니는 장점 중 하나를 절실히 깨닫게 되었다. 그것은 바로 친구와 직업적 동료와 각계 각처의 주요 인물들과의 네트워크의 잠재적 힘이었다. 필요한 사람들을 만나기 위해 전국 방방곡곡을 여행할 필요가 없었다. 학회에 참여하거나 세미나를 개최하거나 도서관에서 자료를 찾거나 아니면 다른 동료 교환 학자들을 만나기 위해서 각처에서 중요한 사람들이 이곳으로 몰려오기 때문이었다. 래프는 정보를 얻고 미래에 필요한 도움을 구하기 위해 자연보호 협회, 시에라 클럽, 환경 방어 기금 등 단체의 사람들과 교류했다. 한편으로 그의 목표를 이루는 데 있어서 연방 법무부나 국무부의 어느 부서를 찾아가야 할지, 누구를 만나는 것이 가장 좋은지도 알아 놓았다. 또한 앨라배마 주 의회의 실무진 가운데 몇 명을 친구로 사귀었다. 앨라배마 주와 미시시피 주의 해안 쪽 카운티들과 플로리다 주의 환경 단체 지도자들과 민간 지지자들의 주소와 전화번호도 수집했다.

래프는 또한 환경 이외의 분야에서도 개인의 권리와 공익 사이의 갈등을 해결하는 사례들에 대해 공부했다. 그는 그와 같은 사례 전반에 걸쳐 적용되는 관습법의 전문가가 되었다. 그는 그와 같은 지식이 그의 고향인 걸프 해안 중부에서 발생하는 가장 어려운 문제들에도 적용될 수 있다고 믿었다.

래프는 갈등 해결 기법을 숙련해 나갔다. 시나리오를 구성하고 그에 따라 다른 학생들과 토론을 벌였다. 고전적인 '자연 대 일자리'의 갈등 문제가 어느 한 쪽의 일방적인 승리만으로는 해결될 수 없다는 데 점점 더 확신을 얻게 되었다. 어느 한 쪽이 승리할 경우 패배한 쪽은 앙심을 품고 다음번 싸움에서 수단 방법을 가리지 않고 무리수를 둘 가능성이 높아진다. 그보다 훨씬 나은, 그리고 훨씬 숭고한 방법은 양쪽 편을 모두 만족시키는 것이다. 하지만 그와 같은 합의점에 어떻게 도달할 것인가? 그것이 더욱 풀기 어려운 문제였다. 양쪽 편의 이야기를 들어 보고 결정을 내림으로써 분쟁을 해결해 버리는 현대의 솔로몬 왕인 법원으로 하여금 해결하도록 하자는 유혹이 언제나 도사리고 있었다.

중도적 입장을 취하는 것에 대해 낙관적일 수 있는 이유가 있었다. 그는 과거 수십 년 동안 미국 내무부와 비영리 기관인 환경 방어 기금에서 운용한 합리적인 사례들을 발견했다. 예를 들어 생물학적으로 가치 있는 황무지를 소유한 민간인이 그 땅을 보존하고 싶은 마음은 있지만 필요에 의해 어쩔 수 없이 개발업자에게 팔아야 한다고 하자. 어떤 경우에 간단한 해결 방안이 있을 수 있다. 정부나 환경 단체에서 소유자와 그 땅을 다른 땅으로 교환해 소유자가 같거나 더 높은 값을 받고 팔 수 있도록 하는 것이 한 가지 방법이었다. 그렇다면 소유자가 땅을 보존하기를 바라지만 후손에게 상속하게 되면서 후손들이 상속세를 내기 위해 땅의 일부나 전부를 팔아야 하는 경우에는? 이럴 경우 땅을 개발하지 않고 보존하는 조건에서 한시적으로 과세를 연기해 주는 것이 방법이 될 수도 있다.

헌법을 추상적으로 적용하는 하향식의 접근법이 아니라 하나, 하나의 사례에 따라 개발된 이와 같은 해결책을 래프는 다가올 전쟁에서 그가 사용할 무기 목록에 신중하게 추가했다.

봄은 마음을 딴 데 둔 듯 정신 빠진 모습으로 한참을 오락가락하면서 뉴잉글랜드로 찾아왔다. 이곳의 4월은 차가운 비와 이따금씩 찾아오는 그나마 짧은 눈보라의 달이다. 북동풍은 여전히 주기적으로 찾아와 풍속 냉각 지수를 영하로 끌어내리고는 했다. 4월 말에서 5월 초가 되어서야 보스턴과 케임브리지의 주택가에서 개나리가 노란 꽃망울을 터뜨리고 목련의 흰색과 자주색 꽃 이파리들이 빈약한 정원 바닥에 깔렸다. 목련 꽃잎 사이로 용감한 크로커스가 돋아나 잡초들에게 밀리거나 개똥에 깔리기 전에 서둘러 꽃을 피웠다. 이 행복한 시간이 오기 전까지는 식물이 자라는 것을 보고 싶은 사람들은 시골로 차를 몰고 나가 검은딸기나무를 밀치고 길가의 습지로 들어가 앉은부채 덩어리나 찾아보는 수밖에 없었다.

그해는 하버드에서의 마지막 해였기 때문에 래프는 즐거운 마음으로 길고 긴 후기 빙하기 겨울을 견뎌냈다. 4월 중순이 되자 법률 회사들로부터 입사 관련 문의나 심지어 임시직을 제안하는 편지가 날아들기 시작했다. 애틀랜타, 멤피스, 버밍햄, 마이애미, 그리고 뉴욕에 있는 회사들이었다. 래프의 전문 분야가 요즘 들어 새롭게 각광을 받기 시작했다. 교수들 사이에 오가는 말에 따르면 대형 법률 회사들이 환경 관련 소송을 다룰 수 있는 인재들을 채용하려고 애쓰고 있다고 한다.

래프는 완전히 줄을 끊어 버리지는 않은 채 예의 바르고 공손한 답장을 보냈다. 하지만 그의 진로는 그쪽 방향이 아닐 것임을 알고 있었다. 그는 모빌로 갈 것이다. 일자리를 구하고든 구하지 못하고서든. 관습에 따라 6월 첫 번째 목요일에 하버드 대학교 졸업식이 거행되었다. 래프는 부모를 졸업식에 초대했다. 졸업식 전날 저녁 그는 그가 가장 좋아하는 인도 식당으로 부모님을 모셨다. 하버드 스퀘어에서 한 블록 떨어진 매사추세츠 애비뉴에 위치한 식당이었다. 에인슬리는 케임브리지의 모든 것이 불편한 모양이었다. 모빌에서 이곳까지의 긴 여행 끝에 피곤하고 지친 모습이었다. 안경을 꺼내 쓰고 한참동안 메뉴판을 들여다보고는 마침내 "여긴 뭐든 튀긴 음식은 없냐?"라고 묻는 아버지를 보며 래프의 마음에는 커다란 애정이 밀려왔다.

다음날 관습에 반해(혹자는 신의 섭리를 위반하는 것이라고 말했다.) 매사추세츠 동부에 가볍게 비가 내렸다. 주변의 모든 교회들이 울리는 행복과 기쁨과 축하의 종소리와 함께 미국에서 가장 장대하고 주목받는 졸업식이 시작되었다. 하버드 재단과 감독 위원회 회원들과 함께 로런스 서머스 총장이 올드 야드에서 비에 젖은 300주년 극장으로 줄지어 들어섰다. 교수들이 각 대학별로 가지각색의 가운을 입고 우산을 든 채 뒤를 이어 들어왔다.

그들은 모여든 졸업생들이 양쪽에 빽빽이 서 있는 통로를 지나 걸어갔다. 그 자리에 모인 수천 명의 가족과 친지들 머리 위로 환호와 인사가 오갔다. 단상 위의 인물들이 의자에 앉고 미들섹스 카운티의 보안관이 경관들과 함께 단상 가운데로 걸어와 무대를 세 번 두드려 총을 발사하는 것 같은 소리를 내서 질서를 잡았다.

그 자리에 모인 모든 사람들이 미국 국가를 합창하고 그 다음 특정 종교적 색채를 배제한 기도를 올린 다음 찬송가 「주여, 왕을 구하소서」가 연주되었다. 그 다음 17세기부터 이어진 전통에 따라 라틴어와 영어로 된 학생 선서가 뒤따랐다. 합창과 연주가 몇 차례 더 이어진 후 학부 우등생 대표가 호명되어 앞으로 나왔다.

이제 서머스 총장이 각 단과 대학별로 하버드 학위를 수여하기 시작했다. 차분하던 분위기가 즐거운 소란으로 바뀌었다. 의학 대학원 졸업생들은 청진기를 목에 걸고 있었고 경영 대학원 졸업생들은 1달러짜리 지폐를 한 움큼씩 공중으로 뿌렸다. 래프는 자리에서 일어나 급우들과 함께 앞으로 나가 학위를 받았다. 래프는 이제 학장의 말마따나 "우리를 자유롭게 하는 현명한 구속"을 배웠음을 확인 받게 되었다. 자리에서 일어나면서 래프는 수많은 군중 속에서 부모의 모습을 찾으려고 했지만 찾지 못했다. 한편 예기치 못했던 강렬한 열망 속에서 학부 졸업생들 사이에서 졸레인의 모습을 볼 수 있지 않을까 둘러보았다. 그러나 학사모의 물결 속에서 그녀의 모습을 찾는 것은 불가능했다.

마지막으로 9명의 각 분야의 권위자들에게 명예 학위가 수여되었다. 각 수여자들이 일어날 때마다 공손한 박수에서 우레 같은 박수까지 다양한 크기의 박수가 터져 나왔고 아름다운 시와 같은 어조로 쓰인, 짧막해서 묘비명으로 쓰기에 딱 좋은 찬사의 글이 낭독되었다.

그 후 단상 위의 인물들이 양 옆에 둘러선 학생들 사이의 통로로 줄지어 퇴장했다. 위대한 하버드 개미언덕의 구성원들이 흩어지기 시작했다. 마샤와 에인슬리는 하버드야드로 나가 존 하버드 동상 아래에서 래프를 기다렸다.

기다리는 동안 에인슬리는 동상으로 다가가 이미 수천 명의 관광객들이 어루만져 반질반질한 존 하버드의 한쪽 구두 끝을 쓰다듬었다. 그는 은 손잡이가 달린 지팡이에 몸을 기댄 채 정중한 남부 어투를 쓰는 흑인 노신사를 보았다. 대화에 끼어든 에인슬리는 그가 해티스버그에 위치한 서던미시시피 대학교의 교수이며 곁에 서 있던 손녀가 하버드 로스쿨 졸업생 중 하나인 것을 알게 되었다. 그녀는 래프를 만난 일이 있지만 잘 알지는 못한다고 말했다. 앞으로 무엇을 할 것인지 에인슬리가 묻자 그녀는 미시시피 주 정계에 나갈 생각이라고 말했다. 마샤는 남편이 그 두 사람에게 "나중에 우리 고향에 가서 봅시다. 그쪽 덕 좀 보게 말이지."라고 말하는 소리를 듣고 깜짝 놀랐다.

다음날은 케임브리지와 보스턴 지역을 여행했다. 마샤의 주장에 따라 하루 대부분의 시간을 보스턴의 미술관에서 보내게 되었다. 그 다음날 오전 코디 가족은 모빌 국내 공항에 도착했다. 에인슬리가 매우 자랑스럽게 여기는 자두 빛깔 새 토요타 픽업 트럭을 주차장에서 찾아 왔고 세 사람은 클레이빌로 돌아왔다. 그날 저녁 래프는 아직 고향에 살고 있는 노코비 고등학교 시절의 친구들 몇 명에게 전화를 걸어 이것저것 소식을 들었다. 일요일인 다음날 그는 부모님과 함께 브레턴으로 가서 성공회 교회의 예배에 참석했다.

그날 오후 내내 래프는 그의 오래된 침대 위에 누워서 읽지 않은 《뉴스 레지스터》를 옆에 놓은 채 낮잠을 잤다. 저녁을 먹고 나서 커피를 마시면서 래프는 아버지에게 노코비 지대에 대한 새로운 소식이 없는지 물었다.

"내가 아는 한 별 일 없다. 그 땅이 어디로 가 버리겠냐?" 에인슬리가 말했다.

래프는 이제 그의 계획을 실행하기로 마음을 먹었다. 1년 이상 마음속으로 세워 온 계획이었다. 일주일 내내 그 계획이 마음에서 떠나지 않았다. 쇠뿔도 단김에 뽑는 편이 좋을 거라는 생각이 들었다. 빙빙 돌지 말고 바로 돌격하자. 다음날 아침 그는 사이러스 셈스의 사무실로 전화를 걸어 약속을 잡았다.

이틀 후 오전 7시에 그는 클레이빌에서 모빌로 향하는 버스에 올라탔다. 그는 이것이 마지막 버스 여행이 되길 바랐다. 직장을 잡은 후에 가장 먼저 자동차를 사겠노라고 아버지에게 이야기해 왔다. 비엔빌 스퀘어 근처의 버스 역에서 로딩 빌딩까지 걸어간 후 맨 꼭대기 층까지 엘리베이터를 타고 올라갔다.

사이러스는 문 앞에서 조카를 맞아 얼싸안았다.

"내가 널 얼마나 자랑스럽게 여기는지 넌 모를 거다, 스쿠터. 아, 이제는 스쿠터가 아니라 래프라고 불러야겠지? 아니면 코디 씨라고 해야 하나? 스쿠터라는 이름은 이제 고이 접어 두었다가 나중에 네 아들에게 물려주도록 하자꾸나. 아들을 낳는다면 말이지. 물론 나는 네가 나중에 아들을 낳기를 진심으로 바란다. 코디 사람들도 너를 엄청나게 자랑스러워 할 거다. 그렇지? 그 촌사람들에게 너는 대단한 슈퍼스타일 거야, 안 그러냐? 자, 이제 코스모폴리탄 클럽에서 점심 식사를 할까? 너에게 우리 가족의 친구들을 소개해 주고 싶구나. 괜찮다면 네 미래에 대해서도 이야기를 나누고 싶고."

그리하여 그들은 아버지와 아들처럼 대화를 나누면서 뱅크헤드 타워까지 다섯 블록을 함께 걸어갔다. 엘리베이터를 타고 맨 위층에 올라가 그들이 들어선 곳은 모빌 지역 기업가와 전문직 엘리트의 성소였다. 따뜻한 인사와 악수, 팔과 어깨를 휘감는 포옹, 호의적인 두드림, 웃음 등이 뒤따랐다. 남자들은 대개 중년으로 유월의 신부의 웨딩드레스처럼 흰 피부에 정장에 넥타이 차림이었다. 하지만 모빌 시장을 비롯해 몇 명의 지도급 흑인 인사들과 기업가들도 간간히 눈에 띄었다. 모인 사람들은 거의 모두 남부 악센트로 이야기했다. 심지어 외지에서 온 사람들조차도 말끝을 부드럽게 늘이고, 몇몇 이름들을 이중모음으로 발음하고, ng발음에서 g를 떼고 말했다. "토요일 오도록 하지, 프레이드(Fray-yed), 빌록시에서 돔 낚시(fishin')를 할 생각이네."

중간 중간 잘 차려입은 여성들도 보였다. 그중 몇 명은 남성들과 편안하게 대화를 나누고 웃는 것으로 보아 그들 역시 전문직 종사자거나 기업의 임원인 듯했다. 나머지 여성들은 격식 차린 분위기 속에서 조용히 그들끼리 대화를 나누고 있었는데 아마도 남성 회원들의 부인인 듯했다. 어떤 남성 회원이 코스모폴리탄 클럽에 부인이 아닌 애인을 데려오는 날이면 그것으로 이 고상한 클럽의 출입은 마지막이 될 터였다.

사이러스와 래프는 모빌 강이 내려다보이는 모퉁이 자리로 안내

되었다. 래프는 양쪽 벽으로 난 유리창으로 다가갔다. 12층 아래 길가를 지나다니는 자동차의 흐름을, 쿠퍼 리버사이드 파크와 새로 지어진 컨벤션 센터를 바라보았다. 남쪽으로 저 멀리에는 핀토 섬과 모빌 만의 북서쪽 해안이 보였다. 래프는 눈을 가늘게 뜨고 강이 만으로 흘러드는 곳을 바라보았다. 저기 어디쯤에 선박 엔지니어로 일하던 아버지 쪽 증조부가 배에 불이 나 가라앉을 때 목숨을 잃었다. 래프는 그 비극을 머릿속에 그려 보려고 했다. 그런 다음 모빌 야드에서 북쪽으로 천천히 운행하고 있는 화물 열차로 주의를 돌렸다. 기차가 기적을 한 번 울렸다. 기적 소리는 언제나 구슬픈 새벽 기차역의 이별을 연상시킨다.

앨라배마 주 선창에서 수로 안내선이 도핀 섬 모래톱을 향해 남쪽으로 이동하고 있었다. 거기서 도선사들로부터 다른 화물선을 맞아 모빌 만의 얕은 물에 준설된 운하를 따라 안전하게 끌어올 것이다.

래프는 고향에 돌아왔다. 그는 이제 예전과 다른 시야를 가지고 새로운 높이에서 이 고장 전체를 둘러보았다. 그리고 메리벨이 처음 지어진 옛날의 모빌 시에 대해 생각해 보았다. 모빌 만 끝에 있는 배를 만드는 원재가 자라는 숲 가까이로 상선들이 몰려들었다. 그때만 해도 만의 남쪽과 북쪽으로 소나무의 처녀림이 쭉 펼쳐져 있었다. 도심에 사는 사람들은 마차를 타고 해안으로 나가 오염되지 않은 물에서 나는 게와 굴을 잡아다 먹고는 했다. 그때 이후로 거대한 강가를 따라 건설된 대농장과 사유지를 중심으로 앨라배마 주 경제의 엔진이 가동되기 시작했다. 면화 뭉치와 담배가 강을 따라 부두로 운반되었다. 설탕과 럼주와 열대림의 단단한 목재가 서인도제도에서, 그리고 온갖 종류의 공업 제품이 대서양에 면한 주와 멀리 유럽에서 이곳으로 운반되었다. 뱅크헤드타워에서 조금 아래쪽, 거버먼트 스트리트 발치에 예전에는 노예 공개 시장이 열리고는 했다. 아프리카 사람들이 이곳으로 끌려와 여기에서 팔렸고 가족들은 영원히 뿔뿔이 흩어져서 강 상류 쪽의 농장과 부두에서 죽을 때까지 일해야 했다.

"아름답지?" 사이러스의 말이 래프의 몽상을 깨웠다.

래프가 자리에 앉자 물과 메뉴판을 가져온 웨이터 두 사람이 자기들끼리 나지막한 외국어를 주고받고 있었다. 스페인 어였다. 예전에는 못 보던 현상인데, 래프는 생각했다.

사이러스와 래프는 식사를 시작했다. 크랩 검보와 바닷가재 시저 샐러드였다. 이 바닷가재는 북부에서 말하는 커다란 집게발을 가진 가재가 아니라 카리브 해에서 나는 일종의 대하이다.

대화는 래프의 하버드 법대 공부와 그곳에서 받은 인상에 대한 화제로 시작되었다. 간간히 사이러스가 앨라배마 대학교 로스쿨에서의 자신의 경험과 비교하면서 대화가 이어졌다.

커피와 디저트가 나왔는데 래프는 짐작도 할 수 없는 초콜릿과 브랜디로 된 절묘한 디저트였다. 사이러스는 양복 안주머니에서 하바나산 시가를 꺼내서 포장을 벗기고 불을 붙였다. 깊이 한 모금 빨아들이더니 평소의 습관대로 천정 위로 완벽한 원형 고리를 뱉어 내고는 재떨이를 찾았다. 그러나 식탁 위에는 재떨이가 없었다. 그는 이 편리함이 코스모폴리탄 클럽에서 점점 사라져 가고 있다는 사실을 기억해 냈다. 요즘은 재떨이를 사용하는 회원의 수가 점점 줄어들고 있다. 그리고 코스모폴리탄 클럽 이사회 임원 가운데 젊은 축에 드는 사람들은 클럽을 금연 구역으로 만들자고 제안하기도 한다. 누군가는 이렇게 말했다. "그게 뭐 그리 급진적이라는 겁니까? 예전에는 이곳에 씹는담배를 즐기는 사람들을 위해 타구까지 놓여 있었어요. 그렇다면 아예 그 타구로 되돌아가는 건 어떻습니까?"

식사를 하는 사람들 중에는 커피 잔 받침에 재를 떠는 이들도 있었다. 그러나 사이러스는 그런 무례함과는 거리가 먼 사람이었다. 그는 웨이터를 향해 손짓으로 시가를 가리켰고 웨이터는 재떨이를 가져왔다.

"요즘에는 아예 휴대용 재떨이를 가지고 다녀야 하나 생각 중이란다." 그가 말했다.

그런 다음 래프를 바라보면서 본론을 꺼냈다.

"너는 뭘 할지 계획은 세웠니? 어떤 일을 하고 싶으냐? 내가 하고 싶은 말은, 네가 무슨 일을 하든지 여기 모빌에서 너무 멀리 떠나지는 않았으면 하는 것이란다. 그게 나와 내 친구들의 바람이지."

래프는 긴장했다. 래프는 그에 대한 대답을 여러 번 연습했다. 그러나 그에 대해 어떤 반응이 되돌아올지는 전혀 알 수 없었다.

"네, 삼촌. 제 말씀을 들으시면 조금 놀라실 것 같은데요. 사실 저에게 매우 좋은 제의들이 들어왔습니다. 생각보다 훨씬 좋은 조건의 일자리들이요. 모두 다른 도시에 있는 회사들이었지요. 하지만 제가 진짜로 하고 싶은 일은 여기 모빌 시에서 선더랜드 사의 법률 고문으로 일하는 것입니다. 사실 저는 외삼촌께서 특별히 반대하지 않으신다면 선더랜드 씨에게 제안해 주실 수 없을까 생각했습니다."

사이러스와 드레이크 선더랜드는 단순히 사업과 정치 동반자일 뿐만 아니라 오래된 남부의 전통 속에서 여전히 중요하게 여겨지는 방식으로 서로 연결되어 있다. 모빌의 셈스 가와 선더랜드 가는 4세대에 걸쳐서 매우 가깝게 친분을 쌓아 왔다. 그런 상황에서 두 가문 간의 약속과 거래와 협력은 명예로운 보증 수표와 같은 것이었다. 특히나 오래전 두 가문이 결혼으로 서로 연결되어 있을 경우엔 더더욱.

사이러스는 몸이 굳어지더니 머리를 앞으로 숙이고 래프를 바라보았다. 그가 입을 열었을 때는 다른 이들에게 들리지 않도록 목소리를 낮추려고 노력하는 듯했다.

"너 진지하게 말하는 거냐? 아니면 일종의 하버드 식 농담이냐?"

"외삼촌, 진지하게 말씀드리는 겁니다."

"너 지금 무슨 말을 하는 건지 알고 있는 거냐? 우리가 2년 전에 이야기했듯 드레이크 선더랜드가 노코비 땅을 사들여 개발하려고 단단히 결심하고 있다는 사실을 너도 잘 알고 있을 텐데. 그 땅이 시장에 나오기만 기다리고 있는 중이지. 그는 이미 데드아울코브 구획을 사들였고. 넌 지금 그의 밑에서 그를 돕고 싶다고 말하는 거냐?"

"네, 저는 그분 회사에서 일하고 싶습니다."

"이유가 뭐지? 어떻게 네가 명예롭게 그 일을 할 수 있겠니?"

"자신 있습니다. 저는 명예에 어긋나지 않게, 그리고 모든 사람들이 만족하면서 또한 노코비 땅을 구할 수 있습니다."

래프는 침묵에 잠겼다. 커피를 한 모금 넘겼다. 그는 더 이상의 이야기는 가슴속에 담아 두기로 하고 입을 닫았다.

사이러스는 몸을 돌려 유리창 밖을 내다보면서 한동안 침묵에 잠졌다. 래프가 방금 한 말이 맞아 떨어질 수 있는 시나리오를 머릿속으로 구상하려고 애쓰면서. 하지만 끝내 실패하고 그런 시도는 그만두기로 마음을 먹었다. 또한 래프의 간결한 대답의 어조로 미루어 설사 그가 묻더라도 조카가 더 이상은 이야기하지 않으리라는 느낌을 받았다.

어쨌든 핏줄을 신뢰하거나 아니면 그냥 거절해 버리거나 둘 중 하나일 뿐이지. 결국 그는 신뢰하는 쪽을 택했다. 하지만 조건이 필요했다.

"좋다." 사이러스가 말을 이었다. "그래, 좋아. 사실 일이 되어 나가는 상황이 꽤 마음에 든다. 네가 이곳 모빌에서 일하게 된다면 나와 네 외숙모, 네 부모님 모두 기뻐할 거다. 하지만 내가 뭔가를 하기 전에, 그러니까 드레이크 선더랜드에게 찾아가는 것을 고려하기 전에 너에게서 엄중한 약속을 받고 싶구나. 너의 맹세를 받아야겠어. 네가 전적으로 선더랜드 사의 이익을 위해 일하겠다는 약속을 말이다. 또한 결코 어떤 식으로도 선더랜드 사를 궁지에 몰아넣거나 어렵게 만들지 않겠다고 말이야. 그럴 수 있겠니? 래프, 이건 너의 가문의 명예가 달린 문제임을 명심해라. 단순히 너의 명예가 아니라 가문의 명예가 걸려 있어."

래프는 눈을 감고 숨을 깊이 들이쉬었다. 그는 지금 윤리적으로 위험한 곳에 발을 들여놓았다. 하지만 불가피한 선택이었다. 그가 넘어서야만 할 도전이었다.

10초쯤 지난 후 숨을 내쉬고 눈을 떴다.

"예, 외삼촌. 약속드리겠습니다. 제 말을 믿으셔도 좋습니다."

사이러스는 시가를 들더니 다시 한 모금 빨았다. 그는 입술을 오므리더니 이번에는 천천히 고불고불한 연기를 내뱉었다. 그의 일생 동안 그가 내리는 결정이 어떤 결과를 가져올지 가늠할 수 없었던 적이 몇 번 있었다. 이번에도 어떤 결과가 나타날지 예상할 수가 없었다. 하지만 달리 선택할 수가 없었다. 게다가 어차피 할 것이면 망설이는 것은 보기에 좋지 않을 것이다.

그는 불안감을 시가에 집중시키고 의자에 기대앉았다. 그러더니 갑작스럽게 시가를 문질러 끄면서 혼잣말로 내뱉었다. "젠장!"

"좋다. 래프. 내가 내일 가능하면 드레이크 선더랜드에게 이야기하도록 하겠다. 드레이크도 너에 대해 잘 알고 있어. 네가 하버드에 간 동안 우리가 얼마나 네 자랑을 했는지……."

그런 다음 엄숙하게 고개를 끄덕이며 이마의 벗어진 부분을 손가락으로 문질렀다. '사이러스 셈스의 균형'을 얼마간 되찾은 듯했다.

"하지만 너무 안심하지는 마라. 어쩌면 내가 이야기한다고 해도 네가 원하는 일자리를 얻지 못할 수도 있어. 선더랜드 사는 항상 외부의 법률 회사를 통해 법률 문제를 처리해 왔거든. 내부에 법률 고문을 두는 것은 새로운 선례를 만드는 일이야. 한편 이사회에 하버드 로스쿨 출신을 둔다는 것은, 게다가 이 지역의 좋은 집안 출신에 학부에서 과학을 전공한 젊은 변호사를 고용하는 것은 솔깃한 시도일 수도 있지. 하지만 설사 그들이 너를 채용한다고 하더라도 일단은 임시 고용 형식이 될 거라는 것도 알아야 한다. 물론 그건 모든 법률 회사의 경우에도 마찬가지일 거야."

5부

노코비 전쟁

33

그리하여 모든 가능성을 제쳐 놓고, 가장 있을 법하지 않은 선택으로서 라파엘 셈스 코디는 앨라배마 주 남부에서 가장 탐욕스러운 부동산 개발 회사 중 하나의 법률 담당 임원이 되었다. 출근 첫 날 회사로 걸어 들어가는 래프는 위험할 정도로 애매모호한 상황에 놓여 있었다. 서로 반대되는 두 힘 사이에서 아슬아슬하게 균형을 잡아야 하는 그는 마치 양날의 검 위에 서 있는 것과 같았다. 균형을 잃고 어느 쪽으로든 살짝 더 기울게 된다면 그는 선더랜드 사로부터 고의적 방해 공작원이라는 낙인을 얻거나 환경 운동가들로부터 변절자라는 비난을 듣게 될 터였다. 따라서 그는 언제나 자신의 목적에 초점을 맞추고 한 걸음 한 걸음 심사숙고해 내딛어야만 할 터였다.

래프는 9시 정각에 회사 건물 앞에 도착했다. 그는 밖에 잠시 멈추어 입구에 붙어 있는, "선더랜드 어소시에이츠"라고 쓰인 커다란 철제 명판을 바라보았다. 그런 다음 새로 산 J. 프레스의 아마포 재킷의 옆 부분을 손바닥으로 쓸어 주름을 펴고 적갈색 하버드 넥타이의 매듭을 연한 하늘색 옥스퍼드 셔츠의 단추로 고정된 앞깃에 제대로 고정되도록 손으로 매만졌다. 그의 모습에서 앨라배마 주 클레이빌의 분위기를 찾아볼 수 없다는 사실에 만족한 채 깊은 숨을 들이쉬고 어깨를 쫙 펴고 건물 로비를 향해 회전문을 들어섰다.

한 여성이 기다리고 있다가 다가와서 그의 개인 비서라고 자신을 소개하며 인사했다.

"안녕하세요, 코디 씨? 만나뵙게 되어 정말 기쁩니다. 선더랜드 사의 모든 사람들이 변호사님을 만나고 싶어 하고 있어요. 제 이름은 세라 베스 잭슨입니다. 앞으로 제가 변호사님을 도와드릴 거예요."

"세라 베스, 만나서 정말 반가워요." 래프가 대답했다. "여러 중요한 일들을 함께 해 나가도록 하지요."

세라 베스라니 얼마나 전형적인 앨라배마 이름인가. 남부 전통대로 둘째 딸 이름을 이중으로 붙였을 터였다.

세라 베스는 수다스러웠는데 잠시라도 침묵이 도는 것을 못견뎌 했다. "변호사님 주말 즐겁게 보내셨어요? 저는 정말 멋지게 보냈답니다." 엘리베이터를 타러 가는 길에 계속 이야기를 늘어놓기 시작했다. "가족과 함께 파스카굴라에 낚시를 하러 갔거든요. 아주 커다란 꼬치삼치 두 마리를 잡았어요. 갓 잡은 꼬치삼치를 그릴에 구워 먹으면 정말 맛있답니다. 드셔 보신 적 있으세요?"

래프는 그런 멋진 경험을 해본 일 없어서 유감이라는 듯 얼굴을 살짝 찌푸리고 고개를 흔들었다. 사실 꼬치삼치를 상상하는 것도 힘들었다. 가끔 식당에 등장하는 낚시꾼들이 잡는 물고기이며 모빌과 같은 걸프 지역의 항구 근처에서 진미로 여겨진다는 이야기를 들어는 본 듯하지만.

그들은 엘리베이터를 타고 4층으로 올라가 문 앞에 섰다. 문에 달린 불투명한 유리창에는 금색으로 "선더랜드 개발"이라고 붙어 있었다. 문을 열고 들어서자 주된 사무실 공간이 나왔다. 리셉션 데스크에는 "코디 씨, 환영합니다."라고 손으로 쓴 커다란 표지가 붙어 있었다.

세라 베스는 래프를 그의 사무실로 안내했다. 그 층의 맨 끝에 있는 방이었다. 래프는 자신의 사무실에 들어가 주위를 둘러보고는 창가로 걸어가 밖을 내다보았다. 타르지를 바른 지붕들과 그 아래로 좁고 붐비는 거리의 모습이 눈에 들어왔다. 아마도 그 층의 반대편에 있는 사무실은 모빌 만을 내려다보고 있을 것이다. 래프의 사무실에는 아직까지는 책 한 권, 종이 한 장 없었다. 세라 베스가 그에게 손으로 쓴 메모를 건넸다. 세 시간 후 회장인 드레이크 선더랜드와 부회장이자 최고 재무 책임자인 리처드 스터트반트와 점심 식사를 겸한 미팅을 갖자는 메모였다. 장소는 그 층의 반대편 끝에 있는 선더랜드의 방에서였다.

직원들은 각자 하던 일, 대개 잡담이나 모닝커피를 잠시 놓고 새로운 법률 자문 변호사에게 다가왔다. 그러고는 각자 또는 무리를 지어 래프에게 환영 인사를 건넸다. 그들은 잠시 서서 이런저런 잡담을 나누다가 작별 인사나 "제가 도울 일이 있다면 언제든 이야기하세요." 등의 말을 남기고 떠났다.

래프는 각 직원들이 하는 말을 설사 형식적인 것이라고 하더라도 모두 주의 깊게 들었다. 그리고 한 사람 한 사람의 이름을 기억하고 그들이 건넨 말 속의 숨은 뜻을 파악하려고 애썼다. 실제로 몇몇은 약간 날이 서 있는 것이 느껴졌다. 회사 임원들의 역할에 대해 지나치게 길게 설명하면서 래프가 필요하다면 언제든 조언을 해 주겠다고 강조하기도 했다.

자신보다 더 높은 지위로 회사에 들어온 스물다섯 살 난 신참내기에게 느끼는 분노를 래프는 충분히 이해할 수 있었다. 그는 지금 당장은 아니더라도 법률 자문이라는 직책이 기존의 직원들의 위계

질서의 일부로 편입된 것이 아니라 선더랜드 사에 완전히 새롭게 도입된 역할로 래프 자신이 세라 베스 잭슨 말고는 누군가의 상사 노릇을 할 생각이 전혀 없음을 직원들에게 주지시키기로 마음먹었다. 그는 약간 불안해 보이는 직원들도 마음속에 새겨 놓았다. 그들에게 다가가 신뢰를 쌓는 것이 현명할 것이라는 생각이 들었다.

점심 미팅에서 래프는 좀 더 큰 도전에 직면했다. 점심 식사가 시작되고 기분 좋은 인사 따위가 오간 후 진지한 이야기가 시작되자 스터트반트가 즉시 요점에 들어갔다.

"래프, 선더랜드 씨와 나는 아예 이 자리에서 몇 가지 문제에 대해 찜찜한 것을 깨끗이 털어 버리고 시작했으면 하네. 우리는 이 회사 내부에서 구성원 간의 이해의 충돌이나 그 비슷한 것도 일어나지 않도록 확실히 해두고 싶네. 자네도 거기에는 동의하겠지?"

"네, 물론입니다." 래프가 대답했다. "내부에서 이해관계에 따른 갈등이 일어나는 것은 회사 운영에 큰 장애가 되고 심지어 어떤 경우에는 소송 등으로 번질 수도 있는 사안입니다. 그런 만큼 저 역시 확실히 해두고 싶은데, 정확히 무엇에 대한 이해의 충돌을 말씀하시는 겁니까?"

래프는 스터트반트가 무슨 이야기를 하려는 것인지 확실히 알고 있었다. 그는 지금 위험한 구역에 발을 들여놓고 있다. 이 순간이 예상보다 빨리 찾아온 것이다.

"자네가 굉장한 자연 애호가라는 사실을 들어서 알고 있네." 스터트반트가 대답했다. "그리고 하버드에서 자네는 환경법을 많이 공부했더군. 그건 아주 좋아. 내 말을 오해하지는 말게. 요즘 환경 문제는 점점 더 중요해지고 그건 사업 세계에서도 마찬가지지. 따라서 만일 우리가 이 문제 때문에 복잡한 상황에 빠지게 될 경우 자네의 환경법에 대한 전문적 지식이 아주 요긴하게 쓰일 거라고 믿네. 하지만 한편으로 우리는 자네의 명확한 입장에 대해 듣고 싶다네. 만약에 우리가 어떤 환경 문제에 대해 압박을 받게 된다면, 그러니까 예컨대 선더랜드 사가 추진하는 프로젝트가 환경 단체로부터 강한 반대에 부딪히게 된다면 어떨까? 미디어의 커다란 이슈가 되고 기자들이 자네를 인터뷰하고자 한다거나 하면 말일세. 자네는 그런 상황을 어떻게 다루어 나갈 셈인가?"

드디어 올 것이 왔군. 스터트반트는 모든 패를 그대로 내보였다. 그에 대한 래프의 대답은 장차 그와 스터트반트 및 선더랜드와의 관계, 그리고 그가 새로 맡은 일을 얼마나 효율적으로 해 나갈 수 있을지 여부를 규정하게 될 터였다.

"스터트반트 씨." 래프가 양손을 편 채 올리며 말했다. "저에게 솔직히 물어봐 주셔서 기쁩니다."

"그냥 릭이라고 부르게. 여기서는 형식 따위 벗어 버리고 편하게 대화하세나."

"좋아요, 릭. 그걸 물어봐 주셔서 기쁩니다. 저 역시 그 문제에 대해 많이 생각하고 또 생각을 했습니다. 믿어 주세요. 그리고 두 분께 지금 이 자리에서 확실한 답을 드리죠."

사실 그는 그와 같은 질문을 받을 때를 대비해 대답을 미리 준비해 두었다.

"제가 일을 해 나가면서 회사와 저의 이해가 상충하는 일, 또는 그와 비슷한 일이 일어나지 않을 것이라고 약속드릴 수 있습니다. 제가 드릴 수 있는 가장 확고한 약속을 드리겠습니다. 저는 또한 이 지역의 환경 단체들과 손을 잡고 자연 보호 운동을 벌여 나갈 생각입니다. 제가 그렇게 하는 것을 허락해 주시기 바랍니다. 이 지역은 자연 환경을 보호하는 일이 시급합니다. 하지만 저는 또한 두 분이 완전히 만족할 수 있는 해결책을 찾기 위해 일할 것입니다. 제가 환경 단체들과 맺는 관계가 회사에도 이익이 되리라 생각됩니다."

세 사람은 잠시 침묵에 잠겼다. 스터트반트가 조용히 입을 열었다. "좋아, 자네의 대답에 만족하네. 드레이크 선더랜드도 그럴 거라고 보네."

"그래" 선더랜드가 재빨리 말했다. "좋아. 우리 모두가 만족스럽다면 그 문제는 여기에서 매듭지고 다음 안건으로 넘어가도록 하지."

그 주가 끝날 무렵이 되자 예전에는 외부 자문 변호사에게 넘어가던 법률 관련 업무가 모두 래프에게 맡겨지게 되었다. 새로운 업무 대부분은 그가 쉽게 처리할 수 있는 것으로 드러났다. 또한 그를 고용함으로써 회사는 법률 업무를 외부에 맡기던 때보다 비용을 절감할 수 있는 것으로 보였다. 대부분의 업무는 도시와 교외 이곳저곳의 토지를 매입하거나 매수하는 계약, 그리고 사들인 땅에 건축 공사를 시행하는 계약 등을 검토하는 일이었다. 지금까지 래프에게 맡겨진 일은 하버드 로스쿨에서 배운 가장 기초적인 수준의 계약법 지식으로 쉽게 처리할 수 있었다.

몇 달 후 새로운 업무에 익숙해질 무렵 래프는 앨라배마 주 자연 보호 협회와 오듀본 협회 앨라배마 주 지부에 가입했다. 그 후로 그는 환경 단체의 지부에 무료로 법률 자문을 해 주고 열광적인 반응을 얻었다. 그 역시 그다지 어려운 일도 중요한 일도 아니었다. 지금까지는 그의 환경 관련 법률 봉사 활동이 선더랜드 사의 상업적 이익과 대치되는 일은 없었다. 표준적인 협상 관행으로 해결하지 못할 환경 문제는 아직까지 만나지 않았다.

한편으로 그는 주변 지역과 앨라배마 주 차원에서 정부, 기업, 부동산 경영 분야의 주요 인사들을 연구해 나갔다. 기회가 닿는 대로 그중 중요한 인사들을 직접 만나 친분을 쌓기도 했다. 래프는 미래에 일어날지 모르는 갈등의 작은 부분들에 대해서도 하나하나 대비해 나가려고 의식적으로 노력했다. 그것은 아주 특별한 솜씨와 엄청난 노력을 요구했다. 그는 선더랜드와 스터트반트와 맺은 약속을 지켜야 했다. 회사는 승리를 거두기도 하고 패배를 맛보기도 할 것이다. 그러나 중대한 장기적인 파장을 가져올 몇몇 사안들이 있다. 그중 가장 고민스러운 것이 바로 노코비 지대의 운명이다. 그것은 선더랜드 사의 명운을 결정할 사안이라는 것을 래프는 알고 있었다.

한편 래프는 식사를 겸한 회의나 회식 등을 제외하고는 선더랜드 사의 동료들과 사적으로 어울리지는 않았다. 대신 래프는 여가 시간을 이용해 환경계의 인사들과 친분을 쌓아 나갔다.

래프의 사교 생활의 중심에는 물론 빌 로빈스가 있었다. 그가 근무하는 《모빌 뉴스 레지스터》의 건물은 선더랜드 사옥에서 다섯 블록 떨어진 곳에 있었다. 곧 로빈스는 래프에게 스승이자 조언자에서 가장 친한 친구이자 파트너로 변해 갔다. 그들은 블레드소스트리트에서 두 사람의 직장 중간쯤에 위치한 레블(Rebel) 카페 델리에서 점심 식사를 함께하는 것을 습관으로 삼게 되었다. 튀긴 숭어와 허시퍼피, 크랩 검보로 유명한 식당이었다. 가끔씩 근처 시어스 백화점에서 매니저로 일하는 로빈스의 아내 애나 진 롱스트리트 로빈스가 점심 식사에 합류하기도 했다.

식사 시간의 대화 내용은 광범위했다. 앨라배마 주의 정치적 가십이 종종 도마에 올랐다. 주지사가 횡령으로 기소되었다느니, 유명한 풋볼 코치가 직원을 희롱하다가 해임될 처지가 되었다든가, 주의회 상원 의원이 남성 매춘부와 빌록시 카지노를 나서는 장면이 카메라에 잡혔다든가 하는 이야기였다.

그러나 그들의 화제에서 빠지지 않고 등장하는 주제는 앨라배마 주 남부의 환경 보호 운동 일선의 소식이었다. 로빈스는 현재 남아 있는 범람원 사이프러스와 대왕송 숲이 표시된 지도를 접어서 가지고 다니면서 "이 작은 땅덩어리가 모든 것의 열쇠야."라고 말하고는 했다.

그들이 두 번째 만났을 때 래프는 노코비 지대를 구하기 위한 자신의 계획을 로빈스에게 털어놓기로 했다. 그리하여 두 남자는 그 문제에 대해 오랜 시간 동안 의논했다. 물론 대화 내용은 철저히 둘만의 비밀이었다. 로빈스의 아내인 애나 진이나 래프의 외삼촌 사이러스에게도 알리지 않을 생각이었다. 래프는 그 문제를 누군가 진심으로 앨라배마 주의 환경 보존에 관심을 갖고 있는 사람과 나누고 싶었고 또한 지식이 풍부한 이 저널리스트로부터 실질적인 조언을 구할 필요가 있었다. 그는 물론 사람들이 종종 이야기하는 폭로 저널리즘의 생리에 대해서도 잘 알고 있었다. 정보원에게 호감을 주고 다가가 비밀로 하겠다고 하고 결국 배신해 버리는 기자들. 그러나 래프는 로빈스를 완전히 믿었다. 그들은 완벽한 파트너였고 같은 목표가 둘을 하나로 묶어 주었다.

아무 것도 결정된 것 없이 선더랜드 사에서 1년을 보낸 래프는 점점 더 커져 가는 노코비 숲에 대한 걱정으로 고통을 받기 시작했다. 노코비 숲에 대한 그의 집착을 사람들이 병적으로 볼 것이라는 사실을 래프는 알고 있었다. 그러나 이제 그냥 포기해 버리기에는 너무나 많은 시간과 에너지를 쏟아 왔고 또한 스스로에 대한 존중감이 걸린 문제였다. 그는 젭슨 가 사람들이 빨리 노코비 땅을 시장에 내놓기를 바랐다. 그러면 그가 품어 온 계획을 실행에 옮기고 어떤 방향으로든 이 문제를 매듭지을 수 있을 듯했다. 그는 마치 참호를 기어올라 적진으로 뛰어갈 태세를 갖추고 호각 소리가 나기만을 기다리는 병사와 같은 심정이라고 로빈스에게 말했다. 아니, 오히려 판결을 기다리는 죄수의 심정이 좀 더 가까운 비유일 것이다. 그는 운명론자가 되고 싶었다. 신이 그 문제에 대해 어떤 결정을 내려놓았는지 알고 싶었다. 최종 결말을 받아들이고, 죽든지 살든지 간에 결론이 난 후의 평화를 맛보고 싶었다.

"가끔 동전을 던져서 밀고 나갈지 포기할지를 결정지어 버리고 싶을 때가 있다니까. 더 이상 걱정하고 싶지 않아서." 삶은 가재, 검보, 치즈 그리츠(거칠게 빻은 옥수수 가루로 만든 죽 — 옮긴이)를 앞에 놓고 로빈스에게 말했다.

"이봐, 친구. 그 문제가 자네를 엄청나게 괴롭혀 왔다는 걸 잘 알

아. 하지만 이렇게 생각해 봐. 젭슨 가에서 시간을 오래 끌면 끌수록 걸프 해안 지역에 대한 사람들의 여론이 마지막 남은 대왕송 생태계를 보존하자는 쪽으로 기울 가능성이 높아. 젭슨 가에서 기다리면 기다릴수록 선더랜드나 다른 개발업자들이 노코비 지대를 함부로 훼손하기 어려워질 거야. 시간이 흐르면 흐를수록 점점 더 해질 거야. 왜냐하면 노코비 지대는 앨라배마 남부에서 거의 마지막 남은 보존할 만한 땅이 되어 가고 있으니 말이야. 모빌 시와 앨라배마 남부 카운티들, 그리고 인접한 플로리다 주의 카운티에 사는 사람들이 점점 더 대왕송 보존 지역을 '우리의' 것으로 여기고 있어."

래프가 말했다. "그럼 개발업자들이 노코비 땅을 사들이는 것을 포기하고 그들의 돈을 다른 곳에 쓸 거라 생각해? 귀찮은 일을 피하기 위해서?"

"바로 그거지." 로빈스가 대답했다. "만일 선더랜드 같은 거물이 발을 뺀다면 젭슨 측에서 제시하는 호가, 정확히 말하자면 최저 입찰가가 떨어지게 될 거야. 그러면 혹시 누가 알아? 앨라배마 주정부나 자연 보호 협회 같은 곳에서 그 땅을 사들이게 될지."

"오 그래, 그런 생각도 해봤지. 그렇게 될 수도 있어." 래프는 가재를 반으로 갈라 살을 발라먹고 맥주를 한 모금 넘겼다. "하지만 그렇게 된다면 하이에나 같은 업자가 헐값에 사들여 무슨 짓을 할지 누가 알겠어. 돼지 농장으로 만든다든지."

"그건 너무 비관적인 전망이야." 로빈스가 대답했다. "그러기에는 여전히 너무 많은 돈이 걸려 있어. 어쨌든 우리에게 좀 더 시간이 있다고 봐. 내가 자네에게 전화를 하려고 했는데 젭슨 가 내에서도 그 땅을 어떻게 할지를 놓고 계속 논쟁을 벌이고 있다고 하더군."

"처음 듣는 이야기인데. 그걸 어떻게 알았어?"

《애틀랜타 컨스티튜션》에 친구가 두어 명 있어. 그들이 젭슨 트러스트의 회의가 열릴 때마다 귀를 열고 주시하고 있거든. 젭슨 트러스트는 노코비 지대 말고도 여기와 또 조지아 주에 땅을 많이 가지고 있어. 그리고 지금 가장 심각하게 논쟁이 오가는 곳이 노코비 숲이지."

래프가 물었다. "왜 그럴까? 젭슨 가에서 누군가가 직접 개발하려는 건가? 아니면 입찰가를 올리려고?"

"아니, 둘 다 아니야. 젭슨 가 일원 중 두어 명이 당장 그 땅을 현금화하고 싶어 하는데 다른 사람들은 가장 적기에, 좋은 조건으로 팔 수 있을 때까지 기다려서 최대한 얻어 내려는 거지. 그런 식으로 논쟁을 하다 보면 한동안 진척 없이 흘러갈 거야. 아마 한 2년?"

"젠장, 다 꺼져 버려!" 래프가 다른 접시에서 허시퍼피를 집어 숟가락으로 으깨어 치즈 그리츠에 넣고 휘저으며 말했다. "이럴 때면 신이 나를 억만장자의 아들로 태어나게 해 주지 않은 게 원망스럽다니까. 그랬다면 푼돈으로 그 땅을 사들여 그냥 그대로 두면 다일 텐데."

"거기까지." 빌 로빈스가 굴 크래커 부스러기를 무릎에서 털어 내며 말했다. "조금 더 기다려 보자고."

34

기다림이 그들이 할 수 있는 모든 것이었다. 레블 카페 델리에서 대화를 나눈 시점으로부터 2년하고도 넉 달이 지난 어느 날 마침내 애틀랜타에서 소식이 전해져 왔다. 이미 선더랜드 사에서 매입한 데 드아울코브 주변을 제외한 노코비 지대 전체가 부동산 시장에 매물로 나왔다.

그 순간을 기다리며 보낸 시간은 래프에게 완전한 낭비만은 아니었다. 선더랜드 사에서 지낸 시간은 래프에게 좋은 시절이었다. 그는 주변의 친교 범위를 극적으로 늘려 왔다. 하버드 로스쿨 시절의 공부의 압박이나 그보다 더 고통스러웠던 기억의 일부는 다행히도 조금씩 잊혀 갔다. 이따금씩 졸레인 심슨에 대해 생각하고 그녀가 어디에 있을지 궁금해 했지만 하버드 동문회 사무실에 전화를 걸어 알아보고 싶을 만큼 절실하게 궁금한 것은 아니었다. 그의 업무는 점점 더 판에 박힌 것이 되어 갔고 여가 시간을 더 짜낼 수 있었다.

스물여덟 살의 라파엘 셈스 코디는 그의 소년 시절과는 아주 다른 모습의 삶에 적응해 갔다. 문화적으로 볼 때 클레이빌과 모빌의 거리는 모빌과 다른 북쪽 지방의 도시들, 예컨대 클리블랜드나 올버니보다 훨씬 더 멀었다. 또한 하버드에서의 처지와 달리 이제 래프는 종종 모빌의 최고급 식당에서 식사를 하고 최초 개봉작 영화들을 보고 클래식 연주회와 록 콘서트에 종종 참석했다. 거기에 더해 가끔 걸프 해변이나 근처의 강에서 낚시를 즐기거나 그 지역의 동식물 연구가들의 현장 답사에 동행하기도 했다. 가끔 여자들을 만나고 데이트를 했지만 진지한 의도는 아니었다. 그보다 나이가 어린 여자와 사귀는 일은 피했다. 그의 의지와 상관없이 결혼으로 이어지게 될까 봐 두려웠기 때문이었다. 래프나 사무실의 누군가가 별로 재미없는 농담이라도 하면 깔깔대며 환하게 웃는 웃음소리에 뭔가 신호가 담겨 있다는 느낌도 들었지만 세러 베스와도 데이트를 하지 않았다. 어찌되었든 세라 베스는 1년이 채 안 되어 근처 미시시피 주 루스데일에 사는 이혼한 은행 임원과 결혼했고 그 후로는 그녀의 웃음소리도 조금 덜 두드러지게 되었다. 그러나 그녀는 결혼한 후에도 여전히 선더랜드 사로 출퇴근하면서 래프의 사무실을 끊임없는 명랑한 수다로 채워 주었다.

모빌에서 일하기 시작한 지 1년이 되기 전에 래프는 지역의 자연 보호 활동가들 사이에서 존경받는 인물로 부상했다. 그는 몇몇 단체의 모임에 정기적으로 참여했고 그의 고용주에 대한 의무를 침해하지 않는 범위 내에서 환경 단체들을 위해 무료 법률 봉사를 계속했다. 환경 단체 사람들 중 일부는 그가 선더랜드 사에 소속되어 있는 만큼 환경 운동가들의 이익을 진실하게 대변하지 못하지 않겠느냐는 우려를 나타냈지만 래프의 법률 자문은 줄곧 환경 단체에 도움이 되는 옳은 것으로 드러났고 또한 그가 공적으로 모순된 언사를 보이는 일은 찾아볼 수 없었다.

래프는 이제 더 이상 교회에 나가지 않았다. 그에게 세속적으로 교회와 같은 역할을 하는 것은 보이 스카우트의 지도자 역할이었다. 어린 시절 그 자신의 교육과 성격 발달에 커다란 도움을 주었던 이 단체에 그는 어른이 된 후에도 충실한 애정을 보냈다. 그는 모빌의 43대대의 스카우트 단장이 되어서 2주일에 한 번씩 브로드 스트리트와 도핀 스트리트의 제일감리교 교회 지부에서 회의를 주관했다. 소년들에게 상담을 해 주고 공로 배지 수여와 각 회원 승급 여부를 심사했다. 무엇보다 의미를 둔 활동으로서 그는 이따금씩 소년들을 데리고 노코비 숲으로 현장 답사를 떠났다. 그곳에서 래프는 동식물 연구에 대한 흥미롭고 풍부한 이야기로 소년들의 마음을 사로잡았다.

래프는 일주일에 두세 번 모빌 경영자 센터에 있는 체육관에서 운동을 해서 균형 잡힌 체격을 유지했다. 하루 종일 사무실에 머무는 날이면 정오쯤 오크 스트리트에 있는 헨리 사격장에 가서 사격 연습을 했다. 그가 좋아하는 총은 22구경 단발식 소총이었다.

래프 주변의 친구들은 환경 운동계의 떠오르는 샛별이 사격을 즐긴다는 사실에 당혹해했다. 그에 대해 빌 로빈스에게 들려준 대답은 단순하고 명쾌했다.

"내가 총기를 숭상하는 문화 속에서 자라났다는 사실을 사람들이 이해했으면 해. 어린 시절부터 명사수였어. 내 말을 믿어 줘. 불쌍한 새나 동물들을 쏴 죽이는 걸 좋아하는 게 아니라니까. 반대로 우리 솔직하게 생각해 보자고. 예를 들어 주기적으로 야생 사슴을 쏘아 죽여야 되는 문제. 자연 상태의 천적들을 인간이 모두 없애 버렸기 때문에 사슴 개체수가 폭발하잖아. 교외에 사는 사람들이 사냥꾼은 용인할 수 있겠지만 늑대나 퓨마랑 살려 들지는 않을 거야. 적어도 지금까지는 말이야."

"좋아. 하지만 메추라기나 오리나 칠면조를 죽이는 건?" 로빈스가 말했다.

"사슴의 예는 그저 수사학적 표현에 불과해, 빌. 우리 둘 다 숲에 나가서 메추라기를 과녁 삼아 총을 쏘겠어? 하지만 면허를 가진 사냥꾼들은 우리가 환경 운동가들 다음으로 기댈 만한 좋은 친구들이라는 거 알잖아. 그들은 우리만큼이나 자연의 서식지가 보존되기를 원하니까. 그러니까 인정해야 해. 사냥꾼들은 우리와 같은 목적을 지닌 또 다른 종류의 자연 보존 운동가들이라고. 쿠퍼새매가 메추라기를 한 마리 죽이는 거나 사냥꾼이 메추라기를 한 마리 쏴 죽이는 거나 큰 차이가 없다고 생각해. 우리가 숲을 보존해서 그 안에 메추라기도 살게 하고 매도 살게 하는 한."

하지만 래프가 헨리의 사격장에 가는 데는 로빈스나 다른 사람에게 한 번도 설명하지 않은 또 다른 이유가 있었다. 그에게는 사격 연습, 특히 화살과 활이 발명된 이래로 사람 몸에 가장 잘 맞고 정확한 무기인 소총을 가지고 하는 사격 연습은 일종의 선(禪, Zen)과 같았다. 귀마개를 끼고 고정된 과녁을 향해 총을 겨냥할 때 그는 완전히 긴장을 풀 수 있었다. 오로지 총과 과녁만으로 이루어진 작은 세계만이 남아 있다. 그의 시선, 과녁의 중앙의 검정색 중심 점, 자신의 숨소리마저 멎는 순간, 부드럽게 방아쇠를 당기는 손……. 그것들만이 그에게 전 세계가 되고 유일한 현실이 된다. 다른 모든 생각들은 머릿속에서 사라지고, 미세한 팔과 손 근육의 불수의적 떨림과 방아쇠를 당기는 움직임 외에 다른 모든 움직임도 멈춰 버린다. 총을 쏠 때마다 달라지는 것이 있다면 그것은 과녁까지의 거리뿐이다. 20미터, 또는 50미터. 22구경에서 총알이 발사되는 순간은 거의 포착하기 어렵다. 이때 온 정신의 목적은 총알과 함께 날아가 과녁의 중심점에 도달해 완벽하게 맞추는 것이다. 비록 과녁을 명중하는 일은 드물었지만 더욱 중요한 그의 인지적 목적은 다른 데에 있었다. 그의 모든 감각을 하나로 모아 극도로 단순한 한 가지 목표물에 집중하고 혼란스러운 나머지 일상의 존재들을 차단해 버리는 것이 바로 그것이었다.

그 무아지경의 경험을 소중히 여기고 또한 사냥꾼들이 환경 운동에 미치는 긍정적인 역할을 지지한다는 것을 공개적으로 보여 주기 위해서 래프는 미국 소총 협회에 가입했다.

로빈스는 아연실색했다. "이봐, 래프. 넌 지금 사람들에게 잘못된 신호를 보내고 있어. 하다못해 자동차 범퍼에서 그 NRA(National Rifle Association) 스티커라도 좀 떼어 내지 그래?"

"형은 나를 이해 못하고 있어. 그건 정직함과 양심의 문제야. 나한테 있어서 22구경 소총으로 하는 사격 연습에 필적하는 경험은 딥 마사지와 섹스뿐이야."

어느 날 그가 일어서서 소총을 내려놓고 귀마개를 벗는데 등 뒤에서 누군가가 그에게 말을 거는 소리가 들렸다. "제법 잘 쏘는군. 군대에 있었소?"

래프가 돌아보자 한 남자가 양손을 허리에 짚고 서 있었다. 그는 마흔 살쯤으로 보이는 마른 체격으로 잘 맞지 않는 감색 양복에 미국 국기가 그려진 넥타이를 잡아매고 있었다. 왼쪽 옷깃에는 단순한 모양의 금 십자가가 달려 있었고 머리를 단정하게 빗어 넘기고 말끔히 면도를 한 모습이었다. 입에는 환한 미소가 걸려 있었지만 가느다랗게 뜬 눈과 거만하게 살짝 비튼 얼굴의 각도는 래프를 날카롭게 가늠해 보는 것 같았다.

그의 바로 뒤에 또 한 사람이 서 있었다. 나이는 래프 정도로 보이고 붉은 세로 줄무늬의 흰색 운동 셔츠와 청바지 차림이었다. 사흘쯤 면도를 하지 않아 까칠하게 난 턱수염과 멕시코 건달 같은 콧수염을 기르고 있었다. 긴 머리는 뒤로 빗어 넘겨 어깨 정도에 찰랑거리며 닿았다. 그의 오른쪽 눈 아래에는 눈물 모양의 문신이 새겨져 있고 목의 양쪽에는 푸른색 불꽃 모양의 문신이 그려져 있는데 마치 더 활활 타올라 그의 얼굴을 다 태워 버릴 것처럼 보였다. 그는 소가 되새김질을 하듯 뭔가를 계속해서 씹고 있었다. 씹는담배가 아닐까 생각했으나 입 주변에 얼룩이 없는 것으로 보아 커다란 검인 듯했다.

"아니요. 군대에 간 적은 없습니다." 래프가 말했다. "그저 어릴 때부터 사격을 즐겨 왔을 뿐이죠."

"내 이름은 웨인 르보요." 앞에 서 있는 남자가 말했다. "그리고 이 친구는 보 레이니고."

래프는 두 사람과 악수를 나눴다.

"이분은 르보 목사님이십니다." 레이니가 말했다.

"그렇소. 내가 르보 목사요." 첫 번째 남자가 말했다. "하지만 별거 아니지. 저 위쪽 먼로빌에 작은 교회를 맡고 있소. 영원한 구세주 교회라고 하지. 아마 들어 보지 못했을 거야." 그는 킬킬 웃더니 양복 상의를 잡아당겨 똑바로 하고서 다시 말했다. "신도가 50명이나 될까 하는 작은 교회요. 낮에는 먼로빌 교도소에서 일하고 있지."

그가 말을 멈추자 래프가 말했다. "네, 르보 목사님. 제 이름은 라파엘 코디입니다. 만나서 반갑습니다. 제가 도와드릴 일이라도 있는

지요?"

르보가 웃음을 띠며 다시 고개를 비스듬히 쳐들었다. "우리와 맥주나 한 잔 할 수 있나 모르겠군. 당신 의견을 좀 듣고 싶어서 말이지."

래프도 웃으며 말했다. "물론 좋습니다. 하지만 지금 시간이 많지는 않습니다. 30분쯤 후에 사무실에서 회의가 있어서."

르보가 앞장서서 헨리 사격장 뒤편에 있는 바로 들어갔다. 이곳에서는 버드와이저, 쿠어스, 밀러, 그밖에 평범한 사람들이 마시는 진짜 미국 맥주들만 팔았다. 애국적인 헨리의 가게에서는 비싼 가격의 특별한 맥주나 수입 맥주는 팔지 않았다. 바 안쪽에는 천천히 돌아가는 커다란 천정의 팬이 후덥지근한 공기를 휘젓고 있었다. 테레빈유와 담배 연기가 가득했다.

그들은 미국 국기와 앨라배마 주 깃발이 나란히 걸려 있는 벽 쪽의 테이블에 대각선으로 마주 앉았다. 금전 출납기 옆에는 오래되어 네 귀퉁이가 닳아서 벗겨지려고 하는 남북 전쟁 때 남부 깃발 사진을 담은 엽서가 붙어 있었다.

르보가 말했다. "하버드에서 뭘 많이 배웠소?"

래프가 잠시 망설이다 대답했다. "분명히 목사님은 저에 대해 많이 아시는군요. 제가 목사님에 대해 아는 것보다 말입니다. 네, 하버드에서 배운 것이 꽤 되죠. 하지만 대단한 건 아닙니다. 여기 남부에도 좋은 대학들이 많지요. 하버드가 특별히 더 낫다고 이야기하고 싶지는 않습니다. 그런데 그걸 왜 물으시죠?"

"당신이 모빌에서 중요 인물이 되어 가고 있는 게 그 이유요. 그리

고 나의 신도들 중 일부가 당신에 대해 좀 더 알고 싶어 하기 때문이
오."

저 멀리 먼로빌에 사는 사람들이? 래프가 속으로 생각했다.

래프가 뭐라고 대답하기 전에 보 레이니가 헛기침을 하고는 끼어
들었다. "하버드에서는 진화론을 가르칩니까?"

래프가 생각했다. 그래, 그거군. 뭘 하려는 수작인지 알겠다. "물론
입니다. 하버드에서 진화론을 가르칩니다. 진화론은 확고한 과학이
니까요. 진화론을 뒷받침할 수많은 증거들이 있어요. 아, 물론 이곳
이나 또 미국의 다른 곳에 사는 많은 훌륭한 분들이 진화론을 믿지
않는다는 사실도 알고 있습니다." 래프의 협상학 제1원칙, 상대에게
불필요한 적대감을 심어 주지 마라.

르보 목사는 그의 대답을 무시하고 다시 질문을 던졌다. "하버드
에서 성경도 가르치고?"

"물론이죠." 상황을 조금 파악하게 된 래프가 약간 긴장을 풀면서
대답했다. 그의 앞에 있는 이 두 사람이 로빈스가 무조건 피하는 게
좋을 거라던 극우파 극단주의자들인가? "하버드에는 아예 단과 대
학으로 신학 대학이 있습니다. 하버드 대학교는 370여 년 동안 종교
인들을 배출해 왔지요."

그는 곧 하버드의 명망을 내세우며 르보 목사에게 가르치듯 설명
한 것을 후회했다. 협상학 법칙2번, 잘난 척하지 마라. 어떤 상황에서
도 결코 상대방을 내려다보는 인상을 주지 마라. 겸손한 태도를 취
하라. 그것이 불가능하다면 적어도 가만히 있어라.

이런 식의 주거니 받거니가 계속되기 전에 갑자기 커다란 총소리

가 작은 술집에 울려 퍼졌다. 누군가가 자동 소총을 연발로 발사한 것이었다. 래프는 그 소리에 움찔했다. 그는 자동 소총을 싫어했다. 그것은 보병이 경우에 따라 밀착전투에서 사용하는 소형 산탄총과 같은 기능을 가졌다. 두 총 모두 정교함과 우아함이 없었다. 정확하지도 못했다. 단순히 여러 차례 총탄을 발사함으로써 언젠가 한 발이 목표물을 맞히겠지 하는 식으로 쏘는 총이었다. 겨냥할 시간도 없이 그냥 일단 쏘고 보는 식이다. 속전속결. 이런 곳에서 이 총을 쏘는 것은 불법 아니야? 아마도 그렇지는 않은가 보다. 그랬다면 헨리가 자신의 사업장에서 쏘도록 할 리가 없을 테니. 만일 군대에 간다면 저격수가 되는 쪽을 선택했을 것이다. 망원 조준기와 소음기를 이용해서 총을 발사하고 조심스럽게 빠져나가는 저격수…….

1분 정도 지나 총격이 멈추자 르보가 다시 말을 이었다. "당신은 성경에 쓰여 있는 말씀을 믿소?"

래프는 슬슬 짜증이 나기 시작해서 대충 핑계를 대고 자리를 뜰까 생각했다. 하지만 그럴 경우 분명히 상대를 화나게 할 것이고 또한 르보가 그에게 뭘 원하는지 알아보는 쪽이 나을 것 같다는 생각이 들었다.

"글쎄요. 성경에 있는 이야기 중 상당 부분은 확실시 진실이라고 생각합니다." 래프가 말했다. "그리고 또 어떤 부분은 진실일 가능성이 있는 어떤 것을 이야기하는 한 가지 방식이라고 보고요. 성경 내용은 확실히 알아 둘 가치가 있지요."

"그러면 이번에는 다른 방식으로 이야기해 봅시다." 르보가 계속했다. "아, 걱정 마시오. 내가 분명히 이야기하고자 하는 요점이 있으니까. 내 생각에 그것은 당신에게 개인적으로 매우 중요한 이야기라고 생각하오. 그래서 보와 내가 일부러 여기까지 당신을 찾아온 거지. 잠깐 좀 참을성을 갖고 내 말을 들어 보시오."

"좋습니다. 이야기해 보세요."

"고맙소. 일단 성경을 성경이라고 부르지 말고 주님이신 하느님과 그분의 아들인 예수 그리스도의 말씀이라고 부르기로 합시다."

"뭐 그렇게 부르는 데 저는 이의 없습니다. 성경을 해석하는 방식은 유대 인들 사이에서나 각기 다른 기독교 종파들 사이에서도 크게 다른 것으로 알고 있습니다. 그래서 우리는 종교의 자유를 갖고 있는 거고요. 그렇지 않나요? 민주 국가에서 그게 뭐가 문제가 됩니까?"

르보가 말을 계속했다. "그게 왜 중요한지 지금부터 이야기해 주겠소. 주의 말씀을 글자 그대로 진실이라고 믿는 것과, 그것에 대한 기존의 여러 해석 중에 하나를 고르거나 제 편한 대로 해석하는 것의 차이가 왜 중요한지 말이오."

래프는 신학 논쟁을 싫어했고 르보의 어조도 싫었지만 그냥 참았다. "좋습니다. 그런 식의 생각은 상당히 극단적이라고 보지만 일단 목사님 말씀이 옳은 것이라고 가정하겠습니다. 하지만, 다시 묻습니다만, 그게 어떻다는 겁니까? 그 차이가 우리에게 무슨 의미가 있다는 겁니까?"

"라파엘이라고 불러도 되겠나? 자네에게 한 가지 개인적인 질문을 해도 괜찮을까?"

"글쎄요……." 래프는 진짜로 불쾌해지기 시작했고 괜찮지 않다고 말하고 싶었지만 르보가 틈을 주지 않고 말을 이었다.

"라파엘, 자네는 예수 그리스도에게 구원을 받았나?"

"글쎄요, 저는 성공회 교도입니다. 교회에 꼬박꼬박 나가고 있지는 않습니다만. 그것도 구원이라고 할 수 있을까요?" 래프는 손목시계를 들여다보며 살짝 얼굴을 찡그렸다.

그러나 르보는 그의 몸짓에 조금도 신경 쓰지 않았다. "자네는 그 교회에 속한다고 볼 수 있겠지, 라파엘. 하지만 그렇다고 해서 자네의 영혼을 예수 그리스도에게 맡겼다는 의미는 아냐. 자네가 죽은 다음에 천국으로 들어갈 수 있는 것도 아니고. 어때, 그 문제가 자네에게 중요한가?"

"글쎄요. 저는 목사님 생각과 다릅니다." 래프가 대답했다. "아니, 저는 지금 우리가 여기서 무슨 이야기를 하고 있는지 잘 모르겠습니다. 그리고 솔직히 저는 그런 문제에 그다지 신경을 쓰지 않습니다. 도대체 목사님이 지금 저에게 왜 이런 이야기를 하시는지 까닭을 말씀해 주셨으면 합니다."

"내가 자네에게 말하고 싶은 건, 자네가 좋은 사람들의 무리에 속해 있고, 주님과 또 그의 아들이신 예수 그리스도를 믿고 있고 교회에도 나가고, 기도도 할지 모르지만 그 모든 것에도 불구하고 자네 영혼은 구원받지 못했다는 걸세. 젊은이. 자네는 자네 자신을 예수 그리스도에게 바치지 않았어."

래프는 좀 신경질적인 태도로 다시 한 번 손목시계를 바라보았다. "그래서 그게 어떻다는 겁니까? 왜 하필 저에게 그런 이야기를 하시는 겁니까? 대체 왜 우리가 지금 여기 앉아 있죠?"

"자네에게 설명해 주겠네." 르보가 말했다. "이 세상은 두 종류의 사람들로 나누어져 있어. 주님의 말씀을 우리에게 주어진 그대로 믿으며 자신의 몸과 영혼을 주의 아들이신 예수 그리스도에게 바친 사람들과 주님의 말씀을 전부든 부분적으로든 믿지 않는 사람들. 그자들은 구원받지 못한 자들이지. 그들이 나름대로 뭐라고 생각하든지간에 말이야. 자네는 심판의 날 주님 앞에 나가서 '글쎄요, 저는 주님의 말씀을 반만 믿었습니다.'라고 말할 텐가? 진짜 기독교인들은 재림을 기다리고 있다네. 우리는 신이 주신 말씀을 모든 문단, 모든 문장, 모든 단어 하나하나를 그대로 믿는다네. 그리고 다른 사람들 역시 그런 믿음을 갖도록 인도하는 것이 우리의의 소명이라네. 되도록 많은 사람들이 심판의 날 우리와 함께 천국으로 올라가기를 바라고 있다네."

"그리고 아마도 목사님은 우리에게 그럴 시간이 많이 남아 있지 않다고 말하려는 거 아닙니까?" 래프는 이제 르보가 세상의 종말이 다가오고 있다는 틀에 박힌 이야기를 하려는 것임을 알았지만 도대체 왜 하필 자신에게 다가와 그런 이야기를 하는지는 이해할 수 없었다.

"그래, 라파엘. 우리에게는 남은 시간이 별로 없어. 만일 자네가 성경을 읽는다면, 그러니까 하버드에서 자네 머릿속에 집어넣어 준 그 쓰레기 같은 지식들 대신 성경을 읽는다면 그 사실을 알게 될 걸세. 지금 우리가 사는 이 세상은 예수의 재림이 곧 올 것이라는 신호를 보내고 있다네. 유대 인들이 제 고향으로 돌아갔고 전 세계에 혼란이 번져 나가고 있고 환경은 쓰레기장이 되고 있네. 자, 자네가 관심을 갖고 있는 환경이야말로 재림의 신호 가운데 하나야. 그 모든 사실들이 의미하는 것은 결국 예수 그리스도가 오고 계시다는 걸세, 젊은이. 100년쯤 후의 이야기가 아니야. 가까운, 아주 가까운 미래의 일이 될 걸세. 어쩌면 내일일 수도 있고. 그리고 우리의 주님이 오시면 예수 그리스도의 이름으로 구원받은 자들은 산 채로 하늘로 올라가고 나머지는 이 땅에 남아 끔찍한 고통을 겪을 걸세. 끔찍한 고통이 될 거야. 산지옥이 될 것이야. 그 고통을 겪다가 죽으면 진짜 지옥에 가게 되어 있지. 그 지옥에서 영원히 머물게 될 걸세."

"목사님, 아무리 생각해 봐도 저는 그런 이야기를 믿을 수 없습니다. 만일 정말로 예수의 재림이 곧 다가오는 것이 분명하다면 왜 다른 사람들, 특히 대부분의 기독교인들이 진짜로 구원받지 못하고 재림의 사실을 믿지 못하는 걸까요?"

"그 질문을 해 주어서 기쁘군, 라파엘. 바로 그래서 내가 자네에게 개인적으로 찾아온 걸세. 자네에게 경고를 해 주기 위해서 말이야. 사탄은 이미 이곳에 있다네. 적그리스도가 이미 이 땅에 와 있다네. 그리고 그 역시 예수 그리스도와 주님의 천사들과 싸울 그만의 방도를 마련하고 있다네. 그 역시 자신의 편을 그러모으고 있고. 자네는 그가 누군지 모를 거야. 왜냐하면 그는 우리가 절대로 의심하지 않을 만한 자이며 그는 이미 우리 주위에 거대한 그의 군대를 거느리고 있다네. 어쩌면 자네도 그가 누구인지 알 수도 있지. 대부분의 사람들이 그를 만나지 못했지만 그의 대의를 위해 일하고 있다네. 사탄은 결코 자신이 그 마지막 전투에서 패배할 거라 생각지 않아. 그는 자신이 전투에서 이겨 주님의 왕좌를 빼앗을 것이라고 생각하지.

주님과 사탄 사이의 전쟁에서 수많은 사람들이 죽어 나갈 거야."

"목사님, 많은 사람들이 목사님의 생각을 믿고 있다는 사실을 알고 있습니다. 그리고 다행히도 저는 적그리스도를 아직 만나 보지 못했습니다. 하지만 말씀해 보십시오. 만일 신이 그토록 전능하고 예수 그리스도가 신의 대리인이며 성삼위일체 중 하나이고 또한 인간의 삶에서 사랑과 자비를 강조한 분이라면, 대체 왜 신과 예수는 전쟁과 비참함을 허락하는 겁니까?"

"이봐, 하버드 졸업생. 당장 집에 가서 요한 묵시록을 읽어 보게. 성경의 마지막 책들이지. 여기에는 예수 그리스도가 직접 남긴 예언들이 들어 있어. 예수님 당신이 직접 하신 말씀이. 자네는 아마도 주님이 언제나 친절하고 자비로운 분이라고 세뇌되어 있나 본데 그건 대부분 헛소리야. 예수님은 손에 칼을 들고 요한에게 오셨네. 예수님은 다른 이를 속이는 자들을 증오하며 예수님의 지배를 받지 않고자 하는 자들을 증오한다고 말씀하셨네. 그리고 그자들을 죽이겠다고 하셨네. 바로 그거야. 예수님은 주님의 백성들, 글자 그대로 주님의 말씀을 믿기로 한 사람들을 보호하기 위해 얼마든지 다른 이를 죽이실 수 있네. 그게 바로 우리가 벌이게 될 전쟁이야, 라파엘. 그리고 오직 자신의 영혼을 예수 그리스도에게 바친 자들만이 사탄을 무찌를 수 있어. 바로 지금 당장 말이지!"

마침내 래프는 이 낯선 남자와 문신투성이의 똘마니가 무슨 짓을 하려는지 걱정이 되기 시작했다.

"네, 목사님. 당신이 무슨 말을 하시는지 알 것 같습니다. 그런데 목사님은 믿음이 다른 모든 사람들에게 다가가 이런 식으로 말씀을 전하십니까? 마지막으로 묻고 싶습니다. 왜 하필 저입니까? 이게 모두 무슨 수작입니까? 목사님은 제가 사탄이나 적그리스도를 위해 일한다고 생각하십니까?"

"내 말을 듣게, 젊은이. 자네는 자네가 누구를 위해 일하는지 잘 알고 있어. 자네처럼 영리하고 잘 배운 젊은이가 돌아가는 정황을 모를 수가 없지. 대체 자네는 왜 이곳으로 다시 내려온 건가?"

"제가 어떻게 악마의 편일 수 있습니까? 목사님은 제가 누군지 아시지 않습니까? 저는 이곳에서 신의 창조물을 지키고 구하기 위해 애쓰는 사람들 중 하나라는 것을 목사님도 아시는 것 같은데요?"

"자네는 중요한 것을 간과하고 있어. 자네 의도는 그런 것일지 모르지. 그게 중대한 사명이라고 여기고 말이지. 하지만 하느님은 벌레니 뱀 새끼 따위를 구하라고 그의 독생자를 보내지는 않으셨네. 하느님은 우리의 영혼을 구하라고 아들을 보내셨네. 하느님은 그의 백성이 땅이니 그 위의 피조물이니 따위에 신경을 쓰지 않으신다네. 그의 백성들로 하여금 쓰고 이용하라고 주신 것뿐이야. 우리가 사는 이 땅은 그저 천국이나 지옥으로 가는 길목에 지나지 않아. 하느님의 의지에 반하는 것은 무엇이든 악마의 계략이라네."

래프는 자리를 뜨기 위해 일어났다. 하지만 르보는 멈추지 않았다. "자네, 내 대답을 듣고 싶은가? 자네는 이 고장에서 태어났지. 하지만 하버드까지 가서 망할 놈의 무신론자가 되어서 돌아왔네. 자네는 열성적인 과학 애호가이고 그 사실을 온갖 곳에 떠벌리고 다닌다고 하더군. 자네는 요즘 들어 이곳에서 점점 더 큰 영향력을 행사하고 있어. 그런데 자네는 하느님과 그의 백성들의 친구가 아니야."

래프는 조용히 르보와 레이니를 스쳐 지나 출구를 향해 걸어갔다. 자동 소총이 또 발사되기 시작했다.

르보가 래프의 뒤통수에 대고 소리쳤다. "자네는 사람들을 속이는 무리 중 하나야. 넌 적그리스도를 위해 일하고 있어. 너무 멍청해서 자신도 모르고 말이지. 너는 사람들을 미혹해 하느님의 뜻과 하느님의 세계로부터 멀어지도록 하고 있어!"

래프는 문을 열고 밖으로 나갔다. 하지만 르보가 잽싸게 그를 따라잡더니 이번에는 정상적인 목소리로 그의 귀에 대고 말했다. "내 말을 듣는 게 좋을 걸세, 라파엘. 아직 시간이 있을 때 자네의 태도를 바꾸게나."

35

래프는 헨리 사격장에서 나와 최대한 빠른 걸음으로 오크 스트리트를 걸어 내려가 블레드소 스트리트로 꺾어져 선더랜드 사 건물까지 쉬지 않고 걸어갔다. 그러고는 점심 식사를 마치고 돌아오는 직원들로 꽉 찬 엘리베이터 안에 몸을 밀어 넣었다. 임원들의 사무실이 있는 층에 도착한 후 그에게 서류철을 내미는 직원에게 손짓으로 기다리라고 말하고 재빨리 자신의 사무실로 들어와 문을 닫고 회전의자에 쓰러지듯 앉아 급히 로빈스에게 전화를 걸었다.

현장 취재를 하러 나가서 내일 돌아올 것이라는 내용이 자동응답기에 녹음되어 있었다. 휴대폰으로 걸지는 않았다. 그는 야외에 현장 취재를 나갈 때 휴대폰 소리에 새가 놀라서 날아갈까 봐 휴대폰을 가지고 다니지 않는다. 그러고 보니 빌이 한 무리의 생태학자들과 함께 모빌-텐소 삼각주의 북쪽에 있는 레드힐스를 방문할 것이라고 말한 기억이 난다. 그들은 오래된 소나무 초원과 활엽수로 뒤덮인 협곡이 있는 그 오지를 탐험할 예정이었다.

래프가 전화기에 메시지를 남겼다. "형, 꼭 해야 할 이야기가 있어. 전화해 줘요. 되도록 빨리."

일단 마음을 진정시키는 것 외에 달리 할 수 있는 일이 없었다. 래프는 다시 자신의 사무실 밖으로 나가 서류철을 받아와서 이미 책상 위에 잔뜩 쌓여 있는 서류더미 위에 올려놓았다. 그는 손을 무릎 위에 놓고 몇 분 정도 그 종이들을 바라보다가 자리에서 일어나 창가로 걸어갔다. 창밖을 향해 서서 딱히 무엇을 바라보는 것이 아니라 조금 전 웨인 르보 목사와의 기묘한 조우의 장면을 머릿속으로 재생해 보았다. 다시 돌이켜본다고 해서 특별히 새로운 통찰이 떠오른 것은 아니었다. 한참 후 그는 다시 책상 위에 앉아서 일에 머리를 파묻었다.

그날 저녁 늦은 시간에 텔레비전에서 방영하는 WBC 웰터급 챔피언전을 보고 잠자리에 들려는 래프에게 전화가 왔다. 로빈스였다. 그는 지금 죽도록 피곤한 상태라 미안하지만 내일 일찍 만나서 이야기하자고 했다.

다음날 일찍 두 사람은 선더랜드 사옥 1층의 식당에서 만나서 함께 아침 식사를 했다. 자리에 앉자마자 래프가 말했다. "나 살해 협박을 받은 거 같아." 그러고는 웨인 르보와의 대화를 빠짐없이 옮겼다.

"여어, 축하해. 드디어 '기드온의 전사들(Sword of Gideon, 기드온은 이스라엘 민족을 미디안 사람의 압박으로부터 해방시킨 용사이다. —옮긴이)'을 만났구나!" 로빈스가 말했다. "내가 전에 그자들에 대해 이야기한 거 기억나? 이제 그놈들이 자네가 여기에서 상당히 중요한 인물이라고 생각하기 시작하고 너에게 압박을 가하려는 거야. 그 집단에 대해 조금 알고 있지. 8번 뉴스를 진행하는 롭 데이비스가 가끔씩 이야기하곤 해. 르보는 이 지역에서 독버섯처럼 솟아나는 전형적인 극단적 민중 선동가야. 그자는 사실은 나름 교육도 잘 받은 자야. 오번 대학교를 2년 정도 다녔다나? 믿을 수 있겠어? 종교학 전공으로 말이지. 그는 진짜 목사가 아니야. 적어도 우리가 알 만한 기관에서 제대로 안수를 받은 일은 없다는 거지. 실은 먼로빌 교도소의 교도관이고 그곳에서도 죄수들에게 늘 예수를 믿으라고 지껄인다고 들었어. 그는 그저 근처의 작은 교회를 하나 제 손아귀에 넣고 거기서 목사 노릇을 하는 거야. ……교회 이름이 뭐더라?"

"영원한 구세주 교회. 그렇게 들었던 거 같아."

"그래. 맞아. 어쨌든 르보는 별난 놈임에 틀림없어. 하지만 여기 앨라배마 남부에서는 그가 보통 사람들과 완전히 동떨어진 인간이라고 할 수도 없어. 여기 모빌과 그 주변의 노동자 계층은 물론 시골 사람들 중 상당수는 정도는 달라도 그와 같은 생각을 하고 있어. 예수가 우리 생애 내에 재림할 것이며 그에 대비해야 한다는 거지. 그걸 휴거라고 해. 예수가 재림했을 때, 구원 받은 자들은 육신 그대로 예수를 따라 하늘로 올라간다는 거야. 르보는 단순히 그 예언을 극단적으로 받아들이는 사람이라고 할 수 있지. 그런데 걱정스러운 것은 그가 점점 더 공격적으로 변하고 있고 많은 추종자들을 거느리고 있다는 거야. 그 작은 교회는 일요일마다 사람들로 꽉꽉 들어찬다고 하더군. 그는 일종의 사이비 종교 집단 교주와 같이 되고 있어. 르보교라고나 할까? 르보교 교도들은 악마와의 전쟁에 나서지 못해 안달이야. 그 교회의 원래 목사에게 어떤 일이 일어났는지는 오직 신이나 알거야. 롭 데이비스는 어쩌면 그 내막을 알고 있을지도 몰라. 내가 기억해 뒀다가 그에게 물어보도록 할게. 아니면 네가 직접 찾아가서 만나 보든지."

래프는 점점 숨을 거칠게 쉬기 시작했다. 새로 들은 사실은 마음을 안정시키는 데 도움이 되지 않았다. 그는 의자 깊숙이 다리를 뻗고 앉아 눈을 꽉 감았다.

"어쨌든 그건 오래된 복음주의 전통이 군사적인 쪽으로 살짝 방향을 튼 거지. 래프, 너 빌리 선데이라고 들어 본 적 있어? 1920년대의 유명한 전도사 말이야. 그가 말하길, 내가 그의 육성이 담긴 오래된 레코드를 들어 본 일이 있는데 말이야, '나는 내 팔이 떨어질 때까지 죄악과 싸울 것입니다. 두 팔이 떨어지면 내 이로 물어뜯을 것입니다. 내 이가 하나도 남지 않으면 잇몸으로라도 물고 늘어질 것입니다!'라고 외치더군. 대단하지. 물론 지금 르보의 경우는 조금 다르고 너무 그쪽으로 몰아갈 생각은 없어. 하지만 기드온의 전사들 같은 극단주의자들은 언제나 위험해. 그들 중 일부는 손만 까딱하면 폭력적으로 돌변할 수 있어. 아니면 애초에 처음부터 폭력적인 미치광이들이거나. 미국이나 그밖에 다른 곳에서도 극단주의자들이 벌인 살인이나 집단 자살 사건들이 상당수 있다는 걸 너도 알거야. 기드온의 전사들은 또 다른 측면에서도 극단주의 단체들의 유형에 들어맞아. 적어도 이 부근에서는 말이지. 다른 많은 종교적 극단주의 단체와 마찬가지로 그들은 상대적 박탈감에 시달리는 가난한 백인들 가운데에서 동지를 규합하고 있어. 그들은 이 세상으로부터 어떤 식으로든지 속고 빼앗겨 왔다고 생각하고 있지. 그들은 현재 남부에서 가장 소외된 집단이야. 결국 태양 아래 새로울 것이 없다는 이야기가 여기에도 통용돼. 그들은 폭력을 써서라도 그들이 생각하는 정의를 실현하고자 하지. 경제적 정의를 얻을 수 없다면 사회적 정의라도 말이야."

래프가 눈을 뜨고 몸을 일으켜 세우면서 말했다. "형 이야기를 들으니 생각나는데 르보와 함께 온 녀석은 정말 폭력배 같아 보였어. 아마도 르보의 경호원이나 주먹 쓰는 부하 정도 되어 보이더라고. 그 녀석은 왜 그 자리에 함께 나타난 건지 의아했었지. 어딜 봐도 복사(성당에서 사제를 돕는 소년 ― 옮긴이)로 보이지는 않고 말이야."

"그래. 혹시 너는 생각해 보지 않았는지 모르겠는데, 난 레드넥에도 두 종류가 있다고 생각해. 그냥 레드넥과 백인 쓰레기인 레드넥. 농담 삼아 스스로를 레드넥이라고 자처하는 수많은 사람들 가운데 대부분은 좋은 사람들이지. 건실한 노동 계층 시민들. 하지만 백인 쓰레기들은 진짜 우리 사회의 최하층민이야. 앞마당에 폐차된 차가 방치되어 있고 부엌에는 잡종개가 어슬렁거리며 남은 음식 찌꺼기를 얻어먹으며 주변 아무 곳이나 돌아다니고……. 왜 고속도로에서 자동차에 치어 죽는 아무도 신경 쓰지 않는 그 불쌍한 개들 말이야. 남자들은 기회만 닿으면 스트립쇼 극장에 가서 맥주든 위스키든 퍼마시고. 누군가가 자기를 모욕한다고 생각하면 언제든 칼을 빼들어 그어 버리는 자들. 그 모욕이라는 것이 다른 게 아니야. 그저 그자나 그의 여자 친구를 조금 오래 쳐다보는 것 정도면 충분하거든. 그들은 물론 인종차별주의자야. 하지만 대개의 경우 그들은 단순히 무일푼에 자존심이 강하고 늘 화가 난 상태지."

"맞아. 말썽에 휘말릴 수 있는 가장 간단한 방법은 그자들의 오토바이를 걷어차거나 그자들의 여자 친구에게 말을 거는 거지. 그건 여기 남부의 전통 중 하나야."

"하지만 너도 알다시피, 어쩌면 이 점이 가장 중요한 사실일 텐데, 그들은 자존심이 몹시 강하지만 그렇다고 괴물은 아냐. 일단 친구가 되면 입고 있는 셔츠라도 벗어 줄 사람들이 그들이야. 그러니까 내 말은, 그자들은 잘 배우지 못했기 때문에 자기 말이 신의 말씀이라고 주장하는 자들에게 쉽게 넘어간다는 거야. 그자들을 떼거지로 보고 싶다면 먼로빌 교도소에 가 보면 돼. 그들은 모조리 거기서 예수 그리스도에게 구원을 받고 있지."

래프가 덧붙였다. "KKK단이 떠오르는데. 예전의 KKK단의 행동대원을 담당했던 자들도 같은 종류의 사람들 아냐? 차이가 있다면 KKK는 노골적인 인종주의를 부르짖고 기드온의 전사들과 같은 집단은 종교적 편협함에 치우쳐 있다는 거고."

로빈스는 양손의 검지로 나란히 래프를 가리켜 동감을 표시했다. "바로 그거야. 하지만 KKK나 지금 네가 상대하고 있는 재림주의자들이나 둘 다 인종적, 종교적 극단주의자들이지. 다만 두 경향의 비율이 조금 다를 뿐."

"어쨌든 지금 형에게 물어보고 싶은 건, 내가 지금 걱정을 해야 할 상황일까? 예수 이름으로 전쟁을 벌이겠다는 르보와 그 패거리들이 나에게 위험한 존재일까? 내가 뭘 하면 좋을까? 경찰에 신고를 할까? 하지만 그건 아닌 거 같아. 르보가 나를 구체적으로 협박한 것은 아니니까. 겉보기에는 단지 지옥불에 대한 설교를 늘어놓은 거지."

"롭 데이비스 말로는 르보가 또 다른 몇몇 인사들에게도 너에게 한 것처럼 찾아가서 위협적으로 떠벌인 일이 있다고 하던데. 학자, 고등학교 교장, 그리고 이 지역의 정치인 같은 사람들. 그러니까 너 혼자만은 아냐. 그가 한 이야기가 '회개하고 예수 믿어라' 류의 설교였다는 걸로 보아 어쩌면 내 생각에는 그는 너에게 이야기한 것이 아닐 수도 있어. 그의 추종자들에게 대단한 인상을 주려는 거지. 네가 말한 불량배 같은 예수의 행동대원 말이야. 그러니까 그의 부하들에게 '봐라. 내가 이런 진보적 무신론자인 유명 인사를 몰아붙이고 있다.' 라는 걸 보여 주는 거지."

"그래. 그럴 수도 있겠군." 래프가 대답했다. "그렇지만 그자들이 위험하지는 않을까? 그자들이 지금까지 누군가를 공격한 적은 없어?"

"위험한 건 사실이지. 내가 좀 전에 말했듯 의심스러운 집단 폭력과 풀리지 않은 살인 사건이나 실종 사건이 많이 있었다니까. 하지만 르보와 그의 교회 패거리들은 그런 사건의 혐의자로 고발당하지는 않았어. 적어도 아직까지는 말이지. 그리고 희생자들은 적어도 내가 듣기로는 그들의 변절자나 경쟁자와 같은 사람들이었어. 너와 같은 외부인이 아니고."

"권력 다툼을 벌이는 모양이군. 어쩌면 그래서 르보가 그렇게 공격적으로 행동하는지도 모르겠어. 그가 문신을 잔뜩 한 청년을 데려온 이유도 이해가 되고. 절실한 상황인 모양이야?"

"그럴 수도 있지. 어찌되었든 조심하는 편이 좋을 거야. 그리고 롭 데이비스를 찾아가서 이야기를 나눠 보는 것이 좋을 듯하고. 어쩌면 경찰에 신고를 하고 르보를 다시 만나게 되면 그 사실을 이야기하는 것이 좋을 수도 있어. 누가 알아? 어쩌면 누군가가 그를 죽이려고 하고 있을지도."

36

노코비 지대에 대한 결정 소식이 날아온 날은 너무 무더워서 걸프 해안 지대에서 가을이 아예 사라져 버린 것이 아닌가 싶은 9월 하순 어느 날이었다. 오전 8시에 아마포 재킷을 입은 세 사람의 임원이 선더랜드 사옥 맨 위층에 있는 이사회실로 들어갔다. 아버지가 설립한 선더랜드 사를 대를 이어 경영하는 회장이자 최고 경영자인 드레이크 선더랜드는 회의용 탁자를 지나가 방 한쪽 끝에 유럽식 아침 식사가 차려진 탁자로 다갔다. 커피 한 잔을 따르고 저지방 우유를 넣고 설탕을 입힌 도넛을 접시에 담고 손가락을 냅킨에 닦은 후 가장 가까운 의자에 앉았다. 그는 쉰다섯 살로 평균 체중보다 15킬로그램은 더 나가는 풍채에 오른쪽 경동맥의 일부가 막혔으나 아직 발견되지 않은 상태였다.

키가 작고 날씬한 체구에 J. 프레스 여름 정장을 입고 있는 스물여덟 살의 최고 법률 고문 라파엘 셈스 코디는 크루아상과 대용 버터, 과일을 접시에 올려놓았다. 헝클어진 흰 머리에 즐겁고 편안한 세월이 허리둘레에 겹겹이 쌓여 있는 듯한 60대의 부회장이자 최고 재무 책임자 리처드 스터트반트는 잠시 망설이더니 래프와 같은 선택을 했다. 두 사람 모두 회장의 맞은편에 자리를 잡고 앉았다.

드레이크 선더랜드는 잔주름을 잡으며 풍채 당당한 미소를 지었다. "래프, 좋은 소식을 가져왔다니 정말 기쁘네. 그 소식에 대해 좀 자세히 들어 볼까?" 그는 의자를 바짝 끌어당기고 몸을 앞으로 당겼다. 그날 아침 이 자리에는 분명 긴장이 감돌고 있었다. 그의 눈에는 꾸며 낸 웃음 따위를 찾아볼 수 없었다. 세 사람 모두 이 회의가 선더랜드 사의 미래를 결정하는 중차대한 회의가 될 것임을 알고 있었다.

래프는 조용히 스스로를 달랬다. 자, 침착하자. 집중하자. 그는 크게 숨을 들이마시고는 조용히 말문을 열었다. "회장님, 좋은 소식이 있고요. 약간 안 좋은 소식도 있습니다. 안 좋기보다는 우리가 해결해야 할 한두 가지 문제점이라고나 할까요."

선더랜드는 고개를 들어 안경 너머로 래프의 얼굴을 찬찬히 관찰했다.

"먼저 좋은 소식은 우리가 노코비 서쪽 지대의 블라인드 경매에서 이겼다는 것입니다. 애틀랜타에 있는 젭슨 측의 변호사가 30분 전에 저에게 전화로 알려 주었습니다. 뿐만 아니라 우리 다음으로 높은 가격을 써낸 측보다 5퍼센트 더 높은 가격이었다고 하더군요. 그러니까 근소한 차이로 입찰을 한 것이죠. 우리는 정말 잘 했습니다."

선더랜드가 다시 표정이 밝아지면서 몸을 앞으로 내밀었다. 그는 오번 대학 풋볼 경기에서 하듯 엄지를 위로 하고 두 주먹을 앞으로 뻗었다.

"잘 됐군. 정말 잘 됐어. 좋아. 그런데 그러면 나쁜 소식은 뭔가?" 그는 얼굴을 약간 찡그리고 입을 양쪽으로 움찔움찔해 보였다.

"네, 회장님. 역시 환경 단체입니다. 예상하셨겠지만 말입니다. 그 사람들은 이 소식을 그리 환영하지 않고 있습니다. 그리고 그들의 심각성을 우리가 과소평가해 왔다고 생각합니다. 노코비 호수의 서쪽 지대는 환경 운동가들이 '생물의 보고'라고 부르는 지역입니다."

스터트반트 부회장이 끼어들었다. "대체 그게 무슨 뜻인가?"

래프가 그를 무시하고 말을 이었다. "환경 운동가들은 노코비 서쪽 지대를 이 부근의 생물 다양성의 '분쟁 지대'로 지정했습니다. 제가 앨라배마 주 환경 관리부에 확인해 본 결과가 여기 있습니다. 노코비 호수 서쪽으로 인접한 지대에는 멸종 위기종 보호법에서 보호 대상으로 규정한 두 종의 도롱뇽과 조류 한 종, 거북이 한 종이 살고 있습니다. 그뿐이 아닙니다. 더욱 심각한 것은 국립 산림지와 인접한 곳에 있는 늪지 아시죠? 그곳의 낭상엽 식물 지대에는 두 종의 고유종 식물이 있습니다. 고유종이란 지구상의 다른 어떤 곳에서도 찾아볼 수 없는 이곳에만 있는 종이라는 의미죠."

스터트반트 부회장은 과장 섞인 분노를 표출하며 말했다. "망할 놈의 도롱뇽 새끼와 낭상엽 식물이라고? 거기엔 골프 코스가 들어

설 거라네!"

"죄송하지만 그게 다가 아닙니다." 래프가 말을 이었다. "대왕송들도 베어 낼 수 없습니다. 절대로 베어 낼 수가 없어요. 아마 대왕송이 남부 어느 지역에서나 자라기 때문에 노코비에서 좀 베어 낸다고 해도 별 문제가 되지 않으리라 생각 하실지 모르겠습니다. 하지만 노코비 서쪽 숲의 대왕송들은 태고부터 자라 온 처녀림이에요. 그리고 미국 전체에서 그와 같은 처녀림은 고작 2퍼센트 남아 있는 상태입니다. 노코비 숲에서 수확할 수 있는 목재의 값어치가 100만 달러가 넘는다는 사실을 알고 있어요. 하지만 우리는 그걸 베어 낼 수 없습니다."

스터트반트가 다시 폭발했다. 이 친구에게 정신 차리라고 말해 줘야 할 듯하다. 계속해서 선을 넘어가며 모든 사람들을 괴롭히고 있다. 분을 참지 못하고 손으로 탁자를 탕탕 두드렸다. 그러나 너무 세게 두드리지는 않았다. 바로 앞에 선더랜드가 마주보고 있으니 말이다. "대체 지금 자네 무슨 소리를 하는 가? 우리 계획을 모두 철회하자고? 이건 우리 회사에게 사상 최대의 기회야. 사람들이 이 지역으로 엄청나게 몰려오고 있어. 부동산 가격도 오르고 있고. 노코비 서쪽 지대는 우리에게 사상 최대의 이익을 안겨 줄 거라고."

그는 잠시 멈추고 분위기가 잦아들기를 기다린 다음 이번에는 조용히 말을 이었다. "자, 생각해 보자고. 그 땅은 지금 소나무로 뒤덮인 숲에 지나지 않지만 몇 년 후에는 모빌이나 펜사콜라 주변의 교외지역과 같은 곳으로 변모할 거야 정말 살기 좋은 곳이 될 거라고. 이른바 '새로운 남부'의 대표적인 모습 말이지. 주택지가 개발되고 학교가 생기고 쇼핑몰이 들어서고. 새로운 도로들이 포장되고…….
아무도 그걸 멈출 수 없어. 자네가 말하는 빌어먹을 멸종 위기종이
든 뭐든 간에 그 변화를 막을 수는 없다고. 정 아쉽다면 늪지대나 소
나무 숲 몇 헥타르 정도 자그마한 자연 공원으로 남겨 두면 어떤가?
그 정도면 충분히 우리도 할 일을 한 거고 환경 단체들에게도 명분
이 서지 않겠나? 에모리에서 하는 말로 이건 '기정사실(fait accompli)'
이야!"

　스터트반트는 좋은 사람이었다. 과거에 남부 침례교회 목사였던,
도덕적으로 나무랄 데 없고 평생 바람 한 번 피우지 않은 성실한 가
장이었다. 그의 신앙은 그에게 흔들리지 않는 내면의 힘을 부여했다.
좋은 일이든 나쁜 일이든, 인간의 마음에 명백하게 이해되는 일이든
도저히 이해할 수 없는 일이든 그에게는 모든 것이 신의 뜻이었기 때
문이었다. 하지만 그는 한편으로 에모리 대학교의 MBA 학위를 갖
고 있었고, 그의 영혼에는 11번째 계명을 위한 자리가 있었으니 그에
게 중요한 것은 사람이고, 일자리이며, 일인당 연간 수익률로 환산되
는 경제 성장이라는 미국의 가치였다. 몇 가지 희귀종 동식물의 운명
은 그의 우선순위에서 한참 아래에 자리 잡고 있는 것들이다.

　스터트반트는 선더랜드가 고개를 끄덕이는 것을 보았다고 생각
하고 수위를 높여 종교적 핵폭탄을 사용하기로 했다. "그것이 신의
의도야." 그가 이를 악물고 말했다. "성경에 그렇게 똑바로 쓰여 있다
고. 신이 우리에게 지구에 대한 지배권을 주셨다고 말이지. 멍청히
앉아서 넋 빼놓고 바라보지만 말고 적극적으로 자연을 이용해서 번
영을 누리라고 하셨다고."

래프는 이러한 공격에 준비가 되어 있었다. 토론의 중간쯤에 어느 순간 신이 등장해서 밀어붙일 것을 예상하고 있었다. "릭, 당신 말씀을 잘 이해합니다. 하지만 또 이 점을 생각해 보세요. 사람들은 삶의 질을 중요하게 여깁니다. 그리고 노코비 서쪽 지대는 풍요로운 삶의 질 그 자체입니다. 제가 분명히 말씀드리지만 우리가 부주의하게 다룬다면 이 계획은 우리 눈앞에서 산산조각이 날 수 있어요. 혹시 회장님이나 부회장님이 읽어 보신 적이 있으신지 모르겠습니다만《모빌 뉴스 레지스터》환경 담당 기자인 빌 로빈스라는 사람이 있습니다. 그는 이런 종류의 기사에 혈안이 되어 있지요. 그 사람은 노코비 주변에 사는 모든 식물과 대부분의 동물의 이름을 댈 수 있고 또한 늪지대와 대왕송 처녀림의 전문가이기도 해요. 만일 우리가 잘못 나가면 그는 마치 다리를 다친 닭을 노리는 매처럼 우리에게 달려들 겁니다. 게다가 거대한 자연 보호 단체들이 벌떼처럼 몰려올 거고요. 시에라 클럽, 자연 보호 협회, 대왕송 연합 등등. 그 외에 보통 사람들이 이름도 들어 보지 못한 단체들도 있습니다."

스터트반트는 거칠게 팔을 내밀면서 래프에게 반격을 시도했다. "이봐. 자네는 지극히 치우친 한쪽 면만 보고 있어. 자네는 이 부근에 소나무 숲 따위는 좋아하지 않는 사람들이 잔뜩 있다는 사실을 잊어버리고 있다고. 솔직히 대부분의 사람들이 그렇지. 우리가 살고 있는 이곳은 미국에서도 가장 보수적이고 종교적인 곳 중 하나야. 이곳 사람들은 야외에 나가서 사냥을 하거나 낚시를 하는 것을 좋아하지만 자연과 인간 사이에 갈등이 있다면 당연히 사람이 우선이 되어야 한다고 생각하지. 그들은 관리인 따위가 돌아다니는 국립 공원이니 주립 공원이니 하는 것이 여기저기 생기는 것을 좋아하지 않아. 정부가 사람들의 삶에 간섭하는 것도 싫어하고. 저 위쪽에 몽고메리나 워싱턴에 있는, 이것저것 규제하고 사람들에게 이걸 해라 저걸 하지 마라 하는 진보적인 관료들도 아주 지긋지긋해하지. 그들은 예수님이 사람 영혼을 구하러 왔지 벌레니 뱀 따위를 구하러 오신 게 아니라고 믿어."

스터트반트의 마지막 말에 래프의 눈이 휘둥그레졌다. 르보의 말과 글자 그대로 똑같았기 때문이었다.

스터트반트는 계속했다. "사람들은 예수님이 재림할 걸 믿고 있다네. 세상의 종말이 눈앞에 있다고 말이야. 사실이든 아니든 그 사람들을 웃어넘길 일은 아니라고 생각하네. 이 나라에 그렇게 생각하는 사람들이 한둘이 아니야. 특히 여기 남부에서는 말이지. 우리가 노코비와 같이 가치 있는 땅을 그냥 묶어 놓고 개발하지 않는다면 그들이 들고 일어날 걸세. 내가 똑바로 말하지만 전쟁이 일어날 거야."

드레이크 선더랜드가 또다시 안경 너머로 래프를 바라보았다. 그는 점점 초조해지기 시작했다. 이건 엘리트들이 만나서 담소를 나누고 사업 이야기를 하는 코스모폴리탄 클럽에서의 포커 놀이와는 다르다. 이건《뉴스 레지스터》의 경제 금융란에 실리는 기업 뉴스와도 다른 종류의 이야기다. 어쩌면 우리는 이 천재 소년을 애초에 회사에 받아들이지 않는 편이 나았을지도 모른다. 아니, 그건 아니다. 이 소년은 탈출구를 알고 있다. 그는 나무가 어느 쪽으로 쓰러질지 알고 있다.

드레이크는 마주보고 있는 두 사람을 향해 말했다. "우리가 정말로 광신도들과 시골뜨기 백인들에 대해 걱정해야 할까?"

"드레이크." 스터트반트가 항의했다.

선더랜드는 손을 들어 스터트반트의 말을 막았다. "잠깐만, 릭."

선더랜드는 지금 최악의 시나리오에 대해 생각하고 있었다. 만일 그가 선더랜드 사를 재정적으로나 대외 이미지에 있어서 잘못된 길로 몰고 갈 경우 그의 명성과 가족의 지분만으로 그를 구해 내기 어려울 수도 있다. 대체 빌 로빈스라는 자는 누구인가? 그와 그 패거리들은 엄청난 골칫거리가 될 수 있을 듯하다.

선더랜드가 거의 중얼거리는 목소리로 말했다. "좋아. 래프. 그렇다면 자네의 대안은 뭔가? 분명히 이 문제에 대해 많이 생각을 해 왔을 텐데……."

스터트반트가 다시 말문을 열려고 했다. "세상에 맙소사, 드레이크!" 그러나 선더랜드가 다시 손을 들어 그를 제지시켰다.

래프가 고개를 끄덕이더니 가져온 작은 서류 가방을 테이블 위로 올려놓았다. 자, 거의 다 왔어. 거의 다. 집중하자……집중……집중…….

"회장님, 그러니까 드레이크, 그리고 릭, 전략을 변경함으로써 우리가 이 문제를 해결할 수 있다고 믿습니다. 분명히 할 수 있습니다. 모든 사람들을 만족시키는 방향으로 해결할 수 있습니다. 예산과 비용에 대한 접근 방식을 바꾸는 겁니다. 릭, 최고 재무 책임자께 묻겠습니다. 만약 우리가 그 생물종들과 서식처를 장부의 비용 쪽에 해당되는 장애물로 보지 않고 그것을 이익 쪽으로 계산한다면 어떨까요?"

그는 서류 가방에서 미리 준비해 온 세 쪽짜리 보고서를 꺼내서 두 사람에게 한 부씩 건넸다.

"제가 확인해 봤는데 미국 전역에서 최고급 은퇴자 거주지나 별장과 리조트 주택은 천연 그대로의 자연을 커다란 자산으로 삼는 것이 거의 일반화되고 있는 추세입니다. 제 보고서의 첫 번째 장에 나와 있듯 이와 같은 경향은 1960년대부터 찾아볼 수 있고 1990년대 들어서 활발해지기 시작했습니다. 이제 이것은 전국가적 경향이고 불황의 영향을 거의 받지 않는 것으로 나타났습니다. 제가 남부에 있는 주들을 조사해 봤는데 이곳에서도 역시 같은 추세가 나타나고 있습니다."

"지금 현재로서는 명확한 데이터를 내놓을 수는 없지만 이와 같은 주택 사업에서 두 가지 요소가 수익성에 큰 영향을 주는 것으로 보입니다. 개발지가 인구 밀집 지역에 얼마나 가까운지, 그리고 넓은 영역의 천연 자연 환경이 가까이에 있는지가 그 두 가지 요소입니다. 두 요소가 크면 클수록 단위 면적당 수익성이 높게 나타나는 것으로 보입니다. 특히 고급 주택지일 경우에 더욱 그렇지요. 제가 수많은 토지 개발 전문가들과 대규모 부동산 개발 업자들에게 직접 연락해서 자문을 구했는데 그들의 대답은 거의 만장일치로 두 요소를 강조했습니다. 제가 접촉했던 전문가들의 명단이 두 번째 장에 나와 있습니다. 세 번째 장에는 저의 계획이 간략하게 요약되어 있습니다."

선더랜드와 스터트반트가 보고서를 훑어보는 동안 래프는 잠시 말을 멈추었다.

"그러니까 결론은 다음과 같습니다. 현 상황에서 우리는 계획했던 것보다 적은 수의 집을 짓는 쪽이 현명하리라고 봅니다. 예컨대 노코비 호수 서쪽 물가를 한 줄로 에워싸도록 집을 짓는 거죠. 각 주택으로 연결되는 사유 도로를 놓고요. 각 가구마다 독자적으로 호수에 접근할 수 있지만 전체 주민들이 공유하는 선착장과 보트 창고를 중간쯤에 두는 거죠. 주민들이 이용할 산책로를 만드는 것도 좋을 것입니다. 그런 다음 노코비 지대의 나머지 부분은 대부분 지금 그대로 보존하는 겁니다. 토지 구획은 따로 필요 없을 겁니다. 왜냐하면 각 가구는 한 쪽에는 노코비 호수를, 다른 쪽에는 처녀림의 숲을 끼고 있을 테니까요. 이 계획의 장점은 호수와 내륙의 천연의 자연이 주는 편의를 아무 비용 없이 누릴 수 있다는 것입니다. 그리고 초기의 건축 비용과 집값도 대부분의 고급 주택에 비해 훨씬 낮출 수 있습니다. 이것은 큰 장점입니다. 특히 지금과 같이 부동산 시장이 침체기인 경우에 말이죠. 따라서 이것은 단기적으로나 장기적으로 볼 때 우리 회사가 무리 없이 나갈 수 있는 신중한 계획입니다. 부유한 사람들은 언제나 집을 살 수 있습니다. 하지만 중산층은 그렇지 못하죠."

드레이크 선더랜드는 포커페이스로 주의 깊게 들었다. 래프는 마지막으로 그의 비장의 카드라고 생각되는 것을 꺼내 놓았다. 그는 물을 한 모금 마시고 헛기침을 했다.

"또 다른 이점이 있습니다. 회사의 대외 이미지 홍보에 있어서의 잠재력은 어마어마합니다. 이 주택 개발로 구할 수 있는 멸종 위기종과 서식처에 대한 이야기가 신문의 헤드라인으로 나갈 수 있습니다. 주택 개발업체 가운데에서, 특히나 이 부근에서, 멸종 위기종을 보호한다는 칭찬을 들을 회사가 몇이나 있겠습니까? 뿐만 아니라 새로 지어진 집에서 몇 걸음 걸어 나가 희귀종의 동식물을 볼 수 있는 주택지가 몇 군데나 있겠습니까? 주택단지의 주민들을 대상으로 자연 탐사 산책과 같은 것을 제공할 수도 있을 겁니다. 노코비 주변 자연 환경의 아름다움과 가치를 홍보하는 책자를 만들어서 제공할 수도 있을 거고요. 착공식 때 앨라배마 주지사가 와서 축하할 수도 있을 겁니다. 그에게나 우리에게나 멋진 사진 촬영 기회가 되겠지요. 어쩌면 노코비 지대의 중요한 부분을 앨라배마 주의 야생 식물 보호지로 지정해서 세금 공제와 필요한 관리 혜택을 얻을 수 있을지도 모릅니다."

래프는 자신이 말하는 동안 스터트반트가 점점 더 흥분하고 있는 것을 눈치챘다. 그의 얼굴이 시뻘게지기 시작했다. 그는 보고서를 손등으로 밀쳐 버리더니 폭발했다.

"하느님 맙소사. 대체 이게 뭐하자는 건가? 빌어먹을 지구의 날 행사 기획안인가? 자네는 내가 하는 말을 한 마디도 귀에 담지 않은 게지? 앨라배마 남부와 부근의 플로리다 주는 미국의 나머지 지역과 달라도 한참 다르다네. 이 지역은 자네 보고서의 어느 곳에도 들어맞지가 않아. 내가 몇 번이고 말했지만 이곳은 미국에서 가장 보수적이고 가장 종교적인 지역이라네. 이 부근의 사람들은 성경에 나온 말씀을 있는 그대로 믿는다고. 나 역시 그중 하나라고 기꺼이 말하겠네. 그들은 분노하고 있네. 그들은 일단 정부의 간섭을 좋아하지 않아. 뿐만 아니라 자연을 사랑하네, 어쩌네 하는 돈 많은 자들이 이곳으로 몰려와 제일 좋은 땅을 차지하고 눌러앉아 그들의 일자리를 빼앗는 꼴을 절대로 보고 싶어 하지 않을 걸세."

입이 벌어진 선더랜드는 깜짝 놀라서 뭔가 대답할 말을 찾는 표정이었다. 래프는 스터트반트의 감정 폭발에 안도하며 재빨리 나섰다. 릭 스터트반트가 스스로 무너지고 있었다. 그는 영문을 모르고 징징대기 시작했다. 그는 분명 래프의 제안과 같은 것에 준비되어 있지 않았다. 그의 반응은 너무나 감정적이었다.

래프의 삶에는 세 가지 규칙이 있었다. 운명은 준비된 사람에게 호의를 베푼다. 사람들은 갈 길을 명확히 제시하는 사람의 뒤를 따른다. 마지막으로, 중간을 공략하라. 왜냐하면 양극단이 만나는 곳이 중간이기 때문이다.

"릭, 말씀드렸듯 당신의 입장이 어떤 것인지 저도 잘 이해합니다." 래프가 계속했다. "하지만 제 말씀 좀 들어 보세요. 20년, 30년 전이었다면 저의 제안이 문제를 일으켰을지도 모릅니다. 그때라면 부회장님 의견이 맞아요. 하지만 시대가 빠르게 변화하고 있다는 사실을 인정하셔야 합니다. 고급 주택 시장으로 몰려드는 사람 중 상당수가 여기 걸프 해안에서 나고 자란 사람들입니다. 전부 외지인이 아니고요. 그리고 토박이 중 상당수가 부회장님처럼 독실한 신앙을 갖고 있고 또 보수적입니다. 우리는 물론 그들의 정치적 입장을 존중해야 하고 또 중요하게 고려해야 합니다. 하지만 또 다른 많은 사람들이, 특히 은퇴자들 가운데 많은 사람들이 점점 더 환경을 중요하게 생각하고 있습니다. 어디 출신이건 관계없이 말이죠."

스터트반트는 다시 침착성을 되찾았다. 그리고 래프의 예의바른 반응에 약간 고무된 느낌이었다. "그건 그래놀라나 씹어먹는(그래놀라는 볶은 곡물, 견과류 등이 들어간 아침 식사용 씨리얼의 일종으로 환경 보호, 건강을 중요하게 여기며 진보적 성향 띤 사람들을 수식하는 상투적 표현으로 쓰이기도 한다. — 옮긴이) 좌파들에게나 해당되는 이야기지. 대체 무슨 근거로 앨라배마 남부와 플로리다 주의 보수주의자들이 그들과 같은 생각을 할 거라고 보나? 여기 사람들은 뼛속까지 보수주의자야. 젖먹이 때부터 보수주의를 받아먹고 자란 사람들이라고."

강공이었지만 래프는 받아 냈다. "네. 맞습니다. 사실이에요. 하지만 보수주의(conservatism)라는 단어와 보존(conservation)이라는 단어에 대해 생각해 봅시다. 두 단어 모두 라틴 어 어원 'conservare'에서 온 말입니다." 래프는 미소를 짓고 말을 이었다. "아, 하버드에서 주워들었다고는 오해하지 마십시오. 저는 이 이야기를 저 아래쪽 플로리다 주립 대학교에서 보수주의와 자연 보존 두 가지 모두 내로라하고 앞장서는 남부 출신 교수님에게서 배웠습니다. 교수님은 수업 시간에 학생들에게 질문을 던지셨죠. 보존 없는 보수주의가 가능하다고 보느냐고요. 보존 없이 우리가 어떻게 에너지의 독립을 달성하고 천연자원을 절약할 수 있겠느냐고요. 이것이 바로 우리가 고려해야 할 점입니다. 최근 어느 작가가 이렇게 표현했죠. 그린은 새로운 레드이자 새로운 화이트며 새로운 블루라고 말입니다."

래프가 이제 손까지 들면서 이야기했다. "그리고 이 점도 인정하셔야 합니다. 모든 사람들이 골프 치는 것을 좋아하지는 않습니다. 많은 사람들이 자연 가까이에서 살고 싶어 해요. 그리고 여기 남부는, 잘 아시겠지만, 1년 내내, 사시사철 반바지에 티셔츠 하나 걸치고 나가서 자연을 즐길 수 있는 곳입니다."

스터트반트는 더 이상 귀를 기울이지 않고 있었다. 그는 래프가 준 보고서 뒷면에 뭔가를 끼적이고 있었다.

선더랜드는 큰 소리로 헛기침을 해서 두 사람의 발언을 중단시켰다. 그런 다음 일어서서 동쪽 벽면을 가득 채운 유리창으로 다가갔다. 아침 하늘이 아직도 짙은 푸른빛이었다. 멀리서 떠오르는 해가 모빌 강을 검은 색에서 옅은 갈색으로 물들이고 있었다. 새벽 내내 단조로운 청동 빛을 띠던 도시의 건물들이 환하게 밝아오는 태양 아래 가지각색으로 빛나고 있었다. 주차장에 차가 들어서자 재갈매기 한 떼가 하늘로 날아오르며 선더랜드의 시선을 붙잡았다. 갈매기들은 모빌 만 위의 하늘에서 둥글게 원을 그리며 날았다.

선더랜드는 시선을 돌려 700~800미터 남쪽에 있는 뱅크헤드타워를 바라보았다. 여전히 이 도시에서 가장 높은 건물인 뱅크헤드타워의 꼭대기 층들은 다른 도심 건물들을 도도하게 내려다보고 있다. 이 건축물은 모빌 시의 가장 고급스러운 주거용 주상 복합 건물이었다. 건물 옥상에 꽂힌 미국 국기가 변덕스럽게 불어오는 바람에 살짝 펄럭였다. 우리 회사 최고의 작품이지. 선더랜드는 생각했다. 내 아버지의 위대한 업적.

그는 래프가 이야기할 때 이미 마음을 정했다. 이제 그는 자신이 할 이야기를 머릿속에서 짜 맞추고 있었다.

"우리도 저런 것을 만들어야 해." 여전히 창밖을 내다보며 말했다.

그런 다음 몸을 돌려 탁자 쪽으로 걸어와 래프를 내려다보았다.

"하지만 환경 운동가들이 우리를 신뢰할까? 뭐니 뭐니 해도 그들에게 우리 회사는 숲 속의 사악한 늑대 아닌가. 이미 우리는 노코비에서 그들에게 완전히 찍혔지. 데드아울코브에서의 대실수가 우리가 지금껏 노코비에 대해 내린 유일한 환경 관련 결정이었지만 말이지. 그 개미 녀석들이 온 천지를 산 채로 먹어들어 가고 있었지. 어찌나 심한지 그저 자연이 해결하도록 놔둘 수가 없었어. 심지어 사람들도 그 땅에 몇 분 이상 서 있을 수 없을 정도였지. 그래서 우리는 살충제를 뿌리든지 뭔 조치를 하지 않을 수 없었다네. 하지만 그 결정은 결국 악수로 드러났지. 나도 인정하네. 우리가 뿌린 약물의 반이 호수로 흘러들어가서 데드아울코브 근처 호수 속에 사는 생물들이 몰살하고 말았지. 수면에 죽은 물고기들이 둥둥 떠오르고, 오솔길 주변에 죽은 새들이 여기저기 떨어져 있었으니. 환경 단체들과 동네 주민들이 합심해서 우리를 비난하고 비난했지. 우리가 그들을 암에 걸리게 할 거라고. 그나마 대규모 단체 소송을 당하지 않은게 신기할 뿐이야.

그러니 난 자네에게 묻고 싶네. 그 개미들이 다시 나타나고 우리가 살충제도 쓸 수 없다면 대체 어떻게 해야 하나?"

"그 개미들이 다시 나타날 거라고는 보지 않습니다. 회장님." 래프가 말했다. "아시다시피 저는 플로리다 주립 대학교에서 그 개미들을 수년간 연구했습니다. 그러다보니 그 개미들에 대해 잘 알게 되었을 뿐인데요. 당시 데드아울코브 주변에 개미들이 극성을 부린 것은 매우 드물게 일어나는 유전자의 돌연변이 때문이었습니다. 완전히 확실한 것은 아니지만, 우리가 100퍼센트 확신할 수 있는 게 뭐가 있을까요? 하지만 제가 아는 한 그런 종류의 개미 군락은 과거에도 전혀 나타난 일이 없었고 앞으로도 나타나지 않을 것이 거의 확실합니다." 사실 그 정도로 확실하지는 않았지만 그렇게 말하는 수밖에 없었다.

선더랜드가 최고 재무 책임자에게 고개를 돌렸다. "어때, 릭. 한 번 시도해 보는 게?"

스터트반트는 냉소적으로 말했다. "코디 씨를 설득해서 그 자리에 보트 창고와 진입로를 건설하면 되겠군요. 그 지역이 콘크리트와 잔디밭으로 깔리게 되면 개미 놈들이 더 설치지 못하겠지요."

그런 다음 그는 얼굴을 찌푸리며 두 손을 들었다. "젠장, 드레이크. 당신이 결정할 문제입니다. 하지만 제 생각은 그대로입니다. 너무 과장한다고 생각할지 모르지만 제가 보기에 그 계획은 위험합니다. 이 지역 사람들 일부의 특성을 생각하면 말이죠. 하지만 이것으로 더 이상 제 의견은 말하지 않겠습니다. 제 몸을 가시철사 위에 던져서 당신들이 밟고 지나가도록 할 생각은 없습니다. 그저 저는 제가 맡은 재정적 문제만 관여하고 일이 잘 되기만 바라겠습니다."

그는 잠시 고개를 돌려 무표정한 얼굴로 래프를 바라보며 마음속으로 생각했다. 이 지역의 미래를 이끌어 갈 인물이 내 눈앞에 있군. 이 회사가 망하기를 바라지는 않지만 이 건방진 녀석이 고꾸라지기를 진심으로 바라고말고.

"고맙네, 릭." 드레이크 선더랜드가 말했다. "자, 이제 이 문제는 매듭을 짓자고."

회의가 끝났다. 밖에는 서쪽 수평선 너머로 구름이 몰려들고 있었다. 전선이 멕시코 만 쪽으로 이동하는 것으로 보아 저녁에는 비가 올 듯하다. 이 아름다운 고장의 날씨는 캔자스 주나 일리노이 주등 미국의 다른 먼 고장에서 침입하는 전선에 의해 결정되곤 한다.

그들은 문 쪽으로 걸어갔다. 스터트반트가 맨 앞에 섰다. 문가에서 드레이크 선더랜드가 래프에게 잠깐 기다리라고 했다. 그의 눈은 반쯤 감겨 있고 엄숙한 표정이었다.

"이봐, 래프. 이번 일에서 나는 자네 의견을 택하기로 했네. 이건 엄청난 도박이야. 우리 자신을 속이려고 하지 말자고. 하지만 내가 보기에 이 선택안이 가장 골치가 덜 아프면서 성공할 수 있는 방안이라고 생각하네. 아니, 그러기를 바랄 뿐이지. 그리고 자네에게 솔직히 말하자면, 만일 이 프로젝트가 성공한다면 그건 우리에게 자랑스러운 무언가가 될 수 있을 거라고 생각하네. 나는 진짜로 노코비 지대를 빽빽이 들어선 싸구려 주택들로 뒤덮고 싶은 생각은 없었다네. 뭔가 더 나은 다른 대안이 있기만 하다면 말이지. 특히 투자 비용이 너무 클 경우 파산 위험도 따르고."

래프는 동감한다는 듯 진지하게 고개를 끄덕였다. "네, 회장님. 감사합니다. 그렇게 생각해 주셔서 진심으로 감사합니다."

"하지만 나는 또한 자네에게 경고하고 싶네. 나는 릭 스터트반트가 한 말이 진짜로 맘에 걸리네. 그의 말에도 일말의 진실이 들어 있을 거야. 여기 남부에서는 종교와 개발에 대한 희망이 온통 하나로 뒤섞여 있거든. 일부 사람들은 신이 우리에게 주신 땅을 모조리 개발하고 이용해야 한다고 말하지. 그것이 신의 뜻이라고. 또 다른 사람들은 신의 창조물을 보호하고 보존해야 한다고 말하고. 만일 그런 양쪽 극단주의자들이 이 프로젝트에 개입한다면 우리는 수렁에 빠지게 될 거야. 나는 노코비가 법정 싸움터가 되기를 바라지 않네. 그러면 미디어는 우리를 바보 취급하며 조롱해 댈 거야."

"그러니 자네에게 한 가지 말하고 싶네. 우리가 어떤 종류의 대외 관계 문제에도 빠져들지 않도록 할 수 있겠나? 자네의 환경 운동가 친구들로부터든 성경을 치켜들고 위협을 해 대는 미치광이들로부터 든 말이지. 나는 특히 그 빌어먹을《모빌 뉴스 레지스터》가 우리에게 달려들지 않기를 바라네. 내 말이 무슨 말인지 알겠나? 그리고 또 하 나. 만일 이 계획이 잘못되어 간다고 생각되면 나는 난로 위의 개구 리보다 더 빨리 튀어나갈 생각이네. 모든 것을 철회한다는 말이지. 그러면 땅을 담보로 대출을 내서 노코비 지대 전체를 조각조각 찢어 발겨 개발할 걸세."

래프가 엄숙한 표정으로 고개를 끄덕였다. "네, 회장님. 잘 알겠습 니다."

37

그로부터 반년 후 래프는 봄빛이 푸릇푸릇한 노코비 호숫가에서 마치 기도하는 사람처럼 무릎을 굽히고 앉아 있었다. 카메라를 들 고 작은 라벤더 들꽃을 촬영하고 있었던 것이다. 그를 둘러싼 노코 비의 자연에는 봄이 완연했다. 야생 철쭉이 호수를 둘러싸고 진홍색 을 뿜어내며 만발해 있었다. 겨울의 마지막 냉기가 토양에서 사리지고 땅 위의 식물상은 엷은 초록색의 싹과 잎으로 세상을 물들이고 있었다.

노코비 숲을 보존하기 위한 그의 노력은 그가 바랐던 것 이상으로 완벽한 승리를 거두었다. 선더랜드 사에서는 모든 직원들이 그와 같은 계획이 실현 가능하다는 데 동의했다. 선더랜드 사의 임원실 탁자 위에는 건축 계획안이 펼쳐졌다. 모빌 시 주변과 포트워튼 비치의 도급업체 몇몇과 회의가 진행 중이었다. 마케팅 작업이 일찌감치 펼쳐졌고 벌써 잠재적 고객의 문의가 들어오기 시작했다. 노코비 땅 가운데 호수에 인접한 구역 일부를 제외하고 90퍼센트 가까운 면적은 손대지 않고 그대로 보존할 예정이었다. 하수 정화 장치를 설치해 노코비 호수의 오염을 막을 생각이었다. 서쪽 호숫가 두 군데에 있는 악어들의 서식지는 동쪽으로 옮길 계획이었다.

래프의 예측은 적어도 한 가지 측면에서는 전적으로 옳았다. 선더랜드 사의 계획은 엄청난 언론의 주목을 이끌었고 지금까지는 한결같이 호의적인 반응이었다. 《모빌 뉴스 레지스터》의 빌 로빈스는 3부에 걸쳐서 '두 세계의 최선의 결합'이라는 제목의 특집 기사를 실었다. 《애틀랜타 컨스티튜션》은 사설을 통해 노코비의 개발 방안이 '남부 개발과 야생 지역 보존의 새로운 패러다임'이라고 극찬했다. 사람들은 로빈스의 연속 기사가 이듬해의 조사 보도 분야의 퓰리처상 후보에 오를 것이라고 예상했다. 선더랜드 사 역시 자연 보호 협회에서 수여하는 그린리프상 후보에 오를 것이라는 소문이 돌았다. 래프는 모빌과 펜사콜라 주변의 수많은 시민 단체와 교회로부터 강연 초청을 받았다.

그러나 래프는 지금도 여전히 부모의 집을 방문할 때마다 시간이 날 때면 노코비 호숫가를 찾아가 개발될 호수 주변의 땅을 어슬렁거리며 돌아다녔다. 그는 데드아울코브에서 작은 개울 주변의 습지로 이어진 오솔길을 오가며 거닐었다. 그는 천천히 걸으면서 측량 기사가 꽂아 놓은 끝이 붉은 색을 띤 막대로 표시된 공간들을 찬찬히 관찰했다. 식물들의 사진을 찍고 노트에 기록하고 종 확인을 위해 표본을 수집했다. 동력 사슬톱과 불도저가 도착하기 전에 호숫가 주변의 야생 생태계의 다양한 생물상 지도를 완성하기 위해서이다. 그는 그 자료를 모빌 시에 있는 사우스앨러배마 대학교에 기증해 다음 세대의 자연사학자들의 연구에 쓰이도록 할 작정이었다. 노코비 지대의 이 부분을 보존하도록 할 수 없는 대신 적어도 길이길이 기억되도록 하고 싶었던 것이다.

　　오후가 깊어져 소나무의 그림자가 길어지고 호숫가의 얽히고설킨 관목들의 색이 더욱 짙어지자 래프는 오솔길을 걸어 나와 세워 둔 자동차 쪽으로 향했다. 그런데 그의 자동차 주변에 세 사람이 서 있어서 그는 화들짝 놀랐다. 그중 두 명은 웨인 르보 목사와 보 레이니임을 알아볼 수 있었다. 이런, 맙소사! 래프는 생각했다. 나머지 한 명은 좀 더 어린, 10대 후반으로 보이는 청년이었다. 얼굴에는 잘 깎지 않은 수염이 송송 나 있었고 짙은 색 안경에 챙이 넓은 카우보이 모자를 쓰고 있었다. 르보는 정장 차림이었지만 이번에는 넥타이는 매지 않고 있었다. 레이니와 카우보이는 면바지에 흰색 반팔 셔츠를 바지 밖으로 내서 입고 있었다. 세 사람은 래프와 그의 차 사이를 가로막고 서서 아무 말 없이 래프를 바라보았다.

래프는 그들의 모습에 깜짝 놀라고 그 다음 점점 공포감에 빠져들었다. 그는 몸을 돌려 숲 속으로 숨어 버릴까 생각했다. 하지만 그것은 바보 같은 짓으로 여겨질 것이다. 누가 알랴? 어쩌면 그들은 평화를 선언하기 위해서, 또는 뭔가 제대로 된 할 말이 있어서 찾아왔을지도 모른다. 아니면 그저 예전의 논쟁을 다시 이어가기 위해서일지도. 하지만 왜 세 명이나 왔을까? 저 카우보이 모자를 쓴 녀석은 또 누구인가?

래프는 세 사람에게 다가가며 르보에게 말을 걸었다. "안녕하십니까, 르보 목사님 맞으시죠? 제가 도와드릴 일이라도 있나요?"

"자네에게 할 말이 있네." 르보가 대답했다.

래프는 르보의 목소리에 긴박함이 느껴져서 더욱 불안해졌다. "네, 좋습니다. 하지만 저는 지금 약속에 늦은 상태라서요. 괜찮으시다면 나중에 자리를 함께 하면 어떨까요? 언제든 저에게 전화를 주세요." 래프는 세 사람을 지나 차로 다가가려고 했다.

"아니, 지금 당장 이야기해야 되겠네." 르보가 말했다.

"지금 당장은 좀 곤란합니다. 곧 다시 시간을 잡도록 하지요. 목사님이 편한 시간으로요. 제가 점심을 대접하겠습니다. 저번에 맥주를 사주신 것도 있고."

"안 돼. 지금이어야 되겠네." 르보가 말했다.

레이니가 스스럼없이 셔츠 자락을 치켜 올려 허리에 찬 끝이 넓적한 권총을 보여 주었다.

이런 맙소사. 래프가 생각했다. 그냥 빠져나가기는 힘들겠군. 시간을 벌고 저자들의 원한을 누그러뜨릴 수밖에. "좋습니다. 이야기하세요. 그렇게 급한 일이라면."

"자네에게 보여 줄 것이 있네." 르보가 오솔길 쪽을 가리키며 말했다.

뭘 보여 준다고? 래프는 생각했다. 저자들은 지금 나를 위협하려고 하는군. 노코비 계획에 대해 뭔가 강요를 하려는 거야. 예전에 경찰에 신고를 했어야 하는데…….

그들은 모두 조용히 오솔길 쪽으로 걸어갔다. 그런 다음 오솔길을 따라 서쪽으로 걸었다. 르보와 래프가 앞장서고 레이니와 카우보이 모자가 가까이에서 뒤를 따랐다. 르보는 걸음을 늦추지 않았다.

"어디로 가는 겁니까? 저에게 보여 준다는 것이 뭡니까?" 래프가 물었다.

"보면 알아." 르보가 말했다.

"좋습니다. 그런데 어디로 가는 겁니까?" 래프가 다시 물었다.

"강으로." 르보가 대답했다.

아, 하느님. 생각보다 더 나쁜 상황이다. 이들은 이제 뭘 하려는지 나에게 숨길 생각조차 없다. 나를 죽인 다음 강에 던져 버릴 생각인 거다. 그러면 그저 실종으로 처리되고 말겠지. 이자들은 미쳤다.

래프의 마음은 가능한 탈출 계획으로 바빠졌다. 지금 당장 시도해야 한다. 레이니와 카우보이 모자는 총을 가지고 있지만 르보는 아닌 것으로 보인다. 녀석들이 총을 꺼내들고 쏘기 전에 이들로부터 떨어져 수풀 속으로 숨어야만 한다. 그것만이 유일한 탈출 방안이다. 빨리 해야 한다. 더 멀리 가기 전에.

이 지역을 손바닥처럼 잘 알고 있는 래프는 도망가는 것이 가능한 장소를 머릿속에서 탐색했다. 그들은 여전히 호수 가까이의 그늘진 수풀 지대에 있었다. 그들이 호수에서 밖으로 흘러 나가는 개울 가까이로 다가감에 따라서 오솔길의 서쪽으로 돔(봄에 형성된 늪 주변의 빽빽한 활엽수 관목으로 이루어진 둥근 지대)이 보이기 시작했다. 이 돔의 저편에는 작은 공터가 있고 그 공터 너머에는 빽빽하지만 길을 찾을 수 있는 활엽수와 소나무 숲이 펼쳐져 있다. 만일 그가 총에 맞지 않고 돔을 돌아가서 빽빽한 숲 안으로 들어갈 수 있다면 그에게 기회는 있다.

오솔길을 따라 걷다가 적절한 위치에 도착하자 래프가 갑자기 걸음을 멈추고 말했다. "잠깐만요. 소변이 급합니다. 몇 초면 됩니다." 그는 가능한 한 평온한 목소리로 말했다. 마치 그가 처한 곤경에 대해 전혀 눈치채지 못한 듯이.

르보가 곧 죽을 가엾은 목숨에게 자비라도 베풀듯 말했다. "좋다. 하지만 몇 걸음만 떨어진 곳에서 일을 보도록. 허튼 수작은 할 생각 말고." 그런 다음 카우보이 모자를 쓴 녀석에게 고개를 돌리며 말했다. "선키, 저자 뒤에 바싹 붙어서 따라가. 도망치려고 하면 쏘라고."

그동안 래프는 슬슬 오솔길 바깥쪽으로 걸어가 돔 쪽으로 다가갔다. 선키가 터덜터덜 걸어 그의 뒤를 따라갔다. 래프는 계속 걸어 나가서 마침내 돔 가장자리의 낮게 자란 관목 주변에 다다랐다. 오솔길로부터 약 6미터 떨어진 곳이었다. 한 발, 한 발 내딛으면서 그는 마음속으로 곧 돔 둘레를 전력 질주할 계획을 짜고 있었다.

선키가 뒤에서 그를 거칠게 떠밀었다. "이 정도면 충분해."

래프는 잠시 선키에게 등을 보인 채 서서 바지의 지퍼를 내리는 몸

짓을 했다. 그런 다음 몇 초 후 상체를 돌려서 선키를 흘낏 보았다. 팔 하나를 쭉 편 거리에 서 있는 선키는 아직 총을 뽑아 들고 있지 않았다. 오솔길에서는 레이니가 르보에게 작은 소리로 말을 걸고 있었고 그 역시 아직 총은 셔츠 아래에 꽂혀 있는 상태였다.

래프는 몸을 완전히 돌리면서 말했다.

"조심해, 선키! 거기 뱀이야!"

그 순간 시간을 번 래프는 선키를 있는 힘을 다 해서 뒤로 밀었다. 어린 총잡이 소년은 땅 위로 벌렁 자빠졌다. 소리를 지르며 팔을 휘둘러 댔고 모자는 옆으로 날아가 떨어졌다. 선키가 바닥에 나자빠졌을 때 래프는 이미 돔 가장자리를 따라 전력으로 뛰기 시작했다. 레이니가 즉각적으로 반응했다. 5초도 못 되어 총을 뽑아 들고 발사하기 시작했다. 첫 번째 사격이 시작되기 직전에 래프의 모습이 시야에서 사라졌다. 레이니는 빽빽한 수목 너머 달려가는 래프의 위치를 어림으로 계산해서 수풀 사이로 총탄 몇 발을 발사했다. 이것은 사냥할 때 사슴이 수목 사이로 달아났을 때 쓰는 수법으로 실제로 목표물을 명중할 확률은 매우 낮았다. 그리고 이번에도 실패로 돌아갔다.

래프는 돔 너머에 있는 작은 빈터를 전력으로 달려서 건너편의 관목 있는 쪽으로 향했다. 추격자들이 돔을 돌아 나오는 순간 래프는 가까스로 수목 속으로 모습을 감췄다. 비로소 정신을 차린 레이니와 선키가 추격하며 총을 발사했지만 명중하지 못했으며 르보 역시 맹렬하게 뒤쫓았다.

그 순간 래프는 고작 50미터 앞선 상태였다. 오직 빽빽하고 울창한 수목만이 그가 금방 총에 맞아 쓰러지는 것을 막아 줄 뿐이었다.

하지만 래프는 추격자들과의 사이를 벌릴 수 있을 거라고 믿었다. 왜냐하면 그는 노코비 숲의 이 부근을 손바닥처럼 잘 알고 있었고 추격자들은 그렇지 못했기 때문이다. 그는 빽빽한 관목 숲에서 빠져나가는 입구와 넘어진 나무들이 얼키설키 놓여 있는 지대를 따라 난 길을 알고 있었다. 그가 활엽수림을 나와 덜 빽빽한 소나무 숲으로 들어갈 무렵 그는 100미터쯤 추격자들을 앞서 있었다. 간격이 벌어지기는 했지만 추격자들은 여전히 직선거리로 그를 쫓아오고 있었다. 만일 그들이 활엽수 관목 숲을 빠져나와 공간이 많은 소나무 숲으로 들어서면 그들은 금세 래프를 찾을 수 있을 터였다.

그런데 곧 래프는 추격자들이 서로에게서 멀어져 가고 있는 것을 알아챘다. 큰 소리로 서로 부르고 대답을 하면서 멀찍이 퍼져 나갔다. 래프는 처음에는 그들이 래프의 위치를 놓쳐서 그를 찾으려는 줄 알았다. 그러나 그게 아니라는 무서운 진실을 깨닫게 되었다. 세 사람은 래프가 어디에 있는지 알고 있었다. 대강으로나마 말이다. 한 수 위에 있는 것은 래프가 아니라 그들이었다. 르보와 그의 부하들은 확실히 노련한 사냥꾼들이었다. 그들이 소리를 질러 댄 것은 단순히 서로 의사소통을 한 것이 아니었다. 그들은 마치 사냥개가 이리저리 뛰어다니며 사냥감을 한 곳으로 몰아넣듯 그들의 목표물을 원하는 장소로 몰아가고 있었던 것이었다. 그들은 마치 멧돼지를 사냥할 때 하듯 래프를 강둑으로 몰고 가려고 했다. 만일 그가 똑바로 강둑으로 달려간다면 그들은 한 곳으로 모여들어 그를 덮칠 것이다.

래프는 전력으로 달리면서 이 덫에서 빠져나갈 방법을 간절히 모색했다. 강가에 먼저 도착해 강물에 뛰어들면 어떨까? 하지만 그는 수영을 썩 잘하지 못한다. 익사하지 않는다 해도 물 위로 내놓은 그의 머리는 강둑에서 쏘아 맞추기에 손쉬운 표적이 될 것이 분명하다.

그러자 그에게 계획이 하나 떠올랐다. 그는 르보가 그의 왼쪽에 있다는 사실을 알고 있었다. 르보는 총을 갖고 있지 않은 것이 거의 확실하고 또한 이 목사는 다른 두 사람에 비해 나이도 많고 그다지 운동을 열심히 한 몸매는 아닌 것으로 보였다. 만일 래프가 왼쪽 방향으로 대각선을 그리며 지금보다 조금 더 빨리 뛰어간다면 그는 르보보다 먼저 치코비 강에 도착해 추격자들을 살짝 따돌리고 강둑으로 도망칠 수 있을 듯했다. 설사 제때에 도착하지 못하더라도 무슨 수를 써서든 르보를 넘어뜨리고 두 총잡이가 도착하기 전에 강둑을 따라 달려 나갈 수 있을 것이다.

래프는 왼쪽으로 방향을 잡고 3분 안에 초원을 빠져나와 범람원에 새로 심은 사이프러스 숲에 이르렀다. 그가 생각했던 것보다 좀 더 빨리 강둑에 도착했다. 그는 제때에 결정을 내렸던 것이다. 르보 역시 거의 그곳에 다 와 있었고 두 사람은 30미터쯤 떨어져 있었다. 래프가 가까스로 르보 목사 앞을 지나쳐 뛰어가고 르보는 간발의 차로 래프를 놓치며 그의 뒤에 고꾸라졌다. 그는 목청껏 부하들에게 이쪽으로 오라고 소리쳤다.

래프는 이제 오른쪽에는 강을, 왼쪽에는 낯선 진흙길을 끼고 달렸다. 래프는 뒤로 돌아 다시 범람원 숲으로 들어가서 그곳에서 추격자들을 따돌리는 방안에 대해 생각해 보았다. 그러나 결국 다시 추격자들이 그를 뒤쫓아 와서 한곳으로 몰아갈 것임을 알고 있었다. 또한 강가에 즐비하게 자리 잡은 수렁 중 하나에 빠질 위험도 있다.

그럴 경우 그는 손쉬운 사격의 표적이 되어 끝장나고 말 터였다.

래프의 한 가지 희망은 강둑 옆에 있었다. 그곳에, 아니면 혹시 강 위에 사람이 있다면? 르보와 그의 부하들은 그들의 범죄 행위가 목격당할까 두려워 추적을 그만둘 것이다. 그러나 이런 행운이 따를 확률은 희박했다. 이 부근의 강둑 근처에는 도로도 선착장도 없기 때문에 치코비 강 가운데에서도 가장 인적이 드문 곳이다.

치코비 강줄기를 따라 낚시꾼의 오두막을 제외하고 가장 가까운 곳에 자리 잡은 집은 누구의 집일까? 래프의 머릿속에 떠오른 것은 바로 치코비의 괴물 프로그맨이었다. 그의 집은 아마 여기서 5킬로미터 떨어져 있을 것이다. 만일 거기까지 빨리 달려갈 수 있다면 살아남을 가능성도 있다. 가능성은 크지는 않다. 프로그맨은 난폭한 편집광인데다 실제로 정신이 나갔는지도 모른다. 하지만 이제 래프는 그와 같은 생각을 모두 머릿속에서 지워 버리고 그저 달렸다.

계속 뛰어가는 와중에 래프는 어느 순간 강둑을 달리는 내내 세 명의 추격자의 소리를 전혀 듣지 못했음을 깨달았다. 그들이 포기한 걸까? 따라붙기에는 너무 뒤떨어진 걸까? 그들 역시 래프와 같은 장애물 코스를 뛰어야 했을 것이다. 어쩌면 잠시 멈추고 숨을 골라도 되지 않을까? 그래서 그는 잠깐 뛰는 것을 멈추고 사이프러스 나무 그루터기 뒤에 몸을 살짝 숨겼다. 그러나 그는 곧 자신이 잘못 생각했음을 알게 되었다. 가까운 곳에서 두 발의 총성이 들려오고 래프는 고꾸라지듯 다시 앞으로 달려 나갔다.

그저 앞으로 똑바로 달리는 것이 아니었다. 지그재그로 장애물 경주를 하는 것과 비슷했다. 래프는 종종 아교풀처럼 끈끈한 진흙에서 발을 힘겹게 빼면서 강 후미의 수렁을 철퍼덕거리며 헤치고 지나가거나 옆으로 돌아가야 했다. 또한 사이프러스 나무의 그루터기나 넘어진 나무줄기 위를 기어서 넘어가야 했다. 이제 이 장애물들을 뛰어넘어 가면서 추격자들과의 거리를 유지할 힘이 남아 있지 않았다.

그러나 마지막 순간에 그는 프로그맨 집에 도달할 수 있었다. 잠시라도 멈춘다면 바로 등에 총탄이 와서 박힐 것이라는 생각에 그는 계속 달려서 통나무 층계참과 앞문을 통과해 집안으로 뛰어들었다. 프로그맨은 래프가 다가오는 소리를 들었는지 이미 뒤쪽 방의 문가에 나와 서 있었다. 프로그맨은 래프가 기억하고 있는 모습 그대로였다. 다만 턱수염이 좀 더 길고 얼룩덜룩해졌을 뿐이다. 그는 무릎 부근에서 자른 청바지에 흙이 묻은 흰 티셔츠를 입고 있었다. 티셔츠에는 선명한 올림픽 오륜 마크와 희미해진 "애틀랜타 1996"이라는 글씨가 새겨져 있었다. 그는 꼼짝하지 않은 채 래프를 기다리고 있었다.

"제발!" 래프가 헐떡거리며 말했다. "제발 좀 도와주세요. 어떤 사람들이 바로 뒤에서 저를 쫓아오고 있어요. 총을 갖고 저를 죽이려고 해요."

프로그맨은 고요하고 무표정한 얼굴로 래프를 탐색했다. 그는 짧은 복도의 한 쪽에 있는 벽장문을 가리켰다. 열린 문 안으로 보이는 벽장 안은 여러 종류의 연장과 헝겊 쪼가리와 낚시 용구 등으로 반쯤 채워져 있었다.

"저 안으로 들어가서 문을 닫고 조용히 있어."

2분이 채 되지 않아 레이니와 선키가 숨을 몰아쉬며 문 안으로 들어왔다. 레이니가 프로그맨에게 말했다. "우리는 경찰이요. 방금 전에 여기로 뛰어 들어간 탈주범을 쫓고 있소. 우리 대장이 곧 도착할 거요."

프로그맨은 대답하지 않았다.

그들은 모두 그 자리에 조용히 서 있었다. 3분쯤 후에 웨인 르보가 들어섰다. 땀으로 푹 젖은 채 숨을 헐떡거리고 있었다.

"대장님." 레이니가 목사에게 말했다. "제가 지금 이분에게 우리가 경찰이고 탈주범을 뒤쫓고 있다고 설명했습니다."

"그 말이 맞습니다." 르보가 주저하지 않고 씩씩거리면서 말했다. "앨라배마 주 경찰입니다. 우리가 뒤쫓는 자는 주유소를 털고 종업원을 총으로 쏴 죽였습니다. 그놈이 이쪽으로 달아났어요. 혹시 그놈 봤습니까? 우릴 도와주시겠어요?"

"총이 있소?" 프로그맨이 물었다.

"아, 차에 두고 왔습니다. 우리는 지금 몹시 급해요. 우릴 좀 도와주시겠습니까?" 르보는 자신을 향해 고개를 끄덕거리는 레이니를 보았다. 그들은 래프가 집안에 있다는 것을 알고 있었다.

"아, 그러죠. 물론." 프로그맨이 말했다. 그는 복도 안쪽으로 들어가더니 선반에서 펌프액션 산탄총을 집어 들었다. 그런 다음 벽장쪽으로 돌아서서 큰 소리로 말했다.

"당장 나와. 이 쓰레기 같은 놈아."

래프는 가만히 있었다. 그리고 프로그맨은 더 큰 소리로 외쳤다. "나와, 이놈아. 안 나오면 네놈이 숨어 있는 문을 총으로 갈겨 버릴 테다."

래프가 항복하듯 손을 반쯤 쳐들고 문 밖으로 나왔다. 그는 겁에 질리고 지쳐서 반쯤 정신이 나간 상태였다. 그는 너무 놀라고 기진맥진한 상태여서 눈앞의 광경을 거의 파악할 수조차 없었다.

프로그맨이 펌프액션 산탄총을 래프의 가슴에 겨눈 채 그의 앞에 서 있었다. 르보와 두 명의 부하가 바로 뒤에 붙어 서 있었다. 레이니와 선키는 손에 들고 있던 권총을 다시 벨트에 꽂아 넣고 셔츠를 손으로 폈다. 그들의 옷도 래프와 마찬가지로 온통 진흙 범벅이 되고 여기저기 찢어진 상태였다.

프로그맨이 머리를 살짝 돌리더니 말했다. "둘 중 한 사람은 밖으로 나가서 강에 누가 있는 지 좀 보고 소리쳐서 알려 주시오."

레이니가 선키를 바라보고 엄지로 강 쪽을 가리켰다. 더 어린 선키가 문 밖으로 나섰다.

그러고 나서 1분 뒤 선키가 소리쳤다. "아무도 없어요."

그 순간 프로그맨은 산탄총을 뒤로 돌리더니 레이니의 가슴을 총으로 쐈다. 레이니의 몸이 반으로 접히듯 구부러지며 뒤로 나동그라졌다. 그의 사지가 바깥쪽으로 쫙 펼쳐졌다. 총성에 래프는 고막이 찢어지는 듯했다. 레이니의 몸이 바닥에서 크게 한번 흔들렸고 피가 분수처럼 뿜어져 나오고 뼛조각이 사방으로 튀어 나갔다.

르보는 뒤로 돌아 도망치려고 했다. 그러나 프로그맨은 산탄총을 펌프하더니 르보의 몸 가운데의 왼쪽 부분을 향해 총을 발사했다. 르보의 몸이 핑그르 돌더니 쓰러졌다. 파열된 부분에서 피가 튀어 오르고 내장이 빠져나와 고리를 그렸다.

첫 번째 총성을 들은 선키가 권총을 빼 든 채 오솔길을 따라 집으로 뛰어올라왔다. "이봐, 이봐, 대체 무슨 알이야? 어떻게 된 거야?"

그것이 그의 일생의 마지막 말이 되었다. 그가 앞문으로 쏜살같이 들어서는 순간 다시 그대로 밖으로 날아갔다. 33구경 탄환이 그의 가슴에 정통으로 박혔기 때문이다. 그가 들고 있던 권총이 공중으로 날아가더니 작은 현관 바닥에 덜커덕거리며 떨어졌다.

래프는 그 자리에 얼어붙었다. 그의 손은 여전히 항복 자세로 위로 올라가 있었다. 그 다음은 내 차례일까? 프로그맨이 몸을 돌려 래프를 바라보았다.

"개새끼들. 총을 들고 내 집에 들어와 나에게 거짓말을 지껄여 대? 날 죽이고, 내 땅을 빼앗아 이곳을 쓰레기로 만들려고?"

그는 잠시 말을 멈추고 방금 그가 저지른 대학살 장면을 바라보고는 말했다. "너는 죽이지 않겠다, 애송이. 하지만 한 번만 더 네 놈을 보게 되면 그땐 죽일 테다. 내가 오래전에 네놈이 여기 왔던 것을 기억 못할 줄 아냐? 그리고 네가 어느 누구에게든 지금 있었던 일에 대해 입을 뻥긋 한다면, 다시 말하지만 어느 누구에게도 말이다, 나는 세상 끝까지 쫓아가서 너와 네 가족을 죽여 버릴 것이다. 내 말 알아듣겠나?"

래프는 달리 할 말을 생각해 낼 수 없었다. 우물쭈물 중얼거리며 간신히 말했다. "네, 알겠습니다."

그의 손은 떨렸다. 땀이 그의 셔츠를 완전히 적시고 코끝에서도 뚝뚝 떨어졌다. 래프는 견딜 수 없을 만큼 목이 말랐다. 그는 프로그맨이 조용히 손톱으로 앞니를 쑤시는 것을 알아챘다. 이제 래프가 떠나야 할 때이다. 즉시. 하지만 말할 수 없는 안도감과 함께 온몸에 밀려드는 감사의 마음으로 뭔가 더 말해야 할 듯했다. 뭔가를 더 해야만 할 것 같았다. 이상하게도 그는 그의 목숨을 구해 준 이 야만인 같은 남자와 친구가 되고 싶었다.

그는 잠시 레이니와 르보의 시체를 내려다보았다. 살이 적나라하게 열리고 갈비뼈가 드러났다. 찢어진 동맥과 정맥에서 피가 뿜어져 나와 고여 있었다. 르보의 몸에서 빠져나온 내장은 몸에 달린 징그러운 부속 기관 같이 보였다. 래프가 떨리는 목소리로 물었다. "만일 누군가가 이자들을 찾다가 여기까지 온다면 어떻게 하실 겁니까?"

"아무도 여기에 뭘 찾으러 오지 않아." 프로그맨이 조용하게 말했다. "아무도 여기에 찾아올 생각 따위는 하지 못할 거야. 그러니 이 일은 오직 너와 나만 아는 일이다. 설사 저놈들 친구들 중에 이 일을 아는 자들이 있더라도 말하지 않을 거다. 같이 모의한 셈이 되니까." 그는 뒤로 돌아가 산탄총을 다시 선반에 올려놓았다.

"하지만 시체를 강에 던져 버리면 다시 떠올라 발견될 수 있어요."

"아, 이 녀석들은 강으로 가긴 갈 거야. 하지만 다시 발견되지는 않을 거다. 내가 놈들을 조각조각 내서 올드 벤에게 먹이로 줄 거거든. 올드 벤은 조금 보태 500킬로그램쯤 나가지. 녀석이 사체를 깨끗이 처리해 줄 거야. 뼈와 나머지 부분도 모조리. 전혀 문제없어. 내장과 고기 조각들은 강바닥에 사는 커다란 메기들에게 좋은 밥이 될 거야. 사람들이 강 하류에서 건질 거라고는 악어 똥뿐이지."

"자 이제 당장 여기에서 꺼져 버려. 그리고 내가 한 말을 잘 기억하라고. 네놈도 이 자식들보다 더 빨리 죽일 수 있어. 지금이든 나중이든. 여기서든 다른 어느 곳에서든 말이지. 그러고도 나는 눈 하나 깜짝하지 않아."

래프는 즉시 몸을 돌려 르보와 레이니, 선키의 시체 주변을 돌아
서 나왔다. 시체에서 풍기는, 마치 젖어서 녹슨 철 냄새와 비슷한 신
선한 피 냄새와 죽으면서 몸 밖으로 나온 대변의 냄새가 그의 코끝
을 찔렀다. 도살장 냄새였다. 비틀거리면서 강가로 걸어 내려가는 래
프는 어느 순간에라도 등에 총알이 날아와 박힐 수 있다는 생각이
들었다. 하지만 그러면 적어도 그는 갑작스럽게, 오래 끄는 고통 없이
삶을 마감할 수 있기는 하겠다는 생각이 들었다. 어찌되어도 상관없
다는 기분이었다. 될 대로 되라지. 너무 피곤하고 충격으로 멍해져
서 아무런 생각이 들지 않았다. 그러나 처음으로 어떤 느낌이 그이
몸으로 되돌아왔다.

치코비 강가에서 래프는 몇 분 전 죽자고 달렸던 길을 다시 터덜
터덜 걸어 내려갔다. 조금씩 정신이 들면서 공포와 안도감과 무참히
살해된 세 사람의 끔찍한 영상이 머릿속에 뒤섞였다. 그리고 올드 벤
이 얕은 물속에서 머리를 내민 채 강둑에서 프로그맨이 던져 주는
사람 고깃덩어리와 뼛조각을 널름널름 받아먹는 장면을 머릿속에
서 떨쳐낼 수가 없었다.

여러 번 발을 헛디뎌 넘어질 뻔하면서 래프는 마침내 노코비 호수
에서 강으로 흘러 들어가는 개울에 도달했다. 물가의 번들번들하고
짙은 빛깔의 수목이 살아 있는 세계로 되돌아온 그를 환영하는 듯
했다. 그는 맑은 물가에 무릎을 꿇고 앉아 물로 얼굴을 적시고 손으
로 다시 물을 떠서 벌컥벌컥 들이켰다.

그런 다음 개울 상류 쪽에 있는 친숙한 땅을 바라보았다. 저물어

가는 햇빛 속에서 얼룩말호랑나비 한 마리가 그의 눈앞에 날아다녔다. 검은색 줄무늬의 날개가 펄럭이고 긴 꼬리가 물결처럼 뒤따랐다. 놀랍게도 그 광경이 그의 눈에 완벽할 정도로 선명하게 들어왔다. 나비의 몸의 세부적인 모양과 뚜렷한 무늬에 따라 펄럭거리는 날개의 움직임을 그는 정확하게 포착할 수 있었다. 마치 깊은 잠에 빠져들기 직전 펼쳐지는 꿈속의 이미지처럼 나비는 그의 의식에 강렬하게 들어와 박혔다.

그는 계속 걸었다. 그리고 이제는 오직 나비에 대해서만 생각할 수 있었다. 래프는 다른 나비들을, 새로운 종들을 주위에서 찾아보았다. 그밖에 다른 모든 것들은 그의 마음에서 밀어내 버렸다. 이제 노코비 숲에는 오직 나비들만이 남아 있었다. 나비들의 아름다움이 그의 마음을 공포로부터 차단해 주었다. 이제 그에게 중요한 것은 오직 나비들뿐이었다.

그 아름다운 곤충에 사로잡힌 채 그는 노코비 오솔길을 걸어서 죽음으로의 추락 지점을 지나 다시 삶으로 돌아왔다. 나뭇가지 위에 병사나비 한 마리가 앉아 있었다. 래프는 걸음을 멈추고 숲 속 공터에 피어 있는 꽃 위로 서로 원을 그리며 춤추듯 날아다니는 두 마리의 파란색 나비를 바라보았다. 그는 다시 걸었다. 곧 그의 목숨을 구해 주었던 수풀 돔이 나타났다. 네발나비 한 마리가 날개를 힘차게 펄럭이며 어두운 나무 그늘 속으로 사라졌다. 그는 그곳에 잠시 서 있었다. 머리가 맑아지기 시작했다.

래프는 선키의 카우보이 모자가 넘어졌던 곳 근처에 아직도 놓여 있는 것을 발견했다. 그는 모자를 주워서 들고 갔다. 나중에 처리해 버릴 셈이었다. 그를 죽이려던 자들의 흔적을 지워 버릴 생각이었다. 프로그맨을 보호해야 했다.

오솔길이 시작되는 곳 부근에 왕호랑나비 한 마리가 갈색과 노란색의 장관을 연출하며 그의 머리 위로 날아오르더니 오솔길을 따라가서 호수 근처의 수풀로 향했다. 나무 위의 둥지에서 밤을 보내기 위해 돌아가는 듯했다.

안녕? 파필리오 크레스폰테스(*Papilio cresphontes*)! 래프가 중얼거렸다. 아름다운 나비에게 적절한 존중을 표시하기 위해 그의 학명으로 불러 주었다. 안녕? 어이, 저기, 너도 안녕? 계속해서 나비들에게 말을 걸었다. 약간 어질어질하고 바보 같은 기분이 들기 시작했다. 나도 집에 간단다, 얘들아. 너와 나, 우리 둘 다 살아 있어. 이렇게 편안하고 안전하게 말이지. 래프는 차에 올라타 크게 숨을 들이마시고 시동을 걸었다. 그는 길을 빠져나와 클레이빌을 향해 차를 몰았다.

땅거미가 질 무렵 부모의 집 앞에 도착했다. 앞마당 조금 못 미치는 곳에 차를 세우고 잠시 조용히 앉아 있었다. 래프는 자신에게 물었다. 내가 왜 여기에 왔지? 그러자 이유가 기억이 났다. 그는 두 눈으로 확인하고 싶었던 것이다. 두 분이 안전하게, 무탈하게 잘 있는지를.

래프는 자동차 좌석에 붙박이처럼 앉아 있었다. 조금 더 정신이 맑아지기 시작했다. 그는 어둠이 깔려오기 시작하는 주위를 둘러보았다. 박쥐 한 마리가 지붕 꼭대기에서 활강하더니 나무 꼭대기 뒤로 사라졌다. 악어머리뿔매미 한 마리가 뒷마당을 날아다니며 불빛으로 짝짓기 신호를 보내고 있었다. 반짝, 반짝, 반짝, 바아아안짝, 반짝, 반짝……. 래프는 악어머리뿔매미의 신호에 집중하며 자신에게 물었다. 잠깐, 내가 지금 신호를 제대로 받았나? 반짝, 반짝, 반짝, 바아아안짝, 반짝, 반짝, 바아아안짝? 아, 이 안전하고 예측 가능한 자연의 세계로 돌아온 것이 얼마나 고맙고 행복한 일인지……. 래프는 다시 머릿속에 망상이 떠오르는 것을 느끼고는 애써 자신을 다잡았다.

그는 차에서 내려 현관으로 걸어가 거실로 들어서 아버지와 어머니를 얼싸안을 수도 있었다. 사실 너무나도 그렇게 하고 싶었다. 하지만 그는 그렇게 하지 않았다. 지금 그의 모습은 교통사고 현장에서 간신히 기어 나온 모습이었다. 그의 부모는 무슨 일이 있었는지 꼬치꼬치 물을 것이 분명했다. 하지만 그는 감히 대답할 수가 없었다. 아버지와 어머니에게 그가 경험한 공포의 짐을 지워 줄 필요는 없었다. 그가 누군가에게 있었던 일을 이야기한 것을 어떻게든 프로그맨이 알아내고 그가 늪지에서 걸어 나와 또 한 판의 대량 살상을 저지를까 봐 두려웠다. 래프는 자신이 죽음의 저주를 몰고 다니는 전염병자라도 된 느낌이었다.

따라서 그는 그냥 조용히 앉아서 차의 앞 유리창 너머로 부모님의 모습을 엿보려고 시도했다. 몇 분 더 지나자 거실 창문에 껌벅거리는 빛이 새어나왔다. 아버지가 가장 좋아하는 의자에 앉아서 이른 시간에 하는 저녁 뉴스를 보고 있다는 의미였다. 에인슬리는 요즘 그다지 밖으로 돌지 않았다. 그는 지난해 겨울 약한 심장 발작을 겪었고 고혈압과 협심증 약을 복용하고 있었다. 여전히 아침마다 공구점으로 출근하지만 사냥과 낚시 여행, 그리고 저녁 시간의 싸구려 술집에서의 여흥은 거의 끊다시피 했다. 흡연량도 많이 줄였다. 마샤는 이혼 요구 외에 할 수 있는 거의 모든 수단을 동원해 담배를 완전히 끊게 하려고 노력했으나 아직까지는 성공하지 못했다.

래프는 지금 특히 어머니를 보고 싶었다. 건강한 모습으로 살아 있는 어머니의 모습을. 10년 전 사이러스가 래프의 학비를 주기로 한 이후로 마샤는 그녀의 삶에 훨씬 만족감을 느껴 왔다. 동네의 제일 감리교회의 여러 활동에 참여하기 시작했고 점점 자존감이 높아짐에 따라 그 어느 때보다도 메리벨 가족 모임을 고대하게 되었다. 이제 그녀가 그토록 바라던 정체성이 그녀에게 주어진 듯했다. 그녀는 단순히 코디 부인이 아니라 모빌의 셈스 가의 일원이기도 했다. 다만 남편과 함께 살기 위해 클레이빌에 살고 있는 셈스 가 사람.

오늘 밤 부엌에는 불이 켜져 있었다. 아마도 마샤는 저녁 식사를 준비하고 있을 것이다. 래프는 부엌 창문을 통해 싱크대로 다가오는 어머니의 머리를 두 번 보았다.

그러자 래프는 다시 시동을 걸어 클레이빌의 가장 큰 도로를 따라 달렸다. 이미 저녁 시간이 교통 체증은 풀린 상태였지만 래프는 길을 바꾸어 더욱더 다니는 차가 적은 2차선 도로를 타고 모빌을 향했다. 심지어 도로 위에서도 그는 혼자 있고 싶었고, 숨고 싶었던 것이다. 프로그맨과 르보의 추종자들은 그가 어디에 있는지 알 수 있을 것이다. 애트모어 남쪽의 주류 판매상 앞에 잠깐 차를 세우고 래프는 조니워크 골드 라벨 한 병을 샀다. 그 가게에서 가장 비싼 술이었다. 다시 도로에 들어서서 달리던 그는 서던 호스피탈리티(Southern Hospitality, 남부식 환대 — 옮긴이) 모텔 앞에 차를 세웠다. 예전에 지나다니면서 본 적이 있는 모텔이었다. 조용하고 숙박비가 저렴해 보였고 그날 밤 "빈 방 있음"이라는 네온사인이 켜 있었다.

조니 워커 병을 손에 쥔 채로 체크인했다. 모텔 직원은 음주 운전을 하다가 운 좋게도 무탈하게 여기까지 온 술꾼이라고 생각했다. 방에 들어선 래프는 이중으로 문을 걸어 잠그고 옷을 벗고 샤워를 한 다음 벌거벗은 채로 퀸사이즈 침대 위에 몸을 던졌다. 그는 텔레비전을 켜고 소리가 들릴락 말락 할 정도로 음량을 조절했다. 텔레비전에는 주의를 기울이지 않았다. 단지 그의 주변에 정상적인 사람의 존재를 느끼고 싶었을 뿐이었다. 뉴스에서 제일 먼저 나온 사건은 파키스탄의 자살 폭발 테러범에 대한 이야기였다. 이슬라마바드 거리에서 의료진이 부상자들을 싣고 나르는 장면이 보였다. 래프는 얼굴을 찡그리고는 다른 채널로 돌렸다. 여기저기 계속 돌리다가 마침내 웃고 떠드는 사람들이 나오는 토크쇼에 채널을 고정했다. 래프는 위스키 뚜껑을 따고 병째로 마시기 시작했다. 그는 아무 생각도 하지 않으려고 노력하며 벽면을 바라보았다. 극도의 육체적 피로는 생각을 몰아내는 데 도움이 되었다. 얼마 되지 않아 그는 인사불성 상태가 되었다. 간신히 술병 뚜껑을 닫고 침대 위에 아무렇게나 던지듯 놓고서 잠에 빠져들었다.

다음날 오전 11시쯤 래프는 잠에서 깼다. 엄청난 두통과 구토감이 몰려왔고 극도로 목이 말랐다. 그는 물을 얼굴에 문질러 세수를 하고 물 한 컵을 단숨에 마셨다. 그런 다음 옷을 입고 모텔 사무실로 향했다. 직원에게 아스피린을 산 다음 "무료"라고 써 있는 커피머신 앞으로 가서 커피를 따라 알약을 삼켰다.

커피를 세 잔 더 마셨으나 여전히 머리가 아팠다. 래프는 서던 호스피탈리티 모텔에서 나와 모빌로 차를 몰았다. 모빌 시에 도착했으나 공포로 온 몸이 거의 굳어질 지경에 이른 래프는 자신의 아파트로 가지 않았다. 대신 블레드소 스트리트의 주차장에 차를 세웠다. 그런 다음 선더랜드 사옥으로 걸어가서 엘리베이터를 타고 임원실 층으로 올라갔다. 그는 그에게 다가오며 질문을 던지는 세라 베스에게 손을 저어 물러가게 하고 그의 엉망진창인 모습을 바라보는 직원들을 무시한 채 바로 자신의 사무실로 들어갔다.

래프는 문을 닫고 책상 앞에 앉았다. 눈을 감고 자신의 심장의 고동소리에 귀를 기울였다. 심장의 고동은 몸을 퍼져 나가며 머리의 욱신욱신한 고통으로 이어졌다. 래프는 그 현상에 집중했다. 쿵, 쿵, 쿵, 그래……, 나는 살아 있다, 살아 있다, 살아 있다. 래프는 왜 그가 사무실로 왔는지 생각했다. 아, 사람들 속에 파묻혀 있고 싶어서였지. 프로그맨이나 르보의 추종자들이 그를 죽이려면 온 건물과 사무실의 사람들을 거쳐 와야만 할 것이다.

마침내 분노가 그에게 밀려왔고 공포와 절망감은 조금 수그러들었다. 그리고 래프는 좀 더 이성적으로 생각하기 시작했다. 선더랜드 사 내부에 있는 그의 적은 어떤가? 릭 스터트반트 말이다. 그는 웨인 르보와 정확히 똑같은 대사를 말한 적이 있다. 예수님은 사람의 영혼을 구하러 오셨지 벌레나 뱀 따위를 구하러 온 것이 아니라고. 스터트반트가 르보 무리들과 손을 잡고 래프의 뒷통수를 치는 것이 아닐까? 아마 그렇지는 않을 것이다. 그의 대사는 극단주의적 설교자들의 상투적인 표현이었을 것이다.

래프는 불쾌한 감정들을 떨쳐 버리려고 애썼다. 마침내 그는 다짐을 했다. 그래, 나는 이제 스물여덟 살이다. 이제 어떤 일이 일어나든지 될 대로 되도록 놔두자. 이제 잘난 척하고 돌아다니는 것은 그만두고 좋은 여자를 만나 결혼을 하고 가정을 꾸릴 것이다. 정상적인 삶을 살 것이다. 전쟁을 벌이는 것은 다른 이들에게 맡겨 두자. 이제 나는 아무 것에도 관심 따위 없다고.

바로 그때 전화기가 울렸다. 빌 로빈스였다.

"별 일 없나, 친구?"

"음, 살아는 있지." 래프가 꽉 잠긴 목소리로 대답했다.

"어디 갔었어? 어제 하루 종일 전화를 했었는데. 노코비 계획이 완전히 마무리된 것을 축하하려고 말이지. 물론 선더랜드 사가 그 결정을 밀고 나간 것은 모두 다 자네 덕분이야. 다음 일요일에 또 한번 특집 기사를 실을 생각이야. 래프, 내가 과장하는 게 아니고 정말이지 많은 사람들이 자네가 한 일에 대해 감사하고 있어."

"고마워, 형." 래프가 말했다. 그가 말을 내뱉자 머릿속에 다시 폭격이 벌어지는 듯했고 메스꺼움이 몰려왔다. 더 이상 이야기를 하고 싶지 않았지만 그의 절친한 친구의 전화를 이런 식으로 끊을 수는 없었다. "정말 고마워. 그 이야기는 우리 나중에 해."

"래프, 자네 괜찮아? 반쯤 죽어 가는 사람 같은 목소리야. 그래, 굉장히 힘들었다는 거 알아. 여러 가지 일들을 겪었겠지. 한참 푹 쉴 필요가 있을 거야. 그렇지?"

"응, 좀 힘들었어. 아니, 아주 많이. 형이 생각하는 것보다 꽤 많이."

래프는 사실 자신에게 일어난 일을 로빈스에게 결코 말하지 않을 생각이었다. 사실을 이야기하는 것은 가장 좋은 친구에게 못할 짓을 하는 셈이 될 터였다. 저널리스트이자 공인에 가까운 빌 로빈스에게 그것은 고통스러운 딜레마가 될 것이었다. 그 이야기를 듣고 침묵을 지킨다면 그는 정의를 외면하는 셈이고 나중에 진실이 밝혀졌을 때 정직하지 못했다는 비난을 면하기 어려울 것이다. 하지만 그가 그 이야기를 다른 이에게 발설한다면 래프와 래프의 가족의 목숨이 위험에 빠질 수 있다. 프로그맨이나 복수심에 불타는 르보의 추종자들이 당장 몰려들 것이다. 누가 먼저 찾아올 것이냐의 문제일 뿐. 하지만 괜찮다. 그는 결코 로빈스에게 말하지 않을 것이다.

하지만 시간이 흐르면 프레드 노빌에게는 이야기할 생각이었다. 노코비 숲에서 만난, 일생의 동반자이자 대학 생활의 조언자였던 프레드 삼촌. 두 사람은 많은 면에서 같은 것을 사랑하고 같은 꿈을 꾸었다. 프레드 삼촌은 라파엘 셈스 코디의 내면의 세계에 대해서는 부모보다도 더 가까운 존재였다. 래프에게는 모든 것을 털어놓을 수 있는 사람이 필요했다. 몇 달이 지난 후에, 아니면 몇 년이 지난 후에, 래프는 프레드 삼촌에게 이 일을 이야기할 것이다. 언제가 되었든 무엇이 중요하랴?

38

다시 반년 후 어느 가을날 아침 데드아울코브에는 햇살이 대왕송의 높은 가지들을 스치고 내려와 줄기와 밑둥과 주변의 키 작은 수목들 사이사이로 비쳐들어 숲의 바닥에 빛과 그림자, 따스함과 차가움의 만화경과 같은 모습을 펼쳐 놓고 있었다. 호수물 위로 상승한 공기는 바람이 되어 호숫가 절벽을 가로질러 호수 가장자리를 훑고 나갔다. 바람은 개미언덕 위를 지나 주변의 숲으로 들어가 떨어진 솔잎으로부터 신선하고 생명이 가득한 향기를 불러 일으켰다. 호랑가시나무와 매화오리나무의 향이 여기에 뒤섞였다.

숲에는 거미들이 전날 밤 짜 놓은 방사상의 그물에 이슬방울이 구슬처럼 맺혀 있었다. 밤중에 돌아다니는 곤충들을 잡아먹는 치명적인 사냥꾼이자 동시에 낮에 땅 위에서 먹이를 찾는 새들의 맛있는 먹잇감인 늑대거미는 비단으로 안을 두른 땅굴 안으로 들어가 새로운 밤이 오기를 기다렸다. 각다귀들이 근처 냇물 위에서 짝짓기 춤을 추고 있었다. 각다귀들의 작은 몸뚱이들이 한데 모여 유령과 같은 뿌연 구름을 만들었다가 흩어지기를 반복하다가 완전히 사라졌다. 그들의 짤막한 공연은 안전에 대한 본능적 감각에 따라 적시에 이루어졌다. 배고픈 박쥐들이 노리기에는 너무 늦고 잠자리의 식사거리가 되기엔 너무 이른 시간에.

근처의 개미언덕에서도 생물학적 시계가 켜졌다. 한때 오솔길 개미 군락의 터전이었던 개미언덕은 이제는 그들의 직계 후손인 수풀 개미 군락의 것이 되었다. 활발한 움직임의 물결이 개미집의 수직 갱도를 타고 점점 내려가 깊은 곳에 있는 번데기와 애벌레로 가득한 육아실까지 일깨웠다.

그날 숲 속의 생명은 정점에 달하고 있었다. 여름 동안 성장한 수풀 개미 군락이나 그들의 동맹자나 포식자 동물들 모두 다 해당되었다. 개미언덕 주변에 맛있는 먹잇감인 애벌레가 마치 잘 익은 과일처럼 나무 꼭대기 가지에서 뚝뚝 떨어졌다. 벚나무깍지벌레 떼는 땅에서 가까이 낮게 자라는 즙이 많은 식물의 줄기에 붙어서 토실토실 자라났다. 어제 잠깐 소나기가 내리고 나서 밤새 하늘은 맑게 개었다. 먹이 사냥을 할 수 있을 만큼 나이가 든 일개미들은 원정 준비를 마치고 집을 나서려고 했다.

태양이 개미언덕 위쪽 방들을 따뜻하게 데우자 옹기종기 모여 있던 일개미들 중 일부가 무리에서 빠져나와 중앙 통로로 나왔다. 몇 마리는 개미언덕 위를 지붕처럼 덮고 있는 밀짚이나 숯과 같은 단열재 조각들을 다시 정돈했다. 또 다른 개미들은 좀 더 멀리까지 나와서 개미집 주변을 정찰하다가 주변의 땅으로 채집 원정에 나섰다. 밤새 쌓여 있는 풍부한 먹잇감, 새로 나타난 먹잇감 벌레들, 죽은 지 얼마 되지 않는 절지동물의 사체, 벚나무깍지벌레나 그밖에 수액을 빨아먹는 벌레들이 내놓은 달콤한 배설물 등을 거두어들이기 위해서였다.

한 시간이 채 안 되어 인간 방문자들이 데드아울코브에 도착했다. 그들은 노코비 호수 근처의 하루 동안 도보 여행을 나온 미국 보이 스카우트 모빌 시 43대대, 흑표범과 매 정찰대였다. 아이들을 이끌고 있는 사람은 스카우트 단장인 라파엘 셈스 코디였다. 래프가 얼마나 절실하게 노코비 숲에 되돌아오고 싶었는지, 그러나 혼자서 올 용기가 나지 않았는지 이 아이들은 알 길이 없었다. 많은 사람들에 둘러싸여서야 이곳에 올 수 있었던 것이다. 그리고 이 아이들이 비밀스럽게 그 역할을 수행해 주고 있는 셈이었다.

아이들은 사춘기 소년들 특유의 큰 목청과 새된 목소리로 이야기를 주고받으면서 밴에서 내렸다. 그들은 개미언덕을 알아채지 못한 채 지나쳐 오솔길이 시작되는 곳으로 접어들었다. 배낭에는 관찰 내용을 기록할 방수 처리된 노트가 들어 있고 목에는 눈에 보이는 신기한 것들을 영상으로 기록할 카메라가 걸려 있었다. 그들이 오늘 노코비 호숫가에서 발견한 내용은 하나로 모아 43대대 본부로 보낼 예정이었다.

래프와 아이들은 푸른 왜가리가 메기를 잡아먹는 장면도 보고, 다이아몬드방울뱀이 대왕송 둥치에 반쯤 감아서 벗어 놓은 껍데기도 발견했다. 커다란 늪살무사 한 마리가 강둑에서 물로 뛰어들더니 보란 듯이 천천히 구불구불 움직여 부들의 밑동 뒤로 들어가 버렸다. 아이들은 호수 얕은 곳에 있는 흙탕거북, 호숫가의 젖은 풀 위에 앉아 있는 미주도롱뇽, 청개구리의 울음소리, 숨을 곳을 찾아 재빨리 도망치는 세 종류의 도마뱀, 수십 종류의 꽃식물, 엄청난 수의 날아다니거나 기어 다니는 이름 모를 곤충들을 기록했다. 아이들은 23종의 새를 보았는데 그중에는 이번 탐사의 주요 목적 중 하나인 희귀종 붉은벼슬딱따구리도 포함되어 있었다.

그러나 이번 탐사의 절정은 멸종 위기의 딱따구리를 발견한 것이 아니었다. 45센티미터 길이에 머리끝에서 꼬리끝까지 빨강, 검정, 노랑의 화려한 줄무늬를 갖고 있는 뱀의 출현이었다. 스카우트 대원 한 명이 오솔길 끝에 있는 죽은 나뭇가지 하나를 들추자 이 아름다운 동물이 모습을 드러냈다.

"산호뱀이다!" 래프가 소리쳤다. "멀리 떨어져라. 이놈은 치명적인 독사야."

아이들은 물론 뱀의 모습을 조금이라도 잘 보기 위해 다가왔지만 어느 정도 안전거리를 유지했다. 아이들 중 한 명이 말했다. "맞아, 이 뱀에 물리면 한 시간 안에 죽어!"

화려한 색깔의 뱀은 다시 죽은 나뭇가지 아래의 공간으로 기어가기 시작했다. 래프는 허리를 굽히고 뱀을 좀 더 자세히 들여다보았다.

"잠깐, 가만히 있어 봐. 이 녀석은 산호뱀이 아니다. 주홍왕뱀이야. 산호뱀이랑 비슷하게 생긴 녀석이지. 얘들아, 이 뱀은 독이 전혀 없단다. 이 녀석은 몸 색깔로 모든 이를 속여서 아무도 녀석을 건드릴 생각을 하지 못하지. 줄무늬를 잘 봐라. 빨강, 검정, 노랑, 검정, 빨강, 검정, 노랑, 검정 이런 순서지? 산호뱀은 빨강, 노랑, 검정 이런 패턴이란다. 이제 너희들 모두 산호뱀과 주홍왕뱀을 구분할 줄 알겠지? 이 간단한 규칙을 기억해라. 빨강 다음 검정이면 아무 걱정 하지 말 것. 빨강 다음에 노랑이면 물리면 죽는다!"

아무도 손을 내밀어 이 무해한 뱀을 만져 볼 엄두를 내지 못했다. 수백만 년 동안 이 종을 보호해 주었던 의태(擬態) 현상은 다시 한 번 효과를 발휘해 주홍왕뱀 녀석은 아무 탈 없이 유유히 자리를 벗어날 수 있었다.

늦은 오후에 흑표범과 매 정찰대원 열여섯 명은 래프와 함께 오솔길이 시작되는 곳과 데드아울코브에서 오는 길 사이의 공터에 도착했다. 그들은 땅바닥 위에 앉아서 그들을 데려다 주었던 밴이 그들을 다시 태우러 오기를 기다렸다. 아이들은 어릴 때부터 들어 온 뱀에 대한 전해 오는 이야기를 늘어놓았다. 거대한 뱀, 독을 내뿜는 뱀,

후프처럼 커다란 원을 그리는 뱀, 사람을 보면 쫓아오는 뱀 등 믿거나 말거나 할 이야기들이었다. 그리고 치코비 왕뱀 전설도 등장했다. 그러더니 화제는 노코비 고등학교의 풋볼 경기, 다음번 자연 탐사, 그리고 소수의 몇 명은 다른 주나 해외를 여행한 경험을 자랑삼아 내놓았다. 대화가 들릴 만한 거리에 어른이 있었기 때문에 평소 즐겨 올리는 화젯거리인 여자아이들이나 성에 관련된 이야기는 언급되지 않았다.

"세상에, 이것 좀 봐!" 어느 대원이 갑자기 자리에서 일어나면서 소리쳤다. 그는 풀숲 개미언덕 방향으로 도마뱀 한 마리를 끌고 가고 있는 수백 마리의 개미군단을 가리켰다. 그로부터 몇 미터 떨어진 곳에서는 개미들이 개미집 입구에서 안팎으로 드나들며 도마뱀 군단까지 엉성한 줄을 형성하고 있었다. 어떤 개미들은 도마뱀 무리까지 기어갔다가 몸을 돌려서 다시 집 쪽으로 기어갔다. 이 엄청난 노획물의 소식을 군락의 동료들에게 알리기 위해서인 것이 분명했다. 도마뱀의 사체는 심하게 훼손되어 있었다. 꼬리는 없어진 상태이고 머리도 반쯤 잘라져 덜렁거린 채 붙어 있었다.

아마도 새매나 바보때까치에게 잡혔다가 떨어진 것이 분명하다고 래프는 생각했다.

"와, 저 개미집 안에는 개미들이 100만 마리는 있겠는데?" 한 대원이 개미언덕을 가리키며 말했다.

사실은 10만 마리지, 래프가 속으로 생각했다. 그는 대원들로부터 조금 떨어진 곳에 있는, 다발풀과 꽃을 피운 허브들로 뒤덮인 작은 둔덕 위에 자리 잡고 앉아 있었다. 호숫가에 둘러선 대왕송 사이로 노코비 호수가 작은 조각처럼 보였다. 늦은 오후의 햇빛이 그의 주위의 바닥에서는 이미 자취를 감추었지만 대왕송 가지 위와 저 멀리 호수의 물 위에서는 여전히 빛나고 있었다.

희미한 천둥소리가 그의 뒤로 둘러선 나무들 너머 남쪽에서 들려왔다. 머리 위의 하늘은 구름 한 점 없지만 북아메리카 대륙의 아열대의 가장자리인 이곳 걸프 해안 지역의 날씨는 몹시도 변덕스럽다. 저 멀리 300미터 위 공중에 매와 독수리 떼가 천천히 원을 그리며 활강하는 모습이 보였다. 그들은 하루의 마지막 따뜻한 공기의 기류를 타고 날아올랐다. 날개를 뻣뻣이 펴서 나선형의 기류를 타고 높이 올라간 후 살짝 바깥쪽으로 빠져나가 원하는 거리만큼 활강한다. 그런 다음 또 다른 기류를 타고 올라가 다시 또 앞으로 나간다. 여러 마리의 새들은 마치 끓는 물속에 둥둥 떠다니는 나뭇잎같이 보인다. 그들은 가을의 이동을 위해 남쪽으로 향하고 있다. 새들은 함께 날고 있지만 그 외에 모든 면에서 서로에게 무관심했다. 그들은 서로 친구도 아니고 적도 아니었다.

새들은 거의 날갯짓을 하지 않았다. 움직이는 공기가 눈에 보이지 않는 마술처럼 그들을 올려 주고 내려 주었다. 새들의 움직임을 한참 바라보자 래프는 최면에 걸리는 느낌이 들었다. 지치지 않는 날개로 저들을 따라 남쪽으로 날아간다면 얼마나 큰 해방감이 들까? 잔잔한 걸프 해를 건너 상상해 보지 않은 미지의 땅으로 날아가 그곳에서 한동안을 지낸다면?

래프는 하루 일과를 마치고 몹시 피곤했다. 그의 생각은 내면에 갇혀 점점 몽상으로 탈바꿈해 갔다. 아이들의 목소리는 이리저리 뒤

섞여 배경 소음으로 변했다. 가끔 들려오는 커다란 웃음이나 와 하는 함성만이 단조로운 배경 소음을 뚫고 그의 귀에 들려왔다. 래프는 노코비에 돌아왔다. 주변의 모든 땅이 인간의 습격에 무릎을 꿇고 있는 와중에 이 작은 세계가 고스란히 모습을 유지하고 있는 것을 보기 위해서 이곳에 왔다. 이번 방문을 가능하게 한 것은 바로 한 무리의 소년들이었다. 소년들은 알지 못하겠지만.

어찌되었든, 결국은 되었다. 여기에 노코비가 있다. 지금도, 또 영원히⋯⋯. 그가 어린 시절 처음 만났을 때와 같이 살아 있는 채로, 건강하고 고요한 모습 그대로⋯⋯. 이곳은 그의 성소였다. 기억할 수도 없는 먼 옛날의 조상들이 그들만의 성소를 가졌듯이 래프는 노코비를 자신의 성소로 삼았다. 노코비는 인간의 빈약한 뇌로 접근할 수 없는 무한한 지식과 신비의 서식지이자 그의 조상들의 삶터이다. 노코비는 의미 없는 바다 가운데에 떠 있는 그의 섬이었다. 노코비가 살아남았기에 그도 살아남았다. 노코비가 그 의미를 보존했기에 그의 의미도 보존되었다. 노코비는 그에게 이 귀중한 선물들을 주었다. 이제 노코비는 그를 치유할 것이다. 그리고 보답으로 래프는 노코비의 불멸성을, 영원한 젊음을, 그리고 깊고 깊은 역사의 연속성을 재건해 주었다.

감사의 글

이 책을 쓰도록 제안하고 책을 쓰는 내내 현명한 의논 상대가 되어 준 나의 편집자 로버트 웨일에게 고마움을 전한다. 추가적인 조언과 도움을 준 윌리엄 핀치, 캐슬린 호턴, 브루스 민스, 앤 셈스, 제임스 스톤, 월터 칭켈, 아이린 윌슨, 그리고 최종 원고를 솜씨 있고 꼼꼼하게 교정해 준 데이브 콜에게도 감사한다. 데이비드 케인은 앨라배마 남부의 지도 위에 노코비 카운티를 실감나고 정확하게 그려 주었다. 나의 출판 에이전트 존 테일러 윌리엄스는 전문 지식과 우정, 유쾌한 유머 감각으로 이 책과 이전의 많은 책들이 탄생하기까지 훌륭한 안내자 역할을 해 주었다.

이 책의 「개미언덕 연대기」 부분은 실재하는 몇몇 종의 개미에 대한 과학적 정보를 하나로 합쳐서 만들어 낸 것이다. 개별적 정보들은 버트 횔도블러와 쓴 『개미』와 『초유기체』에 상세히 나와 있다. 이 부분은 개미들의 삶을 가능한 한 개미들의 시점에서 나타내려고 노력했다.

에드워드 윌슨은 저명한 생물학자이자 걸출한 저서들로 독자들과 소통해 온 스타 과학자이다. 그의 학문적, 작가적 성취는 세계적인 것이지만 특히 우리나라에서 높은 인기를 누리고 있는 듯하다. 윌슨의 연구 분야에 관심을 갖거나 그의 저서를 읽어 본 사람의 수가 얼마나 될지 몰라도, 아니 에드워드 윌슨이 누구인지 잘 모르는 사람들은 많아도 '통섭'이라는 용어를 들어 보지 않은 사람은 별로 없을 것이다. 그렇게 된 것은 과학자로서나 저술가로서 윌슨 못지않은 윌슨의 제자, 최재천 교수님의 공이 크다고 생각한다. 감사하게도 최재천 교수님께서 이 책의 감수를 맡아 주신다고 하니 과학자로서의 윌슨의 면모나 이 책에 담겨진 자연사학적 가치에 대해서는 교수님의 평을 기대하면서 옮긴이의 글에서 나는 문학적 측면에 대해, 소설 안에 녹아들어 있는 저자의 인생관과 이 소설의 특수한 배경에 대해 생각해 보고 싶다.

이 책을 번역하면서 개인적 반가움을 느낀 것은 이 책이 개미에

대한 이야기이고, 환경에 대한 이야기이며, 한 명석한 젊은이의 성장
소설인 동시에 무엇보다도 미국 '남부'에 대한 이야기라는 사실이었
다. 20대 중반 처음 사회 생활을 하면서 1년 반 동안 미국계 회사의
본사에서 근무할 기회가 있었는데 내가 지낸 곳이 바로 사우스캐롤
라이나 주의 작은 도시였다. 나에게 남부는 처음 각인된 미국의 모
습이고, 유명한 남부식 환대로 이방인인 나를 따뜻하게 품어 주었
던 곳인 만큼 영화나 소설 속에서 남부를 만나게 되면 고향이라도
되듯 반갑게 느껴진다. 내가 살았던 도시는 낙후된 남부의 때를 벗
고 막 산업 도시로 발돋움하던 곳이라 겉보기에는 미국의 다른 중
소 도시와 비슷하게 보이고 외지인들도 많이 들어와 살았다. (최근 몇
년 동안 한국의 자동차 회사들이 조지아 주, 앨라배마 주 등 미국 남부에 공장을 짓는다는
소식을 들었는데, 수십 년 전부터 일본과 유럽 등 외국 기업들이 세제 혜택과 값싼 부지, 노
동력의 혜택이 있는 남부에 진출해 왔다. 버지니아 주, 노스캐롤라이나 주 등 상대적으로 북
쪽에 있는 주들이 먼저, 그 다음 더 아래쪽에 있는 딥 사우스 지역들은 그보다 더 나중에 개
발되는 추세였다. 남부는 그만큼 미국에서 개발과 산업화에서 소외된 곳이다.) 하지만
조금만 더 들여다보면, 사람들의 인식과 정서, 생활 양식 등에서 미
국의 남부는 나머지 세계, 또는 미국의 주류와 달라도 너무 다르다.
남부는 미국 안의 또 다른 공동체이고 진짜배기 남부 사람들의 혈
관 속에는 아직도 150년이 지난 전쟁의 상처와 전쟁 전(antebellum) 영
광에 대한 향수, 전후의 박탈감이 흐르고 있다는 느낌마저 든다. 이
러한 점을 감안하고 이 책을 읽어 나간다면 소설 속의 이야기들이
충분히 납득이 가다 못해 생생하고 현실적으로 느껴지지만, 그렇지
않은 독자라면 '도대체 이게 동시대 미국을 배경으로 한 이야기일

까?' 싶은 면도 없지 않을까 우려된다.

남부의 정서가 하도 독특하기에 '남부 문학(Southern Literature)'이라는 장르를 따로 묶어 이야기하기도 한다. 너무나 유명한 『바람과 함께 사라지다』뿐만 아니라 테네시 윌리엄스의 『욕망이라는 이름의 전차』나 『유리 동물원』, 윌리엄 포크너의 『소리와 분노』, 『팔월의 빛』 등이 몰락한 남부를 배경으로 남부인의 정서를 담은 작품들이다. 남부의 인종 차별 문제를 파고든 하퍼 리의 『앵무새 죽이기』도 앨라배마 주를 배경으로 한다. 인상 깊이 남은 작품은 1990년대 중반 내가 미국 남부에 살고 있을 때 베스트셀러였고 존 쿠색, 케빈 스페이시 등이 출연한 영화로도 만들어졌던 논픽션 작품 『선악의 정원(Midnight in the Garden of Good and Evil)』으로, 북부 출신 외지인의 눈으로 남부의 오래된 도시 조지아 주 서배너의 사람들의 괴상하고 비밀스러운 정서를 그리고 있다. 이처럼 많은 문학 작품에서 남부 사람들은 과거 속에서 살아가고, 병적이고 비뚤어진 자부심으로 가득하며, 음습하고 소외된 사람들로 그려진다. 과거의 영광과 현재의 비참함 사이의 간극은 인간 존재의 고뇌를 표현하기에 좋은 문학적 소재일 것이다.

이 책 『개미언덕』에서도 어김없이 그와 같은 독특한 배경이 나타난다. 래프의 외가인 셈스 가문은 단순히 부와 권력을 지닌 지역 유지가 아니라 여러 대에 이어 온 전통적인 남부 귀족이자 남북 전쟁에서 공을 세운 남부 연합 해군 제독을 배출한 명문가이다. 한편 래프의 친가인 코디 가문, 그리고 래프의 아버지 에인슬리는 전형적인 남부의 노동계층, 이른바 레드넥을 대표한다. 둘은 남부의 전통에 대한 자부심과 보수주의적 신념에 있어서는 공통적이지만 그밖에 많은 점에서 판이하게 다르다. 그 결과 래프는 어린 시절부터 가난하고 무식한 아버지와 상류계층 출신의 어머니 사이의 긴장과 갈등 속에서 자라나야 했다.

이처럼 서로 다른 문화의 양쪽 극단의 한 가운데에 놓인 상황은 그의 일생을 통해 반복된다. 그는 플로리다 주립 대학교에서 촉망받는 자연사학자였던 생물학 전공자의 진로로는 매우 특이하게도 하버드 로스쿨에 진학한다. 하버드에 들어간 래프는 학교의 자유주의적이고 진보적인 분위기와 자신이 속했던 남부의 보수주의적 문화 사이에 커다란 격차를 느낀다. 그는 누구보다 충실하고 진지한 환경주의자였지만 대학 시절 만났던 급진적 환경 운동 동아리와 여자 친구 졸레인과는 끝내 등지게 된다. 로스쿨을 졸업한 후 그가 의도적으로 택한 커리어는 환경 운동가들의 적으로 간주되던 지역의 부동산 개발 회사이다. 환경 운동가들과 친분을 나누지만 한편으로 당당하게 NRA(미국 소총 협회) 스티커를 자동차 범퍼에 붙이고 다닌다. 그러나 그와 같은 이질적인 문화와 정체성의 모자이크 사이에 그의 인생을 관통하는 주제가 있었으니 그것은 바로 자연, 노코비 숲에 대한 사랑이다. 그 사랑과 열정이 무엇보다 순수하고 뜨거웠기 때문에 노코비 숲의 자연을 보존하겠다는 오직 하나의 순수한 목표 아래 이질적인 문화의 조각들은 조화롭게 하나가 되어 그의 독특한 정체성을 형성한다.

라파엘 셈스 코디의 성장 소설이라고 할 수 있는 이 작품 안에는 액자 소설처럼 별개의 다른 이야기가 들어 있으니 그것이 바로 노코비 숲의 개미들의 연대기이다. 맨 처음 이 소설을 읽었을 때는 래프의 이야기보다도 개미 이야기가 더욱 재미있게 느껴졌다. 사회적 곤충인 개미들의 군락은 너무나 잘 발달된 유기적 집합체이기 때문에 학문적으로든, 비유적으로든 하나의 초생물 내지는 초유기체로 다루어지는 경우가 종종 있다. 이 '초유기체(superorganism)'라는 단어를 맨 처음 사용한 사람은 20세기 초 하버드 대학교의 개미 연구가인 윌리엄 모턴 휠러로 그는 개미 군락이 하나의 생물과 같은 속성을 지녔음을 간파했다. 한편 개미 군락의 집단 지성에 대한 재기 넘치고 아름다운 비유는 더글러스 호프스태터의 『괴델, 에셔, 바흐』의 아킬레스, 거북, 게와 개미핥기의 대화에서 나타난다. 호프스태터는 개미 군락에 'Johant Sebastiant Fermant'라든지 힐러리 아주머니 따위의 이름을 붙여 하나의 인격체로 취급한다. 물론 이 책에서 개미 군락은 초유기체적 속성보다는 인간 사회와 많은 공통점을 지닌 하나의 공동체, 문명으로 바라보고 있지만 개미들의 독특한 습성은 정말 흥미로운 이야깃거리이다.

소설 속의 개미 제국의 역사는 한 문명의 붕괴에서 시작된다. 어린 래프의 성장기 내내 존재해 온 오래되고 강성한 개미 군락인 오솔길 개미 군락은 천수를 다 한 여왕의 죽음으로 멸망의 길을 걷는다. 그들을 정복한 냇가 개미가 지역의 패권을 잡았으나 곧 유전자의 돌연변이로 무제한적 성장과 영속을 누리는 슈퍼 개미 군락에게 그 자리를 내준다. 그 슈퍼 개미들은 너무나 왕성하게 성장하고 번영한 나머지 모든 경쟁자를 압도하고 모든 자원을 소모하고 주변 환경을 완전히 장악하게 되었는데, 덕분에 개미 입장에서는 신과 같은 존재인 인간의 주의를 끌게 되어 살충제로 몰살당한다. 슈퍼 개미 군락이 사라진 빈 땅에는 너무 힘이 약해서 몸을 낮추고 변두리 외곽에 숨어 살던 수풀 개미 군락이 들어와 언덕을 쌓는 개미 종의 제국을 재건한다. 그야말로 개미만사 새옹지마가 아닐 수 없다.

이와 같이 오늘의 행운이 내일의 불행이 되고 반대로 오늘의 어려움이 내일에는 복으로 돌아온다는 진리 말고도 개미 연대기는 우리에게 많은 중요한 교훈을 준다. 특히 지복이라고 여겨질 만한 생식의 이점을 통해 엄청난 번영을 누리다가 한방에 가 버린 슈퍼 개미 군락의 이야기는 지금 인류가 처한 상황에 많은 시사점을 준다. 수만 년 인류의 역사 가운데 산업 혁명 이후의 몇백 년은 그야말로 찰나의 순간일 것이다. 화석 연료에 기반을 둔 지속 불가능한 성장의 정점에 놓여 있는 우리 인간의 모습이 슈퍼 개미 군락의 개미들과 다를 것이 무얼까? "그들의 삶의 터전의 지속 가능성을 더욱 광대한 지배력과 맞바꾼 것은 그들 유전자의 크나큰 실수였다. 그 거래의 대가는 반드시 치러야만 했다."라는 경고가 서늘하게 들린다.

그러나 이와 같은 상황에 대해 저자인 윌슨은 절망이나 급진적 조치보다는 중도적이고 점진적인 해법을 제시한다. 이 책을 처음 읽었을 때는 래프의 '중도' 정책이 너무 쉽게 그 결실을 맺은 것이 아닌가 하는 의구심이 들었던 것도 사실이다. '쳇, 뭐야? 래프의 인생은 너무 쉽게 술술 풀리잖아? 대학도 원하는 대로 가서 딱 하고픈 공부를 하고, 하버드 로스쿨도 쉽게 가고, 거기에 더해 남부의 탐욕스러운 개발업자라는 선더랜드 사의 회장이 몇 년 동안 벼르고 벼러 사들인 노코비 땅의 90퍼센트는 그대로 보존하는 극저밀도 개발 계획에 그토록 쉽게 찬성하다니⋯⋯. 그게 현실성이 있나?'라고 생각했다. 물론 소설이기 때문에 비현실적인 면도 있을 수 있다. 하지만 다시 한 번 꼼꼼히 읽어 보니 드레이크 선더랜드가 그와 같은 결정을 내린 데에는 래프의 설득 못지않게 과거의 경험이 큰 역할을 한 것으로 보인다. 그것은 바로 노코비의 슈퍼 개미 군락을 몰살시키느라 살충제를 살포한 것으로 환경 단체들로부터 엄청난 공격에 시달렸던 경험이다. 그러니까 주변 환경을 질식시키며 피해를 주었던 슈퍼 개미 군락이 어떤 의미에서는 노코비 숲 전체를 구하는 데 커다란 공을 세운 셈이다. 역시 새옹지마 식의 플롯이다.

이와 같은 새옹지마 식의 아이러니는 마지막 부분에 래프가 극단적 재림주의자들로부터 쫓기는 상황에서도 다시 찾아볼 수 있다. 래프와 총기의 관계도 이 책의 중요한 테마 중 하나라고 생각한다. 래프는 환경 운동가를 비롯한 진보적 인사들과 달리 총기류에 호감을 갖고 있다. 어린 시절 아버지가 심어 준 유산이기도 하고 사격은 그의 개인적 마인드컨트롤 취미이기도 했다. 그러나 어찌되었든 개인의 총기 허용은 선량한 시민의 목숨을 앗아갈 수 있는, 그리고 바로 나 자신이 희생자가 될 수 있는 무서운 부작용을 지니고 있음을 보여 준다. 그러나 이에 대하여 저자는 총기류 소지 자체를 금지해야 한다는 진보적 주장보다는 야만성(르보 무리)을 또 다른 야만성(프로그맨)으로 응징하는 해법을 택했다. 뿌리 깊은 남부의 보수주의적 일관성에 경의를 표하고 싶을 정도이다. 남부의 신사들은 "세상에서 가장 예의가 바르며 동시에 가장 중무장을 하고 있는" 남자들이라는 표현이 남부의 정서를 대변해 준다. 경건하고 독실한 신자에 전통과 예의범절을 중시하며 동시에 야만성과 폭력성이 잠재되어 있는 사람들.

하버드에서 받은 진보주의적이고 이성적인 교육과 조화시키기 쉽지 않은 이와 같은 모순에 대해 래프가 선택한 길은 양극단을 포괄하는 '화해'와 '중도'였다. 그리고 그것이야말로 이 책의 중심적 주제이자 인류가 당면한 온갖 어려움과 논쟁에 대하여 윌슨이 내놓은 해법이 아닐까 싶다. 래프는, 그리고 윌슨은 종교적 극단주의를 포함하여 어떤 극단주의에 대해서도 반감을 보인다. 래프는 자신의 삶에서 가장 중요한 세 가지 규칙에 대해 이야기했다. 첫째, 운명은 준비된 자에게 호의를 베푼다. 둘째, 사람들은 갈 길을 명확히 제시하는 사람의 뒤를 따른다. 셋째, 중간을 공략하라. 양극단이 만나는 곳이 중간이기 때문이다. 이 세 가지 규칙을 가지고 래프는 이룰 수 없다고 생각되던 것을 이루어 냈다. 그의 성취는 단순히 입신양명의 개인적 성취가 아니라 그의 일생의 애착의 대상인 노코비 숲, 천연 그대로의 자연을 지켜 냈다는 데에 있다. 그것은 '행복' 전문가인 심리학자 마틴 셀리그만이 말하는 최상의 단계의 행복, 즉 '자신보다 큰 어떤 것'과 연결되어 그것에 이바지함으로써 얻는 행복에 해당된다.

에드워드 윌슨의 분신이라 할 수 있는 래프의 성장기에 대하여 아이를 키우는 엄마로서의 특별한 관심이 더해진다. 래프가 진정 부럽다. 하버드 대학교에 가서, 변호사가 되어서가 아니라, 일생을 걸고 사랑하는 노코비 숲, 자연을 마음에 품고 있어서 그가 부럽다. 나의 아이들도 래프처럼 자신의 모든 것을 걸고 열정을 바칠 만한 대상을 찾을 수 있다면, 그것만으로도 그 인생은 성공한 것이고 구원받은 것일 텐데. 하지만 어디서, 어떻게 그것을 찾을 수 있을까? 나도, 아이들도 그것을 지금까지 찾지 못했다면, 이 치열하고 복잡한 인간 개미언덕의 미로에서 잠시 빠져나와 오솔길 먼 곳까지, 때로는 길이 없는 숲 한가운데로 들어가 봐야 하지 않을까?

임지원

임지원

서울 대학교에서 식품 영양학을 전공하고 동 대학원을 졸업했다. 전문 번역가로 활동하며 다양한 인문 과학서를 번역했다. 옮긴 책으로는 『진화란 무엇인가』, 『보살핌』, 『슬로우데스』, 『루시퍼 이펙트』, 『급진적 진화』, 『스피노자의 뇌』, 『에덴의 용』, 『섹스의 진화』, 『사랑의 발견』, 『세계를 바꾼 지도』, 『꿈』, 『빵의 역사』(공역) 등이 있다.

개미언덕

1판 1쇄 찍음 2013년 3월 22일
1판 1쇄 펴냄 2013년 3월 29일

지은이 에드워드 윌슨
옮긴이 임지원
펴낸이 박상준
펴낸곳 (주)사이언스북스

출판등록 1997. 3. 24.(제16-1444호)
(135-887) 서울시 강남구 신사동 506 강남출판문화센터
대표전화 515-2000, 팩시밀리 515-2007
편집부 517-4263, 팩시밀리 514-2329
www.sciencebooks.co.kr

한국어판 ⓒ (주)사이언스북스, 2013. Printed in Seoul, Korea.
ISBN 978-89-8371-499-2 03840